이제 우리들의 잔을

이청준 전집 5 장편소설
이제 우리들의 잔을

초판 1쇄   2011년 7월 22일

지은이   이청준
펴낸이   홍정선
펴낸곳   ㈜문학과지성사
등록번호   제10-918호(1993. 12. 16)
주소   121-840 서울 마포구 서교동 395-2
전화   02) 338-7224
팩스   02) 323-4180(편집)   02) 338-7221(영업)
전자우편   moonji@moonji.com
홈페이지   www.moonji.com

ⓒ 이청준, 2011. Printed in Seoul, Korea

ISBN   978-89-320-2085-3
ISBN   978-89-320-2080-8(세트)

* 이 책의 판권은 지은이와 ㈜문학과지성사에 있습니다.
  양측의 서면 동의 없는 무단 전재 및 복제를 금합니다.

이청준 전집 5

이제 우리들의 잔을

문학과지성사
2011

일러두기

1. 문학과지성사판 『이청준 전집』에는 장편소설, 중단편소설, 그리고 작가가 연재를 마쳤으나 단행본으로 발간되지 않은 작품과 미완성작 등을 모두 수록했다.
2. 전집의 권별 번호는 개별 작품이 발표된 순서를 따르되, 장편소설의 경우 연재 종료 시점을, 중단편소설의 경우 게재지에 처음 발표된 시점을 기준으로 삼았다. 단, 연재 미완결작의 경우 최초 단행본 출간 시점을 그 기준으로 삼았다. 중단편집에 묶인 작품들 역시 발표된 순서대로 수록하였으며, 각 작품 말미에 발표 연도를 밝혀놓았다.
3. 전집의 본문은 『이청준 문학전집』(열림원) 발간 이후 작가가 새롭게 교정, 보완한 내용을 충실히 반영하여 확정하였다. 특히 미발표작의 경우 작가가 남긴 관련 자료에 근거하여 수록하였음을 밝힌다.
4. 전집의 각 권에는 작품들을 수록하고 새롭게 씌어진 해설을 붙였으며 여기에 각 작품 텍스트의 변모 과정과 이청준 작품들의 상호 관계를 밝히는 글을 실었다. 이 글은 현재의 문학과지성사판 전집의 확정 텍스트에 이르기까지 주요한 특징적 변모를 잘 보여준다.
5. 이 책의 맞춤법은 국립국어연구원의 '한글 맞춤법'에 따르는 것을 원칙으로 하되, 띄어쓰기의 경우 본사의 내부 규정을 따랐다. 단, 작품의 분위기에 영향을 준다고 판단되는 방언이나 구어체 표현 · 의성어 · 의태어 등은 작가의 집필 의도를 살려 그대로 두었다 (괄호 안: 현행 맞춤법 표기).
    예) ① 방언 및 의성어 · 의태어: 밴밴하다(반반하다) 희멀끄럼하다(희멀겋다) 달겨들다(달려들다) 드키(듯이) 뚤레뚤레(둘레둘레) 뎅강(뎅궁) 까장까장(꼬장꼬장)
    ② 작가의 고유한 표현:
    ―그닥(그다지) 범상찮다(범상치 않다) 들춰업다(둘러업다)
    ―입물개 개없고 아심찮게도 목짓 편뜻 사양기
    ③ 기타: 앞엣사람 옆엣녀석 먼젓사람 천릿길 뱃손님 뒷번
    그리고 나서(그러고 나서) 그리고는(그러고는)
6. 이 책의 외래어 표기는 국립국어연구원의 '외래어 표기법'에 따라 바꾸었다. 단, 작품의 제목이나 중요한 어휘로 등장하는 경우에는 원본을 그대로 살렸다.
    예) ① 맘모스(매머드) 여자 대학/세느(센) 다방/뎃쌍(데생) ② 레지('종업원'으로 순화)
7. 이 책에 쓰인 문장부호의 경우 단편, 논문, 예술 작품(영화, 그림, 음악)은 「 」으로, 단행본 및 잡지, 시리즈 명 등은 『 』으로 표시하였다. 대화나 직접 인용은 큰따옴표(" ")와 줄표(―)로, 강조나 간접 인용의 경우 작은따옴표(' ')로 묶었다.

차례

여래암(如來庵) 사람들 7
여성 도시 70
눈먼 요정들 128
미운 동행 204
즐거운 참회록 242
여자의 벽 281
인물 없는 자서전 341
장마철의 꽃나무 405
저마다의 잔(盞) 앞에서 448
에필로그 491

해설 내러티브들의 원무(圓舞)/손정수 494
자료 텍스트의 변모와 상호 관계/이윤옥 535

여래암(如來庵) 사람들

―어디서 본 여자던가? 가을의 적막이 깃든 산길을 내려가면서 허진걸(許晋傑)은 조금 전 절에서 본 여자 생각으로 머릿속이 가득했다.

어디서 본 일이 있는 여자가 분명했다.

여자는 점심이 끝난 뒤 진걸이 마을을 다녀오려고 막 방문을 나섰을 때 암자로 왔다. 여래암(如來庵) 원주승(院主僧) 무불(無佛) 스님이, 나이보다는 퍽 정력적인 데가 있어 보이는 중년 부부 한 쌍과 여자를 진걸네 숙사인 별채로 인도해 왔다. 암자에 하숙방을 구하러 온 사람들임을 진걸은 한눈에 알 수 있었다. 하룻밤이 지나면 일행 중에서 여자 한 사람만이 절간 하숙에 남게 되리라는 것까지도 물론. 거동새나 낌새가 그랬다.

그러나 산을 내려가면서 진걸이 골몰해 있는 것은 이웃방에 아가씨를 새 식구로 맞게 될 일 때문이 아니었다. 먼발치서 일행의 거동을 살피다가 진걸은 여자와 꼭 한 번 시선이 마주쳤었다. 그때 진걸은 자기도 모르게 소스라쳐 놀라고 있었다.

─아 저 여자가?

그는 순간적으로 여자를 어디서 본 일이 있다고 생각했다. 그것도 마음속 꽤 깊은 곳 어디에 오랫동안 간직되고 있던 여자인 듯한 느낌이었다. 그렇게 보아 그랬는지 여자 쪽에서도 진걸을 보자 표정을 약간 움칫거리는 듯했다.

그러나 그다음 생각이 이어지지 않았다. 언제 어떤 장소에서 무슨 일로 그런 여자를 보았었는지 전혀 떠오르지가 않았다. 그는 기억을 더듬으며 다시 여자를 살폈다. 그러나 그때 진걸은 묘하게 당황하며 자리를 물러 나오고 말았다.

일행을 인도해온 무불 스님의 장난기 어린 눈길이 문득 진걸의 시선을 가로막아버렸다.

─뭘 보고 놀라 멍청해 있나, 이 젊은 친구야!

스님의 눈길에는 분명 그런 핀잔기가 서려 있었다.

하지만 성미가 호방하고 별채 사람들과는 흉허물이 없는 무불 스님의 핀잔쯤 여느 때 같으면 웃어넘겨도 족한 것이었는데 오늘은 묘하게 당황을 하고 만 것이다.

그렇게 꼭 한 번 눈길이 마주쳤을 뿐이어서 그런지 산을 내려오면서도 진걸은 줄곧 그 여자에게만 생각을 골몰했으나, 망각으로 앙금 진 지난날의 일들이 기억의 밑바닥 어느 곳을 안타깝게 간지럽힐 뿐 영 실마리가 잡혀오질 않았다.

생각 같아서는 당장 암자로 되돌아가 여자의 얼굴을 다시 확인해보고 싶었다. 찬찬히 들여다보고 있으면 생각이 떠오를 것도 같았다. 언뜻 한 번 본 얼굴을 요리조리 고쳐가며, 너무 오랫동안 골몰하다 보니 이제는 처음 인상마저도 종잡을 수가 없게 되어갔다.

다만 아직도 그의 머리에 뚜렷하게 남아 있는 것은 그녀의 눈, 시선을 먼 데로 흘리고 있는 듯한 두 눈뿐이었다. 그 눈을 바로 그런 시선 때문에 그녀의 얼굴 표정 전체를 좀 멍해 보이게 하면서도, 이상하게 상대방의 깊은 곳을 파고드는 강한 것이 느껴지는 것이었다.

그런 그녀의 인상이 진걸의 기억력을 더욱 안타깝게 괴롭혔다.

―빌어먹을, 그냥 되짚어가서 확인을 하고 말아?

진걸은 문득 걸음을 멈춰 섰다. 그러나 그는 이내 생각을 고쳐먹고 다시 산을 내려가기 시작했다.

아직은 예감에 불과하지만 어차피 여자는 절간 하숙에 이웃으로 남을 것이다. 그녀를 다시 보는 것은 마을을 다녀와서도 늦지 않다.

그보다는 마을 쪽에 더 급한 일이 있었다.

진걸은 산 아래 마을 가게에다 신문을 한 가지 배달시키고 있었다. 절에서 가까운 산비탈 마을까지 배달되고 있는 C일보였다. 그는 대개 사흘이나 닷새 간격으로 신문을 찾으러 산을 내려갔다. 명색이 벼슬시험 준비를 하느라 절에까지 들어와 있는 터에 왕복 10리 가까운 산길을 날마다 오르내릴 수가 없어서였다. 그러나 그가 그렇게 며칠 만에 한 번씩 신문을 찾으러 가는 것은 체신을 위해서만은 아니었다. 이래도 좋고 저래도 좋은 외딴 암자에서 체신 따위는 어차피 대단스러운 게 아니었다. 그보다도 중요한 이유가 있었다. 연재소설에 속지 않기 위해서였다.
 진걸은 신문을 들면 다른 어떤 기사보다 먼저 연재소설을 읽었다. 산에 들어와 있는 이 몇 년 동안 진걸은 연재소설을 하루도 빠짐없이 열심히 읽어왔다.
 그러다 보니 어느 때부턴가 그는 제법 연재소설통이 되어 있었다. 그리고 드디어는 신문 연재소설의 이러저러한 비밀을 모조리 터득해버렸던 것이다.
 ─신문소설이란 반드시 연애소설이라야 해.
 그는 단언했다.
 수많은 연재소설들의 수많은 정사와 여체 순례와 애정 행각의 고비고비에서 정신없이 휘둘리다 지쳐난 다음에 얻은 결론이었다.
 그는 또 연애소설에서는 여자가 반드시 옷을 벗게 되어 있는데, 소설이란 다름 아닌 바로 그 여자의 옷을 벗겨가는 과정이며, 작자가 얼마나 멋있게 옷을 벗길 수 있느냐에 따라 그 소설의 성패가 좌우된다는 것이었다.
 진걸이 터득한 신문소설의 이런 비밀들이 옳은 것인지 어떤지는 알 수 없지만 하여튼 그는 늘 그런 장담을 했고 그 장담들 가운데 몇 가지는 실증이 되어 나타나기도 했다.
 이를테면 소설의 진행에 상당히 분석적인 관찰을 시도해온 진걸은 새 연재소설이 시작되면 처음 몇 회만 읽고 나서도 대뜸 그 소설에서 여자가 등장할 시기와 등장한 여자의 옷이 마지막으로 벗겨지는 날짜를 예언했는데, 그것은 거의 한 번도 실수를 한 일이 없었다. 뿐만 아니라 그는 한 여자가 독자의 관심에서 멀어지고 다음 여자가 등장할 시간적인 주기와 그에 따른 등장 빈도까지도 정확하게 점쳐냈다.

　진걸은 이런 연재소설의 비밀을 터득하기 전까지 자기는 얼마나 안타깝게 작자에게 끌려다니며 하루하루 속아넘어갔던가를 기억하고 있었다. 어처구니없는 정력 낭비였다. 그러나 이제 그는 그 비밀을 알고 있었다. 비밀을 알아차린 이상 더 속을 필요가 없었다.

　그는 여느 날은 그냥 아랫마을에 신문이 쌓이게 버려뒀다가 꼭 여자가 옷을 벗게 되거나 새 여자가 소개되는 따위의 몫이 되는 날만 마을을 다녀오고, 며칠분 소설을 한꺼번에 읽어치우는 것이었다.

　그러니까 그는 가끔, 여자의 옷을 벗길 듯 벗길 듯하다가 아슬아슬한 마지막 한두 줄을 다음 날로 미뤄버리는 작가의 술책에도 속아넘어가질 않았다. 그 마지막 한두 줄까지도 그는 정확하게 점을 쳤으며, 그래서 그는 잔뜩 안타까워진 독자를 다음 날로 꾀어가려는 작자의 꾐수에는 아랑곳없이, 마치 자신이 이야기를 맺어가듯 언제나 시원한 데까지 유유히 읽어버리는 것이다.

　이번에 진걸이 산을 내려가는 것은 먼젓번에 신문을 찾아온 지 사흘 만이었다. 사흘 전 판정으로 오늘 또 한 여자가 옷을 벗게 되어 있었다.

　마음이 급하지 않을 수 없었다.

　진걸은 잠시 암자의 여자를 잊고 한껏 기대에 부푼 발걸음으로 산을 내려갔다.

　그리고 마을 가게에서 신문을 찾아들자마자 진걸은 곧장 발길을 되돌려 다시 암자로 향했다.

　암자의 여인이 아무래도 그를 조급하게 만들고 있었다.

　그러나 여인 역시 진걸을 한달음에 암자까지 달려오게 하지는 못했다. 산을 오를수록 진걸의 상념은 차츰 여인으로부터 신문소설 쪽으로 다시 기울고 있었다.

　그는 결국 마을과 암자 중간쯤 되는 길목에서 발을 멈추고 말았다.

　그 지점이 그런 곳이었다.

　그는 신문과 관련해서 앞서 말한 것 외에 또 다른 버릇이 한 가지 길들여져 있었다. 연재소설만은 반드시 신문을 찾아오다 산길 옆 숲 속에서 읽어치우는 것이다. 암자까지 가면 방을 따로 가지고 있긴 하지만 옆방 동료들의 성급한 눈동냥질 때문에 혼자 은밀히 소설을 읽을 틈이 없었다. 그래서 소설만을 늘 길가 숲 속에서 미리 읽어치웠다. 그것도 매번 마땅한 장소를 물색하고 다니다 보니 이젠 아주 단골 장소까지 정해져 있었다. 그 단골 장소가 진걸이 지금 발을 멈춰 선 곳 근처 숲 속이었다.

　―여잔 아마 틀림없이 암자에 머물겠지.

　진걸은 잠시 머뭇거리다 변명 겸, 여인에 대한 자신의 판단을 확인한 다음 익숙한 거동으로 길옆 숲으로 들어섰다.

　길에서 눈길이 닿지 않을 만큼 한 곳에 더북한 도토리나무 숲이 나타났다. 그 곁으로 사람의 몸 넓이만큼하게 풀이 방석처럼 누워 있었다.

　진걸은 잠시 멍하니 서서 혼자 뜻 모를 미소를 흘리다가는 풀썩

모로 몸을 쓰러뜨렸다. 그리고는 멧돼지처럼 몸을 뒤채어 자세를 편안하게 가다듬은 다음 스르르 눈을 감았다.

전번까지의 이야기를 머릿속에다 다시 정리해보는 차례였다.

이번 소설의 주인공은 어떤 토건회사 과장 녀석이었다. 나이 서른네 살이 되도록 결혼은 생각해보지도 않은 작자였다. 뭘 좀 아는 낌새였다. 게다가 녀석은 '고급 하숙 구함' 따위의 신문 광고까지 내서는 하숙비를 남의 두 배나 물면서 꼭꼭 젊은 과수집만을 골라 다니는, 이를테면 과부 전문이었다. 그것도 나이가 좀 지긋하고 번듯한 집칸이나 지니고 사는 여자만 골라서.

영락없이 아는 놈이었다.

한데 신통하게도 녀석이 그렇게 과수댁만 찾는 데는 제 나름의 구실이 있었다.

그는 유부녀든 처녀든 남의 외간 남자에게 음심을 품는 것은 이미 간음이 저질러진 거라 했다. 그리고 그는 이 마음의 간음을 육신의 그것보다 더 죄악시했다. 육신의 간음은 죄를 알고 고통과 뉘우침이 따르지만, 마음으로 간음을 즐기는 여자는 그렇지가 못하기 때문이라는 것이다. 그런데 이 마음의 간음이 가장 빈번하게 저질러지는 것이 과수댁들에게서란다. 그래서 작가의 과부 섭렵은 그녀들의 파렴치한 간음에 합당한 괴로움을 부과해주려는 도덕적 행위라는 것이었다.

그러면서 그는 이번 소설 속에서만 벌써 여섯번째의 과부집으로 이사를 해온 것이다.

전번 이야기는 어느 날 저녁 여인이 밤늦게 돌아온 녀석을 위해 느닷없이 호화판 저녁상을 차려낸 데까지였다.
 여인은 마침 그날이 자신의 생일이라면서 안방에 마련한 상으로 녀석을 불러들인 것이다.
 그날 밤의 분위기로 보아 여자가 옷을 다 벗는 데는 사흘이 걸리게 되어 있었다.
 여기까지 지난 줄거리를 대강 정리하고 난 진걸은 오늘 벌어진 그 방 안의 일에 대해 한동안 더 자기 나름의 상상을 즐겼다.
 이윽고 눈을 번쩍 떴을 때 그는 잔뜩 뜸이 든 사내들의 표정이 묘하게 엄숙해 보이는 그런 얼굴로 천천히 신문을 읽기 시작했다.
 그늘진 도토리나무 가지들 사이로 차갑고 파란 오후의 가을 하늘을 발견한 것은 한 시간쯤 후의 일이었다.
 그는 신문을 다 읽고 나서 엷은 잠에 젖어 있었다. 그것도 습관이었다. 신문을 읽고 나면 언제나 기분 좋은 피곤이 찾아왔다. 특히 여자가 옷을 벗는 날은 그 피로감이 영락없이 잠을 끌어들였다.
 오늘도 그렇게 되고 말았다. 여자가 옷을 벗은 것이다.
 뭐 별로 멋있는 방법은 아니었다.
 주인공 녀석은 터무니없이 여유가 만만해서 이틀 동안이나 계속 술에 취해 여인과 노닥거리기만 하다가 나중에는 여인의 무릎 위로 곯아떨어지기까지 했다. 여자의 옷을 벗기기 시작한 것은, 녀석이 간신히 숙취에서 깨어나 자신의 몸뚱이가 여인의 잠자리 속에 파묻혀 있음을 깨닫고 나서부터였다.
 ─사내의 손이 뻗치자 그때까지도 잠을 이루지 못하고 있던 여인의 뜨거운 몸뚱이는 마치 자석에 끌리는 쇠붙이처럼 그의 팔 속

으로 안겨 들어왔다. 그리고 그의 손이 닿을 때마다 여인에게서는 마술에 걸린 듯 저절로 옷자락이 벗어져나가면서 몸이 열렸다……
 그런 정도였다.
 자신이 상상한 정도에도 미치지 못한 것이었다. 별로 흥이 나지 않았다. 언제나 자기가 정한 날에 어김없이 여자의 옷이 벗겨지고 마는 것도 이제는 싫증이 났다. 무엇보다 긴장감이 없었다. 작가도 물론 사건의 전개를 늘 쉽게 암시하지만은 않았다. 진걸의 예상에 골탕을 먹일 작정이라도 한 듯 한껏 이야기에 변화를 주기도 했다. 그러나 진걸의 예상은 늘 작가를 앞질러버렸다. 결국은 작가가 굴복하게 마련이었다. 그 승리감은 진걸에게 소설의 흥미를 배가시켜주었다. 그런데 그것도 늘 이기기만 하다 보니 이젠 통 긴장감이 없었다. 그만큼 승리감도 줄어들었다. 소설을 읽는 일이 이제는 자기 추리와 상상의 결과를 확인하는 뜻밖에는 없는 듯했다. 작가와 맞서서 그를 이기려는 긴장과 스릴이 없었다.
 그러나 어쨌든 오늘도 그는 소설을 읽고 나서 피곤을 느꼈고, 나중에는 제법 혼곤한 잠기에도 젖어들 수 있었다. 여자의 알몸은 역시 그를 피곤하게 했다. 그리고 그가 잠에서 깨어났을 때 최초로 눈에 들어온 것이 가을 하늘이었다.
 그는 그 하늘을 눈에 가득 담은 채 몸을 움쩍도 않고 잠시 가만히 누워 있었다. 짙은 적막감이 그를 엄습해왔다. 기분도 별로 맑지 못했다. 이런 잠에서 깨어났을 때는 언제나 그랬다.
 그러나 그는 곧 기분을 바꾸었다. 다시 여자를 생각해낸 것이다.
 우욱!

진걸은 불현듯 기합술사처럼 용을 쓰며 튀어 일어났다.

이제 당분간 신문에서는 그나마의 기대조차 걸어볼 일이 없었다. 무엇보다 앞으로 한동안은 새로 옷을 벗게 될 여자가 등장하지 않을 터였다.

그러나 암자에선 이제 바야흐로 진짜 여자의 이야기가 시작되려는 참이었다. 여인이 그 이야기를 위해 있어줄 것이었다.

―암, 이야기가 시작되구말구.

진걸은 그것을 분명히 예감할 수 있었다. 여래암, 특히 진걸네 별채가 그런 곳이었고, 그곳 사람들이 그런 사람들이었다. 어떤 이야기가 되든 그들은 거기서 자기 몫을 감당할 만한 충분히 기이한 성벽과 내력들을 가지고 있었다. 더욱이 진걸 자신은 이미 여자로부터 어떤 심상찮은 냄새를 맡고 긴장을 하고 있는 터가 아닌가.

―하여튼 우선 여자가 남아 있어주기부터 해야지.

그는 이윽고 산을 오르기 시작했다.

"허 형, 좋은 소식이 있소."

진걸이 별채로 들어서자 김의원 영감이 마루에 나와 그를 기다리고 있다가 얼른 귀띔을 해왔다.

진걸은 김의원 영감의 표정으로 보아 그 좋은 소식이라는 것을 듣지 않고도 벌써 짐작하고 있었다.

그는 별채 마당으로 들어서면서부터 예의 방을 살피고 있었다. 짐작대로 방문 앞 댓돌 위에 세 사람의 신발이 가지런히 놓여 있었다. 여인의 신발이 분명 두 켤레였다.

―그 여자 이야길 테지.

김의원도 말을 하면서 그쪽을 슬쩍 곁눈질해보고 있었다. 영감이 그쯤 나오는 것을 보면 그 역시 적지않은 관심이 가는 모양이었다.

김의원은 말하자면 영감의 별명이었다.

김삼응(金三應)이 본명. 자유당 말기에 시골 어디서 민선 면장을 지낸 일이 있는 김삼응 씨는 자기의 뜻을 좀더 넓은 세상에 펴보고자 국회의원 출마를 결심했다가 같은 지역에서 두 차례나 낙선의 고배를 마신 경력이 있었다. 그러나 아직 자기 가슴에서 국회의원 금배지가 자랑스럽게 빛날 날이 오고 말 것을 추호도 의심치 않고 있는 그는 벌써부터 그에 맞는 거동을 익히느라 적지않은 노력을 기울여오고 있는 터였다.

그래서 별채 친구들은 미리부터 그를 김의원이라 불렀고, 김삼응 영감 역시 그런 응대가 오히려 당연하다는 듯 의젓한 거동에 스스럼이 없었다.

그런데 오늘은 그 김의원이 체신도 돌보지 않고 여자 일에 관심을 보인 것이다.

"이웃 방에 젊은 여자 식구가 들면 어째 하필 저한테만 좋은 소식이겠습니까."

진걸은 좀 장난기를 섞어 김의원을 앞질렀다.

"하, 젊은 사람은 못 당하겠군."

진걸의 선수에 김의원은 얼떨결인 듯 실토를 하고 나서

"그런데 어느 틈에 알았소, 마을에 신문을 가지러 갔다 온 모양인데!"

주책머리 없이 감탄하고 있었다. 그러나 금세 자기의 실수를 깨달았는지

"하지만 여자 식구가 들면 젊은 허 형이 좋지, 또 누가 좋겠소"
하고는 신문을 빼앗아 든다.

진걸이 미리 알았든 말았든, 그리고 그것이 누구를 즐겁게 하든, 자기로선 이제 상관할 바 아니라는 태도였다. 적어도 김의원은 그렇게 보이기를 바라는 게 분명했다. 아무튼 좋다. 이제 진걸은 어서 여자를 다시 보게 되기만을 바랐다. 우선 여자에 대한 궁금증부터 풀어버리고 싶었다.

그때 마침 법당 쪽에서 무불 스님이 토굴로 내려왔다.

"아, 마침 두 분 선생께서 함께 나와 계셨군요."

스님은 그러나 두 사람이 주고받은 이야기를 벌써 다 짐작한 듯, 입가에 짓궂은 웃음을 지은 채 표정들을 살피고 섰다가는

"어때요, 궁금들 하시오?"

불쑥 물어왔다. 그리고는 대답도 듣지 않고

"오늘 새로 온 당신네 식구 말이오 내 곧 소개해드리다."

혼자 멋대로 말하며 성큼성큼 방 쪽으로 걸어갔다.

"별일들 없으면 같이 지낼 양반들과 인사나 해두시구료."

방 앞에 이르자 그는 닫힌 방문을 향해 마치 호령을 하듯 커다랗게 소리쳤다.

금방 문이 열렸다. 그리고 중년 부부가 먼저 방문을 나왔다. 진걸은 이상하게 가슴을 두근거리며 여자가 나타나기를 기다렸다.

그러나 마지막으로 그 여자가 방문을 나왔을 때, 그리고 재빨리

그 얼굴을 한번 훑었을 때, 진걸은 혹시 착각을 한 게 아닌가 순간적으로 자기 눈을 의심했다.

이상한 일이었다. 그녀는 아까 중년 부부를 뒤따라 별채로 들어온 그 여자가 틀림없었다. 탐스럽게 긴 머리채하며 보라색 바탕에 흰 꽃무늬가 있는 투피스 차림도 그대로였다.

한데 그 인상이 전혀 딴판이었다. 시선을 먼 데로 흘리고 있는 듯하던 이상한 얼굴 표정은 간 곳이 없었다. 활짝 갠 얼굴에 미소가 흐르고 있었다. 그것은 전혀 진걸이 본 듯한 얼굴이 아니었다.

— 착각이었을까?

그는 눈을 고쳐 뜨고 다시 여자를 바라보았다. 그러나 착각을 한 것은 지금이 아니라 낮에 여자를 처음 보았을 때인 것 같았다. 그때 여자가 움칫 반응을 보인 듯했던 것도 전혀 진걸 혼자의 생각이었던 듯했다. 여인은 진걸을 대하고도 전혀 마음에 짚이는 것이 없는 천연스런 얼굴이었다.

"인사해요. 아가씨."

이윽고 무불 스님이 소개를 시작했다.

"이 아가씨가 오늘부터 여기 대원토굴(大願土屈) 신세를 지겠답니다. 그리고 이 두 분은 앞으로 아가씨와 함께 지내실 이웃분들이구."

대원토굴은 스님이 지어준 이 별채의 이름이었다.

"안녕하세요. 지윤희예요. 앞으로 도움을 바라겠어요."

스님의 말이 끝나자 아가씨는 마치 제 남자 친구들에게나 하듯 두 사람에게 가볍게 머리를 숙였다.

"허진걸입니다."

진걸도 아직 좀 어리둥절한 기분인 채 이름을 댔다.

"벼슬시험 준비를 하러 와 계십니다."

곁에서 스님이 한마디 덧붙였다. 그리고는

"이분은 김의원이시라구…… 자서전 집필을 위해 와 계신 분이구요."

곁에서 점잖게 머리만 끄덕이고 있는 김삼웅 씨를 다시 소개했다.

"김삼웅이올시다."

그제서야 김의원 영감도 마지못한 듯 아가씨와 그녀의 양친 사이에다 애매하게 머리를 숙였다.

그러자 지윤희라고 자기 소개를 한 문제의 아가씨는 의아스런 눈으로 김의원을 유심히 쳐다보았다. 아마 김의원이니 자서전 집필이니 하는 말들에 호기심이 솟는 모양이었다.

그러나 지윤희는 그 당장 그런 것을 물으려 하지는 않았다. 그녀는 그 호기심을 삼키고 있는 듯 눈을 한두 번 크게 껌벅이고 나서는

"그렇담 두 분 다 여긴 고참이시겠군요."

좀 엉뚱한 소리를 했다.

"고참이지요. 두 분 다 여기서 아가씨를 돌봐줄 만큼은 충분히 고참이랍니다."

무불 스님이 또 그 짓궂은 웃음을 띤 눈으로 진걸을 돌아보며 대꾸했다.

"인사가 늦었습니다만……"

그런데 이때, 무슨 뜻으로 무불 스님이 진걸을 짓궂은 눈으로 돌아보았는지 알 리 없는 사람이 이야기 가운데로 끼어들었다.

"이 애 아비 되는 사람입니다. 안심하고 아이를 맡기고 가게 되어 기쁩니다."

"그래요. 하룻밤도 같이 지내고 가지 못해 여간 걱정이 아니었는데 마침 이런 점잖은 어른들과 같이 있게 돼서요."

부인도 따라 거들었다.

"왜 오늘 당장들 내려가시겠습니까. 누추하지만 하룻밤 같이 지내면서 방이나 익혀주고 가시잖구."

스님이 의외라는 듯 물었다.

"어째 그럴 생각이 없겠어요. 쟤가 싫어해서 그렇지요. 당장 내려가란답니다. 우리가 있으면 귀찮기만 하다구요."

"고집이 대단한 아가씨군요."

"바닷가 요양소 같은 델 마다고 굳이 이런 절간을 택해 온 것도 저 애 고집인걸요."

"그러시다면 따님께선 요양을 하러 여기에?"

미심쩍은 얼굴로 듣고만 있던 진걸이 비로소 한마디 물었다.

그러나 진걸의 이 첫 번 물음은 뜻밖에 낭패였다.

"너무 꼬치꼬치 묻지 않기로 해요. 처음부터 다 알아버리면 앞으로 지내기가 심심하지 않아요?"

대뜸 윤희의 핀잔이 날아왔다. 그러나 진걸은 그 말이 윤희에게는 어딘지 어울리는 곳이 있는 것 같았다.

"뭐 요양이 필요한 병이 있는 것도 아닌데, 까닭 없이 자꾸 몸이

야위어가서 그런답니다."

잠잠해 있는 진걸에게 그녀의 어머니가 대답을 대신했다. 그리고 거기서 지윤희 양에 대한 이야기는 일단 끝이 났다. 무불 스님이 별채의 다른 두 사람을 끌어내 왔기 때문이다.

"마저 인사들을 해둬요. 이분이 안 선생님이라구, 바로 아가씨 옆방에 계신 분. 이 학생은 대학교 입학시험 준비를 하고 있는 노명식 학생이구. 안 선생님 다음 방이에요. 오늘부터 저 끝방 주인이 되실 분이구요."

스님이 세 사람을 한꺼번에 소개했다. 이번에는 소개말도 간단했다. 특히 안 선생이란 사람에 대해서는 겨우 성(姓) 한 자뿐이었다. 아깟번 윤희의 핀잔이 떠올랐는지도 모른다. 그러나 그런 걸 염두에 둘 스님이 아니다. 두 사람은 애초부터 더 이상 소개가 어려운 친구들이었다.

별채 안에서도 둘은 그만큼 비밀에 가려진 인물들이었다. 비밀에 가려진 만큼 추측이 나돌았고, 추측과 소문은 다양해갈수록 어느 것도 믿을 수가 없게 되어버렸다.

하지만 추측이나 소문은 그런대로 즐거운 것이다.

안 선생이란 자는 원래 천주교 신부였다고 했다. 누구의 추측인지 누구의 입에서 나온 소문인지는 알려진 바가 없었다. 그러나 이 대원토굴에서 그는 거의 그렇게 믿어지고 있었다. 거기에는 물론 무불 스님도 포함된다. 그리고 여래암에서는 가장 외떨어진 이 대원토굴 사람들에 대해서 특히 흥미를 느끼고 있는 다른 별채 사람들도 대개는 그렇게 믿고 있었다.

"그 친구, 성당에서 남의 영혼만 구하느라 자기 영혼 망가지는 건 돌볼 틈이 없었던 게지!"

그들은 썩 자신 있게 이야기했다.

"어째서 천주교 신부가 영혼을 구원받을 장소로 하필 절간을 택했다지?"

한데 그런 식의 추측은 노명식에 대해서도 마찬가지였다.

이 녀석은 자신의 말처럼 대학교 입학시험 준비를 위해서가 아니라 고향에서 제 사촌누이의 처녀를 망가뜨리고 이 절간으로 쫓겨와 있다는 것이다.

게다가 더욱더 괴상한 것은 바로 이 수상쩍은 소문 속의 두 인물이 방금 이상스럽고 불결한 장난을 벌이고 있다는 또 다른 소문이었다.

물론 어느 것도 확실한 것은 없었다. 그런 말은 모두 두 사람이 지나치게 말이 적은 데다가, 자기들끼리는 가끔 어울리는 눈치면서도 다른 사람들에게는 뭘 숨긴 것이 있는 듯한 거북한 눈초리로 늘 자리를 피해버리는 데서 생긴 단순한 억측일 수도 있었다. 사람 좋고 남의 마음속을 잘 짚어내는 무불 스님도 본인들이 입을 열지 않는 한 그 두 사람만은 어쩔 수가 없는 형편이었다.

그러나 이런저런 사정을 알 리 없는 윤회는 아까와 똑같이 상냥하게 머리를 숙이며 그녀의 인사말을 외우고 있었다.

"지윤회예요. 앞으로 도움 바라겠어요."

"여간 쉽지 않은 아이로군."

이윽고 인사가 모두 끝난 다음, 각기 방으로 돌아가다 김의원이 기어코 한마디 해왔다. 그리고는 의미있는 눈길로 진걸을 쳐다보았다.

―그러나 아예 섣불리는 나서지 말게.

그 눈에는 분명 그런 경고가 쓰여 있었다. 진걸도 그건 사실이라고 생각했다.

해변 요양소를 마다하고 굳이 산중 절간을 찾아온 아가씨, 육신에 탈이 없으면서도 야위어만 간다는 아가씨, 부모들과는 하룻밤도 같이 지내기를 싫어하는 아가씨…… 모를 데 투성이였다. 게다가 그녀의 표정은 점점 더 알 수 없는 수수께끼였다. 지금의 그녀는 아까 낮에 별채로 처음 왔을 때와는 표정이 전혀 달라져 있었다. 눈이나 얼굴 표정만이 아니었다. 일행에서 한두 걸음 뒤진 채, 좀 우울하게 보일 만큼 고개를 숙이고 별채로 들어설 때의 그녀는 분위기부터가 지금과는 달랐다. 윤희는 그사이 자기의 분위기를 통째로 바꿔버린 게 분명했다.

―무슨 조활까?

알 수 없는 수수께끼였다. 그 수수께끼를 단념할 수는 없었다. 진걸이 어떤 기억의 실마리를 붙잡을 수 있는 표정과 분위기가 그녀에게 다시 돌아올 가능성도 있었다. 그러나 진걸은 언제 그 표정이 윤희에게 다시 돌아오게 될지, 또는 어째서 그녀에게 그런 분위기의 변화가 일어나게 되는 것인지, 도무지 상상을 할 수가 없었다. 쉽사리 알아내질 것 같지도 않았다. 그래 그런 건 아니었겠지만 그녀는 미리부터 진걸의 입을 막아놓았던 것이다.

―기다리는 수밖에 없지.

진걸은 조급해지려는 자신을 달랬다. 여유를 가지고 천천히 비밀을 캐나가리라 작정했다. 그녀의 말대로, 모처럼 별채에 맞게 된 사람의 일을, 그것도 달콤한 사연을 상상하기에 족한 귀여운 아가씨의 비밀을 너무 한꺼번에 알아버려도 재미가 적을 것 같았다.
 ─섣불리 나서서는 안 되지요. 그쯤은 이 허진걸 씨도 다……
 그는 김의원을 향해 여유 있게 마주 웃어 보였다.
 그러면서 윤희에 대한 기득권이라도 주장하듯 그녀와의 애매한 인연을 내세웠다.
 "한데 어디선지 꼭 본 아가씨 같아요. 어디서였는지 잘 생각이 나진 않지만……"
 "어디서 본 것 같은 아가씨?"
 김의원은 시선을 손에 든 신문으로 가져가며 무심히 진걸의 말을 반복했다.
 그러다 그는 자기의 소리에 새삼스럽게 주의가 깬 듯, 그러나 시선만은 계속 신문지 위에 둔 채,
 "하지만 본 일이 있는 아가씨라면 그쪽에서도 좀 색다른 눈치가 보였을 텐데, 어떻게 양쪽 다 그렇게 까마득했단 말이오?"
 따지듯 말을 보탰다.
 "글쎄요. 그래서 저도 아까부터 궁리 중입니다. 정말 그 아가씨를 어디서 본 것인가 아니면 비슷한 표정을 한 다른 여자의 얼굴이 떠오른 것인가구요. 그것도 확실치가 않거든요."
 그러자 김의원은 신문에서 아주 눈을 뗐다. 그리고는 좀 실망한 듯,

"착각이겠지. 그런 착각을 할 때가 가끔 있어요."

혼자 결론을 내리고 나서 자기 방으로 들어가버린다. 실없는 소리 더 듣고 싶지 않다는 거동이었다.

그러나 진걸은 그 김의원의 뒷모습을 바라보면서 자신 있게 머리를 가로저었다.

— 착각이라구? 천만에!

이튿날 아침 진걸이 다른 날보다 조금 일찍 자리에서 일어나 방문을 나왔을 때 문 앞에는 뜻밖에 윤희가 서성대고 있었다.

"네 분 중에 젤 먼저시군요. 전 젤 먼저 일어나신 분을 기다리고 있었어요."

그녀는 아직 해가 뜨지 않은 절간의 아침 기운에 기분이 흠뻑 젖어 있다가 진걸을 보자 마치 오랜 친구나 대하듯 허물없이 말했다.

"왜, 아침잠이 적으신가 보군요."

진걸은 좀 어리둥절해서 마루를 내려섰다.

"아니에요. 약수터엘 좀 데려다 달래려구요. 이 절 근처에 약수가 나는 샘이 있다지요?"

"아 약수터요? 거기라면 저도 가끔 가는 데지요."

진걸은 평소에 아침 약수를 좋아하지 않았다. 그러나 오늘은 사정이 다르다. 두말없이 앞장을 섰다.

"가시죠. 산을 좀 올라가야 합니다."

"많이 가야 하나요?"

윤희가 뒤따르며 묻는다.

"7, 8분 걸립니다."

"아침 산책길로는 꼭 알맞은 거리군요. 전 앞으로 매일 다니겠어요. 이 절이 아주 맘에 들었거든요. 조용하구 산책길로도 좋구."

윤희는 계집 조카아이처럼 의외로 많은 말을 지껄여댄다. 그러는 윤희는 나이도 어제보다 두세 살쯤은 어려 보인다. 그 기이한 인상과 분위기 때문이었는지 어제의 그녀는 혼기를 놓쳐가고 있는 노처녀 티가 났었다. 그러나 지금은 이제 막 학교를 졸업했거나 적어도 그런 분위기를 잃지 않고 있는 여인의 신선함이 있었다.

"절이니까요."

진걸은 간단히 대꾸했다. 그리고 나서는 곧 자기의 말을 뒤집었다.

"하지만 윤희 씨가 좋아진 건 우리가 있는 별채겠지요. 왜, 불당에서 우리와 반대쪽 골짜기에 학생들만 들어 있는 별채가 둘이나 있지 않아요? 그쪽은 좀 어수선해요. 사람이 스무 명이 넘으니까요."

"웬 학생들이 그렇게 많아요?"

"시험 준비들을 하고 있지요."

"허 선생님 동지들이군요."

"하지만 전 아등바등 초조해서 날뛰는 그 친구들 속에선 책을 읽지 못하는 성밉니다."

"여유가 만만하신 모양이지요?"

"여유라기보다······"

진걸은 아픈 데를 찔린 듯 잠시 말을 머뭇거리다가

여래암(如來庵) 사람들 27

"하여튼 우리 숙사가 이 절에선 제일 조용해요. 사람들도 그렇 구……"

갑자기 대답을 바꾸어버렸다.

"하지만 아주 조용한 것만 좋아하진 않나 봐요. 정말로 조용해 지고 싶은 분들이면 더 깊은 곳으로 들어갔을 텐데."

"그야 세상일을 누구보다 사랑한 사람들이니까요. 그래서 모두 여자 식구가 는 것을 반가워하지 않습니까. 전 어제 윤희 씨를 처 음 보구 얼마나 반가웠는지 모릅니다."

"어떻게 제가 식구가 될 줄 아셨나요?"

"이런 데서 오래 있으면 거동만 보고도 그쯤은 곧 알게 되지요. 게다가 우리 별채에는 그 벼슬시험하곤 상관이 없는 사람만 드는 전통이 있어요. 빈방이 한 칸 벌써부터 그런 사람을 기다리고 있 었거든요."

진걸은 자신도 그런 시험과는 상관이 없는 사람이란 듯 서슴없 이 말했다.

거진 약수터에 이르고 있었다.

그런데 그때 윤희가 무엇을 보았는지 흠칫 얼굴색이 변하며 진 걸에게로 몸을 기대왔다.

"저, 저기 좀 보세요. 저건 사람이 아녜요?"

윤희는 진걸에게 몸을 기댄 채 목소리를 죽이며 말했다. 진걸은 얼른 윤희가 가리키는 산봉우리 쪽을 보았다. 그리고 이내 사정을 알아차리고는,

"그렇지요. 사람이지요. 그런데 왜 그렇게 놀라지요?"

싱거운 듯이 말했다. 그러면서도 한편으로는 윤희가 놀란 게 당연하다고 생각했다.

윤희가 가리킨 곳은 약수터에서 좀더 올라간 봉우리 쪽의 높은 바위 위였다. 거기 한 사내가 동편 하늘을 향해 경건한 자세로 꿇어앉아 있었다. 지금 막 떠오르는 아침 햇살을 받으며 마치 바위의 일부가 되어버린 듯 움쩍도 않고 있는 사내의 모습은 무슨 유령처럼 섬찟한 느낌마저 들었다.

"누구예요?"

윤희는 꽤 긴장이 된 듯 숨을 크게 삼키며 묻는다.

"김의원 영감이지요."

"네? 그 자서전을 쓰러 왔다는……?"

윤희는 한 번 더 놀라는 눈치였다.

"그러니까 아까 윤희 씨가 제일 먼저 일어난 줄 아신 건 잘못이었지요."

"그렇담, 저분은 그보다 더 먼저 일어나서 이곳으로 왔군요."

"그렇지요. 저렇게 아침 해가 솟는 것을 놓치지 않는 사람이니까요. 아무튼 이제 앞으로 윤희 씨는 매일 저기서 김의원을 보게 될 겁니다."

"도대체 뭣 때문이에요? 바위 위에서 저러고 뭘 해요?"

윤희는 계속 궁금증에 쫓기는 표정이었다. 진걸은 그게 재미가 있었다.

"이제 보니 윤희 씬 퍽 이기적인 데가 있군요."

"네?"

여래암(如來庵) 사람들 29

갑작스런 소리에 윤희는 어리둥절해서 진걸을 쳐다본다.

"너무 이것저것 물어대시니까 말입니다."

진걸은 말을 우회했다. 윤희는 여전히 뜻을 알아듣지 못한 모양이었다.

"한꺼번에 이것저것 다 알아버리면 재미가 없지 않아요."

진걸은 계속 우회했다. 그제야 윤희는 겨우 생각이 떠오르는 듯.

"호호 참 그렇군요. 바로 제가 어제 그런 소릴 했었지요."

쉽게 시인을 하고는,

"하지만 전 그런 사람인걸요."

묘하게 자신을 변호했다.

"그렇다면 더욱 이기적이죠. 남의 일은 한꺼번에 알아버리려고 덤비시면서 자신의 일은 묻지 말라니……"

"이기적이래도 그게 좋은걸요."

윤희는 엉뚱하게 고집을 부릴 작정인 듯했다.

"하지만 그런 자기 본위가 쉽게 통하진 않을걸요. 어제 무안까지 당했겠다, 저도 호락호락 다 불지는 않을 테니까요."

진걸도 짓궂게 몰아세웠다. 그제야 윤희는,

"그렇담 할 수 없죠."

고집을 부릴 때만큼이나 싱겁게, 갑자기 항복해버렸다. 그리고는 다시 물으려고도 하지 않는 것이 정말 단념을 해버린 눈치였다.

그러나 진걸은 샘터까지 갔다 오면서 김의원과 그의 자서전에 관한 이야기를 결국 다 털어놓고 말았다.

그것은 김의원이란 인간의 뒤됨이에 진걸 자신이 그만큼 깊은 흥미를 가지고 있는 때문이기도 했다.

김의원은 자서전광이었다. 그는 한 정치가가 위대한 치적을 쌓고, 후세에 이름을 남기느냐 못 남기느냐 하는 것은 전혀 그 정치가의 자서전에 달린 것이라면서 묘한 자서전 벽을 가지고 있었다.

정치가라는 사람들은 썩어졌거나 썩어지지 않았거나 반드시 자기의 자서전을 한 권씩 가지고 있다. 시저나 링컨 같은, 또는 김춘추나 세종대왕 같은 인물들 중의 하나를 정치가들은 마음속에 지니고 흔히 자기와 비교하기를 게을리하지 않는데, 그게 곧 그 사람의 자서전이다. 정치가란 미리 그렇게 자기의 자서전을 마음속에 써놓고 그것을 실현하고자 노력하는 사람들이다. 그리고 그 실현 과정이 곧 정치라는 것이다. 폭정이니 독재니 하는 것도 실은 그 자서전의 실현 과정에서 무리가 생기거나 옳지 않은 자서전에 신념이 지나친 데서 결과되는 현상이다. 우선 그 자서전부터 올발라야 한다. 김의원의 생각은 대개 그런 식이었다.

그리고 그에게도 물론 그의 자서전이 있었다. 그 인물이 누구로 되어 있는지는 밝혀진 일이 없지만, 하여튼 그는 옛날 민선 면장 시절부터 훌륭한 자서전이 있었노라고 했다.

그런데 그는 자기의 자서전이 군색스런 시골 면정(面政)에서보다는 보다 큰일을 경륜하기에 알맞으며, 그런 일에서라야 더욱 훌륭히 실현되어 찬연한 업적과 함께 완성될 수 있다는 것을 깨달았다는 것이었다.

그는 곧 뜻을 정하고 우선 조그만 정당의 청부 공천을 얻어 국회의원에 출마했다. 그러나 세상일이 뜻과 같지는 않아 거푸 두 번이나 낙선을 하고 말았단다.

그래서 차기 선거까지는 시간이 좀 있는 김에 자서전을 좀더 다듬고, 할 수만 있으면 아주 기록으로 남겨둘 작정을 하고 이 여래암을 찾아왔노라는 것이었다.

그것이 지난봄이었다.

"그래서 매일 아침 저렇게 해가 떠오르는 것을 바라보며 바위에 꿇어앉아 자서전을 구상한답니다."

"그러니까 아직 썩어지진 않았군요?"

진걸의 이야기를 좀 장난스런 얼굴로 듣고 있던 윤희가 웃음을 참으며 물어왔다.

"그건 저도 몰라요. 그 자서전의 구체적인 내용이나 진도에 대해서는 전혀 들은 일이 없으니까요."

"아무튼 우리 숙사에는 이상한 분들만 모여 계신 것 같군요."

윤희는 그러면서 또 한 번 바위를 힐끗 쳐다본다.

"그렇지요. 조금씩은 모두 이상하지요. 하지만 그것은 다른 사람보다 세상을 더 좀 사랑해보려고 했던 증거겠지요."

진걸은 웃으면서 말했다. 그러나 그 웃음소리에는 어딘지 쓸쓸한 구석이 있었다.

"어떻게 세상을 더 사랑하려고 했나요? 어제도 같은 말씀을 하시던데……?"

윤희는 다시 호기심이 이는 모양이었다.

"지내보시면 알게 되겠지요. 어떤 식으로 세상을 더 사랑하려고 했는지 그리고 아직도 사랑하고 있는지…… 그건 숙제로 해둡시다. 뭐 저는 그런 숙제감이 될 자격이 없으니 미리 알아두시구요."
 진걸은 거기서 자신을 제외하려고 했다.
 그러나 윤희는 그것이 오히려 불만인 듯,
 "아니에요. 허 선생님도 마친가질 거예요. 아직은 잘 모르지만 허 선생님도 틀림없이 이상한 데가 있어요."
 단언하고 나섰다.
 "그걸 어떻게 장담하지요?"
 "제 느낌이에요. 아마 제 느낌이 맞을 거예요. 어제 스님께서 웃으시며 선생님을 돌아보실 때도 그걸 느꼈어요."
 ─이 여잔 역시 쉽지 않은 여자겠군. 그리고 그만큼은 귀여운 데도 있는 여자겠어.
 진걸은 속으로 놀라고 있었다. 그러나 곧 아무렇지도 않은 듯,
 "그런 느낌으로 말한다면 저도 할 말이 있어요. 윤희 씨도 이상한 여자라구요."
 전에 그녀를 본 일이 있노라고 말할 작정이었다.
 그러나 진걸은 전날의 표정이 흔적도 남아 있지 않은 윤희를 보자 바로 그렇게 말할 수가 없었다.
 "전 전에 어디서 윤희 씨를 본 일이 있을지 모른다고 생각하고 있거든요."
 자신 없는 소리를 했다. 그러자 윤희는 놀라는 기색도 없이 한참 동안 진걸을 쳐다보기만 하다가,
 "저를 어디서 보았을지 모른다구요? 거보세요. 역시 선생님은 느낌이 이상하세요. 전 전혀 그런 기억이 없거든요."

오히려 진걸을 몰아세운다.

진걸은 웃고 말았다. 더 설명을 해봐야 이해될 일이 아니었다. 그러니까 윤희는 한발 더 덤빈다.

"가령 그게 사실이래두 제가 이상한 여자라는 거하곤 상관이 없지 않아요?"

"상관이 있어요. 어디서 본 듯한 그 느낌의 내용이 심상치가 않거든요."

이번에는 진걸도 윤희가 알아듣든 말든 상관하지 않았다.

그러나 윤희는 이제 진걸의 이상한 데는 다 본 다음이라는 듯

"하지만 제가 아까 여래암 사람들이 모두 이상하다고 한 건 허 선생님을 두고 한 말은 아니었어요. 다른 일이 있었거든요."

여유 있게 화제를 바꾼다.

"다른 일요?"

진걸은 이제, 오늘 이 여자와는 아무리 길게 이야기를 해도 이야기다운 이야기는 나올 것 같지가 않아 건성으로 대꾸를 했다.

"안 선생님이라구 계시죠? 제 옆방에……"

"있지요."

진걸은 아직도 건성 대답이었다. 그런데 이번에는 윤희 쪽에서 꽤 열심이었다.

"어떤 분예요?"

"자기 말로는 세상일이 좀 피곤해져서 쉬러 왔다더군요."

"그 밖에는요?"

계속해서 묻고 있는 윤희의 얼굴에는 어떤 심상찮은 암시가 떠

올라 있었다. 진걸은 비로소 수상한 생각이 들기 시작했다.

―그렇다면 이 여자가 벌써 무슨 낌새를 알아챘단 말인가?

그렇더라도 섣불리 이쪽에서 먼저 내색을 할 수는 없는 일이었다.

"자신이 말한 일은 없지만, 가톨릭 신부였다는 소리도 있구요."

윤희는 그 말이 갑자기 납득할 수 없는 듯 얼굴을 찡그렸다. 그러나 곧 그것을 마음속에 보류해버리며,

"한데 그분, 입학시험 공부하러 왔다는 더벅머리와는 어떤 사이예요? 친척인가요?"

다시 노명식과의 관계를 물어왔다.

영락없이 무슨 낌새를 챈 눈치였다.

진걸은 와락 긴장이 되었다.

그것은 윤희에 대한 긴장만은 아니었다. 진걸 자신도 그 두 사람에 관한 불결한 추측이나 소문을 확인해본 일이 없었다. 그런데 윤희가 벌써 그 둘 사이에서 무슨 수상한 낌새를 느꼈다면? 그렇다면 요즘 와서 두 사람을 더욱 짙게 맴돌고 있는 그 어이없는 소문이 사실이란 말인가.

"인척 관계는 아니지만 둘이는 여기서 다른 사람보다 퍽 친하게 지내는 편이지요."

진걸은 조심스럽게 말했다. 그리고는,

"왜, 그 친구들이 무슨 음모라도 꾸미고 있던가요?"

슬쩍 떠봤다. 그러나 윤희는 뭔가 멈칫멈칫 망설이기만 하다가는 여전히 석연치 않은 얼굴로,

"며칠 더 지내보고 이야기하겠어요."

일단 진걸의 호기심을 외면해버렸다.

"두 분 산책하던 모습이 참 보기 좋습니다. 꼭 정다운 오누이 같았어요."

아침상을 물리고 할 일 없이 건너온 김의원이 또 알은체를 했다. 비난기가 서린 어조였다.

'정다운 오누이' 어쩌고 하는 소리도 그런 뜻이 숨어 있었다.

"한눈을 팔고 계셨군요?"

진걸은 변명을 하려고 하지 않았다.

젊은 계집에 대한 관심은 나이 든 사낼수록 의뭉스럽기 일쑤였다. 윤희에 대한 김의원의 관심은 아닌 듯하면서도 처음부터 좀 수상한 데가 있었다. 김의원이 나이나 체신 따위 거추장스런 의상을 벗어던지기로 한다면 진걸로선 여간 낭패가 아니었다.

그는 김의원 영감이 자기 상상을 실컷 좇다가 제풀에 지쳐 나가게 해주고 싶었다.

"그땐 벌써 내 일이 끝난 다음이었으니까."

김의원은 진걸의 말뜻을 알아듣고, 그러나 아직 그럴 작자는 아니라는 듯 점잖게 대꾸했다.

진걸은 그 천연스런 대꾸가 더욱 수상쩍어

"어떻든 그 아가씨 생각보단 퍽 상냥하고 호기심도 대단하더군요."

올가미를 놓았다. 그러자 김의원은

"그야 허 형 재간으로 말 못 시킬 여자가 있겠소?"

눈치를 챈 듯, 처음에는 올가미를 못 본 체하더니,

"한데 그 애가 무슨 일에 그리 호기심이 대단했소?"

결국은 제물에 걸려들어왔다.

"김의원께서 바위에 앉아 계신 걸 보고 무슨 도사 같다더군요. 그러면서 그 도사의 자서전을 보고 싶다구요."

진걸은 거짓말을 했다.

"거봐요. 그 앤 역시 쉽지 않은 아이라니까."

김의원은 윤희를 '아이' '그 애' 하면서 다시 쉽지 않은 아이라고 단언했다.

진걸은 그러는 김의원에게서 사내들이 때로 다방 마담이나 요정 접대부를 이 애 저 애 하면서 제 마누라나 되듯이 난폭하게 다룰 때처럼 기분 나쁘게 자신만만한 것이 느껴졌다.

"한데 자서전 애기가 나온 걸 보니 허 형이 내 애기를 좀 한 게로구려. 그래 그 애가 내 자서전을 몹시 보고 싶어 합디까?"

진걸이 대꾸가 없으니까 김의원은 궁금한 모양이었다. 안 되겠다 싶었다. 진걸은 자기 올가미에 자신이 걸려드는 기분이었다.

"하지만 아직 씌어진 건 아니니까 읽어볼 수가 없을 거라고 했지요."

"허 형이 그걸 어떻게 알구?"

대번에 김의원이 항변을 해왔다. 그러나 그 항변은 자신이 없었다.

"어디까지 썼는지 허 형에겐 보인 일이 없을 텐데?"

"보여주신 일은 없지요."

진걸은 다짐을 하고 나서,

"하지만 그건 아무래도 상관없어요. 윤희 씨가 호기심을 갖고 있는 건 오히려 안 선생 쪽이었으니까요."

주의를 마저 돌려놓으려고 했다.

"안 선생?"

김의원은 방금 실망을 한 탓인지 진걸의 이 말에는 별로 관심을 갖지 않았다. 그리고는 하루 종일 애매한 비난이 서린 눈초리로 멀찍감치서 진걸의 거동만 살피고 돌아갔다.

그런데 진걸이 김의원의 관심을 돌려놓기 위해 지껄인 그 마지막 말은 이날 밤 그에게 묘한 사건으로 증명이 되었다.

진걸은 자신이 김의원에게 한 말처럼 윤희의 관심이 안 선생에게만 가 있다고는 생각하고 있지 않았다.

그리고 김의원이 무슨 뜻으로 한 말이건 윤희가 반드시 쉽지 않은 여자라고만 생각하고 있지도 않았다. 물론 그녀에게는 쉽지 않은 데도 있는 게 사실이었다. 그러나 그녀는 진걸이 계산해낼 수 있는 여자였다. 자신을 가누며 천천히 저울질을 계속해나간다면 (더욱이 그 눈빛과 기이한 표정 속에 지닌 진걸 자신의 숙제만 풀린다면) 윤희는 쉬울 수도 있는 여자였다. 아침 약수터 길에서 진걸은 그런 자신을 얻고 있었다.

그는 신중한 계산 속에서 하루를 지냈다.

그런데 자정이 넘은 밤중 변소길을 다녀오다 뜻밖의 광경을 만나버린 것이다.

별채 뒤꼍, 안 선생의 벙어리 창문에 그림자 하나가 찰싹 붙어서 있었다.

윤희다!

진걸은 어둠 속에서도 대뜸 그것이 윤희라는 것을 직감할 수 있었다.

아침에 그녀가 한 말부터 떠올랐다. '그런 일이 있었어요. 며칠 더 지내보고 말씀드리겠어요……'

진걸은 발소리를 죽이며 천천히 그림자 곁으로 다가갔다.

역시 윤희였다. 그러나 윤희는 조심조심 자기에게로 다가드는 밤그림자를 아는지 모르는지 계속 창문에만 붙어 서서 꼼짝도 안 했다.

무엇인가 열심히 방 안만 들여다보고 있었다. 이미 이쪽의 정체를 알고 아랑곳하지 않는 것 같기도 했다.

그러나 방 안에서는 무슨 특별한 일이 벌어지고 있는 것 같지도 않았다. 밤늦은 불빛이 창지를 노랗게 물들이며 새어나올 뿐 아무 기척도 없었다.

윤희는 진걸이 그녀의 등 뒤까지 다가가서 가만히 팔을 건드릴 때에야 비로소 얼굴을 돌리더니 재빨리 손가락을 입으로 가져다 대었다. 그리고는 다시 문창살 틈을 한곳 가리켜 보였다. 여태 자기가 눈을 대고 있던 곳이다.

진걸은 그녀가 시키는 대로 말없이 그 조그만 틈새로 시선을 밀어넣었다.

처음에는 아무것도 볼 수가 없었다. 한참만에야 그는 겨우 방 한쪽 구석 걸상에 안 선생이 넋이 나간 표정을 하고 앉아 있는 것이 보였다.

"얼굴을 자세히 봐요. 땀을 흘리고 있지 않아요?"

윤희가 귓속에다 대고 속삭여왔다. 그러고 보니 안 선생은 멍한 표정과는 다르게 이마에 땀이 솟아 있는 것 같았다. 얼굴이 좀 질려 있는 것 같기도 했다.

―하지만 그게 어쨌다는 건가.

진걸은 문틈에서 눈을 뗐다.

소동을 벌일 만큼 무슨 희한한 일이 있었던 것 같지는 않았다. 안 선생은 정말 신부였을 수 있었다. 그리고 지금도 신부의 신분일는지 모른다. 그런 사람에게는 있을 수 있는 표정이었다. 안 선생의 기이한 처지로 봐서 그것은 썩 어울리는 표정일는지도 모른다. 아니 그런 건 때로, 어느 사람에게도 있을 수 있는 표정이었다.

진걸은 막연히 그런 생각을 했다. 슬그머니 화가 났다.

그깟 일로 윤희가 어째서 안 선생의 방까지 몰래 엿보고 있는 것일까. 도대체 무슨 일이 있었단 말인가.

"조금 전에 노명식 학생이 왔다 갔어요. 칼을 들고 왔었나 봐요."

의아스럽게 쳐다보고 있는 진걸에게 윤희가 다시 낮게 속삭였다.

"칼을?"

윤희의 말에 진걸은 다시 문틈으로 눈을 가져갔다. 안 선생은 여전히 아까와 똑같은 자세, 똑같은 표정이었다. 아깟번과 다른 것은 방 안 분위기가 어딘지 불길한 것으로 가득 차 있는 듯한 진걸 자신의 느낌뿐이었다.

그런데 이때 진걸은 그 불결한 방 안 분위기와는 전혀 다른 어떤 독특한 냄새를 코끝에 어슴푸레 느끼고 있었다.

여자의 머리칼 냄새였다. 아니 여인의 냄새였다. 윤희가 방 안을 한 번 더 엿보고 싶었는지 머리를 디밀고 있었다. 그녀의 머리칼이 코앞에 있었다.

진걸은 그 윤희의 머리칼 냄새를 견디지 못한 듯 문득 눈을 떼고 창문으로 물러섰다. 그리고 아주 뒤꼍에서 빠져나오고 말았다.

윤희도 곧 진걸을 뒤따라 나왔다. 그리고 집 모퉁이를 돌아선 다음에야 겨우 숨소리를 놓으면서 진걸에게 물어왔다.

"무슨 일이에요? 허 선생님은 알고 계시죠?"

이젠 며칠 더 지내보고 말 것도 없다는 투였다.

"글쎄요. 그건 제가 묻고 싶은 것인데요. 도대체 노 군이 칼을 들고 왔던 건 정말 보았어요?"

진걸은 자기 나름으로 상상되는 것이 있었으나 우선 그렇게 물었다.

"네. 그 애더러 안 선생님이 '칼을 가져가지, 자네 물건이니까' 하시더군요. 그러니까 그 앤 말없이 자기 무릎 앞에서 뭔가 집어들고 방을 나갔어요. 분명히 칼이었을 거예요. 무슨 일이죠?"

설명 끝에 또 묻는다.

"그러니까, 윤희 씨가 처음부터 보고 있었던 건 아니군요."

"제 방에 있으려니 아무래도 기척이 이상한 것 같았어요. 어제부터 벌써 좀 이상하다고 생각하고 있었거든요. 주위를 뱅뱅 돌다가 한참 나중에야 뒤꼍에서 창문을 발견했지요."

"기척이 어떻게 이상했길래?"

진걸은 염치없이 물어댔다.

"밤늦게 칼까지 들고 남의 방에 덤벼들어갔는데 기척이 이상하지 않을 수 있었겠어요? 어제도 그랬는진 모르지만요."

"그래, 윤희 씨가 처음 방 안을 들여다보았을 땐 무슨 일이 있었지요?"

"정말 허 선생님도 모르고 계신 모양이군요. 그렇담 마저 말씀을 드려야지요."

그리고 나서 윤희는 잠시 말을 끊었다. 진걸은 이야기가 좀 거북한 거라고 생각했다.

그러나 윤희는 그리 거북한 이야기는 아닌 듯,

"그런데 그게 이상해요."

전제부터 하고는

"제가 방 안을 들여다보았을 때 그 애는 안 선생님 무릎 아래 가만히 꿇어 엎드려 있었거든요."

선선히 설명해준다.

"안 선생님은 방금 무슨 이야기가 끝난 듯 아까와 같이 땀을 흘리며 그 앨 내려다보고만 있었구요. 칼까지 가지고 들어간 사람하구 이상하지 않아요?"

아무래도 알 수가 없다는 표정이었다.

진걸도 알 수가 없었다. 윤희가 앞뒤를 다 보지 못한 탓도 있었으리라. 그러나 그녀의 이야기는 지금까지 진걸이 그 둘에 대해 상상해온 것과는 거리가 너무 먼 듯했다.

쉽사리 이해가 되지 않았다.

─도대체 이 작자들이 무슨 수작을 벌이고 있는 것일까.

한데 윤희와 헤어지고 들어와 잠자리에 누운 진걸은 생각이 다시 달라지고 있었다.

조금 전 일에서 안 선생은 점점 사라져갔다. 기이하고 수상한 데가 있긴 하지만 그것을 기왕의 상상에서 그리 먼 데 있는 일만은 아닌 것 같기도 했다. 다시 생각해보니 그것 역시 진걸이 두 사람에 대해 가져온 추측의 한계 안에서 일어날 수 있는 일이었다.

게다가 그 일에는 윤희가 발을 벗고 나서고 있었다. 기다려보면 알 일이었다. 지금까지도 그렇게 그냥 기다려온 터, 조급해 못 견딜 만큼 궁금해할 일은 못 되었다.

그보다 진걸은 더 가까운 것을 쫓고 있었다. 윤희의 머리 냄새였다. 머리칼 냄새보다 여자로 느끼게 해주는 것이 있을까. 또 여인의 어떤 것이 머리칼 냄새보다 은밀하면서도 직접적으로 사내를 자극시킬 수 있는 것이 있을까. 외모나 성격이나 교양이 아무리 달라도 여인의 머리칼 냄새는 그 여인의 여인인 것만을 말해준다.

진걸의 코끝에서는 아직도 윤희의 머리 냄새가 맴돌고 있었다. 은은하면서도 가슴속까지 젖어드는 듯한 그 독특한 냄새는 밤의 어둠이 있는 한 그리고 진걸의 상념이 살아 있는 한, 좀처럼 물러가려고 하지 않았다. 오히려 더 깊고 견딜 수 없는 자극으로 방 안을, 그의 잠자리를 가득 채워가고 있었다.

그 이튿날이었다. 진걸은 좀 성급한 듯했으나 이날로 윤희를 자기 방으로 불러들였다.

"남의 방에 드나드는 버릇 들였다간 좋은 일이 없을 텐데요?"

윤희는 대담한 채 지껄이면서도 조금은 망설이는 시늉을 해 보였다. 그러나 진걸은 작정하고 있었다. 간밤부터의 작정이었다. 그는 날이 거의 밝을 때까지 그 냄새에 시달리다 문득 작정을 했던 것이다.
"꼭 보여드리고 싶은 게 있어요."
정말로 보여주고 싶은 것이 있었다.
그것을 보여주고 어쩌자는 작정은 아직 없었다. 먹이를 채러 덤비기 전에 좀더 자세한 반응을 살피려고 하늘을 한두 바퀴 맴도는 솔개의 비행 같은 것이라고 할까. 아니 그것은 적당치 않은 비유다. 진걸 자신도 거기까지는 아직 확실히 생각하고 있지 않으니까.
그러나 하여튼 진걸은 그것을 보여주고 싶었다. 윤희의 반응을 보고 싶은 것도 사실이었다.
윤희는 조금 망설이는 체하다가 곧 방으로 들어왔다.
그러자 진걸은 책상 서랍을 뒤져 스크랩북 같은 것을 한 권 꺼내다가 윤희 앞에다 펼쳐놓았다.
"이게 뭐예요? 제게 보여주실 거예요?"
윤희는 실상 진걸이 무얼 보여주겠다던 말은 잊어버리고 있는 듯 의아해서 물었다. 그리고는 거의 무관심한 눈으로 스크랩북을 한 장씩 한 장씩 넘겨보기 시작했다.
거기에는 언뜻 알아보기 힘든 수표와 그래프 같은 것이 첫 장부터 가득 차 있었다. 그것도 어디서 잘라다 모아 붙인 것이 아니라 진걸 자신이 가지가지 색연필과 굵고 가는 선으로 직접 그려놓은 것이었다. 어떤 것은 막대나 기둥 모양으로, 어떤 것은 꺾은 금으로, 또 어떤 것은 부채꼴 모양으로 이미 완성된 것도 있고 거의 완성되어가는 것도 있었다. 이제 막 시작이 된 것도 있었다.

"이게 다 뭐예요?"

윤희는 한참 책장을 들추다 말고 진걸을 쳐다보았다.

"제 생활입니다."

진걸은 꽤 진지한 얼굴로 대답했다.

"생활이라뇨?"

"제가 밥 먹고 늘 하는 일이 그것이고 또 제 관심이나 생활 내용이 거기에 정리되어 있으니까요."

진걸은 좀 지나쳤다는 생각이 들어 말을 해놓고는 아니란 듯이 웃었다.

그러나 그것은 정말이었다.

진걸은 숫자처럼 정직한 것은 없다고 생각하고 있었다. 세상일은 숫자를 통한 통계나 그래프로 정리하여 이해하는 것이 가장 정확하다고 했다. 수표나 그래프로 정리되지 않은 세상일이란 없었다. 그는 모든 일을 수표로 정리하고 그래프로 그려 이해하려고 노력했다.

김의원도 진걸의 그런 그래프 벽에는 다소 이해를 가지고 있었다.

"뭐니 뭐니 해도 그래프가 정확하지. 그래프로 정리된 현황판 하나면 면정이 일목요연했으니까."

곧잘 면장 시절을 회상하곤 했다. 그러나 그는 또 다른 기억 때문에 진걸의 그래프 벽을 그리 좋아하지는 않았다. 국회의원 선거 때 그놈의 그래프에 데었다는 것이다. 고정 확보 표수, 지연 표수,

문중 표수, 부동 표수, 흡수 가능 표수, 차기 선거시 재흡수 가능 표수…… 그런 것이 다시 떠오르기 시작하면 자서전 구상에 방해가 많다는 것이었다.

"그런데 허 형은 어디서 그런 버릇이 생겼소?"

그러나 진걸은 그것을 버릇이라고 생각하지는 않았다. 그것은 그의 주장이었다. 주장인 바에 특별한 동기가 있을 리 없다. 그가 전에 그래프와 인연을 가진 일이 있었다면 고등학교 시절 늘 교실 복도에 그려 붙이곤 하던 모의고사 성적표——10회 모의고사 성적의 회별 변화와 평균, 작년도 일류대학 합격자들과의 성적 대비, 지원 허가선, 합격 가능선…… 그 선에 들기 위해 얼마나 발버둥을 쳤던가——뿐이었다.

그때 진걸은 번번이 만족할 만한 선 안에 있지 못했고, 그 통계 숫자의 명령을 업신여기고 덤벼들었다가 대학 진학이 3년이나 늦어지고 말았었다. 그래서 그 그래프에 굴복을 한 것일까.

어쨌든 김의원의 핀잔에도 불구하고 그는 신념을 가지고 모든 일을 그래프로 옮기고 있었다.

"어떤 식이냐 하면 이걸 보세요."

진걸은 마침 윤희가 펼쳐 들고 있는 그래프를 하나 가리켰다.

"이건 지난여름부터 가을까지 우리나라에서 발생한 콜레라 환자 수와 사망자 수의 날짜별 대비표예요."

빨갛고 파란 두 개의 막대기가 매 칸마다 나란히 그어져 있다. 현황과 총 환자 수는 따로 꺾은 금으로 표시되어 있다. 총 환자 수가 천은 넘어 있었다.

"그리고 이건 저와 직접 관계가 있는 것으로 저의 매일 취침 시간과 하루 동안 방문을 열고 나가는 횟수."

"이건 선생님께서 한 달에 받은 편지 통 수군요."

비로소 윤희가 관심을 보였다.

"편지 통 수의 변화를 보면 제가 어떻게 잊혀져가고 있는가, 또 가족을 실망시키고 있는가를 알 수 있어요. 그러니까 그래프란 대체로 위로위로 뻗어 올라가는 편이 환영할 현상이죠. 재미도 있고……"

"콜레라 환자 수두요?"

"그건 좀 다르지만…… 하루하루 변화를 그려가는 재미로는 그것도 마찬가지겠죠."

그리고 나서 진걸은 비로소 그가 윤희에게 보여주고 싶은 진짜 그래프가 있는 페이지를 들춰 보였다.

그 그래프는 맨 뒤페이지에 있었다. 가로세로가 똑같이 열 개의 눈금으로 나뉘고, 그 눈금에는 역시 가로세로 똑같이 10까지의 숫자가 표시되어 있었다. 얼른 보아 반비례 곡선 비슷한 것이 가로로 9까지 나가 있다.

"이건 또 뭐예요?"

"그게 제가 윤희 씨에게 보여드리고 싶은 그래픕니다. 제겐 썩 중요한 뜻이 있는 거죠."

그러나 이번 것에는 양쪽 10까지의 숫자와 곡선 외에 그래프의 내용을 해독할 다른 표시가 없었다.

"제가 이걸 윤희 씨에게 보여드리는 건, 이 그래프를 완성하는

데 윤희 씨의 도움이 필요할지 몰라서입니다. 보세요. 아직 완성이 덜 되어 있지 않아요? 가로의 마지막 10자리가 비어 있어요."

"이상하군요. 제가 허 선생님의 그래프에 어떻게 필요한가요? 이게 무슨 내용을 지닌 그래픈데?"

윤희가 어리둥절해서 묻는다.

"차차 아시게 됩니다. 제가 정말로 윤희 씨의 도움이 필요하다고 생각할 때, 아직 그렇게는 생각하고 있지 않거든요."

진걸은 애매하게 대꾸했다.

그럴 수밖에 없었다. 그 그래프의 비밀을 윤희가 당장 알게 된다면 그녀는 아마 기절이라도 하고 말 것이다. 가로의 숫자는 진걸을 거쳐간 여인의 순서였다. 그리고 열 가지로 표시된 세로의 숫자는 한 여자마다 진걸이 결별을 할 때까지 잠자리를 같이한 횟수였다. 그러나 아무것도 눈치를 못 챈 윤희는,

"다른 그래프들은 곡선이 대개 위로만 뻗어 올라가는데 이건 반대군요."

무심히 지껄이고 있었다.

"그렇지요. 이건 반비례 곡선에 가까우니까요. 가로로 나갈수록 세로는 줄지요."

처음부터 그러기로 되어 있었다. 진걸은 최초의 여인에게서도 세로에 10 이상을 허용하지 않았다. 그리고 헤어졌다. 두번째 여인에게서는 그보다도 줄어야 했다. 아홉번째에서는 2밖에 허용치 않았다. 그것은 언제나 자신이 먼저 배신을 하게 마련인 진걸의 여인에 대한 연민과 한 여인에게 머물렀던 관심의 시간적인 단축

을 표시한다. 열번째에는 1밖에 허용치 않을 작정이었다. 그리하여 여인에 대한 완전무결한 무관심과 배신의 용기를 연마한 다음 결혼을 할 작정이었다.

열한번째의 여자, 그러니까 그가 결혼을 하기로 한 여자는 이미 정해져 있었다.

그 여자가 열한번째가 될지 어떨지는 진걸로서도 아직 확실치가 않았지만 하여튼 그러기로 되어 있는 여자가 있었다. 그리고 그 점은 진걸보다 그 여자 쪽에서 더욱 그렇게 믿고 있었다.

어쨌든 그래프에 관한 한 모든 일은 계획대로 썩 잘 되어온 셈이었다. 끝이 얕기는 하지만 완연한 반비례 곡선을 9까지 그려놓았으니까, 간밤에 머리칼 냄새를 맡고 나서야 겨우 그래프의 자료로 윤희가 염두에 들어오게 된 것도 그 때문이었으리라.

그러나 윤희로 하여금 그 그래프를 완성하게 하는 데는 아직 진걸에게 미진한 일이 몇 가지 남아 있었다. 그래서 우선 윤희에게 그래프부터 구경시키고 그녀의 예감을 보고 싶었던 것이다.

그러나 그것을 보고 난 윤희의 반응은 전혀 신통한 것이 못 되었다.

"판사 공부하는 분인 줄 알았더니 이런 취미에 골몰하고 계시군요?"

결국 진걸은 마음을 결정하지 못한 채 그녀를 내보내고 말았다. 그러나 그녀가 방을 나가고 나자 진걸은 곧 생각을 가다듬었다. 그리고 결정을 내렸다.

―좋아 저 여자로 그래프를 끝냈어!

그녀가 코끝에 남기고 간 알알한 머리칼 냄새 때문이었다.

일단 작정을 하고 나니 진걸은 때가 좀 옹색한 느낌이었다.
진걸에게 여인의 옷을 벗긴다는 것은 '예술'이었다. 진걸은 그렇게 믿어왔다. 신문소설에 대한 자신의 논리를 뒤집으면 당연히 그런 결론이 나왔다. 여인의 옷을 벗겨가는 것이 신문소설이고 그것이 곧 예술 행위가 아니던가. 더욱이 진걸은 여인의 옷을 벗기는 데 언제나 그 작가의 상상력을 멋지게 앞질러온 터였다.
기록에 이를 기회만 없었을 뿐, 신문소설에 관한 한 진걸은 자신이 뛰어난 예술적 상상력의 소유자라고 자부하고 있었다. 상상력뿐만 아니라 실제에서도 그는 늘 그것을 명념했다. 아홉 명의 여자를 세기까지 그때마다 진걸은 자신의 '예술'을 보다 성숙시키고자 갖은 노력을 다해왔다. 겁탈하듯 덤벼들어 아무렇게나 옷을 찢고 윤희를 깔아뭉갤 수는 없었다. 하물며 윤희는 그래프를 완성시켜주고, 마침내 그 오랜 작업에 대단원을 지어줄 여자가 아닌가.
조급해지거나 서두르는 것조차 금물이었다.
그런데 때가 옹색했다.
이삼일 후면 진걸은 절을 잠시 떠나 있어야 했다. 시험 날짜가 다가온 것이다. 산을 내려가 시험장을 다녀와야 했다. 산을 내려간 김에 아주 시골집에도 다녀와야 했다. 그러자면 아무래도 일주일은 잡아야 한다.
—쇠뿔도 단김에 빼랬다고 작정이 서면 곧 행동을 시작해야 하는 건데……

일주일씩이나 나가 돌아다니다 보면, 그사이에 또 김의원 영감이 무슨 훼방질을 쳐놓을지도 모를 일이었다.

설마 영감태기가 딴마음을 먹고 있을 리야 없겠지만, 윤희가 나타나고부터는 아무래도 좀 비틀리고 늘 이죽거리고 싶어 하는 것이 개운치를 않았다. 방해가 되자면 충분히 될 수 있는 인물이었다. 일단 일이 시작되면 윤희 쪽에서도 진걸을 계산하려 들 것이다.

진걸은 먼저 윤희로 하여금 계산을 하도록 자료를 주고 윤희의 계산을 유도해야 한다. 그런데 김의원은 윤희에게 자신을 계산시키는 데 필요한 것 이외의 것을 너무 많이 알고 있었다. 진걸이 없는 동안 김의원이 먼저 그 모든 자료를 한꺼번에 윤희에게 주어버리면 큰일이었다.

그래도 할 수 없는 일이기는 했다. 시험장은 다녀와야 했다.

―우선 뜸이라도 좀 들여놓는 수밖에.

하긴 그것도 중요한 과정이었다. 상대방이 알든 모르든 최초의 접근은 으레 면구스런 일이 생기게 마련이었다.

―그 일부터 치러두자. 약간 지나친 경우가 생기더라도 며칠 절에서 도망쳐 가 있을 수가 있으니까. 한 일주일 산을 내려갔다 오면 그땐 그게 다 기왕지사가 되어 있을 테지. 그럼 그땐 벌써 점수를 가지고 시작하는 거다.

작정이 섰다. 작정이 서면 맨 처음 하는 일도 정해져 있었다. 그의 그래프에 참가시킨 여인들에게 진걸은 대개 그렇게 해왔었다.

진걸은 해가 기울기를 기다렸다. 날씨가 화창한 것이 마침 안성맞춤이었다. 그는 산그늘이 골짜기를 메워들 무렵 윤희를 방에서 불러냈다.

"낙조 구경 안 가시겠어요?"

"낙조 구경요? 해가 지는 것도 구경거리가 되나요?"

윤희는 진걸의 제안에 어리둥절해했다.

"그야 옆집 2층 지붕에서 떠서 콘크리트 건물 옆구리로 숨어 들어가는 도회지 태양은 구경거리가 될 수 없지요. 하지만 윤희 씬 정말 멋있는 낙조를 구경하신 일이 없습니까? 그렇다면 더욱 구경을 해두셔야죠."

진걸은 산을 오를 차림을 하고 있었다.

"그런데 그 멋있는 낙조를 구경하자면 한참 고생을 해야 하나부죠?"

윤희도 구미가 조금 당기는 눈치였다.

"요 뒷산 봉우립니다. 쉬엄쉬엄 가도 한 삼사십 분이면 족해요. 여기서 약수터만큼 더 가면 되니까요."

"하지만 전 자신이 없는걸요."

"자신이 없긴…… 매일 아침 약수터는 가면서, 약수터 가는 것보다야 힘이 좀 들지만 가보시면 후회 하지 않을 겁니다. 정말 멋있어요. 저처럼 버릇이 들진 않더라도 여기 계시면서 적어도 한번은 구경해두실 만해요. 여래암 낙조 구경 하러 일부러 예까지 찾아오는 사람도 있는 판이니까."

윤희는 아직도 망설이고 있었다. 진걸은 여유를 주지 않고 재촉했다.

"자 좀 가볍게 차림을 바꾸고 나오세요. 이렇게 능숙하고 실한 안내자가 있을 때…… 오늘은 날씨가 좋아서 더욱 장관일 겁니다."

결국 윤희는 옷을 바꿔 입고 진걸을 따라나섰다.

"역시 허 선생님도 좀 이상하시다니까요."

낙엽이 수북한 산길을 윤희는 숨을 헐떡이며 따라 오르고 있었다. 그러다 무슨 생각이 들었는지 문득 발을 멈춰 서며 푸념 비슷한 소리를 했다.

"왜, 좋은 구경시켜드리겠다는 게 잘못입니까?"

진걸은 조금 찔리는 것이 있었다. 그래서 일부러 장난스럽게 말하며 그녀를 돌아보았다. 그러나 윤희의 푸념은 그가 찔리고 있는 쪽이 아니었다.

"그럼 선생님은 해가 지는 것을 바라보며 무엇을 생각하시나요?"

"생각이요? 무슨 생각을 하고 있다기보다 그저 취할 뿐이지요. 영감에 취한 상태라고나 할까요?"

무심코 대답했다. 그러나 윤희는 다시,

"거보세요. 태양의 영감에 취하는 건 김의원이나 허 선생님이 같지 않아요? 다른 점이 있다면 늙은 김의원은 아침 해를, 젊은 허 선생님은 낙조를 택한 것뿐이죠. 그래도 이상하지 않아요?"

그럴듯하게 들이댔다.

"제가 졌습니다."

져줄 수밖에 없었다. 진걸은 선선히 항복하고 다시 길을 오르기 시작했다. 그러나 진걸이 정말로 항복을 하고 있는 것은 아니었다. 산봉우리에서 멀리 바라보이는 서해의 아득한 해면과 서녘 하늘

여래암(如來庵) 사람들 53

에 하루의 남은 열기를 붉게 쏟아버리며 그것이 만든 장막 속으로 천천히 숨어 들어가는 저녁 태양은 아닌 게 아니라 장관이었다. 그러나 진걸은 자신이 윤희에게 말한 것처럼 그것에 취해 있는 것은 아니었다. 가끔 산에 올라가 구경을 하기는 했다. 그러나 그것도 윤희에게 시위한 대로 자주 있는 일이 아니었다. 그래프를 그릴 여인이 생겼을 때가 대부분이었다.

둘은 이윽고 약수터를 지나고 있었다. 그러자 얼마 가지 않아 길이 흐지부지 끊어져버렸다. 가끔 토막길이 나섰으나 그것도 있으나 마나였다. 벼랑 진 골짜기와 바위들이 발길을 막아섰다. 그러나 진걸에겐 거기서부터가 진짜 길이었다.

"어려운 데선 제 손을 빌리십시오. 여기서부터는 길이 좀 험합니다."

말을 하지 않았어도 윤희 쪽에서 먼저 도움을 청해야 할 처지였다. 진걸은 윤희의 손을 붙잡아 그녀를 바위로 끌어올리고 허리를 부축하며 벼랑을 인도했다. 바위에서 내려놓을 때는 어깨를 싸안기도 했다. 윤희의 머리 냄새가 가끔 코를 스쳤다. 바위에서 뛰어내릴 때는 그녀의 탄력 있는 젖가슴이 털 스웨터 속에서 부끄럽게 흔들리며 진걸의 시선을 혼란하게 했다.

진걸은 윤희를 꾸준히 인도했다. 그렇게 그녀를 봉우리까지만 인도하면 그만이었다. 봉우리까지에는 그녀가 충분히 지쳐날 테니까. 그렇게 되면 봉우리에서 갑자기 소나기라도 퍼부어주기를 바라는 따위의 바보짓은 하지 않아도 된다. 아니 봉우리까지에는 아직 지치지 않아도 된다. 내려오는 길이 또 있다.

오르막을 기어오르는 것보다도 내리막길은 더 힘들고 다리가 떨리게 마련이다. 그때 윤희에게 남자의 거친 호흡 소리를 들려주고 자주 심장의 고동 소리를 듣게 해주면 그만이다. 여자는 그런 소리에 곧잘 두려움을 느낀다. 아마 윤희는 그 소리를 실컷 두려워하다가 길을 다 내려가지 못하고 제풀에 지쳐떨어지고 말리라.

다른 여자들의 경우 그러면 그만이었다. 나머지 일은 골짜기의 견딜 수 없는 정밀이, 인적이 끼지 않은 산바람 소리가, 폭신한 가랑잎이 모든 것을 해결해준다.

그런 곳에서 여자의 몸은 열리게 되어 있었다. 그리고 그것을 현실이 아닌 착각으로 돌리고 싶어 한다. 좀 완강한 여자라도 진걸 쪽에서 완전무결한 비밀만 확신시켜주면 거기다 자신도 결코 기억에 오래 남기지 않으리라는, 그 한 번의 비밀을 구실 삼아 그녀에게 더 치근거리지 않을 눈치만 보이면 마지막엔 한 번 용기를 가진다.

등산을 왔던 한 여학생은 낙조를 보고 골짜기를 다 내려와서야 그것을 납득하고 갑자기 몸을 열었다. 여래암에 함께 있으면서 진걸과 몇 번이나 봉우리를 올랐던 한 아낙은 그녀가 암자를 내려갈 날을 정하고 나서야 하루 전에 몸을 열었다. 헤어져 가려는 여인이 마지막에 가서 갑자기 몸을 열고 떠나가는 것도 그런 것인지 모른다. 그러나 여자들은 일단 일이 있고 나면 그녀들이 처음에 원했던 대로는 되려고 하지 않았다. 먼저 여학생은 그 뒤로도 몇 번 여래암으로 낙조 구경을 왔고, 나중의 아낙은 하산날을 하루하루 연기해가고만 있었다. 결국 그녀들은 진걸이 그래프에 허용된 숫자를 다 채우고 나서 힘든 결단을 각오하게 한 바까지 되었던 것이다.

어떻든 이 골짜기는 그런 곳이었다. 모든 허물을 처음에는 봉우리의 붉은 낙조에, 견딜 수 없는 골짜기의 정밀에, 바람 소리에 돌리고 그것으로만 기억하고 싶어 했다.

문득 바위 하나가 두 사람 앞을 가려 섰다. 상념에 싸여 걷던 진걸은 숨을 헐떡이며 바위를 쳐다보고 서 있는 윤희의 어깨를 가볍게 싸안았다. 그리고는 자신도 좀 숨을 돌리려는 듯 가만히 서서 바위를 응시했다. 윤희는 그러는 진걸을 아는지 모르는지 전혀 아랑곳하는 눈치가 없었다.

그녀의 머리 냄새가 다시 진걸의 코끝에 어려들었다.

―이 여자는 지금 아마 내 심장이 뛰는 소리를 듣고 있으렷다.

"이런 데 와 있으면 꼭 세상 사람이 우리 둘뿐인 것 같지요?"

진걸은 갑자기 어떤 암시를 주고 싶어졌다. 그러나 웬일인지 윤희는 그 말에도 가만히 숨소리를 죽이고 서 있었다.

"하긴 어떤 친구들은 밑바닥까지 그런 착각을 해 들어가버리는 모양이더군요."

내친김이었다.

"이 골짜기에서 가끔 그런 일이 일어나는 걸 봐요. 남자와 여자가 그런 착각에 빠질 때……"

그러나 이번엔 진걸이 말을 채 다 끝맺지 못했다. 가만히 서 있기만 하던 윤희가 갑자기 몸을 돌리며 진걸을 쳐다보았다.

"그냥 내려갈까 봐요. 영 자신이 없어요."

진걸의 말을 여태 듣고 있지 않았던 듯한 얼굴로 펄썩 바위 위로 주저앉아버린다. 진걸은 순간 아차 싶었다. 어떤 얼굴 표정을 하고 있었든 그녀가 말을 듣고 있지 않았을 리는 없었다. 오히려 자신의 암시가 너무 갑작스럽지 않았나 걱정이 되었다. 그러나 그는 곧 태연해졌다. 하긴 좀 지나쳤으면 어떠냐. 어차피 그렇게 되기를 바랐던 것이 아니냐.

"뭐 이제 거의 다 왔는걸요. 조금만 더 가면 됩니다."

그러나 윤희는 고집스런 얼굴을 하고 앉아서 대꾸를 않는다.

"자, 일어나요. 여긴 골짜기가 돼서 답답하지만 봉우린 아주 시원스러워요. 낙조가 취미 없으면 멀리 바다라도 한번 바라보세요."

진걸은 윤희를 설득하고 말 양으로 그녀의 머리 위쪽 앞벽에 팔을 짚고 다가섰다.

그런데 그 소리에 윤희는 뭔가 뜻밖의 충격을 받은 듯 머리 위의 진걸을 번쩍 쳐다보았다.

"바다가 보이나요?"

"네, 인천 앞바다가 아득히 떠올라 보이는 게 아주 시원하고 멋있어요. 더욱이 석양에 붉게 물이 들어가고 있을 땐……"

이상한 일이었다.

바다 소리가 나오자 번쩍 관심을 보이던 윤희가 이번에는 다시 얼굴색을 흐리고 있었다.

무슨 환상에 빠져드는 듯 눈동자까지 흐려 있었다. 아, 그리고 그녀가 그 흐린 눈으로 진걸을 쳐다보았을 때 그는 뜻밖에도 윤희가 여래암으로 오던 날 잠깐 보여준 그 기이한 표정으로 돌아가 있

여래암(如來庵) 사람들 57

는 것을 발견할 수 있었다. 그를 보고 있으면서도 그의 어깨너머 어디 먼 곳으로 시선이 흘러버리는 듯한, 그의 기억의 언저리를 맴돌면서도 좀처럼 실마리가 잡히지 않던 그 기이한 눈길이, 그 표정이 되살아나 있었던 것이다.

"역시 전 가지 않겠어요."

중얼거리는 듯한 그녀의 목소리마저 진걸의 고막이 아닌 다른 허공을 울리는 것 같았다.

진걸은 단념했다. 어쩐 일인지 봉우리까지 갈 수가 없을 것 같았다. 윤희의 표정에 그 역시도 봉우리까지 갈 생각이 사라졌다. 우울해 보이는 윤희의 얼굴에서는 그간에 볼 수 없었던 어떤 병색까지 떠올라 있었다. 이번 일에는 처음부터 목적이 한정되어 있기도 했다.

"그렇담, 오늘은 그냥 내려갈까요?"

결국 진걸은 거기서 산을 내려오고 말았다. 윤희는 산을 내려오면서도 내내 그 꿈을 꾸고 있는 듯한 표정으로 말이 없더니 종내는 지쳐 녹초가 되어가지고 암자로 들어섰다. 그리고는 진걸에게 변변한 인사도 없이 자기 방으로 들어가버렸다. 절망감마저 감도는 묘한 분위기로 진걸을 어리둥절하게 해놓은 채.

—갈수록 이상한 여자로군.

그 바람에 진걸도 이상한 내색 한마디 하지 못하고 자기 방으로 돌아오고 말았다.

곧 저녁상이 들어왔다. 진걸은 저녁상을 대하고도 윤희의 일로 머리가 계속 혼란했다.

─바다의 이야기가 나오자 갑자기 그런 눈빛이 되었었지. 무슨 곡절이 있는 것일까.

그러나 상을 물리고 난 진걸은 생각이 웬만큼 정리되어가고 있었다.

─그 눈에 분명 어떤 환상이 있었어.

그렇다면 더욱 멋있게 그녀의 몸을 열 수 있게 될지도 모르지. 대단원답게.

한데 어찌 된 일인지 다음 날 윤희는 다시 봉우리를 오르자고 진걸에게 먼저 제의를 해왔다.

대낮부터 서두르는 것이 낙조를 보기 위해서가 아닌 것만은 분명했다. 진걸은 두말없이 따라나섰다. 이번에야말로 어느 쪽인지 그녀의 비밀을 알아내고 말리라 생각했다.

그러나 또 실패였다. 이번에도 윤희는 산을 다 오르지 못하고 중간에서 기권을 하고 말았다.

"안 되겠어요. 역시 그만두는 게 좋겠어요."

전날 정도도 미치지 못했다.

진걸이 이렇다 할 암시도 주지 않았는데 윤희의 표정이 먼저 변해버린 것이었다. 그리고는 전날보다 더욱 지쳐서 암자로 되돌아오고 말았다. 방으로 들어가는 그녀의 분위기 역시 어제보다 더 절망적이었다.

알 수가 없었다. 그러나 진걸은 윤희가 자기로 하여 어떤 강한 자극에 끌려들고 있는 것만은 확실하다고 생각했다. 그렇다면 이제 그가 암자를 비우기 전에 할 일은 끝낸 셈이었다. 윤희가 그 자극을 삭이고 날 때쯤 해서 다시 돌아오는 것이다.

진걸은 이제 암자를 내려가야겠다고 생각했다.

그러나 그럴 필요는 없었다. 진걸이 서둘러 암자를 내려가야 할 필요가 없는 일이 일어나고 말았다.

이날 진걸보다 윤희가 먼저 여래암을 내려가고 말았던 것이다. 아니 그녀가 산을 아주 내려간 것인지는 아직 확실치 않았다. 잠시 방을 비우고 산 아래를 다녀오려는 것 같기도 했다. 자물쇠만 채워진 채 그녀의 방에는 일용품들이 아직 그냥 남아 있었고, 무불 스님에게도 별말이 없었다고 했다.

그러나 그녀가 진걸보다 먼저 암자를 일단 내려간 것만은 확실했다. 이날 밤 그녀는 끝내 암자로 돌아오지 않았으니까.

하긴 진걸이 처음 그녀가 방을 비우고 산을 내려가버린 것을 안 것도 밤이 좀 늦은 다음이기는 하였다.

이날 밤, 진걸은 자기 방에 좀 기이한 손님을 한 사람 맞게 되었다. 윤희 일은 머릿속에서 웬만큼 정리하고 났을 때 슬그머니 안 선생이 방문을 열고 들어섰다.

"좀 들어가도 괜찮을까요?"

좀처럼 남의 방 출입이 없는 안 선생이었다. 한데 그는 진걸의 방으로 들어오고 나서도 멀뚱하니 턱을 만지고 앉아 있을 뿐 통 무슨 말이 없었다. 어찌 보면 뭔가 진걸의 눈치를 살피고 있는 것 같기도 했다. 진걸은 짐작이 갔다.

—이 친구, 오늘 저녁에 또 노 군 녀석이 올까 봐 피신을 해온 게로군.

그러나 진걸 역시도 그 안 선생에게 뭘 물으려 하거나 이상해하는 눈치를 보이지는 않았다. 책을 뒤적이는 척하면서 거동만 살피고 있었다.

그런데 한 식경이나 그렇게 말 한마디 없이 앉아 있기만 하던 안 선생이 드디어 헛기침을 한 번 하고는 어렵게 입을 열었다.

"저, 도움을 좀 청할까 하구요……"

"네? 제게요?"

진걸은 그러면 그렇지 싶은 눈빛을 빛냈다.

"네, 어젯밤에 보셔서 알고 계시겠지만 제 옆방 노명식 군의 일로……"

안 선생은 뜻밖에도 윤희와 진걸이 뒤꼍에서 간밤에 자기 방을 엿본 일을 알고 있던 투였다.

진걸은 불쑥 얼굴이 뜨거워졌다.

"아, 그럼 어젯밤엔 우리들의 기척을 알고 계셨군요."

"알고 있었지요. 모른 체했을 뿐이지요."

안 선생의 표정은 조금도 흔들리지 않았다. 아직 진걸을 정면으로 보지도 않고 있었다.

"그런데 노 군에 대해서 제게 무슨 도움을?"

"허 선생도 들은 일이 있으시겠지만, 노 군이 고향에서 제 사촌 누이와 불의의 사고를 저질렀다는 소문은 사실인 모양이더군요."

"그래요? 저도 듣고는 있었습니다만……"

안 선생이 진걸에게 청하려는 도움은 진걸이 기대한 것과는 전혀 다른 성질의 것인 모양이었다.

"그 일을 고백하겠다는군요. 제게 자기의 고해를 받아달라구."

"그럼 안 선생은 역시 신부님이셨던가요?"

"전에는…… 한데 노 군이 어떻게 그걸 알고는……"

"그럼 고해를 받아주시지 그럽니까?"

"전 지금 신부가 아니니까요."

"노 군도 그걸 알고 있을 것 아닙니까?"

"상관없다는 거예요. 요즘은 사뭇 협박까지 해오는군요."

그런 일이었구나. 소문이란 가끔 얼마나 엉터리가 없는가. 진걸은 어젯밤 안 선생 방에서 벌어졌던 수수께끼가, 아니 지금까지 그 두 사람을 둘러싸고 있던 수많은 수수께끼들이 비로소 조금씩 풀리는 것 같았다.

"더욱이 전 바로 사람들의 그 끝없는 고해의 성화에 쫓겨 교회를 물러나온 사람입니다. 그들의 고해를 받아줌으로써 나는 그들에게 무엇을 해주는가, 고해의 의미는…… 허 선생은 도대체 노 군이 왜 그토록 고해를 바라는지 아십니까?"

"그야……"

뻔한 대답이었다. 그러나 진걸은 망설였다. 안 선생이 노 군의 고해를 주저하는 데는 좀더 깊은 이유가 있는 듯했다. 안 선생은 평소의 그답게 얼굴 표정이 흔들리지 않고 있을 뿐 뭔가 흥분하고 있는 게 분명했다.

"물론 지금 제 이야기는 사람들에 대한 저의 편견일 수도 있겠지요. 그리고 전 지금 가능하면 그런 제 자신의 편견에서 벗어나기를 바라고 있기도 합니다. 사람들에 대해서, 그 사람들의 고백에 대해서, 그리고 저 자신에 대해서…… 그래서 허 선생께 도움을 청하는 것입니다.

이미 하느님의 권능을 대신할 수 없는 제가 노 군의 고해를 받아준다는 것이 무슨 의미가 있을 수 있는가를, 그리고 왜 그것이 노 군에게 그처럼 요구되고 있는가를. 전 노 군을 모릅니다. 아니 인간을 모릅니다. 그리고 그 인간에게 편견을 갖지 않으려고 합니다."

안 선생은 여전히 표정을 움직이지 않은 채 조용조용 말했다.

"제가 그런 대답을 드릴 수 있을까요?"

진걸은 안 선생의 분위기에 눌려 공손해지지 않을 수 없었다.

"전 허 선생의 생각을 여쭙고 있는 겁니다."

안 선생은 노려보듯 비로소 진걸을 정면으로 건너다보았다. 진걸은 더욱 대답을 할 수가 없었다.

"본인의 소망이 그처럼 간절한데…… 안 선생께선 또……"

자기도 뜻을 잘 알 수 없는 소리를 중얼거리고 있었다.

그러자 안 선생도 이젠 더 묻지 않았다. 그는 속에서 치열하게 타고 있는 무엇을 참고 있는 듯 고통스런 표정을 하고 있었다. 희고 질린 듯한 이마에는 어젯밤처럼 가는 땀방울이 솟아 있었다.

안 선생은 그러고 한참 더 앉아 있다가 문득 자기 방으로 건너가 버렸다.

진걸은 그가 방을 나가고 나서도 한참 동안이나 그의 표정을 흉내내듯 하고 앉아 있었다. 한 대 먹은 것처럼 정신이 얼얼했다. 그러나 그는 결국 그런 기분을 털어버리고 자리에서 일어섰다.

한 가지 떠오르는 생각이 있었다.

―윤희가 오늘 밤에도 그 뒤꼍 창문 근처를 서성대고 있을지 모른다. 아니면 아직도 윤희는 그 알 수 없는 기분에 싸여 방구석에 들어박혀 있는 것일까.

어쨌든 그녀를 찾아 이야기를 해주고 싶었다. 어느 편이냐 하면 그는 안 선생이 명식이 놈의 고해를 받아주기를 바라고 있었다.

그리고 그 일은 처음 들었을 때보다 생각할수록 재미가 있고 희한한 사건 같았다.

―이 희한한 이야기가 그녀의 기분을 돌려놓을 수도 있으리라.

그는 방문을 나섰다. 그리고 곧 윤희의 방문에 쇠가 걸린 것을 발견했다.

그렇게 하여 진걸은 이날 밤 윤희가 방을 비우고 사라진 것을 맨 먼저 알아냈던 것이다.

그러나 처음에는 진걸도 그녀가 불당 쪽이나 근처 어디를 잠깐 다녀오려나 보다 생각했다. 그리고 그녀가 돌아오기를 기다렸다. 그러나 윤희는 밤새 돌아오는 기색이 없었다.

별채의 다른 사람들에게는 아침이 되어서야 사정이 알려졌다. 조그만 소동이 벌어졌다.

"거 어제저녁 때 내 자서전 쓰는 것 좀 도와달라니까 언짢은 대꾸를 하더니 벌써 싫증이 나서 그랬구먼."

김의원은 윤희가 아주 산을 내려간 거라고 단정했는지 그런 실토까지 했다. 그리고 진걸에게도 한마디 하는 것을 잊지 않았다.

"글쎄 그 아가씬 뭔가 몹시 초조한 기색이더라니까…… 요새

허 형이 자주 어울려 다니더니 어떻게 해놓은 거 아니오?"

그러나 윤희가 언제 산을 내려갔는지, 또 아주 산을 내려가버린 것인지, 잠시 어딜 다녀오려는 것인지 확실한 것을 아는 사람은 아무도 없었다. 무불 스님도 마찬가지였다. 소식을 듣고 별채로 나온 스님은,

"글쎄 내게도 얘기가 없었는걸, 받을 거 다 받았으니까 난 상관이 없는 일이지만…… 그 아가씨 참……"

참 어리둥절해할 뿐이었다. 그러나 뭐 대수로운 일은 아니라는 듯,

"오늘 하루 기다려보고 안 돌아오면 내일쯤에나 아가씨 집으로 연락을 해보도록 하지요. 내게 주소가 있으니……"

간단히 결정을 내렸다. 아마 오늘 안에 돌아오기가 쉬우리라는 얼굴이었다.

그러나 이날 하루도 윤희는 끝내 돌아오지 않았다. 이번엔 정말 집으로 연락을 해주거나 사람을 보내봐야 할 차례였다

진걸이 스님에게 그 일을 자청하고 나섰다. 말을 하지는 않았지만 윤희가 돌아오지 않더라도 그는 내일까지는 어차피 시내로 내려가야 할 처지였다.

스님으로부터 윤희의 집 주소를 받았다. 그리고 몇 권의 책과 세면도구를 가방에 꾸렸다. 출제 빈도에 따라 문제의 중요성을 그래프로 표시하여 재출제 가능성에 대비하도록 해놓은 통계 그래프도 착실히 찾아넣었다.

그런데 이건 또 누굴 놀리려는 것인가. 진걸이 가방을 다 꾸려놓고 눈에 띄지 않게 암자를 빠져 내려갈 기회만 노리고 있는데 윤

희가 불쑥 별채로 들어서는 것이 아닌가. 별채 식구가 방을 뛰쳐나갔다. 그리고 이번에는 그녀가 없을 때보다 더 야단스럽게 걱정들을 했다. 그러나 윤희는,

"뜻밖이네요. 제 일에 그렇게 걱정들을 해주셨다니. 돌아오지 않았으면 큰 손핼 뻔했어요."

농담으로 받아넘기면서,

"잠깐 다녀올 데가 있어서요."

행선지에 대해서는 끝내 입을 열지 않은 채 웃기만 했다. 이상한 것은 그러는 윤희에게 이틀 전의 그 우울하고 초조하던, 어떻게 보면 절망적이기까지 하던 분위기가 씻은 듯 사라져버린 점이었다. 기이한 눈빛의 표정도 사라지고 없었다. 그녀는 오히려 어떤 잔잔한 행복감에 젖어 있었고, 그 행복감이 그녀의 곳곳에서 빛을 반짝이고 있는 듯했다. 윤희는 다시 어느 날 아침 산책길에서의 그녀로 되돌아가 있었다. 김의원이 그런 윤희를 보고 그녀가 마치 자기의 자서전 집필을 돕기 위해 돌아와준 것처럼 좋아해할 만도 했다.

—무슨 일이 있었단 말인가. 어디를 갔기에?

그러나 진걸은 그 수수께끼를 풀 시간이 없었다. 어차피 그는 암자를 내려가야 할 사정이었다.

그는 결국 그것을 숙제로 남기고 다음 날로 산을 내려갔다.

그러나 진걸이 암자에 남겨둔 숙제가 그 하나만은 물론 아니었다. 더 까다로운 숙제들이 얼마든지 많았다.

—윤희에게 내 그래프를 어떻게 멋있게 끝맺도록 할 것인가, 안

선생은 결국 명식이 놈의 고해를 받아주게 되지 않을는지. 그 녀석, 사촌누이 깔아뭉갠 얘길 털어놔야 속이 시원하겠단 말이지. 김의원 영감은 또 그사이 윤희에게 무슨 변을 부려놓지나 않을지.

윤희가 오던 날 진걸이 예감했던 이야기들이 이제 겨우 시작되려 하고 있는 참이었다.

그러나 암자에선 그 광경에 허진걸이 그렇게 산을 내려간 사실을 알아차린 사람이 아무도 없었다. 그의 시험 행차는 늘 그렇게 은밀했다. 아니 시험에 관한 한 그는 모든 것을 비밀로 하고 있었다. 그가 지금 몇 년째 시험을 치러온 것인지, 언제부터 이 여래암에 틀어박혀 지내고 있는지 그런 것조차도 별채에서는 아는 사람이 드물었다. 그는 다만 시험 준비를 하고 있다고 알려져 있을 뿐이었다. 아등바등 책을 읽는 것 같지도 않았고, 관심을 가지고 이야기를 하지도 않았다. 그러다 때가 되면 슬그머니 산을 내려가서 시험을 치르고 왔다. 시험을 치르고 나서는 다른 사람들처럼 한두 달 발표를 기다려보는 법도 없이 부리나케 다시 암자로 올라오곤 했다. 절을 아주 내려가게 될 일은 아예 처음부터 생각지 않은 듯 방에 쇠를 걸어두고 며칠 외출을 했다 오듯이 시내를 다녀오는 것이었다.

"빌어먹을, 원 더러워서."

시험을 다 치르고 온 것인지 그냥 중간에서 돌아오고 만 것인지 갔다 와서도 으레 그 한마디면 그만이었다.

시험담을 늘어놓거나 발표를 기다리지도 않았다. 어떤 때는 발표가 있었던 것조차 모르고 지나쳤다가 옆방 사람들이 신문을 들

고 와서 안된 얼굴을 하면,

"뭐 보나 마나지요. 벌써부터 뻔한 사실인데, 뭐 새삼스런 일이라구."

합격자 명단을 들여다보려고도 않고 천연스런 소리를 하는 통에 오히려 위로를 하려던 쪽을 민망스럽게 만들었다.

그러면서도 진걸이 그 짓을 언제 그만두겠노라는 소리를 한 일은 없었다. 묵묵히 다음 시험기를 기다리며 암자를 지키고 있었다. 끈기라기엔 으레 그런 끈기 뒤에 따르게 마련인 치열한 노력이 없었다. 취미랄 수는 더욱 없는 노릇이었다.

그럴 만한 사연이 있음 직했다. 그러나 여래암에서 그 사연을 아는 사람은 아무도 없었다. 다만 무불 스님만은 진걸에 관한 그런 모든 수수께끼를 어느 정도 짐작하고 있었다. 그리고 그 짐작의 근거가 언젠가 진걸 자신의 입에서 나온 것이고 보면 그것은 상당히 정확할 수도 있었다.

그 하나가 약혼녀에 관한 것이었다. 그는 시골에 자신의 등과를 결혼 조건으로 약혼을 해놓은 아가씨가 있노라 했다. 물론 진걸 자신도 결혼 시기에 대해 자기대로 생각하고 있는 바가 있지만, 아가씨는 또 아가씨대로 갸륵한 결의를 하고 있다는 것이었다. 진걸의 합격까지는 언제까지라도 결혼을 달게 참고 기다리겠노라고, 그러니까 그것이 우선 진걸이 시험을 중도에서 그만두지 못한 사연의 한 가지가 될 법했다.

그리고 또 하나는 그가 말한 소위 '응시 효과'라는 것이었다. 진걸은 시험을 치르고 나서 그 결과가 드러날 때까지는 자기에게도 합격 가능성이 엄존하며, 그것은 특히 고향 사람들에게 잘 인정이 되어왔다는 것이다. 그는 시험을 치르고 암자로 일단 돌아왔다가도 시효가 만료되기 전에 기어코 시골 고향으로 내려가 그 응시 효과를 활용하곤 하는 눈치였다.

그러니까 이 응시 시효는 진걸이 그 시험에 대해 가지고 있는 중요한 매력의 하나였고, 그가 시험에 대해 더 이상의 욕심을 부리지 않는 걸 보면 그 시험을 단념하지 못한 이유가 바로 그것일 수도 있었다.

어쨌든 그 진걸이 이번에 또 은밀히 산을 내려간 것이다.

여성 도시

    산을 내려온 진걸은 마을 꼭대기에서 가게부터 들렀다. 신문소설이야 보나 마나 뻔한 진행이겠지만 혹시 집에서 소식이 와 있나 해서였다. 이번에 시험이 있노라고 편지를 낸 지가 오랜데 아직까지 답장이 없었던 것이다.
    과연 가게에는 편지가 한 통 와 있었다. 아버지로부터였다. 그러나 그것은 등기편지가 아니었다. 진걸은 약간 실망했으나 이번 시내에서 심심찮게 지낼 만큼의 돈은 아직 남아 있음을 상기하고 스스로 위안을 했다.
    봉투부터 뜯었다.
    —진걸이 놈 보아라.
    아무에게나 터무니없이 엄격한 체하시는 아버지의 완고한 글발이 편지지를 여러 장 채우고 있었다.
    —일전에 보낸 글 잘 받아보았다. 집에 네 어미도 잘 있다.

그렇지 않아도 시험 기일이 돌아와 걱정이 되던 차에 네 글을 받았느니라.

걱정을 할 일이라는 게 다름 아니라 내가 이번 몫에 쓰려고 一金 五萬 원정을 마련하여뒀다가 서너 달 전에 급한 사람이 나서서 잠시 맡겨뒀더니 적시에 회수가 되지 않고 있음을 이름이라.

……두 달 이자까지 쳐서 아주 五萬七千 원정의 보관증을 받아놓고 있지만 그게 어디 다른 변통이 되느냐. 그래 우선 그런 사정부터 전하노니, 고생이 되는 중에도 더욱 작심, 이번 시험을 잘 치르도록 하여라.

그리고 시험이 끝나는 대로 곧 향리로 와서 그 문제부터 해결을 지어주어야겠느니라.

장터 대서사 녀석은 보관증 대신 약속어음만 되면 자기가 재판소에서 쉽게 지불 명령을 받아 오겠으니 그 보관증을 법정 이자만 쳐서 약속어음으로 바꾸어 받으라고 자꾸 충동질이고나.

하지만 이자를 탕감하여주겠노라 해도 작자가 도통 말을 듣지 않으니 그게 다 무식의 소치라.

작자가 그렇다고 방도가 전혀 없는 바도 아니지만 네가 오면 다 해결이 날 일인 것을 번거로이 서두를 것 없어 아직 송사는 피하고 있는 중이니 아무쪼록 시험이 끝나는 대로 곧 하향토록 하여라. 그리고 이번에는 이 애비를 위해서 꼭 등과토록 하여라. 어찌 생각하면 작자가 배짱을 부리는 것도 네가 아직 빛을 보지 못하고 있으니 우리 집안에 저어됨이 없는 소이가 아닌가 하여 분기가 치솟을 때가 많으니라. 아마 이번에도 실패하면 속 없는 무리들의 업

수이여김이 장히 대단하리니, 그 수모를 어찌 감당하랴……
몹시 비장한 어조였다.
아버지는 면내의 유지였다. 벼슬시험 공부를 하는 자랑스런 아들을 둔 덕이었다.
게다가 좀 늦어지고 있기는 하지만 진걸이 언젠가는 결국 시험에 붙고 말리라는 것을 의심하는 자는 아무도 없는 터였다. 3년을 끌다가 대학에 들어가고 만 그의 끈기에 면민들은 혀를 내둘렀고, 이번에도 그는 결국 그렇게 되리라고 믿고 있었다.
더욱이 그가 처음 1차시험에 합격을 했을 때는 면내 초유의 경사로 이젠 판사나 검사, 아니 그가 원하기만 한다면 경찰서장이나 군수 한자리는 따놓은 당상이라고 소동이 대단했었다.
그러나 그 1차시험 소식만 거푸 전해지다 보니 이젠 그 기대가, 아니 진걸 아버지의 말대로 그의 집안에 대한 저어감이 조금씩 시들어가는 모양이었다.
"좋아."
진걸은 불현듯 편지를 구겨 쥐었다. 그리고 산을 내려오면서 그 '응시 효과'를 생각했다. 이번에야말로 그걸 한번 값지게 활용할 기회였다. 자신이 있었다. 그까짓 일쯤 대서사 녀석을 동원하여 협박 반, 설득 반으로 몰아세우면 법원까지 갈 것도 없었다. 녀석이 그렇게 해줄 게 분명했다. 녀석은 읍 지원에서 서기 노릇을 하다가 면으로 들어와 대서방을 벌이고 있었다.
걸핏하면 제가 들어 송사를 붙여놓고는 자기가 한쪽을 맡아서 일을 꾸미고 읍엘 드나들며 그럴듯한 결말을 얻어오곤 했다. 그러니까 면 안에서는 그가 바로 검사고 판사였다. 하지만 그렇기 때문에 그는 진짜 검사나 판사를 아는 녀석이었다. 진걸을 괄시할 수가 없는 처지였다. 뿐만 아니라, 그는 진걸에게 아직 한 번의 1차 시험 합격 효력이 남아 있음을 누구보다 중요시하고 있는 인물이었다.

진걸은 당장이라도 달려가서 서슬을 보여주고 싶었다. 늙은 아버지에게 본때 좋게 효도를 한번 해드리고 싶었다. 오랜만에 약혼녀를 보고 싶기도 했다. 그러나 시험이 끝나기까지는 참아야 했다. 그리고 그럴수록 과정만이라도 모두 성실하게 거쳐야 했다.

산을 내려오자 그는 늦기 전에 우선 명륜동 S대학의 정해진 시험장으로 달려갔다. 거기서 새 수험표를 받아두었다. 그곳을 다녀나올 때는 벌써 해가 저물어가고 있었다. 저녁 날씨가 상당히 쌀쌀했다. 이제 시내로 나가 술이나 한잔하고 여관을 잡아 들어가면 그만이었다.

그는 한길로 나와 극장 근처에서 택시를 기다렸다. 마침 지나가던 택시 한 대가 그의 앞에서 멈춰 섰다.

"합승 하시겠어요?"

차 안에는 앞좌석에 먼저 아가씨가 한 사람 타 있었다. 한데 운전사는 방향은 아랑곳하지도 않고 합승 의향부터 묻는다.

벌써 도어까지 열고 있었다. 그 바람에 진걸은 방향을 물어볼 틈도 없이 차로 오르고 말았다. 그런 다음에야 운전수는 비로소 진걸의 행선지를 물었다. 아가씨 쪽은 이미 양해를 구해놓은 듯한 투였다.

"저보다 먼저 앞 손님이 어느 쪽인지…… 아가씬 어디까지 가십니까."

그런데 이상한 일이었다.

"전 아무 쪽이라도 좋아요."

뜻밖에 아가씨는 온통 양보를 해버린다. 머리 모양이나 차림새가 좀 시골스럽기는 하지만 흰 목이며 야들야들한 귓바퀴에 매력을 담고 있는 여자였다. 운전수는 진걸의 대답만 기다리고 있었다.

"그럼 명동으로 나갑시다."

진걸은 어리둥절했으나 우선 행선지부터 댔다. 밤술은 역시 무교동이나 명동이라야 제맛이다.

"한잔하러 나가시는 길이군요."

그제야 운전수가 싱긋 웃었다.

"네, 날씨도 쌀쌀하고 해서……"

그런데 이번에는 기다리고 있었다는 듯 아가씨가 당돌하게 끼어들었다.

"날씨가 춥다고 혼자서도 술집엘 가시나요?"

아무래도 좀 수상쩍은 여자 같았다.

"아가씨도 술을 좀 하시는 것 같군요."

그러자 아가씨는 진걸의 그 말에 한결 더 당돌해지고 있었다.

"그래도 전 혼자 간 일은 없어요."

"하지만 저하고라면 오늘은 혼자가 아니죠? 저도 혼자가 좋은 건 아니니까요."

"정말 날씨가 차군요. 그럼 사주시겠어요?"

결국 진걸은 이날 밤 그 아가씨와 명동 생맥주 집을 세 군데나 들렀다. 그러면서도 진걸은 여자에게 아무것도 묻지를 않았다. 갑자기 나타나서 유쾌하게 놀아준 여인일수록 신상에 관한 것을 물어서는 안 된다. 그리고 그녀가 놀아준 것 이상을 요구해서도 안 된다. 가끔 그가 즐겨 읽던 신문소설의 작가들은 독자의 관심을 붙잡아두기 위해 줄거리에 닿지도 않는 여자를 불쑥 등장시키곤 했다.

아가씨는 그런 여인들보다 더 엉터리없이 진걸 앞에 나타난 셈이었다. 그러나 하여튼 즐겁게 술을 마실 수는 있었다. 그것으로 족했다. 아가씨 쪽에서도 그래 주기를 바라는 듯 역시 진걸의 일은 묻지 않았다. 불룩한 진걸의 가방에 대해서도 궁금한 눈길 한 번 주지 않았다. 다만 둘은 술을 마셨을 뿐이었다. 서로 술을 마실 줄 안다는 이유만으로, 그리고 밤 날씨가 춥고 양쪽 다 혼자 가는 술자리를 좋아하지 않는다는 이유만으로.

그리고 11시가 넘어서야 둘은 명동을 빠져나갔다. 아가씨는 상당히 취해 있었다. 택시를 잡아줘야겠다고 생각했다. 그러나 택시를 태우고 나서 진걸은 오늘 밤 일에 좀더 보답을 해야 할 것 같았다. 아가씨가 택시에 오르자마자 그냥 시트에 쓰러져버렸다.

"댁까지 바래다드리지요."

진걸도 차의 앞자리로 올랐다. 그래도 아가씨는 사양하는 기색이 없었다. 집이 어딘가 물어볼 수조차 없는 형세였다.

"명륜동으로 갑시다."

우선 그녀가 내려온 쪽으로 거슬러 가기로 했다.

그런데 이상한 일이었다. 운전수가 명륜동까지 가서 명륜동 어디쯤이냐고 다시 길을 물었을 때 지금까지 곤드레가 되어 쓰러져 있는 줄 알았던 아가씨가 말짱한 음성으로 대답을 해왔다.

"명륜극장 앞에서 내려주세요."

진결이 선뜻 놀라 돌아보니 아가씨는 단정하게 앉아 머리까지 매만지고 있었다.

차가 곧 극장 앞에서 멈춰 섰다. 그런데 또 아가씨는 차를 내릴 생각도 않고,

"기왕 바래다주신 김에 집 앞까지 가주시지 않겠어요?"
하며 진결이 먼저 내리기를 기다리고 있었다. 진결은 대답 대신 요금을 치렀다. 그리고 차에서 내렸다. 그제서야 아가씨도 차에서 따라 내리더니 말없이 진결을 앞장섰다.

"이상하지 않으세요?"

아가씨는 그렇게 한참 말없이 걷기만 하더니 대학병원 쪽 골목으로 접어들고 나서야 비로소 입을 열었다.

"뭐가요?"

진결은 여자에게서 어떤 분명한 음모의 냄새를 맡고 있으면서도 일단 시치미를 뗐다.

"아까 제가 덮어놓고 합승을 시켜드린 것부터, 정체도 모르고 술을 마셔드리고, 그리고 이렇게 집까지 알게, 모시고 가지 않아요? 처녀들은 정체를 모르는 남자에게 자기 집을 알려주려고 하지 않거든요."

"별로 감추고 싶진 않으신 모양이군요."

"그래요. 별로 감출 건 없어요. 전 며칠 전에야 시골에서 와서 길을 잘 모르거든요."

그러면서 그녀는 문득 조그만 2층 건물 앞에 발을 멈춰 섰다. 여관이었다.

"이게 제 집이에요."

그리고 나서 그녀는 자기의 음모를 비로소 털어놓으려는 듯 목소리를 낮췄다.

"길을 잘 모르기도 하지만, 제가 이렇게 서울을 온 건 선생님 같은 분을 만나기 위해서였어요."

아가씨는 말을 끝내고 나서 가만히 진걸을 응시했다. 그 눈에 분명히 어떤 암시가 드러나 있었다.

진걸은 잠시 망설였다. 윤희가 떠올랐다. 그 윤희에게 마지막 끝맺음을 맡기로 한 그래프가 떠올랐다. 그러나 진걸은 이내 결정을 내렸다.

"마침 저도 여관을 찾아야 할 참인데 잘됐군요."

진걸에게 있어 여자란 그가 옷을 벗기는 데에 의미가 있었다. 스스로 옷을 벗는 여자, 오히려 남자의 옷을 벗기려 덤벼드는 여자에게 '예술'이 있을 수 없었다. 그런 여자들은 다시 옷을 주위입고 나서도 아예 이쪽 그래프하고는 아랑곳없이 스스로 사라져주기까지 한다. 그래프는 역시 윤희가 끝을 맺어주게 될 것이다.

한데 여자는 진걸을 한발 더 앞지른다.

"그러신 줄 알았어요."

"뭘…… 그렇게 찾으리라는 거 말이요?"

"그래요. 아까 명륜동 근방에서 선생님 같은 분을 많이 봤거든요. 절간 같은 데서 막 나와서 수염도 제대로 깎지 않고, 또 선생님같이 두툼한 가방을 들고……"

그러면서 아가씨는 먼저 여관문을 들어섰다.

―흥! 그래 낚시질을 나왔다 걸려든 게 이 허진걸이란 말이지?

진걸도 그녀를 따라 여관으로 들어섰다. 프런트에서 방이 있는가고 묻지도 않았다. 그는 아가씨가 방문 열쇠를 찾아들자, 일행인 양 2층으로 그녀를 따라 올라갔다. 아가씨 역시 그러는 진걸을 모른 체해주었다. 그녀의 방은 2층 복도의 맨 끝에 있었다.

진걸은 방으로 들어서자 불이 켜지기 전에 와락 그녀를 끌어안았다. 아가씨는 여태 고분고분하기만 하던 진걸의 갑작스런 태도에 일순 몸을 꿈틀했다. 그러나 예상대로였다. 곧 다리에서 힘을 뽑아버렸다. 입술이 차갑고 말라 있었다.

"내 방을 따로 정할걸 그랬나."

이윽고 진걸이 얼굴을 젖히며 물었을 때 아가씨는 어둠 속에서 가만히 진걸을 쳐다보고만 있었다.

그러다 곧 진걸의 팔을 벗어져 나갔다.

"불을 켜야겠군요."

―개자식! 여기까지 따라와서 그런 걸 내게 대답시킬 테야.

그녀의 말이 진걸에겐 그쯤 욕지거리로 들리고 있었다.

불을 켜고 나서도 여인은,

"먼저 목욕을 하시겠어요?"

시시한 절차 같은 건 아예 생략하고 말자는 투였다. 그녀의 방은 온돌이었지만 욕실이 따로 붙어 있는, 말하자면 이 여관의 특실격이었다.

진걸은 먼저 욕실로 들어가 뜨뜻한 물에 몸을 담그고 앉아서 이리저리 여자의 요량을 헤아려보았다.

그를 목욕탕에 밀어 넣어놓고 옷가지나 훔쳐 달아날 여자는 아닐 게 분명했다. 잠자리로 생활 방편을 삼는 그런 여자라기엔 밑천을 너무 들이고 있었다. 하필 외모부터가 후줄근한 진걸을 골라잡았을 리도 없었다. 며칠 전에야 시골에서 올라왔던가? 무엇 때문에? 아무래도 알 수가 없었다.

그러나 진걸이 욕실에서 나왔을 때 그는 의외의 광경에 다시 한번 어리둥절해지지 않을 수 없었다.

방 안이 놀랍도록 말끔하게 정돈되어 있었다. 아무렇게나 벗어 팽개쳐둔 진걸의 옷은 아가씨의 것과 함께 옷장 안에 얌전히 걸려 있었고, 책가방은 화장대 곁에 있는 탁자와 함께 제법 알뜰한 주인의 그것처럼 어울리고 있었다.

아랫목에는 어느새 날라 왔는지 푹신한 이불로 두 개의 자리가 나란히 마련되어 있었고, 온통 창문을 둘러친 커튼이 방 안을 더욱 아늑하게 하고 있었다.

"목욕물이 뜨거워요?"

여인은 마치 오랜만에 남편과 잠자리를 같이하게 된 수줍은 아내처럼 제법 얼굴까지 붉히며 욕실로 들어갔다. 그러나 그녀는 물만 끼얹고 말았는지 곧 욕실을 나왔다. 진걸은 이불 속에서 여인이 욕실을 빨리 나와준 것 이상으로 그녀를 기다리고 있었다. 한데 여인은 거기서 나온 다음에도 한참 동안이나 화장대 앞에 앉아 얼굴을 만지작거리고 있더니 문득 진걸을 돌아보며 얼토당토않은 소리를 했다.

"오늘 저녁 우리 잠자리는 얌전히 지내도록 해요."

진걸은 웃고 있었다.

―흠! 역시 마지막 옷은 제 손으로 벗을 수 없단 말이지?

한데 여인은 웬일인지 진걸의 웃는 얼굴을 한참 들여다보고 있더니,

"그러지 않으셨다간 아마 후횔 하실 거예요."

이상하게 자신 없는 한마디를 더하고 나서야 겨우 자리로 들어왔다. 그러나 진걸은 이미 여인의 소리가 귀에 들어오지 않았다. 그런 소리는 오히려 진걸을 촉발시킬 뿐이었다. 진걸은 다짜고짜 그녀의 이불 속으로 파고들어갔다.

―하지만 이게 어디 내가 옷을 벗기는 건가?

손을 빌렸을 뿐이지.

진걸의 생각과는 달리 여인은 의외로 완강했다. 그녀는 정말로 마지막에 가서 진걸을 거부하고 있는 듯했다. 나이 찬 여자가 자기의 여자를 지키려는 몸짓 그대로였다.

그러나 그런 저항에 진걸은 한 번도 져본 일이 없었다.

더욱이 이번 경우에는 '벗기는 예술'을 필요로 하지도 않았다. 그는 결국 여인을 굴복시키고 말았다.

"정말 후회하실 거래두……"

여인은 체념조로 한마디를 남기고는 사지에서 힘을 뽑아버렸다.

한데 여인의 그 마지막 말은 이상하게도 곧 정말이 되고 말았다. 여인이 몸을 내맡긴 뒤 그녀를 이끌고자 한창 난폭스런 동작을 벌이고 있던 진걸이 문득 자리를 차고 일어나버렸다.

"역시 안 되는군요."

여인이 누운 채로 먼저 허탈한 한마디를 내뱉었다. 그것은 절망의 신음 소리가 깊이 바닥으로 가라앉는 듯한 목소리였다.

"그럼 당신은…… 벌써부터 그런 줄 알고 있었군?"

진걸은 아직도 어리둥절한 채 거친 숨을 몰아쉬며 말했다.

"불가능이에요. 후회하실 거랬잖아요."

여인은 담담해져 있었다. 그 목소리를 듣자 진걸도 별안간 한꺼번에 정신이 들었다. 오싹 소름기 같은 것이 등골을 흘러내렸다. 정말 이상스런 일이었다. 아가씨는 여자가 아니었다. 남자도 물론 아니었다. 그녀의 가장 여자다워야 할 곳이 그녀를 여자답게 하지 못하고 있었다.

"병원에 가보았소?"

이윽고 진걸은 어둠 속에서 담배를 찾아 물며 담담한 소리로 물었다.

"가봤어요. 하지만 단념했어요."

"수술을 받으면?"

"지금으로서는 거의 불가능이래요. 치골의 구조가……"

그래서 행여 자기에게 나름대로 여자 노릇을 시켜줄 수 있는 남자를 만날 수 있을까 하고 서울로 온 것이었다. 낯설고 사람 많은 곳으로, 그러나 그런 희망도 그녀는 이미 단념했노라는 것이었다.

"소리를 지를 수가 없어요. 상처를 입더라도 한번 마음 놓고 여자 노릇을 해보고 싶지만······"

그녀는 아직도 차마 자신의 소망을 꺼버릴 수가 없는 듯 은근히 말했다. 그러나 진걸은 그녀의 희망을 묵살했다. 이제는 모든 사정을 알 수 있었다.

언젠가 주간지에서 그런 여자의 기사를 읽은 일이 있었다. 그 여자는 그런 자기의 신체 구조를 비관한 끝에 평생을 혼자 살기로 작정하고 신랑 없는 결혼식을 혼자 올렸다는 것이었다.

그런 여자에게 소리소리 지르며 상처를 참게 해준들 그 아픔이 무슨 소용이 된단 말인가. 그보다도 진걸은 이 여자에게 아직도 한 가지 궁금한 것이 남아 있었다.

"그런데 희망을 버렸다면서 왜 처음부터 나와 잠자리를 피하지 않았죠?"

잔인한 느낌이면서도 묻지 않을 수 없었다. 그러나 여자는 진걸이 생각한 것보다는 자기의 처지를 훨씬 냉담하게 견디고 있는 목소리였다.

"선생님을 여기서 주무시게 한 것 말이죠? 그게 제 마지막 즐거움이에요. 언제나 전 잠자리로 들면서 기대를 가져봤지요. 그러다 보니 그 기대가 사라져버리고 난 다음까지도 그때의 즐거움만은 제게 남더군요. 제가 여자 노릇을 할 수 있는 것은, 제 것으로 할 수 있는 여자의 즐거움은 그 과정이었어요. 그리고 잠이 들어버리면 그만인 거예요. 말하자면, 과정만을 제 즐거움으로 만들어보려는 조그만 욕심이지요. 잠자리를 펴고 목욕을 하고 밤화장을 하고…… 한데 오늘 밤은……아니 대개의 남자들은 절 그렇게 내버려두질 않았어요. 할 수 없는 일이죠."

진걸은 어둠 속에 앉아 연거푸 담배만 피우고 있었다. 피곤해 잠이 들고 싶은 욕망은 까마득하게 달아나버리고 없었다. 그는 여인의 말에 이상한 암시를 받고 있었다. 과정만을 즐기노라―그것은 진걸이 시험을 치르고 그 응시 효과만을 자기 것으로 삼는 것과 비슷한 데가 있었다. 그는 어둠 속에 앉아 이 기묘한 두 인간의 상봉을 혼자 고소(苦笑)하고 있었다.

다음 날 아침 진걸이 느지막이 눈을 떴을 때 여인은 조간신문을 읽고 있었다. 마침 C일보의 소설이었다.

"썩 재미있는 소설인 모양이군요. 아침부터……"

"네, 소설은 모조리 읽어요."

여인은 진걸이 눈을 뜬 것을 이미 알고 있었던 듯 소설에만 계속 정신이 팔린 채 대꾸했다.

그래서 말씨가 제법 세련되어 있었던가?

"하지만 단행본을 읽으면 하루하루 쫓길 필요가 없을 텐데……"

"단행본 소설, 대개 고전 같은 것 아녜요? 그런 건 제게 필요 없어요. 갖출 것 다 갖추고 정상적인 생각을 하는 사람들의 이야긴, 저같이 한 가지 모자란 사람 살아가는 방법이 없어요."

"그럼 신문소설에서는?"

진걸은 그녀의 말에 관심을 보이며 물었다.

그녀가 C일보의 소설을 읽고 있는 것도 그가 관심을 갖는 한 가지 이유였다.

"신문소설이야, 다 이상한 사람들의 이야기지 않아요? 저와 똑같은 경운 없지만 방법이야 배울 게 많지요. 어제 선생님을 갑자기 납치해온 거나 잠자리 이야기 같은 거 비슷하지 않아요? 어차피 어느 한 가지가 모자란 터무니없고 이상한 사람들의 이야기."

그녀는 온통 진걸까지도 그런 분위기 속에서 이해하고 있는 모양이었다.

"하지만, 그 신문의 이야기는 아마 사정이 정반대일 텐데요. 열세번째의 여잔가, 그게 정상적인 사람들이 지나칠 만큼 향락하고 있는……"

"하지만 그 외에 이 사람들은 모든 걸 잃어버리고 있지 않아요? 이 사내는 섹스 하나만으로 기이하게 생을 지탱해가고 있어요. 그리고 필경은 그 섹스마저도 잃고 말 거예요. 낭비해도 좋을 만큼 풍족한 것은 결핍보다 더 가치가 없으니까요."

그녀의 불구가 그만큼은 생이란 것을 생각하게 한 것일까. 그녀의 말은 신문소설에서 익힌 말재주치고는 썩 그럴듯한 데가 있었다.

그러나 진걸이 그따위를 오래 생각하고 있지는 않았다. 그는 자리에서 일어났다. 그리고 대강 세수를 끝내고는 여관을 나설 차비를 했다.

"아침이라도 하지 않고 벌써?"

주섬주섬 옷을 주위 입고 나자 가방을 건네주는 여자에게 진걸은,

"당분간 여기 계속 있을 거지요?"

생각해보지도 않고 말을 지껄이고는 방문을 나섰다. 그러나 여자도 그 말의 뜻을 곧이듣지는 않은 듯
"아마 또 오시게 되진 않겠지요."
그래도 뭔가 아쉽고 섭섭한 눈길로 문 앞에서 진걸을 바랬다.
후!
여관을 나오자 진걸은 괜히 한숨부터 내쉬어졌다. 그리고는 뭔가 끈적끈적한 기분을 털어버리려는 듯 이발소를 찾기 시작했다. 이발소를 나와서는 다시 식당으로 달려가 아침을 주문했다. 아침을 주문하고 나서야 그는 비로소 오늘 하루의 일과를 생각하기 시작했다. 시험장엔 가지 않을 작정이었다. 자기에게는 그 과정과 형식만으로 족했다.
어차피 되지도 않을 일, 그 마지막 과정까지 치르려다 상처나 입고 나기 십상이었다. 맨 처음 대학 4학년 때 한 번을 제외하고는 언제 자기가 나흘이나 계속되는 그 시험을 끝까지 보고 나온 일이 있었던가. 번번이 중간에서 답안지를 찢고 물러나와버렸다. 답답한 문제를 대하고 나서 그래도 참자 하고, 되는 소리 안 되는 소리 시험지를 메우고 앉아 있노라면, 용용 죽겠지, 똑 누군가 자기를 놀리고 있는 것만 같아 견딜 수가 없었다.
―여기서 단념하지 않고 마지막까지 갔다간 그 여자처럼 의미 없는 상처나 입고 말지.
그러나 막상 하루를 지낼 일이 막연했다. 어쨌든 시험이 끝날 때까지는 서울에서 기다려야 했다. 시험 따윈 잊어버려도 좋을 만큼 진지하게 열중할 일이 있어야 했다.

―두드리라, 그러면 열리리니……

밥을 먹으면서도 진걸은 열심히 궁리를 계속했다. 그러자 문득 그 문이 활짝 열렸다. 일전에 암자에서 무불 스님으로부터 지윤희의 전화번호를 얻어둔 일이 생각난 것이다.

진걸은 거추장스러워진 책가방을 식당에다 맡겨놓고 거리로 나왔다. 그는 윤희의 가족을 한 사람 만나 일전에 있었던 그녀의 무단외출에 관해 동숙인답게 걱정을 해주고 충고도 해줄 작정이었다. 그러다 보면 뜻밖에 그녀의 비밀들이 튀어나올 수도 있었다.

진걸은 거리로 나오자, 곧 공중전화 부스로 들어가 번호를 돌렸다. 곧 신호가 떨어졌다.

"아, 여보세요. 거기 지윤희 씨네 댁이지요?"

"네, 맞아요. 하지만 언닌 지금 집에 없는걸요."

앳된 여자의 목소리가 냉랭하게 수화기를 울려 나왔다.

"아, 알고 있습니다. 전 윤희 씨가 계신 여래암에 있다 온 사람인데요. 언니 일로 좀 말씀드릴 게 있어서……"

말을 해놓고 나서야 진걸은 이 여자가 윤희를 언니라고 했던 데 생각이 미쳤다. 그녀는 지금 한창 세상 남자들이 만만해 뵈는 나이인 듯 목소리가 여간 튀기질 않는다.

"여래암요? 그런데 꼭 만나야 되는 이야긴가요? 전화로는 안 돼요?"

대단치 않게 여기는 투였다.

"네, 전화로는 좀……"

굳이 만나야 할 일은 없었다. 그러나 진걸은 만나보고 싶었다.

그것이 오늘 그의 일과였다.

"그러시다면 저희 엄마나 아빨 만나보시죠. 집으로 오시든지."

그러나 이번에도 진걸은 아가씨를 만나야 한다고 우겼다.

"그러시다면…… 지금은 제가 학교엘 가야 하구…… 그럼 제 수업이 끝나고 이따 2시에 뵐까요? 그래도 괜찮겠죠?"

아가씨는 비로소 시간을 정했다. 진걸은 기다리기가 따분했지만 할 수 없이 그대로 장소를 정하고 전화를 끊었다. 그리고는 조조할인 극장을 한 곳 들러 시간도 되기 전에 약속 장소인 화신 앞 다방으로 갔다. 젊은 녀석들이 쌍쌍이 붙어 앉아 여차하면 껴안고 말 기세들을 하고 있는 컴컴한 다방이었다.

아가씨는 약속보다 20분이나 늦게 나타났다.

"지선희예요."

시간이 늦어 미안하다는 말은 아예 내보지도 않고 생뚱 이름만 대고는 자리에 앉았다.

"허진걸입니다."

진걸도 자신의 이름을 대고는 그녀를 천천히 건너다보았다. 눈망울이 좀 크다는 것뿐 윤희와는 생김새가 전혀 딴판이었다.

"윤희 씨에 대해 드릴 말씀이란 다른 게 아니라, 언니가 며칠 전에 갑자기 절에서……"

진걸은 이윽고 윤희의 이야기를 꺼내려고 했다.

그런데 웬일인지 아가씨가 먼저 진걸의 말을 막아버렸다.

"그런 일이라면 예상을 하고 있었어요. 언니가 또 절에서 도망을 쳤다는 거죠?"

짐작 가는 일이 있는지 조금도 걱정스런 얼굴이 아니었다.

"언닌 전에도 가끔 그런 일이 있었어요."

선희는 으레 그러리라고 단정한 듯 진걸의 궁금증에 먼저 대답을 했다.

"한데 윤희 씬 이틀 만에 다시 돌아왔어요. 아주 명랑해져가지구요. 어딜 갔다 온 건지 짐작 가는 데가 있습니까?"

진걸은 시인하며 아직도 궁금한 것을 물었다.

"아마 바다엘 갔다 왔을 거예요."

"바다라구요?"

바다라는 말에 언뜻 생각나는 일이 있었다. 암자 뒷산을 오르다 바다 이야기가 나오자 얼굴색이 변하던 윤희의 얼굴이 떠올랐다.

"네. 언닌 그런 병이 있어요. 가끔 바다를 보지 않고서는 견디지 못하는……"

"거 괴상한 병이군요."

"정말 아무것도 모르시는 모양이군요. 그런 병 모르세요?"

선희는 뜻밖이라는 듯 진걸을 찬찬히 건너다본다. 그리고는 정말 어리둥절해 있는 진걸에게,

"그게 상사병이라는 거예요."

천연스럽게 지껄이고는 끼들끼들 웃는다.

"바다가 보고 싶어지는 상사병이 있나요?"

진걸도 대답해질 수밖에 없었다.

"바다에서 그 병을 얻었으니까, 증세가 도지면 그 바다가 보고 싶은 거죠."

전부터도 윤희는 몸이 약해져 남쪽 어느 바닷가로 요양을 보낸 일이 있었다고 했다. 한데 윤희는 요양은 하지 않고 되레 그곳 초등학교에서 여자 선생 노릇을 하고 있더라는 것이었다. 그러다 그 학교 총각 선생 녀석 하나와 연애 같지도 않은 연애를 하는 기미였는데, 사내 녀석이 갑자기 그곳을 떠나버리자 윤희는 마치 지독한 실연이라도 당한 듯, 그런 병을 얻어가지고 집으로 돌아왔었노라고.

"바다와 무슨 사연이 있었던가 봐요. 그러니까 언닌 병이 도지면 바다로 쫓아가곤 하지요. 산으로 가겠다고 한 것도 사실은 그 바다를 보지 않고는 배기지 못하는 자신이 싫어서 바다에서 도망을 치려는 게 분명했어요. 하지만 언닌 집에 있을 때부터도 벌써 몇 번째나 그 바다를 다시 찾아갔는지 몰라요."

선희는 혼자 이야기를 잔뜩 지껄여댔다.

"그렇다구 뭐 너무 기분 나쁘게 생각하진 마세요."

나중에는 오히려 진걸을 안심까지 시키려 들었다. 그러다가는 또 무슨 생각을 했는지 문득,

"언닐 잘 아세요?"

새삼스럽게 물어왔다.

"뭐 잘 안다고는 할 수 없지만……"

"알아요. 이번에도 언니의 부탁을 받고서 온 건 아니죠? 하지만 잘 친해보세요. 아마 나으려고만 하면 언니의 병은 뜻밖에 쉽게 고쳐질 수도 있을 거예요."

제법 의미 있는 미소까지 지어 보였다.

"하지만 내가 언니와 친해지고 싶지 않다면……"

진걸은 선희의 기세에 눌린 듯 바보처럼 묻고 있었다.

"그래도 할 수 없지요. 언니는 워낙 몸이 약해서 산돼지처럼 정력이 좋아 보이는 선생님하고는……"

조그만 입으로 엄청난 소리를 해놓고는 그래도 좀 무안해졌는지 선희는 별안간 입을 가리며 자리에서 일어서려고 한다.

"언니에게 안부나 전했으면 좋겠지만, 시킨 심부름이 아니니까 그럴 수도 없겠죠?"

선희와 헤어지고 다방에서 나온 진걸은 잔뜩 모욕을 당하고 난 느낌이었다. 그는 정말 산돼지처럼 숨을 식식거리며 명동으로 돌진해 들어갔다.

―음 바다에서 얻은 상사병이라…… 그 눈빛이 상사병 증세란 말이지? 좋아, 이번에 산으로 가면 윤희에게 꼭 바다를 보게 해줄 테다. 그리고 그 상사병 증세를 살피리라.

무슨 화풀이를 하듯 그런 소리를 씨부리며 대낮부터 술부대가 되기 시작한 진걸은 명동을 빠져나와 소공동으로, 그리고 간신히 해가 기울 무렵쯤 해서는 서소문 쪽으로 지하도를 건넜다. 거기서 그는 빌딩들 사이의 한 작은 골목으로 들어섰다. 낯이 익은 골목이었다.

―흠, 고연놈들, 그러면 그렇지…… 없앤다, 없앤다 하면서도 역시 은밀한 곳을 놔두고 있었구먼!

그는 어수선한 골목의 분위기에서 밤여인의 냄새를 맡자 제법 가슴이 훈훈해지기 시작했다. 어떤 식으로든 사내들이 화풀이 할 수 있는 곳이 있어준다는 것은 미상불 고마운 일이었다. 어젯밤부터 차오른 갈증을 좀 풀 수 있으리라. 그리고 선희로부터 당한 수모를 갚아주게 되리라. 그는 정말로 화풀이를 하러 덤비듯 덥석 여인의 목덜미를 하나 비틀어 잡고 방으로 끌고 들어갔다.

그러나 너무 조급한 탓이었을까. 그는 화풀이는커녕 되레 여인에게 창피만 당하고 말았다.

"젊은 양반이 보기하군 다르군."

한창 애를 먹고 있던 여자가 갑자기 그를 팽개치면 자리에서 일어나버렸다.

"술을 너무 많이 하셨나 봐."

단념하라는 투였다. 진걸은 이번엔 정말로 화가 났다.

"쌍! 왜 일어나서 설치구 지랄이야? 이리 오지 못해?"

그 서슬에 여자는 다시 진걸의 곁으로 엉거추춤 주저앉았다. 그러더니 무슨 생각을 했는지,

"기어코 밑천을 뽑고 말겠단 말이지?"

반말짓거리를 하며 방구석에 말아둔 신문지 조각을 한 장 들고 왔다.

"그럼, 천천히 이걸 봐요. 댁 같은 손님을 위해서 내가 미리 마련해둔 약이니까요. 조급하게 굴지 말고, 천천히…… 그걸 읽어낼 수 있는 침착성만 있으면 성공할 거예요."

어이가 없었다. 여자가 내민 것은 C일보의 연재소설이었다. 언뜻 삽화를 보니 진걸이 아직 읽지 못한 것이었다. 주인공 사내 녀

석이 그 열세번째의 여자를 재차 벗겨 들어가고 있는 모양이었다. 여자가 그것을 오려뒀다가 사정이 나쁜 손님에게 최음제 대용으로 사용하고 있는 게 분명했다. 그러나 진걸에겐 소용이 없었다. 아니 그에게는 그것이 오히려 역효과였다.

여인으로부터 신문지 조각을 받아든 순간, 그리고 삽화를 보고 그것이 C일보의 연재소설이라는 것을 안 순간 진걸은 벌써 자리에서 일어나 있었다. 또 한 번 된통으로 뒤통수를 얻어맞은 기분이었다. 선희에게서보다 더 심한 수모를 당하고 만 느낌이었다. 여자를 한 대 갈겨주고 싶은 충동부터 일었다. 그러나 그는 웬일인지 그럴 기력도 없었다.

도망치듯 골목을 빠져나와버렸다. 누구에겐 줄도 모를 욕지거리가 목구멍을 치솟아 올라와 견딜 수가 없었다.

그는 무작정 차를 잡아 탔다. 내리고 보니 명륜동이었다. 아침에 들른 식당에서 책가방을 찾아들고 나온 진걸은, 이번에도 별생각 없이 발길을 따라 걸었다. 이윽고 진걸이 정신을 차렸을 때, 그는 어느새 어젯밤의 여관 앞까지 와 있는 자신을 발견했다.

"또 와주셨군요."

다행히 여자는 외출을 하지 않고 있었다.

—오냐, 너하고 잠자는 법을 알았으니까 오늘 밤은 안심하고 한번 주인 모시는 기분을 내보라구 왔다.

진걸은 정말 주인 노릇을 해줄 작정인 듯 옷을 훌훌 벗어 여자에게 건네주었다. 그리고는 욕실로 들어갔다.

목욕을 끝내고 나왔을 때, 여자는 역시 방 안을 깨끗이 정돈해놓고 그를 기다리고 있었다. 자리도 펴 있었다. 하지만 여자는 이 날 밤은 목욕을 하지 않을 모양이었다. 그녀는 곧바로 밤화장을 시작했다.

 진걸은 자리 속에서 몸을 반쯤 세우고 앉아 제법 의젓하게 담배를 피워 물었다. 그리고는 어깨너머로 거울에 비친 여인의 얼굴을 바라보고 있었다. 문득 공허감 같은 것이 그를 엄습해오기 시작했다.

 "혹시 중이 되고 싶다고 생각해본 일 없소?"

 진걸은 그 공허감을 쫓으려는 듯 별안간 몸을 일으키며 여인에게 물었다. 그러나 여인은 대꾸를 하지 않았다.

 그녀는 그냥 못 들은 척 얼굴 손질을 계속하고 있었다. 그러나 여자가 그 말을 아주 무시하고 있었던 것은 아닌 모양이었다.

 "전 그토록 절망을 하고 있지는 않아요."

 화장을 끝내고 자리로 들어오며 결국 대꾸를 했다.

 제법 자신 있는 미소까지 짓고 있었다.

 "나 역시 절이라는 곳을 절망 끝에나 찾아가는 곳이라고는 생각하고 있지 않아요. 또 중들이 모두 그래서 중이 된 것도 아니겠구. 한데 당신의 경우는 처음부터 중노릇을 하기에 유리한 조건을 가지고 있지 않소?"

 여인은 여전히 웃고만 있었다. 진걸은 물론 그러는 여인이 어젯밤 자신의 말처럼 섹스에 대해서 자신을 갖는다는 뜻이 아니라는 것을 잘 알고 있었다. 그러나 진걸은 여인의 여유 있는 표정을 보자 자꾸만 자신이 더 공허해져가고 있는 느낌이었다.

그녀에게 즐거운 밤을 지내게 해주리라던 여유 같은 게 자꾸 허물어져내리고 있었다.

"참, 상처를 입더라도 여자 구실을 한번 해보고 싶노라고 했지요."

여자는 그제서야 좀 관심을 보이는 얼굴이었다. 그러나 그녀는 아직 경계와 희망이 엇갈린 표정으로 진걸을 들여다보았다.

"난 그런 장소를 알고 있어요. 얼마든지 소리를 질러도 좋은……"

그리고 나서 진걸은 잠시 말을 끊었다가,

"난 여래암에 있다가 온 사람이오. 아마 앞으로도 거기에 좀더 있게 될 겁니다. 골짜기의 숲이 아주 깊습니다."

한데 여인의 대꾸는 진걸의 기대와는 딴판이었다.

"이번 시험엔 그렇게 자신이 없으세요? 틀리지 않았다면 전 선생님께서 이번에 시험을 치시는 줄 아는데요?"

그러자 진걸도 지지 않았다.

"어떻든…… 정말로 소리를 지르고 싶거든 한번 여래암을 찾아오세요. 너무 늦지만 않는다면 아마 틀림없이 거기서 날 만날 수 있을 테니까요. 골짜기가 떠나가도록 소리를 질러도 좋은 곳이오. 그리고도 실망이라면 그땐 정말로 중이 되어버릴 수도 있구요."

그러나 두 사람은 이날 밤 결국 점잖게 잠자리를 지켰다. 물론 이야기의 결론은 얻지 못한 채였다. 여자가 더 이상 대꾸를 해오지 않아서였다.

그리고 그런 여자 덕분에 진걸도 이날 밤엔 그에게 그 과정만을 누리고 싶다던 여자의 소망을 눈물겨운 자기 감동 속에 성취시켜 줄 수가 있었던 셈이었다.

그러나 다음 날 아침, 진걸이 이번에도 아침을 먹지 않은 채 여관을 나서려고 하자, 여인은

"또 오시겠다고 약속할 순 없겠죠. 새삼스런 일입니다만 성함을 기억하고 싶어요."

그러면서 먼저 자신의 이름을 댔다. 배경숙이라고 했다. 진걸 역시 좀 새삼스런 느낌이 들었으나 여래암으로 거처를 알려준 이상 이름까지는 대줘야 할 것 같았다.

그는 친절히 한문자까지 얹어 이름을 알려주고는 여관을 나섰다.

전날 들렀던 식당으로 찾아가 아침 요기를 했다. 그러나 오늘은 어제처럼 하루를 지낼 일로 고심을 하지는 않았다. 그는 벌써 예정이 서 있었다.

어제 서소문 골목을 나오면서 작정한 일이 있었다. C일보의 연재 선생을 만나볼 참이었다. 만나주려고 하지 않더라도 크게 걱정될 것은 없었다. 전화를 하고는 처음부터 집으로 찾아갈 참이었다. 그는 아침을 끝내고 곧 식당을 나섰다. 오늘은 가방을 맡기지도 않고 그냥 옆구리에 낀 채였다.

"저, 저는 선생님의 소설을 열심히 읽고 있는 애독자의 한 사람입니다."

공중전화 부스에 매달린 번호부에서 쉽게 번호를 찾은 진걸은 곧 연재 선생과 통화를 나눌 수 있었다. 그러나 선생의 반응은 의외로 냉담했다.

"아 그래요? 거 참 반가운 일이군요. 감사합니다."

이쪽에서 바람직한 말을 모두 한꺼번에 해버리는 어조가 금방

수화기를 놓아버리고 싶은 투였다.
　—귀찮스럽기도 하시겠지요. 하지만 오늘은 정말로 좀 귀찮게 해드려야겠소.
　"그런데 분주하실 줄 압니다마는 오늘 선생님께서 잠시 시간을 좀 내주실 수 있는지요."
　진걸은 자신이 그 선생의 작품을 애독하고 있을 뿐만 아니라, 사실은 선생님의 말씀을 듣고 바른 문학 수업의 길을 얻고자 오랫동안 별러온 문학도라고 했다.
　"허락해주신다면 선생님의 작품에 대해 제 나름대로 생각한 바를 좀 말씀드리고 싶기도 하고…… 그보다도 우선 한번 뵙게만 해주신다면 저로서도 많은 도움을 입겠습니다."
　아무 때라도 좋은 시간에 직접 집으로 찾아뵙겠노라고 했다.
　연재 선생은 어떻게 거절할 말을 찾지 못한 모양이었다. 한참 동안 대꾸조차 하지 않고 있더니, 결국은 애매한 어조로, 그럼 아무 때나 한번 미리 전화를 하고 찾아와보라고 했다. 당장은 싫다는 뜻이었다. 그리고 행여 나중에라도 찾아올 생각이 나면 전화를 하면 그땐 집에 없노라 따돌릴 작정일 게 분명했다. 그러나 천만의 말씀이었다.
　진걸은 끈기 있게 달라붙어 대충이나마 집의 위치를 알아내고 말았다. 그리고는 나중에 틈 봐서 한번 찾아뵙겠노라 안심을 시켜 놓고 나서는 전화 부스를 나오자 곧장 그쪽으로 차를 잡아 몰았다.
　연재 선생의 집은 진걸이 상상했던 것보다는 의외로 초라했다. 홍제동을 훨씬 지난 산비탈에 고만고만하게 자리 잡고 있는 간이 주택 비슷한 것이었다. 나이 40이 될까 말까 한 연재 선생 역시 신색이 영 좋아 보이지 않았다. 후줄근한 집안 행색만큼이나 모든 일이 귀찮고 좀 진력이 나 있는 듯한 표정이었다. 그는 응접실 겸 서재로 쓰고 있는 방으로 막바로 안내되어 들어오는 진걸을 보고도 별로 의아스러워하질 않았다.

"허진걸입니다. 아까 전화로 말씀을 올렸습니다만……"

인사를 하는데도

"절 보러 일부러 오셨다구요. 우선 좀 앉으시구료."

전화 받은 일 따위는 벌써 잊어버리고 있는 듯한 얼굴로 멍하니 진걸을 쳐다볼 뿐이었다. 호기심도 기대도, 돌연히 그를 방문한 낯선 청년에 대한 어떤 경계심마저도 찾아볼 수가 없었다.

"사실은 선생님의 연재소설에 대해 몇 가지 불평을 드리고, 선생님의 해명을 듣고자 이렇게 찾아왔습니다."

진걸도 이젠 아까 전화로, 자신은 선생님의 말씀을, 문학 수업의 길을 얻고자 하는 받들어 문학도 어쩌고 했던 이야기는 염두에 두지 않아도 좋을 것 같았다. 단도직입으로 본론을 꺼냈다.

"무슨? C일보의 소설 말이오?"

그러나 그는 다른 사람의 이야기를 하듯 말을 흐려버렸다. 그리고는,

"그 뭐…… 누가 읽기나 해야지요."

마치 자기가 쓴 소설이 아니라고 하고 싶은 듯한 씁쓸한 표정을 지었다.

그런 태도를 보자 진걸은 벼르고 온 생각들이 자꾸 싱거워지려

고 했다.

"아닙니다. 선생님의 소설은 꽹장히 많이 읽히고 있습니다."

"그래요? 그거 다행이군요."

"심지어 전 어떤 여자들이 선생님의 소설을 오려놓고 최음제 대신으로 밤손님에게 읽히고 있는 것까지 보았으니까요. 그리고 또 다른 어떤 병신 여자는 선생님의 소설에서 병신들이 세상을 살아가는 괴상한 생활 방법을 배우고 있습니다."

"댁은 자신의 이야기는 하지 않는군요. 학생입니까?"

"제가 학생이건 아니건 그건 선생님의 소설이 그토록 널리 읽혀지고 있다는 사실과는 상관이 없다는 일이지요."

"하긴……"

선생은 뭔가 좀 면구스러운 듯 턱을 한 번 매만진다.

"마지막 패가 소용이 없는 독자들이지요."

"네? 마지막 패라니요?"

"화투 칠 때 가장 좋은 패가 있지 않습니까. 누구나 그 패는 제일 나중까지 가지고 있으려고 하지요. 마지막 판에 가서 승리로 결판을 지으려고 말이오. 그리고 가장 좋은 방법은 끝내 그 패를 쓰지 않고도 이기는 것입니다."

"무슨 뜻입니까?"

"신문소설도 마찬가지란 말입니다. 쓰는 사람이 독자를 굴복시키려고 할 때 그중 좋은 패는 처음부터 내보이는 법이 없어요. 마지막에 가서 한 번이지요. 한데 대개는 그 패를 내놓기도 전에 독자들이 굴복을 해버린단 말입니다. 도대체 그 마지막 패라는 것이 소용없는 독자들이지요. 아까 댁이 말한 밤아가씨라든가 그런 독자들 말입니다."

그는 얼굴에 객쩍은 웃음을 띠고 있었다.

진걸은 얘기가 제 길로 들어서고 있는 느낌이었다.

―그렇담 이제 다시 내 차례로군.

"독자를 아주 쉽게 생각하고 계시군요."

진걸은 얼른 말꼬리를 휘어잡았다.

"그렇다고, 뭐 경멸한다는 뜻은 아니죠. 그런 독자가 따로 있는 게 아니고, 누구나 신문소설에서 구하는 것이 그런 것이니까요. 신문소설에서 예술을 구하는 사람이 있습니까?"

"하더라도 여자의 옷을 벗긴다는 건 신문소설식의 예술이 아닙니까? 그리고 또 그 나름으로 마지막 패도 있을거구."

"……?"

선생은 좀 어이가 없는 표정으로 물끄러미 진걸을 쳐다보고만 있었다. 진걸이 말을 계속했다.

"이를테면, 저 같은 독자의 경우에는 말입니다. 신문소설에도 그 나름의 예술이 있어야 한다면 그걸 저는 여인의 옷을 벗기는 기술이라고 생각하고 있거든요. 한데 선생님 소설의 경우, 전 언제나 선생님보다 더 멋있게 옷을 벗길 수가 있었어요. 물론 제 상상 속에서 말입니다. 뿐만 아니라 전 선생님의 여자가 새로 등장하게 되는 시기나 그 여인이 며칠쯤 있다가 옷을 벗게 될 것인지도 정확히 점칠 수가 있습니다. 그러니까 지금까지 선생님께서 내놓은 패들은 전혀 저를 이길 수가 없었지요. 패를 내놓기도 전에 이미 그

패의 비밀을 알고 있는 셈이니까요. 그렇다면 이제 선생님께선 그 마지막 패를 내보일 때가 온 것이 아닙니까. 선생님의 독자들 가운데는 지금까지 선생님께서 내놓은 패에 대해서는 이제 흥미가 없어져버린 저 같은 친구들이 많을 테니까요."

선생은 실없이 웃고만 있었다.

열을 올리고 있는 진걸을 비웃고 있는 것 같기도 했고, 그 마지막 패라는 것에 자신이 없어 그러는 것 같아 보이기도 했다. 또는 별안간 찾아온 젊은이로부터 공박을 당하고도 변명조차 하고 싶지 않은 자신의 처지와 무기력을 자조하고 있는 것 같기도 했다. 어떻든 그러고 있는 선생의 표정은 몹시 피로하고 귀찮고 그리고 난처한 빛이 역력했다.

"선생님은 아마 그 마지막 패라는 것을 준비해가지고 있는 게 아니지요?"

진걸도 비실비실 웃으며, 그러나 마지막 말을 했다. 그러자 선생은 비로소 웃음을 눈 속으로 말아들이며 혼잣말로 중얼거렸다.

"그 패를 나눠 받은 일은 없으니까……"

"왜, 그 패는 선생님이 스스로 마련하는 것이 아닙니까?"

"작가가 어떤 현실을 이야깃거리로 선택할 때 그 패는 그 선택된 현실 가운데서 찾아지는 것이지요. 결국 그 현실이 작가에게 어떤 패를 준다고 할 수 있습니다. 그리고 독자들…… 결정적인 패는 독자들에게서 얻어내는 것 같아요. 그런데……"

"그런데요?"

"지금 이 도시는 지나치게 여성화되어가고 있습니다. 빌딩이 솟고 도로가 뚫리고 있긴 하지만 그보다 더 빠른 속도로 도시는 여성화되어가고 있어요. 도시 전체가 거대한 섹스의 소음 속으로 빠져들어가고 있습니다."

"도시가 여성화해간다는 뜻은 그러니까 섹스 분위기를 말합니까?"

진걸은 아직 납득하고 있지 않았다.

"그런 뜻만은 아니지요. 모든 문화 현상이 소비 안일 피상화해 간다는 의밉니다. 하지만 여성화된 도시가 궁극적으로 다다를 곳은 그 섹스라고 할 수도 있습니다. 사실로 지금 우리의 도시는 괴물처럼 거대한 국부를 드러내놓은 채 치마를 올리고 누워 있는 느낌이 아닙니까. 그곳을 조금만 건드려도 도시는 견딜 수 없는 소리를 지르며 무섭게 꿈틀거리지요. 사람들은 그 섹스의 소음 속에서 정신을 차릴 수가 없게 되었구요."

"그럼 선생님은 그 도시와 화간을 하고 계신 셈입니까."

진걸은 한껏 비꼬고 들었다. 그러나 선생은 차근차근했다.

"사람들은…… 아니 독자들은 그 섹스의 소음에 정신이 멍해지고 있습니다. 신문은 언제나 그런 소음을 좋아하지요. 신문소설 작가가 어디서 그 마지막 패를 얻을 수 있을까요? 그리고 스스로 마련한 패의 소리는 그 소음을 이기기에는 너무나 작습니다. 하지만 그보다 더 치명적인 것은 그 섹스라는 것이 그것 스스로 마지막 패를 갖지 못한 것이란 말입니다. 가끔은 무슨 패가 있는 것처럼 보이기도 하지요. 하지만 이렇게 세상이 온통 그 한 가지 소음으로 정신을 차릴 수가 없게 되고 보면 그런 것까지도 결국은 그 소음에 기여하는 꼴이 되고 말지요."

"섹스가 선생님에게 드릴 마지막 패를 스스로 갖지 못하고 있는 것이 치명적이라고 하셨는데, 그렇다면 어째서 선생님은 하필 그 치명적인 것을 이야깃거리로 삼고 있습니까? 결국 선생님께서도 그 소음에 한몫 끼어들고 싶어진 것입니까?"

"그건……"

선생은 잠시 망설였다.

"그건…… 이야기를 선택할 수 없기 때문입니다. 마지막에 가서 훌륭한 패를 내놓을 수 있는, 그런 패가 준비될 수 있는 이야기들이 있지요. 하지만 아직 그런 이야기를 택할 용기가 없습니다."

선생은 힘없이 웃으며 진걸을 내려다본다.

진걸은 대략 짐작이 가고 있었다. 그러나 좀더 선생 자신의 입으로 듣고 싶은 말이 있었다.

"그것을 왜 용기라고 말합니까?"

선생은 이제 더 대답을 하지 않았다. 여전히 희미한 미소를 짓고 있을 뿐이었다.

"선생님의 손가락을 부러뜨려놓고 싶군요. 그 용기가 생길 때까지는 더 소음을 일으키지 못하도록 말입니다."

"그럴 수도 있을 테지요. 하지만 나중엔 후회하실 테지요."

선생은 진걸의 말에 화를 내는 기색이 없었다.

오히려 진걸을 놀리려 드는 어조였다.

"후횔 하다니요?"

"손가락을 부러뜨려놓고 댁은 소음을 하나 제거했다는 생각보다는 손가락을 부러뜨리고 병신이 된 사람을 더 많이 기억하게 될 테니까 말이오. 또 그런 당신을 바보같이 웃으면서 돌려보낼 수밖에 없었던 나의 기억을 견딜 수 있을는지. 어느 쪽이기를 바라고 있는 건 아닙니다마는……"

거기서 진걸은 집을 나왔다. 피곤했다. 눈물이 나올 것 같았다.

시험은 아직 이틀이나 더 남아 있었다.

진걸은 다음 날 하루를 더 기다린 다음 결국 귀향 열차를 타고 말았다. 이상하게 피곤해서 마지막 하루까지 기다릴 수가 없었다.

시험이 끝나기 전이라 암자로는 갈 수가 없었다.

집에부터 다녀오기로 했다. 하긴, 이날 오후까지만 해도 진걸은 시험이 끝날 때까지 하루를 마저 버티리라 작정하고 있었다. 그래서 그는 좌석도 없는 야간열차를 타고 말았다. 호남선 완행이었다. 하지만 야간 완행이라고 자리가 없으란 법은 없었다.

몇 시간씩 줄을 서서 기다리지 않아도 자리를 잡아 앉는 방법이 있었다.

진걸은 어디를 가나 그런 편법이 있어준다는 것이 고마웠다. 하지만 그런 편법이 진걸 혼자만을 위해서 있어준 것은 아니다.

만인을 위해 있어주는 것이었다. 다만 진걸이 그 만인의 한 사람일 수 있고 편법의 혜택을 누릴 수 있는 것은 그것을 용납하는 아량과 약간 불쾌한 낭비를 감수할 수 있는 여유가 있었기 때문이었다. 그런 속도 모르고 아직 자리를 잡지 못한 사람들이 진걸에게 물어왔다.

"어디까지 가십니까."

자리를 맡아놓고 싶어서였다.

"이 차가 가는 데까집니다."

다음 날 아침 진걸은 기차에서 내려 버스로 바꿔 탔다. 거기서 또 늦게 올라온 사람들로부터 같은 질문을 받았다.

— 어디까지 가십니까, T읍까집니다.

그러나 진걸은 T읍에서도 백 리나 버스를 더 타야 했다. 그곳이 진걸의 고향이었다. 그러나 T읍이라고만 말해도 사람들은 더 묻지 않고 지나갔다.

T읍에서도 또 새로 올라온 사람들로부터 진걸은 같은 질문을 받았고, 같은 대답을 했다.

— 종점입니다.

그의 고향은 그렇게도 먼 구석이었다.

너무나 멀고 너무나 어둡고 너무나 답답한 고향이었다.

그러나 진걸은 그런 고향이나마 고마워질 때가 가끔 있었다. 그나마도 처음부터 고향이라는 걸 가지지 못한 사람들이 있었다.

정말로 피곤해졌을 때 찾아갈 곳이 없는 사람들이었다. 서울 사람들이 그런 사람들이다. 하긴 진짜 처음부터 서울 사람이 몇 되기나 하는가.

모두가 시골에서 뼈가 굵은 다음에 직장을 따라가는 지아비나 아버지를 따라 서울로 와서 서울을 점령하고 사는 사람들이었다. 하지만 이 가짜 서울 사람들 역시 고향이 없기는 진짜들이나 매한가지다. 이들은 모처럼 대견스런 서울 사람 노릇에 피곤해질 틈이 없으니까. 피곤해지는 일이 없는 사람에게 마음으로 찾고 싶은 고향이 있을 리 없었다. 1년에 한두 번 여행 삼아 성묘나 가는 곳이 고향인가.

그런 생각을 하다 보니 진걸은 지금 자신이 누구보다 피곤해 있는 느낌이었다. 그러나 지금 그는 피곤을 풀러 고향으로 가는 것은 아니었다. 오히려 어떤 전투 같은 것을 치르러 가는 심경이었다. 의기양양한 귀향이어야 했다. 응시 효과를 충분히 활용하여 아버지께 위안을 드리고 가문의 위신을 지키고, 그리고 약혼녀 명순이 깊은 신뢰감을 갖고 좀더 그를 기다리게 하고, 대서사 녀석을 구슬러 가장 쉬운 방법으로 빚을 회수하고…… 그래서 그의 귀향은 더욱 피곤해지고 있었다. 그러나 어쨌든 그런 전투를 치르는 데는 역시 어둡고 답답한 고향이 편리했다.

그는 마지막 손님으로 종점에서 버스를 내렸다. 바야흐로 진짜 전투가 시작될 참이었다.

그런데 이날 고향에서의 첫 전투는 진걸에게 부전승이었다.

별안간 의기양양한 얼굴을 하고 나타난 진걸을 보고 아버지는 조금도 의심스러워하는 빛이 없었다. 시험을 잘 치렀는지조차 묻지 않았다.

"음, 그래 벌써 시험이 끝난 게냐."

위험 서린 한마디를 하고 나서는 다른 말이 없었다.

안심이었다. 아버지가 말이 없이 진걸에게 위엄을 갖추고 싶어 할수록 그것은 진걸을 대견해하고 있다는 증거였다.

편지로 알려왔던 5만 원 회수에 관한 일도 다시 이야기를 꺼내지 않았다. 진걸이 왔으니 이제 어련히 알아서 결말을 지어줄까 보냐는 듯이. 그 서슬에 어머니 역시 그런저런 반가운 소리를 하지 못하고 있었다. 흐뭇한 눈초리를 숨기면서 진걸을 바라보곤 할 뿐이었다.

저녁을 먹고 나자 아버지는 뭔가 좀이 쑤셔 견딜 수가 없는 듯 훌쩍 마을을 나가버렸다. 집을 나가면서야
"이봐 할망구."
어머니를 불러냈다.
"그 녀석 저녁엔 너무 붙잡고 있지 말구려. 말은 안 하지만 며늘아기가 오죽 기다릴라구. 벌써 왔다는 소식은 들었을 텐데 워낙 암뜬 아이가 되어서 금세 달려오지도 못하고. 제놈인들 어디 우리 늙은 것들한테만 잡혀 있고 싶을라고. 그러니……"
슬쩍 당부를 하는 모양이었다. 그런 아버지였다.
"명순이 말이다……"
어머니가 방으로 돌아오면서 말했다.
"네가 없을 땐 아주 우리 집 식구가 된 것처럼 자주 드나들며 고맙게 하고 가더니 오늘은 되레 네가 와서 부끄러운 모양이구나. 여태 얼굴을 비치지 않으니……"
불러오기라도 할 참인 듯 진걸을 바라본다.
"놔두세요. 이따가라도 제가 가보지요. 어차피 그 댁 어른들께도 인사를 드려야 할 테니까요."
"오늘 인사를 가려구?"
어머니는 잠시라도 아들을 놓치기가 싫은 표정이었다. 그런 때

진걸은 효도의 방법을 알고 있었다.

"뭐 내일 아침에든지 아무 때나요."

그러니까 어머니는 또 양보를 하는 체한다.

"하지만 오늘 가기로 작정을 했거든 일찍 가봐야 한다. 너무 늦기 전에 말이다."

그때 마침 누가 대문을 들어서는 소리가 났다.

"매부 왔나?"

명순의 오라비 경식이 소식을 듣고 달려온 것이었다. 두 사람은 원래 한마을에서 자라 말을 트고 지내던 친구였다. 경식은 고등학교만 마치고 가사를 돌보고 있는, 말하자면 마을의 모범 청년이었다. 그런데 진걸이 명순과 혼사를 정하고 나서부터는 말이 좀 달라지고 있었다.

"아까 벌써 왔다는 소식 듣고 혹시 올라오지 않나 기다리고 있었더니 기척이 없길래 내가 먼저 왔지."

"그러잖아도 지금 어른께 인사를 드리러 가려고던 참인데, 마침."

진걸은 덕분에 경식과 어울려 곧 집을 나왔다. 그러나 경식은 집을 나오자 다른 데 좀 들를 곳이 있다면서 이내 길을 비켜서버렸다.

"먼저 가서 아버님께 인살 드리게. 당장이라도 하고 싶은 이야기가 많지만 먼저 좀 들를 곳이 있어서."

"그렇담 같이 다녀서 올라갈걸."

"이 사람, 어서 누이도 봐야 할 게 아닌가. 철이 든 계집이라고 쫓아오진 못하고 집에서 기다리고 있네. 가 있으면 내 곧 따라 올라가지."

경식은 진걸을 떠밀어대기라도 할 기세다.

할 수 없이 진걸은 혼자 명순네로 갔다. 두번째 전투였다.

그는 어른들께 먼저 인사를 여쭈었다. 그리고 나서 명순과 함께 그녀의 방으로 건너갔다. 그러나 진걸은 명순과 단둘이 되고부터는 할 말이 없었다. 어떤 어슴푸레한 충동이 일고 있을 뿐이었다. 명순 쪽에서도 무엇을 기다리는 듯 방을 들어서고도 얼른 자리를 잡아 앉으려고 하질 않았다.

진걸을 정면으로 쳐다보지도 못했다. 그러나 진걸은 오랜만에 만난, 그리고 이제 비로소 단둘이가 된 약혼녀와의 귀중한 시간을 그저 묵묵히 흘려 보내고만 있었다. 이상하게 짚이는 것이 있었다. 명순만은 손가락 하나 건드리지 않으려는 결백증 같은 것을 간직해온 그였다. 하지만 그보다도 진걸은 차에서 내린 후 명순에게서 처음으로 아늑한 안식감 같은 것을 맛보고 있었다. 그것이 진걸에게서 그 어슴푸레한 충동을 잠재워버렸다.

—젊었을 때 할 일이 따로 있는 것 아니오.

이 말은 원래 고시를 핑계로 진걸이 혼인식을 미루면서 명순에게 한 말이었다. 그런데 명순은 도회지에서 여학교까지 나온 시골 여자치고는 끈기 있게 결혼을 참고 있었다. 그리고 이젠 그 말이 오히려 그녀가 진걸에게 한 것처럼 되어버리고 있었다.

그렇게 진걸을 믿고 기다려주었기 때문에 그녀가 진걸에게 편하게 느껴진 것이었을까. 그렇지 않으면 아홉이나 되는 그의 그래프의 여인들 덕분일까. 어쨌든 진걸은 명순에게 아무것도 해주지 않아도 좋을 만큼 그녀가 편했다. 서울을 다녀오면서 뼛속까지 스며들고 있던 그 피로감이 그녀의 방에서 다시 살아나려고 했다.

진걸은 명순에게서 그 피로를 풀고 싶었다. 그런 점에서 진걸은 아직까지 한 번도 윤희와 명순의 순서를 바꾸고 싶은 생각이 들지 않았던 자신이 다행스러워지기까지 했다. 그러나 그뿐이었다. 할 말은 없었다.

그러나 그런 진걸의 담담하고 아늑한 기분은 별로 오래가지 않았다.

이윽고 자리를 잡아 앉은 진걸이 방 안을 이리저리 둘러보고 있을 때였다. 문득 그의 눈에 띄어 들어오는 것이 있었다.

"저건 모두 주간지가 아닙니까."

각종 주간지들이 장서처럼 선반을 가득 메우고 있는 것이었다.

"네, 우편 구독을 하고 있어요."

명순은 모처럼 자기 주변의 일에 관심을 가져주는 진걸이 반가운 듯 얼른 대꾸했다.

"우편 구독을?"

"네, 학교를 졸업하고 너무 오래 시골에만 묻혀 지내다 보니까 진짜 시골 사람이 되어버린 것 같아서요."

"흠, 진짜 시골 사람이라…… 진짜 서울 사람이 귀한 것처럼 시골 사람도 진짜는 귀해질 판인가."

진걸은 기이한 느낌이 들었다. 아니 기이하다기보다 명순의 대답은 어딘지 스산한 기분마저 스치는 것이었다.

비로소 진걸은 자신이 지금 전투 중이라는 생각이 들었다. 그리고 그 스산한 기분은 이 두번째 전투에 대한 진걸의 예감을 상당히 흐리게 하고 있었다.

아닌 게 아니라, 그런 일들이 진걸을 기다리고 있었다.

경식이 곧 문을 열고 들어섰다.

"가세, 누이하곤 뭐 가면서 이야기하고 오늘 저녁은 나하고 우선 한잔해야지. 의논할 일도 있구……"

그러면서 경식은 진걸을 끌어내버렸다. 아무래도 진걸이 오는 길로 하고 싶은 이야기가 있는 눈치였다.

그러나 경식은 선뜻 이야기를 꺼낼 수가 없는 듯 요량 없는 소리들만 지껄이며 주점을 향해 걷고 있었다. 진걸은 그러는 경식에게서도 뭔가 아까 명순에게서와 같은 스산한 기분이 느껴졌다.

"주간지를 열심히 읽고 있는 모양이더군."

결국 진걸이 먼저 명순에게로 화제를 돌렸다.

"아, 명순이 년 말인가? 열심히 읽지. 하지만 뭐 누이뿐은 아니야."

경식의 어조는 진걸의 말뜻을 아직 알아듣지 못한 듯 조금 자랑스럽기까지 했다.

"그건 뭐 하러 그렇게 열심히들……"

"그야 세상 돌아가는 속도 좀 알구, 게다가 이젠 도회지 사람들처럼 우리두 세상 재미 좀 봐가며 살자는 것이지."

"자네도 썩 열심히 읽는 모양이군."

"그야…… 속이 시원하니까. 언제 주간지만큼 속속들이 정직한 것이 있어본 일 있나? 도회지 사람들은 저희들끼리 그런 뒷구멍 재민 다 보고 살면서 겉으로는 안 그런 척하니까 이런 시골에 앉아

선 깜박 속고 살아왔지 뭔가. 한데 주간지들은 그렇게 호박씰 까진 않거든."

경식은 거침없이 말했다.

"이거 큰일 났군. 자네 모범 청년인 줄 알았더니……"

"세상이 많이 밝아진 탓이지. 이젠 시골 사람들도 전과는 달라. 많이 눈들을 떴지."

경식은 뭔가 진걸을 골려주고 싶은 듯 실실 웃어대고 있었다.

진걸은 대꾸를 하지 않았다. 으스스한 기분이 한결 더해오고 있었다.

그러나 두 사람이 주점에 이르렀을 때 진걸은 경식이 의기양양하게 그런 소리를 지껄여댄 이유를 대강 짐작하게 되었다.

"어흠! 내 녀석의 얼굴을 보아하니 이번엔 틀림이 없어 보이더라 이거지. 뭐? 물어볼 것도 없는 일이라……"

주점을 들어서다 진걸은 안에서 들려 나오는 소리에 발을 멈춰서고 말았다.

얼큰히 취한 아버지의 목소리가 분명했다. 노인이 지금 진걸을 내세워 한창 호기를 부리고 있는 중이었다.

"그러나 녀석들! 사람을 쉽게 알았다가 큰코다칠라! 미리미리 알아서 조심들 해야지."

마음에 짚이는 자가 있는지 함부로 으름장까지 놓고 있었다.

둘은 잠시 가만히 서서 그 소리를 듣고 있다가 말소리가 먼 방을 하나 잡아 들어갔다.

다른 마땅한 집이 없었다.

그러나 방으로 들어와서도 진걸은 그 아버지의 소리에 계속 귀를 기울이고 있었다. 경식도 마찬가지였다. 그런 두 사람은 어느 쪽도 그 소리를 아직까지 듣고 있는 내색을 하지는 않았다. 숙연해진 눈초리들만 하고 있었다.

술이 들어오자 경식이 진걸에게 먼저 잔을 채워주고 나서야 비로소 입을 열었다.

"자네 이번엔 정말 자신이 있나?"

경식은 진걸이 지금도 분명 그 소리를 듣고 있으리라 싶은지 그쪽을 한번 눈짓하며 물었다. 그 목소리가 무척은 진지했다.

진걸은 정신이 번쩍 들었다.

두번째 전투의 결말도 없이 바야흐로 세번째 전투가 시작되고 있었다.

진걸은 경식의 진지한 표정과는 달리 얼굴에 빙긋 미소를 지었다. 그는 어느덧 여유를 회복하고 있었다.

"왜 갑자기 그런 소릴…… 판검사 매부를 두면 걱정될 일이라도 있어 그러나?"

천연스럽게 놓치고 들었다. 그런 경우 변명이나 다짐보다는 역습이 가장 효과적인 호신책이라는 것을 누구보다 자주 익혀온 진걸이었다.

"그렇게 웃을 게 아니라……"

그러나 경식도 쉽사리 물러설 기세가 아니었다.

"아까 내가 이곳 사람들이 주간지를 읽으면서 차츰 눈을 떠가고 있다고 한 말은 사실이네. 자네가 원하든 원하지 않든, 그리고 그런 식으로 눈을 떠가는 것이 바람직한 일이든 아니든 말일세."

여전히 진지한 목소리였다.

"그래서?"

진걸도 이젠 농을 치지 못했다.

"그래서 이번 시험에 자신이 있나 묻지 않았나?"

"그 사람들이 눈을 뜨고 세상 재미를 보고 싶어 한다는 것하고 내 시험하고 무슨 상관이라도 있나?"

"있지 않고. 말하자면, 이젠 자넬 신용하지 않을 기세들이란 말일세, 그뿐 아니라 만약 이번에도 좋은 결과가 못 되고 보면 그 사람들은 지금까지 자네에게 보냈던 기대와 경의감 모두 비웃음으로 바꾸어 곱빼기로 되돌려주려고 할걸세."

"그러니까, 자신이 없거든 내 왔노라 나서서 설치지 말고 아예 쥐 죽은 듯이 숨어 있다가 꺼지라는 말이겠군."

"말하자면 그렇지. 설마 이번에도 자네에게 그런 불행한 결과가 되어서는 안 되겠네마는."

그리고 나서 경식은 열심히 진걸의 대답을 기다리고 있었다. 위기였다. 여기서 한발만 물러섰다가는 그만이었다.

"하지만 미안하게도 자신 있는 대답을 할 수는 없는걸. 시험이란 게 원래 그런 거 아닌가. 이번엔 어느 때보다 시험 보고 난 뒤가 개운한 느낌이기는 하지만…… 그래도 장담을 할 수야……"

너무 자신만만한 체해서는 안 된다. 적당히 신중한 면도 보여줘야 했다.

"자네 누이도 그런 생각인가?"

"누이야 합격하리라고 믿고 싶겠지. 그건 나도 마찬가지지만 말일세."

아무래도 그를 신뢰할 수가 없다는 투였다.

"하긴 너무 여러 번 실망을 시켜줘서…… 전번 아버지 편지에서도 그런 내색을 눈치채긴 했지."

"자네 어른께선 여전하시지. 추호도 실망을 않고 계시네."

"그러니까 말일세. 혹시 마음에 걸리는 데가 있더라도 그런 부모님 앞에서만은 어쩔 수가 없지 않은가. 모처럼 기분도 좀 풀어드려야겠구."

"그렇다고 그런 식으로 언제까지나 어른을 만족시켜드릴 순 없지 않은가. 그런 기대를 연장시켜드리려고 자네가 무한정 시험을 치르고 있을 수도 없는 일이고."

경식이 이젠 아주 위태롭게 다가들고 있었다.

"자넨 마치 내가 이번에도 미역국이라고 단정을 해버린 것 같군."

진걸은 들었던 술잔을 놓으면서 정색한 눈으로 경식을 건너다보았다. 그제야 경식은 좀 민망한 듯 잠잠해진다.

"설마 그럴 리야 있겠나만……"

그 틈을 이용해서 진걸은 늠름하게 위기를 벗어져나가고 있었다.

"기다려봐야지. 이번엔 나도 예감이 좀 심상치가 않으니까."

경식도 진걸을 더 몰아세우고 싶지는 않은 눈치였다. 그는 아직도 미심한 미소를 입꼬리에 문 채, 갈수록 호기충천해가는 진걸 아버지 쪽으로 귀를 주어버린다. 그러나 그것으로 진걸이 난경을 다 빠져나간 것은 아니었다. 경식은 아직 할 이야기가 있었다. 그리고 이번 이야기야말로 그가 오늘 밤 진걸과 매듭을 지어놓고 싶은 진짜 용건이라 할 수 있었다.

"아까 누이가 혹시 귀띔을 해주었는지 모르겠네만……"

경식은 이윽고 주의를 돌리며 진걸을 바라본다.

"실은 이번 겨울이나 나면 내년 봄쯤 해서 집을 좀 옮겨볼 작정을 하고 있어."

"집을 옮기다니, 어디로?"

명순은 그런 말을 하진 않았었다. 하긴 그보다 더 절실했을 그녀 자신의 이야기도 할 틈이 없었으니까. 그런데 경식은 뭔가 집을 옮기는 일과 진걸을 상관시키고 있는 것 같았다.

"어디 도회지나 사람이 좀 살 만한 곳으로 말이네."

"왜, 지금까진 사람이 못 살 데서 살았나?"

"이 골 사람들도 이젠 눈들을 떠가고 있다고 말하지 않았나."

경식은 그리고 나서 한동안 또 비죽비죽 웃다가 말을 잇는다.

"이젠 더 땅만 파고 있을 수가 없어. 1년 내내 농사를 지어봐야 비료값이니 품삯이니 이것저것 따져 계산해보면 아주 못된 장사라니까. 게다가 심심찮게 한번씩 가뭄이라도 들고 보면 말짱 헛거지. 차라리 논 사느라고 땅에 묻은 돈을 건져다 은행에서 이자나 따먹는 편이 속이 편할 거란 말이네. 난 또 땅은 많은 놈이니까 사람 많은 데 가서 그 땅을 팔면 무슨 일을 한들 살길이 없겠나?"

"계산을 많이 한 다음이겠군. 하긴 농사꾼이 땅에 애정을 잃으면 그런 계산을 하게 되겠지. 한데 그런 버릇은 어디서 배웠지? 전에는 그렇게 영리하게 계산들을 하지 않는 것 같더니. 별로 반갑지 않은 버릇 같군."

"토지에 대한 계산 없는 애정이란 암캐가 제 새끼에게 젖을 빨리는 것 같은 맹목적인 것이니까. 맹목은 곧 원시지. 그리고 자네가 반가워하고 말고는 고사하고 요즘 그런 계산을 하지 않는 바보는 없네. 아까 내가 눈들을 뜨기 시작했다는 것도 그래서 한 말이야."

"눈을 뜨고 계산을 해보면 반드시 농촌을 떠나 이사를 해야 한다는 답이 나오나?"

"나 같은 얼치기 반농사꾼한테는. 다른 사람은 다른 답이 나오기도 하겠지."

"그럼 자네 어른께서는?"

"설득이 끝났어. 때만 기다리고 있는 중이지. 그러니 이제 자네가 매듭을 지어줘야 할 일이 있어."

경식은 비로소 이야기의 핵심을 꺼내려는 듯 진지하게 진걸을 바라본다.

"뭘 말인가?"

"누이 일이지. 누인 지금 궁금해하고 있어. 내년 봄 전에 바로 자네 집으로 갈 것인가, 아니면 우리와 함께 이곳을 떠났다가 거기서 다시 돌아오게 될 것인가를 말야. 누이가 어느 쪽을 바라는지는 잘 모르지만 그런 사정이니까 이번에 자네가 어느 쪽이든 매듭을 지어줘야겠어."

난처한 이야기였다. 경식이 매듭을 지어달라는 뜻은 뻔한 것이었다. 이사를 가기 전에 명순을 진걸에게 떨어뜨리고 싶다는 것이리라. 사정이 그렇다면 명순 역시 어떤 결정을 가지고 있고 싶어

할 것은 틀림없었다. 그러나 당장은 경식 앞에 내놓을 진걸의 대답도 뻔한 것이었다.

"글쎄, 이번 시험 결과가 바라는 대로만 되어준다면……"

"그렇게 되지 못하면 역시 이사부터 해야겠지?"

"왜 자넨 늘 불길하게만 생각하려고 하나? 그리고 설령 일이 불행하게 끝난다고 해도 덮어놓고 내 시험 결과에만 매달려 혼인을 연기할 수는 없는 일이겠지."

진걸은 경식이 할 말을 제 편에서 먼저 해버렸다.

"연기를 하지 않으면?"

"왜, 난 시험 안 되고는 장가도 못 가란 법 있나. 일단 원칙만은 자네네 이사 전에 일을 끝내기로 정하고 있어야겠지. 그리고 아직은 집을 내놓고 있는 것도 아닌 모양이니까 내년 봄까지는 생각할 여유도 있겠고."

난처한 싸움이었다. 이번 시험 결과에 대해 진걸이 희망을 걸 수 없게 되어 있는 한, 무슨 말로도 난경을 빠져나가기가 힘든 싸움이었다.

"아무튼 자네들 일이니까 누이와 만나서 의논을 해보게. 누이도 무슨 생각이 있겠지."

"만나봐야지."

결국 그런 식으로 미지근하게 자리를 일어설 수밖에 없었다. 그리고 두 사람은 아직도 호기가 한창인 진걸 아버지를 피해 나와 술집 문 앞에서 따로따로 헤어졌다. 그러나 진걸은 이번 문제만은 당장 자리를 비키는 것만으로 마무리 지을 일이 아니라는 것을 잘 알고 있었다.

　명순이 그의 대답을 기다리고 있는 것이다. 경식이 내일이라도 다시 추궁해올 것이다. 하지만 당장은 어떻게도 할 수가 없었다.

　조금이라도 확실한 언질을 주자면 집안 어른들과도 미리 의논이 있어야 한다. 뭐라고 할 것인가. 혼인을 또 연기하자고는 할 수 없었다. 시험 결과가 드러나면 그것은 저절로 그렇게 되게 마련이었다. 그런데 이번에는 그것이 곧 명순에게 이사를 가서 기다리게 하겠다는 말이 된다. 그렇다고 이사 전에 혼인을 치르자고 할 수도 없었다. 그것은 곧 이번 시험에 그만큼 자신이 있노라는 말이 된다.

　진걸은 자신이 막다른 골목에 들어서 있는 느낌이었다.

　— 한데 도대체 경식이 녀석이 이사를 간다는 것은 정말일까.

　이튿날 아침, 진걸은 어머니에게 슬쩍 경식의 말을 떠보았다.

　"글쎄, 그 댁 내년 봄쯤에는 정말 이사를 갈 생각인가 보더라."

　어머니는 진걸과 명순의 혼인에 대해서는 듣지도, 생각해보지도 않은 듯 무심히 대답했다. 소문이 어지간히 굳어진 것만은 확실해 보였다.

　— 그렇다면 이제 명순의 생각이 어떤지부터 알아볼 차례겠군.

　진걸은 곧 명순에게로 집을 나섰다. 경식의 충고도 있었지만 답답한 것이 가슴에 꽉 막힌 것 같아서 다른 데 마을로 나가고 싶은 생각은 조금도 없었다. 사람을 만나는 것조차 귀찮고 거북해질 것 같았다.

　— 도대체 명순의 생각은 어느 쪽인가.

그는 곧장 명순에게로 달려갔다.

명순은 가족들의 이사와 자신의 혼인에 대해서 경식보다 퍽 대범한 태도였다. 두 가지 일을 관계 지어 생각해본 일조차 없는 듯 명순은 이사 이야기가 나오자 경식을 나무라는 데만 열을 올렸다.

"이상한 사람예요, 오빠는…… 맨날 한다는 소리가 어떻게든 도시로 나가야 한다는 거예요.

그러면서 틈이 있으면 농사일 돌볼 생각은 안 하고 농사 지어서 손해 보는 일만 찾아내서 이리저리 뜯어 맞춰가지고는 그럴듯한 말로 아버님을 꾀는 게 일이거든요."

농촌 사람 인심이 질박하다는 것은 옛말이라고 고집한다는 것이었다. 밭뙈기 하나, 지경(地境)에 선 과일나무 한 그루, 주머닛돈 몇 푼 꿔준 것으로도 부리나케 대서사를 불러 송사를 벌이는 참이니 인정 따위는 벌써 다 대서사 녀석과 엿을 바꿔 먹는 세상이라고. 혹 못난 인정이 남아 있더라도 돈이 사람 구실 시켜주는 세상에 그까짓 인정이 통하느냐고, 돈하고 바꿔질 수 없는 것은 인정이고 뭐고 다 쓸모없는 겉멋이라고 비웃는다는 것이었다.

—돈을 벌어야 해, 돈 있어야 사람 구실도 하고 사는 재미도 볼 수 있어. 그러자면 물고 뜯을 사람이 많은 도시로 나가는 거라. 곡괭이질 하듯 싸워제끼면 그까짓 돈 못 벌 리가 없어.

기어코 도회로 나가야 한다는 것이었다.

"오빤 원래 농촌에 꿈이 많은 사람이었는데 혹시 저런 것 때문에 좀 변한 게 아니오?"

이야기를 듣다 말고 진걸은 불쑥 선반 위를 눈짓했다.

"글쎄요. 그럴지도 몰라요. 그런 것 때문에 오빠가 먼저 변했는지, 이곳 인심이 먼저 변했는진 알 수 없지만요."

명순은 이야기를 하느라고 좀 상기된 얼굴로 대답하고는 웃음진 눈으로 진걸을 바라본다. 그 눈웃음은 경식의 생각에 명순 자신도 어느 만큼은 공감을 하고 있다는 암시처럼 보였다.

"그래 아버님께서도 결국 이사를 가시기로 작정을 하셨나요?"

"처음엔 굉장히 반대하시며 늘그막에 가서 선산을 버리긴 싫으니 너나 가서 잘살아보라고 화를 내기도 하셨지만 오빠가 워낙 끈질기니까 이젠 지쳐서 그만 맘대로 하라는 식예요."

"그렇다면 이사는 결국 가게 되겠군. 거기선 다시 도시 바람을 쐬게 될 테니 반대할 이유가 없을 게구."

진걸은 비로소 묻고 싶은 것을 슬쩍 말끝에다 달아매었다. 그러나 진걸의 속을 벌써 알아차리고 있었기나 한 듯이 명순은,

"저야, 뭐 오빤 이제 숫제 절 식구로 치지도 않는걸요 뭐."

대답을 슬쩍 진걸에게 떠넘겨버린다. 그리고 나서 명순은 혼자 얼굴을 붉혔다.

진걸은 붉어진 명순의 얼굴에서 모처럼 그녀의 처녀를 본 것 같았다.

─그렇다면 할 수 없지. 내가 대답을 해야 할 차례로군.

자신이 물은 것을 자신이 대답하는 수밖에 없었다.

진걸은 천천히 두 팔을 뻗어 그녀의 볼을 손바닥으로 싸안았다. 그리고는 그녀의 부끄러운 눈동자를 뚫어져라 들여다보았다.

진걸의 그런 의외의 행동에 명순의 얼굴은 더욱 붉어지고 있었다.

붉어진 명순의 얼굴을 보자 진걸은 울컥 어떤 충동이 솟아오르는 것을 느꼈다. 그러나 진걸은 참았다.

명순의 두 뺨을 손바닥으로 싸쥔 채, 그녀의 눈동자를 들여다보며 잠시 숨을 죽이고 기다렸다. 그러다 명순이 숫제 눈을 감아버린 다음에야 진걸은 겨우,

"하긴 이사가 내년 봄이라면 우리들 일이 먼절지도 모르겠군."

중얼거리듯 애매하게 말하면서 명순의 볼에서 손을 내렸다. 명순 역시 눈을 감고 진걸의 그 대답을 기다렸던 것일까.

"우리들 일이 먼저요? 그렇게 될까요?"

금세 눈을 뜨며 물어오는 것이었다.

"그렇게 되어야겠지."

그러나 진걸은 여전히 애매하게 대꾸했다.

─그렇게 되어야겠지.

그 이상 더 확실한 대답을 할 수는 없었다. 그런 정도로나마 명순에게 언질을 줄 수 있었던 것은 이때 그에게는 이미 한 가지 생각이 결정되어 있었기 때문이었다. 그것은 명순 바로 그 여자나 그녀의 오라비 경식이나, 또는 그 밖의 다른 누구로부터 이 일에 관해 더 깊이 추궁을 당하기 전에, 여래암으로 집을 떠나야 하리라는 생각이었다. 이대로 버티다가는 심상찮은 일이 벌어지고 말 것만 같았던 것이다.

그러나 그때 진걸이 명순에게 한 말이 모두가 그녀를 속이기 위한 것만은 아니었다. 그의 말속에는 적어도 두 가지 진실이 있었다. 진걸이 언젠가는 결국 그녀와 결혼을 하리라는 생각을 아직

변경하지 않고 있다는 것과 내년 봄까지는 적어도 윤희를 포함한 결혼 전의 열 명의 여자에 관한 자신의 그래프가 완성되어 있으리라는 확신이 그것이었다.

그러나 어쨌든 이번만은 집에 오래 머물러 있을 수가 없는 사정이었다.

그는 명순과 헤어져 집으로 돌아오자 곧 마지막 싸움을 생각하기 시작했다.

급한 핑계로 집을 다시 떠난다고 해도 그전에 5만 원짜리 채권 회수 건만은 일단락을 지어놔야 아버지에게 면목이 서게 되어 있었다.

그 일을 처리하자면 역시 대서사 녀석을 동원하는 것이 제일 쉬운 길이었다. 그런데 이번에는 경식의 귀띔이 있어서 그런지 선뜻 녀석을 만나러 나서기가 어려웠다. 안방에 틀어박혀서도 그간에 이 시골 장터거리가 어떻게 달라져 있는지 분위기를 대강 짐작할 수 있었다. 사람들이 눈을 뜨기 시작해서 걸핏하면 송사를 벌이기 좋아한다든가 인정 따위는 이미 엿이나 바꿔 먹어버린 지 오래라는, 그리고 진걸에 대해서는 터무니없는 기대만을 걸고 있지는 않으며, 여차직한 경우엔 바가지로 비웃음이 쏟아지리라는 경식의 말은 거의 사실인 것 같았다. 그가 돌아온 처음 하룻밤을 빼고는 아버지의 호기가 형편없이 줄어든 것이나, 그 호기 대신 늘어놓는 조심스런 푸념도 그중의 하나였다. 대서사 녀석을 다룰 자신이 덜했다. 녀석이 옛날처럼 고분고분 말을 들어줄지도 의문이었다. 게다가 그는 막연한 예감 외에 당장 집을 떠나갈 일도 없었고, 아직은 그렇게 급히 집을 떠날 구실도 생각해놓고 있지 않은 터였다.

그래서 진걸이 훌쩍 녀석을 만나러 나서지 못하고 하루하루 게으름만 피우고 있을 때였다.

어느 날, 여래암으로부터 느닷없이 한 통의 편지가 날아들었다. 편지는 지윤희로부터 온 것이었다.

진걸은 그것이 더욱 뜻밖이었다. 여래암에서 진걸의 주소를 알고 있는 사람은 무불 스님 한 사람뿐이었다. 물론 무불 스님은 주소를 알고 있다고 해도 고향으로 편지 같은 것을 보낼 일이 없었다. 윤희가 스님을 대신했을 리는 없었다. 진걸은 궁금한 김에 단숨에 봉투를 뜯고 사연을 읽어 내려갔다.

사연을 보니 더욱 영문을 알 수가 없었다.

—허 선생님 안내로 뒷산에서 바다를 한번 구경할 줄 알았더니 기척도 없이 슬그머니 사라져버리셨군요.

인사말도 없이 냅다 바다 이야기부터 끄집어낸 편지는 내내 그 바다 이야기만 늘어놓고 있었다.

—시험이 있으셨다구요. 이런 말씀드려서 좋을지 모르겠습니다만은 스님 말씀이 허 선생님께서는 아마 머지않아 다시 이곳에 찾아오게 되실 거라구요. 그것이 이번 허 선생님의 시험에 대해 어떤 뜻을 지닌 말이라는 것을 생각하기 전에 전 우선 반갑군요. 화를 내심 안 돼요. 전 허 선생님께 시험이 중요한 것만큼 저의 바다가 귀중하니까요. 허 선생님이 다시 오시게 되면 전 허 선생님의 안내로 그 바다를 구경할 것이거든요. 참, 전 아직 저의 바다에 대해서 선생님께 말씀드린 일이 없군요. 돌아오시게 되면(뭐 돌아온

다는 것을 나쁘게만 생각할 수는 없겠지요) 말씀드릴 때가 있겠지요. 전 그러기를 바랍니다. 그리고 선생님의 안내로 바다를 구경하기로 하지요.

하긴 전 요즘도 뒷산에서 바다를 구경하고 있기는 해요. 김의원 영감님 안내로 말씀예요. 하지만 김의원이라는 분, 여간 불편하고 난폭한 안내인이 아니더군요. 그래서 전 더욱 허 선생님을 기다리게 되는가 봐요. 될 수 있으면 이 암자로 돌아오셔서 제게 바다 구경을 시켜주세요. 그리고 기왕 오시게 될 형편이면 하루라도 일찍 기다리겠어요.

선희의 말마따나 그녀는 정말 바다에 이만저만 상사병이 걸린 게 아닌 모양이었다. 그러나 편지는 그 바다가 자주 이야기되고 있을 뿐 도대체 요령부득이었다. 하긴 그녀는 아직 자기의 바다에 관한 이야기를 해준 일이 없노라고, 앞으로 그렇게 되길 바라노라고 했다. 한데 어째서 그 바다를 진걸에게만 보여달라는 것인가. 바다를 빌려서 무슨 다른 암시를 주고 싶은 것 같기도 했다.

그러나 그렇게 생각하기엔 어조가 너무 거칠고 자신만만했다. 진걸을 마구 놀려대고 있는 것 같기도 했다. 여래암을 다시 찾아오게 된 게 반갑다는 건 또 뭔가. 무불 스님의 이야기만으로 그렇게 쉽사리 남의 시험을 낙방으로 단정해버려? 그리고 당사자에게 막바로 그걸 반갑다고 말할 수 있는 여자라니?

그러나 진걸도 윤희가 김의원의 안내로 바다 구경을 다니노라는 대목에서는 무언가 마음에 짚이는 것이 있었다. 암자를 내려올 때 그가 염려했던 대로 김의원이 달갑지 않게 끼어든 것이었다. 불안한 예감이 들었다. 윤희가 김의원과 함께 그 험한 산길을 오르내리다면 염려가 되지 않을 수 없었다. 윤희에게 유별나게 무관심한 체하던 김의원의 거동도 개운치 않았다. 게다가 윤희는 김의원이 난폭하고 불편한 안내자라고 힐난하면서, 그래 더욱 그를 기다리게 되노라는 사연이고 보니 진걸은 여간 절박한 느낌이 드는 게 아니었다. 윤희의 편지는 진걸에게 갑자기 그녀의 일을 궁금하고 조급하게 만들어버렸다.

―어차피 여기선 더 어물거리고 있을 수 없는 참인데 잘된 셈이지. 기다려주는 사람까지 있다니.

그는 더 생각하지 않았다. 그날 저녁으로 서둘러 대서사 녀석을 만났다. 그리고 다음 날 아침에는 여래암을 향해 버스를 타고 말았다.

아버지께는 여래암으로 가서 낌새를 보아 아주 짐을 꾸려가지고 오겠다고, 썩 암시적인 한마디를 남겼을 뿐이다. 명순에게는 금방 돌아올 길인 것처럼 그나마도 사정을 전하지 않을 채였다. 당장은 아버지에게 드린 핑계가 있고, 그러다 날짜가 가면 어련히 짐작을 할까 보냐 생각했다.

그러나 막상 차를 타고 나니 진걸은 몹시 마음이 우울했다. 변변히 인사도 못 남기고 쫓기듯 집을 나서기는 처음이었다.

대서사 녀석 때문이었다.

편지를 받고 나서 윤희의 일이 궁금해진 것도 사실이지만, 진걸이 그처럼 서둘러 집을 나선 것은 대서사 녀석을 만난 때문이었다. 그렇다고 그때 녀석이 진걸을 비웃으려고 했거나 부탁을 들어줄 수 없노라고 버틴 것도 아니었다. 그를 반겨주기도 했고, 부탁을 들어주마고도 했다. 그러나 그러는 녀석의 태도에는 전과 다른 데가 많았다.

"아이구 이거 허 형 아니오? 그래 언제 오셨수? 재미는 좀 어떻구?"

그를 반기는 태도부터가 그러했다. 상사 앞에나 나선 것처럼 공손하고 조심스럽기만 하던 녀석이 이제 아주 제 동료 취급이었다. 어깨라도 두들기고 덤빌 기세였다. 진걸이 5만 원 회수의 건을 부탁했을 때도 녀석은,

"그까짓 입편치 하나면 해결될 것 가지고 뭐 그리 걱정이요?"

자신만만해하는 태도가, 노력해보겠습니다, 허 선생님 부탁이시니 특히 유의해서 처리하겠습니다 하던 때와는 전혀 딴판이다.

그리고 나서는 또 어디 네놈은 어느 정돈가 보고 싶다는 듯,

"그 현금 보관증을 약속 어음으로 바꿔 오시면 일이 더 쉬울 텐데, 그렇게 해주실 수 있겠소?"

아버지에게 했다는 소리까지 다시 달아 붙이는 것이었다.

"글쎄, 내가 부탁을 하는 건 그런 번거로운 절차를 피하고 일을 끝내자는 것인데……"

진걸에게 공연한 대답을 시키고 나서야 녀석은,

"그럼 그냥 해보는 수밖에 없군요. 내일이라도 그 보관증을 가져다 일을 시작하는 체하면서 저쪽을 구슬려봅시다그려."

자신만만한 얼굴과는 다르게 꺼림칙하게 말꼬리를 흐렸다.

하긴 나중 집에 와서 생각하니 그 일이 쉽게 결말이 날지도 의문

이었다.

그리고 순순히 결말이 나는 경우엔 어떤 식으로든 녀석에게 사례도 해야 했다.

결국 진걸이 그런 식으로 집을 나서게 된 것은 대서사 녀석 때문이었다.

그리고 그 일의 결말을 보기가 싫었기 때문이었다.

그는 녀석에게 보관증을 전해놓으라 해놓고는 집을 떠나버린 것이었다.

결국 이번 귀향에서의 응시 효과는 엉망이었다. 한 가지 싸움도 시원한 결말을 낸 게 없었다.

그는 차창을 내다보며 점점 더 우울하고 황량한 느낌이 되어가고 있었다. 그러다가 진걸은 느닷없이 한 가지 결심을 해버리고 있었다. 여래암으로 가면 이번에야말로 한 번 진짜 도전을 해보리라는 것이었다.

그런 결심은 진걸 자신에게도 아직 의미가 확실치 않을 만큼 뜻밖이긴 했다. 그러나 진걸은 그런 결심을 하면서 막연히 생각했다. 그리고 그것이 어쩌면 그에게 마지막 도전이 될지도 모른다고.

눈먼 요정들

여래암에서는 진걸이 슬그머니 산을 내려가버린 뒤로, 그가 하루빨리 다시 산으로 돌아오기를 기다리고들 있었다. 진걸이 다시 여래암으로 돌아오고 말리라는 것은 누구나 알고 있었다. 그가 처음 산을 내려가고 난 다음에는 이번에는 또 무슨 일인가 궁금해하기들도 했지만, 그때가 시험기라는 것을 알고는 시험 날짜라도 맞춰 산을 내려간 진걸이 제법이라고들 웃었다. 더욱이 무불 스님으로부터,

"뭐 아직은 섭섭해하지들 마우. 아마 시험 날짜만 지나면 그 친구 다른 일로 나들일 나갔다 오는 양 시침 뚝 딴 얼굴로 다시 올게요. 지난 몇 년 동안 매번 그런 식이었으니까."

진걸이 시험 같은 건 별로 괘념치 않는 듯한 소리를 듣고는 그 말의 깊은 내력도 모르면서 모두들 그게 정말일 거라고 믿어버렸던 것이다. 그리고 제각기 그가 다시 산으로 돌아오기를 기다리고

있었다.

 무슨 생각에서였든 고향 동네로 편지까지 써 보내온 윤희는 물론이고, 그간 명식이 놈에게 끈질기게 놀림질을 당해온 안 선생 역시 그러했다. 적어도 여래암으로 돌아온 진걸의 느낌은 그런 것 같았다. 한데 진걸이 여래암으로 돌아왔을 때 누구보다 먼저 그를 반갑게 맞이해준 것은 안 선생이나 윤희보다도 김의원 영감이었다.
 "오호! 이거 허 형이 돌아오지 않았소. 내 허 형을 언제고 다시 만나게 될 줄은 알았지만, 이거 반갑구려."
 호들갑을 떨면서 마구 그의 손을 잡고 흔들어댔다.
 "하긴 허 형을 위해선 다시 이곳으로 돌아오지 않게 될걸 그랬나 보구만. 하지만 뭐 상관 있소? 이렇게 반가운 사람들끼리 다시 만나 서로 위로도 하고 힘을 나누며 사는 게 좋은 거지. 그게 다 인연 아니오?"
 제법 진걸을 위로하며 아량과 대범성까지 보여주었다.
 그러나 진걸은 김의원의 그런 말들을 모두 반갑게만 받아들이지는 않았다.
 뭔가 꺼림칙한 것이 있었다.
 진걸이 다시 돌아온 것만으로 영감은 벌써 그의 시험 결과가 뻔하다는 자신을 얻고 있는 게 분명했다. 진걸은 영감의 그런 의기양양한 태도도 과히 기분이 좋지 않았지만, 그보다 전에 없는 아량까지 보이고 싶어 하는 데는 부쩍 수상쩍은 생각마저 들었다.
 게다가 편지까지 받고 나서 잔뜩 기대를 걸고 온 윤희는 아직 모습조차 나타내지 않고 있었다. 그녀의 방문 앞에 신발이 놓여 있는 것을 보면 방을 나간 건 아닌 모양인데, 진걸의 기척에도 윤희는 그를 얼른 반기려 나서질 않았다.

그 때문에 자기 일과 상관이 되지 않는 일에는 어떤 관심도 가지려 하질 않는 안 선생이 슬금슬금 그의 곁으로 다가와,

"정말 반갑고 다행스럽습니다. 전번엔 그렇게 슬그머니 사라지셔서 어떻게나 섭섭했는데 이렇게 다시 뵙게 되니, 저로선 여간 다행스럽지가 않습니다."

은근히 말했을 때도 진걸은 무엇이 그토록 다행스럽다는 것인지 생각해볼 여지가 없었다.

"네, 네. 저 역시 반갑습니다…… 다행스럽다뿐입니까."

진걸은 김의원과 안 선생 쪽을 번갈아가면서 자신도 알 수 없는 소리로 건성 대꾸를 할 뿐이었다. 그러면서 초조하게 윤희의 방문 눈치만 살피고 있었다.

아무튼 그는 윤희부터 먼저 보고 싶었다.

그러나 윤희의 방문은 진걸의 초조한 심경과는 아랑곳없이 조용히 닫혀 있기만 했다.

그 윤희가 어딘가 좀 핼쑥해진 얼굴로 방문을 나온 것은 바깥에서 어수선한 인사치레가 거의 다 끝난 다음이었다.

그러나 그렇게 방을 나와 진걸을 발견하고 나서도 윤희는 왠지 표정 하나 변하지 않고,

"오셨어요?"

겨우 한마디를 하고는 마지못한 듯 마루로 걸터앉더니 멍한 시선을 골짜기로 던져버렸다.

뜻밖이었다. 진걸은 더욱 수상쩍어졌다. 그렇게 생각해서 그런지 그 윤희 한 사람을 제외한 일동의 시선이 이상하게 자기에게로만 모여들고 있는 것 같았다.

"아깐 뭔가 몹시 귀찮은 일이 있는 얼굴이더군요."

저녁을 끝내고 나서 진걸은 무턱대고 윤희의 방으로 건너갔다. 문을 두드리고는 대답도 듣지 않고 방으로 들어섰다. 그리고는 첫마디를 그렇게 물었다. 그러나 윤희는 대답이 없었다. 그가 돌아오는 것을 보고도 물끄러미 바라보고만 있을 뿐 그를 반기려 하지도 않았다. 그렇다고 싫은 얼굴도 아니었다. 아니 그녀는 아직도 뭔가 그 귀찮은 생각에만 사로잡혀 있는 듯 어찌 보면 진걸이 안중에 들어와 있지도 않은 것 같았다.

―무슨 변이 생긴 게로군.

그러나 진걸은 먼저 눈치를 보일 수가 없었다.

"하지만 그런 식으로 사람을 맞는 법이 어디 있습니까."

그는 시치미를 떼고 다시 말했다.

그제야 윤희의 표정이 조금 움직였다.

"그럼 어떻게……반기기라도 해야 하나요?"

말하는 윤희의 입꼬리에 묘하게 차가운 웃음이 번지고 있었다.

그 윤희의 대답은 진걸을 몹시 당황하게 했다. 어리둥절하고 화가 나기도 했다.

"그럼 반기지 않구요. 반겨야지요."

당황하고 화가 난 김에 불쑥 그렇게 말해버렸다.

"마치 그럴 권리라도 있는 분 같군요? 왜 제가 그래야 하나요?"

그녀의 입가에선 여전히 웃음기가 사라지지 않고 있었다.

"그걸 꼭 대답해야 합니까?"

진걸은 되물었다. 그는 윤희의 편지를 생각하고 있었다. 낮에는 다른 사람이 있는 데서 어떨까 싶어 이야기를 하지 않았던 것이다.

그런데 윤희는 전혀 그런 일을 염두에도 두지 않은 것 같았다.

"별로 하실 일이 없이 밤에 부녀자의 방엘 오신 모양이군요. 가 주시겠어요?"

그녀는 이제 쓸데없는 소리 그만 지껄이고 싶다는 듯 웃음마저 거둬버렸다. 도대체 알 수 없는 여자였다.

—이렇게 시치밀 뗄 수가 있단 말인가.

그러나 진걸이 정말로 알 수 없는 것은 정작 그다음이었다.

"전 아직 윤희 씨가 날 반겨야 할 이유를 말하지 않았는데요?"

"어떤 이유가 있으시죠?"

"시골이긴 하지만 우편물은 분실될 염려가 없으니까요."

"우편물이라니요?"

"전 윤희 씨가 보낸 편지를 정확히 받아 읽을 수 있었단 말입니다."

"제 편지를요?"

윤희는 거푸 묻기만 했다. 무슨 말인지 짐작조차 가지 않는 듯한 얼굴이었다.

그제야 진걸은 의심이 들기 시작했다.

"이상하군요. 전 허 선생님께 편지를 쓴 일이 없는데요. 허 선생뿐만 아니라 이 절에 와서는 누구에게도……"

이번에는 윤희가 먼저 말했다. 그리고는 계속 궁금해서,
"한데 허 선생님께서 제 편지를 받으셨단 말씀이죠?"
하지만 진걸은 이제 더 이야기를 할 필요가 없었다. 벌써 어떤 예감이 머리를 지나가고 있었다.
누군가의 장난이 분명했다. 아니 단순한 장난이라기보다는 어떤 음모가 있을지도 모른다는 예감이었다.
진걸은 대답하지 않았다. 그러자 윤희는 더욱 궁금해서 다그치고 들었다.
"그래 허 선생님은 아직 그 편지를 가지고 계시나요?"
"증거물 제시를 요구당할 경우까지 미처 생각을 못했지요. 간직해오지 못해 미안하군요."
그는 이상하게 바로 그 윤희에게까지 모욕을 당하고 있는 느낌이었다.
편지를 보여주기는커녕 그 이상 윤희와 이야기를 하고 싶지도 않았다.
진걸은 윤희의 방을 나왔다. 방으로 돌아와 보니 안 선생이 그를 기다리고 있었다. 그러나 진걸은 안 선생이 안중에 들어올 리 없었다. 명식의 일로 뭔가 자꾸 이야기를 꺼내고 싶어 하는 안 선생을 적당히 쫓아 보낸 다음, 다시 윤희와 편지의 수수께끼에 골몰하기 시작했다.
윤희가 편지를 보내지 않은 것은 틀림이 없는 것 같았다. 누군가의 장난이었다. 먼저 떠오른 사람이 김의원 영감이었다. 영감에겐 그런 뜻밖의 장난을 하고도 남을 만큼 엉큼스런 데가 있었다. 전

에 없이 아량을 보이고 싶어 하던 태도도 마음에 걸려 있던 터였다.
 그러나 편지를 다시 꺼내보니 영감이 장본인이라고 단정하기에는 아무래도 미심한 데가 많았다. 도대체 영감이 윤희의 바다를 알고 있을 리가 없었다. 윤희가 바다에 반해 있다는 것을 안 사람은, 그리고 그녀에게 뒷산의 바다를 일러준 사람은 이 여래암 안에선 진걸 한 사람뿐이었다.
 한데 편지는 윤희의 바다를 알고 있었다. 그리고 그가 한두 번 윤희를 데리고 뒷산 길을 오른 일이 그녀에게 바다를 보여주기 위해서였다는 것까지도 알고 있는 투였다. 영감일 리가 없었다. 그러나 누군가 그것을 알고 있었다.
 ─ 윤희가 아니라면 그게 도대체 누구란 말인가.
 그러나 다음 순간 진걸은 다시 영감이 의심스러워졌다.
 윤희는 김의원의 안내로 그 바다를 한두 번 구경한 일이 있노라고 쓰고 있었다. 물론 그게 윤희 자신이 쓴 글이 아니라 해도 그녀가 김의원과 함께 골짜기를 오르내린 게 사실이라면 김의원은 윤희의 바다를 알고 있을 수도 있었다.
 생각이 거기까지 미치자 진걸은 미처 윤희에게 그것을 확인해보지 못한 일이 후회스러웠다. 다음 날 그것부터 먼저 확인을 해보리라 작정했다.
 날이 밝아오자 그는 재빨리 자리에서 일어나 윤희의 산책길을 동행했다. 윤희는 여전히 아침 산책을 계속하고 있었다.
 김의원 영감도 먼저 해맞이를 나가고 없었다. 한데 윤희 역시 밤새 편지의 일로 궁금해 있었던지 길을 나서자 먼저 그 소리를 꺼냈다.

"어제 말씀하신 편지에 대해서 더 좀 알고 싶은 게 있는데요. 그 편지에 무슨 이야기가 써 있었어요?"

윤희는 어디 짐작 가는 데가 있는 듯한, 그리고 무슨 이야기가 써 있으리라는 것도 이미 점을 쳐놓고 그것을 한번 확인해보고 싶어 하는 어조였다.

어쨌든 진걸에겐 기회였다.

"윤희 씨가 김의원 안내로 바다 구경을 다니고 있노라구요."

진걸은 김의원이 불편하고 난폭한 안내자라고 했던 말까지는 할 필요가 없었다.

하지만 윤희는 진걸의 그 한마디에 벌써 얼굴이 괴상하게 일그러져가고 있었다.

"좋아요. 그만두세요."

"그만두라구요? 왜, 제 말에 불쾌해졌어요?"

"허 선생님 말씀이 불쾌할 건 없지요. 제가 물었으니까요."

"그렇다면……"

편지의 이야기가 사실이 아니냐고 물으려 했다. 그러나 진걸이 거기까지 묻기 전에 윤희가 말을 가로채버렸다.

"한데 허 선생님은 왜 제가 시키지 않은 일을 하셨지요?"

이번에는 뭔가 그녀 쪽에서 진걸을 몰아세우려는 기색이었다. 몹시 따지고 드는 어조였다.

"제가 시키지 않은 일을 하다니요?"

"생각이 나지 않으세요? 하지만 선희란 이름은 기억하지 못한다

눈먼 요정들 135

곤 않으실 테죠."

그녀는 느닷없이 들이댔다.

진걸은 비로소 생각이 났다.

―그렇다면 선희가 그사이 편지를 냈거나 이곳을 다녀갔단 말인가. 그리고 이 여자가 갑자기 선희의 이야기를 끄집어낸 이유는?

"참 깜찍한 아가씨더군요. 한데 그 아가씨가 여길 다녀갔나요?"

진걸은 일단 실토를 했다.

"다녀갔으니까 선생님이 바라지 않은 심부름을 해주신 줄 알았지요. 설마 제가 그 앨 만나달랬다고 억지를 쓰실 참은 아니겠지요?"

"저 역시 윤희 씨의 심부름으로 선희 씰 만난 것은 아니니까요. 지윤희란 여자의 수수께끼를 좀 풀어보고 싶은 욕심에서였을 뿐입니다."

"저의 수수께끼라구요? 제게 수수께끼가 있나요? 그리고 그 답을 구했나요?"

"바다에서 상사병을 얻은 여자라더군요. 그래서 가끔 그 바다를 보지 않고는 못 사는 여자라구. 거기다 저더러는 멧돼지처럼 정력이 왕성해 보여 걱정이지만 언니와 잘해보라구……"

내친김에 다 털어놓을 참이었다. 그러나 윤희는 말을 끝까지 들으려 하지 않았다.

"좋아요, 알았어요."

"알았다니요? 하지만 전 아직 윤희 씨와 어떻게 해야 잘하는 건지 고마운 충고를 따를 방법을 모르고 있는걸요."

"그건 선희에게 물어보세요."

"그것도 선희 씨가 대답을 해야 합니까? 왜 갑자기 선희만 자꾸 끌어대지요?"

"그 앤 저에게도 허 선생님과 잘해보라는 충고를 했거든요. 하지만 저 역시 그 방법을 모르고 있어요. 그리고 그 앤 제 이름으로 대신 편지까지 써주는 친절도 있고……"

드디어 편지 이야기가 나왔다. 그 계집아이였구나. 그러나 진걸은 여전히 사정을 잘 이해할 수가 없었다. 윤희의 말엔 뭔가 가시 같은 것이 느껴지기도 했다.

"제게 편지를 써준 사람이 선희 씨라면…… 왜 그런 짓을 했지요?"

"그야 못난 언니를 위한 친절이 아니었겠어요?"

"그렇다면 선희 씨가 쓴 편지의 사실들이 거짓말은 아니겠군."

진걸은 다시 편지의 사연이 떠올라 그것을 확인하고 싶어졌다. 그러나 그것은 진걸이 윤희의 말을 잘못 들은 때문이었다.

윤희는 진걸의 말에 대답 대신 느닷없는 소리를 하고 있었다.

"그게 사실이든 아니든 제가 상관할 일은 아니죠. 선희가 여길 찾아온 것이나 제 이름으로 편지를 낸 일이 실상 저하곤 아무 상관도 없는, 허 선생님과 선희 자신의 일이니까요."

선희가 제 언니의 이름으로 진걸에게 그런 편지를 보낸 것은 이상한 일이었다. 그러나 더욱 이상한 것은 윤희의 태도였다. 윤희는 선희가 여래암을 찾아온 것이나 그녀가 자기의 이름으로 편지를 쓴 일이 굳이 자기와는 상관이 없다는 것이었다.

"그렇다면 선희 씨가 제게 그런 편지를 쓴 이유가 궁금해지는군요."

"허 선생님에 대한 관심 때문이겠죠."

"영광입니다만 그런 관심까지 갖게 될 틈이 없었을 텐데요."

"첫눈에 반한 것이 사랑이라나요."

— 게다가 사랑까지?

"하지만 자기 관심을 표시하기 위해 남의 이름까지 빌릴 이유가 있었을까요?"

"관심이 더 발전하는 걸 원치 않았기 때문일 거예요. 그 앤 곧잘 그런 식으로 자기의 관심을 억제해버리거든요. 말하자면 자기의 관심을 남에게 떠넘겨버리고 자신은 거기서 빠져나가버리는 거죠."

"첫눈에 반하길 좋아하는 아가씨치고는 뒤가 싱겁군요."

"하지만 기대해보세요. 남자에 대한 처녀들의 관심이란 그런 식으로 쉽게 억제될 수는 없으니까요. 선희가 다시 여길 찾아올지도 모르지 않아요?"

그러나 진걸은 선희가 다시 나타나기를 기대하지는 않았다. 관심도 없었다. 다만 진걸이 선희에 대해 궁금하게 생각하고 있는 것은 그녀가 편지에서 김의원을 가리켜 난폭한 안내자라고 말한 점이었다. 그리고 진걸이 빨리 돌아오기를 고대하고 있노라 한 점이었다.

아마 그녀는 여래암에 와서 윤희로부터 이런저런 사정을 듣고 자신의 눈으로 직접 보기도 했으리라.

그리고 그녀 나름으로 어떤 생각이 있어서 그런 말을 써보냈으리라. 한데 그녀가 윤희로부터 들은 일이란 어떤 것이었을까. 또 무엇을 보고 어떤 생각이 들었기에 김의원을 난폭한 안내자라며 그가 빨리 와야 한다고 재촉한 것이었을까. 그에게 무엇을 바랬던 것일까.

결론은 아무래도 불길한 쪽이었다. 김의원과 윤희 사이에 꼭 무슨 일이 일어나고 있는 것 같았다. 그러나 윤희에게 그런 걸 캐묻고 들 수는 없었다. 윤희는 그 이상 편지의 내용을 확인해주려고 하지 않았다. 슬금슬금 우회해서 말을 시켜보려고 하면 그녀는 교묘하게 대답을 피해버리곤 했다. 게다가 윤희는 이날 아침 산책길에서 편지의 비밀을 온통 선희에게로 떠넘겨버린 다음부터는 진걸을 잘 가까이하려고도 하지 않았다. 어쩌다가 기회를 잡아 말을 꺼내려고 하면,

"허 선생님은 참 이상한 분이군요. 처음 제가 이곳을 왔을 때부터 어디서 만난 일이 있을 거라고 수수께끼 같은 말씀을 하시더니…… 글쎄 왜 남의 일에 그리 열심이세요?"

그에게 무안만 주고는 재빨리 자리를 피해버리는 것이었다. 그리고 그때마다 진걸은 윤희의 편잔이 꼭 이런 소리로만 들리고 있었다.

―늦었어! 이 머저리야, 보면 몰라? 벌써 늦었단 말야.

할 수 없었다. 진걸은 윤희를 통해 사실을 알아내려는 생각을 단념할 수밖에 없었다.

이젠 김의원 영감과 맞부딪쳐보는 길뿐이었다. 무불 스님은 토

굴 사람들의 개인적인 일에 관해서는 전혀 오불관언이었고, 안 선생 역시 언제나 그 명식이 놈의 일로 주뼛주뼛 무슨 말을 하고 싶어 진걸의 눈치를 살피고 돌았지만, 윤희의 일에 대해서는 도움을 받을 인물이 못 되었다. 한쪽인 김의원과 부딪쳐서 결말을 짓는 수밖에 없었다.

이번에야말로 한번 진짜 시험 준비를 해보려던 각오를 하루빨리 실행에 옮기기 위해서도 윤희의 일은 빨리 결말이 지어져야 했다.

그러나 김의원 역시 녹록한 사람은 아니었다. 좀처럼 빈틈을 보이지 않았다. 선입감이 있어 그런지 김의원은 진걸을 대하는 태도나 이야기에 제법 널찍널찍 대범성을 보이다가도 막상 진걸이 꼬리를 붙잡으려고 하면 슬그머니 그 꼬리를 감아올려버리곤 했다.

"저 아가씨, 뭔가 요즘 속이 상한 일이 있는 모양이더군요. 눈빛이 아주 우울해 보이던걸요. 김의원 어른께서 자서전 일을 도와달라고 너무 졸라댄 게 아닙니까."

진걸이 슬쩍 윤희의 이야기를 꺼내면 영감은,

"허허, 허 형은 집에 가서 미스 지 생각만 하다 온 게로군. 걸핏하면 미스 지, 미스 지 하구, 미스 지만 들먹여대니 말이요. 미스 지가 그런 얼굴이 된 건 외려 허 형 때문인지도 모르지요. 요즘 허 형이 슬금슬금 미스 지를 추근거리고 있는지 누가 아오, 허허허."

너털너털 사람 좋게 웃어버리려고 했다.

"언젠가 뒷산에 올라가면 바다가 보인다고 하니까, 몹시 구경을 하고 싶은 표정이더니 그 아가씨 방구석에만 박혀 있지 말고 바다라도 한번 구경하면 병이 한결 나을 텐데."

자신이 이미 그 바다를 구경시켜주었노라는 소리가 부지중에 튀어 나올까 싶어 그런 소리를 해봐도 영감은,

"허 형 참 묘한 취미가 있어요. 언젠가 내게 보여준 그 그림표를 보고도 그런 생각이 들었지만, 허 형은 미스 지에서뿐만 아니라 여자를 보면 눈빛이니 바다니, 뭐 그런 쓸데없는 껍데길 씌우려고 든단 말요. 그런 걸 씌워놓고 보면 여자가 더 예뻐 보입디까? 허허허."

바다 같은 건 아예 무슨 소린지조차 알아듣지 못하겠다는 듯 이야기를 진걸 쪽으로 돌려버렸다.

윤희와의 관계는 실오라기만큼한 것도 내보이려 하지 않았다. 다만 그러는 김의원 영감에게서 굳이 이상하다고 할 만한 게 있다면 그것은 윤희를 익숙하게 '미스 지'라고 호칭하고 있는 점이었다.

'쉽지 않은 아이'니 '그 아가씨'니 하던 때와는 달리 여간 허물이 없어 보였다. 그러나 그것도 그리 이상할 것은 없었다. 지내다 보면 그렇게 될 수도 있었다. 그게 오히려 당연한 것 같기도 했다.

그러나 결국 진걸이 김의원과 맞부닥뜨릴 날은 오고 말았다.

어느 날―그날은 진걸이 오랜만에 신문을 찾으러 마을을 다녀온 날이었다.

해가 설핏해 암자로 돌아와보니 별채에 뜻밖의 일이 벌어지고 있었다. 김의원 영감과 윤희가 심상찮은 승강이를 벌이고 있었다.

"글쎄, 전 싫대두요. 김 선생이나 갔다 오시라지 않아요."

"그 참, 고집을 알 수가 없군. 따라가달라고 애걸애걸할 때는 언제였구 죽 끓듯 뛰기는…… 누가 죽을 데라도 가자나?"

"글쎄, 언제 제가 애걸애걸을 했느냔 말예요. 그저 한마디 답답해 죽겠다니까 뒷산에 가서 바다 구경을 하지 않겠느냐고 먼저 나선 게 누구였죠? 그리구……"

윤희는 자기 방 문지방에 기대선 채 마루에 걸터앉은 영감은 보지도 않고 쏘아대고 있었다.

먼 허공으로 시선을 좇고 있는 그녀의 얼굴에는 진걸이 돌아오던 날부터의 그 우울기가 어느 때보다 짙게 드리워 있었다. 그러나 그녀는 진걸이 다가오는 기척을 느끼고는 좀더 계속하려던 말을 삼켜버렸다.

김의원도 진걸의 기척을 느끼고 힐끗 한번 그를 돌아보았다. 그러나 그는 일이 이렇게 된 이상 진걸 따위는 개의치 않으려는 듯이 더욱 완강하게 나섰다.

"하여튼 가자구. 전번엔 내가 부탁을 들어줬으니 오늘은 내 부탁도 들어주는 예의가 있어야지!"

영감은 아까부터 반말 짓거리었다. 이번에는 그 반말 짓거리가 사뭇 명령조였다. 하긴 윤희의 말씨나 태도 역시도 공손한 편은 아니었다.

그녀는 이제 김의원의 말엔 대꾸도 하려고 하지 않았다. 먼산만 바라보고 서 있는 폼이 곧 문을 닫고 들어가버릴 것 같지도 않았다.

"김의원께서 어느새 바다가 썩 좋아지신 모양이군요."

진걸은 벌써 두 사람 곁으로 다가와 있었다. 그러나 그의 어조는 자신도 상상할 수 없을 만큼 차분히 가라앉아 있었다.

"싫은 사람은 내버려두고 저하고 가시죠. 마침 저도 오랜만에 봉우리나 한번 가보고 싶었던 참이니까요."

진걸은 들고 온 신문 뭉치를 윤희의 방으로 던져넣으며 말했다.

그러는 진걸의 태도가 아무래도 심상치 않았던지 김의원이 다시 한번 힐끗 그를 쳐다보았다. 그러나 그것은 그냥 진걸을 쳐다보는 눈은 아니었다. 순간적으로나마 그를 노려보았다고 하는 편이 옳은 그런 눈빛이었다. 적의마저 번득이고 있었다.

―귀찮은 녀석아, 썩 꺼져버려!

진걸이 그것을 놓칠 리가 없었다.

그는 점점 더 능청스러워지고 있었다.

"왜, 저하곤 싫으세요? 거참 김의원께서도 별난 취미군요. 바다가 뭐 여자하고만 같이 구경해야 멋인가요?"

김의원은 여전히 대꾸를 하지 않았다.

―흠, 네놈이 이젠 아주 그렇게 나오는구나.

그런 눈으로 진걸을 노려보기만 했다. 그러다가는 어디 정 한번 나서볼 테냐는 듯이 한두 발 진걸 앞으로 다가섰다.

그러나 김의원의 노기는 진걸이 상상한 것보다는 훨씬 깊었던 모양이었다.

한두 발 다가서는가 했더니 진걸의 뺨따귀를 철썩 갈기고 나서는 것이었다. 설마 하고 방심을 하고 있던 진걸은 눈에서 불이 번쩍하며 몸을 한 발 물러서지 않을 수 없었다.

―이 영감태기가 죽으려고 환장을 했나?

진걸은 순간 불같은 것이 울컥 목구멍으로 치솟아올랐다. 그러나 그는 그것을 꾹 눌러 참고 있었다.

그러자 한번 노기를 터뜨리고 난 김의원은 그런 식으로 계속 사태를 밀고 나갈 수밖에 없다고 작정한 듯 마치 불에 덴 곰처럼 날뛰기 시작했다.

"이놈! 나이깨나 한 내가 딸애 같은 계집아이에게 산책 한번 나가쟀기로 망신스럽게 젊은 놈이 나서기는 왜 나서는 게야. 노려보긴 또 왜 노려보구, 노려보면 네깐 놈이 날 어쩔 테냐. 그래, 내가 너를 쳤다! 쳤으니 맞상댈 하겠다는 게냐. 그래 상댈 해줄 테니 뎀벼라. 늙은이라고 한 손에 해치울 성싶으냐. 나도 네깐 녀석 하나쯤은 아직 눈에도 안 찬다. 어서 뎀빌 테면 뎀벼!"

그러나 김의원은 팔을 걷어 올리며 혼자 날뛸 뿐 다시 손찌검을 해오지는 못했다. 그러더니 김의원은 그 틈에서도 언제 윤희에게 정신을 쓸 참이 있었는지,

"그래 여긴 마땅치가 않은 게로구나. 그럼 좋다. 조용한 데루 둘이만 가자."

마치 남의 일을 구경하듯 눈 하나 깜짝하지 않고 멍멍한 표정으로 소동을 구경하고 서 있는 윤희를 한번 쳐다보더니, 씨근벌떡 진걸의 멱살을 끌다시피 하며 별채 뜰을 나갔다.

진걸은 김의원이 도대체 어디까지 미쳐 날뛸 참인지 두고 보려는 듯, 입가에 가는 미소까지 지으며 김의원이 하는 대로 끌려 나갔다.

김의원은 별채를 나와 소리가 잘 들리지 않을 만한 숲 속까지 가서야 비로소 진걸의 멱살을 놓아주었다.

"도대체 왜 절 여기까지 끌고 오신 겁니까?"

목을 놓아주자 진걸은 그를 끌고 오느라 기가 좀 수그러든 김의원의 부아를 다시 돋우어주려는 듯 천연스럽게 물었다.

김의원도 지지 않았다.

"승부를 결판내자는 거다. 그래 미스 지가 네 계집이란 말이야. 어째서 남의 일에 나서는 게냐. 나설 각오를 했으면 결판을 내야 할 게 아니냐. 나도 그간 미스 지의 일에 대해선 네놈에게 무척 관대하려고 앨 써왔다. 하지만 이젠 더 못 참겠단 말이다. 자 어서 ─어떤 방법이든지 네가 원하는 대로 맞상댈 해줄 테다…… 미스 지가 네 계집이라고 하고 싶으면 사내놈답게 덤비란 말이다."

그러나 진걸은 섣불리 나서려고 하지 않았다.

"하지만 그 딸 같은 미스 지가 김의원 계집도 아니지 않소?"

그러자 김의원은 이제 더 이상 앞뒤를 가릴 수가 없어진 듯 마지막 속말을 실토하고 있었다.

"왜 내 계집이 아냐? 내 계집이라면 네놈이 어쩔 테냐. 그래 나도 미스 질 아주 내 계집으로 만들고 싶어 이렇게 네놈이 못 나서도록 결판을 내자는 게 아니냐."

"함께 뒷산엘 같이 올라가 바다 구경 한번 한 걸로 제 계집이 되나요?"

"왜 바다 구경뿐이야! 난 네놈과는 다르다. 내 계집이 그런 데 있는 줄 아니? 난 그런 데서 계집을 찾지는 않아. 넌 계집이 바다니 눈구멍이니, 심지언 종이쪽에 그린 그림표 위에나 있는 줄 알지만 그런 계집은 너 같은 못난 놈들에게나 있어."

"짐승이로군."

이젠 모든 것이 확실했다. 진걸은 또 한번 목구멍으로 뜨거운 것이 치솟아오르는 것을 느꼈다. 영감태기를 당장 때려누이고 싶었다. 그러나 진걸은 그러지 않았다.

이상하게 맥이 탁 풀려버렸다.

그는 김의원의 계교를 알지 못했던 것이다. 그리고 너무 쉽게 모든 것을 믿어버렸던 것이다.

아니 진걸이 당장 그 계교를 눈치채기엔 김의원의 연기가 너무 능숙한 탓이었는지도 모른다.

―그렇게 멋없이 옷을 벗어버리다니.

옷을 벗는 방법치고는 가장 보잘것없었을 게 분명했다. 김의원 영감 따위가 옷을 벗기는 묘기나 방법을 알고 있을 리 없었다.

꽃을 보면 그것을 좀더 아름답게 바라보고자 한발 물러서서 볼 줄도, 아쉽게 돌아서며 그 꽃을 마음속에다 간직할 줄도 모를 위인이었다.

그러나 진걸은 이제 어떻든 일은 끝난 거라고 생각했다.

더 따지거나 캐보고 싶은 흥미조차 없었다. 짐승이라는 소리를 듣고 다시 날뛰기 시작한 김의원을 더 상대하고 싶지도 않았다.

―결국 곰은 재주만 넘은 셈이군.

그는 김의원을 남겨두고 혼자 숲을 나왔다. 김의원은 진걸이 꽁무니를 빼는 줄 알자 더욱 기세가 등등해서 뒤에서 별별 욕설을 다 퍼부어댔지만 진걸은 자꾸 씁쓸한 웃음만 나왔다. 그러나 별채 마당으로 들어설 때쯤 진걸은 그 웃음마저도 나오지 않았다.

―그깟 계집 하나쯤……

이 시간으로 당장 단념해버리리라 작정했다. 아니 착 가라앉은 그의 마음속에서 윤희는 벌써 사라지고 없었다. 뭔가 맥이 풀리고 좀 허탈한 기분뿐이었다.

그러나 진걸이 정작 맥이 풀린 것은 그가 다시 별채 뜰로 들어서고 난 다음이었다.

윤희는 그사이 방으로 사라져 들어갔는지 눈에 띄지 않았다. 그런데 그때 마침 안 선생이 법당 쪽에서 별채로 들어오면서 그를 불러 세웠다.

"허 선생, 여기 편지가 왔군요."

그는 여태 방을 비우고 법당 쪽에 가 있었던 모양이었다. 그래서 아까 소동이 벌어졌을 때도 얼굴을 내밀지 않았던가?

"스님께서 좀 전해달라기에…… 아마 둘 다 여자분 이름 같더군요."

안 선생은 편지를 두 장이나 건네주었다.

한 장은 명순으로부터였다. 대략 예상을 하고 있던 것이었다. 그러나 다른 한 장의 이름을 진걸은 얼른 기억해낼 수가 없었다.

배경숙—주소가 그냥 '서울'이라고만 되어 있는 그런 이름이었다. 진걸은 궁금해서 우선 그쪽부터 봉투를 뜯었다. 그리고 나서야 겨우 기억이 떠올랐다.

여관이라는 주소가 시원치 않았던지 봉투에다 그냥 서울이라고만 적은 게 기억을 흐리게 한 허물이었다. 경숙은 이야기 끝에 가서야(답장을 기다리노라는 뜻일 테지) 여관 주소를 따로 적어놓고 있었다.

내용인즉, 진걸이 정말 여래암에 있어준다면 언제고 한번 찾아갈지도 모른다는 것이었다. 뭐 중이 되고 싶다든가 그런 생각에서가 아니라 일테면 아직도 그 '마음 놓고 여자 노릇을 해보고 싶은 소망'을 버리지 못했기 때문이라는 식이었다. 그래 여래암 부근의 숲이 깊다는 진걸의 말이 생각난 모양이었다.

우선 진걸이 여래암에 묵고 있는지부터 알고 싶다는 사연이었다.

글을 읽고 나자 진걸은 좀 어이가 없었다. 다시 봉투를 집어넣을 생각도 않고 편지를 구겨버렸다. 그리고는 그것을 한 손에 구겨 쥔 채 나머지 한 장의 봉투를 뜯었다.

명순의 편지는 이런 사연이었다.

  진걸 씨―
  역시 돌아오시지 않는군요. 언제나처럼 그렇게 슬그머니 집을 떠나버리셨지만, 그래도 이번만은 하고 하루하루 기다린 제 바람이 아마 헛된 것이었나 봐요. 벌써 열흘이 지났군요. 원망스러워요. 하지만 전 지금 그렇게 떠나지 않을 수 없었던 진걸 씨의 사정을 탓하려는 것은 아녜요. 그런 사정에 대해서는 저 역시 진걸 씨 못지않게 가슴이 아프고 어떻게 위로를 드려야 할지 안타까운 마음이랍니다.

  그렇다고 왜 꼭 그렇게 떠나셔야 했는지, 어째서 저에게마저 그런 사정을 숨기셔야 했는지 그게 슬프고 원망스러웠답니다.

  하지만 이젠 괜찮아요. 진걸 씨의 마음을 깜깜 이해하지 못하고 있는 것도 아니고, 또 이제부터 제가 어떻게 해야 한다는 것도 전 생각해봤거든요. 다시 기다리기로 했어요.

 아마 그전에 이사하는 집을 따라 저도 이곳을 떠나야겠지요. 그러나 그건 상관없어요. 제 일 때문에 부모님이나 경식 오빠가 여간 걱정을 하시지 않지만 그것도 상관은 없어요. 가서 기다리겠어요.

 그러니 진걸 씨도 한번 더 용기를 내보세요.

 그럼 오늘은 이만 그치겠어요. 제게라도 가끔 소식 주세요.

 그리고 참, 진걸 씨가 부탁하고 가신 채권 회수가 아직 안 되었다더군요. 진걸 씨 아버님께선 그만두시라는 걸 어머님께서 꼭 알리라시는군요.

 글을 다 읽고 나자 진걸은 콧잔등이 시큰해왔다.
 명순이 고마웠다. 그러나 고맙다는 생각보다 먼저 쓸쓸한 기분이 앞섰다.
 그는 차츰 깊은 감상에 젖어 들어가고 있었다.
 까닭 없이 누군가가 원망스러웠다. 그 원망스러운 것이 김삼응 영감 같기도 했고, 무불 스님 같기도 했다.
 또는 채권 회수를 부탁해놓았던 그 대서사 녀석 같기도 했고 그의 아버지나 명순, 심지어는 윤희까지, 아니 그 모든 사람 같기도 했다.
 그러나 그는 결국 가장 원망스러운 것이 바로 자기 자신이라는 것을 깨달았다.
 ―좋다. 누굴 원망할 사람은 없다. 죽일 놈은 바로 나 자신이니까.

그날 밤 진걸은 명순에게 답장을 썼다. 이번에야말로 정말 한번 맘먹고 대들어보겠다, 사실 그동안 자신은 시험에 대해(명순에 대해서까지도) 부실한 점이 너무 많았다, 그러나 이번에는 다르다,

한 번만 더 기다려달라, 조금은 자신도 있다, 만약 이번에도 낭패를 하게 된다면 명순에게 결혼을 하자고 나설 용기도 없노라, 그런 불행이 없게 하기 위해서라도 다음번에는 맹세코 끝장을 내리라……

비장한 각오였다.

그리고 그런 비장한 각오 속에, 그래프를 완성시켜야겠다는 생각 따위는 흔적도 없었다.

작심삼일이라던가.

아니, 서른 살 노처녀가 시집을 가려면 하늘이 말리더라는 쪽이 더 적합한 비율지 모르겠다.

김의원과의 소동으로 진걸은 윤희와 자신에게 여간 실망을 하지 않았다.

그래 이젠 모든 걸 잊고 시험 준비에나 전념을 하리라 작정을 한 진걸이었다.

한데 또 핑계가 생겼다.

한 일주일 제법 잡념을 썻고 방에만 틀어박혀 있는 참인데, 하루는 느닷없이 또 여자가 찾아왔다.

배경숙이었다.

"전번 제 편지 받아보셨어요? 하지만 편질 내놓고 생각하니 어쩐지 답장을 보내주시지 않을 것 같았어요. 답장을 보내주신대도

그걸 받구 찾아오긴 쑥스럽겠구요. 그래 헛일 삼아 오늘 이렇게 찾아와본 거예요."

그녀를 별채까지 안내해온 것은 무불 스님이었다. 무불 스님은 진걸을 불러내고 나서 잠시 괴이한 표정으로 두 사람을 쳐다보고 있더니 양쪽이 모두 알은체를 하자 곧 자리를 비켜주었다.

경숙은 진걸을 만나게 되어 여간 반갑고 다행스럽지 않은 모양이었다. 진걸의 편지를 받지 않고 불쑥 찾아온 내력하며, 이런저런 말로 쑥스러운 재회를 전혀 쑥스럽지 않게 얼버무리고 있었다.

게다가 그녀는 진걸을 만나면 아주 여기서 며칠 묵어갈 생각을 하고 왔노라는 것이었다.

그러면서 절간 사정을 좀 알아봐달라고 했다.

그러나 진걸은 그리 마음이 내키질 않았다. 그녀를 다시 만난 것이 반가울 리도 없었다.

그러나 할 수 없었다. 그녀를 당장 쫓아 내려보낼 수는 없었다. 그는 경숙의 그 명랑해 보이는 듯한 기분 뒤에 얼마나 굳은 각오와 자신에 대한 인내가 숨어 있는가를 알고 있었다. 그녀의 기분이 얼마나 쉽게 무너져내리리라는 것을 알고 있었다. 신체상의 결함을 지닌 여자들에겐 밝은 기분이 장마철의 햇빛만큼이나 짧았다. 조금만 실망을 주어도 경숙은 곧 깊은 절망에 빠져버릴 참이었다. 진걸 자신이 그렇게 만들고 싶지는 않았다. 더욱이 그녀에게 여래암을 한번 찾아오라고 한 것도 진걸 자신이었다.

그는 무불 스님을 찾아가 사정을 의논했다.

"허, 고향에 누이도 있고 약혼한 여자도 있다길래 아무 쪽이라도 한방을 쓸 처진 줄 알았더니…… 하지만 알다시피 그쪽엔 방이 없고…… 정 머무르게 할 양이면 이쪽 학생들이 쓰던 방에서 골라 보오. 마침 시험이 끝난 뒤라 거긴 대개 방이 비어 있으니……"

하지만 진걸은 기왕 경숙을 며칠이라도 잡아둘 작정을 한 이상 그렇게 멀리 떼어둘 수는 없었다.

"그쪽 말고 우리 쪽에다 방을 하나 내봤으면 좋겠습니다만."

경숙을 가까이에다 두고 그녀를 다시 어떻게 해보려는 생각에서가 아니었다. 여자 노릇을 할 수 없는 여자인 줄 알아버린 이상, 이젠 진걸 역시도 그 여자 앞에서 남자가 될 자신이 없었다.

그는 경숙을 잡아두기로 작정을 했을 때 벌써 한 가지 기묘한 예감이 떠올랐던 것이다.

"하긴 공부를 하러 오지 않은 사람이 이쪽 동네로 끼어도 우습지."

스님은 진걸의 말에 슬쩍 침을 놓는다. 이제 공부를 좀 해볼 작정인 눈치던데, 진걸 네놈이 방을 비어주고 학생들 쪽으로 오는 게 어떠냐는 소리 같았다.

"하지만 누가 산을 내려가주지 않는 다음에야 그쪽에서 방이 나겠소? 이쪽으로 대신 옮겨줄 사람도 없을 게구."

공부하지 않는 사람들 모인 동네서 이쪽으로 옮겨올 친구는 네놈뿐이라는 어조였다. 그러나 진걸은 못 들은 체하였다.

"누가 두 사람이 방을 합해주면 하나가 비어 날 텐데요."

"그렇담 다른 사람을 합하라고 하기보다 손님이 윤흰가 하는 아가씨에게로 합해 들어가는 것이 어떻소? 같은 여자끼리고 또 꼭 혼자 방을 써야 할 일도 없을 테니까."

그러나 진걸은 그것도 반대였다. 그는 경숙에게 꼭 방을 따로 쓰게 해주고 싶었다. 사리를 따지자면 스님의 말은 옳았다. 경숙을 윤희와 함께 지내게 하거나, 자신이 방을 내주고 안 선생이나 누구에게로 옮기는 게 이치였다.

하지만 윤희하고 경숙이 방을 합해 드는 일도 자신이 낭패를 당할 위험이 있었다.

윤희가 그걸 쉽사리 응락해줄지도 의문이었고, 그녀가 그걸 응락한다 하여도 여자들이 만나 진걸의 이야기가 나오는 날이면 그에겐 하나도 이로울 것이 없었다. 그는 윤희에게 아니 별채의 누구에게도 경숙을 소개조차 하지 않을 참이었다.

그러자니 할 수 없었다. 우선 경숙에게 방을 혼자 쓰게 해주자면 자신이 방을 옮겨 가는 수밖에 없었다.

진걸은 결국 스님에게 자기가 방을 옮기도록 하겠노라고 말하고 별채로 돌아왔다. 곧 안 선생을 만났다. 책이라도 좀 보자면 그중 안 선생이 나을 것 같았다. 경숙의 가장 깊은 비밀만 제외하고 사정을 대충 설명 들은 안 선생은 쾌히 승낙을 해주었다. 경숙도 진걸이 시키는 대로 따랐다.

이날 밤으로 진걸은 안 선생에게로 옮겨 가고 그 방은 경숙이 혼자 지켰다.

그럭저럭 일은 순조로운 셈이었다. 아니 거기서부터는 모든 일이 어김없이 진걸의 예감대로만 적중해나갔다.

진걸은 그렇게 안 선생에게로 방을 옮기고 나서도 여전히 책만 읽는 체하고 지냈다.

모처럼 결심을 경숙 때문에 무너뜨리기가 안 되기도 했지만, 안 선생 때문에도 그럴 수밖에 없었다.

안 선생은 옳다구나 싶었는지 기회만 있으면 무슨 일기장 같은 걸 내놓으며 진걸더러 한번 읽어보랬다. 그러면서 자주 명식에 관해 이야기를 하고 싶어 했다.

그가 진걸에게 읽어보라고 내미는 일기장 같은 것은 명식이 놈의 것이었다.

그러나 진걸은 아직 그런 덴 흥미가 없었다. 안 선생을 떼버리기 위해선 늘 책을 들여다보고 있는 수밖에 없었다. 경숙에게도 자주 가지 않았다. 방을 옮기고 난 첫날 밤 혼자 적적해하고 있을 그녀를 위해 잠시 말동무가 되어준 것뿐 별로 만나야 할 일도 없었다. 더욱이 진걸이 너무 경숙을 가까이했다간 그의 예감이 빗나가고 말 염려가 있었다. 될 수 있으면 대수로운 사이가 아닌 양 지내 보였다.

그런 진걸에게 경숙은 약간 실망을 하는 듯했다. 그러나 그녀는 진걸을 원망하지는 않았다. 그녀는 어차피 어느 한 사람을 점찍고 찾아온 것은 아니었다. 진걸이 방까지 내어주고 그녀의 아픈 곳을 다치지 않도록 조심조심 기회를 일러준 것만도 고마웠다.

그녀는 진걸의 속셈이나 바다 운운하는 소리들은 잘 이해할 수는 없었지만, 하여튼 그런 식으로 별채에 머물렀다.

한데 과연 진걸의 예감은 적중하고 있었다.

하루도 채 지나지 않아서 김의원 영감의 기미가 달라지기 시작했다.

우선 경숙을 끌어들인 진걸을 대하는 태도부터 그랬다.

"어…… 허 형! 나 일전엔 여간 실수를 한 것 같지 않구료. 마침 다른 일에 속이 언짢았던 참이라 공연한 허 형에게 화풀이를 한 거니 용서하오. 한 식구나 진배없는 처진데 내가 나이를 설먹어서……"

다시 그 유들유들한 아량과 대범성을 회복하여 사과까지 해왔다. 그리고 진걸과 경숙이 그리 유별난 사이가 아니라는 것을 눈치채고 나서는,

"허! 한창 젊은 아가씨가 이런 곳에서 혼자 지내자면 어려운 일이 적지 않을게요."

소개도 해주지 않아도 경숙에게 슬슬 먼저 접근을 해갔다.

"무슨 일이 생기거든 허물 말고 내게 의논을 해주오. 이젠 다 한 식구나 진배없으니!"

진걸은 아예 무관심한 사람으로 쳐놓고 스스로 보호인을 자처하고 나서는 형편이었다.

"뒷산을 오르면 바다가 보이지요. 기회 있다면 언제 한번 바다 구경이나 올라가보세요. 내가 아니라도 길 안내를 해줄 사람은 많으니까."

경숙에게는 그런 식으로 은근히 기회를 암시해주었을 뿐이었다.

그러더니 드디어 어느 날, 영감과 경숙은 함께 그 뒷산으로 바다 구경을 나섰다.

그날은 마침 첫눈이 한두 송이 날리고 있어서, 말라빠진 산골의

초겨울치고는 날씨도 제법 포근했다.
 아마 김의원 나름으로는 첫눈과 처녀의 감상을 점쳐 이날로 기회를 잡은 모양이었다.
 어떻든 두 사람이 그렇게 산으로 나선 것을 본 진걸은 회심의 미소를 지으며 결과를 기다렸다.
 그런데 일도 진걸이 처음 예상했던 것보다 더욱 멋있게 진행되어나갔다.
 마루로 나선 진걸 앞에 불쑥 윤희가 나타났다. 뜻밖이었다. 김의원과의 소동이 있은 후로 진걸은 아직 그녀와 말 한마디 나눈 일이 없었다. 윤희 쪽에서는 그래도 뭔가 이야기를 좀 하고 싶은 눈치였지만, 이번엔 진걸 쪽에서 모른 체해오고 있었던 것이다.
 그러자 경숙이 나타난 후로는 그 윤희 쪽에서도 아주 등을 돌리고 말았던 것이, 아니 등을 돌려버린 정도가 아니라 철저한 무관심으로 진걸에 대한 그녀의 관심이 아직도 다하지 않았음을 입증해준 셈이었다.
 허나 진걸은 그게 더 재미있었다. 경숙의 출현 때문에 윤희가 태도를 바꾼 것은 진걸에 대한 그녀의 관심이 아직도 다하지 않았음을 입증해준 셈이었다.
 그런데 그 윤희가 오늘은 또 웬일인지 김의원들이 산을 올라간 것을 알고는 진걸 앞에 먼저 나타난 것이다.
 "그 여자분 허 선생님과 가까운 분이세요?"
 그녀의 첫마디로 보아 바로 그 두 사람 일로 이야기를 하고 싶어진 게 분명해 보였다.

"글쎄요. 가깝다면 좀 가깝구……"

진걸은 우선 애매한 대로 그렇게 대꾸했다. 그러자 윤희는 뭔가 마음이 부쩍 초조해진 듯,

"지금 두 분이서 바다 구경을 가는 모양이던데 눈도 오구, 우리도 바다 구경 가지 않겠어요?"

서두르는 표정이 여간 심각하지 않았다. '두 분'이란 말로 김의원을 직접 입에 올리지는 않았고 '바다 구경'이란 말도 눈을 구실 삼았지만 윤희는 그 말들이 자신에게 갖는 의미를 미처 부끄러워할 틈이 없는 듯했다.

―흠, 같은 여자끼리니까 지켜주고 싶단 말인가?

자신의 경험이 있어 그런지 윤희는 김의원에게서 경숙을 염려하고 있는 게 분명했다.

결국 윤희는 진걸의 연극에 스스로 뛰어들어와준 셈이었다. 그는 좀 점잖지 못한 느낌이 들었지만, 두 사람 뒤를 따르기로 작정했다. 윤희에게 그 김의원 영감이 인면수심을 보여줄 수 있는 가장 좋은 기회였다. 그렇게 해서 윤희의 관심을 자신에게 돌리고 싶어서가 아니었다. 그것은 오히려 윤희 자신이 소망해온 것이었고, 그는 그저 그러고 싶어진 것뿐이었다.

그러나 이미 윤희의 속셈을 짐작한 진걸은 시간을 좀 끌어둘 양으로 일부러 더 딴전을 부렸다.

"갑자기 바다 구경은 무슨…… 올라간 사람들이나 구경하고 오라죠……"

능청을 떨었다. 진걸은 그런 식으로 김의원들이 별채를 나가고

나서 한 10분쯤 시간을 끈 다음에야, 마지못한 체 윤희를 따라 두 사람의 뒤를 쫓아 나섰다.

골짜기의 오르막길로 들어서면서부터는 진걸은 윤희를 앞장을 서 나섰다. 경숙에게 지금 어떤 일이 일어나고 있는지 알 수 없었다. 10분이면, 벌써 경숙이 가쁜 숨을 몰아쉬며 김의원에게 몸을 의지하지 않을 수 없게 되어버렸을 게고, 김의원이 흑심을 드러내기에도 충분한 시간이었다.

봉우리 쪽으로 오를수록 눈은 조금씩 짙게 내리고 있었다. 맞은편 산등성이가 제법 뽀얗게 흐렸다.

나무가 적은 골짜기의 바윗돌은 눈을 엷게 뒤집어쓰기 시작했다. 그 암반 위로 군데군데 희미한 발자국이 이어져 있었다.

진걸은 기침 소리 하나 내지 않고 열심히 발자국만 쫓아 올라갔다. 윤희도 진걸을 쫓느라 군소리 한마디 없었다. 그녀 나름의 속셈이 있어서이기도 했겠지만 군소리를 하재도 그녀는 이제 너무 거리가 처지고 있었다.

진걸이 그렇게 발자국을 쫓아 봉우리를 한 3분의 2쯤 올라갔을 때였다.

그를 인도하던 발자국이 갑자기 자취를 감춰버렸다.

두 사람이 거기서 잠시 서성거리고 있었던 흔적이 역력했다. 여러 개의 발자국이 한곳에 혼란스럽게 남아 있었다. 그리고는 그만이었다.

그러자 진걸은 부쩍 긴장을 하기 시작했다. 불시에 목표를 잃어버린 사냥개가 냄새로 방향을 찾아내려는 것처럼 제법 콧구멍까지

내둘러가며 조심조심 주위의 기척을 살폈다.

오른쪽 숲 속, 칙칙한 침엽수 가지 사이에 바위가 하나 숨어 있었다. 그 바위의 뒤에 희끗희끗 눈을 끄는 것이 있었다.

필경 김의원과 경숙이 분명했다.

두 사람은 바위를 의지해 눈을 피하고 있었다.

경숙에게 지금 무슨 일이 일어나고 있든지 진걸은 적어도 윤희 쪽에서 먼저 그걸 보게 하고 싶지는 않았다.

두 사람은 아직 그가 예상한 정도의 수상한 동작이 없었다. 아니 수상한 동작이 없는 게 아니라 옷매무새가 말짱했다. 옷매무새가 말짱하니 수상한 동작쯤 대수롭게 보이질 않았다.

김의원의 상체가 여자의 가슴팍 위로 덮쳐 있었지만 그것도 김의원 자신은 아직 앉아 있는 채로였다.

한데 그 김의원 영감은 뭔가 느낌이 이상해진 듯, 어느 순간 문득 자리를 박차고 일어나버렸다. 그리고는 더운 얼굴을 식히고 싶은 듯 눈송이가 쏟아지는 하늘을 향해 한두 번 크게 심호흡을 하고 나선 천천히 다시 여자 쪽으로 돌아갔다.

진걸은 갑자기 가슴속에서 황량스럽고 처참한 느낌이 들기 시작했다.

더 이상은 차마 그쪽을 지켜보고 있을 수가 없었다.

경숙이 너무 가엾었다. 바다 구경을 핑계 삼은 윤희의 충동이 있었긴 했지만, 산을 올라온 자신이 후회스러웠다.

윤희에게 그 김의원의 수심을 보여주겠다던 것도 너무나 옹졸하고 이기적인 생각이었다.

윤희에게 그 김의원 영감의 수심을 증명해 보이려는 노릇이 경숙에겐 너무 잔인하고 참혹스런 연극이 될 수 있었다.

무엇보다도 진걸은 윤희에게 그 경숙을 보게 할 수가 없었다.

생각이 거기까지 미치자 진걸은 곧 발길을 되돌려 산을 내려가기 시작했다.

이내 윤희가 숨을 헐떡이며 그를 뒤쫓아 올라오고 있었다.

윤희는 그새 벌써 길을 되돌아 내려오고 있는 진걸을 보자 그 자리에 그만 발길을 멈춰 서버리며 갑자기 긴장을 한 얼굴로 물어왔다.

"웬일이세요? 왜 다시 산을 내려오세요?"

하지만 윤희의 긴장한 얼굴로 그녀도 이미 사정을 대강 짐작하고 있음이 분명한 것 같았다.

하지만 진걸은 시치밀 떼었다.

"이상한 사람들이 있어서요."

김의원과 배경숙의 일엔 두 사람 모두 처음부터 염두에 없는 척 위장을 해온 터였기 때문이었다.

"이상한 사람들이라뇨. 어떤 사람들 말예요?"

하니까 윤희도 아직은 좀더 시치밀 떼고 싶은 말투였다.

진걸은 그 윤희가 터무니없이 밉살스러워지고 있었다.

그는 갑자기 다시 그녀를 골려주고 싶은 충동이 일었다.

어차피 이번 산길은 그 윤희를 골려주고 싶어 나선 참이었다. 경숙을 직접 다치는 일이 없이 그녀를 골려줄 기회가 온 것 같았다.

"내가 본 사람들이 어떤 사람들인지 말하지 않아도 짐작할 수 있겠지요. 남자와 여자 두 사람이라면. 한데 그 두 사람은 바위 밑에 붙어 앉아서 이상한 춤을 추고 있었어요. 그걸 무슨 앉은뱅이 춤이라 할까……"

진걸은 계속 지껄이려 하였다. 그 기묘한 앉은뱅이 춤에 호기심이 동한다면 산을 올라가 한번 끼어들어보라고 말할 참이었다. 한데 윤희는 거기까지만 해서도 이미 진걸의 말을 모두 알아듣고 있었다.

그는 더 이상 말을 할 수가 없었다. 그의 말이 더 이어지기 전에 윤희의 손바닥이 그의 뺨 위에 야무진 소리를 발라 붙였기 때문이었다.

진걸로선 참으로 예기치 못했던 행동이었다. 너무도 순간적이고 정확한 기습이었다.

하지만 진걸은 기이하게도 별로 수모감 같은 걸 느낄 수 없었다.

윤희가 그렇게 느닷없이 진걸의 뺨을 갈긴 것은 부끄러움 때문인 게 분명했다.

일을 저질러놓고 그녀는 엉겁결에 오른손을 움츠리며 찔끔 자신에게 놀라는 표정이더니 이내 얼굴이 벌겋게 달아올랐다. 그리고는 어쩔 줄을 몰라 오던 길을 다시 뛰어 내려가려고 했다.

그러나 진걸은 이미 윤희의 한 팔을 꼼짝도 못하게 붙들고 있었다.

"달아날 건 없어요. 전 화를 내지 않았으니까요. 우리 별채에서 제 뺨을 때린 사람은 아직 김의원하고 윤희 씨 두 사람뿐이거든요."

실상 진걸도 뺨을 맞은 순간에는 속이 울컥했던 게 사실이었다.

방심을 하고 있다 별안간 당한 일이라 여유를 잃어버렸던 것이다. 그러나 진걸은 곧 마음을 가라앉혔다. 그리고는 오히려 엉뚱한 생각을 하고 있었다.

―별채에서 내 뺨을 갈겨보지 못한 녀석이 아직도 둘이나 남아 있군.

그는 마치 별채 사람들에게 차례차례 돌아가며 뺨을 얻어맞아 주고 있는 듯한, 그래서 나머지 두 사람에게도 언젠가는 마저 뺨을 맞아주어야 할 것 같은 기분이 되고 있었다. 생각이 자꾸만 그렇게 엉뚱한 쪽으로 흐르자 진걸은 윤희에게서 귀뺨을 얻어맞은 것까지도 이젠 오히려 재미있는 일로 여겨지는 것이었다.

"하지만 섭섭하군요. 전 그저 신기한 춤 이야길 했을 뿐인데……"

윤희는 아직도 진걸의 팔을 벗어나려고 비비적대고만 있었다. 그녀 역시 이젠 김의원들에게 눈치를 채이고 싶지는 않은 모양이었다. 낑낑거리면서도 소란을 피우지는 않았다.

진걸은 그러는 윤희가 더 재미있었다.

―팔을 놓아주면 어쩌겠다는 것인가.

그는 곧 윤희의 팔을 놓아주었다. 그러나 윤희는 이제 길을 뛰어 내려가려고도 하지 않았다. 팔에서 풀려나자 멍하니 그녀를 내려다보고 있는 진걸을 마주 바라보고만 있었다. 한동안 거칠게 몰아쉬던 숨결도 차차 가라앉아가고 있었다. 그러더니 이윽고 낮고 침착한 목소리로 그녀가 조용히 입을 열었다.

"진걸 씬 아마 저에 대해서 뭘 오해하고 계신 것 같아요."

"제가 무슨 오핼 하고 있다구요? 천만에요. 오해구 뭐구 언제 윤희 씨와 저 사이에 그런 감정의 긴장이 있어본 일이 있나요?"

진걸은 자기가 뭘 오해하고 있다는 것인지 윤희의 말이 궁금했다. 그러나 그는 제법 무관심한 체 시치밀 뗐다.

한데 일단 입을 연 윤희는 여간 다부지게 대들어오질 않았다.

"오해가 아니라면 왜 절 이곳으로 데리고 왔지요?"

이상한 질문이었다. 아까 별채에서 바다 구경을 가자고 말을 꺼낸 것은 바로 그렇게 묻고 있는 윤희 자신이었다. 한데 그녀는 지금 진걸이 자기를 이곳으로 데리고 온 것처럼 말하고 있었다. 하지만 경위야 어느 쪽이든 윤희의 이 물음은 진걸을 여간 당황하게 하지 않았다.

"아니, 내가 누굴 이곳으로 데려왔길래요? 먼저 바다 구경을 가자고 나선 사람은 누구였지요?"

"하지만 진걸 씨는 일부러 이곳으로 데리고 온 거예요."

윤희는 실상 진걸의 속셈을 정확하게 짚어낸 셈이었다. 진걸은 공연히 다시 속이 찔끔해졌다.

윤희는 좀더 말을 계속했다.

"아마 허 선생님은 제가 바다 구경을 가자고 먼저 나서지 않았더라도 절 이곳으로 끌어내셨을 거예요. 결국 제가 그쪽 계획을 도운 셈이죠."

윤희의 어조는 자신만만했다.

얼굴 표정도 그 어조만큼이나 단단했다. 한데 웬일일까. 그 단단한 윤희의 속눈썹 밑으로는 뜻밖에 가는 눈물이 맺히고 있었다.

"하지만 알 수가 없군요. 그 사람들 일로 윤희 씨가 이처럼 흥분하는 이유를 말입니다. 그게 제가 윤희 씨를 오해하고 있다는 것과 무슨 상관이 있습니까."

"오해하신 게 없다고 해도 좋아요. 하지만 그 여잔 허 선생님을 찾아온 분이에요. 게다가 진걸 씬 그 여자가 김의원 영감과 바다 구경을 나서게 되리라는 것을 벌써부터 알고 있었어요. 그러면서도 선생님은 그걸 모른 체하고 있었던 거예요."

윤희의 눈에서는 이제 눈물이 방울져 내리고 있었다.

"추리가 지나치군요."

"여자란 직감에 의지해서 살아가는 동물이에요."

"직감이 그토록 자유롭다면 그 직감을 좀더 편리하게 활용할 수도 있을 텐데."

"……"

"아전인수라는 말이 있지요. 가령 내가 윤희 씨에게 배신을 당해 그 분풀이로 저 여자를 끌어들여서 윤희 씨 대신 저 여자에게 복수를 하려고 한다든가…… 그런 식으로 윤희 씨가 좀더 강조되도록 말입니다."

"아까 그쪽 뺨을 갈긴 거 후회할 필요가 없을 것 같군요."

"물론이죠. 난 전에 김의원이 제 뺨을 갈겼을 때도 오히려 영감에게 고마워할 뻔했으니까요. 하지만 이번에도 또 영감이 제 뺨을 갈기고 싶어지지 않나 걱정이군요."

이제 두 사람은 길을 내려오고 있었다. 양쪽 다 바다 이야기는 꺼내지 않았다. 김의원과 경숙들 쪽에선 아닌 게 아니라 아직도 그 앉은뱅이 춤이라도 계속하는 기척이 없었다. 진걸도 그쪽 일은 이미 잊어버리고 있었다. 진걸이 생각난 듯 다시 입을 연 것은 산을 거의 다 내려온 다음이었다.

"한 가지만 묻고 싶은 게 있는데…… 대답해주시겠습니까?"

목소리에 아까처럼 이죽거리는 빛이 없었다. 윤희가 발을 멈추고 그 진걸을 쳐다봤다.

"내가 윤희 씨에게 오해를 하고 있다는 일, 윤희 씨가 김의원하구 바다 구경을 다닌 것과 무슨 관계가 있습니까?"

"그럴지도 몰라요. 하지만 전 이제 그 오해를 풀어드리고 싶은 생각이 사라지고 말았어요."

윤희는 뭔가 아쉬운 듯하면서도 애매한 대답이었다. 그리고 나서 그녀는 훌쩍 먼저 걸음을 옮기기 시작했다. 그러더니 채 열 발짝을 가지 못해서 이번에는 거꾸로 그 윤희가 뒤따라오는 진걸에게 물어왔다.

"그럼 저도 진걸 씨에게 하나 묻겠어요. 진걸 씬 아직도 절 어디서 만나 적이 있는 여자라고 생각하고 있나요?"

갑작스런 질문이었지만 윤희의 표정은 여간 진지하지가 않았다.

진걸은 머리를 끄덕였다.

"곧이듣지 않을지 모르지만 난 아직도 언젠가는 내 기억을 찾아내게 되리라고 믿고 있으니까요."

그날 일이 있은 후로 김의원은 갑자기 꿀 먹은 벙어리가 되어버렸다. 어떻게 일이 끝났는지 알 수가 없었다. 그것은 경숙에게도 물을 수가 없었다.

한데 김의원은 경숙에 대한 호칭이 갑자기 '미스 배'로 변한 것뿐 별다른 눈치가 없었다. 그녀를 다시 집적거리는 것 같지도 않았다.

그런데 김의원을 누구보다 경멸하고 드는 사람이 윤희였다.

윤희는 김의원에게도 말대꾸도 제대로 하지 않았다. 하긴 그 일이 있기 전부터도 윤희는 김의원을 늘 무슨 불길한 것이나 대하듯 해오던 참이었다. 그게 그날 일이 있은 후로는 더욱 심해진 것이다. 김의원을 안중에도 두려고 하지 않았다. 기피하거나 경계하는 빛조차 없이 철저하게 무시해버렸다.

그런데 그런 윤희의 태도는 진걸에게도 물론 마찬가지였다. 따지고 보면 윤희의 그런 태도는 경숙의 출현과 함께, 아니 그 이전에 진걸이 김의원의 수모를 받은 그날부터 진걸에게서 먼저 시작된 것이기는 했다. 하지만 윤희는 김의원의 기묘한 춤 이야길 들은 날 진걸에게 변명을 하고 싶어 했었다. 뭔가 진걸이 오해를 하고 있으리라는 윤희의 말을 그는 그렇게 해석하고 있었다. 끝내 확인을 해주지는 않았지만, 그때 윤희는 김의원에 대한 자신의 결백성을 변명하고 싶었던 게 분명해 보였다.

나중 그녀가 자기를 아직 어디서 본 여자라 생각하느냐고 물었을 때도 진걸은 윤희의 말이, 그녀에 대한 관심이 결코 불쾌하지 않으며, 자기는 아직 떳떳이 그 진걸의 관심을 환기시킬 수 있는 결백성을 가지고 있노라는 소리로 들렸던 것이다.

한데 그 윤희가 아직도 진걸을 그런 냉랭한 경멸기가 어린 눈초리로만 대해오고 있는 것이다. 어쨌든 좋았다. 윤희에 대해서는 진걸도 아직 생각이 분명하게 정리되어 있진 못했던 터이니까.

그보다도 이 무렵 진걸에게 가장 두통거리가 된 것은 안 선생이었다.

안 선생은 물론 별채의 다른 사람들에게 일어나고 있는 일을 아무것도 모르고 있었다. 그러나 진걸을 가장 귀찮게 하는 것은 바로 안 선생이었다.

"허 선생……이걸 좀 읽어줄 수 있겠습니까?"

기회만 있으면 노 군의 일기장을 꺼내놓고 진걸을 졸라댔다.

"이건 노 군의 일기장이 아니오? 노 군 이야기라면 벌써 안 선생이 다 듣고 결말을 지었을 게 아니오?"

"하지만 그게 쉽지가 않아요. 이 참회설 읽어보면 아시겠지만 노 군은 자기의 죄악을 여간 즐겁게 추억하고 있지 않아요. 아직도 노 군은 마음으로 누이를 범하고 있는 거지요. 게다가 자기 자신 앞에서마저 가장 솔직해지질 못하고 있어요."

"그래서 아직 녀석을 용서하지 않으셨단 말입니까?"

"자신이 없어요."

"도대체 노 군이 어떻게 자신 앞에서 솔직하지 못하다는 말입니까. 전 알 수가 없군요."

"읽어보시면 알 겝니다."

그런 말다툼이 몇 번이고 되풀이되었다.

그러나 진걸은 아직 안 선생의 청을 들어주지 않고 있었다. 무엇보다 안 선생의 어조에서 뭔가 늘 역한 기분이 느껴지곤 했기 때문이었다.

한데 어느 날, 진걸은 드디어 그 안 선생 말이 왜 자기를 자꾸

역하게 만들어버리곤 하는지 그 이유를 깨닫게 되었다.

어느 날 밤 안 선생은 다시 진걸을 찾아와, 그 명식이 놈의 일을 빌려 안 선생 자신의 삶의 내력과 그 삶에 대한 자기 신념을 털어놓는 일이 있었다.

그날 밤 안 선생이 진걸에게 들려준 이야기는 이러했다.

진걸이 산을 내려가 있던 동안의 일이라 했다.

명식은 그 무렵도 밤마다 틈만 나면 안 선생을 찾아와 그를 자주 괴롭혀대고 있었다 하였다.

한번 처녀를 범한 사내는 그 처녀가 비밀이 탄로 날까 겁에 질려 있는 것을 알게 되면 더욱 짓궂게 덤벼드는 법이었다. 칼까지 들고 들어가 협박을 하기 시작한 노 군은 안 선생이 자기의 일로 고통을 받으면서도 입을 꾹 다물고 있는 줄을 알자, 이젠 아주 마음 놓고 그를 괴롭히고 들었다. 밤이 되면 으레 그의 방을 찾아와서는,

"제 고백을 들어주시고 죄를 사해주시지 않으면 전 날이 새더라도 여기 엎드려 선생님 방을 나가지 않겠습니다."

사뭇 회오의 고통이 어린 얼굴로 애원을 하는가 하면,

"그건 제 본성이 나빠서 저지른 잘못이 아니라, 워낙 어린 호기심 때문이었습니다. 분별없는 호기심이 저지른 한 번의 잘못 때문에 평생을 이웃의 눈총과 죄책감에 쫓기며 살아야 합니까. 저도 좀 떳떳하게 살아보고 싶습니다. 저의 실수가 그토록 용서 받을 수 없는 것이라고는 생각되지 않습니다. 언제고 선생님께서도 제 영혼을 구해주고 싶은 생각이 나시리라 믿습니다. 그때까지 전 몇 날 몇 해고 기도하며 기다리겠습니다."

제법 어른이 된 듯한 소리로 협박을 하기도 했다.

한 번은 또 칼을 가지고 와서 그날 밤 안으로 자기의 고해가 허락되지 않으면 그것으로 안 선생의 단죄가 내려진 것으로 알고 스스로 혈관을 끊겠노라 위협을 하다 간 일도 있었다.

그러나 안 선생은 명식의 협박에 굴하여 그의 요구를 들어주지는 않았다. 그럴 수가 없었다. 물론 명식도 그 때문에 자신의 혈관을 끊지는 않았다.

그러다 보니 안 선생은 자신만 점점 더 괴로워지고 있었다.

노 군이 귀찮고 딱했다. 혈관을 끊겠노라든가, 결국 그의 요구를 따를 때까지 몇 날 몇 해고 그를 귀찮게 하겠다는 소리에는 아닌 게 아니라 어떤 위협이 느껴지기도 했다.

하지만 안 선생은 어쨌든 명식의 요구에 대해서 자신이 할 수 있는 일이 무엇이라는 것을 알고 있었다. 그것은 적어도 지금으로서는 명식 군의 요구를 들어줄 수가 없다는 것이었다. 그리고 그가 명식에게 그럴 수밖에 없는, 그리고 명식의 그런 요구가 얼마나 무의미한 것이라는 것을 설명해줄 수밖에 없는 것이었다.

"나는 이미 신부로서는 자네의 고백을 받아주고 자네가 죄라고 생각하는 것을 사할 권능을 잃은 사람이네. 그러니 차라리 고해성사라는 그런 특별한 절차나 의식을 염두에 두지 말고, 또 나를 자네의 고해 신부가 아니라 그냥 자네를 동정하는 이웃으로 생각하고 그 이웃에게 지난날의 과오를 털어놓는 심경으로 이야기해주는 편이 어떻겠나? 그렇다면 나도 기꺼이 자네의 고백을 들어주고 자네의 고통을 나눌 생각이니 말야."

그러나 노 군은 그것마저 반대였다.

안 선생은 신부가 되어야 한다는 것이었다.

"그렇다면 자네는 차라리 자신의 죄를 짊어지고 지내는 편이 낫겠네. 사실 난 처음 자네가 그런 고민을 말했을 때 벌써 자넨 스스로 용서를 얻게 되리라고 생각했었네. 왜냐하면, 하느님은 실상 인간의 죄를 용서만 해주는 분은 아니라고 생각하고 있으니까. 하느님은 오히려 사람들이 스스로 죄를 깨닫고 스스로 그 죄 닦음을 하도록 하시는 분이시지. 자넨 그걸 오해하고 있는 것 같아. 인간의 죄는 회오와 선행으로 그 죄 닦음을 함으로써 스스로 구원을 얻어가는 것이 되어야 하지 않는가. 그러한 인간 스스로의 죄 닦음이 있을 때 하느님께서는 그 가련하고 선량한 인간에게 구원을 받으리라는 말로 위로와 용기를 주시는 분이란 말이네. 그래서 나는 처음 자네의 고민을 듣고 자넨 이제 하느님의 위로와 용기가 내릴 차례라고 생각했었지. 한데 알고 보니 그게 아닌 것 같더구만. 먼저 하느님께 자신의 죄부터 부려주고 싶어 한단 말일세. 사실 얼마나 많은 사람이 자신의 죄를 생채로 짊어지고 가서 하느님께 부려버리려고 하는가. 하지만 그것은 소용없는 짓이지. 기도에서 얻을 수 있는 것은 실상 자기 죄를 깨달은 자가 절망 가운데서 얻는 위로와 용기뿐이거든. 한데도 거기서 정말 용서를 얻었노라고 착각하는 사람들이 가끔 있지. 하지만 그 사람들은 정말 얻을 것을 얻지 못한 구원의 약속이 스스로의 죄 닦음을 조건으로 한다는 것을 모르기 때문에 그 죄 닦음을 위해 주신 위로와 용기를 놓쳐버리거든. 결국 그 구원의 약속까지도 잃고 마는 거지. 내가 자네에게 자신의 과오를 짊어지고 그것을 스스로 견디라는 건 그런 때문일세. 그것이 참된 기도라고 할 수 있으니까 그 무게가 정말 힘들 때는 내가 이웃으로서 그 무게를 함께 버티도록 힘을 나눠줄 수도 있고 말이네."

쉽게쉽게 설득을 해보려고 했다.

그러나 명식의 고집은 여전했다. 안 선생의 말을 한마디도 귀에 담으려 하지 않았다. 답답하고 짜증이 났다.

그가 교회를 나와 여래암을 찾아온 이유의 하나가 바로 명식처럼 자신의 직책을 쉽게 벗어던지고 싶어 하는 사람들과, 그들이 벗어던져주고 간 것의 무게를 혼자서 감당할 길이 없었던 때문이었다. 한데 이 여래암에서 또 그런 명식을 만나고 있는 것이었다.

그러나 안 선생에게 더욱 곤란한 것은 명식에 대한 그런 자신의 생각조차 확신을 가질 수 없다는 것이었다.

명식에게 자신의 죄책감을 혼자 견디라고 한 것은 지나친 요구가 아닐는지 모른다는 생각이 들었다. 명식에게 그러는 것만이 가장 현명한 이웃이었을까. 명식은 어디서도 그의 죄과를 비춰볼 수 있는 양심의 거울을 찾지 못해 그것을 고해성사의 이름으로 안 선생 자기에게서 구하고 있는지도 모른다는 생각이 들었다.

—그렇다면 나는 노 군에게 그런 거울이 되어주는 것이 옳지 않았을까.

그리고 그에게 위로와 용기를 주는 편이 낫지 않았을까.

그러나 안 선생은 역시 자신이 없었다. 무엇보다 우선 그런 형식과 그 형식의 일부로 자기를 요구하는 명식의 속마음을 알 수 없었다.

안 선생은 망설이고 있었다. 그러나 일은 또 의외의 방향으로 이끌려버렸다.

명식의 성화는 안 선생이 망설이고 있을 여유조차 주질 않았던 것이다.

"그렇다면 노 군이 먼저 내 청을 한 가지 들어줘야겠네."

어느 날 밤 안 선생은 도무지 방을 물러나갈 기색이 없이 죽어라 머리를 숙이고 앉아 있는 명식에게 그런 제안을 하기에 이르렀다.

"그건 노 군이 우선 내 고백부터 들어달라는 것인데…… 그러니까 노 군이 아직 나를 신부로 생각하고 싶다면 신부의 고해라고 할 수 있겠지."

"선생님께서 고해를? 누구에게요? 그럴 필요가 있을까요?"

그러자 명식은 안 선생의 그 말이 모처럼 귀에 들어온 듯 번쩍 머리를 쳐들었다.

"필요가 있고말고. 전에도 말했지만 난 이미 누구를 용서하고 말고 할 권능을 잃어버렸거든. 고해로 그것을 다시 얻어내자는 것이지."

그러나 안 선생은 그것을 다른 데 아닌 바로 노명식 자신으로부터 얻어내려는 것이었다. 명식의 영혼을 구할 열쇠는 명식 자신 속에 감춰져 있었다. 안 선생은 자기의 고백을 통하여 명식으로부터 그 열쇠를 잠시 빌리려는 것이었다. 그리고 그것이 용서와 책벌(責罰), 어느 쪽인지를 알아보자는 것이었다. 그런 다음에 용서든 책벌이든 명식으로부터 얻은 권능대로 그것을 명식에게 거꾸로 행해주려는 것이었다.

 물론 안 선생이 명식으로부터 얻어내기를 바란 권능은 책벌의 하느님 쪽이었다. 그는 아직도 그 하느님을 마음 가운데 모시고 있었다.

 그러나 안 선생은 알고 있었다. 명식은 그와 반대일시 분명했다. 그러더라도 안 선생은 그로부터 얻은 권능에 따라 그를 용서해주리라 생각했다.

 그러나 그 경우 안 선생은 명식이 그 용서를 얻기 전에 그것이 얼마나 무의미한가를 미리 깨닫게 해줄 참이었다.

 그리고 그렇게 하여 그 명식을 보는 안 선생의 희한한 고백은 시작되었다.

 "물론 지금 내 생애의 전부를 고백할 필요는 없겠지. 지금 내가 노 군에게 고백하고 싶은 것은 내가 교회를 나온 다음부털세."

 명식이 그의 고백을 원하건 말건. 그리고 그의 이야기에 귀를 기울이건 말건, 안 선생은 그렇게 말을 꺼냈다.

 "교회를 나온 다음부터라고는 하지만, 자넨 거기서 왜 내가 여태껏 자네의 간절한 소망을 거절해왔는지, 그리고 자네가 내게서 구할 수 있는 것이 어떤 것인지를 가장 잘 알 수 있을걸세."

 그런 전제와 함께 안 선생이 명식 앞에 고백한 이야기의 내용은 대충 다음과 같은 것이었다.

 안 선생은 어느 날, 그가 봉직하고 있던 서울 근교의 교회당을 조용히 물러 나왔다. 가뜩이나 피곤한 심신이었다. 그는 그 피곤한 심신으로 전부터 가깝던 한 친구를 찾아갔다. 그리고 그는 방금 자기가 교회를 나온 사실을 말했다.

 친구는 몹시 놀랐다. 웬일이냐고, 도대체 무슨 생각을 했기 때문이냐고 자세한 이야기를 듣고 싶어 했다. 그러나 그는 다만 피곤해서일 뿐이라고 대답했다. 그리고 이젠 자신의 교회를 지켜나갈 믿음이 다한 듯하다고 했다. 어째서 그처럼 심신이 피곤해지고 자신의 믿음이 무너졌는지에 대해서는 말을 하지 않았다.

 그러나 안 선생은 믿고 있었다.

 그는 처음부터 환속을 꿈꾸고 교회를 나온 배교자는 아니었다. 그의 믿음이 다했노라고 한 것도 한 평신도로서가 아니라 자신의 교회를 가지고 그 교회를 지켜나갈 성직자로서의 그것이었다. 그에게는 여전히 그의 하나님이 있었다.

 "환속이 아닙니다. 하지만 교회를 나왔으니 환속이랄 수도 있겠지요. 하지만 전 교회를 나왔을 뿐이지 저의 하나님을 배반한 것은 아닙니다."

 친구는 그의 말을 이해하는 듯했다. 하지만 그는 아직도 그 안 선생이 왜 그토록 피곤해지고 말았는지, 그리고 그가 교회를 나와서도 배반을 하지 않았노라고 자신 있게 말한 그의 하나님이 무슨 뜻을 지니고 있는가를 이해할 수가 없는 것 같았다.

 하지만 친구는 더 이상 묻지 않았다.

 그는 우선 이 피곤한 친구를 조용히 맞아들여주기부터 했다.

 그러자 안 선생은 이제 정말 교회를 나온 것이 되어버렸다.

 그리고 다음 날부터 곧 세상을 배우기 시작했다.

 처음에는 물론 하찮은 생활 처신법에서부터 시작이 되었다. 일테면 길에서나 어디서 아는 사람을 만났을 때는 먼저 '차를 마시자'고 하는 편이 좋은 것과 같은 사소한 일에서부터였다. ...... 말을 한다고 반드시 차를 마시게 되는 법은 없다. 그리고 정말 차를 마시게 된다고 해도 꼭 말을 꺼낸 쪽이 찻값을 물게 되지는 않는다. 그럴 바엔 말을 먼저 하는 편이 좋다. 이쪽에서 아쉬운 일이 있거나 앞으로 도움이 될지도 모르는 사람을 만났을 경우에는 더욱 그렇다. 사람을 알아두는 것이 가장 좋은 재산이다......

대개 그런 식이었다. 그의 친구가 호기심 반 진심 반으로 그를 도왔다.

차츰 술집 구경도 다니기 시작했다.

친구가 그의 단골 술집만도 네댓 군데나 안내를 하고 다녔다. 세상을 배우려면 무엇보다 먼저 술집 풍습부터 익혀야 한다는 것이었다.

대폿집에서부터 '회관'이니 '클럽'이니 하는 알쏭달쏭한 간판이 붙은 고급 술집까지 두루 구경을 하고 다녔다. 반나체가 된 여자들의 응석을 엉거주춤 참을 만하게 되자 이번에는 또 다른 구경이 시작되었다. 운동 시합장이나 극장 같은 곳이었다.

한데 그런 구경을 하고 돌아가면서 그가 놀란 것은 그 어느 곳이나 사람들이 엄청나게 많다는 것이었다. 술집에 가면 세상 모든 사람이 다 술집에만 모여 있는 것 같았고, 운동장이나 체육관으로 가면 또 사람이 모두 운동 시합만 구경하고 사는 것 같았다. 게다가 그 사람들은 한결같이 모두 즐겁기만 한 얼굴들이었다. 교회에서와 같이 성스럽고 엄숙하고 고통이 어린 얼굴을 어느 곳에서도 찾아볼 수 없었다.

 하지만 또 그 사람들이 각각 다른 사람들은 아니었다. 시합장에 몰려든 사람들이 술집의 그 사람들이었고, 술집의 그 사람들이 댄스홀의(그것도 그는 꼭 한 번 구경을 한 일이 있었다. 아, 그 엄청나게 넓고 어둡기만 하던 홀 2층을 가득 메우고 몸을 비비적대던 사람들!) 그 사람들이었다. 그리고 시장터의, 서울역 앞의, 극장의, 다방의, 사무실의 그 사람들이었다. 그 같은 사람들이 요일을 따라, 밤과 낮의 시간을 따라 장소를 옮겨가며 몰려들고 있었다. 그리고 또 바로 그 사람들이 일요일 한나절엔 교회를 떼 지어 찾아가는 것이었다.

 그런데 기이한 것은 그 사람들의 얼굴이 장소에 따라 감쪽같이 변해버리는 것이었다. 술집에서는 한결같이 흐물흐물하고, 느물느물하고, 운동장에서는 어린애처럼 천진스럽기만 하고 시장에서는 악다구니 같고, 사무실에서는 딱딱하고 엄숙하고…… 일요일의 교회당에서처럼 괴롭고 성스러운 얼굴은 어디서도 찾아볼 수 없었다.

 그렇다면—교회 역시 그들이 일주일에 한 번 그런 특별한 표정을 지으러 찾아오는 곳이 되고 있는 게 아닌가.

 그러나 안 선생은 거기서 생각을 멈췄다. 그리고 그런 식으로 세상을 배우려는 생각도 단념했다. 아무래도 선입견이 앞서고 있는 것 같았다. 세상을 구경해보자는 생각을 품고서는 진짜 세상을 볼 수가 없었다. 아직 그런저런 일들이 기이하게만 보이는 것이 그 증거 같았다. 세상은 그가 쉽사리 이해할 수 없는 일로 가득하리라는 생각이 그 세상을 더욱 기이한 것으로 보이게 하고 있었다.
 그는 생각을 바꾸었다. 지금까지처럼 선입견을 가지고 엉거주춤 구경만 하지 말고 자신이 그 세상의 질서 속으로 뛰어들어가 직접 그 세상을 살아보자는 것이었다. 그리하여 거기서 자신의 새로운 생활의 질서를 기르자는 것이었다. 그의 처지도 이제는 그럴 수밖에 없었다. 언제까지나 친구의 신세만 지고 지낼 수는 없었다.
 취직을 하기로 했다.
 생각을 정하고 나자, 그는 곧 신문을 꺼내다 광고난을 살피기 시작했다.
 마침 한 출판사 외무사원 모집 광고가 눈을 끌었다.
 다음 날 아침 그는 친구에게 입을 다문 채 집을 나섰다. 이력서 한 통을 써들고 그 출판사를 찾아갔다.
 출판사에서는 곧 그를 채용해주었다. 외무사원이란 다름 아닌 월부 책장수였다. 그러나 그는 마다하지 않았다. 오히려 너무나 쉽게 일자리를 얻게 된 자신이 어리둥절할 지경이었다.
 판매 독려 방법은 일정 기간 회사에서 교습을 시켜준다고 했다. 게다가 회사 측에서는 그의 이력을 참작하여 입사 보증금까지 면제해주었다.
 그날 밤 비로소 이야기를 들은 친구도 좀 어이가 없다는 듯이 웃기는 했지만,
 "딴은…… 한번 작정한 일이니까 열심히 해보구려."
 별로 반대하는 기색이 없었다.
 그래서 그는 곧 월부 책장수가 되었다. 회사로부터의 교습이란

뭐 별 게 아니었다.

— 월부 책이란 읽으려고 사는 게 아니라 집안 장식용이다. 몇 사람이 모인 사무실에 들어가거든 처음 한 사람을 점찍고 덤벼라. 안경 나부랭이나 끼고 좀 책을 읽는 듯한 친구에게는 아예 접근하질 마라. 그런 치들은 대개 자기가 읽을 책을 제 발로 책방까지 가서 고르는 노랭이들이다. 핀잔이나 맞기 십상이다. 오히려 얼굴이 희멀끔하고 약간 허영기가 도는 친구들이 첫 과녁으로 알맞다. 집안 장식 치레나 하고 살 만한 친구를 골라낼 수도 있다면 더욱 좋다.

또는,

— 책의 내용 따위로 양식에 호소하려 들지 마라. 서가에 책이 꽂혔을 때의 장식 효과와 품위를 더 강조하라. 어떤 경우에도 첫번 한 사람에게서 실패를 했을 때는 곧 그 사무실을 후퇴하라. 월부 책을 사는 심리는 여자들이 월부 화장품을 사는 심리와 똑같다. 당장 돈을 내지 않는 푼수로는 한 질 맡아두고도 싶지만 처음 사람이 거절하는 것을 나서서 사려고 하지는 않는다.

그런 정도였다. 그리고 친구라든가 지면이 있는 사람들을 특히 잘 활용하라는 것이었다.

이 경우 안 선생에게는 그의 전력에서 퍽 많은 도움을 얻으리라는 것이었다. 아는 사람을 찾아가 솔직히 도움을 청하고 그 주변까지도 소개를 받으라는 것이었다. 그게 안 선생에게는 오히려 어울리는 방법일 거랬다. 그러면 아마 틀림이 없으리라는 것이었다.

어쨌든 그런 식으로 안 선생의 외판 작업은 시작이 되었다. 하지만 그는 별로 아는 사람이 없었다. 그의 친구가 몇 군데서 계약서를 받아다 주었을 뿐 대개는 그 자신이 얼토당토않은 사무실을 드나들어야 했다.

모처럼 일이라 성적이 좋을 리 없었다. 피곤하기만 하고 영 실적이 나지 않았다. 어떤 때는 하루 종일 신청서를 한 건도 받지 못하는 날이 있었다. 사무실에서마다 초회전에서 퇴짜를 맞고 쫓겨나기가 일쑤였다.

그러던 어느 날, 보다 못한 친구가 딱한 얼굴로 이런 말을 해왔다.
"어때요? 그전에 계시던 교회 근처엔 가볼 용기가 없소?"
안 선생이 옛날 그의 교회당 근처를 찾아간 것은 그다음 날이었다. 월부 책을 먹일 작정을 한 것은 아니었다.
—내가 나온 뒤로 그 사람들은 어떻게 지내고들 있을까.
친구의 말을 듣고 갑자기 궁금해진 때문이었다. 그가 교회를 나온 후라고 별다른 일이 생겼을 리는 없었다.
여전히 교회들을 잘 나가고 있으리라. 그리고 언제나 사함을 얻고 있으리라.
안 선생 역시 무슨 변화를 바란 것은 아니었다. 그는 다만 그 사람들을 한번 만나보고 싶을 뿐이었다. 이젠 평범한 이웃으로서 허물없이 이야기를 나눠보고 싶기도 했다.
그래서 좀 망설여지기는 했지만 그냥 길을 나서고 만 것이었다.
그러나 그런 안 선생의 소박한 생각은 마을로 들어서자마자 곧 산산조각이 나버렸다. 마을 사람들이 한결같이 그를 두려워하기만 했다.

이상한 일이었다. 안 선생은 처음 어리둥절했다. 허물없이 이야기를 나누기는커녕 잔뜩 겁을 먹은 눈초리들이 쉽사리 접근조차 할 수 없었다. 말 한마디에도 경계의 빛이 역력했다.

그를 두려워하고 있는 게 분명했다.

그러나 마을을 나올 때쯤 해서는 안 선생도 그 두려움이 어떤 것인지를 짐작하고 있었다. 그것은 이교도나 배교자에 대한 두려움이 아니었다. 저주의 흔적이 없었다. 그것은 순전히 안 선생 개인에 대한 것이었다. 그들은 고해를 통해 안 선생에게 부끄러운 '비밀'들을 맡겨놓고 있었다.

물론 고해의 내용이 한 신부와 신도 사이의 약속된 '비밀'일 수는 없다. 고해란 참회의 기도다. 참회를 통해 사함이 얻어진 죄악의 사연은 그 사람이 얻어지는 것과 함께 둘 사이에서는 소멸해버리게 마련이었다. 죄를 닦는다는 것이 바로 그것이었다. 그러나 그처럼 참회로 닦음이 없는 죄악의 사연은 소멸됨이 없이 언제까지나 신부에게 그냥 맡겨진 채로 두 사람 사이의 '비밀'로 남아 있을 수밖에 없는 것이었다.

많은 사람들의 사연이 안 선생에게 그런 식으로 맡겨져 있었다. 그리고 나서 그들은 마음 편히 지내고 있었다.

그런데 이제 그것을 더 맡아둘 수 없게 된 안 선생이 나타나자 그들은 당황하기 시작한 것이다. 그리고 안 선생을 비밀의 자루를 쥔 사람처럼 두려워하는 것이었다.

물론 그런 생각이 모두가 옳은 것이라고는 안 선생 자신도 장담할 수 없었다. 그러나 안 선생은 그렇게 생각지 않을 수가 없었다.

언제나 같은 일로만 참회를 되풀이했던 한 여인은 안 선생이 나타나자 누구보다 그를 두려워했다. 먼저 안 선생을 두려워한 것은 그녀 스스로 자신의 참회를 부인하고 있는 것이었다.
　그리고 그중 그를 두려워하지 않았던 사람은 그의 봉직시에 가장 참회를 게을리하던 한 운전사 사내였다. 그는 안 선생을 보고 이런 농담까지 지껄여대었다.
　"사실 전 그때 안 신부님 은혜는 별로 많이 입지 못했죠. 난처한 고백거리가 있으면 모아두었거나 낯모른 시골 성당으로 가서 한꺼번에 고해를 드리고 오곤 했으니까요."
　그는 안 선생에겐 별로 '비밀'을 맡겨둔 게 없었던 것이다.
　안 선생의 고백은 대개 거기까지였다.
　그는 월부 책장수 노릇을 계속하다 우연히 어떤 잡지사 사무실엘 들어가 그 인연으로 거기서 번역 일도 해보았고, 나중에는 고등학교에서 교편을 잡은 일까지 있었다면서도 그런 이야기는 길게 늘어놓지 않았다.
　그는 이제 하고 싶은 이야기가 다 끝나 마무리를 지으려는 듯 새삼스런 눈길로 명식을 바라보았다.
　"그런데 말일세. 아까 나를 보고 가장 놀랐다는 교회당 마을의 여인에 관해 조금만 더 이야기를 하고 싶은데……"
　이야기를 다시 거슬러 올라갔다.
　"한 사람이 교회를 나오기 시작하면 그 사람에게선 적어도 비슷한 잘못이 되풀이 저질러지는 일만은 줄어들어야 하지 않을까. 그러나 어떤 사람들에게서는 전혀 같은 잘못이 계속 되풀이되는 것을 볼 수 있거든. 바로 그 여자의 경우가 그랬지. 내용을 구체적으로 말할 수는 없지만 하여튼 그런 경우 나는 그에게 무엇을 해주고 있었을까를 생각해보게. 그를 언제나 용서한다는 것은 그가 같은 잘못을 되풀이 저지를 용기를 줄 수도 있지 않았을까. 그에게 사함이 행해지는 교회는 오히려 그의 죄의식을 마비시키고 행죄의 습관을 길러줄 수도 있었단 말일세."

"그래서 교회를 나오신 것입니까? 그 사람들을 용서하기가 싫어져서?"

명식은 처음으로, 그리고 그것만이 가장 궁금한 문제인 듯한 어조로 물었다.

"적어도 하나의 이유는…… 그렇다고 난 그 사람이 지금은 사함을 얻지 못하리라고는 생각하고 있지 않네. 아마 그들은 더욱 쉽게 그것을 얻고 있을지도 모르지. 왜냐하면, 그때 나는 교회를 나오면서 책벌의 하나님을 모시고 나와버렸으니까. 이제 거기엔 기도만 하면 언제나 사함을 내려주실 자비로운 하나님밖에 계시지 않거든."

"이 절을 찾아오신 이유도 지금까지 말씀과 관계가 있습니까?"

명식이 이번엔 좀 엉뚱한 것을 물었다.

"관계가 있다고 할 수 있겠지. 하지만 그 경위나 동기는 나중 다른 기회에 이야기하기로 하고 우선 이것부터 확실히 말해두고 싶네. 나는 지금도 그때 내가 모시고 나온 참회와 책벌의 하나님을 모시고 있다는 것을 말일세."

안 선생은 말을 끝내고 명식을 잔잔히 바라보았다. 그러다가 마지막으로 물었다.

"그렇다고 내가 어느 경우에나 노 군을 용서할 수 없다는 것은 아닐세. 자네 역시 고백만으로 얻을 수 있는 용서가 있네. 행죄의 고백만으로 자신의 죄를 씻었노라고 믿어버릴 수 있는 것처럼. 그것으로 정말 자네의 과실이 씻어질는지는 전혀 자네 자신의 문제겠지만, 그러니 자넨 어느 쪽을 택할 텐가. 용서와 책벌, 어느 쪽을……"

명식이 자기에게 희망하고 있을, 그래서 명식으로부터 그를 위해 안 선생이 얻어낼 권능이 어느 쪽인가를 묻고 있었다. 한데 명식은 의외로 어른스런 대답이었다.

"전 그 어느 쪽도 아닙니다. 아니 그 양쪽 모두 같기도 하구요."

명식의 대답은 안 선생을 얼마간 안심시킨 듯했다. 안 선생은 눈을 깊이 감으며 머리를 끄덕이고 있었다. 그러자 명식은 별안간 자리에서 일어나 방을 나가더니 이내 두툼한 노트를 한 권 가지고 돌아왔다.

"누이를 저지른 부끄러운 사연입니다. 저는 그 무렵의 일이 괴로워질 때마다 이것을 적으면서 오히려 그 일을 똑똑히 떠올리며 참회를 계속해왔습니다."

진걸이 산을 내려가 있던 어느 날 밤, 안 선생과 명식 사이에 있었던 일은 대강 그런 줄거리였다. 그리고 그 안 선생이 틈 있을 때마다 자주 진걸에게 읽게 하고 싶어 한 것도 그날 밤 명식이 마지막으로 안 선생에게 건네주고 간 녀석의 고백록이었다.

하지만 진걸은 아직도 그 명식의 고백록 따위엔 흥미가 없었다.

감정이 뻗치는 건 오히려 안 선생 쪽이었다.

안 선생은 그 명식에 대한 자기 고백의 형식을 빌려 진걸에 대해서도 또한 그의 삶과 양식에 대한 자기 신념을 확인하고 있었다.

진걸은 그런 안 선생이 마땅칠 않았다. 한마디로 그는 그 자신과 인간 일반의 삶에 대하여 너무도 엄격하고 자신만만하였다.

안 선생은 애초 명식을 용서할 생각이 없는 사람이었다.

자신이 지은 죄는 자신이 닦아야 한다든가 자기가 꼭 하나님의 권능을 대신해야 한다면 그건 책벌 쪽이라고만 말하고 있었다.

명식은 아직도 자기 자신에게마저 정직해지지 못하고 있으며 오히려 과거의 죄악을 추억하는 것으로 쾌락을 삼고 있는 것 같다고도 말했다.

한마디로 안 선생은 그 자신을 너무 신뢰하고 있었다.

—하지만 도대체 당신은 어디까지 정직해질 수 있단 말이오. 그러는 당신은 부끄럼도 없이 샅샅이 자신을 고백할 용기가 있단 말이오? 그렇기 때문에 정말 부끄러운 것을 자신에게마저 감추고 싶어 하는 명식을 용서할 수가 없단 말이오? 책벌만을 내려야겠단 말이오?

진걸에게 안 선생의 태도가 못마땅하게 여겨지는 것은 바로 그점이었다. 그리고 그 안 선생이 자꾸 그의 기분을 역하게 해오고 있는 것도 그의 그런 자신만만한 태도와 지나친 결벽성의 자기 신뢰감 때문이었다. 안 선생의 그 너무도 자신만만하고, 그리고 그런 자신감 때문에 명식에게마저 똑같은 결벽성을 요구하고 있는 것이 못마땅했다. 명식이 과거의 죄악을 어떤 식으로 추억하고 있는지는 진걸로서도 짐작할 수가 없었지만, 그것도 진걸은 안 선생의 그 지나친 결벽성이 들춰낸 허물이 아닌가 싶었다.

용서를 해버리든 책벌을 주든 도대체 그따위 일을 가지고 날마다 자신이 없노라, 도움을 바라노라 엄살엄살 진걸을 귀찮게 하는 것도 실상은 그의 결벽성이 지나치고 있는 증거였다.

명식으로부터 직접 이야기를 듣기도 하고 참회서라는 것도 읽은 다음이니까 안 선생이 진걸보다 사정을 자상히 알고 있을 건 틀림없었다. 그래서 진걸이 이해할 수 없는 이유를 명식에게서 발견했는지도 몰랐다. 안 선생 자신에게 어떤 말 못 할 고민이 있을 수도 있었다.

그러나 어쨌든 진걸로선 그런 안 선생의 태도를 찬성할 수가 없었다. 그 자신만만한 결벽성이 싫었다.

거기까지 생각이 미치자 진걸은 느닷없이 그 안 선생의 자신감을 한번 무참스럽게 꺾어주고 싶은 충동이 생겼다.

안 선생의 가슴속에도 명식이 놈처럼 어떤 치명적인 인간의 과실을 지니게 하여 그 마음속의 비밀을 누구에게라도 호소하고 싶어질 인간적인 약점을 경험하게 해주고 싶었다. 그래서 그의 오연스런 엄격성과 자기 신뢰감을 꺾어주고 싶었다.

하지만 진걸은 적당한 방법이 떠오르질 않았다. 무슨 함정 같은 거라도 마련해야겠는데, 그럴듯한 묘안이 떠오르질 않았다.

진걸은 며칠 동안 내내 끙끙거리고만 있었다.

한데 뜻밖에 경숙이 그 일을 돕고 나섰다. 아니 경숙이 일부러 진걸을 도우러 나선 것은 아니었다.

그 경숙으로 하여 일이 용케도 그렇게 되어진 것뿐이었다.

경숙의 여자에 대한 소망은 눈물겨울 정도로 간절한 것이었다. 그리고 그녀는 그런 자신의 소망에 감동스럴 정도로 투철하고 충실했다.

그녀는 어느 날 어떻게 해선지 그 안 선생을 다시 그녀의 바다 구경길 안내자로 동행해 나간 것이었다.

그리고 그날부터 안 선생은 그 별채 사람들 앞에 느닷없이 벙어리가 되고 만 것이었다.

일이 그 지경에 이르자 진걸은 우선 가슴속부터 섬찟해왔다. 경숙이 너무 가련했다.

경숙을 불러들인 자신이 그녀를 그토록 가련하게 만들고 있는 것 같아 마음이 은근히 괴롭기도 하였다.

하지만 진걸은 마침내 그 안 선생이 스스로 자신의 함정으로 빠져들어준 것이 무엇보다 고소했다.

안 선생은 그저 벙어리가 되어버린 것만이 아니었다. 공연히 주위를 두려워하고 경계하는 눈빛이 미처 무슨 괴로움이나 죄책감에 쫓기고 있을 여유마저 잃고 있는 행색이었다. 심한 공포감에 짓눌리고 있는 얼굴로 멍하니 천장만 바라보고 있는 그의 표정은 절망 바로 그것일 따름이었다.

더욱이 안 선생은 여자를 경험해본 적이 있을 리 없었다.

그래 안 선생은 경숙과의 낭패를 자기 육신의 괴물로 여기고 있을 게 분명했다. 자기 육신에 대한 공포가 그의 죄의식을 더해가고 있을 터이었다. 하지만 진걸은 안 선생의 그런 고민의 빛을 전혀 모른 체해버렸다.

―이제 당신도 비밀을 한 가지 지니게 된 셈이구려. 기분이 어 떻소? 견딜 만하오? 하지만 자신의 육신에 대해 절망은 참기가 썩 힘들거요. 하더라도 역시 고백을 하러 덤비진 마시오. 그럼 아마 당신은 부끄럼 때문에 비밀을 고백하지 못할 때도 그 나름의 고통 이 따른다는 것을 배우게 될거요.

짓궂게 안 선생의 안색만 살피고 지냈다. 그러면서 한편으로는 또 안 선생이 끝내는 자신의 비밀을 토해내지 않을 수 없으리라 믿 으며 은근히 그때를 기다리고 있었다.

그러나 안 선생은 그 비밀을 정말 혼자 견디기로 결심한 듯 제법 굳게 입을 다물고 버티었다. 속은 어떻든 아직도 자신을 잃지 않 고 있는 증거였다.

진걸은 좀더 기다리기로 했다.

하다 보니 별채 남자들은 이제 모두 벙어리가 되어버린 꼴이었 다. 그 안 선생을 비롯하여 김의원도 누구도 그리고 진걸까지도 모두 제 나름의 사연과 비밀을 지닌 반벙어리 꼴이 돼 있었다. 두 여자도 물론 마찬가지였다. 윤희는 이제 별채 사람들과는 눈길조 차 마주치려 하질 않았고, 경숙 역시 더 할 말이 있을 리 없었다.

그 경숙은 더욱 절망적이었다. 번번이 실망만을 되풀이한 듯 전 혀 말을 잃고 있었다.

그러자 진걸은 이제 자기가 그 경숙을 위로해야 할 차례라고 생 각했다.

과정을 즐기노라던 여자―그녀는 이 여래암으로 오면서 이번만은 정말로 그 녀석의 그 과정의 즐거움만으로 끝나지 않기를 바랐을 터이었다. 그러나 이제 그녀에게는 희망이 사라져버린 것이었다.

—그렇다면.

진걸은 이제 그 경숙에 대한 자신의 패덕도 사죄할 겸 이번에는 자신이 그녀에게 멋진 하룻밤을 선사함으로써 그녀의 그 옛날의 용기를 되찾아주기로 결심했다. 잠자리에 들 때까지—밤화장을 하고 자리를 깔고, 남자를 기다리는 데까지의 눈물겹고 성스러운 신부 노릇을, 잠자리에 들기만 하면 그것으로 그녀의 여자가 끝나는 기억에 남을 만한 정결한 밤을 만들어주자고 했다.

그러나 진걸은 생각을 정하고 나서도 하루하루 시간만 보내고 있었다.

윤희에게 눈치를 채이고 싶지 않았다. 김의원도 안심할 수 없는 존재였다. 무엇보다 한 방을 쓰고 있는 안 선생에게 둘러 붙일 구실이 나서지 않았다. 기회를 기다리고 있었다. 하지만 그 기회는 별채의 사정이 바뀌지 않는 한 결코 올 수가 없는 것이었다. 별채의 사정이 바뀔 리 없었다.

그러니까 결국 진걸은 그 오지 않을 기회만 헛되게 기다리고 있었던 셈이었다.

그리고 그러던 어느 날, 경숙은 마침내 홀연히 혼자 산을 내려가버리고 말았다.

진걸에게 편지가 한 장 남겨져 있었다.

—뵙지도 못하고 떠나는군요. 죄송해요. 하지만 어쩔 수가 없군요. 산을 내려가기로 작정하고 나니 한순간도 더 참을 수가 없어졌어요. 그리고 누구의 얼굴도 더 대하기가 싫어졌어요. 허 선생님두요. 아니 제가 이 절간으로 들어와서 어떻게 지내고 있었는지를 누구보다 잘 알고 계셨을 허 선생님께는 더욱 얼굴을 내밀기가 싫었어요.

하지만 선생님은 아무것도 모른 체하고 지내주셨지요.

고마웠어요. 그래서 몇 자 글로나마 이렇게 떠나는 인사를 대신하려는 거예요. 이야길 시작하고 보니 몇 가지 더 말씀드리고 싶은 일이 있군요.

우선 변명을 좀 드리고 싶어요.

선생님께서도 이미 짐작하고 계시겠지만 이번에도 전 실망만 되풀이하고 말았어요. 하지만 제가 지금 변명드리려는 것은 그런 저의 실망에 대해서가 아니에요. 그건 어째서 하고많은 사람들 중에 하필 허 선생님께 저의 가장 부끄러운 비밀을 호소하게 되었는지에 대해서랍니다.

그리고 제가 어떻게 그처럼 뻔뻔스런 짓들을 해낼 수 있었는지에 대해서이기도 하구요.

선생님은 한 여자가 자신의 육체를 구하려는 노력이, 육신의 절망에서 벗어나려는 마지막 몸부림이 얼마나 무서운 것인가를 알고 있는 분 같았어요. 그리고 그런 몸부림은 선생님처럼 우연히, 그리고 다시는 만나지 않아도 좋은 분을 만났을 때 더욱 치열해지게 마련인가 봅니다.

하지만 그것으로 저의 행동이 다 변명될 수는 없겠지요. 조금만 더 말씀드리겠어요. 저에 대한 선생님의 이해가 아무리 깊다고 하더라도 그것은 결국 선생님의 일방적인 생각에서였을 테니까요. 그런 여자의 경우라면 그럴 수도 있겠지 — 아마 그런 정도였겠지요. 그리고 저의 몸부림도 그런 여자의 눈이 뒤집힌 앙칼로밖에는 생각되지 않으셨을 거예요.

사실이에요. 하지만 선생님의 이해가 정말 거기까지밖에 미치지 못하셨다면 선생님은 한 가지 중요한 사실을 빠뜨리고 계신 거예요. 한 번 여자의 허울을 쓰고 태어나게 되면 저같이 불행한 여자의 경우까지도 끝끝내 그 여자로서의 수치감을 버리지는 못한다는 사실을 말예요.

선생님께서 그걸 이해하셨겠어요? 이 며칠 동안 온갖 굴욕 속에다 스스로 몸을 던져넣으면서도 전 여전히 여자일 수밖에 없었다는 것을 말예요. 아마 아니시겠지요.

마지막으로 선생님께 그걸 말씀드리고 싶었어요. 여자로서의 수치감, 병신이기 때문에 오히려 누구보다 많은 수치감을 견뎌야 했던 저의 굴욕과 슬픔을, 그러면서도 제게선 끝내 그 수치감이 소멸되어버릴 수는 없는 여자였다는 것을 말씀이에요.

하지만 안심하십시오. 지금 전 선생님께 그런 저의 슬픔을 호소하고 있는 것은 아니니까요. 절망을 한 것도 아니에요. 오히려 그 반대랍니다.

전 다시 저의 수치심을 지키기로 했어요. 부끄럼만이라도 지키는 여자가 될 수밖에 없었어요. 외양이나마 다시 여자가 되려는 거지요. 슬프지만 할 수 없지 않아요. 그리고 전 언젠가는 아마 그런 저에게 익숙해져 있을 거예요.
 지금까지 말씀은 그런 저를 위해 드린 거예요.
 그럼 허 선생님.
 이젠 제 이야기가 끝난 것 같군요. 떠나가봐야겠어요.
 내내 안녕히 계십시오.

경숙 올림.

 글을 다 읽고 나자 진걸은 우선 안도의 한숨부터 나왔다.
 진걸은 내심 그녀의 편지를 펴 든 순간 여간 불길한 예감이 든 게 아니었다. 이제 이 여자가 무슨 짓을 저지를 참인가. 경숙이 자신을 더 견뎌낼 수가 없게 되어버린 것만 같았었다.
 한데 그녀의 편지는 그리 크게 염려할 만한 데가 없었다. 오히려 경숙 쪽에서 진걸을 안심시키고 있었다.
 아주 가망이 없으면 머리를 깎고 절간에 주저앉아버리라고 진걸이 농담 삼아 말을 건넨 일이 있었지만 경숙은 그렇게 간단히 자신을 단념하지는 않았다.
 하여튼 다행이었다. 게다가 그녀가 산으로 온 후로도 여자로서의 부끄러움을 끝내 버리지 못하고 있었다는 사실과 지금까지 굴욕적으로 참고 견뎌온 여인의 수치심을 되찾고 싶노라는 데에는 경숙이 누이처럼이나 고마웠다.
 그러나 경숙에 대한 그런 진걸의 고마움은 이내 별채 사람들을 향한 무서운 분노와 혐오감으로 돌변해버렸다.
 ─한데 네놈들은 뭐냐? 네놈들은 아직도 그럴듯한 소리로 변명

을 하고 적당히 고민도 하면서 자신들이 만만할 테지. 하지만 네 깐 놈들이 그 여자에게 무슨 짓을 하고 있었는 줄이나 아느냐? 네 놈들이야말로 진짜 수치심까지 내팽개치고 나선 그 허물을 경숙에게 돌리고 말 작자들일 게다. 그러고서도 건방지게 자신들이 만만해?

경숙이 고마워지자, 그리고 그녀가 정말로 가여운 여자로 생각되자 진걸은 느닷없이 별채 사람들이 역겨워지면서 욕지거리가 마구 튀어나왔다.

귀뺨까지 갈기고 덤비던 김의원 영감이나 자신의 육신의 대한 공포에도 불구하고 끝내 입을 다물고만 있는 안 선생에게는 진걸이 견디기 어려운 자기 신뢰감 같은 것이 있었다. 그는 그것이 역겨웠다. 그들에 비하면 경숙이 자기를 긍정하고 사랑해보려는 노력은 얼마나 가련하고 괴로운 것인가. 그 방법은 얼마나 정직한가.

결국 이날 밤 저녁을 끝내고 난 진걸은 윤희 한 사람을 제외한 나머지 별채 사람들을 모두 자기 방으로 불러들였다. 경숙이 그렇게 산을 내려가버린 이상 이젠 그 경숙의 가해자들에 대해서도 본때 있게 일을 끝장내주기 위해서였다. 경숙의 일과는 별 관계가 없는 명식을 함께 불러온 것도 녀석 나름의 비슷한 허물은 있었기 때문이었다.

양해도 구하지 않고 덮어놓고 자기 방으로 건너오라는 진걸의 일갈에 뭔가 심상치 않은 기미를 느꼈음인지 세 사람은 곧 진걸의 방으로 몰려왔다.

그러나 방으로 들어온 세 사람은 슬금슬금 진걸의 눈치만 살필

뿐 역시 꿀 먹은 벙어리들이었다. 명식은 제풀에 머리까지 숙이고 있었다. 안 선생은 벌써 어떤 낌새를 알아차린 듯 눈을 깊이 감은 채 체념 어린 표정으로 진걸의 처분만을 기다리는 표정이었다. 김 의원만이 제법 대수롭지 않은 얼굴이었다. 그는 성냥개비로 손톱 밑을 후비고 있었다.

진걸 역시 그 세 사람을 내버려둔 채 한동안 입을 다물고만 있었다.

진걸이 비로소 입을 뗀 것은 김의원이 그 손톱 소제를 거의 다 끝내가고 있을 무렵이었다.

"아시는지 모르지만, 오늘 배경숙이란 아가씨가 산을 내려갔습니다."

진걸의 말이 시작되자 방 안은 더욱 조용해졌다.

숨소리조차 잘 들리지 않았다. 진걸은 말을 계속했다.

"한마디로 그 여자가 그렇게 갑자기 산을 내려가버린 것은 누군가가 그 여자에게 몹시 심한 괴로움을 준 탓인 듯싶더군요."

힐난기 어린 그의 어조는 일동을 제압하기에 충분히 엄숙했다.

"그 여자가 입은 괴로움이 어떤 것인지, 그리고 그 여자에게 그런 괴로움을 준 것이 누군지는 저로서도 별로 아는 게 없어요. 그 여자가 제게 남기고 간 편지에서도 거기까진 자세한 걸 말하지 않았으니까요. 하지만 그 괴로움이 여자로서는 돌이킬 수 없는 어떤 깊은 상처 때문이라는 것, 그리고 그런 상처를 입힌 사람이 여러분 중의 누군가 한 사람이라는 것만은 틀림없는 사실인 것 같아요. 그래서……"

한데 진걸이 거기까지 말을 하고 났을 때였다.

그는 이날 밤 일이 갑자기 후회가 되기 시작했다.

아무래도 자리를 잘못 마련하고 있는 것 같았다.

알고 있는 사람들도 일부러 내용을 훨씬 왜곡시키거나 불확실한 일처럼 꾸며대곤 있었으나 어쨌든 그는 일을 너무도 서두르고 있는 느낌이었다.

이야기를 듣고 있는 세 사람의 반응이 뻔뻔스럽도록 민감했기 때문이었다.

김의원은 이제 더 파낼 것도 없는 손톱 밑을 다시 후비기 시작하고 있었다. 알고 보니 자기와는 상관도 없는 이야기에 더 흥미가 가지 않는다는 태도였다.

명식이 놈 역시 아까와 똑같이 고개를 떨구고 앉아 있는 것으로 새로운 놀라움을 감추고 있었다. 그런데 놀랍게도 안 선생 역시도 마찬가지였다. 안 선생은 이제 눈을 감고 있기조차 괴로운 듯, 이야기하는 진걸을 멍청한 시선으로 건너다보고 있었다.

그러나 그 안 선생 역시 아직까지는 진걸의 고문을 제법 잘 견뎌 내고 있었다.

하지만 진걸은 느끼고 있었다.

그들은 이제 그들 나름대로의 고백의 표정을 지어버리고 있었다. 그리고 그것으로 자기 죄 닦음의 형식을 취하고 있었다. 진걸이 스스로 그것을 돕고 있는 꼴이었다.

진걸의 추궁은 그들을 괴롭혀대고 있는 게 아니었다. 그것은 작자들을 그 거북살스러운 비밀의 사슬에서 벗어나게 해주는 일에 다름 아닌 것이었다.

그들을 그렇게 일찍 자기 비밀의 사슬에서 벗어져나가게 해주어서는 안 되었다. 괴로운 비밀을 좀더 오랫동안 견디도록 해야 했다.

너무 성급한 진걸의 공박은 작자들이 아예 맘 편히 입을 열어버리게 할 수도 있었다.

진걸도 거기서 그만 말을 거두어버렸다.

한데 아니나 다를까.

진걸이 한동안 그렇게 입을 다물고 앉아 있자, 이번에는 손톱 손질에만 몰두해 있던 김의원 영감이 이제 차라리 자기 쪽에서 먼저 실토를 하고 마는 것이 마음 편하겠다는 듯 겸연스런 빛으로 나서기 시작했다.

"듣자 하니 이 일은 뭐 그리 흥분을 해서 떠들어댈 일이 아닌 듯싶소만, 도대체 허 형은 그 아가씨하곤 전에 어떤 사이였소? 허허…… 이건 내 공연히 몰라도 좋은 걸 묻고 있는 것 같소만 말이오……"

진걸과 경숙 간의 관계에 따라서 여러 사람 곤욕 치르게 할 것 없이 자기하고 나중에 따로 이야기를 해보자는 눈치였다.

그리고 그런 일로 뭐 그리 심각해질 게 있느냐는 듯 은근히 진걸을 구슬리고 들었다.

"그리구…… 그 아가씨가 허 형한테 무슨 소릴 하고 갔는진 모르겠소만, 나한테도 그 편질 한번 구경시켜줄 수 없겠소? 허허……"

진걸과 경숙의 관계뿐 아니라 그녀가 진걸에게 말하고 간 사실의 내용을 엿보고자 그녀의 편지를 보자는 것이었다.

뻔뻔스럽고 어림없는 수작이었다.

하지만 그 김삼응 영감의 헛웃음 소리에 이젠 안 선생까지도 마침내 어떤 결단이 선 모양이었다.

"뭐 남의 편진 읽어서 뭐 합니까. 그 편지에 무슨 이야기가 써 있건 진실은 다만 한 가지인 젭니다……"

서로의 허물을 모르고 있었기 때문일 터였다.

그 안 선생까지도 이젠 제법 겸연스런 어조로 김의원의 차례를 가로막고 나섰다.

진걸은 이제 더 이상 침묵만 지키고 있을 수가 없었다.

바야흐로 이제 작자들의 입이 열리려는 참이었다.

사정이 무척 다급하게 되어가고 있었다.

하지만 진걸은 아직 어림없다고 생각했다.

작자들의 입이 열려서는 안 되었다.

작자들에겐 훨씬 더 오랜 시일을 혼자서 견디게 해야 했다. 할 수만 있다면 그 비밀의 괴로움 때문에 그들의 입에서 신음 소리가 튀어나올 때까지, 아니면 그 안 선생에게 그것을 혼자서 견디는 일이 얼마나 힘들고 고통스런 노릇인가를 스스로 깨닫게 될 때까지만이라도.

한동안 가슴속 밑바닥으로 깊이 가라앉아 들어가 있던 역겨움이 새로운 분노로 서서히 진걸의 심장을 덮쳐왔다.

"일어서!"

그는 느닷없이 소리를 지르며 아까부터 계속 머리를 수그리고 앉아 있는 명식이 놈의 멱살을 번쩍 들어 올렸다.

그리고는 영문을 몰라 어리둥절해진 녀석의 귓부리를 다짜고짜 주먹으로 내갈겨버렸다. 순식간의 일이라 옆에서 누가 말리고 나설 틈도 없었다.

"넌 이 새끼야 뭐가 그리 대단한 자랑거리가 있다고 고백이니 속죄니 떠벌리고 다니는 게야! 네깐놈이 무슨 하느님이야 예수야, 네가 무슨 부처님이나 공자님이냔 말야. 건방진 새끼가 데데하게 굴기는……"

한데 참으로 어이없는 일이었다.

명식은 사실 애매한 매를 맞고 있었다. 하지만 그때 진걸의 기세가 너무도 살벌했기 때문이었을까, 그리고 그 김의원이나 안 선생 들마저도 이젠 아예 체념을 해버린 듯 지극히 딱하고 거북살스런 표정들을 짓고 있을 뿐 더 이상 진걸을 말리려 드는 기색들이 없었기 때문이었을까.

명식은 그 진걸의 매질을 공매로 여기는 것 같지가 않았다.

명식은 진걸에게 무얼 좀 따지고 덤비려 들기는커녕 의당 맞아야 할 매를 맞고 있는 양 태도가 양순했다.

주먹 한 방에 방바닥으로 벌떡 나동그라졌던 녀석이 오뚝이처럼 다시 머리를 숙이고 진걸 앞으로 다가서고 있었다.

"용서해주십시오."

그러는 녀석은 마치 전생에서부터 그 용서를 구하기 위해 세상을 태어난 놈 같았다.

진걸은 차라리 어이가 없어졌다.

"그래도 이 새끼가 또 용서는…… 도대체 용선 뭘 용서란 말야 이 새끼야."

눈먼 요정들 197

"용서하십시오."

진걸은 이제 그만 맥이 풀리고 말았다.

"꺼져! 이 새끼야."

그는 마침내 다시 놈의 멱살을 비틀어 쥐고는 문 쪽을 향해 사정없이 밀어붙여버렸다. 그리고는 그 서슬에 문을 박차고 밖으로 나동그라진 녀석을 향해 독살스럽게 씹어 뱉었다.

"이 새끼 내 앞에서 다시 용서 소릴 입에 올려봐라. 그땐 정말 아가릴 아주 짓부셔버릴 테다."

하고 나서 이제 그 자신도 심신이 온통 지치고 있었다. 김의원이나 안 선생이 아직도 엉거주춤 그의 눈치를 살피고 있었지만, 이날은 누구도 더 이상 상대하기가 싫었다.

"가세요. 이젠 저도 예서 더 할 말이 없으니까요."

그는 두 사람도 마저 방에서 내보냈다.

그리고 이젠 제풀에 지쳐 허탈해진 심신을 좀 쉬어두고 싶어졌다.

하지만 이날 밤 진걸에겐 아직도 소동이 다 끝났던 게 아니었다.

안 선생들이 모두 자기 방으로 건너가고 나서 진걸이 그 어수선한 방바닥 위로 아무렇게나 몸을 눕힌 채 자신의 기력을 되찾고 있을 때였다.

밖에서 누군가가 두런두런 잠시 말을 주고받는 소리가 들리더니 이내 말소리가 진걸의 방문 쪽으로 다가들고 있었다.

그리고는 노크 소리를 울리기가 무섭게 방문을 활짝 열어제쳤다.

윤희였다.

웬일인지 눈살을 꼿꼿하게 세운 윤희가 그 방문 앞에서 진걸을 사정없이 노려보고 있었다. 게다가 그 윤희의 어깨 뒤로는 한참 전에 그의 방을 나갔던 명식이 놈의 겁에 질린 얼굴이 다시 진걸의 시선을 피해 숨고 있었다.

진걸은 뭔가 심상치가 않은 형세를 느끼고 자리를 벌떡 일어나 앉았다.

"좀 들어가도 괜찮을까요?"

한참 동안 진걸을 노려보고 서 있던 윤희가 지극히 도전적인 첫 마디를 던지고는 제 서슬에 이끌리듯 마루로 올라섰다.

"들어오시죠. 하지만 무슨 일입니까?"

진걸은 태연히 물었다.

"무슨 일이냐구요? 그건 오히려 제가 진걸 씨한테 묻고 싶은 말인걸요. 도대체 무슨 일이죠?"

—이 여자가 오늘 밤 일을 모두 알고 있었군.

하지만 그래서 어쨌다는 거야.

왜 이 여자까지 또 끼어들어 시빈구?

"무슨 일이라니요?"

"명식 학생 얼굴이 저렇게 퍼렇게 부어오른 건 뭐죠?"

윤희는 명식을 돌아보며 말했다. 그러나 그때는 안절부절못하고 끌려와 있던 명식이 이미 그녀의 뒤에서 모습을 감춘 다음이었다.

"노 군 얼굴이 부어올랐던가요?"

진걸은 윤희의 등 뒤에서 아직도 열려 있는 방문을 닫아버렸다.

"울고 있었어요. 뒤꼍에서 내내 잠도 안 자고……"

"아, 알았어요. 그럴 일이 있었지요. 하지만 윤희 씨가 알 일은 아녜요."

 진걸은 반 시인 정도로 윤희의 입을 막아두려 했다. 그러나 윤희는 거기서 만족하려 하질 않았다.

 "왜 제가 알 일이 아니라는 거죠? 우린 다 한 식구라고 하잖아요? 그런데 그 식구 중에 한 사람이 다른 힘센 사람에게 두들겨 맞아도 전 가만히 보고만 있으라는 거예요?"

 "그야 힘이 세서 그런 건 아니죠. 윤희 씨도 제 뺨을 갈긴 일이 있지 않아요? 참 그러니까 난 오늘 밤 그때 얻어맞은 분풀이를 명식이 놈한테 갚아준 셈이 되겠군요."

 말을 하다 보니 진걸은 느닷없이 그 윤희를 향한 어떤 세찬 투지 같은 것이 불타오르는 자신을 느꼈다.

 "분풀이라면 왜 뺨을 때린 제게 하지 못하세요?"

 윤희는 계속 그 진걸의 투지를 도발시켜오고 있는 격이었다.

 "윤희 씨에겐 분풀이할 방법이 따로 있으니까요."

 "어떤 훌륭한 방법인지 알고 싶을 지경이군요. 진걸 씨가 제게……"

 윤희는 지극히 경멸스런 어조로 진걸의 말을 받고 있었다. 그러나 그뿐 윤희는 더 말을 잇지 못하고 말았다. 느닷없이 진걸이 그 윤희에게로 덤벼들었기 때문이었다.

 윽 윽, 윤희는 별안간 덮쳐드는 진걸의 얼굴을 밀어내려고 한두번 모든 힘을 써보았으나 진걸의 입술이 이미 그녀의 호흡을 막아버리고 있었다. 그리고 끝내는 윤희 자신마저도 뜨겁게 밀려들어오는 진걸의 혀를 깊이 맞아들이고 있었다.

"비겁하군요."

이윽고 진걸이 얼굴을 떼고 물러났을 때에야 그녀는 정신이 되돌아온 모양이었다. 새삼스럽게 진걸을 쏘아보았다.

"하지만 오해는 마십시오. 우선 전 윤희 씨의 시끄러운, 입부터 좀 막아줘야겠다고 생각한 거니까요. 그렇지만 않았다면 모처럼 행사가 이렇게 멋이 없진 않았을 겁니다."

말이 끝나기도 전에 이번엔 윤희의 손바닥이 진걸의 뺨을 후려갈겼다.

그러나 진걸은 여전히 태연하게 지껄이고 있었다.

"역시 너무 멋이 없어 화가 난 게로군요. 또 뺨을 갈기다니…… 하지만 실망하진 마십시오. 윤희 씨의 옷을 벗기게 될 때는 저라는 놈도 오늘 밤처럼 무례하고 멋없는 놈은 아니라는 걸 알게 될 테니까요."

윤희는 끝내 방을 뛰쳐나가고 말았다.

그러나 진걸은 그 윤희를 붙잡으려 하지 않았다.

그는 윤희의 뒷모습을 바라보며 오히려 새로운 투지가 솟고 있었다.

—흠…… 이 여잔 역시 내 그래프의 결말을 맡아줘야겠어.

그는 각오를 새로이 하고 있었다. 이제 그는 윤희의 내심을 확실히 읽을 수가 있었다. 도대체 명식의 일에 윤희가 그처럼 흥분을 하고, 그리고 방에까지 뛰어들어와 진걸의 뺨을 갈기고 한 수작들은 윤희 자신마저 화가 나 있는 것이었다. 그리고 윤희에게 그토록 화를 내게 한 것은 바로 진걸 자기임이 분명해 보였다.

생각이 여기에 이르자 진걸은 이제 윤희와 정말 결판을 내고 말아야겠다는 생각이 들었다.
이젠 더 기다릴 것도 없을 것 같았다. 이번에야말로 정말 결판을 짓고 말 작정이었다.
아직 한 가지 미심한 것이 남아 있기는 했다. 윤희와 김의원과의 관계가 그것이었다.
그러나 진걸은 어느새 그것까지도 대단찮게 생각해버리려 하고 있었다.
김의원이 자신만만하게 진걸에게 호통치고 나선 것은 일부러 한 번 그래 볼 수도 있는 일이었다. 게다가 뒷날 진걸이 경숙과 김의원의 동행을 뒤따라갔을 때 윤희는 진걸이 자기를 오해하고 있는 게 분명하다고 뭔가 몹시 변명을 하고 싶어 하지 않았던가. 김의원이 곰처럼 난폭하게 윤희를 덮치려 했을지도 모른다. 그러나 그 김의원에게 윤희가 항복을 하고 말았으리라고는 쉽사리 단정할 수 없었다. 진걸은 그때 윤희가 은근히 변명을 하고 싶어 한 것도 바로 김의원에 대한 자신의 순결이었으리라 생각했다.
그러나 그보다 진걸이 모든 것을 대수롭지 않게 생각해버리려고 한 것은, 설사 또 그런 일이 있었으면 어떠랴 싶어진 때문이었다.
—여자의 의미가 육신의 순결에만 있는 것인가.
특히 진걸에겐 그게 그리 문젯거리가 될 수 없었다. 사실 명순한 사람을 제외한 그래프의 모든 여자들에게서 진걸은 그 점을 문제 삼은 일이 한 번도 없었다. 게다가 그 여자라는 것의 의미마저도 진걸은 여자 쪽에서 발견하는 것이 아니라 늘 자기편에서 자신의 의미만을 부여해온 터였다. 아니 진걸은 이제 그의 세찬 투지 앞에 그런저런 자질구레한 사정 따위는 도대체 더 이상 따지고 싶지가 않았다. 그래야 할 필요도 없었고, 여유도 없었다.

문제는 이제 윤희를 어떻게 벗기느냐 하는 것뿐이었다. 방법만은 충분히 멋이 있어야 했다.

다만 그 멋있는 방법이라는 것이 하루 이틀 사이에 쉽사리 궁리해낼 수 있는 게 아니었다. 방법이 멋있으려면 무엇보다도 우선 진걸이 윤희의 옷을 벗기겠노라 선언했을 때 그녀가 받았을지도 모르는 수모감부터 씻어주어야 할 텐데, 그런 기회마저 당분간은 쉽게 얻을 수 있을 것 같지가 않았다.

미운 동행

어느 날 윤희는 또 산을 오르자고 진걸에게 제의해왔다. 이해 들어 두번째 눈이 내린 날이었다. 그녀의 입술을 난폭하게 빼앗고 난 후 당분간은 기대조차 못하고 있던 일이었다.

또 바다가 보고 싶은 게 분명했다. 윤희에게 바다는 아편처럼 보였다. 그날 밤 일이 있은 후로 윤희는 웬일인지 다시 눈빛이 멀어져가고 있었다.

멀어지는 눈빛 속에 불안과 초조가 서리기 시작했다. 약 기운이 떨어져가는 아편 환자처럼 두려움에 쫓기고 있었다. 그러다 끝내는 진걸에게 산을 오르자고 한 것이다.

그래 두 사람은 이날 처음으로 봉우리까지 산을 올랐다.

진걸이 윤희와 함께 바다를 바라보게 된 것도 그것이 처음이었다.

윤희는 봉우리를 올라서자 이제 진걸이 소용없어진 듯 바다만 바라보고 있었다.

눈발 속에 바다는 여느 때보다 훨씬 더 멀리 있었다. 뿌연 수평선이 하늘까지 뻗어 오르고 있었다.

"날씨가 좋으면 파도가 반짝이는 것까지도 볼 수 있지요."

윤희의 뒤에서 진걸이 허풍을 떨었다. 그러나 윤희는 여전히 바다에만 취해 있었다.

오늘따라 목과 어깨가 유난히 약해 보였다. 병색마저 완연하였다. 진걸은 느닷없이 그 윤희가 가여워졌다.

그는 윤희의 어깨 위에 가만히 손을 얹었다. 그러나 다음 순간 진걸은 가슴이 섬찟하여 다시 손을 내려놓고 말았다. 어깨에 손이 닿는 순간 윤희가 그를 돌아보았다. 그 시선 때문이었다. 아니 그 시선 때문이라고는 할 수 없다. 그녀는 진걸을 보고 있지 않았다. 그녀의 시선은 진걸을 지나가버리고 있었다. 그의 뒤쪽으로 훨씬 먼 허공을 좇고 있거나 혹은 아예 아무것도 보고 있질 않은 그런 눈이었다. 진걸의 모습이 담기지 않았다.

그러나 진걸도 이젠 더 물러서지 않았다. 그녀를 감싸안을 듯 한 발 더 몸을 대고 다가섰다.

— 바다 때문이겠지.

윤희의 시선을 그렇게 만들고 있는 것은 바다 때문이었다. 뒤늦게나마 진걸은 그 윤희의 눈동자 속에 먼바다의 그림자가 어려들고 있는 것을 분명히 볼 수 있었다. 그는 우선 윤희에게서 그 바다를, 바다가 어린 눈빛을 빼앗아버려야겠다고 생각했다.

그는 아직도 자기 얼굴의 어느 부분을 지나가버리고 있는 윤희의 시선을 강한 자기 시선으로 마주 받고 나섰다.

한쪽 팔은 그 윤희의 시선이 흐르지 못하도록 그녀의 목을 뒤에서 굳게 고정시키고 있었다.

그러자 윤희의 눈에서는 곧 바다가 사라져버렸다. 그녀가 눈을 감아버린 것이었다.

잠시 윤희의 앞가슴 굴곡이 진걸에게로 부드럽게 전해져오고 있었다.

진걸은 윤희의 얼굴 위에서 눈을 감았다. 그리고 윤희의 눈빛 속에 젖어든 바다를 입술로 빨아내듯 깊이깊이 윤희를 뽑아들였다.

그러나 윤희에게서 그 바다와 멍한 시선을 빼앗아버리려고 했던 진걸의 노력은 완전히 헛수고였다.

이윽고 진걸이 윤희에게서 얼굴을 떼내고 다시 그녀의 시선을 찾았을 때, 그는 윤희의 눈길이 더욱 멀어져 있는 것을 깨달았다.

진걸은 안타까웠다. 잠에 취한 사람을 깨우듯 윤희를 흔들었다.

"윤희! 나를 좀 똑바로 쳐다봐요."

"왜 지금 보고 있지 않아요."

윤희는 힘없이 목소리를 떨고 있었다.

"윤희는 지금 나를 보고 있지 않아요. 나를 보면서도 나를 보고 있지 않은 이상한 눈빛이란 말이오."

진걸이 직접 윤희에게 그녀의 눈빛이 이상하다고 한 것은 이것이 처음이었다.

과연 윤희는 그 말에 조금 놀라는 기색이었다. 진걸의 팔을 벗어져 나가 바다를 향해 돌아섰다.

"하지만 전 지금보다 더 똑똑히 허 선생님을 바라볼 순 없어요.

전 허 선생님이 두려워지고 있어요."

"윤희 씨가 내게 반해가고 있는 증거겠지요."

진걸은 난폭하게 말했다. 윤희는 대꾸가 없었다. 그러자 진걸은 더욱 단정적으로 말을 이었다.

"그리고 윤희 씨가 저를 쳐다보지 못하는 것도 제가 두려워서가 아니라 바다 때문입니다."

"바다라구요?"

"그렇지요. 지금도 윤희 씨의 눈에는 바다의 그림자가 깊게 끼어 있어요. 내력을 들은 일이 없지만, 그 바다가 윤희 씨의 시선을 방해하고 있어요."

"그럴 것 같기도 하군요. 하지만 마찬가지예요."

윤희는 반 시인을 했다.

"왜 마찬가지라는 겁니까. 그 바다와 두려움이?"

"이야기가 길어요."

"이젠 그 긴 이야기를 해줘도 좋은 때가 되지 않았소. 윤희 씨의 그 바다의 내력을 말이오. 방금 나는 어떤 일이 있더라도 윤희 씨에게서 그 바다를 쫓아내기로 작정을 했어요. 그래야 윤희 씨가 절 똑바로 쳐다볼 수 있게 될 거 아닙니까."

"자신이 만만하시군요."

"내력을 알고 나기만 한다면."

"하지만 어려울 거예요."

윤희는 비로소 조금 장난스런 얼굴로 진걸을 돌아본다.

"내력이 깊은 모양이군."

"이야기가 긴 만큼은요. 하지만 그것보다도 제 이야기에 선생님은 실망부터 하실걸요."

체념기 어린 목소리였다.

윤희는 이제 이야기를 털어놓을 결심인 듯했다.

나뭇가지 밑으로 눈을 피해가더니 차분히 바위 위에 자리를 잡고 있었다.

그리고는 한동안 더 바다를 바라본 다음 담담한 목소리로 입을 열기 시작했다.

윤희의 이야기는 대강 이러했다.

그녀가 남해안 어떤 포구 마을로 요양을 떠난 것은 지금부터 3년 전. 학교를 나오자 별로 특별한 병도 없이 몸이 쇠약하다는 것만으로 요양소를 찾아갔다. 양친의 성화 때문이었다. 요양소 마을도 윤희 아버지가 소개를 한 곳이었다.

그 마을에 학교가 하나 있었다. 요양소와 마주 바라보이는 언덕 위에 자리 잡고 있는 조그만 초등학교였다.

그 초등학교에서 요양소까지 오르간 소리가 언덕을 건너오곤 했다.

학교가 파한 오후나 일요일, 조용한 운동장을 건너오는 시골 초등학교의 오르간 소리는 여간 듣기 좋지 않았다. 오르간 소리는 적적한 윤희의 발길을 가끔 학교 운동장으로 끌어들이곤 했다.

거기서 윤희는 한 남자 선생을 사귀게 되었다. 일요일이나 하학 시간 후에 자주 오르간을 치고 있는 것은 그 남자 선생이었다. 바다가 내다보이는 교실 창문 쪽에 오르간을 바싹 끌어다 놓고 남자 선생은 언제나 바다를 내다보며 오르간의 키를 눌러대고 있었다.

조금 이상한 청년이었다. 그는 이 고장 사람이 아니었다. 명색이 요양을 와 있는 윤희보다 얼굴에 병색이 더 짙은 청년이었다. 그 역시 요양을 겸해 와 있었다. 그러나 그가 어딜 어떻게 앓고 있는지 어디서 어떻게 이곳을 찾아왔는지에 관해서는 전혀 내력이 알려진 게 없었다. 할 일이 없는 오후나 일요일, 그는 언제나 창문 곁에 앉아 바다를 내다보며 오르간만 만지고 있었다.

그런데 청년과 사귀며 학교를 드나들던 윤희는 종내는 이 학교에 강사 자리를 얻어내게 되었다. 무료한 시골 생활에 싫증이 난 윤희가 자청을 하고 나선 것이었다. 교사가 부족한 학교 쪽에서는 대환영이었다.

윤희에게 특별한 병세가 없다는 것은 마을이 다 인정하고 있는 터였다. 요양원에서도 무리를 하지 말라는 정도로 굳이 말리려 들지 않았다.

윤희와 청년은 이제 더욱 가깝게 사귀었다.

일요일이나 방과 후 창가에 앉아 바다를 내다보며 오르간을 치고 있는 청년의 곁에는 대개 윤희의 말 없는 모습이 그림자처럼 다가와 있곤 했다.

그러던 어느 날, 윤희가 곁에 서 있는 것도 잊어버리고 한동안 오르간에 열중하고 있던 청년이 무슨 생각이 떠올랐는지 문득 손을 멈추었다. 그리고는 윤희를 돌아보지도 않고 나직이 말했다.

"지 선생, 저기 수평선을 좀 바라보세요."

수평선에서 무슨 희한한 것이라도 발견해낸 듯한 어조였다. 윤희는 그가 시키는 대로 수평선을 바라보았다.

그러나 이상한 일이었다. 그녀가 바라본 수평선 근처에는 아무것도 새로운 것이 없었다. 언제나와 마찬가지로 돛단배 한두 척이 한가롭게 맴돌고 있을 뿐이었다.

"뭐가 있어요? 전 아무것도 찾을 수가 없는걸요."

"아무것도 찾을 수가 없다구요? 좀 자세히 보아요."

이상하다는 듯 청년은 다시 윤희를 재촉했다.

청년의 말대로 윤희는 좀더 자세히 수평선을 더듬었다. 그러나 이번에도 마찬가지였다. 한가로운 돛단배 두어 척과 그 훨씬 이쪽으로 등대가 하나 물에 잠기고 있을 뿐이었다.

"돛단배하고 등대밖에 뭐가 보인단 말이에요?"

"그럴 리가 없을 텐데요. 지 선생의 눈은 좋은 편이 못 되는군요."

청년은 실망한 듯 중얼거렸다.

"그렇담 선생님은 뭘 찾으셨어요?"

그러나 윤희의 물음에는 청년도 대꾸를 하지 않았다. 그저 쓸쓸히 미소를 지을 뿐이었다.

그런데 이상한 것은 그 한 번뿐이 아니었다. 청년은 그 후로 기회만 있으면 윤희에게 자주 그 수평선을 찾게 했다.

—자세히 보아요, 수평선을. 아주 조그맣게 배가 지나가고 있을 거예요.

—저는 그 수평선을 넘어오는 파도까지도 볼 수가 있습니다. 지금도 갈매기 한 마리가 수평선으로 빨려들어가고 있어요.

그러나 어느 날 윤희는 청년이 거짓말을 하고 있다는 것을 알았다. 청년 역시 아무것도 다른 것을 찾아내지 못하고 있었다.

아니 청년은 숫제 그 수평선을 바라보고 있지도 않았다. 그가 찾고 있는 것은 다른 것이었다. 그는 윤희에게 무엇을 찾아보라고, 그 먼 수평선을 바라보게 해놓고 나서 자신은 오르간에 비스듬히 몸을 기댄 채 몰래 그 윤희의 눈만 쳐다보고 있었던 것이다.

괴상한 버릇이었다. 그러나 윤희는 그 괴상한 버릇에서 청년을 이해할 수 있는 것 같았다. 까닭을 알 수 없었다. 묻지도 않았다.

눈치를 채고 있는 내색도 보이지 않았다.

그의 주문대로 열심히 수평선을 바라봐주었다. 전보다 더욱 열심히. 청년이 주문을 하기 전에 스스로 그 수평선을 찾기도 했다. 조그맣게 지나가는 배를, 그 배의 연기를, 그리고 수평선을 넘나들고 있을 그 갈매기와 파도까지도 정말 찾아내고 말 듯이.

그러면 청년은 병색 짙은 얼굴로 열심히 그 윤희의 눈빛을 살피곤 하는 것이었다. 조용한 교실의 창문 곁에서 화단 앞 벚나무 가지 아래서, 심지어 어떤 날씨 좋은 일요일에는 포구를 길게 뻗어나간 방파제 끝에서까지 윤희는 청년을 위해 자주 그 수평선을 바라봐주곤 했다.

그러자 또 한 가지 이상한 일이 일어났다. 윤희가 그처럼 열심히 바다를 바라봐주기 시작하자, 이상하게도 청년의 얼굴에서는 차츰 병색이 걷히기 시작하는 것이었다.

윤희는 바다에 더욱 열심이었다.

반년이 지났다.

이제 청년의 얼굴에서는 씻은 듯이 병색이 사라지고 없었다. 그러던 어느 날, 청년이 갑자기 포구 마을을 떠나가버리고 말았다. 누구 하나 그와 작별의 인사를 나눈 사람도 없었다.

느닷없이 그의 사표가 전해 오던 날 윤희가 하숙을 찾아갔을 때는 이미 청년이 마을을 떠나버린 다음이었다.

편지 한 줄, 말 한마디 남겨 있지 않았다.

그런데 불행하게도 윤희는 그때 이미 자신도 모르게 혼자 그 수평선을 바라보곤 할 만큼 깊은 버릇에 병이 들어 있었다.

"하지만 전 며칠 후에 곧 마을을 떠나버리고 말았어요."

윤희는 이야기를 끝맺었다.

청년이 떠나고 난 다음에야 윤희는 굉장히 피곤해져 있는 자신을 발견했다.

그사이 수평선을 바라보면서 조금씩 조금씩 청년의 병을 옮겨 받은 듯 그녀는 몸이 극도로 쇠약해져 있더라는 것이었다.

"더 그곳에서 버틸 자신이 없었어요. 하지만 제가 그 마을을 떠난 것은 제 몸이 쇠약해진 탓이 아니라 이젠 바다를 바라보기가 싫어졌기 때문이었어요. 바다가, 수평선이 보이지 않는 곳으로 가버리고 싶었거든요."

"굉장한 고전파 연애를 하셨군요."

이야기를 듣고 난 진걸은 거침없이 단정했다. 이야기가 다분히 추상적이기는 하지만 그는 윤희의 마음속을 헤아릴 수가 있었다. 바다에서 도망을 치고 만 그녀의 실망을, 그러나 때때로 그 바다가 그리워지는 심정을. 윤희가 진걸을 불안해하고 두려움을 느끼는 것도 아마 그 바다의 기억 때문이었으리라.

윤희도 진걸의 말을 수긍하는 듯 입을 다물고 있었다.
"그러니까 윤희 씬 그 청년이 윤희 씨의 눈에서 무엇을 찾고 있었는지는 끝내 알아내지 못하고 말았겠군요?"
윤희는 여전히 말이 없었다.
"그걸 알아내지 못했다면 윤희 씨가 그 청년으로부터 어떤 병을 옮겨 받은 것인지도 알 수가 없었겠지요."
"허 선생님은 알고 있다는 말씀 같군요."
"알고 있지요."
진걸은 자신 있게 말했다.
"말해드릴까요? 그 청년은 윤희 씨의 눈에서 옛날 애인을 찾고 있었습니다. 말하자면, 옛날 애인의 눈병을 앓은 거지요."
"저도 짐작은 하고 있었어요."
"짐작이 아니라 그건 틀림없습니다."
"어떻게 그런 장담을 하세요?"
"전 그 청년을 알고 있으니까요. 만난 일은 없지만 전 그 청년이 전에 어떤 여자와 사귀다 어떻게 헤어지고 그 마을을 찾아가게 되었는지 내력까지도 환히 알 수 있습니다."
윤희는 호기심 어린 눈으로 진걸을 쳐다본다. 진걸은 이제 자신이 이야기를 할 차례라고 생각했다. 그는 천천히 입을 열기 시작했다.
"그 친구는 대학 시절부터 한 아가씨와 지독한 연애를 하고 있었습니다. 두 사람은 학교를 졸업하면 곧 결혼을 하기로 약속까지 하고 있었지요. 한데 막상 학교를 졸업하고 나서도 이 친구는 결혼을 서두르지 못했습니다. 아직도 대학 4년을 결산할 중요한 시험을 한 가지 남겨놓고 있었기 때문이지요. 우선 그렇게 가정을 해보아요. 두 사람은 그 시험이 끝난 뒤로 결혼을 연기했겠지요. 한데 기다리던 시험 결과가 기대와 반대쪽이었습니다. 그러자 여자의 태도가 달라지기 시작한 거예요. 하지만 아마 그 친구도 처음에는 여자의 태도가 어떻게 달라지고 있는지를 눈치채지 못했을 겝니다. 그는 자기의 열등의식을 감추려고 부지런히 여자를 만나고, 만나서는 그녀를 안심시키려고 노력합니다. 한 번 더 다음 기회를 내세우며, 그때는 정말 자신 있노라…… 그리고 그 두번째의 기회에서 이미 성공을 거두거나 한 듯 결혼이며 그 결혼 후의 구체적인 생활 방도 같은 것을 즐거운 듯이 이야기하곤 하지요. 그러나 어느 날 이 친구는 문득 여인의 태도가 이상하게 달라져버린 것을 발견합니다. 여인은 그의 말에 더 이상 귀를 기울이고 있지 않았던 것입니다."

진걸의 이야기는 계속되었다. 그의 말은 이제 가정법을 쓰고 있지 않았다.

청년이 아무리 귀 가까이에서 정겨운 목소리로 속삭여도 그녀의 상념은 어디 먼 곳에 머물러 있는 듯 남자를 잘 의식하지도 못했다.

그러고 있다가도 여자는 가끔 "자신만 갖고 일이 되나요?" 생각난 듯이 한마디씩 남자의 열등감에 불을 지를 뿐이었다.

그러다 청년은 끝내 여인에게서 마지막 절망을 하고 말았다.

어느 여름날 그는 머리를 식힐 겸 여자를 데리고 어느 바닷가 마을을 찾아갔다. 두 사람은 바닷가 모래밭에 서 있었다.
 말을 지껄인 것은 주로 청년 쪽이었다.
 여기서도 여인은 남자에게 귀를 기울이지 않았다. 청년은 초조했다. 더욱 많은 말을 지껄였다. 그러다 어느 순간 그는 여자가 정말 자기의 존재를 잊어버리고 있다는 생각이 들었다. 그는 가만히 여인의 눈을 들여다보았다. 여인의 눈동자는 꿈꾸듯 먼 수평선 위를 더듬고 있었다. 참을 수 없는 수모감이 청년을 엄습해왔다.
 이윽고 청년은 여인에게서 발길을 돌렸다. 그가 멀리 여인을 떠나와 뒤를 한번 돌아보았을 때까지도 그녀는 여전히 바다에 취한 그 모습 그대로였다.
 "아마 한 이틀쯤 후에 그 청년은 여인으로부터 마지막 편지를 받았을 겝니다."
 "한데 아까 그 중요한 시험이라는 건 고등고시였겠죠?"
 잠잠히 듣고만 있던 윤희가 짓궂은 표정으로 묻고 든다.
 "아무러면 상관있습니까."
 "알겠어요. 허 선생님 자신의 이야기였군요."
 윤희는 역시 말귀를 알아듣는 편이었다.
 사실이었다. 진걸은 자신의 이야기를 하고 있었다. 그 바닷가의 아가씨는 바로 옛날 자기의 여자였다. 그리고 청년은 진걸 자신이었다. 바닷가의 일이 있은 후로 마지막 편지를 받고 나서 진걸은 얼마나 그 눈빛을 원망했던가. 그리고 그 눈빛으로 괴로움을 당했던가. 그가 여인을 익히려고 그래프를 만들기 시작한 것도 어쩌면 자신에게서 그 여자의 눈빛을 쫓아버리기 위해서였는지 모른다.

신통한 애정을 느낄 수 없으면서도 경순과 결혼을 작정하고 나선 것 역시 따지고 보면 오로지 그 한 사람에게만 머물러 있는 명순의 또록또록한 눈동자를 진걸이 귀하게 살 수 있었던 때문이었다.

윤희가 어디선지 꼭 본 듯한 여자처럼 생각된 것도 바로 그 눈빛이었다. 그 눈빛을 지금 윤희가 청년을 통해 옮겨 받고 있는 것이다.

윤희의 이야기를 들었을 때 진걸은 벌써 그 모든 것이 생각났다. 그러나 그런 이야기를 윤희에게 모조리 털어놓을 필요는 없었다.

"그럴지도 모르죠. 하지만 그것이 누구의 이야기든 청년의 내력으로는 알맞은 것이 아닙니까."

"그럴듯하군요."

윤희는 간단히 동의했다.

"그렇다면 청년이 윤희 씨에게서 옛날 여자를 찾고 있었다는 것도 그럴듯한 얘기가 아닙니까."

"그렇지만 그에겐 옛날 여자가 원망스런 모습이었을 텐데요?"

"원망을 하고 있다는 것은 다 잊어버리질 못했거나 아직 그리워하고 있다는 증거니까요. 그리고 남자들은 흔히 잊어버리려고 하면서 여자들에게서 옛 여인의 모습을 찾는 버릇들이 있지요. 마치 윤희 씨가 바다를 싫어해야겠다고 하면서도 가끔은 그 바다가 견딜 수 없이 보고 싶어진 것처럼 말입니다."

"허 선생님은 정말 못 당하겠군요."

"못 당하실 일이 또 있습니다."

"뭐죠?"

"윤희 씨가 그 수평선에서 무엇을 찾고 있었느냐는 것입니다.

윤희 씬 늘 그 수평선에서 무엇을 찾고 있었지만 윤희 씨 자신도 그것이 무엇인지를 모르고 있었지요."

"선생님이 그것까지 알고 계신다면 전 정말 당할 수가 없겠어요."

"청년은 여자가 떠나가버린 뒤, 늘 그 여자의 눈병을 앓고 있었습니다. 그것이 청년의 병이었어요. 그는 윤희 씨에게 늘 수평선을 바라보게 하여 여인의 허무한 꿈 같은 것을 찾게 하고는 그 윤희 씨에게서 자신은 옛 여인의 눈빛을 찾고 있었지요. 그러면서 조금씩 자신의 병을 윤희 씨에게 옮겨준 것입니다. 윤희 씬 그 수평선의 허무 속에서 윤희 씨 자신의 병을 찾고 있었단 말입니다."

"그건 좀 가혹하더군요. 그렇담 그가 갑자기 마을을 떠나가버린 것도 병을 다 여의고 나서 할 일이 없어진 때문이라고 할 수 있을까요?"

"그 친구는 운 좋게 윤희 씨에게서 그 여인을, 아니 자기의 오랜 여인을 찾아냈겠지요. 그리고 종내는 윤희 씨를 사랑할 수도 있게 되었습니다. 하지만 그는 어느 날 문득 자기의 애정 속에서 커다란 모순을 발견했습니다."

"어떤 모순이었나요?"

"그가 사랑할 수 있는 것은 언제나 수평선 너머로 꿈을 좇는 여인의 눈이었습니다. 그가 윤희 씨에게 바란 것도 윤희 씨의 눈이 그렇게 되는 것이었지요. 그는 그런 여자에게서만 사랑을 느끼려고 했던 것입니다. 그러나 그 여자는 청년이 사랑을 느낄 수 있게 되자마자, 그의 곁에서 멀리 수평선 너머로 달아나버리는 것입니다. 그의 사랑은 여인을 가슴속에 품어 들이는 것이 아니라 자꾸만 먼 수평선으로 쫓아내는 비극적인 모순을 지니고 있습니다."

윤희는 이제 입을 다물고 진걸을 쳐다보기만 했다. 진걸은 한동안 침묵을 지키고 있다가 결론처럼 말했다.

"바로 그 비극적인 모순이 지금은 윤희 씨 가슴속에 깊이 뿌리박고 있습니다. 오래전에 저 역시도 한 번 앓아본 일이 있는 그 눈병이 말입니다. 하지만 안심하십시오. 전 기어코 윤희 씨에게서 그 바다를, 수평선을 헤매는 먼 눈빛을 빼앗아드릴 테니까요. 그래서 윤희 씨가 절 똑바로 바라보도록 만들고 말 겁니다."

그의 얼굴이 천천히 윤희에게로 다가오고 있었다.

윤희의 눈빛은 쉽사리 빼앗아지지 않았다. 진걸의 장담은 소용이 없었다. 윤희의 눈빛은 점점 더 멀어지고만 있었다.

그러나 진걸은 이제 조급하지 않았다. 아는 병이었다. 수월치 않을 만큼 병이 깊었다. 힘은 좀 들겠지만 병이 깊을수록 그가 윤희의 눈빛을 빼앗아낼 방법은 멋있어질 것이었다.

시시한 입맞춤 따위로는 그녀의 병을 더쳐놓기 알맞았다. 기회가 좀 늦어지더라도 윤희가 단번에 그를 쳐다볼 수 있게 해놓아야 한다. 딴 데로 시선이 흐르지 못하도록, 똑바로 진걸만을 쳐다볼 수 있도록.

한편 경숙의 일로 호되게 덜미를 잡히고 만 김의원은 틈만 있으면 진걸을 구슬리고 들었다.

게다가 툭 터놓고 허물을 고백해버릴 기회조차 얻지 못하고 있는 것이 영감은 매우 꺼림칙스러워 견딜 수가 없는 것 같았다.

"허 형…… 여잘 많이 경험하지 못한 탓인지는 모르겠소만 내 오십 평생에 괴이한 꼴을 다 봤구려."

틈만 나면 진걸의 속을 떠보려는 수작을 걸어왔다.

그러나 진걸은 김의원에게 끝내 기회를 주지 않았다.

―영감쟁이가 여간 맘이 편치 않을 게로군. 하지만 이 진걸이 그렇게 녹녹히 영감의 속을 편하게 해주진 않을걸. 정직한 건 좋지만 너무 쉽게 정직을 팔아넘기려 든단 말이야.

김의원은 좀더 골리고 괴롭혀줄 작정이었다.

한데 김의원은 속이 그토록 불편한 중에서 이젠 자서전 집필 작업에도 제법 열을 올리고 있었다.

가끔 열린 문을 들여다보면 책상 위에 노트 같은 것이 펼쳐져 있는가 하면 머리를 수건으로 싸매고 앉아서 그 노트에다 무엇을 열심히 끄적거리고 있는 모습도 보였다.

그런 김의원의 책상머리에는 무슨 관청의 시정 지침처럼 다음과 같은 엄숙한 계율들이 커다랗게 써 붙여져 있었다.

政治人의 道
其一, 私私로운 人情에 얽매이지 마라.
其一, 政治人은 萬人의 사람이라.
其一, 此世의 이해에 집착지 마라. 政治人은 後世의 榮光 속에 살기를 擇한 者임이라.
其一, 女人을 是하라. 그러나 여인을 두려워함 또한 禁하라.

其一, 이는 政治家다운 배포와 豪氣가 손상되기 쉬움이라.

자작 계율임이 분명했다. 내용이야 어쨌든 김의원다운 생각이었다. 됨됨이가 여실히 드러나 있었다.
그러나 김의원은 모처럼 서두를 잡은 자서전 집필 작업을 오래 계속할 수가 없었다.
어느 날, 여래암으로 그를 찾아온 사람들이 있었다.
여래암으로 김의원을 찾아온 사람은 진걸 또래의 청년과 어수룩한 시골 부인 한 사람이었다.
알고 보니 청년은 김의원의 처남이자 개인 비서였고, 부인은 그와 남매간이 되는, 이를테면 김의원의 '사모님'이었다.
두 사람은 김의원을 집으로 모셔가기 위해 먼길을 찾아온 것이었다.
그러나 이들은 길을 나서면서도 김의원이 이 절간에 숨어 있다는 것은 모르고 있었다는 것이다. '큰일'을 도모키 위해 잠시 서울 근처 절간으로 들어가 있겠으니 고생이 되더라도 참고 기다리라면서, 집을 떠난 후 김의원에게선 1년이 가깝도록 편지 한 장 없었다는 것이다.
필시 서울 근방의 절간이란 절간은 모조리 뒤지고 돌아가다 여래암에서 우연히 영감을 찾아낸 게 분명했다.
그러나 김의원은 아내와 처남을 조금도 반기는 기색이 없었다.
"왜 왔어?"
아내를 대하자 대뜸 핀잔부터 주었다.

그러나 고생고생 찾아온 자기에게 무안부터 주는 지아비 앞에서도 아내는 감히 불만스런 표정을 짓지 못했다. 남편을 만난 반가움을 조심스럽게 감추면서 찾아온 용건을 말했다. 이제 집으로 모셔가야겠다는 것이었다. 집안살림 형편이 말이 아니라고 했다. 그러자 김의원은 자기보다 열 살은 더 늙어 보이는 아내를 사정없이 꾸짖었다.

"하, 내 이런 답답한 여편넬 봤나. 그래 지아비가 모처럼 큰 뜻을 이뤄보겠다고 심산유곡 절간에 틀어박혀 이 고심인데 지어미로서의 내조의 공은커녕 그래 여기까지 집안살림 걱정을 떠메고 와서 성화를 대어?"

늙고 꾀죄죄한 아내에게 들키고 만 화풀이가 분명했다.

그는 아까부터 곁에서 감히 입을 열지 못하고 있는 청년에게 다시 화살을 돌렸다.

"그래 자넨 또 뭔가? 그만큼 알아듣게 일렀는데두 주적주적 저 사람을 앞세우고 나서? 그렇게 요령이 없어가지고 앞으로 막중한 보좌역을 어떻게 감당하겠다는 겐가."

청년은 고개를 들지 못했다. 청년은 김의원의 처남이기 전에 그의 개인 비서라는 직분을 철저히 명심하고 있는 것 같았다.

"죄송합니다."

송구스러운 듯 두 손을 마주 비벼대고만 있었다.

그러자 김의원은 결연한 어조로 명령했다.

"그럼 가봐! 이 길로 당장!"

이런저런 사정을 더 꺼내놓기 전에 두 사람을 쫓아버리기로 결심한 모양이었다.

청년이 비로소 입을 열었다.

"하지만 매형!"

손만 비벼대고 있다가는 말 한마디 못하고 산을 쫓겨 내려갈 판이었다.

"이젠 선거가 1년 안팎으로 다가왔습니다. 지구당 정비를 서둘러야 하지 않습니까. 여기서 이렇게 고심만 하고 계시다가 구체적인 선거 포석 작업은 언제 합니까. 다른 당 형편을 보면 우린 지금도 늦고 있습니다."

청년의 말에 용기를 얻은 듯 부인도 한마디 거들었다.

"무슨 일을 하시려는진 모르지만 당신이 집을 나온 것도 벌써 1년이 되었다우. 그런 줄이나 아시우?"

아내와 비서는 처음 생각한 대로 곧 산을 내려가주지 않을 기세였다. 김의원은 청년을 준엄하게 꾸짖어대다가 목소리를 부드럽게 고쳐 다시 늙은 아내를 달래곤 했다.

그러나 두 사람은 김의원을 앞세우지 않고는 무슨 소리를 해도 어림없다는 표정이었다. 김의원이 말을 듣지 않으면, 자기들도 함께 산에 눌러앉아 기다릴 심산 같았다. 저녁까지도 산을 내려가지 않았다.

밤이 되자 김의원의 방에서는 다시 열띤 공방전이 벌어지고 있었다.

"아, 글쎄 자네도 생각을 좀 해보게. 선거운동 한두 달 먼저 시작하고 안 하고가 무슨 소용이겠냐 말야. 문제는 누가 올바른 목민의 도(道)를 얻고 나서느냐, 이게 중요한 게야. 도대체 요즘 정치 한다는 사람 중에 그 정치인의 소명을 지닌 사람이 몇이나 되는 줄 아나? 이 사람은 잘 알아듣지 못하겠지만 내가 자서전을 쓰겠다는 것은 바로 그 정치인으로서의 소명을 얻자는 것이야."

김의원의 목소리는 옆방에 있는 진걸까지도 똑똑히 알아들을 수 있을 만큼 높았다.

"올바른 목민의 도를 얻어 투철한 소명감으로 시국에 나서는 사람을 누가 마다하겠느냐 이거야. 난 이곳에서 지금 그 일을 거진 끝내가고 있어. 한데 고비에서 그걸 중단하고 막걸리표 나부랭이나 몇 표 얻으려고 산을 내려가잔 말인가?"

"하지만, 그 소명감이나 목민의 도에 표를 찍는 사람이 몇이나 됩니까. 대세가 결판나기 전에 빨리 손을 써야지요."

안타까운 청년의 목소리. 김의원이 일찍 산을 내려와주기만 하면 한판 멋있는 싸움을 벌일 수 있으리라 굳게 믿고 있는 모양이었다. 김의원을 여간 아니 존경하면서도 그 고고한 자세가 못내 걱정스럽다는 투였다.

그러나 김의원은 자신만만했다.

"자기들을 위해 고심고심 소명감을 얻고 나선 나에게 표를 찍지 않다니 누가 감히 그럴 수 있어? 그건 생각조차 할 수 없는 일이야. 마땅히 나를 지지해줘야지."

"그래도 생각대로 되지 않는 게 선거가 아닙니까. 지난번에도 두 번씩이나 경험했듯이……"

"지난번엔 미처 내 정견이 부족해서 그랬지. 그러나 이번엔 자신있어."

"어떻게 말씀입니까."

"생각할 수는 없는 일이지만, 정 내 뜻을 이해해주지 못한다면 강제로라도 내게 표를 찍게 해야지. 이건 민주주의 선거제도하에선 용납될 수 없는 일이지만, 결과적으론 그것이 선거민을 위한 길이니까."

비장한 어조다.

자기 자서전을 갖지 못한 정치인은 정치인의 자격이 없다고 했던가? 옳지 못한 자서전에 지나친 신념을 가진 데서 독재가 싹트게 마련이라던 말도 김의원은 자신의 탁견이라 뽐냈다. 한데 지금 김의원은 그 자신의 경고를 외면하고 자기 자서전의 환각 속에 잔뜩 취해 있었다. 아니 그는 아직 정치의 문턱에도 가보기 전에 벌써 그 자서전의 환각 속에서 독재자가 아닌 돈키호테가 되어가고 있었다. 그런 뜻에서 청년은 산초쯤 되는 인물인지도 모를 일이었다.

청년은 김의원의 결연한 기세에 눌려 도대체 어떻게 강제로 표를 찍게 할 작정이냐는 소리는 물어볼 엄두도 못 냈다.

잠잠히 입을 다물어버렸다.

그러자 이번에는 그의 늙은 아내가 나서기 시작했다. 청년의 주변에만 맡겼다간 김의원을 꺾을 수 없다고 생각한 모양이었다.

"난 당신의 정치가 뭔지 소명이 뭔지는 몰라요. 그저 안다면 지난 선거 때 논밭뙈기나 있는 것 다 팔아먹고 나서 고생바가질 차게 됐다는 것뿐이라우. 그러니 이젠 당신이 국회의원 되어서 제 호강시켜달란 말은 안 하겠소. 그저 당신같이 잘난 사람을 아버지로 둔 죄로 거지 떼 신세가 된 새끼들 불쌍해서…… 여보! 제발 이젠 집에 돌아가서 살림이나 좀 돌봅시다."

 남편 노릇, 아버지 노릇도 변변히 못하는 주제에 정치는 무슨 정치냐는 뜻이었으나 부인의 어조는 여간 간절한 애소가 아니었다. 집안 꼴이 말이 아니라고 했다. 그래도 정치 한다는 사람 집이라고 올 사람 안 올 사람, 찾아드는 사람은 많은데, 이젠 숫제 남의 눈이 부끄럽다고 했다. 김의원은 아내의 푸념이 계속되는 동안 그래도 뭔가 가슴에 찔리는 것이 있는지 묵묵히 듣고만 있었다. 그러다 아내의 말이 웬만큼 끝나가는 기색이자 그는 느닷없이 버럭 화를 내고 말았다.

 "집안 꼴이 그렇다구 어떤 녀석이 감히 우릴 능멸해?"
하고 나서는 우선 아내부터 안심을 시켜야 되겠다고 생각했는지,
 "두고 보라지. 내 그런 놈이 있으면 절대 용서를 하지 않을 테니까. 오래지 않았어!"
 마구 호통이었다.
 듣고 있던 진걸의 입가엔 슬그머니 쓴웃음이 배어 나왔다.
 ―흠! 자서전에만 미쳐버린 돈키호테는 아니었군.
 그는 어슴푸레 김의원을 이해할 수가 있을 것 같았다. 그리고 다소 동정이 가기도 했다. 진걸이 여태 '응시 효과'라는 것을 누려온 것처럼 김의원 역시 굳이 당선을 염두에 두고 있는 건 아닌 듯했다. 선거의 어떤 부수 효과(그걸 '출마 효과'라고나 할까)를 노리고 있는 게 분명했다. 김의원이 그것을 의식하고 있든 말든 결과적으로는 그랬다. 방금도 그는 아내와 처남 앞에 그것을 훌륭히

행사해먹은 셈이었다. 김의원은 그 출마 효과가 차츰 빛을 잃어가는 것이 두려워 그것을 조금이라도 더 오래 연장해보려고 자기도 모르게 이 산골로 도망을 쳐온 게 아니었을까.

김의원의 정치에 대한 자기 확신이 진걸의 시험에 비해 평소부터도 좀 강한 편이기는 했다.

부인의 푸념이 한동안 더 계속되더니 이윽고 김의원이 떨떠름한 표정으로 진걸에게로 건너왔다.

"오늘 밤 실례를 좀 해야겠소. 집사람들 때문에 방이 비좁아서……"

"김의원을 모시러들 오신 모양이던데 자서전은 끝나갑니까?"

진걸은 방금 그 방 이야기는 못 들은 체했다.

"글쎄, 그게 이제 막 땀이 나는 참인데, ……하지만 저렇게 찾아온 사람들에게 뭐라 하겠소?"

김의원은 쑥스러운 듯 씩 웃었다. 다 듣고 있지 않았느냐는 투였다. 진걸은 더 묻지 않았다. 그리고 그는 이날 밤을 김의원과 함께 잤다.

한데 변이 생기고 말았다.

아침에 일어나 보니 김의원이 아무도 모르게 절을 빠져나가버리고 없었다.

김의원이 여래암에서 사라진 것을 제일 먼저 눈치챈 것은 물론 그와 함께 밤을 지낸 진걸이었다. 이날 밤 김의원은 자리로 들고 나서도 좀처럼 잠을 이루지 못하는 기척이었는데 아침에 일어나 보니 어느새 잠자리가 비어 있었다.

진걸은 처음 영감이 또 약수터 바위라도 찾아갔나 보다 생각했다. 겨울 들어서는 약수터 기도행이 좀 뜸해진 김의원이었지만, 집에서 온 사람들에겐 새벽 추위를 무릅쓰고라도 그런 시위를 해 보일 법했다. 무심히 방문을 열고 나섰다. 한데 그때 뜰을 서성거리고 있던 부인이 진걸에게 다가오며 물었다.

"약수터가 여기서 먼 곳에 있는가요?"

"약술 마시러 가시겠습니까?"

진걸은 아직도 무심결이었다. 한데 부인의 대답이 심상치 않았다.

"애 아버지가 약수를 마시러 가신다고 일찍 나가셨는데 아직 돌아오시지 않네요."

"오래됐습니까?"

"한참 됐어요. 나가신 게 새벽녘이었으니까……"

불안한 예감에 쫓기고 있는 얼굴이었다.

새벽에 방을 건너와 어둠 속에서 옷을 챙겨 입는 기척이기에 어딜 가느냐고 물으니까 뒷산에 올라가 새벽 약수를 마시고 오겠노라면서 방을 나갔다는 것이다. 그리고 그때부터 부인은 밖에서 남편이 들어오기를 기다리고 있노라고.

"글쎄요…… 한참 걸리긴 합니다만……"

진걸은 확실한 대답을 하지 못했다.

햇발이 벌써 별채 지붕까지 내려와 있었다. 약수를 마시고, 바위까지 올라갔더라도 이젠 돌아왔어야 할 시간이었다.

예감대로였다. 김의원은 아침이 한참 늦은 다음까지도 돌아오지 않았다. 한낮이 되어도 종무소식이었다.

그러자 별채에는 소동이 벌어졌다. 뒤늦게 서랍 속을 뒤져보니 그가 쓰고 있던 원고 하며 돈푼이나 될 만한 물건은 모조리 가방에 챙겨 가버렸다는 것이다.

남편이 달아나버린 것을 안 여자는 발을 뻗고 통곡하기 시작했다. 여자가 울음을 터뜨리자 청년까지 넋을 잃고 허둥댔다. 통곡 소리에 놀라 비로소 별채로 나온 무불 스님은 혀를 차며 돌아서버렸다.

그런데 오후 해가 반쯤 기울었을 때에야 여래암에는 그 김의원 대신 아랫마을 소년 하나가 나타났다.

소년은 김의원의 편지를 가지고 있었다.

—마음이 아프지만 할 수 없소. 다른 곳을 찾아가오. 내 벽에 써붙여놓은 걸 보아도 짐작하겠지만 난 사사로운 인정이나 가정만을 돌볼 수는 없는 처지의 몸이오. 치세와 목민의 길을 걷기로 작정한 바 만인의 사람이 되기를 택한 것이오.

집으로 돌아가 기다리오. 무슨 일이 있어도 뜻을 이루고 말겠소. 그것만 끝나면 나도 곧 집으로 돌아가리다.

그런데 소년은 진걸에게만 따로 전할 편지를 또 한 장 가지고 있었다. 다른 사람의 눈길을 피해 소년은 슬쩍 그 편지를 진걸에게 건네주었다.

김의원이 진걸에게 따로 적어 보낸 글은 이런 내용이었다.

—허 형! 소란을 피워 미안하오. 이런 식으로 잠시 몸을 비켜버리는 방법밖에 없구료. 내 며칠만 있다가 다시 돌아가리다. 허 형, 집사람들을 좀 잘 달래서 돌아가게 해주오. 스님께도 귀띔을 해줘

야겠소. 염치가 없소만 허 형만은 내 처지나 심경을 십분 이해하리라 믿고 부탁드리는 것이니 은밀히 거행해주오.

그리고 나서 김의원은,

―그리고 이렇게 떨어져 있는 김에 고백을 드리오만 일전에 허 형을 화나게 한 건 미안하오. 그 아가씨가 절을 내려가게 만든 건 내 허물이었고. 내 몇 차례 떳떳치 못한 사연을 털어놓으려고 했지만 그때마다 허 형이 기회를 주지 않아 그냥 덮어두고 있었던 것이오. 용서 바라오.

그럼 며칠 후에 다시 뵈리다.

재빨리 기회를 잡아 먼젓번 일까지 사과하고 있었다. 능글맞도록 천연덕스럽고 여유가 만만한 작자였다. 진걸은 한 대 얻어맞은 기분이었다. 그는 편지를 읽고 나서 소년을 조용한 곳으로 끌고 갔다.

"너 이름 뭐냐?"

얼러 메듯 물었다.

"김칠용이요."

"나이는?"

"열세 살예요."

"어느 여관이야?"

진걸은 모든 것을 이미 알고 있다는 듯 갑자기 물었다.

"네?"

"네가 일하는 여관이 어디냔 말야?"

"동신여관이에요."

소년은 엉겁결에 여관 이름을 대버린다. 그러면 그렇지. 진걸은 그제야 빙긋 웃었다. 그러나 소년은 기가 죽었다.

―누구에게도 여관을 대주지 말라고 다짐해 보냈을 테지.

진걸은 더 묻지 않았다. 묻지 않아도 아랫마을 여관일 게 뻔했다. 부인이나 청년에겐 사실을 모른 체해두었다.

한데도 부인은 산을 내려가지 않았다. 그냥 별채에 눌러앉아 김의원을 기다리고 있었다. 편지야 뭐라고 했건 결국은 남편이 다시 여래암으로 돌아오리라 짐작한 모양이었다.

진걸은 그 부인을 말리려 하지도 않았다. 그는 이제 아내가 돌아갔거니 싶어 어정어정 나타났다가 기겁을 하고 말 김의원을 상상하면서 혼자 쓴웃음을 짓고 있었다.

그러나 김의원은 이쪽 사정을 알아보는 길이 따로 있는지 이틀이 지나도록 나타나지 않았다.

덕분에 진걸은 김의원 영감에 대해, 특히 그가 일찍이 민선 면장 시절에 고향에 남긴 행적에 대해 자세한 이야기를 들을 수 있었다. 어떻게 일을 처리해야 할지 몰라 진걸에게 도움을 청하러 왔다가 청년이 매형의 이야기를 자랑스럽게 늘어놓았던 것이다.

김의원은 진걸이 예상했던 대로 지극히 위험스런 돈키호테였다. 그리고 그 위험스런 돈키호테를 자랑하고 있는 청년은 미련스런 충직성 외에 조금도 귀여운 데가 없는 산초였다.

청년은 김의원의 배려로 면소 임시 서기직을 맡고 있다가 그 충직성이 인정되어 매형의 국회의원 출마가 결정되면서는 개인 비서의 대임까지 맡겨진 발군의 인재였다.

제일 먼저 청년이 김의원의 시정 업적을 내세운 것은 그가 당선의 영광을 입은 후로 모든 면정을 밝고 전진적인 분위기로 일신시킨 것이라 했다.

김삼응 면장은 직원들의 인사법부터 고쳤다. '잘 주무셨습니까, 진지 잡수셨습니까', 이따위가 뭐냐, 그는 인사말이 너무 '퇴폐적'이라고 못마땅해했다. 그런 인사법은 원시적인 본능에 근거하고 있을 뿐 아니라 과거지사에만 연연하는 나태한 타성의 소산이라고 했다.

인사말에서부터 비전이 깃들어야 한다. 좀더 전진적이고 생산적인 말을 사용하라.

'좋은 아침입니다' '좋은 날씨입니다' '내일도 건강하게 만납시다' 그는 아침, 낮, 저녁, 세 때의 인사법을 따로따로 창안해 내놓고는 직원들에게 당장 시행하라고 지시했다.

미국만 해도 아침 인사가 '좋은 아침'이 아니냐. 사무실 직원뿐만 아니라 될 수 있으면 면민 전체가 그런 명랑한 말로 인사를 주고받도록 솔선수범하라. 미국 사람들이 잘사는 것은 인사법에서부터 그 연유를 엿볼 수 있다는 게 그의 주장이었다.

"아닌 게 아니라 분위기가 달라졌어요. 몽매한 면면들이나 직원들 가운덴 개중에 매형의 뜻을 이해하지 못하고 불평을 하는 자가 있었지만 적어도 사무실 안에서만은 모두 매형의 뜻을 따랐으니까요."

그리고 나서 청년은, 그러나 매형이 면장직을 물러나고 나서는 그 인사법이 사라지고 다시 면정 분위기가 침체 일로에 있다고 애석한 표정을 지었다.

　다음으로 청년이 자랑한 것은 김 면장이 모든 면정을 현황판과 통계 그래프를 중심으로 누구보다도 정확한 시정을 베풀어나갔다는 것이었다. 어느 때, 어느 시각을 막론하고 항상 면정 일체를 일목요연하게 현황판에 정리해놓고 만일 추호라도 이를 게을리하는 직원이 있으면 당장 그 자리에서 모가지를 잘랐다고 했다.

　"상급 관청에서 시찰이라도 나오면 매형은 그 정확한 통계자료와 일목요연한 현황판으로 듣는 사람을 감탄시키곤 했지요. 상급기관에 대한 브리핑이란 대개가 싫어하는 것이지만 매형에겐 그럴 필요가 없었어요. 오히려 브리핑 기회를 기다리시곤 했지요."

　덕분에 군내에서 모범 면으로 뽑혀 표창을 받았고, 모범 면이 되고 나서는 김 면장의 브리핑 기회도 더욱 많아졌다는 것이다.

　그러자 김의원이 새로운 위덕을 쌓을 또 하나의 기회가 다가왔다.

　상급 관청에서 어려운 사람들이 자주 지나다니게 되는 도로가 좋아야 하고 도로 주변의 풍물이 남달라야 했다. '치도(治道)는 곧 목민지정의 근본이라!' 면장은 쉴 새 없이 울력을 붙여 치도에 열중했다. 길을 넓히고 자갈을 깔고 그리고 교량을 세우고 도로변의 산은 그것이 누구의 소유냐를 불문하고 온 마을이 나서서 묘목을 심게 했다.

　"그 모든 일이 다 매형의 결단력 아래 이루어진 것입니다. 어느 고을보다 넓고 규모 있는 길은 곳곳에 세워진 교량이나 도로변의 깨끗한 풍물과 함께 지금도 우리 면의 자랑이 되고 있어요. 그러고 보면 매형은 선견지명이 있는 분이지요. 그 선견지명 덕분에 매형은 명망을 얻어 국회의원까지 출마하게 된 것입니다. 아마 지금 매형이 쓰고 계신 자서전도 그때 벌써 뼈대가 잡혀진 걸 겁니다."

청년은 간신히 자랑을 끝냈다.

"하지만 문제가 많았을 것 같군요."

한바탕 청년의 자랑이 끝나자 진걸은 능청스럽게 물었다.

"김 선생께서 명망을 얻은 것은 좋은 일이지만 그런 명망의 그늘엔 으레 불평이 따르는 법인데 어떻게 원망을 들은 일은 없었습니까."

"왜요, 더러 불평이 있었지요. 그래서 매형은 그 불평 해소책으로 마을마다 면민 소리함을 만들어 달게 했어요."

청년은 자신 있게 대답했다.

"그래 그 불평들을 시정해주었습니까?"

"하지만 그 불평이란 게 대개는 매형의 시정 방침을 깊이 이해하지 못했거나 공연히 자기 한 사람의 불평을 면민 전체의 의사인 양 과장하기 좋아하는 건달뱅이들의 소행이었어요. 그따위 한두 사람의 불평이나 희생쯤 면민 전체의 이익을 위해선 문제 삼을 게 없다는 게 매형의 소신이었어요."

"불평을 하게 해주는 데만 뜻이 있었군요."

"그것도 오래잖아 끊어져버리더군요. 투서를 하는 사람이 차츰 없어져버렸어요."

"하지만 이상하군요. 그토록 명망이 높은 분이 어떻게 선거에서는 두 번씩이나 실패를 보셨을까요?"

진걸은 여전히 짓궂게, 그러나 진지한 얼굴로 물었다.

"그건 매형의 참뜻이 아직도 군 전체에 고루 퍼지지 못한 탓이었지요."

"그럼 다음번엔 그렇게 되겠습니까?"

"그야 매형께서 언제 자서전을 끝내고 산을 내려오시느냐에 달렸습죠. 한데 큰일났습니다. 이렇게 시일이 늦어지고 있으니……"

청년은 처음으로 좀 자신 없는 소리를 했다.

"어쨌든 수고하시겠습니다. 아무쪼록 이번엔 좋은 결과를 얻도록 분투하십시오."

진걸은 더 할 말이 없었다.

김의원에 대해서도 이젠 알 만큼 안 셈이었다. 그는 김의원을 찾는 데 자신이 아무 도움도 보탤 수 없음을 유감으로 여긴다는 말로 청년을 돌려보냈다.

청년과 부인은 꼬박 사흘 동안이나 김의원을 기다리고 나서는 이제 제풀에 지쳐버린 듯 할 수 없이 짐을 챙겼다. 김의원의 남은 세간까지 챙겨 들고 마지못해 산을 내려갔다.

진걸은 김의원이 다시 돌아오마던 말이 생각났으나 세간을 쓸어가는 것을 말리지 않았다. 오히려 두 사람이 산을 내려가며 마지막 인사를 했을 때 그는 청년에게 이렇게 일러주었다.

"산을 내려가면 가까운 마을의 여관을 찾아보시오. 아마 동신여관이라는 데가 있을 겝니다. 장담은 못하지만 김 선생께선 거기 계실 것 같군요."

그가 하루빨리 산을 내려가 선거 작업을 벌이게 해줄 생각 같은 건 아니었다. 그는 김의원이 싫었다. 그의 자서전 벽이나 느물느물한 성격 때문이 아니었다. 고릴라가 가장 싫어하는 것이 사람이라던가. 호랑이는 자기를 닮은 고양이를 가장 미워한다고 했다.

진걸은 요즘 김의원의 가족을 만나 후로 그 사람들을 다루는 김의원의 행동에서 그리고 그가 보낸 편지의 한 귀퉁이에서 묘하게 자신의 일면을 느끼고 있었다.

그는 그런 김의원이 참을 수 없도록 싫어졌던 것이다.

김의원 가족 일행이 떠나버리자, 진걸은 시원섭섭했다. 진걸의 그런 감정은 부인이나 청년에 대해서가 아니라 김의원 때문이었다. 꼼짝없이 붙들려 고향행이 되고 말았으리라 생각했다.

그러나 천만의 말씀이었다. 고향행은커녕 영감은 아내가 산을 내려가기 무섭게 여래암으로 되돌아왔다.

"심부름을 보낸 아이에게 허 형이 꼬치꼬치 캐묻더라기에 심상치가 않았어요. 허 형을 안 믿어선 아니지만 내 그래서 여관을 잠시 다른 곳으로 옮겨 있다가 오늘 소식 듣고 오는 길이지요."

김의원은 장난꾸러기처럼 의기양양했다. 진걸은 영감에게 또 한 대 얻어맞은 기분이었다. 그러나 그 김의원도 고향 집엘 한번 다녀오긴 해야겠다는 것이었다. 시내에 내려가 있다가 안 일이지만 그가 당적을 의지하고 있는 X당이 오래잖아 결판이 나고 말 것 같다는 것이었다.

당 간부라는 사람들 몇이서 마음대로 당을 해산하고 다른 정당으로 흡수 통합시킬 움직임을 보이고 있더라고.

그깟 이름뿐인 당 하나쯤 결판이 나거나 말거나 상관할 바 아니나, 김의원으로서는 좀 귀찮은 데가 있노라는 것이었다.

무소속 출마가 허용되지 않고 있는 현행 관계법 아래서는 어차피 당적이 필요했다. 특별한 당책이나 정견도 없이 4년마다 한 번씩 돌아오는 국회의원 선거 때나 정부 공천으로 정당 구실을 삼고 있는 형편이고 보면, 김의원으로서는 당적을 어느 쪽으로 옮기더라도 상관이 없었다. 당적을 옮기는 일도 새가 이쪽 나뭇가지에서 저쪽 가지로 자리를 옮겨 앉는 것만큼이나 간단했다. 그러나 그것이 아무리 쉬운 일이라도 애초에 없었던 것보다 귀찮은 일임에는 틀림없었다. 게다가 이번 일은 자진 탈당이 아니라 타당과의 통합 가능성이 짙은 만큼 가만히 있다가는 자신도 모르게 엉뚱한 당으로 시집을 가게 될 형세였다.
　그렇게 되면 저쪽 손발 노릇이나 하다 말게 마련이었다. 자서전이 끝날 때까지 어물거리고 있을 수가 없었다.
　그래 김의원은 다음 날로 서둘러 산을 내려갔다. 며칠 동안 형편을 살피고 나서 사정이 닿으면 마땅한 곳으로 당적을 아주 옮겨놓고 돌아오겠다는 것이었다.
　어쨌든 그런 식으로 김의원 영감마저 산을 내려가버리자 별채는 갑자기 텅 비어버린 것처럼 조용했다.
　밤이 되자 김의원 없는 이웃 진걸의 방은 한결 더 깊은 적막에 잠겨버렸다.
　산골의 차가운 밤바람이 이따금 창문을 스치고 지나갈 뿐 일찌감치 문을 닫아건 별채 사람들은 기침 소리 하나 내지 않았다.
　진걸은 방 안에 가득한 그 적막감이 문틈으로 새어든 바람결에 크게 일렁이는 것을 바라보면서 책상 앞에 우연히 앉아 있었다.

터무니없이 누군가가 기다려졌다. 그는 바람결 속에서 인기척을 찾으려는 듯 조심스럽게 귀를 기울이곤 했다. 발자국 소리가 완연히 그의 방문 앞까지 다가오다가는 바람 소리에 묻어 사라져버리는 것 같기도 했다.

그러나 그는 이번에야말로 정말 문 앞으로 다가오고 있는 사람의 발자국 소리에 번쩍 정신이 들었다.

정직하게 말하자.

진걸이 기다리고 있는 것은 윤희였다. 그는 당장 오늘 밤으로 윤희를 어떻게 해보자는 작정은 아니었다. 생각이 그런 쪽이라면 그녀가 먼저 그의 방으로 찾아오기만을 기다리고 있을 진걸이 아니었다. 윤희로서도 그럴 수는 없는 일이었다. 그러나 어쨌든 진걸이 가슴을 두근거리며 기다리고 있었던 사람이 윤희인 것만은 틀림없었다.

그는 윤희와 마주 앉아 그냥 말없이 밤의 적막을 지키고 싶을 뿐이었다. 그다음은 아직 생각을 하지 않고 있었다. 이웃 없는 밤이 너무 쓸쓸하게 느껴진 탓일 게다. 그리고 그 밤의 적막이 누군가를 그리워하지 않고는 못 배길 만큼 달콤하고 은밀했기 때문이었을 게다.

그런데 섭섭하게도 문밖에 있는 것은 윤희가 아닌 안 선생이었다.

진걸은 와락 역정이 솟았다. 안 선생이 반갑기는커녕 혼자 발소리 기다리는 달콤한 환청조차 즐길 수가 없게 되어버렸다. 게다가 안 선생은 방으로 들어서자마자 또 그 명식이 놈의 참회선가 뭔가부터 내놓고 있었다.

"이걸 허 선생께서 좀 맡아주셔야겠습니다."

그리고 나서 안 선생은 깊이 눈을 감으며 혼자 중얼거리는 것이었다.

"전 이제 자격이 없어요."

진걸은 벌써 무슨 소린지 알아듣고 있었다. 경숙과의 떳떳치 못한 일 때문에 명식을 용서할 자격이 없다는 뜻이리라. 아니 그보다도 안 선생은 지금 경숙과의 비밀을 진걸에게 막바로 고백해버릴 참인지도 모를 일이었다. 화가 난 김에 진걸은 그 안 선생을 좀더 골려주기로 작정했다.

"일전에 제가 그 경숙이란 아가씨 일로 세 분을 괴롭혀드려 그러시는 모양인데, 그 때문이라면 자격이 없는 건 아마 안 선생이 아닐 텐데요."

말을 앞지르며 허물을 다른 사람에게로 돌려대려 하였다. 그러나 안 선생은 진걸이 자기 말을 잘못 알아들은 것으로 알았는지,

"아닙니다. 제가 자격이 없다고 한 것은 사실은……"

정말 실토를 하려 든다. 그러나 이번에도 진걸이 말을 가로막고 나섰다.

"아, 염려하실 것 없어요. 그 여잘 괴롭힌 사람이 벌써 제게 실토를 해왔으니까요."

거짓말까지 섞어가며 좀더 분명하게 암시를 했다. 그러자 안 선생도 이번엔 정말 놀라는 얼굴이었다. 자기 말고 또 같은 실수를 저지른 사람이 있으리라고는 상상을 못하고 있었던 것 같았다. 입을 벌린 채 한동안 그 벌린 입을 다물지 못하고 있었다. 하지만 안

선생은 역시 안 선생다웠다. 그는 자기보다 먼저 다른 사람이 실수를 고백한 것으로 자신의 괴로움이 덜어질 수 없다는 것을 알고 있는 사람이었다.

"한데 이상하군요."

그가 간신히 다시 입을 연 것은 얼굴의 놀라움이 가시고 나서 한참 더 시간이 흐른 다음이었다.

"뭐가 말씀입니까."

"요즘, 전 가끔 그런 기분을 느끼곤 합니다만 오늘 밤도 허 선생은 통 제 말을 들으려 하지 않는 것 같아요. 제게 일부러 기회를 빼앗고 있는 건 아닙니까."

안 선생은 다시 자기 이야기로 돌아가고 있었다. 할 수 없었다.

"그건 저 역시 안 선생께서 늘 뭔가 제게 하고 싶은 이야기가 있는 것처럼 느껴지곤 했기 때문이지요. 그게 무슨 이야긴지 저로선 짐작할 길이 없습니다만."

아슬아슬하게 말꼬리를 접었다.

"그렇다면 더욱 알 수가 없군요. 왜 제 이야기를 피하십니까?"

안 선생은 열심히 물었다.

"전 안 선생께서 무슨 말씀을 하시려는지 이미 짐작을 하고 있으니까요."

안 선생의 진지하고 초조한 표정과는 달리 진걸은 짓궂기만 했다.

"그럼 허 선생께서는 이미 제 비밀을? 그러시면서 모른 척하고 계셨단 말입니까?"

"전 안 선생께서 얼마나 정직해질 수 있는가를 보고 싶었거든요. 선생께서도 명식 군이 좀더 정직해지기를 바랐던 것처럼 말입니다. 하하하······"

"하지만 허 선생께선 제가 정직해질 기회를 주지 않았습니다."

안 선생은 형편없이 초라해지고 있었다.

"알고 있습니다. 하지만 제가 안 선생께 마지막으로 바란 것은 실상 그런 정직성이 아니었으니까요."

"허 선생은 제게 무엇을 바라십니까."

"정직한 고백을 하지 못했을 때도 고통은 따른다는 것, 안 선생께 그 고통을 경험시켜드리고 싶었습니다. 그건 명식 군에 대한 안 선생의 주문도 같은 것이 아니었습니까."

안 선생은 눈을 감아버렸다.

"이걸로 그만 고문을 끝내주지 않겠습니까?"

이윽고 눈을 뜬 안 선생은 사뭇 애원조였다.

"역시 안 선생님 자신의 입으로 고백을 하고 싶다는 말씀이겠군요?"

"······"

"그렇더라도 역시 안 선생님의 허물이 닦아지는 것하고는 상관이 없는 일일 텐데요. 제가 이미 안 선생의 말씀을 알고 있는 이상 그것을 새삼스레 고백하시려는 것은 그런 절차를 통해서 안 선생님 자신의 마음이 편해지려는 것뿐이지요. 그것으로 허물이 닦아지는 것은 아니지 않습니까. 자기 허물은 스스로 닦아야 한다고 안 선생께서 늘 노 군에게 말씀하신 것처럼 말입니다. 솔직한 말씀을 드리자면 저 역시도 어떤 식으로든지 마음이 빨리 편해지기를 바라는 쪽이긴 합니다마는……"

"지금 이 꼴로 제가 명식 군을 용서해야 한다는 말씀입니까?"

"안 선생님이 어떤 꼴이건 그건 명식 군에겐 상관되는 일이 아닙니다. 안 선생께서 명식 군을 용서하는 것은 안 선생 자신의 절대적 권능으로서가 아니라 명식 군이 안 선생께 스스로 부여하고 권능으로 믿고 싶은 힘으로서인 것입니다. 마치 안 선생께서 제게 대한 고백으로 용서를 얻어 마음이 편해지려는 것처럼 말입니다. 우린 지금까지 서로 그런 식으로 용서하고 용서를 받아온 게 아닙니까."

안 선생은 더 말을 하지 못하고 앉아 있다가 자리를 일어서고 말았다.

"제게 마음이 편해지고 싶어지거든 안 선생님께서 먼저 노명식 군을 용서하십시오."

진걸은 방을 나가는 안 선생에게 기어코 한마디 더 보탰다. 그는 안 선생 앞에서 철저하게 명식의 편이 되고 싶었다.

그런데 안 선생이 돌아가고 나서 보니 그가 앉아 있던 자리에 명식의 그 참회서라는 것이 그냥 남아 있었다. 안 선생이 일부러 놓아두고 간 게 분명했다.

진걸은 비로소 그 녀석의 참회서라는 것에 슬그머니 호기심이 돋았다. 녀석이 제 누이를 망가뜨린 이야기랬것다? 이젠 놈의 수작을 좀 구경해도 좋을 때가 된 것도 같았다.

그는 천천히 노트장을 들추기 시작했다.

즐거운 참회록

　—애숙아, 미안하다.
　이런 글을 적은 것이 너를 다시 욕보이는 것 같구나. 그리고 이미 저질러진 잘못을 더욱 잊을 수 없게 만들고 있는 것 같구나.
　하지만 도리가 없는 일이다. 용서해다오. 이런 식으로라도 나는 스스로를 구할 방법을 찾아야 할 형편이니까 말이다.
　명식의 고백은 대강 이런 서두로 시작되었다.
　아무도 나를 도와주려고 하질 않는다.
　마을 사람들은 나를 고향에서 내쫓았다. 아마 아버지는 나를 죽이려고 했을 것이다. 나를 이렇게 만들어놓은 너 역시도 마찬가지겠지. 나를 도울 길은 없다. 오히려 너는 누구보다도 나를 더 괴롭혀왔다. 이번 일에서뿐만이 아니라 더 오랜 옛날부터도 너는 나를 괴롭혀왔다. 나를 이렇게 만들어놓은 것이 너라고 한 것도 그래서 그렇게 말한 것이다. 스스로 나를 구할 길을 찾아야겠다. 고향 마을 사람들에게, 아버지에게, 그리고 너로부터 용서를 구하기 전에 우선 나 자신이 참회로써 너의 용서를 구해야겠다는 말이다.

마지막 저지른 철부지 장난의 고백만으로는 불가능할 것 같다. 이야기는 좀더 옛날부터 시작되어야 한다. 부끄럽고 괴로운 일이다. 하지만 이야기는 처음부터 시작되어야 한다. 어떻게 네가 나를 괴롭혀왔는가부터 그리고 언제부터 그 무서운 죄악의 싹이 나에게서 움돋기 시작했는가부터. 그리하여 내 기억이 미치는 한에서는 나의 참회의 몫을 남김 없이 찾아내려는 것이다.

애숙은 고향에 남아 있을 그의 사촌누이임이 분명했다. 명식은 그런 식으로 애숙에게 글을 쓰게 된 동기와 심경을 토로하고 나서 이야기를 사뭇 옛날로 거슬러 올라갔다. 그리고 거기서부터는 고백의 상대가 애숙이 아니라 그 자신의 독백이 되고 있었다.

─초등학교 3학년 봄, 막 새학기가 시작되었을 무렵인 것 같다. 마을에서 학교까지는 10리도 넘는 거리였다. 마을에서 들판을 하나 건너고 산비탈을 몇 고비 넘어야 학교가 나섰다.

그해 봄은 진달래가 유난히도 야단스러웠다. 산이며 들이며 언덕들이 온통 진달래로 붉게 물들어 있었다.

진달래가 붉은 산비탈 길은 우리들의 즐거운 놀이터였다. 학교가 파해 집으로 돌아오는 길, 우리는 그 산비탈을 지나다 입이 까맣도록 꽃잎을 따먹거나 곧잘 숨바꼭질 같은 놀이를 벌이곤 했었다.

그때 애숙도 나와 같은 3학년, 나이는 내가 하나 위였지만 학교를 한 해 늦게 입학한 나는 애숙과 같은 학년을 다니고 있었다. 게다가 조그만 시골 학교라 반이 하나밖에 없는 우리는 학교가 파하면 언제나 함께 얼려 집으로 돌아오게 마련이었다.

얼굴이 하얗고 예쁘장했던 애숙. 애숙은 그때 학교에서 아무도 입지 않은 멋진 세일러복을 입고 다녔다. 정갈하고 단정한 세일러복 차림의 애숙은 그 옷이 더럽히거나 구겨지지나 않을까 늘 걱정을 해야 하는 형편이었고, 마을 아이들은 은근히 그 멋진 세일러복의 애숙과 친해지고 싶어 즐겁게 그녀의 시중을 들어주곤 했다.

그러나 애숙은 여간 기특한 아이가 아니었다. 누구에게도 한 사람에게만 자신의 시중을 들게 하지 않았다. 우리들이 애숙의 시중을 들어주는 일이란 그녀의 책보자기를 대신 들어다 주는 따위의 일이었지만, 그녀는 자기의 책보자기를 절대로 한 사람에게만 맡기지 않았다. 하루마다 번갈아가며 모든 아이들에게 차례차례 기회를 나누어줬다. 그리고 그 남자아이들과 고루고루 친해줬다.

남자아이들은 아무도 애숙의 시중을 혼자 차지하지 못했고, 아무도 혼자만 애숙과 친해질 수가 없었다.

며칠씩 기다렸다가 겨우 차례가 오면 그 하루만은 자신이 누구보다 애숙과 친해진 듯 의기양양했다가 다음 날은 또 다른 녀석에게 차례를 넘겨주고 나서 은근히 풀이 죽어버리곤 했다.

그 모든 것은 나에게도 물론 마찬가지였다. 나 역시 멋진 세일러복의 애숙은 늘 동경의 대상이었고 그런 멋있는 옷을 입은 계집아이의 시중을 들어주면서 누구보다 그녀와 친해지고 싶은 것도 다른 아이들과 마찬가지였다.

한데 애숙에겐 나와 그녀가 그 어쭙잖은 사촌 오누이 사이라는 관계가 그녀를 창피하게 했기 때문이었을까. 애숙은 이상스럽게도 하필 나에게만은 그 책보자기를 맡기는 일이 드물었던 것이다.

 어쩌다 나에게 책보자기 시중을 맡기게 되는 날도 애숙은 별로 즐거운 표정이 아니었다. 오히려 다른 아이들에게 책보자기를 맡기는 것보다 내키지 않는 표정일 때가 많았다. 시무룩한 얼굴로 망설망설 책보자기를 맡기고는 뭔가 경멸스런 눈초리까지 지을 때가 있었다.

 그러던 어느 봄날. 극성스럽던 진달래꽃도 한물가고 푸른 언덕배기엔 여기저기 철쭉이 꽃더미를 이룰 무렵이었다.

 학교에서 마을로 돌아가던 길목에서 한바탕 숨바꼭질이 벌어졌다. 술래가 눈을 감고 스물을 헤아리는 동안 우리는 모두 몸을 숨겼다. 철쭉꽃 만발한 바위틈 사이로, 쑥나물이 파란 밭 언덕 밑으로, 또는 봄 잔디 사이에서 할미꽃이 여기저기 고개를 숙인 묘지 너머로.

 나는 술래가 빤히 건너다보이는 밭두렁을 하나 건너 이쪽 바위틈 사이에 몸을 숨기고 있었다. 그리고 술래가 스물을 다 세기를 기다리고 있었다. 그런데 그때 나는 뜻밖에 희한한 광경을 보고 눈앞이 아찔했다.

 술래가 눈을 감고 기다리고 있는 길목 이쪽으로 방금 내가 건너온 밭 언덕이 하나 있었다. 그 밭 언덕 밑에 애숙이 숨어 있었다. 남자아이들은 놀이를 할 때 계집아이들을 좋아하지 않았으나 애숙이만은 언제나 남자아이들 패에 끼워주었다. 애숙이 싫어해도 그녀만은 남자아이들이 졸라대서 기어코 함께 놀이를 하곤 했다. 그 애숙이 지금 밭 언덕 아래 숨어 앉아 있었다. 언덕배기가 내 쪽을 향하고 있었기 때문에 술래 녀석은 애숙을 볼 수 없었으나 이쪽 바위틈에 숨어 있는 나는 그녀를 한눈에 빤히 건너다볼 수 있었다.

그런데 애숙이 앉아 있는 자세가 여느 모습이 아니었다. 두 다리를 얌전히 꼬누고 앉아 치마를 올려 쥐고 있었다. 주위를 두리번거리지도 않고 가만히 땅 밑을 내려다보고 있는 애숙은 영락없이 오줌을 누고 있는 게 분명했다.

이상한 것은 그 애숙이 오줌을 다 누고 나서도 치마를 내리려 하지 않고 앉은 자세 그대로 엉금엉금 게 발걸음을 걷고 있는 것이었다. 그녀가 앉아 있는 곳에서 조금 떨어진 언덕배기엔 철쭉꽃이 한 무더기 탐스럽게 피어 있었다. 애숙은 꽃무더기까지 게걸음을 걸어가서도 치마는 여전히 내리지 않은 채 그 꽃무더기만 유심히 들여다보고 있었다. 애숙의 조그맣고 하얀 엉덩이에 눈이 부신 것 같았다.

나는 숨을 죽이며 가슴을 두근거리고 있었다. 술래가 벌써 스물을 다 세고 산기슭 쪽으로 집을 비웠건만 나는 일어설 수가 없었다. 애숙은 조금 전에 이쪽으로 건너와 숨은 나를 전혀 생각하지 못한 모양이었다. 오히려 내 쪽에서 애숙에게 들키지 않을까 두려웠다.

술래가 애숙이 숨은 언덕 쪽으로 달려오고, 그 소리에 애숙이 후딱 치마를 내리고 일어서버린 다음에야 나는 겨우 바위틈을 빠져나와 혼자 몰래 언덕을 돌아 나갔다.

애숙은 그런 나를 조금도 눈치채지 못한 것 같았다.

그런데 그다음 날이었다. 학교에서 사내애들과 한패거리가 되어 돌아오던 애숙이 어찌 된 일인지 어제 그곳에 이르자 또 숨바꼭질을 하자고 했다.

곧 놀이가 시작되었다. 나는 자신도 모르게 또 어제의 그 바위틈을 찾아갔다. 이번엔 밭 언덕을 지나지 않고 일부러 다른 곳을 돌아가서 몸을 숨겼다. 그리고는 벌써부터 가슴을 두근거리며 언덕 밑을 지켰다.

애숙이 또 그 언덕 밑으로 왔다. 오늘은 처음부터 철쭉꽃 앞이었다. 애숙은 그 꽃무더기 앞으로 가더니 서슴없이 흰 엉덩이를 훌쩍 까고 주저앉았다.

다음 날도 그다음 날도 애숙은 마찬가지였다. 놀이터에만 이르면 애숙은 오줌이 마려운 것처럼 훌쩍 밭두렁 밑으로 뛰어내려가 철쭉꽃 앞에 희고 조그만 엉덩이를 까고 앉았다. 그런 일이 며칠이나 계속된 다음이었다. 하루는 기어코 일이 벌어지고 말았다.

이날도 애숙은 술래가 눈을 감고 스물을 세기 시작하자 곧 밭두렁 아래로 내려와 철쭉꽃 앞에 엉덩이를 까고 앉아 있었다. 나도 여느 때와 마찬가지로 멀리 밭 언덕을 돌아 이쪽 바위틈에 숨었다. 애숙은 한 손으로 걷어 올린 치마를 거머쥐고 다른 한 손으로는 코앞에 붉게 덩어리진 철쭉꽃을 조심스럽게 쓰다듬고 있었다. 나는 숨을 죽이며 애숙의 그 거동 하나하나를 삼킬 듯 지켜보고 있었다.

이윽고 스물을 다 세고 난 술래 녀석이 얼굴에서 손을 떼내며 아이들을 찾으러 나섰다. 한데 그때 녀석의 거동이 여느 놈들과 달랐다. 녀석은 다른 술래처럼 눈에서 손을 떼고 나서 어디쯤 아이들이 숨어 있을까 망설이는 기색이 없었다. 마음속에 이미 점을 찍어놓은 곳이 있는 듯 산비탈 쪽으로는 눈길조차 주지 않았다. 그는 대뜸 애숙이 숨어 있는 언덕을 향해 몸을 낮게 도사렸다. 그리고는 발소리가 나지 않게 살금살금 언덕으로 다가오기 시작했다. 애숙이 거기 숨은 것을 알고 있는 게 분명했다.

애숙은 그런 줄도 모르고 여전히 엉덩이를 까발린 채 철쭉꽃만 들여다보고 있었다. 나는 안타까워 견딜 수가 없었다. 그러나 애숙에게 소리를 질러줄 수는 없었다. 소리를 질렀다간 이쪽에 숨어 그녀를 엿보고 있는 내가 먼저 애숙에게 들킬 판이었다. 도대체 녀석이 어떻게 눈치를 챈 것일까. 녀석의 조심스런 거동으로 보아 놈은 애숙이 그런 꼴을 하고 앉아 있는 것까지도 이미 짐작하고 있는 게 분명했다. 녀석은 언덕까지 이르자 몸을 아주 땅바닥에 엎드리고는 둑 위로 고개를 길게 빼들었다. 놈은 이미 애숙의 엉덩이를 내려다보고 있었다.

그러나 나는 아직도 속수무책, 안타까워하고만 있었다. 얼굴이 마구 화끈거리고 식식 숨소리가 목에까지 차올랐다.

그때였다. 지금까지 고개만 빼들고 가만히 애숙을 내려다보고 있던 녀석이 갑자기 히히히 괴상한 웃음소리를 터뜨리며 언덕 아래로 마구 흙을 끼얹기 시작했다.

나는 갑자기 두 눈에 쌍심지가 돋았다. 애숙이가 언제 치마를 내리고 튀어 일어섰는지도 알 수가 없다. 순식간에 몸이 불덩어리처럼 달아오른 나는 앞뒤를 가릴 겨를도 없이 바위틈을 빠져나와 녀석에게로 돌진해갔다. 애숙에게 내가 숨은 곳을 들킬 일 따위는 염두에도 없었다.

"요눔새끼, 죽여버릴 테다. 요눔새끼……"

소리소리 지르며 느닷없이 밭고랑을 돌진해오는 나를 보자 녀석도 더럭 겁이 난 모양이었다.

영문을 모른 채 도망질부터 시작했다. 그러나 잔뜩 독이 오른 나는 녀석을 따라잡는 것쯤 문제가 아니었다. 손에 쥔 흙덩이를 버릴 사이조차 없이 다급하게 쫓기던 녀석이 금세 몇 발짝 안으로 들어왔다.

그런데 그때 정신없이 앞에서 쫓기고 있던 녀석이 별안간 몸을 홱 돌리더니 매서운 눈초리로 나를 노려보고 서버렸다.

이젠 더 달아나봐야 소용이 없다고 생각한 모양이었다. 이기거나 지거나 맞붙어볼 수밖에 없는 다급한 형세에서 나온 행동이었다.

그러나 나는 녀석이 자세를 가다듬을 틈을 주지 않았다. 쏜살같이 돌진해가던 기세로 녀석의 가슴패길 보기 좋게 받아넘겨버렸다.

그리고는 재빠르게 나자빠진 녀석의 가슴을 타고 앉았다. 그러나 녀석도 기운이 만만치는 않았다. 가슴을 타고 앉았던 내가 조금 뒤에는 거꾸로 녀석의 밑으로 깔려 들어갔다. 엎치락뒤치락 개싸움이 시작되었다.

싸움의 상대는 건이라는 놈이었다. 건이는 우리 동네에서 꼭 혼자 책보자기 대신 어깨가방을 메고 다니는 녀석이었다. 우리는 그때 책가방이 없었다. 책을 보자기에 둘둘 말아 들고 다녔다. 세일러복의 애숙이까지도 그랬다. 그런데 유독 건이 한 녀석만은 예쁜 장미꽃이 그려진 어깨가방을 메고 다녔다. 건이 놈에겐 그 어깨가방이 언제나 자랑이었다.

즐거운 참회록 249

애숙도 그 어깨가방 때문이었던지 건이 놈에겐 다른 애들보다 책보자기 시중을 자주 들게 해주는 편이었다.

그런저런 일로 나는 여느 때부터 녀석이 여간 얄밉지 않던 터였다.

다행히도 나는 마지막에 가서 녀석을 다시 흙바닥에 엎어놓고 등을 타고 앉았다. 그러고는 전부터 아니꼽던 분풀이를 합해 녀석을 사정없이 두들겨 팼다. 녀석이 혹시 아주 죽어버리지나 않았을까 싶어졌을 때에야 나는 겨우 정신을 차리고 녀석에게서 몸을 일으켰다. 어느새 몰려들었던지 아이들이 우리 주위에 둘러서 있었다. 하나같이 걱정스런 얼굴들이었다. 애숙도 그 아이들 틈에 끼어 서 있었다.

그제야 나는 오늘의 싸움이 애숙 때문에 시작된 것을 깨달았다. 그리고는 기분이 조금 의기양양해졌다.

그런데 웬일일까. 멋쩍게 흙먼지를 털며 내가 아직도 말없이 둘러서 있는 아이들 사이를 빠져나가려고 했을 때였다.

"식이, 너 왜 건일 때리니? 왜 때리니?"

애숙이 분을 참지 못한 듯 느닷없이 내게 대들었다.

나는 깜짝 놀라 애숙을 건너다보았다. 참으로 이상한 일이었다. 자기 때문에 싸움을 하고 났는데도 애숙은 내 편을 들고 있지 않았다.

"응? 말해봐, 왜 건일 때린 거냐? 네가 잘났니? 잘나서 건일 때리니?"

애숙은 얼굴이 파랗게 질려 내게 마구 욕설을 퍼부어대더니 나중엔 제 분에 못 이겨 엉엉 울음까지 터뜨렸다.

나는 기가 막혔다. 싸움에서 건이를 이긴 일 따위는 문제도 아니었다. 금방 눈물이 솟을 것 같았다. 한동안 멍하니 서 있기만 하던 나는 건이 녀석이 꿈틀꿈틀 몸을 일으키는 것을 보고 나서야 혼자 개울을 찾아 내려갔다.

개울로 내려온 나는 얼굴을 씻고 나서도 한참이나 길 위의 아이들이 먼저 마을로 돌아가버리기를 기다리고 있었다. 자꾸만 눈물이 나올 것 같아 아이들 앞에 나설 수가 없었다. 이윽고 길 위가 잠잠해지고 났을 때에야 비로소 개울에서 나왔다. 아이들이 건이 녀석을 호위하듯 가운데 둘러싸고 멀리 산비탈을 돌아가고 있었다.

놀이를 시작하기 전에 함께 책보자기를 모아두었던 양지쪽 웅덩이에 유난히 더럽고 초라한 책보자기 하나가 쓸쓸히 나를 기다리고 있었다.

다음 날부터 나는 동네 아이들과 한패에 어울리지 못했다. 학교로 갈 때나 집으로 돌아올 때 나는 언제나 혼자였다. 아이들이 싫었다. 녀석들도 저희들끼리만 떼를 지어 다녔다. 전에는 내게 고분고분하던 녀석들도 이젠 모두 건이 놈 편이 되어 멀찌감치 거리가 떨어지고 나면 함께 욕지거리를 합창하며 나를 골려대곤 했다.

그러던 어느 날 기어코 참을 수 없는 일이 일어났다.

이날도 학교에서 집으로 돌아오는 길에 나는 동네 녀석들이 떼를 지어 가고 있는 것을 혼자 슬금슬금 뒤쫓고 있었다. 산고비를 하나 돌아서고 나니까 앞서가던 녀석들이 갑자기 어디론가 자취를 감춰버리고 없었다. 하지만 나는 녀석들이 벌써 다른 고개를 넘어갔으려니 하고 조금 걸음을 빨리했다. 그런데 그때 느닷없이 머리

위쪽 산비탈에서 합창 소리가 들려왔다.
"명식이 아버지는 애숙이네 일꾼이라네!"
"명식이 아버지는 애숙이네 일꾼이라네!"
생각해볼 틈도 없이 나는 얼굴부터 후끈 달아올랐다.
아버지는 정말 애숙이네 농사일을 돌보아주고 지내는 사람이었다. 애숙 아버지는 아버지의 동생이었다. 그런데 그는 어떻게 돈을 벌었는지 논밭을 잔뜩 사들여놓고는 그 일을 모두 아버지에게만 맡기고 있었다. 아버지가 애숙이네 농사일을 도맡아 해주어야 했다. 아버지는 그것을 별로 싫어하지 않는 것 같았다. 농사일뿐 아니라 애숙이네 집안일까지도 자상하게 돌보아주시곤 했다. 나에 대한 애숙의 태도가 쌀쌀하게 느껴지면서부터 그러지 않아도 나는 그 아버지가 어딘지 떳떳치 못하게 마음에 짚여오곤 하던 참이었다.
녀석들은 필시 그 아버지로 나를 놀려대고 있는 것이었다. 나는 머리끝까지 화가 치밀었다. 건이 놈이 애숙에게 흙을 뿌렸을 때보다 더 분했다. 순간 나는 주먹을 불끈 쥐며 소리가 나는 쪽을 찾았다.
그러나 녀석들이 언뜻 눈에 띄지 않았다. 숲이나 바위 같은 데 숨어서 나를 내려다보고 있는 게 분명했다.
"명식이 아버지는 애숙이네 머슴이다!"
또 합창 소리가 들려왔다.
이번에는 더 참을 수가 없었다. 나는 무턱대고 소리나는 쪽을 향해 산비탈을 내닫기 시작했다.

그때였다.

"올라오면 죽인다."

이번에는 바로 머리 위에서 합창 소리가 협박을 해왔다. 그 바람에 나는 멈칫 발을 멈춰 서고 말았다. 그러자 녀석들이 여기저기 숲 속에서 '우' 모습을 나타냈다.

여기저기서 나를 빙 둘러싸고 일어선 녀석들의 손에는 돌맹이 하나씩이 굳게 쥐여 있었다.

녀석들이 손에 손에 돌맹이를 꼬나쥔 채 먼저 덤벼들기 기다리는 듯 물끄러미 나를 내려다보고 있었다. 녀석들 가운데는 물론 애숙이도 끼어 있었다. 나는 갑자기 두려운 생각이 들었다. 녀석들에게로 더 쫓아 올라가지 못하고 한동안 놈들을 마주 노려보고만 있었다.

"새끼들, 하나씩만 만나봐라, 죽여 없애버릴 테다."

분을 참으며 으르렁거려보았으나 녀석들은 소용이 없었다.

여전히 끄덕도 하지 않고 나를 내려다보고만 있었다. 나는 더욱 두려워졌다. 할 수 없었다.

"두고 보자, 요새끼들……"

이를 악물면서 몸을 돌렸다. 아래쪽 길까지 내려오는 동안 뒤에서 한두 개 돌맹이가 날아왔으나 나는 뒤도 돌아보지 않았다.

뒤에서 '와' 녀석들의 웃음소리가 터졌을 때도, 그리고 녀석들이 다시 욕지거리를 합창하며 나를 놀려대기 시작했을 때도 나는 조금도 아랑곳을 하지 않았다.

— 한 새끼씩만 만나봐라.

즐거운 참회록 253

녀석들의 얼굴을 하나하나 떠올리면서 몇 번이고 분풀이를 다짐했다.

그러나 나는 끝내 녀석들에게 그 분풀이를 해주지 못하고 말았다. 분풀이는커녕 나는 녀석들에게 점점 더 만만한 놀림감만 되어갔다.

바로 그다음 날 일이 나를 그렇게 만들어버렸다. 그날 일은 지금 생각해도 어처구니가 없다. 그러나 그보다 더욱 어처구니없고 원망스러운 것은 그때 나에 대한 아버지의 태도가 너무 심했던 점이다. 내가 어처구니가 없는 짓을 저지른 것은 사실이었지만 그 일로 아주 나의 기를 죽여버린 것은 아버지였다.

물론 그날도 나는 아이들과 어울리지 못하고 패거리의 뒤를 밟으며 혼자 집으로 돌아오고 있었다.

한데 이날은 앞서 가던 녀석들이 놀이터에 이르자 또 그 숨바꼭질 놀이를 시작해버렸다. 나는 난처했다. 녀석들 사이를 지나가기도 뭣했고, 그렇다고 놈들을 피해 멀리 길을 돌아갈 수도 없었다.

한동안 망설망설 눈치를 살핀 끝에 나는 한 가지 방법을 생각해냈다. 술래가 눈을 감고 스물을 세는 동안 재빨리 놀이터를 지나가버리자는 것이었다. 생각을 정하고 나서 녀석들이 놀이에 정신을 팔고 있는 동안 될수록 놀이터 가까이까지 다가간 다음 기회를 기다렸다. 마침내 놀이가 한판 끝나고 새로운 술래가 눈을 가리고 스물을 세기 시작했다. 나머지 녀석들은 이리저리 숨을 곳을 찾아 달아났다.

나는 그 틈을 타서 재빨리 놀이터를 지나갔다. 그런데 아아, 그

때 나는 그곳을 그냥 아무 일없이 지나치고 말았더라면 얼마나 좋았을까. 그러나 그때 어처구니없는 일이 일어났다.

놀이터를 지나온 나의 옆구리에는 나의 책보자기 밑에 어느 틈에 애숙의 그것이 또 하나 감춰지고 있었다.

놀이터를 거의 다 빠져나왔을 때였다. 길가 바윗돌 위에 녀석들의 책보자기가 가지런히 쌓여 있는 것을 보자 나는 자신도 모르게 움칫 발을 멈춰 섰다. 얄팍하고 예쁜 애숙의 책보자기가 제일 먼저 눈에 들어왔다. 발걸음을 멈추어 선 것만으로 나는 벌써 무슨 잘못을 저질러버린 것처럼 가슴이 두근거렸다. 나는 생각할 겨를도 없이 재빨리 애숙의 책보자기를 집어다 옆구리 밑에 감췄다.

참으로 어처구니없는 것이었다. 책보자기가 욕심이 났던 것은 물론 아니다. 애숙의 시중을 들어주고 싶어서도 아니었다. 애숙을 놀래주고 싶은 갑작스런 충동 때문이었다. 그러나 책보자기를 숨기는 것으로 애숙을 어떻게 놀래줄 것인지, 이제 그 책보자기를 어떻게 처치해야 할 것인지는 작정이 서 있지 않았다. 작정이 없이 부지중에 저지른 짓이라 곧 후회가 되었다.

— 애숙이 울고불고 야단을 피우겠지. 나중에라도 금방 찾아낼 수 있게 바윗돌 같은 데다 올려놓고 가버려?

그러나 그럴 수는 없었다. 일은 이미 저질러진 터, 섣부른 짓을 했다간 오히려 애숙에게 놀림감이나 되기 십상이었다. 차라리 아무도 찾아낼 수 없게 깊은 개울물 같은 데다 빠뜨려버리는 것이 안전할 것 같았다.

그러나 이날 나는 그런저런 궁리만 계속하다 끝내 애숙의 책보자기를 집에까지 가져와버리고 말았다. 그러자 이젠 더욱 처치 곤란이었다. 생각 끝에 나는 우선 벽장 속에다 보자기를 깊이 숨겼다. 다음 날 아침 다른 애들보다 일찍 학교로 가다 놀이터 근처에다 슬그머니 다시 던져둘 작정이었다.

그러나 나의 계획은 밤새 들통이 나고 말았다. 저녁을 먹고 나서 막 잠이 들려는 참인데 느닷없이 아버지가 나를 두들겨 깨웠다. 어떻게 찾아내셨는지 벽장 속에 감춰둔 애숙의 책보자기를 앞에 펼쳐놓고 있었다.

"요놈새끼, 너 왜 이런 못된 짓 하니?"

미처 자리를 일어나 앉기도 전부터 나의 눈에서는 불빛이 번쩍했다.

"사람 새끼 되라고 학교 보내놓으니까 그래 도둑질부터 배워?"

아버지는 내가 애숙의 물건을 가지고 싶어 훔친 거라고 생각하신 게 분명했다. 나는 새삼 겁이 났다. 아버지가 나를 죽일 것만 같았다. 아버지는 내게 변명을 할 틈도 주지 않았다. 커다란 손바닥이 마구 정신없이 날아들었다. 나는 손바닥으로 맞으며 한사코 아니라고 애걸을 했다.

"그럼 뭐냐? 훔쳐오지 않은 애숙의 책보자기가 왜 벽장 속에 있어?"

한참만에야 아버지는 가까스로 화가 조금 가라앉았다. 그 틈을 타서 나는 재빨리 그럴듯한 변명을 늘어놓았다. 애숙의 책보자기를 대신 들어다 주려다 걸음이 빨라 그냥 집에까지 가져와버린 것이라고. 전에도 가끔 그런 일이 있었노라고.

그런데 이상한 일이었다.

변명을 듣고 난 아버지는 나를 용서하기는커녕 아까보다 더 화를 내는 것이었다.

"뭐가 어째고 어째? 너더러 공부하러 학교 다니랬지 누가 애숙이 심부름꾼 노릇이나 하래든, 그래 애숙인 팔이 없어 제 책보도 들고 다닐 수가 없다더냐 말이다."

그러면서 다시 매질을 시작했다. 그러나 참을 수 없는 것은 그 매질만이 아니었다.

아버지는 내가 책보자기를 훔친 것보다 애숙의 시중꾼 노릇을 했다는 데 더 화가 나신 듯했다.

"그래 이놈새끼, 남의 심부름이 그렇게 좋으면 낼서부텀은 애숙이 것만 말구 동네 아이들 책보자긴 모조리 네가 날라다 줘라. 애숙이랑 건이랑 종노릇을 모조리 도맡으란 말이다."

아버지의 속셈은 물론, 내가 다시는 그런 짓을 못하게 해놓자는 것이었을 게다. 그러나 아버지는 너무 화가 나서 그런지 나에게서 정말 그런 다짐을 받아내려는 것처럼 정색을 하고 다그쳐 들었다.

"그래 낼서부텀은 그렇게 하겠냐, 못하겠냐?"

아아, 아버지의 그 진짜 같은 추궁에 어느 쪽으로도 대답을 할 수 없었던 절망감, 그러나 아버지가 더욱 잔인한 것은 다음 날 아침이었다.

아침밥을 먹고 나자 아버지는 얼굴이 퉁퉁 부어오른 나를 앞세우고 작은아버지의 집으로 갔다. 그리고는 애숙을 불러내어 그 책보자기를 기어코 내 손으로 애숙에게 건네주게 하셨다.

"식이 놈이 깜박 잊고 네 책보자길 집에까지 들고 와버렸다는구나."

작은집 식구들 앞에서만은 아버지의 말씨가 여간 싹싹하지 않았다.

나는 애숙의 눈초리 앞에 고개조차 들지 못하고 있었다.

"누가 너더러 그런 일 해달랬니?"

책보자기를 받아 들며 애숙이 샐쭉한 목소리로 쏘아붙였을 땐 나는 정말 울음이라도 터뜨려버리고 싶었다. 볼이 부어오른 것을 보고 무슨 눈치를 챈 듯한 작은아버지가,

"학교 가는 길에 갖다 주지 일부러 집에까지 왔냐?"

아무렇지 않은 척하는 말에도 나는 오싹 식은땀이 솟으며 대답을 못했다. 모두가 원망스럽고 모두가 이미 나의 비밀을 알고 속으로는 나를 비웃고 있는 것 같았다.

"아침을 먹고 나서도 애가 미적미적 학교 갈 생각을 않는 것 같아 무슨 일인가 했더니 책보가 없다지 않아요. 하지만 식이가 간수하고 있었으니 이젠 그만 아닙니까."

다행스러워하는 작은어머니도 이미 눈치를 채고 있는 게 분명했다.

어쨌든 그런 일이 있고부터 나는 더욱 애숙 앞에 나설 수가 없게 되어버리고 말았다. 마을 아이들과도 영영 어울릴 수가 없었다. 학교에서나 하학길에서나 나는 언제나 혼자였다.

녀석들은 이제 마음 놓고 나를 놀려댔다.

"명식이는 바보 멍텅구리다."

"명식이 아버지는 애숙이네 머슴이다."

녀석들이 나를 향해 놀려대는 합창 소리도 한 가지가 더 늘고 있었다.

"명식이는 도둑놈이다. 애숙이 책보도 훔쳤다."

반반한 바윗돌 같은 데다 백묵으로 낙서를 해놓기도 했다.

그러나 나는 이제 녀석들에게 분풀이를 해줄 생각 같은 것은 아예 하지 않았다. 녀석들의 소리를 듣지 못한 척, 낙서도 보지 않은 척, 혼자 묵묵히 학교로 갔다가 또 혼자 집으로 돌아오곤 하였다.

명식의 고백은 계속되고 있었다.

하지만 그의 회상은 거기서 갑자기 몇 년의 세월을 한꺼번에 뛰어넘어버렸다.

초등학교 졸업 무렵이 회상되기 시작했다.

—어느덧 나는 6학년이 되고 있었다. 애숙이나 동네 아이들과는 여전히 앙숙인 채였다. 이제 욕지거리를 주고받거나 맞붙어 싸우는 일은 없었지만 한번 사이가 틀어진 뒤로는 서먹서먹한 기분이 끝내 사라지질 않았다. 나는 그런 녀석들과 다시 친해지려고 하지도 않았다. 혼자 지내는 편이 차라리 편했다. 다른 마을 아이들과도 함께 어울리기가 싫었다. 나는 언제나 혼자였다.

그러다 보니 이상한 일이 일어났다. 나의 학교 성적이 월등하게 뛰어나기 시작한 것이었다. 졸업 무렵이 되어서는 나도 모르게 소위 시골 천재가 되어 있었다.

천재 소리까지 들은 덕분에 명식은 그의 작은아버지(애숙의 아버지)의 도움을 얻어 중학교 진학을 할 수 있게 되었다. 그가 힘들이지 않고 입학시험을 치러 합격한 중학교는 K시에서도 일류로 손꼽히는 명문 학교였다.

중학 시절에 대해 명식은 다음과 같이 회상하고 있었다.

―중학생이 되고 난 첫 여름방학 때였다. 자랑스런 제복을 뽐내며 돌아와 보니 마을에는 애숙이 먼저 깔끔한 여학생이 되어 돌아와 있었다. 애숙은 지난봄 건이와 함께 읍내 중학교를 시험쳤었다.

애숙은 옛날 일은 이제 모두 잊어버린 듯 중학생이 되어 돌아온 나에게 무척 싹싹했다. 그러나 나는 그 애숙이 아직도 서먹서먹했다. 마음 한구석에서 여전히 애숙을 꺼리고 있었다. 애숙이 허물없이 나를 대해오면 올수록 나는 오히려 그 애숙이 견딜 수가 없어지곤 했다.

나는 애숙이가 나의 누이이기를 거부하고 있었다. 오빠로서보다 마음속 더 멀리에다 애숙을 두고 싶어 하고 있었다. 그것은 옛날 내가 그 밭 언덕 밑에서 애숙의 조그맣고 하얀 엉덩이를 훔쳐보았을 때부터 시작된 일이었다. 애숙이 먼저 나를 그렇게 만든 것이었다. 그녀에 대한 원망과 미움이 나를 그렇게 만든 것이었다. 그것은 처음에는 물론 애숙에 대한 원망과 미움 때문이었다. 그런데 나는 중학생이 되어서도 애숙을 여전히 누이로 받아들이질 않으려 하고 있었다. 누이로서보다 더 먼 계집아이로만 마음속에 지니려 하고 있었다.

그러나 아아, 그때 나는 그것이 이미 애숙에 대한 미움 때문이 아니라는 것, 그리고 그것이 얼마나 무서운 음모의 시작인 줄 미처 깨닫지 못하고 있었던 것이다.

애숙을 누이로 지니고 싶어 하지 않은 것은 실상 그 애숙으로부터 자신을 완전히 자유롭게 하고 싶은 속셈에서였던 것이다. 나는 애숙으로부터 자유로워지고 나서야 비로소 그 애숙을 누이로서 보다 더욱 가깝게 마음속에 지닐 수가 있었던 것이다.

그러나 이런 계산은 그때 너무나 은밀히 마음속 깊은 곳에서 이루어지고 있었기 때문에 나는 애숙을 꺼리는 자신의 태도를 의심해보려고조차 하지 않았다.

나는 아직도 애숙을 다만 미워하고 있는 것으로 착각하고 있었다. 사실을 깨달은 것은 내가 고등학교를 입학한 다음이었다.

고등학생이 되고 나서 다시 첫 여름방학이 되었을 때였다. 고향집에 돌아와 보니 이젠 내가 중학생이었을 때와는 여러 가지 일이 달라져 있었다.

우선 애숙이 진학을 하지 않고 있는 것이 그 하나였다. 작은아버지는 이제 천천히 시집갈 준비나 하라고 애숙을 집에 잡아놓고 있었다. 건이 녀석도 마찬가지였다.

녀석은 읍내 고등학교를 몇 달 다니는 척하더니, 웬일인지 마을로 돌아와 농사일을 거들고 있다는 것이었다. 결국 마을에서 고등학교까지 진학을 한 것은 장학금을 받아 공짜 학교를 다니고 있는 나 하나뿐이었다.

달라진 것은 그것뿐이 아니었다. 제복을 벗어버린 애숙이 어느덧 처녀티를 지니기 시작한 것이었다. 그녀를 못 본 몇 달 사이에 애숙은 놀랄 만큼 성숙해버린 것 같았다.

달라지지 않은 것은 애숙이 전보다는 좀 부끄럼을 타는 듯하면서도 여전히 나를 허물없는 오누이 사이로 대해오는 것이었다. 그리고 그 애숙을 아직도 마음속에서 자꾸 밀쳐내며 멀리로만 떼어놓고 싶어 하는 나의 버릇이었다. 그러나 나는 그때 이미 애숙을 자꾸만 나로부터 멀리 떼어놓으려는 것이 그녀를 아직도 미워하거나 원망스러워서가 아니라는 것을 어슴푸레 깨닫기 시작하고 있었다.

애숙으로부터 그토록 멸시를 받으며 끝없이 혼자 처량해지곤 하던 지난날의 일들까지도 이젠 어느새 달콤한 추억거리가 되고 있었다.

애숙을 누이로 받아들이기를 꺼리는 것은 내가 아직도 그녀를 미워해서가 아니라 애숙으로부터 자유롭게 되기를 바라는 나의 부지중의 소망 때문이었다.

그렇다면 내가 애숙으로부터 그처럼 자유로워지고 그리하여 애숙을 더 가까운 여자로 지니고 싶어 했다는 것은 무슨 뜻인가.

솔직하게 말하자.

나는 애숙을 동경하고 있었던 것이다. 그리고 애숙에 대한 나의 그런 느낌을 스스로 시인하고 났을 때, 나는 애숙으로부터 정말로 상당한 데까지 자유로워져 있음을 깨달았다. 나와 애숙이 오누이 간이라는 도덕적 속박은 적어도 무의식 안에서만은 이미 나를 지배하지 못하고 있었다.

육친의 깊은 살을 엿보고 말았을 때처럼 불쾌한 감정이 있을까. 그러나 나는 이 무렵 애숙에게서 조금도 그 비슷한 불쾌감의 방해를 받은 일이 없었다. 엷은 여름옷 속에 뽀얗게 감춰진 애숙의 포동포동한 몸매는 나를 호기심과 질투로 불붙게 했으며 놀이터 밭언덕 밑의 그 희고 조그맣던 엉덩이는 이제 제법 팽팽하게 부풀어 올라 고통스러운 굴곡을 짓고 있었다.

누이의 성숙과 그 육신의 변화를 엿보면서 거기서 기분 좋은 질투와 고통을 맛보고 있었다는 것은 이미 용서받을 수 없는 범죄였다.

그러나 그런 은밀한 범죄는 누구에게나 저질러질 수 있는 것이며 끝끝내 가슴속에 파묻어버릴 수만 있다면 그것은 때로 아름다울 수도 있으리라.

하지만 나의 경우는 그렇지를 못했다. 애숙에 대한 동경이 그처럼 은밀하질 못했다. 나는 나의 비밀을 너무나 확실히 깨달아버리고 말았다. 그리고 그런 자각은 거꾸로 나를 엄청난 절망 속으로 빠뜨려넣어버렸다. 애숙을 멀리하여 애숙으로부터 자유로워지고자 노력해온 것도 모두가 허사였다. 그것은 무의식이었다. 애숙에 대한 동경의 자각은 동시에 내가 그녀와 오누이 간이라는 것, 그리고 그것이 어떤 의미를 지니는 것인가 하는 자각까지도 동반했다.

무의식의 계교는 용서하지 않았다.

이제 애숙은 나와 아무 상관도 없는 존재였다. 애숙은 다만 나의 누이일 뿐이었다. 그것은 나에게는 아무 의미도 없었다.

오히려 애숙을 그 이상으로는 영원히 가깝게 지닐 수 없다는 슬픈 속박에 불과했다.

방학이 끝나자 나는 참담한 느낌으로 다시 학교로 돌아갔다. 그리고 몇 달 뒤에는 또 똑같이 참담한 느낌을 안고 고향 마을로 돌아왔다. 그로부터 고등학교 3년 동안 나는 학교와 고향 마을 사이의 그 허황한 방황만을 끝없이 되풀이하고 있었다.

그것은 자신과의 끈질긴 싸움이었다.

물론 진짜 싸움의 상대는 가슴속에 숨어 있는 애숙이었다. 이제 애숙을 이기는 방법은 애숙보다 더 맑은 눈동자를, 애숙보다 더 고운 살결과 탐스러운 종아리를, 그리고 애숙보다 더 귀여운 보조개를 짓는 소녀를 갖는 것이었다. 나는 열심히 그런 소녀들과 친했고, 그러면서 이젠 애숙을 이겼노라 몇 번이나 다짐도 했다. 그러나 그때마다 애숙은 내가 그녀를 이기려는 노력을 앞지르며, 나의 소녀들보다 언제나 신비스런 여인의 성숙을 지녀버리곤 했다. 그리고 나의 소녀들에게서 찾아볼 수 없는 풍성하고 독특한 분위기로 나를 견딜 수 없게 만들어버렸다.

그러나 이제 애숙이 나를 견딜 수 없게 만드는 것은 그녀에 대한 나의 절망감을 더해주는 것 외에 아무것도 아니었다. 그리고 그 절망감은 차츰 나를 질투덩어리로 만들어가고 있었다.

어쨌든 나는 그런 식으로 늘 애숙에게 지고만 있었다. 그리고 내게서 애숙을 이겨주는 소녀를 끝끝내 만나지 못한 채 나는 고등학교 3년을 끝내고 말았다.

고등학교를 졸업하자 나는 이제 마지막으로 고향 마을로 돌아갔다. 이번에야말로 진짜 참담한 귀향길이었다.

명색 장학금까지 받아가며 공짜 학교를 다니고 난 주제에 대학 입시를 낙방하고 만 것이다. 진학 시험 낙방은 그것이 곧 나의 마지막을 뜻했다.

명식의 진술은 아직도 줄기차게 계속되어나갔다.
대학 입시 시험에 떨어지고 고향 집으로 돌아온 명식은 이제 완전히 애숙에 대한 질투덩어리로 변해가고 있었다.
"흠, 녀석의 복수심이 묘하게 변하는군."
진걸은 이야기를 읽어 내려가다 말고 혼자 중얼거렸다. 녀석의 이야기에는 제법 그럴듯한 데가 있었다.
그는 대학 입시에서 입은 감정의 손상을 애숙에게서 보상받으려 하고 있었다.
하긴 누구나 자신의 손상에는 스스로의 감정을 위장하고 그 원인까지도 기만하면서 그것을 보상하고자 하는 본능을 숨기고 있는 것인지 모른다.
진걸 자신도 마찬가지였다.
그는 옛날 명식보다 더욱 참담한 귀향을 경험한 일이 있었다. 그러나 진걸은 그때 민첩한 자기방어 본능으로 그러한 손상을 엄격히 자기 한 사람의 감상 한계 안에 가두어버리는 지혜를 발휘했었다.
자기 밖에서는 그때의 귀향을 오히려 유리한 처세 근거로 만들어버렸던 것이다. 그리고 진걸은 지금도 그때의 일은 그렇게밖에 될 수 없었지만 그래도 오늘날까지 그를 지탱해오는 데는 적지않은 몫을 감당해준 것이라 생각하고 있는 터였다.
한데 명식은 자신의 좌절감을 온통 애숙에게서 해소하려 하고 있었다.

 명식은 애숙에게 어떤 갈증 비슷한 것을 느끼고 있었다. 그런데 그 갈증은 한번도 명식에게 채워지는 일이 없이 그를 점점 짜증스럽게만 만들어가고 있었다.

 그러자 명식은 문득 자신이 애숙에 대한 무서운 질투덩어리로 변해가고 있음을 발견했다.

 그것은 엄청난 절망감을 동반하고 있었다. 그리고 그 절망감은 순식간에 애숙을 죽여버리고 싶은 살의마저 머금으며, 견딜 수 없는 증오감으로 변해가곤 했다.

 아무런 이유도 없었다. 이유가 있다면 그것은 애숙의 존재 그 자체였다. 그리고 그녀의 성숙이 눈앞에 가까이 있다는 것이었다. 그의 갈증을 결코 한 번도 채워줄 수는 없는, 그것이 채워지는 것보다는 더욱 빠르게 명식에서 그 갈증을 더욱 깊게 해버리곤 하는 애숙의 성숙이었다.

 그리하여 그는 이제 애숙의 모든 것을 오직 그녀에 대한 질투와 증오거리로 삼아버리고 있었다.

 심지어는 그 자신이 시험의 실패에서 입은 감정의 손실까지도.

 진걸은 계속 녀석의 노트장을 들춰나갔다. 그러던 어느 날 한가지 기이한 일이 일어났다. 그것은 애숙에 대한 명식의 심경을 더욱 아슬아슬한 곳으로 몰아가고 있었다.

 ─그날은 볕이 몹시 따스한 날씨였는데도 나는 하루 종일 그 화창한 날씨가 두려운 사람처럼 어두컴컴한 나의 골방만 지키고 있었다. 실상 날씨야 어쨌든 입학시험을 실패하고 집으로 돌아온 나

는 그동안 별로 골방을 나간 일이 없었다. 골방에서는 나의 좌절과 부끄러움을 견디기가 한결 쉬웠다. 나는 밤낮없이 그곳에서만 뒹굴며 애숙에 대한 나의 초조감과 질투를 잠재우려 애썼다.

이제 애숙을 이겨보려는 생각을 단념한 지 오래였다. 나는 이제 다른 소녀에게서 애숙을 구하던 때와는 거꾸로 애숙에게서 나의 소녀를, 그 소녀의 여인을 구하고 있었다. 애숙에게서밖에 위로를 받을 수가 없었다. 그녀의 깊고 부드러운 여인에 싸여 맘껏 한번 위로를 받고 싶었다. 아마 그것은 애숙과 골방에 마주 앉아, 옛날 얘기든 뭐든 아무 이야기나 허물없이 지껄이면서 마음 놓고 시간을 보내는 것만으로도 가능했으리라.

그러나 애숙은 그것이 늘 모자랐다. 이따금 집엘 놀러오기도 하고 나와도 이야기가 특히 적은 편은 아니었지만 그때마다 애숙은 시험에 떨어지고 난 나의 기분을 너무 조심하고 있었기 때문에 그것이 나에겐 오히려 불편거리가 되곤 했다.

그리고 애숙은 이상하게도 나의 골방에는 잘 발을 들여놓으려 하질 않았다. 안방 마루에서 어머니와 재미도 없는 소리를 한참씩 지껄이다 슬그머니 자리를 일어나버리는 것이 예사였다.

하여튼 나의 골방은 그런 곳이었다.

이날도 나는 그런 골방에서 이런저런 상념들과 끝없는 싸움을 계속하고 있었다. 그러다 어느새 깜빡 잠이 들고 만 모양이었다.

내가 낮잠에서 다시 깨어났을 때는 오후 해도 거의 다 기운 다음이었다. 그런데 그때 나는 이상한 것을 발견했다. 책상 위의 화병에 싱싱하고 탐스런 철쭉꽃이 한 움큼 보기 좋게 꽂혀 있었다. 화병은 원래부터 나의 책상 위에 놓여 있었던 것이다. 그러나 그 화병에는 한 번도 꽃이 꽂힌 일이 없었다. 물조차 채워져본 일이 없었다. 한데 그 화병이 어느 사이 깨끗하게 손질되어 철쭉꽃 다발이 물속에다 보기 좋게 발을 담그고 있었다.

내가 잠이 들어 있는 사이에 누군가가 그래 놓고 간 것이었다.

누굴까.

누군가를 생각해볼 것도 없었다. 애숙이었다. 방에 들어오는 것을 꺼리는 눈치긴 했지만 내가 잠이 들어 있는 사이에 그런 짓을 해놓고 갈 사람은 애숙 한 사람뿐이었다. 화병에 꽂혀 있는 꽃이 철쭉꽃이라는 데서도 그런 직감이 더욱 확실했는지 모른다.

그렇다면 애숙이 집엘 다녀간 거로군.

언제 그랬을까.

그러나 나는 그런 것을 오래 생각하고 있을 필요는 없었다. 애숙을 대뜸 그 일의 장본인으로 점찍은 것도 옳은 예감이었다.

방문을 열고 나가보니 안방 마루에 아직 애숙이 앉아 있었다. 애숙은 혼자 마루에 걸터앉아 철쭉꽃 가지를 하나하나 다듬고 있었다. 꽃이 아직 남아 있었다.

"어디 산엘 갔다 왔나?"

나는 까닭 없이 가슴을 두근거리며 애숙에게 물었다. 자꾸만 옛날 놀이터의 밭 언덕과 그 밭 언덕 밑의 애숙이 떠올랐다.

"네, 날씨가 하도 좋아서요."

애숙은 내가 고등학교를 졸업한 다음부터는 존댓말을 쓰고 있었다. 그녀는 대답을 하고 나서 좀 쑥스러운 듯 얼굴을 붉혔다.

"애숙인 이제 시골 처녀가 다 되었지만 그래도 제법 낭만적인 데가 있군. 봄 날씨에 홀려 산으로 꽃을 다 따러 가구."

나는 애숙에 대해 여유를 가지려고 일부러 느릿느릿 말했다.

"아니에요. 오빠두. 집을 나선 것은 날씨 탓이었지만 꽃을 꺾어 온 건 오빠를 위해서였어요."

애숙은 사뭇 원망스런 어조였다. 그러나 나는 아직도 시치밀 뗐다.

"그건 왜?"

"꽃으로라도 오빠의 방 분위기를 조금 밝게 하려구요. 참 못 보셨어요? 벌써 화병을 꾸며다놓았는데……"

"봤어. 그러니까 내 방이 늘 어둡고 답답해 보였단 말이지?"

"그래요. 오빠와 난 그래도 처녀 총각인데 처녀가 총각 방을 들여다보기도 싫을 지경이었어요."

애숙은 허물 없이 웃었다. 이날따라 유쾌한 애숙이었다. 그러나 그 애숙의 말에 나는 기분이 점점 더 아슬아슬한 데로만 쫓기고 있었다.

"그래서 내 방엔 발걸음도 하지 않았군. 그래 아닌 게 아니라 꽃을 꽂아놓으니까 한결 환해진 기분이던데 이젠 종종 왕림해주시련?"

"오빠가 절 환영해줄래요?"

"그야 난 늘 심심하기만 하니까 여왕처럼 영접을 해주지."

"어머, 그럼 이제부턴 자주 가야겠네요. 오빠에게 여왕 노릇을 하러요. 호호호……"

애숙은 마구 깔깔대고 웃었다.

"하지만 너무 좋아하진 마라. 난 아직 가엾은 왕자니까."

"가엾은 왕자라도 상관없어요. 절 환영해준다니까요. 하지만 어떻게 환영하겠어요?"

—글쎄, 어떻게 환영할까. 그건 나도 아직 생각해본 일이 없었다.

"그건 와봐야 알겠지. 환영 방법은 미리 알려주는 게 아니니까."

나는 대답을 얼버무렸다. 그리고는 묘하게 화제를 거꾸로 끌고 갔다.

"하지만 기대는 할 수 있겠지. 그 왕자는 여왕이 철쭉꽃을 몹시 사랑한다는 사실까지도 알고 있으니까요."

"제가 철쭉꽃을 좋아한다구요?"

애숙은 이제 가정법을 쓰지 않고 직접 물었다.

"그럼, 애숙인 철쭉꽃을 어느 꽃보다 좋아하고 있지."

사실인즉 나는 아까부터 자꾸만 그 이야기를 꺼내고 싶던 참이었다. 일부러 이야기의 방향을 그쪽으로 돌린 것도 그 때문이었다.

"이상하네요. 저 자신도 내가 철쭉꽃을 좋아한다고 생각한 일이 별로 없는데요."

"하지만 애숙인 분명히 철쭉꽃을 좋아하고 있어."

"제 취미를 오빠에게서 배우게 되는군요. 그러나 오늘 철쭉꽃을 따온 것은 요즘 산에 핀 것이 철쭉뿐이었기 때문이었어요."

"오늘뿐이 아니지. 난 애숙이 철쭉을 좋아하리라는 좋은 증거를 가지고 있어. 이야길 들으면 생각날 거야."

애숙이 정말 철쭉을 좋아하든 말든 그것은 상관이 없는 일이었다. 나는 다만 애숙에게 그 이야기를 들려주고 싶었을 뿐이었다.

이상하게도 그 이야기는 애숙이 앞에서 나를 견딜 수 없게 하고 있었다.

"어디 그럼 이야길 해보세요. 제가 정말 철쭉을 좋아하고 있는지 보게요."

애숙이 드디어 이야기를 청했다. 옛날 일은 전혀 기억하고 있지 않은 표정이었다.

"하지만 이건 그 여왕이 왕자를 찾아왔을 때나 은밀히 들려주려던 이야긴걸……"

아마 그랬을지도 모른다. 그러나 나는 이야기를 그때까지 기다릴 순 없었다.

이상하게 마음이 조급했다. 그리고 지금은 따로 듣고 있는 사람도 없었다.

"초등학교 3학년 때 일을 기억하지?"

드디어 나는 입을 열기 시작했다. 그러나 애숙은 말이 시작되자마자

"초등학교 땐 뭐……"

언짢은 얼굴을 짓고 말았다. 우리들의 사이가 좋지 않았던 초등학교 때의 일은 이상하게 나보다 애숙이 더 언짢게 생각하고 있었다. 그래서 그녀는 초등학교 때 일이라면 뭐든지 생각나지 않는다고 했고 잘 이야기도 하지 않았다. 그러나 나는 애숙의 그런 버릇을 미리 알고 있었기 때문에 말을 혼자 계속해나갔다.

"그때 우린 학교에서 돌아오다 으레 놀이터에서 숨바꼭질 놀이를 한참씩 하곤 했어. 그런데 그 숨바꼭질을 할 때마다 언제나 애

숙이 숨는 곳이 하나 정해져 있었지. 그게 어딘지 알아? 술래가 눈을 감은 데서 바로 몇 발짝도 안 떨어진 밭두렁 밑이었어. 아마 생각이 날 거야."

나는 말을 하면서 계속 애숙의 표정을 살피고 있었다.

생각이 나지 않을 리가 없었으리라. 그리고 애숙에겐 그때 밭 언덕 밑에서 무엇을 하고 있었는지 생각나느냐고 묻지 않는 것만도 다행스런 일이었으리라.

과연 애숙은 얼굴이 차츰 붉게 상기되어 오르기 시작했다. 그리고는 드디어,

"오빤 왜 하필 그런 소릴……"

그리고는 더 이상 내게 말을 시키고 싶지 않은 듯

"하지만 제가 철쭉꽃을 좋아한다는 건 그렇다고 해두죠. 그렇다고 뭐 철쭉꽃이 나쁠 건 없으니까 말이에요."

부끄럽고 원망스런 눈초리로 나를 흘겨보았다.

항복을 하고 말았다. 그리고 이날 애숙과의 이야기도 그것으로 끝이 났다. 그러나 철쭉꽃이 나쁠 게 없다는 그녀의 마지막 말은 옳은 말이 아니었다. 아마 애숙은 상상도 할 수 없었으리라. 불행하게도 다음 날 일이 그것을 증명했다.

다음 날 나는 오랜만에 나의 골방을 나와 나들이 길을 나섰다.

모든 것은 그 나들이 때문에 일어난 일이었다. 그리고 그 나들이는 철쭉꽃 때문이었다. 애숙의 철쭉꽃에 묻어온 봄 때문이었다. 나는 그 철쭉꽃의 봄에 이끌려 마을을 나섰다. 구실은 옛날 학교엘 한번 찾아가보자는 것이었다.

그쪽 마을 동창 아이들 소식도 알아볼 겸, 낯익은 선생님이 계시면 인사나 들려놓자는 생각이었다. 그러나 그것은 역시 구실이었다. 실상인즉 나는 옛날 학교 길을 한번 다시 걸어보고 싶었고, 그보다도 놀이터 밭 언덕의 그 철쭉이 까닭도 없이 궁금해져 견딜 수가 없었던 것이다.

그러니까 최초의 허물은 역시 애숙의 철쭉꽃에 있었다. 그것만 아니었다면 이날의 외출은 없었을 테고 그 외출이 없었더라면 모든 일이 무사했을 것이다.

그러나 일은 그렇게 되지 않았다. 이날 나는 결국 그 학교 길을 다시 지나게 되었고, 놀이터 밭 언덕의 철쭉이 옛날과 다름없이 붉게 피어 있는 걸 보고 나서는 애숙에 대한 새로운 질투와 흥분으로 온몸이 열에 들려 집으로 돌아왔던 것이다.

그러나 애숙에 대한 질투가 어떤 것이었든, 그리고 그녀를 이겨버리려는 욕망이 어떤 것이었든, 그녀가 뒤를 보지 않고 나를 마주할 수만 있었더라면 일은 또 무사했을 것이다.

한데 일은 공교롭게만 되어갔다.

밤이 좀 늦어서야 집으로 돌아온 나는, 안방에 알은체를 하기도 뭣해서 슬그머니 그냥 나의 골방으로 숨어 들어가려고 했다. 저녁 같은 건 애초부터 생각이 없었다.

한데 이상한 일이 있었다. 주인도 없는 나의 골방에 희미하게 불이 켜져 있었다. 전엔 있어본 적이 없는 일이었다. 아버지나 어머니는 나의 방을 잘 들여다보시지도 않았다. 찾아오는 친구도 없었다.

나는 좀 이상한 예감에 쫓기며 가만가만 방문 앞으로 다가갔다. 안에서는 아무 기척도 들려나오지 않았다. 슬그머니 방문을 열어 보았다.

뜻밖에 애숙이 혼자 잠이 들어 누워 있었다.

나는 대뜸 긴장이 되기 시작했다. 조심조심 방문을 닫고 안으로 들어섰다. 잠이 제법 깊게 들었는지 그래도 애숙은 눈을 뜨지 않았다. 색색 고른 숨소리를 내뿜으며 잠에만 젖어 있었다.

그것을 보자 나는 더욱 긴장이 되었다. 게다가 자세를 비스듬히 비껴 누워 있는 애숙의 흉부는 저고리가 팽팽하게 한쪽으로 말려 금방 옷섶을 들추고 나올 것 같았다.

나는 터무니없이 마구 아슬아슬한 기분이 되어 한동안 숨도 못 쉬고 가만히 서 있기만 했다. 옛날 놀이터의 바위 뒤에 숨어 언덕 밑의 애숙을 엿보던 그 두렵고 아슬아슬한 기분 그대로였다.

나는 도대체 여유를 찾을 수가 없었다. 질투와 흥분, 게다가 형언할 수 없는 안타까움과 죄악감 같은 것이 전율처럼 일시에 몸을 꿰뚫고 지나갔다.

나는 마음을 가라앉혀보려고 잠시 책상 위에 철쭉으로 시선을 돌렸다. 그러나 그것도 허사였다. 놀이터 바위 뒤에서의 아슬아슬한 기분만 더 역력히 되살아났다.

그러자 나는 와락 겁이 났다. 정신없이 달려들어 등불을 훅 불어 꺼버렸다. 무엇보다 우선 그러고 있는 나를 애숙에게 들켜선 안 되었다. 놀이터에서와 마찬가지로 나는 벌써부터 큰 잘못을 저질러버리고 있는 기분이었다. 애숙이 잠을 깨고 일어나선 안 되었다.

불을 꺼버리고 나서도 나는 한참 동안 가만히 서 있기만 했다. 잔잔한 애숙의 숨소리가 여전히 어둠을 울리고 있었다.

이윽고 나는 선반에서 이불을 내려 조심스럽게 애숙을 덮어주었다. 그리고 나서 나는 미처 어쩌자는 생각도 없이 옷까지 입은 채 이불자락 밑으로 가만히 발끝을 들이밀었다.

이불의 감촉 때문이었을까. 애숙이 잠시 몸을 뒤채는 듯하더니 이내 다시 고른 숨소리를 색색 뿜어냈다.

나는 여전히 긴장이 풀리지 않았다. 몸이 잦아들 듯 아슬아슬하고 안타까웠다. 터질 듯한 두려움이 가슴을 짓눌러왔다.

—제발 애숙이 잠을 깨지 말아줬으면. 내일 아침까지 이대로 날이 밝아줬으면.

어떤 일이 일어나선 안 된다는 것인지는 나도 알 수가 없었다.

나는 그저 막연히 무슨 일인가 일어나고 말 것 같은 두려움에 질려 어떤 일이고 일어나선 안 된다고, 그러기 위해선 애숙이 잠을 깨지 말아야 한다고 애타게 기원하고 있었다.

아, 그러나 애숙은 끝내 잠을 깨고 말았다. 나의 기원은 애숙에겐 소용이 없었다. 아니 그 기원은 벌써 나에게서부터도 거짓이었는지 모른다.

나는 마음속으로 아무 일도 일어나지 말아야 한다고 열심히 빌고 있으면서도 몸은 어느새 애숙의 아래쪽 이불자락 밑에서 그녀를 안타깝게 기다리고 있었다. 처음에는 그저 그녀의 발끝이, 종아리가 나의 그것에 스쳐오기를, 그러다 나중에는 정말 애숙을 만나 그 따스하고 부드러운 감촉에 이끌려 자신도 모르게 점점 더 깊이 이불 속으로 끌려 들어가고 있었다.

그것은 실상 이만저만 견디기가 어려운 고통이 아니었다. 슬픔이라고 할까, 절망이라고 할까, 또는 어떤 질투나 분노처럼이나 견디기가 어려운 것이었다. 그러나 그것은 이미 육친의 그것처럼 불쾌한 것은 아니었다.

나는 이를 악물면서도 그 애숙의 감촉을 더욱 깊게 견디고 싶어 했다. 그리고 생각은 자꾸만 그 놀이터의 밭 언덕 밑으로 돌아가 긴장에서 벗어나려고 발버둥치고 있었다.

애숙이 잠을 깨고 만 것은 바로 그 순간이었다. 나의 손길이 그녀의 흉부에서 너무 깊은 윤곽을 느끼려 했던 것이다.

"누구? 누구야?"

애숙은 불현듯 낮게 부르짖으며 반사적으로 몸을 일으키려 했다.

애숙이 잠을 깨버리자 나의 손은 자신도 모르게 혼자 재빠른 행동을 취했다. 그것은 더욱 깊이 애숙에게로 숨어 들어가 마치 그 스스로 독립된 의식을 지닌 생명체처럼 가만히 숨을 죽이고 있었다.

"나다. 명식이야."

나는 그 손을 내버려둔 채 재빨리 애숙에게 속삭였다.

애숙은 아직 잠결이었다. 그러나 잠결에도 이미 심상찮은 기미를 직감하고 있는 게 분명했다. 낮고 다급한 나의 속삭임이 애숙에겐 더욱 불안한 것이었으리라.

"오빠? 불을 켜세요."

목소리가 대뜸 떨리고 있었다. 그리고 자기 속에 숨어 들어와 숨을 죽이고 있는 나의 손을 뽑아내려고 안간힘을 쓰기 시작했다.

그러나 애숙은 아직도 사정을 확실히 깨닫지 못하고 있는 것이었을까? 아니면 안방 쪽에 너무 겁을 먹은 탓이었는지도 모른다. 이상하게 소리를 지르려고 하질 않았다. 목소리가 나보다 더 작았다. 그리고 손을 빼내려는 안간힘도 이를 악문 침묵 속에서였다.

그러나 나는 그것으로 안심을 할 수 없었다.

"제발 그냥 가만히 있어줘. 눈을 감고 가만히 누워 있으란 말야. 그러지 않음 우린 둘 다 죽는 거야."

반쯤 몸을 일으킨 애숙을 다시 쓰러뜨리면서 애원 섞인 음성으로 속삭여댔다.

그러나 그런 나의 언동은 애숙에게 더욱 심한 불안과 절박감만 가중시켰을 뿐이었다. 애숙은 쓰러진 몸을 한사코 다시 일으키려 했고 이번엔 정말 소리까지 질러댈 기세였다.

"오빠, 이게 무슨 짓예요. 어서 불을 켜요. 그러지 않음 나 소릴 지르고 말 테예요."

"아무것도 아니야. 아무것도…… 가만히 눈을 감고 있어줘. 그럼 되는 거야. 소릴 질렀다간 정말 널 죽일 테야."

나는 벌써 애숙의 목에 손을 감아쥐고 반쯤 힘을 주고 있었다.

"눈을 감고, 그리고 옛날 놀이터의 언덕을 생각해. 그 언덕에 피어 있는 철쭉꽃을……"

"오빠……"

애숙은 끝내 소리를 지르지 못했다. 내게서 몸을 빼내려고 용틀임을 쳐대면서, 애원하듯 오빠만을 외워대고 있었다. 그 오빠 소리마저 목구멍 속으로 점점 조그맣게 잦아 들어가고 있었다.

그러나 나는 그 애숙의 너무나 많은 오빠 소리에 취해 이미 정신을 차릴 수 없게 되어 있었다. 아무것도 생각할 수 없었다. 들을 수도 없었다. 다만 아직도 내가 나의 생각 속에서 놓치지 않으려고 애를 쓴 것은 그 놀이터의 밭 언덕과 철쭉꽃뿐이었다. 나는 그 철쭉꽃과 애숙을, 조그맣고 귀여운 애숙을 마지막까지 생각하고 있었다.

"오빠도 눈을 감아요."

애숙도 그 한마디를 마지막으로 끝내 입을 다물어버리고 말았다. 그런 다음부터 애숙은 내내 조용한 흐느낌만 삼키고 있었다.

그리고 문득 그 애숙의 흐느낌이 끝나버린 것을 알아차린 다음에야 나는 혼자 우두커니 방 안의 어둠을 지키고 앉아 있는 자신을 발견했다—

명식의 고백은 좀더 계속되었다.

—내가 조금씩 정신이 들기 시작한 것은 그 애숙의 울음소리가 끝나고, 혼자 덩그러니 어둠을 지키고 앉아 있는 자신을 발견한 다음부터였다. 이미 방을 나가버린 애숙이 견딜 수 없이 가여워지기 시작한 것도 그 순간부터였다. 안타까움도 질투도 그리고 아슬아슬한 긴장도 이미 다 허물어지고 이젠 커다란 허탈과 후회가 가슴속을 소용돌이쳐오기 시작했다.

그러나 애숙에 대한 연민이나 후회는 이내 새로운 공포감을 자아내기 시작했다. 가엾은 애숙이 그 두려움으로부터 나를 지켜줄 수 있었더라면 얼마나 다행이었을까. 그랬더라면 나는 그 한 번의 잘못으로 두고두고 애숙에게 얼마나 착해질 수 있었을까.

처음 나는 그날 밤 일에 관한 한 애숙이 나와 함께 그 비밀과 공포를 은밀히 포옹해주리라 믿었다. 그러면서 나는 그것들을 오히려 애숙에 대한 연민과 마찬가지로 즐겁게 견디려고 했었다.

"어제 애숙이 놀러 왔다가 네가 옛날 학교 친구들을 만나러 갔다니까 저도 이야길 좀 듣고 싶다더라. 저녁에도 다시 와서 네 방에서 기다리는 모양이던데 만나봤냐?"

다음 날 아침 아버지와 함께 조반상을 받고 앉은 자리에서 어머니가 무심히 물었을 때, 다만 "네" 한마디를 대답하는 데도 나는 얼마나 아슬아슬한 심정을 견디어야 했던가.

한데 애숙은 그런 나를 조금도 안심시켜주려고 하지 않았다. 어쩌다 우연히 나를 마주치기라도 하면 그녀는 공포와 증오감에 질린 얼굴로 몸을 떨며 돌아서버리곤 하는 것이었다. 그러면서 애숙은 나를 점점 더 막다른 골목으로만 몰아갔다.

나는 그 애숙이 전보다도 더욱 견딜 수 없었다. 애숙으로 하여금 기어코 나의 편이 되게 하여 나와 함께 그 공포를 포옹하도록 만들고 싶었다. 그리하여 나에 대한 그녀의 미움과 두려움을 씻어내고 나의 그것도 잊어버리고 싶었다.

그러나 그런 나의 희망은 모두가 허사였다. 나는 끝끝내 애숙에게 지고 만 것이다.……

진걸은 이쯤 명식의 고백에서 눈을 거뒀다. 이야기는 아직도 좀 더 계속되고 있었다. 애숙을 이기려는 끈질긴 집념 때문에 일이 더욱 잘못되어 명식이 아버지와 마을 사람들로부터 고향을 쫓겨나게 된 경위며, 그런 후의 참담한 심경을 회한 어린 목소리로 늘어놓고 있었다. 그러나 안 선생 말마따나 녀석의 목소리에는 어딘지 지나친 엄살이 섞여 있었다. 그리고 녀석은 참담한 회한의 몸짓 속에서도 자신의 죄의식보다는 못내 애숙에 대한 아쉬움을 감추지 못하고 있었다.

그러나 어쨌든 그런 것은 진걸에겐 별로 상관이 없었다. 그보다도 진걸은 녀석의 이야기에서 자신에게 필요한 한 가지 중요한 암시를 얻고 있었다.

여자의 벽

 진걸이 명식의 이야기에서 어떤 암시를 얻은 것은, 어렸을 적 철쭉꽃이 단서가 되어 있는 녀석의 그 철저한 자기 복수심도 복수심이었지만 그보다는 그가 마지막 순간 애숙에게 속삭인 말 가운데서였다. 그때 녀석은 신통하게도 애숙에게 그 옛날의 장소를, 놀이터 밭 언덕과 철쭉꽃을 생각하라고 속삭이고 있었다.
 그리고 나서 녀석은 그날 밤 일이 애당초 처음부터 끝까지 애숙의 철쭉 탓이었다고만 고집하고 있었다.
 그것은 윤희의 눈빛을 빼앗아버리고자 기회를 엿보고 있는 진걸에게 무엇보다 귀중한 암시였다. 그는 명식 따위 조무래기에게 그런 암시를 얻고 있는 것이 우스웠지만 하여튼 윤희에겐 그 방법을 한번 써봄 직하다고 생각했다. 윤희의 눈빛을 특히 멋있게 빼앗아내야 한다는 점에서도 그것은 가히 나무랄 데가 없는 방법이었다.
 그런데 바로 다음 날로 진걸에게 기회가 찾아와주었다. 윤희의 동생 선희가 뜻밖에 여래암을 찾아온 것이다.

하긴 선희의 출현이 전혀 뜻밖의 일만은 아니었다.

언젠가 윤희가 몹시 토라진 표정으로 진걸에게 예언을 했던 대로였다.

그래 그런지 윤희는 오랜만에 만난 선희를 통 반기는 기색이 없었다. 선희도 그런 윤희의 태도에는 별로 신경을 쓰지 않았다.

그녀는 오히려 진걸 때문에 산을 올라왔고 그의 일에만 관심이 끌리고 있는 듯,

"안녕하세요? 허 선생님이 계신 걸 보니 제가 여기 온 거 참 잘한 거 같네요."

허물없이 남자 친구라도 만난 듯 매달려왔다.

"놀라셨죠? 제가 허 선생님을 만나 어쩔 줄 몰라 하는 거. 하지만 지난번엔 선생님이 계시지 않아서 얼마나 섭섭했는지 몰라요. 눈물이 다 나올 뻔했어요."

사뭇 응석기까지 곁들였다.

그러나 선희는 문득 진걸과 윤희의 관계를 점쳐보고 싶은 듯,

"어때요? 전에 제가 허 선생님 뵈었을 때 우리 언니와 한번 잘 지내보시라고 부탁드린 거. 우리 언니 역시 사람은 좋지요?"

갑자기 그렇게 물어오기도 했다. 윤희의 기분 같은 건 아예 아랑곳하지 않은 태도였다. 오히려 진걸 쪽에서 입장이 난처하여 윤희의 눈치를 살펴야 할 지경이었다. 물론 선희의 말에 일일이 대꾸를 해줄 수도 없었다.

진걸은 정말 어리둥절한 척 슬금슬금 윤희의 눈치만 살폈다. 윤

희는 선희의 태도에 역시 기분이 좋지 않은 얼굴이었다. 그녀의 표정은 차갑게 굳어져 있었다. 선희를 경계하고 있는 게 분명했다. 아니 그녀는 어쩌면 선희를 질투하고 있었는지도 모르는 일이었다. 그것은 진걸에 대한 관심 유무에 상관없이 윤희에게 가능한 일이었다. 먹기 싫은 떡도 남 주기는 싫다던가. 윤희의 경계심이나 질투는 그런 여인의 본능만으로도 가능한 것이었다.

어쨌든 윤희가 선희를 경계하고 질투하게 된 것은 진걸에게 그녀를 시험해볼 수 있는 절호의 기회였다. 그뿐 아니라 윤희의 우울한 눈빛 속에는 다시 그 바다의 그림자까지 짙게 어려들고 있었다.

"썩 멋있는 음모를 한 가지 꾸민 게 있는데 윤희 씨도 함께 그 음모에 가담해주지 않겠어요?"

별채에 어둠이 내리기 시작하자 선희는 먼저 방으로 들어가 몸을 쉬고 있었다. 그 틈에 진걸은 슬쩍 윤희를 불러냈다.

"음모라니요?"

다짜고짜 해대는 진걸의 말에 윤희는 궁금한 눈빛을 지으며 물었다.

"얘기해보세요. 음모라고 하니까, 뭔가 좀 무시무시하고 떨리는 것 같군요."

진걸이 장난스럽게 웃고만 있으니까 윤희는 다시 물어왔다. 마음이 내키면 자신도 한몫 끼어들겠다는 어조였다.

"하지만 무서워할 건 없어요. 멋진 음모라고 하지 않았어요?"

진걸은 여전히 장난기가 어린 미소를 입가에 머금은 채 윤희를 안심시켰다. 그리고는 선희가 있는 방 쪽을 한 번 힐끗 쳐다보고

나서,

"오늘 선희 씨가 여길 오신 걸 보고 마침 때가 알맞게 되었다고 생각했는데요."

갑자기 목소리를 낮추며 자신의 음모를 설명하기 시작했다.

"제 음모란 다름 아니라 이렇게 선희 씨가 이곳에 와 있는 동안 우리 둘이서 슬쩍 절을 빠져나가버리자는 것입니다. 그것이 제 음모 이행의 첫 단계거든요."

"절을 빠져나가자구요?"

윤희는 어이가 없다는 듯 진걸을 빤히 쳐다보았다. 그러나 진걸은 이제 그 윤희의 반응 같은 것은 아랑곳하지 않은 채 혼자 말을 계속해나갔다.

"실상 이 음모는 애초부터 선희 씨가 포함되어 있지는 않았어요. 진짜 음모의 알맹이는 이 절을 빠져나가는 데에 있지 않았거든요. 진짜는 달라요, 사실을 말하자면 전 전부터 윤희 씨가 말한 그 바다를 꼭 한번 찾아가보고 싶었답니다. 윤희 씨가 늘 눈빛을 빼앗기곤 하는 그 바다엘 말입니다.

윤희 씨의 바다는 언젠가 저에게서도 귀중한 것을 빼앗아가버린 바로 그곳이었거든요. 그러니까 우리는 두 사람 다 같은 곳에서 자신들의 귀중한 것을 잃은 셈이지요. 한데, 윤희 씨의 이야기를 들은 다음부터 전 한 가지 희망을 갖기 시작했어요. 언젠가는 그 바다에 잃어놓은 것을 다시 찾게 될 수도 있지 않을까 하구요. 윤희 씨와 저 둘이 함께라면 말입니다.

그러니까 애초의 계획은 둘이서 그 바다를 다시 가보자는 것이었지요. 한데, 마침 선희 씨가 나타나고 보니 이 기회를 타면 일이 더욱 멋지고 재미있을 것 같군요. 어때요. 윤희 씨도 반대할 이유는 없지 않겠습니까. 그리고 우리 두 사람이 함께라면 정말 희망을 가져볼 수도 있구요."

진걸의 말에는 윤희가 얼핏 알아들을 수 없을 만큼 아리송한 데가 많았다.

그러나 그것은 모두 진걸의 계산에서였다.

윤희는 진걸의 말을 유심히 듣고만 있었다. 그러더니 이윽고,

"그럴듯한 생각이군요. 한데, 그런 생각을 왜 하필 음모라는 말로 기분 나쁘게 표현하세요?"

뜻밖에도 진걸의 제의에 쉽게 솔깃해오는 눈치였다. 마치 진걸이 그런 기분 나쁜 표현을 쓰지만 않는다면 모든 것이 오케이라는 듯이.

윤희의 마음이 그처럼 쉽게 기울어오는 기색을 보이자 당황한 것은 오히려 진걸 쪽이었다.

"글쎄요, 그깟 표현이야 뭐래도 상관이 없는 일이지요. 음모가 싫다면 맘에 드는 다른 표현으로 바꿔도 되잖아요? 여행 계획이래도 좋구."

얼른 양보를 해버렸다. 윤희가 눈치를 챘는지 어쨌는지 모르지만, 그의 생각은 애초 윤희에 대한 진짜 음모에서부터 시작된 것이었기 때문이다.

더구나 그 말은 요즘 그가 명식이 놈의 고백을 읽다가 자신도 모르게 배워버린 말이라는 것이 생각났던 것이다.

다음 날 아침, 진걸은 정말 윤희와 함께 절을 빠져나오고 있었다. 새벽 어스름에 절을 나선 이들은 벌써 산길을 거의 다 내려와 있었다. 둘 다 간략한 여행복 차림. 뜻밖에 쉬운 말로 윤희가 진걸의 '음모'를 찬성해주었던 것이다.

그리고 무슨 생각에서였는지 윤희는 선희를 정말 혼자 절에 남겨두게 될 일에 대해서는 조금도 걱정을 하지 않았다. 오히려 윤희는 그런 식으로 선희를 한번 골려줄 목적으로 여행을 찬성하고 나선 낌새였다. 자금이 달리는 기색이자 윤희는 낮에 전해 받은 하숙비를 여행 비용에 보태는가 하면 자고 있는 선희의 가방까지 뒤져다 계획의 틈을 메워주었다.

새벽으로 서둘러 절을 빠져나온 것도 실상 그런 윤희 때문이었다. 기왕 정한 일, 미적미적할 것 없이 하루라도 일찍 떠나자는 것이었다. 그것도 좀더 일이 재미있으려면 새벽에 선희가 잠이 깨어나기 전에.

어쨌든 진걸로선 상관할 일이 아니었다. 윤희가 무슨 생각으로 그처럼 쉽게 자기를 따라나서주었건, 그리고 선희에 대한 그녀의 속셈이 어떤 것이었건 진걸로선 그런 데까지 괘념할 필요가 없을 것 같았다. 윤희와 함께 길을 떠났으면 그것으로 그만이었다. 설마 하면서도 명식의 방법을 빌려 설득한 것이 효과가 있었다고나 할까.

그러나 윤희는 막상 산을 내려오다 보니 그렇게 쉽게 진걸을 따라나선 자신이 좀 우스워지고 있는 모양이었다.

"참 어이가 없지요?"

"뭐가요?"

진걸은 벌써 윤희의 말뜻을 알아듣고 있었으나 일부러 시치밀 떼며 반문했다.

"선희 몰래 이렇게 둘이서 절을 빠져나온 것 말예요. 게다가 진걸 씨 같은 불량 청년을 이렇게 선뜻 따라나서고 보니 약간 겁이 나기도 하구요."

"내가 왜 불량 청년인가요?"

"글쎄요. 그건 두고 봐야죠. 하지만 너무 엉뚱한 계산은 하지 않는 게 좋을 거예요."

윤희는 괴상하게 쓰디쓴 웃음을 날리며, 그러나 좀 장난스런 어조로 말했다.

"엉뚱한 계산이라? 전 처음 제가 말한 여행 취지를 윤희 씨가 동의해준 것뿐이라고 생각하고 있는데. 윤희 씨와의 여행이 남자끼리의 그것보다 즐거우리라는 건 계산 이전이겠군요."

능청을 떨었다.

"그렇담 다행이군요. 하지만 우린 따로따로 다른 계산을 가지고 있는 게 분명해요."

이것 봐라, 그렇다면 자신의 계산은 따로 있단 말인가?

"글쎄요. 그런 게 있다면…… 그렇다면 윤희 씨는 어떤 계산을 가지고 있는지가 궁금해지는군요."

"거보세요. 틀림없다니까요. 하지만 제 계산을 말할 수가 없어요, 그럴 필요도 없구요, 허 선생님과는 아무 상관도 없는 일이거든요."

"그럼 제 계산은 윤희 씨와 상관이 있다고 생각하는 모양이지요."

"글쎄요."

"거봐요. 틀림없이 상관이 있다니까."

진걸은 조금 전 윤희의 말씨를 그대로 흉내내었다. 그러자 윤희는 얼굴이 붉어지면서도 제법 자신이 만만한 척 대꾸했다.

"하지만 선생님 계산에 제가 상관이 되고 있든 안 되고 있든 전 관계가 없어요. 그건 어차피 선생님 혼자의 계산일 뿐일 테니까요."

윤희가 뭐라고 해도 진걸은 별로 걱정을 하지 않았다.

두 사람은 일단 시내로 들어갔다.

아침을 먹고 나자 윤희는 잠시 개별 행동을 취할 시간을 갖자고 했다.

"오랜만에 목욕탕으로 해서 머리라도 좀 가꿔야겠어요. 워낙 꼴이 사나워서……"

그러나 진걸은 머리고 뭐고 당장 차를 타버리고 싶었다.

"머린 뭐, 그 동네 가서도 할 수 있지 않아요?"

이게 어디 남 위해서 나선 길인가, 목욕만 해도 그렇지.

그러나 윤희는 기어코 고집이었다.

"모처럼 나선 여행인데 허 선생님도 이발소엔 들러야 하실 게 아녜요? 선희 말대로 정말 산돼지 같은 모습예요. 귀밑까지 머리가 길어가지구……"

뭔가 자기 나름의 계산이 따로 있기는 한 모양이었다.

듣고 보니 이발소를 들렀다 떠나는 것도 별로 나쁠 것 같지는 않왔다. 어떤 답답한 친구가 터키탕엘 갔다가 실컷 때만 밀고 나왔다던가. 어디 거기가 때를 밀러 가는 덴가. 일반 탕엘 먼저 들렀다가는 친구들까지 있는 판인데.

어디라고 목욕탕 이발소가 없을 바는 아니지만, 역시 윤희의 말을 따르는 것이 옳을 듯했다.

그러나 윤희의 계산은 진걸의 상상과는 전혀 딴판이었던 모양이다.

아침을 끝내고 나서 진걸은 그녀의 말대로 잠시 개별 행동 시간을 갖기로 하고 윤희와 헤어졌다. 그리고는 부리나케 목욕탕과 이발소를 들러 윤희와 다시 만나기로 약속한 다방으로 나갔다.

윤희는 정한 시간이 넘도록 다방을 들어서지 않았다. 약속 시간 30분이 넘어도 영 소식이 없었다.

—내가 혹시 속아넘어가고 있는 건 아닌가.

여자들이란 으레 그러는 것이려니, 처음에는 그저 태연히 기다리고 있던 진걸도 시간이 그쯤 늦어지자 문득 불안한 예감이 스치기 시작했다.

—그렇다면 그녀의 계산이란 바로 이런 식으로 나를 골탕 먹이는 것? 하지만 설마…… 무엇 때문에?

시간이 흐를수록 예감이 좋지 않은 쪽으로만 기울었다. 혹시나 하고 메모판을 찾아보았으나 거기에도 윤희가 왔다 간 흔적은 없었다. 수첩을 꺼내 들고 윤희네 집으로 전화를 걸어볼까 생각해보기도 했다. 그러나 어쩐지 윤희가 당장 집으로 달아났을 것 같지는 않았다.

어느새 약속 시간이 한 시간이나 넘고 있었다. 진걸은 이제 거의 단념을 하고 있었다.

무엇을 어떻게 하려는 것인지조차 생각하지 않은 채 불쑥 자리를 일어서고 말았다.

마침 그때였다.

"허진걸 씨, 허진걸 씨……"

느닷없이 레지 아가씨가 그를 찾고 있었다. 진걸은 귀가 번쩍 뜨이며 정신없이 카운터 쪽으로 달려갔다. 그에게 전화가 걸려와 있었다.

보나 마나 윤희였다.

"허 선생님? 저예요, 윤희. 아직 기다리고 계시군요?"

수화기를 들자마자 대뜸 윤희의 음성이 흘러나왔다.

"뭐라구, 아직 기다리고 있느냐구요."

진걸은 윤희의 전화가 반가우면서도 역시 좋은 예감이 아니었다.

"네, 전 벌써 단념하고 다방을 나가버리신 줄 알았어요."

"사람을 한 시간씩이나 기다리게 하구서 한다는 소리라니……"

"그래서 이렇게 전활 걸어드리는 게 아녜요?"

점점 더 수상쩍은 소리뿐이었다.

"전화고 뭐고 빨리 와요."

"허 선생님."

그러자 윤희는 갑자기 정색을 하고 나섰다.

"허 선생님은 정말 저의 바다에 가보고 싶으신 거예요?"

"처음에 말한 대로."

"그렇담 혼자라도 가보셔야겠군요. 전 단념했으니까요."

예감대로였다.

"무슨 변덕이지?"

"허 선생님께 자신이 없기 때문이에요."

"내 뭐에?"

"허 선생님의 그 계산이라는 거. 아무래도 전 허 선생님이 바다 때문이 아닌 것 같은걸요."

"몇 번씩이나 같은 말을 되풀이해야겠소?"

"되풀이해도 믿을 순 없어요. 증명할 방법이 없지 않아요."

―두루 구색을 갖추려 하는군. 하지만 여기서 물러섰다가는 정말 낭팬걸.

"그럼 저 계산에 윤희 씨가 상관되고 있든 말든 어차피 그것은 나 혼자의 계산일 뿐이라고 자신만만해서 장담한 건 누구였소?"

"그건 선생님이 저와 함께 절을 내려와주신 걸로 저의 계산이 끝나게 되어 있었으니까요. 지금 이런 식으로 말씀이에요."

"날 속였단 말이지?"

진걸은 마구 반말이 튀어나왔다.

"미안해요. 그래서 이런 전활 드리고 있는 게 아녜요?"

"그런 농담 말고 빨리 나오기나 해요."

진걸은 화를 꿀꺽 참으며 다시 윤희를 달래보았다. 그러나 윤희는 그 말은 들은 체도 않고,

"혼자라도 바다엘 가시는 건 허 선생님 자유지만 기왕 가시려거든 즐겁게나 다녀오세요."

말이 끝나자마자 전화가 짤깍 끊겨버렸다.

빌어먹을! 진걸은 어이가 없었다. 끊긴 수화기를 들고 한동안 어쩔 줄을 모르고 서 있었다. 그러나 그는 이제 진짜 화풀이라도 해줄 양으로 주머니의 수첩을 꺼냈다. 윤희네 집 전화번호를 찾아 부리나케 다이얼을 돌렸다.

"여보세요."

신호가 떨어지자 수화기에서 흘러나온 소리는 굵다란 남자의 목소리였다.

"거기 지윤희 씨 좀 바꿔주십시오."

진걸은 좀 의아스러웠으나 다짜고짜 윤희를 찾았다.

"윤희요? 그 앤 지금 집에 있는 아이가 아니오."

"그럼 윤희 씨가 오늘 집에 돌아오지 않았단 말씀입니까?"

"그렇소. 한데 댁은 뉘시오?"

그러나 진걸은 대꾸를 않은 채 전화를 끊어버렸다. 그렇다면— 그는 언뜻 떠오르는 생각이 있었다. 전화기를 놓자마자 훌쩍 다방을 나와 서울역으로 달렸다.

진걸이 역에 도착했을 때는 12시 반 특급 호남선 남행열차가 방금 떠난 다음이었다.

윤희의 바다가 있는 요양소 마을까지 가려면 천상 2시 특급열차를 기다리는 수밖에 없었다. 그것도 기차로는 C읍까지밖에. C읍에서 기차를 내려 다시 버스로 갈아타야 했다.

진걸은 망설였다. 그의 느낌은 아직도 희미한 예감에 불과했다. 역에까지 윤희를 쫓아 나온 것도 전화를 받다가 언뜻 머리를 스친 예감 하나 때문이었다.

—빌어먹을, 서울에서 하룻밤 호강이나 하다가 다시 산으로 올라가버려?

그가 바다를 보고 싶다는 따위의 말은 처음부터 윤희를 위한 연극이었다. 혼자서라도 바다를 찾아보라던 윤희의 권유는 진짜 우스개가 아닐 수 없었다.

그러나 그는 여전히 2시 차에 마음이 끌리고 있었다. 곰곰 생각해보니 그의 예감은 전혀 근거가 없는 것도 아니었다. 무엇 때문이었을까. 윤희는 진걸이 그녀와 함께 절을 내려와준 것만으로 계산이 모두 끝났다고 했다. 그녀는 선희에게 뭔가 그런 식의 시위를 하고 싶었던 게 분명했다. 그렇다면 그 시위의 효과를 위해서 윤희가 금방 산으로 되돌아갈 것 같지는 않았다. 그리고 아직 소식이 깜깜한 것으로 보아 집엘 들르려는 것도 아닌 게 분명했다. 그렇다면 바다밖에 없었다.

그녀가 바다를 가본 것도 퍽 오래전 일이었다. 그리고 진걸이 입술을 빼앗고 나서 언젠가 그녀의 옷을 멋있게 벗겨주마고 선언한 다음부터는 그 우울한 바다의 그림자가 늘 짙게 드러나 있던 윤희였다. 그것이 어제 오후 선희의 출현으로 더욱 두드러졌다.

진걸을 떼어버리고 혼자 바다를 찾아간 게 분명한 듯했다.

근처 식당에서 간단히 점심을 때우고 난 진걸은 할 일 없이 광장을 서성거리다 기어코 2시 차에 몸을 싣고 말았다.

C읍에서 기차를 내린 것이 밤 10시. 포구 마을까지 들어가는 버스는 이미 끊어지고 없었다.

할 수 없이 C읍 여관에서 하룻밤을 지낸 진걸은 다음 날 아침 일찍 어스름을 뚫고 오는 첫차에다 다시 몸을 얹었다. 진걸이 포구 마을로 들어와 마지막으로 차를 내린 것은 게으른 사람의 아침잠이 아직 덜 깼을 시간. 차를 내리자마자 언덕 위에서 눈부신 아침 햇살을 받고 있는 요양소 건물부터 눈에 들어왔다.

요양소의 희고 눈부신 건물 맞은편에 윤희가 말한 대로 조그맣고 정결한 시골 초등학교의 목조 건물이 마을과 바다를 내려다보고 있었다.

진걸은 모든 것이 제 고향에나 온 것처럼 익숙했다. 그리고 이 조용한 포구 마을의 어디엔가 윤희가 스며 있을 것을 생각하니 공연히 신기하고 정겨운 느낌마저 들었다.

바다의 산과 언덕, 그리고 그것들에 오밀조밀 어울리고 있는 밭 능선과 집들과 요양소 건물은 마을을 그림처럼 아름답게 꾸미고 있었다.

그러나 진걸은 이내 불안해지고 말았다.

―윤희가 정말 여기에 와 있는 것일까.

그는 곧 발길을 돌려 윤희가 들어 있을 만한 여관을 찾아 나섰다. 마을에서 제일 크고 깨끗한 곳을 물어 무턱대고 여관문을 들어섰다.

진걸이 들어선 여관은 바닷가에 축대를 쌓고 그 축대 위에 지어진 집이었다. 툇마루 밑에서 바닷물이 출렁거리고 있었다.

문을 들어선 진걸은 안내실부터 찾았다. 안내실엔 이제 막 아침 청소를 끝내고 돌아온 사동 아이가 그를 맞았다.

"그래, 방을 하나 쓰겠다. 한데 그보다두 먼저 부탁할 일이 있는데 말야."

진걸은 유리창 사이로 말을 주고받다가 언뜻 안내실 안으로 들어갔다.

"어젯밤 너희집 숙박부 좀 보여주겠니?"

"숙박부는 왜요?"

"글쎄 좀 알아볼 일이 있어서 그래."

그때 마침 아침 식사를 끝내고 안내실로 들어오던 영감쟁이가 뒤에서 둘의 말을 엿듣고 서 있었다. 그러더니 대뜸,

"뭍에서 오신 분이군요?"

말을 가로막고 나서면서 유심히 진걸의 얼굴을 살피기 시작했다.

"어떻게 그리 단번에 알아맞히시나요?"

진걸은 대꾸 겸 무심히 그렇게 물었다. 영감은 뜻밖에 대답이 열심이었다.

"배가 닿지 않을 때 오신 분들은 대개 육지 분들이지요. 게다가 물아래 사람들은 아침엔 여관을 찾지 않는답니다. 밤늦게 왔다가 아침에 서둘러 떠나가버리곤 하지요."

"사람을 하나 찾아봐주시겠습니까?"

진걸은 영감의 태도에 뭔가 미심쩍은 구석을 느끼며 단도직입으로 물었다.

"지윤희라구, 젊은 여잡니다마는. 숙박부를 보여주시면 제가 직접 찾아도 좋겠구요."

그러자 영감은 한동안 다시 진걸을 살피고 나더니 망설망설 물

었다.

"그럼 서울에서 오신 허 선생님?"

역시 그렇군. 진걸은 슬그머니 웃음이 나왔다. 벌써 모든 사정을 짐작할 수 있었다.

"어떻게 제 이름까지 알고 계시는군요."

"숙박부를 보여주시라니 말씀을 드리는 수밖에요. 그 아가씬 저희 집에 묵고 있어요. 어젯밤 늦게 그분이 오셔서 허 선생님이란 서울 양반이 오실지도 모르니 그러면 암말 말고 자기에게 먼저 일러달래더군요."

그렇다면 일이 이렇게 될 것도 그녀의 계산엔 이미 들어 있었던 거란 말인가.

"그럼 제가 그 아가씨의 약혼자라는 말도 들으셨겠군요."

진걸은 천연스럽게 지껄였다.

"몇 호실입니까?"

좀 의외라는 표정을 짓고 있는 영감에게 진걸은 다그쳐 말했다. 그러나 이번엔 영감이 난처한 기색이었다.

"하지만 먼저 일러주지도 않고 불쑥……"

그러나 이제 와서 진걸은 영감의 고집쯤 문제가 아니었다.

"7호실이요. 저쪽. 하지만 방이 조용한 걸 보니 아침만 먹고 다시 잠이 든 모양이요. 피곤했을 거외다."

힘들이지 않고 영감의 대답을 얻어냈다.

그리고는 시무룩해진 영감을 남겨놓고 혼자 객실 복도로 나갔다.

윤희는 정말 영감의 말대로 잠이 들어 있는지 방 안이 조용하기만 했다.

그는 가만히 미닫이문을 밀치고 방 안으로 들어섰다.

아닌 게 아니라 윤희는 바다 쪽 창문 아래에 쓰러져 세상모르고 잠이 들어 있었다.

—흠! 아닌 게 아니라 예사 상사병은 아니로군.

진걸은 자기의 예감이 그처럼 쉽게 적중해준 데 만족하지 않을 수 없었다. 그는 빙긋 미소를 지으며 다시 한 번 자신만만하게 뇌까렸다.

—이 여잔 거추장스런 기차 속의 시간까지도 영리하게 생략해주었단 말야.

그리고 그녀는 지금 어린애처럼 귀여운 잠 속에서 자기를 기다리고 있는 것이었다. 진걸은 윤희가 마치 자기의 방법을 미리 알아차리고 그것을 멋지게 이뤄내도록 돕고 있는 것만 같았다.

그는 문득 윤희 앞에 무릎을 꿇어앉으며 그녀의 잠든 얼굴을 가까이 들여다보기 시작했다. 머나먼 바닷가의 외딴 여관 방. 게다가 아는 사람이라고는 그녀와 단둘뿐. 진걸의 기분은 서서히 은밀한 분위기에 감싸이기 시작했다. 이제 초조하고 불안할 것은 아무것도 없었다.

—찾아낸 신호로 우선 입술이나 한번 맞춰줄까. 예까지 쫓아온 값으로도 그쯤은 허물이 없겠지.

그러나 진걸은 아직도 마음속에서 그 윤희를 즐기고 싶었다. 몸을 움찍도 않은 채 눈으로만 하나하나 윤희의 모습을 더듬어 내려가고 있었다. 그 진걸의 시선 속에서 윤희의 몸뚱이는 차례차례 비밀스런 윤곽을 드러내고 있었다. 매화 꽃잎을 따 문 듯 붉게 핀 입술. 그것은 꽃잎들이 스스로 고운 것처럼 애틋하고 은은한 호소를 머금고 있었다.

그리고 적당히 부풀어오른 젖가슴과 둔부는 탐스럽다기보다 그 굴곡이 귀엽다. 차라리 양감이 풍부한 것은 바지 폭을 팽팽히 잡아당이고 있는 허벅지 쪽……

그러나 한참 윤희의 몸뚱이 위로 시선을 달리고 있던 진걸은 문득 쓰디쓴 미소를 짓고 말았다.

—하지만 이건 명식이 녀석과 너무 비슷한걸.

마음 편히 잠든 윤희를 곁에 하게 된 것도 실상 그것이 처음이었다. 진걸은 불쑥 기분이 거슬렸다.

—여기까지 녀석과 같아질 순 없지.

그는 입술이고 뭐고 곧 윤희를 깨워 일으켜야겠다고 생각했다. 그는 갑자기 엄지손가락을 세워 윤희의 가슴을 겨냥했다. 그리고는 지금 막 숨결이 부풀어 오르고 있는 한쪽 가슴의 돌출부를 꾹 찍어 눌렀다. 윤희는 속옷과 털 스웨터뿐 아직 브래지어를 하지 않은 모양이었다. 부드러운 돌기가 손가락 끝에 느껴졌다.

그러자 윤희도 잠 속에서 뭔가 좀 이상하게 느껴졌는지 몸을 한 번 움찔했다. 그리고는 반사적으로 두 손을 가슴으로 가져갔다. 그녀의 손을 피해 진걸은 같은 손가락으로 다시 한 번 그녀의 가슴을 눌렀다. 그러자 이번에는 윤희가 눈을 번쩍 떠버렸다. 눈을 뜨자마자 윤희는 소스라치듯 몸을 솟구쳐 일어났다.

"하하…… 지금 막 꿈을 꾸던 사람이 와 있을 뿐인데 놀라긴."

진걸은 재빨리 손을 감추며 껄껄 웃었다.

윤희도 어떻게 해서 자기가 잠을 깨게 되었는지는 미처 생각이 미치치 않은 모양이었다.

"어떻게 제 방을 알았어요?"

"허진걸이란 사람이 찾아오거든 이 방으로 안내하라고 부탁을 해놨다면서요. 윤희 씬 역시 제가 따라오는 걸 점치고 있었던 모양이지요?"

진걸은 짓궂은 표정으로 윤희를 건너다보았다.

윤희도 진걸을 따라 픽 웃어버리고 만다.

"두렵지 않으세요? 윤희 씨 말대로 저 같은 불량 청년이 이렇게 멀리까지 윤희 씰 쫓아왔는데?"

진걸은 여전히 빙글거리며 윤희의 표정을 살폈다. 그러나 윤희도 이젠 제법 천연스럽다.

"두렵긴요. 혼자 여기까지 바달 쫓아오신 걸로 허 선생님도 정말 그 바다가 보고 싶었다는 게 증명되었는걸요. 게다가 허 선생님이 우리의 여행 비용을 함께 가지고 계시잖아요."

"만약 내가 여기까지 온 게 바다 때문이 아니라면? 윤희 씨 때문이라면?"

"그야 곧이듣지 말아야죠."

윤희는 그러면서 정말 곧이듣지 않겠다는 듯 훌쩍 자리를 일어서버렸다. 그리고는 뒷벽 들창 앞으로 다가가서 바다를 내다본다.

진걸도 윤희를 따라 말없이 자리를 일어섰다. 바로 창유리 밑에 바다가 있었다. 그 바다 복판으로 멀찌감치까지 축대가 하나 뻗어

나가 있었다.
"아마 윤희 씬 늘 이 여관 이 방이었겠군요. 창문으로 한눈에 바다를 내다볼 수 있는……"

진걸은 윤희 등 뒤로 바짝 다가서며 나직이 말했다. 언젠가 여래암에서처럼 그녀의 머리 냄새가 코끝에서 아른거렸다.

"……"

윤희는 이제 진걸의 말엔 침묵을 지킨 채 창문으로 바다만 내다보고 있었다. 진걸은 그 윤희의 어깨 위로 가만히 한 손을 올려놓았다. 그래도 윤희는 역시 반응이 없었다.

"아까 윤희 씨가 잠이 들어 있을 때 말예요."

그러자 진걸은 윤희의 어깨 위에 좀더 무게를 얹으며 새로운 화제를 꺼냈다.

"윤희 씨의 잠이 깨길 기다리면서 제가 무슨 생각을 하고 있었는지 아십니까?"

"무슨 생각이었나요?"

윤희는 시선을 여전히 유리창에 매단 채 마지못한 듯 한마디 대꾸해왔다.

"우선 여기까지 윤희 씨를 쫓아온 값을 어떻게 받아낼까 궁리했지요."

"그래 생각이 났나요?"

"생각이 났지요. 하지만 윤희 씨가 잠이 깰 때까진 기다리고 있기로 했어요. 무슨 도둑질만 같아서……"

그 소리에 윤희는 뭔가 심상치 않은 기색을 느꼈는지 비로소 고개를 돌리려고 했다. 그러나 그녀가 막 고개를 돌렸을 때 거기에는 바로 진걸의 커다란 얼굴이 그녀를 기다리고 있었다.

바다는 넓어서 허물이 없다. 설마 파도 소리가 질투를 할까. 진걸은 창문을 비키지도 않고 윤희의 입술을 맞았다. 윤희도 진걸을 피하려 하지 않았다. 뜻밖에 쉽게 눈을 감아주었다. 그리고 그녀는 진걸의 팔 속에서 갑자기 조그맣게 되어버렸다.

그러나 진걸도 윤희가 자기에게서 조그맣게 되어가고 있는 것처럼 자신은 그 윤희에 비해 엄청나게 거대해지고 있는 것 같은 착각이 들었다. 진걸은 그런 착각 속에서도 아까 눈으로만 살핀 윤희의 몸뚱이를 조그만 굴곡의 윤곽 하나까지도 자신 속으로 세밀히 받아들이고 있었다.

"선생님 방으로 돌아가요."

한참 만에야 겨우 진걸의 팔을 벗어나온 윤희는 그녀의 부피를 되찾은 대신 얼굴이 붉게 상기되어 있었다.

"왜, 제가 윤희 씰 찾아온 값을 너무 비싸게 받아낸 모양이군요. 절 내쫓으려 들기부터 하게."

그러나 윤희는 진걸의 장난스런 말투가 이젠 맘에 들지 않는 모양이었다.

"여기 며칠 계실 작정이세요?"

느닷없이 정색한 목소리로 물었다.

"윤희 씨가 여기 계실 동안은요. 하지만 아직 방은 정하지 않았어요."

진걸도 조금 장난기를 죽였다.

그러나 윤희는 이제 대꾸조차 하지 않았다. 입을 다문 채 뭔가 곰곰 생각을 씹고 있는 눈치였다. 진걸은 그 윤희의 생각을 재빨리 앞질러버렸다.

"그러고 보니 윤희 씬 마치 오늘이라도 여길 떠날 작정인 것 같군요. 하지만 윤희 씨 역시 혼자 맘대로 여길 떠나진 못할걸요."

"어째서요?"

그러나 이번엔 진걸이 그 물음에 대답을 하려 하지 않았다.

"제발 이젠 그런 신경 쓰이는 소릴랑 그만둡시다. 도대체 윤희 씬 뭐가 그렇게 복잡하죠?"

오히려 윤희를 책망하고 들었다.

"우리들은 이제 서로가 빤하지 않아요. 따로따로 여기까지 와서 둘이 서로 만났으면 그것으로 그만 아니오. 우리들에게 또 무슨 쑥스런 절차가 필요합니까."

뒤에 가선 거의 노골적인 데까지 윤희를 추궁하며 그녀에게 육박해 들어가고 있었다.

"……"

윤희는 입을 다문 채 가만히 듣고만 있었다. 말을 끝내고 나서야 진걸은 자기가 좀 지나치지 않았나 싶어졌다.

"바닷가에나 나가보지 않겠어요? 우리들이 여기까지 온 건 어쨌든 바다 때문이니까요."

갑자기 목소리를 부드럽게 고쳐 윤희의 기분을 바꿔보려고 했다. 그러나 윤희는 화가 나 있었던 것은 아닌 모양이었다.

"새벽 차를 타셨으면 밤잠을 못 잤을 텐데, 우선 방부터 정하고 한잠 주무세요."

대답 대신 뜻밖에 진걸을 걱정했다. 목소리도 여간 고분고분 하지가 않았다.

"지금은 함께 나갈 수도 없어요. 바닥이 좁아서 전 벌써 얼굴이 익거든요."

둘이 함께 거리로 나섰다간 불편한 눈초리가 많으리라는 것이었다. 어스름이 내릴 때까지 방 안에서 기다리는 수밖에 없다고 했다.

"그러니까 그때까지 우선 여독이나 푸세요."

할 수 없었다. 그로서는 별로 괘념할 일들이 아니었으나 어쨌든 윤희의 마음부터 편하게 해주는 게 좋을 듯했다. 그는 곧 윤희의 방을 물러나와 이웃 방을 하나 더 정했다. 그리고는 윤희의 말대로 낮잠이나 실컷 자두기로 작정하고 이불 속으로 파고들어버렸다.

진걸이 곤한 낮잠에서 다시 눈을 뜬 것은 오후. 해도 벌써 반 이상이 기운 다음이었다. 한데 진걸이 눈을 뜨자마자 윤희의 방으로 돌아와보니 어찌 된 일인지 그녀가 눈에 보이지 않았다. 방 안엔 옷가지며 여행구들이 그냥 뒹굴고 있는 채였다. 진걸은 문득 창문으로 다가가 바다를 내다보았다.

창문에 걸린 긴 축대 끝에 예상했던 대로 바닷바람을 가르고 서 있는 윤희의 모습이 언뜻 떠올랐다.

여인들은 남자를 사랑함에 있어 흔히 그 자신도 의식하지 못하는 이상한 벽을 가지고 있는 수가 있다.

한 남자의 외모나 성격이나, 이를테면 그 남자의 매력이라고 할 수 있는 어떤 구체적인 요인에 의해 여인의 사랑은 움이 돋아나게 된다. 그러나 모든 여인들의 사랑이 그처럼 상대방에 의해서만 촉발되지는 않는다.

다른 여자들은 상대방을 만나기도 전에 이미 마음속에 자기 식의 남자를 지니고 있는 수가 있다. 이해 깊은 아버지에 의해서, 사이좋은 오빠에 의해서, 또는 떠나가버린 옛 애인이나 막연한 소녀시절의 동경에 의해 여인들에겐 그러한 남자의 환상이 심어진다.

그리고 이 여인들은 환상이기 때문에 얼마든지 아름답고 이상적일 수 있는 자기의 남자를 깊이 사랑한다.

어느 땐가는 그러한 자기 환상과 악수해줄 진짜 남자가 발견되기를 기다리면서. 그러다 드디어 한 남자가 그녀 앞에 나타난다. 그리고 여인은 지금까지 자기가 지녀온 환상의 옷을 입혀놓고서 그를 사랑하려 한다. 그러나 그것이 가능할까. 그 환상의 옷은 너무 화려하여 남자에게 영 어울릴 수가 없다. 아니 이 세상 어떤 남자에게도 그 옷은 이미 어울릴 수가 없다. 게다가 남자는 종종 그 환상의 옷을 벗어버린 채 여인 앞에 참을 수 없는 모습으로 나타나곤 한다.

여인은 결국 자기가 사랑하려고 한 것이 정말로는 자기의 환상일 뿐이며, 한 구체적인 형상을 지닌 인간이 아니라는 것을 깨닫게 된다. 지나치게 이기적이거나 용기가 없는 여자들은 이런 경우 남자로부터 자기의 환상을 거두고 고집스럽게 발길을 돌려버리게 마련이다. 그리고는 혼자서 자기의 환상만을 사랑하려고 한다. 그러나 이때도 좀더 현실적이고 영리한 여자들은 자기의 환상과 실제 상대방 사이의 격차를 최소한으로 줄여가면서 갈등과 고통 속에 자기를 감내해내려고 노력한다.

그것은 여인들의 사랑에 있어 참으로 난처한 벽이 아닐 수 없다. 남자에 대한 여인들의 지나친 자기 환상은 결국 그 여자로 하여금 어떤 남자도 사랑할 수 없게 만들어버리거나 그처럼 커다란 갈등을 감내시키기 때문이다.

어떻거나 윤희 역시도 그런 단단한 여자의 벽을 도사려 안고 있는 여인이었다. 그녀의 바닷그림자 말이다. 그것은 바로 오르간을 좋아하던 옛날 남자의 환상이었다.

그렇다고 윤희가 지금 그 남자를 사랑하고 있는 것도 물론 아니었다. 윤희는 자기의 환상에 그 사내를 빌리고 있을 뿐이었다.

그녀는 그 사내가 아닌 자기의 환상을, 그녀 자신을 사랑하고 있을 뿐인 것이다. 그러면서 자기 앞에 나타난 진걸에게 그 환상의 옷을 입혀보면서 혼자 문득문득 두려워하고 있는 것이다.

그러나 윤희는 그런 자신을 별로 똑똑히 의식하고 있질 못했다. 진걸도 마찬가지였다. 긴 축대 끝에 바닷바람을 가르고 서 있는 윤희를 쫓아 나가면서도 진걸은 그녀를 아직 터무니없이 바다에만 미친 척하는 여자라고 생각하고 있었으니까.

그런데 축대 끝, 그 넓은 바다 한가운데서 진걸은 윤희의 안타까운 벽을 만나고 말았다.

"겨울에 바다가 참 무참한 느낌이군요."

진걸이 긴 축대를 지나 윤희에게 다가설 때까지 그녀는 한 번도 뒤를 돌아보지 않았다. 그런데 마치 망부석처럼 바다만 바라보고

서 있던 그녀가 어느새 진걸의 접근을 눈치챘는지 불쑥 그렇게 먼저 말을 건네온 것이다. 진걸에겐 여전히 등을 향한 채였다.

"바다가 무참하다니 무슨 뜻이지요?"

축대 끝엔 파도가 꽤 시끄럽게 부서지고 있었다. 그 파도가 부서지며 뿌연 물보라까지 피어 올리고 있었다.

진걸은 윤희의 머리칼 사이로 물보라가 보석알처럼 하나하나 맺혀 앉는 것을 바라보며 조심스럽게 물었다.

"여름 바단 수평선처럼 늘 멀기만 하지 않아요? 그런데 겨울엔 이처럼 바다가 가까이 다가와 있거든요."

알 듯한 소리였다. 그러나 진걸은 아직 윤희가 무슨 말을 하려는 것인지 짐작할 수가 없었다. 겨울에는 바다가 가깝게 다가와 있다는 것과 그 느낌이 무참하다는 것과는 어떤 상관이 있다는 것일까.

"바다가 그렇게 가까이 다가와 있으면 수평선의 유혹도 없겠군요. 실망했습니까?"

그러나 윤희는 진걸의 말을 부인했다.

"아니에요. 겨울의 바다에도 유혹이 있어요. 제가 겨울 바다가 무참한 느낌이라고 말씀드린 건 그 유혹이 여름에 비해 무참하다는 뜻이에요."

그리고 나서야 윤희는 처음으로 진걸을 돌아다보았다. 그런데 그 눈빛이 정말 무참한 바다를 온통 거둬 담아버린 듯 우울하기만 했다. 그녀는 곧 발밑에 넘실거리는 파도 위로 시선을 던져버렸다.

"지금까지 전 이렇게 깊고 차가운 바다를 내려다보고 서서 이상한 생각을 하고 있었어요. 자신도 모르게 그런 생각을 하게 되더군요. 그게 어떤 생각이었는지 아시겠어요?"

"글쎄……"

진걸은 점점 더 윤희가 조심스러워지고 있었다.

"이 마을 사람들이 저의 얼어붙은 시체를 물속에서 건져 올려놓고 저희들끼리 지껄여댈 소리를 생각하고 있었어요. 아니 생각을 한 게 아니라 그냥 귀에 그 소리들이 들려왔어요. 이거 봐, 이건 전에 요양소에 와 있던 계집이 아냐. 왜 하필 이런 데까지 찾아와서 말썽이지. 이 추운 날씨에 생사람마저 물속에 끌어들이고 말야. 그리고 그런 사람들에게 둘러싸여 보기 싫게 누워 있는 제 모습도 보이더군요."

한데 그 순간 바로 진걸은 그 윤희의 진짜 벽을 보고 말았던 것이다. 그는 한순간 숨이 콱 막혀오는 것 같았다. 그러나 진걸의 유연한 성미는 그런 속에서도 농담을 지껄일 여유를 지니고 있었다.

"무척 춥고 가엾겠습니다. 하지만 또 한 사람 가엾은 모습이 보이지 않았습니까. 울며불며 요양소 언덕에 윤희 씨를 떠메다 묻어주고 무덤과 함께 바다를 바라보며 원혼처럼 영영 이 마을을 헤매고 있을……"

윤희가 다시 진걸을 돌아보았다. 이번에는 그 시선을 아주 진걸에게 고정시켜버리며 몸까지 돌아섰다.

무척도 불안하고 가여운 모습이었다.

진걸은 말없이 저고리를 벗어 그 조그맣고 가여운 윤희의 등을 덮어주었다.

그리고 나서 그는 아직 윤희의 등에서 손을 떼지 않은 채 곰곰이 그녀의 눈을 지키고 있었다.
"자신을 가져봐요."
이젠 목소리에 농기가 없었다.
"하지만 전 자신을 가질 수가 없어요."
윤희는 가만히 머리를 가로저었다.
"자신을 가져보려고 하면 먼저 두려움이 앞서버리곤 하는걸요."
한마디 덧붙이고 나서야 몸을 비켜 나갔다.
―그럼 나를 두고 용기를 가져보려고 한 일은 있었단 말이지. 하긴 먼저 이 마을로 와서 나를 기다린 것도 윤희였으니까.
진걸은 이제 축대를 걸어 나오면서 윤희의 내심을 좀더 정확히 가늠해보리라 마음먹었다.
"제가 윤희 씰 도와드리지요."
"선생님이 어떻게요? 제가 두려움을 느끼고 있는 게 바로 허 선생님인데……"
윤희는 진걸의 저고리를 뒤집어쓴 채 한 발짝 뒤에서 그를 따라오고 있었다.
"그러니까, 제가 윤희 씰 도와드릴 수 있다는 거지요."
"……"
"좀 건방진 얘깁니다만 가끔 전 윤희 씨가 절 좋아하는 것처럼 생각될 때가 있어요."
"저도 가끔은…… 하지만 그건 선생님이 멀리 계실 때뿐이에요. 이렇게 선생님과 가까이 있으면 겁부터 나곤 해요."

이제 더 무슨 절차가 필요하냐고 한바탕 추궁을 한 다음이었기 때문일까.

윤희는 진걸의 말에 순순히 시인을 하고 나섰다. 진걸은 용기가 났다.

"거보세요. 바로 그겁니다. 윤희 씨가 절 좋아하는 것처럼 생각되는 것이 저를 멀리하고 있을 때뿐이라는 거 말입니다. 왜 그렇게 되는지 아십니까? 윤희 씬 저를 좋아하고 있는 것처럼 생각하면서도 실상은 저에게서 윤희 씨 자신의 환상을 찾는 때문입니다. 저를 좋아하시는 척하면서 기실은 이 허진걸이가 아닌 바다라든가, 옛날 풍금쟁이 청년이라든가, 그런 윤희 씨 자신의 환상을 쫓고 있단 말예요. 전 다만 윤희 씨의 환상에 남자의 이름을 빌려준 것뿐이지요. 그러니까 윤희 씬 제가 없을 때는 절 좋아하시는 것 같아도 막상 앞에 나서기만 하면 제가 두려워지고 마는 거지요. 윤희 씨가 환상 속에서 지니고 있는 그 아름답고 완전무결한 남자를 터무니없이 부숴버리지나 않을까 해서 말입니다. 당연한 일이지요. 그러나 결국은 윤희 씨가 그 환상의 벽을 깨뜨리고 나와야 한다는 것도 당연한 의무입니다. 그건 여자의 숙명이니까요. 제가 윤희 씨를 돕겠다는 것은 윤희 씨가 그 벽을 깨뜨리고 나설 용기를 갖게 해드리겠다는 것입니다."

"언제나 자신이 만만하시군요. 하지만, 환상이라 해도 사랑이 결국 그런 게 아니겠어요? 현실의 남자에게서 자기 환상의 흔적을 찾으려 하고 그것을 사랑하고자 하는 것, 그래서 그 사랑이라는 게 깊어질수록 사람들은 더욱더 고독해지는 게 아닐까요?"

두 사람은 이제 축대를 거의 다 걸어나와 있었다. 희고 정결한 요양소 건물이 손에 닿을 듯 두 사람을 언덕 위에서 내려다보고 있었다.

초등학교에는 벌써 지붕까지 산그늘이 덮여 있었다. 진걸은 잠시 그쪽으로 눈길을 주고 있다가 마지막 말을 지껄이기 시작했다.

"그럴는지도 모르지요. 하지만, 그것만으로는 아직 사랑이 다 설명될 수 없어요. 사랑이란 게 그처럼 외롭고 허망한 것이 되지 않기 위해 우리에겐 고맙게도 육신이 있어준 게 아닙니까?"

사랑이 허망하고 외로워지지 않기 위해 우리들의 육체가 있어준 거라는 진걸의 말은 듣기에 따라 좀 난폭스런 데가 있었다. 그러나 윤희는 진걸의 이 말에 별로 난처해하거나 놀라는 기색이 없었다. 묵묵히 입을 다문 채 진걸을 따라오고만 있었다.

진걸은 좀더 말을 계속했다.

"자기 환상을 쫓아 그것만을 사랑하며 그러기 때문에 자꾸만 더 고독해지는 것, 그건 사랑이 아니라 아마 상사병이라는 편이 옳을 겁니다. 비록 그것이 사랑의 본질이라고 해도 그것은 우리들의 육체에 의해서 비로소 구체적으로 확인되고 서로 상대방 속에 자기를 정착해나갈 수 있게 되는 게 아닙니까?"

두 사람은 어느새 초등학교 쪽 언덕길로 들어서고 있었다. 윤희가 먼저였는지 진걸이 먼저였는지 두 사람 다 그런 것은 생각하고 있지 않았다. 그저 두 사람은 어느 쪽도 아직 여관으로는 들어갈 시간이 아니라고 막연한 생각을 하고 있었을 뿐이었다. 게다가 진걸은 윤희의 마음이 좀더 편해지기를 기다려야 할 참이었다.

윤희가 마음을 편하게 갖는 데는 이 초등학교가 무엇보다 좋을 듯싶었다. 이 길로 들어서자 진걸은 우선 그 자신부터 기분이 포근해지고 있었다. 시골 마을이란, 더욱이 시골 초등학교의 건물이란 어디서나 그 느낌이 비슷비슷하고 실제 정경도 한눈에 익숙해질 수 있는 것들이다. 그것은 이곳이나 진걸의 고향이나 심지어 명식이 놈이 그토록 원망스럽게 설명한, 녀석의 고향 초등학교도 다 마찬가지였다.

어느 곳이나 우중충한 단층 목조 건물 앞에 화단이 있고 벚나무 등속에 둘러싸인 장방형 운동장에는 한결같이 국기 게양대와 키작은 철봉대들이 한가롭기 마련이다.

진걸은 마치 고향 초등학교라도 들어서고 있는 느낌이었다. 게다가 윤희에겐 이곳이 그리운 추억의 산실. 아닌 게 아니라 윤희의 목소리는 여간 부드럽게 가라앉아 있는 게 아니었다.

"하지만 정말 그렇게 될 수 있을까요? 허 선생님 역시 육체에 대한 기대를 너무 과장하고 있는 게 아닐까요?"

"과장이라면 어떻게?"

"전 오히려 그 육체 때문에 더욱 두려워지고 있는 것 같아요. 육체라는 건 외로움을 덜어주기는커녕 그것으로 상대방을 가지려는 순간 우리들의 환상보다도 더 빨리 모든 것을 빼앗아가버리는 게 아닐까요. 전 더욱 허망하고 외로워질 것만 같아요."

— 풍금쟁이 녀석은 이 여자에게 정말 큰 죄를 짓고 달아나버린 것 같았다.

녀석은 윤희가 가장 그를 갖고 싶어 한 순간에(정말 그를 가질 수 있었는지도 모른다) 그녀로부터 무참히 사라져버린 게 분명했다. 그렇다고 이처럼 자신이 없어져버릴 수가 있단 말인가.

그러나 진걸은 그 윤희를 너무 허물하고 싶은 생각은 없었다.

두려움을 갖는다는 것은 윤희가 그만큼 뭔가를 가까이 느끼고 있다는 증거였다.

"용기를 가져봐요."

그는 윤희를 위로하듯 은근한 목소리로 말했다. 그러자 윤희도 뭔가 비로소 결심을 하고 난 듯 희미하게나마 고개를 끄덕이고 있었다.

초등학교 교정으로 들어서고부터는 윤희고 진걸이고 입을 다물어버렸다. 교정은 금세 어둠 속에 묻혀 들어갔다. 두 사람은 오래오래 그 어둠 속을 거닐고 있었다. 창문을 적시고 있는 요양소 건물의 불빛과 먼 밤 뱃고동 소리가 두 사람의 대화를 대신해주고 있었다.

숙직 교사조차 아직 들어와 있지 않은 듯, 안은 인기척을 전혀 느낄 수 없었다.

진걸의 오른팔은 어느새 윤희의 어깨를 힘 있게 싸안고 있었다.

그 팔은 차츰 윤희의 오른쪽 겨드랑 밑을 파고 돌아 마침내는 가슴팍까지 손끝이 닿아 있었다. 그리고 거기서 그 젖가슴의 매끄럽고도 따스한, 몰래 망울진 처녀의 부끄러움을 즐기려고 조심스런 곡예를 시작하고 있었다.

사랑이라는 것은 뭐니 뭐니 해도 우선 쑥스러운 짓을 쑥스럽지 않게, 부끄럽고 징그럽고 두려운 것도 부끄럽거나 두렵지 않게 견딜 수 있게 되는 것이었다.
 윤희의 젖가슴도 진걸의 손길을 별로 스스럼없이 맞이하는 듯했다. 그 은근한 탄력과 부피감을 그것은 전혀 감추려 하지 않았다. 여자가 말이 없는 것은 무엇인가를 기다리고 있는 것. 윤희는 그렇게 은밀히 진걸을 기다리다가 역시 말없이 그 손길을 맞은 것이다.
 —이 신기스런 탄력과 적당히 말랑말랑한 부드러움을 함께 지닌 젖봉오리를 이 세상 모든 여자들이 빠짐없이 가지고 있다는 것은 참으로 고마운 일이 아닐 수 없겠지.
 진걸은 윤희의 겨드랑 밑으로 한 팔을 돌린 채 우선 그 윤희의 젖가슴부터 감싸고 있었다.
 —게다가 모든 여자들의 젖가슴이 같은 조물주의 조화에서 얻어진 것이면서도 그것들은 또 모두가 제각기 새롭고 독특하거든.
 물론 그것은 윤희에게서도 마찬가지였다. 진걸에겐 지금까지 경험한 그의 모든 여자들이 언제나 새롭고 독특했던 것처럼 윤희 또한 그에게는 완전히 새로운 여자였다.
 말하자면 진걸에게 있어선 여자의 의미가 이 세상 여자들의 수만큼이나 많을 수 있는 것 같기도 했다.
 어떻든 그런 생각 속에서도 진걸은 쉴 새 없이 이리저리 발길을 옮기고 있었다. 윤희도 말없이 진걸과 발길을 따라 맞추고 있었다. 가끔 가다 그녀가 문득 발길을 머물러 서는 때도 있었다. 학교가 끝난 뒤 청년이 늘 오르간 앞에 앉아 바다를 내다보았음 직한 창문 앞에 이르러서는 한동안 교실 안을 기웃거리고 서 있기도 했다. 마치 오랫동안 잊어버리고 있던 어떤 냄새가 그 근처 어디에서 어슴푸레 스며들고 있기라도 한 것처럼……

그러다 윤희는 금세 다시 진걸에게 이끌려버리곤 했다.

이윽고 진걸은 아랫배 쪽에 서서히 기분 좋은 통증을 느끼기 시작했다. 그는 곧 걸음걸이가 거북해지면서 걸음을 멈추어 서고 말았다. 윤희도 진걸을 따라 발을 머물러 서고 만다. 그러자 두 사람은 마치 둥지를 찾아 헤매다 지친 한 쌍의 새처럼 잠시 실망 어린 표정들을 하고 있었다.

그러나 그것도 한순간뿐, 느닷없이 진걸이 무슨 결심을 한 듯 윤희를 번쩍 두 팔로 안아 들었다.

두 팔로 윤희를 안아 올린 진걸의 모습은 흡사 신부를 침대로 안고 가는 첫날밤 신랑의 그것이었다. 그러나 진걸은 윤희를 안아 올리고 나서도 막상 작정이 서지 않은 듯 물끄러미 윤희를 내려다보고 있었다. 윤희는 그의 팔 속에서 숨을 죽인 채 여전히 말이 없다. 진걸이 발길을 옮기기 시작한 것은 팔에서 차츰 그 윤희의 몸무게를 느끼기 시작한 때부터였다.

그는 우선 교사 쪽으로 천천히 걸음을 옮겼다. 꽃나무들이 말라붙은 화단과 교사 사이에는 좁은 자갈길이 있고, 그 자갈길을 따라 긴 잔디밭이 뻗어 있었다. 잔디는 말라 헐벗었지만 그러나 윤희를 눕힐 만한 곳은 그보다 마땅한 곳이 없었다. 진걸은 자갈길에 이르자 윤희를 팔에 안은 채 한두 바퀴 몸을 맴돌고 나서 조심스럽게 윤희를 잔디 위로 내려놓았다. 윤희는 마치 그의 팔 속에서 잠이라도 들어버린 듯 진걸이 하는 대로 잔디 위에 조용히 몸을 눕혔다. 그러나 윤희는 그것으로 진걸을 받아들일 모든 준비가 끝난 건 아니었다.

"첫번은…… 첫번 기억은 아름답게 지니고 싶었는데……"

숨소리조차 삼켜버린 듯 조용히 누워 있기만 하던 윤희는 진걸의 커다란 얼굴이 어둠을 뚫고 다가들자 문득 입을 열어 속삭여왔다.

"첫번은 아름답게?"

진걸은 이 예기치 않은 윤희의 소리에 잠시 어리둥절해질 수밖에 없었다. 아름답게 기억하고 싶었는데 어쨌단 말인가. 그러나 윤희는 내내 그 생각만 하고 있었던 것 같았다.

"여긴 우릴 축복해줄 수 있는 것이 아무것도 없지 않아요?"

"축복?"

"그래요, 바닷가에 와서 그 바다의 속삭임조차 듣지 못하지 않아요? 이젠 뱃고동 소리도 들리지 않는군요. 축복이라곤 이 낯선 어둠과 불안한 바닷바람뿐……"

"하지만 진짜 축복은 우리 둘이서 주고받는 거지. 우리 두 사람 밖의 것은 아무것도 마지막까지 우리를 축복할 수 없어요."

진걸은 오늘 밤 윤희가 비로소 입에 올리기 시작한 '우리'라는 말을 거푸 세 번씩이나 되풀이하며 윤희를 달래보려 했다. 그러나 여자에게 있어선 그 첫번이라는 것이, 그리고 그 첫번의 장소가 그처럼이나 중요한 것이었을까. 기어코 고집을 부렸다.

"마을에 내려가세요. 제발. 전 불안해 죽겠어요. 절 불안하게 해야 할 이유가 없지 않아요."

이미 몸까지 일으켜 세우고 있었다. 진걸도 이젠 할 수 없다고

여자의 벽

생각했다. 그까짓 터무니없는 여자들의 취미 따윈 모른 체해버릴 수도 있는 일이었다. 그러나 진걸은 아직 좀더 윤희를 기다릴 여유를 가지고 있었다. 이번에야말로 그는 한껏 그 여유를 발휘하여 끝까지 윤희를 기다려주기로 작정한 터였다.

하기야 마을로만 가면 조금도 불안해할 필요가 없는 우리들의 방이 있지. 거기서라면 윤희가 파도 소리를 흠뻑 들으며 바다의 축복에도 기분 좋게 젖을 수 있으리라. 뱃고동 소리를 좀 기다리자고 한들 그 아늑한 방 안에서랴.

두 사람은 결국 학교를 내려와 마을 여관으로 돌아오고 말았다.

마을로 내려온 두 사람은 우선 식당부터 들렀다. 점심을 그럭저럭 거른 데다 늦게까지 밤바람을 쐬고 나니 여간 허기가 지지 않았다. 두 사람은 식당에서 몸을 훈훈하게 덥히고 나서야 여관방으로 돌아왔다.

10시가 훨씬 넘어 있었다. 그러나 여관을 들어선 진걸은 자기 방 쪽은 문도 열어보지 않은 채 불쑥 윤희의 방으로 그녀를 뒤따라 들어갔다. 윤희도 이젠 그런 진걸을 허물하려고 하지 않았다. 방으로 들어서자마자 그녀는 여행 백을 뒤지며 목욕부터 서둘렀다.

"바닷바람이 돼서 몸이 끈끈해 죽겠어요."

칫솔과 비누를 챙겨 들고는 진걸에게도 더운 물에 한번 들어갔다 와야 잠이 잘 올 거란다.

"먼저 하고 와요. 하지만 아직 더운 물이 남아 있을까?"

"물은 늘 많아요. 지금은 욕실을 쓰는 사람도 없을 시간이구……"

욕실은 여관이 모두 함께 사용하도록 따로 정해져 있었다. 윤희는 자리를 일어섰다.

 그러더니 그녀는 또 갑자기 무슨 생각이 떠올랐는지,

 "참, 선생님께 부탁을 하나 드려야겠어요."

 다시 자리를 주저앉으며 여행 백을 뒤지기 시작했다. 그리고는,

 "제 대신 선희에게 편질 좀 써주시겠어요."

 느닷없이 우편 엽서를 몇 장 찾아 내놓았다.

 "내가 선희 씨에게요?"

 진걸은 어리둥절할 수밖에 없었다. 이 여자가 또 무슨 올가미를 씌우려는 참인가. 게다가 윤희는 빙글빙글 수상쩍은 미소까지 머금고 있었다.

 "네, 처음엔 제가 쓸 작정이었지만, 역시 선생님이 대신 써주시는 게 좋을 것 같아요."

 "도대체 내가 선희 씨에게 무슨 소릴?"

 "그야 저하고 함께 여기까지 와서 잘 보호하고 계시노라구……"

 역시 어떤 올가미가 숨어 있는 게 분명했다. 혹시 이번 여행을 통해 진걸을 자기에게 단단히 얽어매버리려는 수작은 아닐까. 그렇지 않다면 단순히 그에 대한 선희의 관심 비슷한 것을 이 기회에 꺾어두자는 속셈 같기도 했다. 그러나 진걸은 그따위 생각들로 오래 머리를 쓰고 싶지는 않았다.

 "좋아요. 하지만 선희 씨가 아직 여래암에 기다리고 있을까?"

 "그러니까 저희 집으로 편지를 보내야죠."

 "그럼 내가 윤희 씰 보호하고 있노라는 보고는 선희 씨보다 윤

희 씨 부모님께 드리고 싶은 것이겠군."

"너무 깊이 생각하실 건 없어요. 이것만은 어디까지나 저 한 사람하고만 상관된 계산이니까요."

진걸의 완곡한 추궁에 윤희는 조금 단호하게 말을 잘라버렸다.

"계산 하난 철저하군. 어느 틈에 이런 엽서까지 준비해오구……"

그러나 아무리 철저한 계산이라도 상대방의 정신 질서가 일정하게 그 계산 공식을 적용할 수 있는 경우에만 제구실을 할 수 있는 것. 진걸은 처음부터 그런 계산이 소용 닿을 수 없는 인물이었다. 비록 그 계산의 결과가 윤희의 말처럼 진걸하고는 아무 상관이 없는 경우라 해도 말이다.

"엽서는 이곳에 와서 산 거예요."

윤희는 이제 할 말을 다한 듯 훌쩍 욕실로 나가버렸다.

윤희가 욕실로 나가고 나자 진걸은 그녀의 말대로 곧 선희에게 편지를 썼다. 싱거운 느낌이 들기는 했지만 굵직굵직한 글씨로 엽서 한 장을 채우는 것은 별로 힘드는 일이 아니었다. 사연도 윤희가 일러준 대로였다.

한데 진걸이 엽서를 쓰고 나서 막 방이라도 한번 들여다보고 오려고 자리를 일어섰을 때였다. 어느새 목욕을 끝냈는지 윤희가 벌써 방문으로 들어섰다.

"물하고 인사만 하고 돌아오는 것 같군. 벌써 끝났어요?"

진걸은 코끝으로 윤희의 살냄새를 어렴풋이 느끼며 그녀의 물기 어린 얼굴을 쳐다보았다.

"네, 선생님도 갔다 오세요. 물이 여간 덥지 않아요."

윤희는 말을 하면서도 연방 수건으로는 머리며 목을 매만지고 있었다.

"참, 허 선생님은 비누고 수건이고 다 없으시죠? 제가 쓰던 걸 두고 왔으니까 그냥 가보세요."

—여간 자상하지가 않군. 하긴 목욕에 대해선 서울서부터 별나게 신경을 써온 여자니까.

진걸로서는 싫을 리가 없었다. 그는 방을 가보는 대신 욕실부터 찾아갔다.

욕실에서도 그는 윤희보다 훨씬 긴 시간을 소비하고 있었다. 그는 마치 마음속으로 무슨 뜸을 들이고 있기라도 한 듯 더운물 속에다 느긋이 몸을 담근 채 한 식경씩 눈을 눌러 감곤 하였다. 그리고 탕을 나온 다음에는 방금 윤희가 쓰고 간 비누를 오래오래 몸에 문질러대고 있는 폼이 그 비누에 배어 남아 있는 윤희의 촉감을 조심스럽게 음미해보고 있는 눈치였다.

그러나 욕실을 나오자마자 진걸의 기분은 금세 일변하고 말았다. 윤희가 방문을 안에서 걸어 잠그고 있었던 것이다. 그리고 진걸이 미처 화를 내기도 전에 안에서 먼저 윤희의 냉랭한 목소리가 튀어나오고 있었다.

"선생님 방으로 가보세요."

아뿔싸! 그러자 진걸은 대뜸 후회부터 되기 시작했다. 윤희의 태도에 지나치게 방심을 한 게 잘못이었다. 지금까지 진걸을 전혀 경계하지 않는 척하던 윤희의 태도는, 실상 그렇게 하여 진걸을 방심시켜놓으려는 계교였음이 분명했다. 어떻게 문을 열었는지 윤

여자의 벽 319

희는 진걸의 방에다 벌써 잠자리까지 얌전히 마련해놓고 있었다. 물론 그 혼자의 잠자리였다.

진걸은 잠시 어이없는 표정만 하고 서 있었다. 그러나 그는 이내 빙긋이 미소를 지었다.

―흥, 하지만 제 계산대로만 되지는 않을걸.

그러나 도대체 이때 그가 무슨 생각을 해냈는지는 그것까지 이야기할 필요가 있을까. 그리고 이로부터 한 시간 남짓한 사이에 그가 무슨 짓을 했는지를 굳이 알 필요가 있을까. 그것은 물론 말을 해도 좋고 안 해도 좋다. 어쨌든 결과는 일정한 것이니까 말이다.

그 한 시간 후에 진걸은 결국 윤희의 방에서 그녀와 나란히 자리를 같이하고 누워 있었다. 하지만 아마 이 점만은 확실히 말해두는 것이 좋으리라, 진걸이란 인물은 여자들이 방 안에서 문고리를 잠그는 따위의 행동을 모두 제값으로 신용해버릴 만큼 순진한 사내는 아니라는 것, 그리고 그가 윤희의 방을 들어간 것은 약간의 위협과 회유가 있었을망정 결코 야비한 방법은 아니었다는 점을 말이다.

그야 문고리까지 걸어 잠근 윤희의 방으로 진걸이 뛰어든 것을 점잖은 행동이라고 할 수는 물론 없으리라, 하물며 자기 방문 자물쇠의 위치와 구조로 윤희 쪽의 그것을 점쳐내려 한 것이라든지, 윤희가 다른 여관 사람들의 부끄럼을 사지 않기 위해서도 진걸을 조용히 맞아들일 수밖에 없도록 만든 데 이르러서는 더욱 그렇다.

그러나 그까짓 허물쯤 일단 자리를 같이하게 되어버리고 나면 별로 탓할 만한 게 못 되었다. 잠자리를 같이하는 것으로 모든 것은 용서되고 잊어버려지게 마련. 그러나 무엇보다도 진걸의 행동이 결코 야비한 게 아니었다는 것은 윤희 역시 진걸을 끝내 거부하지 않았다는 점이었다. 오히려 윤희는 진걸로 하여금 그런 식으로 좀 무리한 방법을 선택하게 하여 그녀가 진걸을 받아들이는 마지막 구실을 마련하고 싶었을는지도 모르는 일이었다.

—어쨌든 상관없는 일이지.

진걸은 윤희고 자기고 이미 지나가버린 일을 다시 되씹고 싶지는 않았다. 윤희와 한방에 자리를 마련했으면 그것으로 그만이었다. 무엇보다 중요한 것은 지금 윤희가 어둠 속에서 말없이 그를 기다리고 있다는 것이었다. 여인의 침묵은 조용한 기다림 같은 것이라고 하지 않았던가. 윤희는 아까 진걸이 다시 방을 들어온 뒤부터는 내내 말이 없었다. 귀엽고 정갈스런 잠옷 속에 몸을 숨긴 채 물끄러미 진걸의 거동만 살피고 있었다. 그러다가 진걸이 일찍 불을 꺼주자 재빨리 이불더미 속으로 숨어 들어가서는 몰래 숨소리를 죽이고 있었다.

그러나 이젠 진걸 쪽에서도 윤희 못지않게 고집스런 침묵을 지키고 있었다. 그는 잠시 자리 위로 등을 기대는 척하다가는 이내 다시 몸을 솟구쳐 일어났다. 그리고는 어둠 속에서 혼자 담배만 뻑뻑 빨아대고 있었다.

그 역시 자신을 기다리고 있는 것이다. 그는 견딜 수 있는 데까지 자신을 고통스럽게 만들어놓고 싶었다.

잠시나마 윤희와 실랑이를 벌이고 난 때문일까. 창문을 넘어 들려오는 파도 소리까지도 축복은커녕 그의 기분을 여간 어수선하게 하지 않고 있었다. 그는 그 파도 소리가 귀에서 멀리 사라져주기를, 그리하여 오로지 윤희의 존재만을 견디려는 고통스러운 몸부림이 자신에게 시작되어오기를 조용히 기다리고 있었다.

그러나 이날 밤 진걸은 끝내 자기의 귀에서 파도 소리를 쫓아내지 못했다. 윤희의 존재가 더 고통스러워지지도 않았다. 그녀는 어느새 철부지 어린애처럼 잠이 들어버리고 있었다.

진걸도 마지막에는 제풀에 지쳐 슬그머니 눈이 감겨오기 시작했다.

한데 어느 때쯤 되어서였을까. 어설픈 잠에 빠져 있던 진걸은 느닷없이 눈이 다시 번쩍 뜨였다. 뱃고동 소리 때문이었다. 바깥은 벌써 어둠이 엷어지고 있는지 뱃고동 소리가 좁은 포구를 찌렁찌렁 울리고 있었다. 하지만 방 안은 아직 짙은 어둠과 파도 소리뿐, 윤희의 모습조차 얼른 눈에 들어오지 않았다. 그러나 이번에는 진걸도 오래 기다리려고 하지 않았다. 불쑥 그녀의 이불자락 밑으로 몸을 굴려 들어갔다.

이불 속을 촉촉이 적시고 있는 윤희의 체온이 부드럽게 그의 몸뚱이를 안아 들여주는 것 같았다.

밤새도록 자신의 체온에 젖은 윤희의 몸뚱이는 한껏 나긋나긋하게 풀려 있었다. 진걸은 눈을 뜬 순간부터 이미 몸이 터질 듯한 긴장과 고통이 시작되어 있었다. 윤희의 따스한 체온은 진걸의 긴장을 더욱 막바지로 밀어 올렸다.

윤희 역시도 벌써부터 잠이 깨어 있었던 모양이었다. 진걸의 손길이 언뜻 그녀의 어깨를 스쳐 들어오자 윤희는 자신도 모르게 몸을 한번 움칫하고 놀랐다. 그리고는 속속들이 열어젖히고 있는 몸을 한꺼번에 닫아버리듯 가만히 숨소리를 죽이고 있었다.

—흠! 뱃고동 소리를 듣고 있었겠군.

진걸은 어둠 속에서 혼자 슬그머니 미소 지었다. 아무리 숨소리까지 죽이고 있어도 윤희의 거동은 분명 잠결이 아니었다.

—뱃고동 소리와 바닷소리가 있고…… 그러고 보면 윤희에겐 이젠 축복이 충분한 셈이지.

그러나 진걸은 아직도 좀더 자신을 다짐하고 있었다.

—하지만 나중엔 그까짓 뱃고동이나 파도 소리까지도 남김없이 빼앗아주고 말걸.

이번엔 기어코 윤희의 눈에서 그 바다의 그림자를 흔적도 없이 빼앗아주고 말리라 생각했다.

이윽고 그가 윤희의 몸을 열기 위해 천천히 기동을 시작한 것은 자신이 먼저 그 바닷소리들에 완전히 귀가 멀어버린 다음이었다. 아니 진걸이 윤희의 몸을 열기 시작했다는 것은 적합한 표현이 아니다. 그의 손길은 차라리 잠든 윤희의 육신에 이상한 생기와 생명의 각성을 불어넣어주는 마법 지팡이와 같은 것이었다.

진걸은 그처럼 윤희의 육체가 갑작스런 충격에 놀라지 않도록 입술에서부터 가슴으로, 그리고 다시 종아리로부터 상반신을 향해 천천히 그리고 곳곳에다 신비스런 생기를 불어넣어가고 있었다. 그의 손끝에선 윤희의 잠옷 자락조차 이미 녹아 없어져버린 듯 형체가 느껴지지 않고 있었다. 오직 그 손끝에 느껴지는 것은 신비스런 윤희의 열기와 비로소 자신의 비밀을 각성하고 난 육신의 가쁜 숨결 소리뿐이었다.

윤희는 그러한 자기 육신의 각성을 참을성 있게 그리고 조용히 견디고 있었다. 그녀는 아마 진걸의 손길이 닿을 때마다 거기에서 새로운 의식이 눈을 뜨는 것을 느끼며 자기의 육신 속에 그처럼 많은 의식의 조각들이 마치 다른 생명체처럼 따로따로 숨어 숨 쉬고 있는 데 놀라움을 금치 못했으리라.

그러나 진걸은 아직 그 정도로 만족할 수는 없었다. 그는 마술사의 작업을 좀더 계속했다. 무엇보다 그녀는 아직도 그 여러 개의 의식을, 새로운 육신의 각성들을 몸속에 따로따로 느끼고 있는 것이었다. 그래서는 안 된다. 그것들은 윤희를 위해 다시 서로 연결되고, 그래서 그 전체로서 윤희를 하나의 여인다운 여인으로 만들어야 하는 것이다. 하지만 그것 역시 마지막엔 진걸 쪽에서 맡아줘야 할 일이었다. 여인들에게는 언제나 그랬다. 더욱이 그것이 '첫번 경험을 아름답게 간직하고 싶어' 하는 여인일 경우에는.

어쨌든 그런 진걸의 참을성 있는 노력 끝에 윤희의 몸이 마지막까지 열려버린 것은 새벽 어스름 속에서 천장이 희뿌옇게 떠오르기 시작한 다음이었다.

"배가…… 배가 떠나가나 봐요…… 고동 소리가 멀어져가고 있어요."

—배가 떠나가나 봐요……

그것은 잠을 깨고 난 후 윤희가 입을 열어 말한 첫 마디였다. 아니 그것은 실상 윤희가 자기의식을 가지고 속삭인 마지막 말이라고 하는 편이 옳겠다. 그녀는 마치 꿈속에서처럼 그 한마디를 먼 목소리로 속삭이고 나서 입술이 타는 듯 영영 말을 잃어버리고 말았다.

―그래 정말 배가 떠나가고 있는 모양이다.

진걸 역시 어슴푸레 그 뱃고동 소리를 들을 수는 있었다.

―하지만 배가 아주 멀어지기 전에 내가 먼저 그 소리를 빼앗아 주고 말리라.

그리고 나서 진걸은 이제 정말 윤희로부터 그 소리를 빼앗아줄 때가 온 듯 단호한 동작으로 그녀를 향해 돌진해 들어가기 시작했다.

방 안의 어둠이 한동안 커다랗게 흔들리고 있었다.

어떤 사람들은 그것을 상대방에게서 서로 자신을 확인받고 싶은 이기적 욕망이라고 말하던가. 그것은 또한 견딜 수 없는 외로움과 절망의 확인 행위라고 하는 사람도 있다. 그러나 그것이 얼마나 많은 사람들의 경험에서 빚어진 말이든 지금의 진걸에겐 어느 쪽도 해당될 수가 없는 소리들이었다. 그는 외로움이고 뭐고 우선 윤희로부터 바다부터 빼앗아내버리고 싶었다. 아니 윤희 스스로 그 바다를 내쫓도록 해놓고 싶은 일념뿐이었다.

그래서 또 어떤 사람은 그것을 상대방에 대한 잔인한 학대 행위며 자기 인내의 한계와 초조한 싸움 같은 것이라고 하던가. 그러나 이 말도 역시 진걸에겐 적합지가 않았다. 그가 윤희로부터 바다를 내쫓으려고 한 것은 결국 그 윤희를 자신으로 가득 채우고 싶었기 때문이었고, 자기에게서도 마찬가지로 그런 윤희가 차올라주기를 바란 때문이었다.

인내로 말하면 진걸에겐 애초부터 그 인내에 한계라는 것이 없는 터였다. 다만 지금 당장 그에게 서둘러야 할 것이 있다면 뱃소리가 아주 멀어져버리기 전에 어떻게 윤희로 하여금 그것을 먼저 잊어버릴 수 있게 해주느냐는 것뿐이었다. 그러나 진걸은 그것조차도 아직은 초조해하지 않았다.

한동안 낭자하게 어둠이 흔들리고 있던 방 안은 그 어둠이 차츰 새로운 율동을 얻기 시작하면서부터 다시 깊은 침묵 속으로 가라앉아가고 있었다. 진걸은 마치 게으른 아낙이 펌프질을 하듯 서서히, 그러나 규칙적인 율동을 유지하면서 어둠과 바닷소리를 창문 밖으로 퍼내고 있었다.

이윽고 방 안은 바닷소리와 어둠 대신 두 사람의 은은한 숨결 소리가 살아나기 시작했다.

뱃고동 소리는 아직도 멀리서 진걸을 기다려주고 있었다. 그것은 이제 막 수평선을 넘어가려고 머뭇머뭇 마지막으로 진걸을 재촉하고 있는 것 같았다.

그러나 진걸은 그 소리가 아주 수평선을 넘어가버리기 전에 기어코 윤희를 이겨내고 말았다.

"진걸 씨!"

어느 순간 드디어 윤희가 몸을 한 번 경련하듯 크게 굽이치고 나더니 격렬한 동작으로 진걸을 바싹 끌어안기 시작했다.

"진걸 씨!"

그리고 이제 윤희를 가득 채워버리고 난 진걸은 그녀의 목구멍으로부터 끝없는 절규로 흘러넘치기 시작하고 있었다.

이날 아침 진걸이 때늦은 늦잠에서 눈을 뜬 것은 노루 꼬리만 한 겨울 해가 처마 끝을 훨씬 치솟아 오른 오정 무렵이었다.

그런데 진걸은 눈을 뜨자마자 벌써 이상한 기분이 느껴지기 시작했다. 자기 곁에 윤희가 없었다.

아니 윤희가 아직까지 곁에 누워 있을 리가 없었다. 하지만 방 안 분위기는 그녀가 단지 눈에 띄지 않는 것 이상으로 이상하게 텅 빈 느낌이었다.

그는 소스라치듯 몸을 솟구치며 들창 앞으로 다가갔다. 창문으로 곧 바다가 들어왔다. 윤희의 말대로 차갑고 무참한 겨울 바다였다. 그 바다를 굳게 꿰맨 상처 자국처럼 거무스름한 축대가 길게 뻗어나가 있었다. 그러나 축대 끝에는 어제처럼 윤희의 그림자가 보이지 않았다.

진걸은 자신의 예감이 맞아 들어가고 있는 느낌이었다. 그는 곧 유리창에서 시선을 거두어들였다.

새삼스런 눈초리로 다시 방 안을 살피기 시작했다.

역시 방 안에는 윤희의 흔적이랄 만한 것이 아무것도 남아 있지 않았다. 아까는 그저 막연히 휑한 기분부터 들어 하나하나 방 안을 살필 틈이 없었지만 이제 보니 윤희는 옷가지며 여행 가방 따위 그녀의 흔적이랄 만한 것은 휴지 조각 하나까지도 말끔히 쓸어가버리고 없었다.

"이건 정말 도깨비 같은 여자로군."

진걸은 비로소 맥이 풀린 듯 멍한 목소리로 중얼거렸다.

그러나 이내 그는 확인해보고 싶은 게 생각났다.

―정말 혼자서 도망을 쳐버린 것일까.

그렇다면 어딘지 쪽지라도 한 장 남겨두었을 것 같았다. 그는 여기저기 방 안을 좀더 자세히 살폈다. 그러나 쪽지 같은 것은 아무 데도 남아 있지 않았다. 찾아낸 것이 있다면 우연히 눈이 머문 쓰레기통에서 어젯밤 그가 선희에게 대신 써준 엽서가 찢겨 버려져 있는 것을 발견한 것뿐이었다.

―밤사이 내 이름으로 편지를 보내기가 싫어져버린 게로군.

그는 기분만 더 언짢아졌다. 하긴 윤희가 당장 이곳을 떠나기로 했다면 엽서를 띄울 필요가 없었으리라. 그러나 진걸은 그렇게 편한 생각만 들지는 않았다. 윤희가 갑자기 이곳을 떠난 것이나 엽서를 찢어버린 것이 간밤의 일과 무슨 관계가 있는 것만 같았다. 더욱이 그녀가 굳이 진걸에게 엽서를 부탁한 것은 안부 이외에 무슨 다른 목적이 있는 눈치가 아니었던가.

한데 밤을 새우고 나서 생각이 달라져버린 게 틀림없었다.

진걸로선 아무래도 기분이 개운치 않았다. 애초 윤희가 그런 일을 부탁한 속셈이 무엇이었든지 간에 그 엽서로 인해 이번 일이 윤희네 식구들에게까지 알려지는 것은 진걸로서도 달가운 편이 아니었다.

한데 윤희 쪽에서 먼저 엽서를 취소해버린 데는 생각이 달랐다. 필시 간밤의 일이 좋지 않았거나 허사로 끝나버린 징조였다.

진걸의 예감은 과연 적중하고 있었다.

진걸은 기어코 윤희의 쪽지를 찾아내고 말았다. 그것은 이웃 자기 방의 탁자 위에 놓여 있었다. 그는 마지막으로 자기 방을 한번 살피러 들어갔다가 탁자 위에서 거의 우연히 그 쪽지를 발견했다.

―미안해요. 먼저 떠나겠어요.

잠이 깨기를 기다리며 몇 번이나 망설이다가 결국 이렇게 결정했답니다. 아무래도 제가 한발 먼저 떠나는 것이 좋을 것 같았어요.

예상대로였다. 역시 그녀는 혼자 마을을 빠져나가버린 것이다. 진걸의 예감이 적중한 것은 그뿐이 아니었다. 그녀가 변명으로 늘어놓고 있는 사연은 진걸이 간밤의 일과 그녀를 관련지어 염려했던 바로 그대로였다.

―하지만 갑자기 선생님이 부끄럽거나 미워서 그런 건 아니에요. 처음부터 우린 그런 멋이 없었지 않아요. 다만 전 올 때도 이렇게 따로따로였던 것처럼 갈 때도 따로따로이고 싶은 것뿐이에요. 솔직하게 말씀드리면 전 이번 일로 아무것도 제게 더하고 덜한 것이 없기를 바라고 있답니다. 그럴 수밖에 없군요. 혼자 이곳을 찾아올 때처럼 돌아갈 때도 아무것도 더하고 덜한 것 없이 똑같은 윤회로 서울에 내리고 싶어요. 그러고 보면 이번 우리들의 계산은 허 선생님 쪽만 들어맞은 것인지 모르겠어요. 전에도 말씀드렸지만 저의 계산은 선생님과 함께 산을 내려오는 데까지뿐이었거든요. 하기야 거기까지라면 제 계산도 별로 빗나가지는 않았지요.

한데 전 터무니없는 욕심을 부렸었나 봐요. 선생님께서 여기까지 따라오시리라는 걸 어슴푸레하게나마 짐작하고 있었거든요. 그리고 정말 선생님을 만나고 나선 자신도 모르게 행여나 하는 심정에 사로잡히고 말았어요. 무엇을 행여나 했는지는 저도 잘 모르겠어요. 선생님 표현대로 말하면 제게서 정말 그 바다의 그림자를 빼앗아주시리라 기다린 것인지도 모르지요. 하지만 그게 어떤 것이었든 결국은 마찬가지예요. 전 끝내 계산이 틀리고 말았으니까요. 아무것도 새로워질 수가 없었어요. 아무것도 새롭게 느낄 수 없는 제게 그 바다마저 빼앗아버리려는 허 선생님이 오히려 두려워지고 말았습니다.

어느 정도냐 하면 전 이제 선생님과 함께 산을 내려온 것으로 얻은 처음 계산의 결과마저 취소해야 할 판예요. 제 계산이라는 게 바로 그것이었지만 선희 년이 모든 것을 집에 일러바쳤을 텐데 그걸 가만뒀다간 선생님이나 전 여간 귀찮아지지 않을 테니까요.

결국 계산이 들어맞은 건 선생님뿐이랄 수밖에요. 하지만 그쯤 만족해두시고 허 선생님께서도 다시 전날로 돌아가주시라고 부탁드리고 싶군요. 그럼 마지막으로 다시 한 번 용서를 빌면서 이만 먼저 떠납니다. 아마 다시 뵙게 되겠지요—

편지를 다 읽고 난 진걸은 터무니없이 빈 허공을 한 번 크게 후려치고 난 느낌이었다.

진걸은 당장 차비를 갖추고 여관을 나섰다. 뭐 윤희를 따라잡자는 생각에서가 아니었다. 윤희가 떠나버린 이상 이젠 잠시라도 더 그곳에 머물러 있을 이유가 없었다.

여관을 나온 그는 식당을 들러 아침 겸 점심을 한꺼번에 때워버리고 나서 마침 출발을 서두르고 있는 버스에 몸을 실었다.

그러나 차를 타고 나서도 진걸은 아직 윤희에게 그 치솟아 오른 화가 가라앉질 않았다.

―도대체 제까짓 게 계산은 무슨 알량한 계산이란 말야. 홍! 아무것도 새로워질 수가 없었다구?

차창을 흐르는 풍경이 전에 없이 살벌하고 황량했다. 그는 그 차창의 풍경처럼 기분이 점점 더 살벌해져가고 있었다.

―게다가 내 쪽에선 그 계산이 척 맞아떨어졌을 거라구?

그러니까 이젠 그쯤 만족해두고 다시 옛날로 돌아가란다.

하지만 천만의 말씀이었다. 진짜 계산이 틀려버린 것은 되레 진걸 쪽이었다. 무슨 이유에서였는지 모르지만 윤희는 처음 진걸과의 동행을 굳이 집에다 알리고 싶어 했었다. 그래서 일부러 선희를 동댕이치고 산을 내려오는 시위까지 감행했었다. 한데 윤희가 이젠 다시 그 시위를 취소해야겠다지 않은가. 그녀가 진걸에게 부탁한 엽서를 취소한 것도 같은 이유에서였을 터였다. 이를테면 둘의 동행을 진걸의 이름으로 집에 알리고 싶었던 것은 그녀의 말대로 진걸에 대한 그 담담하기 짝이 없는 '행여나' 때문이었을 것이다. 한데 간밤의 일은 윤희의 그런 기대를 채워주기는커녕 거꾸로 그녀를 불안하게만 만들어버린 꼴이었다.

―아무것도 새로워질 수가 없었어요. 아무것도 새롭게 느낄 수 없는 제게 그 바다마저 빼앗아가버리려는 허 선생님이 두려워졌어요……

진짜 계산을 크게 틀리고 난 것은 진걸 자신이었다. 게다가 그녀는 또 아무것도 더하고 덜한 것 없이 서울을 떠나올 때와 똑같은 윤희로 다시 서울에 내리고 싶다는 것이다.

진걸로서는 완전히 낭패였다.

한데 이번 낭패가 더욱 분한 것은 그가 방법(결국 그 방법이란 게 장담처럼 멋진 것은 되지 못하고 말았지만)을 다하고 나서도 끝내 윤희의 벽을 뚫지 못하고 만 안타까움 때문만은 아니었다.

그는 윤희의 글을 읽고 난 순간에 벌써 가까스로 아홉까지 숫자를 쌓아 올린 자신의 그래프가 문득 허망스럽게 느껴지기 시작했었다. 그래프의 완성과 함께 자신에게서도 여인을 완성하려 했던 진걸은 이 마지막 낭패로 인해 그래프의 모든 여인들이 한낱 허망한 그림자처럼 느껴지기 시작했다.

─그럼 나는 여태까지 아홉 개의 여자 허깨비만 만나온 것인가. 윤희 한 여자 앞에 이처럼 나의 모든 것이 허물어지려 하다니.

그러나 진걸은 그 정도로 곧 모든 것을 단념하지는 않았다.

그는 이날 오후 C읍에서 버스를 내려 밤열차를 바꿔 타고는 한달음에 서울까지 뛰어올라왔다.

─다시 만나게 될지도 모른다고 했겠다.

한데 여래암에는 더욱 난처한 일이 그를 기다리고 있었다. 그것은 진걸로서도 어느 정도는 이미 각오를 한 일이었지만 소문이 너무 속속들이 퍼져 있었다. 특히 안 선생 같은 사람은 행선지며, 여행 일정까지도 훤히 내다보고 있었던 듯한 눈치였다.

"생각보단 먼 곳이 아니었던 모양이군요. 내일쯤 돌아오실 줄 알았더니……"

반가운 김에 안 선생은 구김 없이 속을 털어놓았다. 선희 년이 주둥이를 깐 게 분명했다.

선희는 물론 아직까지 별채에 머물러 있지 않았다.

대략 예상했던 일이지만 윤희도 여래암엔 돌아와 있지 않았다. 그런데 안 선생이 진걸의 행선지까지 점치고 있었던 걸 보면 선희가 이만저만 주둥이를 까고 간 게 아닌 모양이었다.

— 고 조그만 암여우 같은 계집애가……

여래암에서는 그저 우연히 두 사람이 함께 산을 내려간 줄 여기거나 기껏해야 막연한 상상들이나 하다 그치려니 생각하고 있었다. 선희에 대해서도 제까짓 계집이 쫓아내려가 고자질을 해 바칠 밖에 다른 심술을 피우랴 했었다. 한데 사람 좋은 안 선생에게 이야기를 시키다 보니 여간 소동이 아니었던 모양이다.

"글쎄요. 저야 첨엔 두 분이 눈에 띄지 않길래 그저 볼일이 있어 시내라도 내려가셨나 했지요. 한데 그 아가씨가 여간 심술스럽질 않더군요. 뭐 두 분이서 함께 자기를 골려주려고 도망질을 쳤다던가요? 하하하……"

안 선생은 이야기를 털어놓으면서 거리낌 없이 웃었다. 그러나 안 선생은 별로 선희를 얄밉게 여기고 있지는 않은 눈치였다.

"애길 듣고 보니 제 생각에도 두 분이 정말 아가씨를 골려주려고 함께 새벽 산길을 내려가셨다면 그건 좀 지나치지 않았나 싶습니다……"

한데 그 안 선생의 다음 이야기는 진걸로서도 전혀 새로운 사실들이었다.

윤희는 그 바닷가의 청년과 헤어지고 돌아온 후 아무리 그럴듯한 남자를 내세워도 혼사가 이루어지지 않더라는 것이었다. 아버지나 어머니가 내세우는 남자는 어떤 구실을 내세워서라도 퇴짜를 놓아버리는가 하면 그렇다고 자신이 어디서 마음에 맞는 신랑감을 구해오려 하지도 않았다는 것이다. 그녀는 애초 결혼 같은 것은 염두에조차 없는 듯 집 안에만 꽁꽁 처박혀 있다가 이따금 어디 바닷가 같은 곳을 훌쩍 다녀오곤 하는 것이 생활의 전부였다고. 그래서 집안에선 어느덧 그녀의 혼인이 커다란 골칫거리가 되어버렸단다. 부모들은 하다못해 이젠 어느 때고 윤희 스스로 마음을 바꿔 먹거나 어떤 녀석이 옴짝달싹 못하게 그녀를 덮쳐 업어가주기나 바라는 형편이었다는 것이다. 한데 마침 그녀가 어떻게 마음이 변했던지 뜻밖에 산을 원하게 되었고 그래서 마침내는 여래암까지 오게 되었다는 것이다.

"여래암에 남자들이 버글거리는 걸 보고 가서 집에서는 은근히 뭘 기다리고 있었던 모양이에요. 선희 아가씨가 가끔 여길 온 것도 그걸 정탐하기 위해서라니까요. 자긴 벌써부터 언니의 상대로 허 선생을 점찍어놓고 잔뜩 희망을 걸고 있었다나요. 한데 그런 자기 앞에서 굳이 거북살스런 시위를 해댈 게 뭐냐는 투정이었지요."

비로소 진걸은 머릿속에 몽롱해 있던 것들이 이것저것 한꺼번에 모습을 드러내기 시작했다.

— 그럼 선희가 그토록 위험스럽게 꼬리를 흔들어댄 것도 결국은 윤희를 위해서였던 것?

진걸은 자기와 함께 산을 내려간 것으로 이미 계산이 끝났노라던 윤희의 말도 비로소 그 의미가 확실해지는 것 같았다.

— 윤희 역시 그런 집안 식구들의 속셈을 미리 눈치챈 탓이렷다?

마음이 편했을 리 없었다. 선희가 아무리 천연스런 얼굴을 하고 나타나서 자신이 직접 진걸에게 꼬리를 흔드는 척해 보여도 그것으로 윤희를 속일 수는 없었을 것. 그러고 보면 윤희의 신경질을 선희에 대한 질투라고 생각한 것은 완전히 진걸의 오해였다.

윤희는 벌써부터 선희의 행차 목적을 짐작하고 있었던 거다. 그리고 그녀는 동정 반 초조감 반으로 자기를 지키고 있는 식구들의 눈초리에 신경질이 났던 거다. 의뭉스런 선희의 수작에 화가 났을 것도 당연한 일. 그래서 윤희는 그녀를 한번 골려줄 겸 선희 면전에서 함께 산을 내려가 보이고 싶었던 것이리라.

한데 그다음은 어떻게 되었던가. 아무래도 거기서부터는 당분간 진걸의 계산대로였다는 편이 옳을 것 같았다. 따로따로 바닷가로 가서 거기서 두 사람이 다시 만나 여관방에서 함께 밤을 보내고……

그러나 거기서부터는 진걸 쪽에서도 더 생각하기가 싫었다. 보이지 않는 어떤 벽 같은 것이 갑자기 그의 앞으로 다가와버렸다.

"어쨌든 선희 아가씨 앞에서 우리가 함께 도망질을 쳐준 것만은 시기를 썩 잘 택한 셈이 되었군요."

진걸은 안 선생을 향해 농담조로 말하고는 비실비실 웃었다. 웃을 수밖에 없었다. 안 선생도 그사이 뭔가 조금 사람이 달라진 듯 진걸의 농담조를 곧잘 받아넘겼다.

"하지만 너무 좋아하시지만 마십시오. 까딱하면 모처럼 힘든 시위가 허사가 되고 말리다."

"그건 또 왜요?"

"그 아가씨 화가 몹시 나서, 일이 자기들 좋을 대로만 되게 하진 않겠다구요."

"어떻게 말입니까?"

"우리는 이쯤 되었습니다구 집에 알리고 싶은 모양이지만, 자기는 이번 일은 모른 체해버리겠답니다."

"하하하, 거참 재미있는 협박이군요. 그 아가씬 마치 세상일이 온통 자기를 위해 돌아가고 있는 줄로만 아는 모양인데, 어디 우리 시위가 선희 씰 골려줄 목적이었습니까?"

그러나 역시 안 선생은 안 선생이었다. 그는 정말 진걸을 걱정하고 있었다.

"하지만 이번에 선희 아가씨가 화를 내지 않았다면 아무래도 일이 좀 간편하지 않았겠습니까."

"간편하게 된 건 오히려 화를 내버린 쪽이지요. 저도 이런 일 집에까지 알려지는 건 좋아하지 않으니까요."

"그렇다면?"

안 선생은 뜻밖이라는 듯 눈을 커다랗게 떴다. 진걸은 안 선생이 놀라는 이유를 알고 있었다.

"몸만 망가뜨리고 결혼을 해주지 않을 참이냐는 거지요? 하지만 거기까지 걱정하실 건 없어요. 실상 이번 일은 모두가 오해니까요. 전 윤희 씨와 아무 일도 없었어요. 산을 함께 내려간 것도 전혀 우연이었지요."

진걸은 속으로 웃으면서 말했다. 그러나 말을 하고 나니 그는 정말 윤희와 아무 일도 없었던 것 같은 착각이 들었다.

어쨌든 그렇게 안 선생을 간단히 속여버리고 난 진걸은 도망치듯 곧 방으로 건너왔다.

며칠 동안 사람이 스치지 않은 방 안 몰골은 말이 아니었다. 그는 손수 걸레를 짜다 방바닥을 훔치고 아궁이에 불도 지폈다.

그렇게 한참 방 안을 정리해놓고 나니 또 할 일이 한 가지 생각났다. 그는 곧 옷을 걸쳐 입고 산을 내려갔다. 방이 더워질 때까지 아랫마을을 다녀올 참이었다. 그사이 집안 소식이 궁금했다. 신문 소설 따윈 이미 흥미를 잃어버린 지 오래지만 명숙에게서 편지라도 한 장 와 있을 법했다. 이젠 용돈마저 거의 바닥이 나버린 터, 아무래도 집에서 무슨 소식이 있어야 했다.

—아까 산을 올라올 때 가게로 들러 올걸 그랬군.

하지만 그때 혹시 윤희라도 먼저 절로 돌아와 있나 싶어 정신없이 길을 지나쳐버렸던 것이다.

어쨌든 진걸은 길을 다시 내려가면서도 그다지 싫은 생각은 아니었다. 봄이 제법 가까이 다가들고 있는지 산길은 햇볕이 여간 포근하지 않았다. 그는 등덜미에 그 햇볕을 즐기며 쉬엄쉬엄 산을 내려갔다.

가게에는 역시 명숙의 편지가 그를 기다리고 있었다. 그러나 편지는 단 그 한 통뿐, 그가 은근히 바라고 왔던 다른 소식은 없었다. 명숙의 그것도 물론 등기물이 아니었다. 진걸은 잠시 맥이 풀리는 듯했으나 다시 궁금증이 치솟아 곧 명순의 봉투를 뜯었다.

그러나 사연을 대강 훑어보고 난 진걸은 더욱 맥이 빠지고 말았다. 내용인즉, 순전히 명순의 사설이었다. 소식 없는 진걸이 좀 야속하게 느껴질 때도 있지만 그런대로 자기는 다음 기회를 믿고 있으니 용기를 잃지 말고 시험 준비에 전념하라는 격려 하며, 그때까지 봄으로 예정된 이사를 연기해가면서라도 자기가 진걸 부모님 곁에 남아 계속 보살펴드리겠노라는 결심을 적고 있었다. 그리고 나서 명순은 끝에 가서 그 채권 5만 원 건이 아직도 처리가 되지 않고 있으니 힘을 빌릴 수 있으면 좋겠다는 은근한 희망을 덧붙였다.

진걸은 불쑥 신경질이 돋았다.

—빌어먹을…… 혹 떼러 왔다가 되레 혹을 얻어 붙인 셈이군.

격려도 좋고 결심도 좋았다. 그야 하필 지금 와서 또 그런 소리를 듣는 게 마음 편할 리는 없었지만 그래도 그건 바로 진걸이 지금까지 명순을 곱게 보아온 소이였다. 그가 화를 낸 건 채권 5만 원 미회수 어쩌고 하는 그 마지막 대목이었다.

—도대체 나더러 그걸 어쩌란 말야. 왜 제년까지 나설 데 못 나설 데 모조리 끼어들어 지랄이지?

그는 앞뒤로 가려보지 않고 무턱 명순의 행동만 나무랐다. 여태까지 자신이 호기충천 대서사 녀석을 협박해온 일이나 명순에게마저 늘 다음 기회를 기다리라고 한 장담은 생각하려 하지도 않았다. 말하자면 어느새 진걸이 그처럼 의기소침해진 것이라고나 할까.

그러나 진걸은 미처 자신이 그토록 변해가고 있는 것조차 의식할 수 없었던 모양이었다.

진걸은 그동안 산더미처럼 밀려 있는 신문 가운데서 근간 며칠부만을 골라 가지고 곧 길을 되돌아섰다. 머릿속이 어수선해서 가게 주인과도 노닥거릴 흥미가 없었다.

도망치듯 씨근거리며 산길을 치솟아 오르던 진걸이 겨우 발길을 늦춘 곳은 마을과 여래암의 중간쯤 되는 지점이었다.

전부터 그가 늘 연재소설을 미리 읽어치우곤 하던 곳이었다. 진걸은 걸음을 멈추고 나서 그냥 아무렇게나 길가로 풀썩 몸을 던져버렸다. 그리고는 한동안 가쁜 숨결을 주저앉히고 난 다음에야 다시 몸을 일으켜, 휘 주위를 한번 둘러보았다. 그가 과히 내키지도 않는 손길로 신문을 들추기 시작한 것은 속속들이 익숙한 겨울 산골의 단조로움에 잔뜩 시선이 피곤해졌을 때였다.

연재소설은 이미 작가가 바뀌어 있었다. 그러나 진걸은 이번 연재에 대해서도 그리 흥미를 느낄 수가 없었다. 신문을 부지런히 넘겨대며 소제목과 삽화만 대충 훑어 내려갔다.

—어차피 또 마찬가지겠지. 여자가 나오고 아슬아슬하게 그 속옷을 벗기고……

그러나 진걸은 신문을 뒤적이다 말고 피식 실소를 머금고 말았다.

—빌어먹을, 맨날 이런 것만 들여다보고 있으니까 그렇게 되고 말았지 뭔가.

기묘한 낭패감이 가슴을 쳐왔다.

그는 방금 윤희에 대한 자신의 실패가 떠올랐던 것이다. 그건 뭐라고 해도 분명 실패로 끝난 게임이었다. 자신의 방법이라는 것도 그가 늘 핀잔을 해온 신문소설의 그것보다 조금도 나을 게 없었다. 그렇다면 여태까지의 장담은 모두 어디로 가버린 것인가. 자신도 미처 감당할 길이 없었던 터무니없는 허풍에 불과했을까.

그러나 진걸은 그렇게 생각하진 않았다. 그는 너무나 오랫동안 신문소설의 섹스 타성에만 젖다 보니 이젠 자신의 발랄한 창의력마저 눈을 감고 그 속으로 묻혀 들어가버린 거라고 생각했다.

— 창의력이 눈을 감고 죽어버린 건 어디 섹스 하나에서만인가.

그의 젊음이 향유할 수 있는 모든 것에서 그것은 하나하나 눈을 감아가고 있는 것 같았다. 정열도 패기도 야망도 그리고 그것들을 실현해나가야 할 생활도 모두 그 거대하고 끈질긴 타성 속에서 창의의 눈을 감고 죽어가는 것이었다. 진걸은 그런 병적인 타성 속에서 우선 섹스에서나마 잃어버린 창의력을 되찾아내는 것이 자신을 구하는 길이라 여겨졌다.

— 기회가 오면 윤희와 다시 한 번 겨루는 거다. 이번에야말로 그녀를 기어코 굴복시켜낼 방법으로 말이다.

그는 윤희에 대한 각오부터 새로이 했다. 그리고는 이제 정말 자신의 굳센 창의력을 발휘해나가리라 결심한 듯 신문 뭉치를 팽개쳐버린 채 벌떡 몸을 일으켰다.

한데 그는 여태까지 자기 생각에 취하느라 길목을 살피지 못한 모양이었다.

몸을 일으키고 나서 보니 조금 전 그가 지나온 아래쪽 산길을 누군가가 꽤 가까이까지 올라와 있었다. 옷차림이며 걸음새가 썩 눈에 익은 모습이었다.

인물 없는 자서전

 길을 올라오고 있는 것은 김의원 영감이었다.
 "허허, 어떻게 알구 허 형이 예까지 마중을 나와준 게요?"
 김삼응 영감도 진걸을 알아보고는 첫 마디부터 농을 걸어왔다. 아비 때려죽인 원수가 아닌 담에야 사람이란 오랜만에 만나고 보면 반가움부터 앞서는 것, 진걸도 처음부터 느물느물한 김의원의 농지거리가 밉살스럽지가 않았다.
 "저 아니고선 여래암에서 누가 김의원 같은 분을 반겨준답디까?"
 "옳아 옳아. 그래 내 이렇게 또 허 형이 있는 곳을 찾아온 게 아니오."
 김의원 영감은 그러면서 진걸 곁으로 다가와 풀썩 몸을 주저앉아버린다. 몹시 숨이 차오른 모양이었다. 진걸도 김의원을 따라 다시 주저앉았다.

"그래, 고향 가신 일은 잘되고 오시는 길입니까."

자리를 잡아 앉고 나자 진걸은 문득 김의원이 산을 내려갈 때의 소동이 생각났다.

그러나 이 인사를 겸한 진걸의 물음이 김의원에겐 뭔가 마음에 들지 않았던 것일까. 김의원은 대뜸 얼굴색을 변해버리는 것이었다. 금방까지도 천하태평, 장난기마저 품고 있던 얼굴이 별안간 딱딱하게 굳어지더니 이윽고 목줄기에서 푹 힘을 뽑아버리는 것이었다.

— 톡톡히 낭패를 본 모양이군.

진걸은 대강 짐작이 갔다. 마누라쟁이의 말처럼 집안살림이 비참해져 있는 것 정도로는 눈썹 하나 까딱하지 않을 위인이었다. 낭패를 보았다면 당적 이동에 관한 일이었을 게 분명했다. 그깟 군소 정당의 이합집산이 어떻게 되어가고 있는지는 진걸이 알 바 아니었지만 김의원이 그토록 풀이 죽은 걸 보면 그에겐 필시 이로운 결과가 아니었던 듯싶었다. 그러고 보니 힘없이 늘어뜨리고 있는 김의원의 얼굴도 여간 초췌해진 것 같지가 않았다. 몇 년을 한꺼번에 살아버린 것처럼 그새 주름살까지 몇 개 늘고 있었다.

"망했어요……"

한마디를 중얼거리고 나서야 김의원은 겨우 생기를 조금 되찾은 듯 진걸을 쳐다본다. 그리고는 뭐가 우스운지 픽 힘없는 실소만 머금었다.

영락없이 아까 진걸이 윤희의 일로 혼자 자신을 일소하고 만 그런 웃음이었다.

─빌어먹을!

 진걸은 기분이 나빴다. 비로소 김의원이 본래대로의 그 얌체머리 없는 영감쟁이로 느껴지기 시작했다. 그러나 이번엔 김의원이 먼저 자신을 달래고 나섰다.

 "에잇, 그까짓 얘긴 집어치웁시다."

 영감쟁이답지 않게 불끈 몸을 한 번 용틀임질하고 나서는 여기저기 소식을 묻기 시작했다.

 "그래 스님이랑 선생은 잘 계시오? 명식이 놈도 아직 절에 있구?"

 그러나 이젠 진걸 쪽에서 비위가 틀린 대답이었다.

 "아마 그사이 잘 지내지 못하신 건 김의원뿐일 것 같습니다."

 "에끼 사람…… 그래 허 형은 그 후로도 아직 별 좋은 일이 없구?"

 "윤희 씨 소식을 묻고 싶으신 거지요? 어찌 제일 먼저 묻고 싶은 사람을 빼시나 했지요."

 "에끼 사람……"

 김의원은 또 한 번 같은 소리로 진걸을 핀잔하는 척했다. 그리고는 자신도 미상불 쑥스러워지고 말았는지 버려진 신문지 위로 눈길을 흘려버린다.

 한데 바로 그때였다. 신문지 위로 시선을 굴리고 있던 김의원은 무엇을 발견했는지 갑자기 소리를 버럭 질렀다.

 "됐구료…… 허 형은."

 소리를 버럭 지르고 난 김의원은 용케 화제를 돌려댈 기회라도 붙잡은 듯 진걸 앞으로 신문을 바싹 들이댔다.

진걸은 갑작스런 김의원의 거동이 어딘지 좀 수상쩍었으나 그렇다고 코앞까지 들여민 신문을 외면할 수는 없었다.

한데 신문에는 아닌 게 아니라 그의 시선을 끄는 기사가 한 가지 실려 있었다.

―司法考試, 點數基準制를 合格定員制로.

진걸은 정신이 번쩍 들었다. 신문을 빼앗아 들며 기사를 훑기 시작했다.

"허허 역시 아직 모르고 있었구만. 하지만 어쨌든 이제 허 형은 됐어!"

진걸은 곁에서 거들고 싶어 하는 김의원조차 아랑곳할 겨를이 없었다.

"이제 시험을 치르기만 하면 몇십 명이든 몇백 명이든 정부에서 법관 수가 필요한 대로 합격을 시켜주겠다는 게 아냐."

김의원의 말대로 되어줄 리는 없지만 어쨌든 기사 요지는 그와 비슷한 것이었다. 지금까지 시행되어 온 기준점수제 아래서는 합격 숫자가 너무 보잘것없어 필요한 법관 수를 도저히 충당해갈 수가 없다는 것이었다. 그래서 당국에서는 인색한 기준점수제를 버리고 필요한 법관 수대로 합격자를 낼 수 있도록 합격정원제를 택한 것이라고. 몇백 명까지는 몰라도 적어도 지금보다는 문이 넓어질 게 틀림없었다.

기사를 읽고 난 진걸은 갑자기 온몸에 신열이 돋아오르는 듯했다. 가슴까지 뭉클해왔다.

"과연……"

그는 가슴이 뿌듯해오는 감격을 참을 수가 없는 듯 느닷없이 자리를 박차고 일어섰다. 그는 이번 결정이 마치 자신을 위해 내려진 듯한 착각마저 들었다. 젊은 청춘을 오로지 시험 하나에 걸고 참담한 세월 끝에 그 등용문 앞을 서성거리는 친구들이 몇천 명이던가. 한데 지금까지는 그게 도대체 무슨 꼴이었단 말인가. 면류관의 영광을 누리는 자는 그때마다 기껏 여남은 안팎.

우선 그 숱한 젊음부터 구제를 받아야 했다. 조금이라도 문이 넓어져야 했다. 때는 좀 늦어서나마 이번에 그 문이 넓어진 것이다. 천만 번 타당한 조처였다. 법관의 권위와 자질이 떨어질 염려가 있다고? 천만의 말씀. 누군 뭐 태어날 때부터 법관으로 태어난 것인가.

게다가 당국은 수험생들이 좀더 자주 응시 기회를 가질 수 있도록 신년도에는 봄, 가을, 두 차례나 시험을 실시하리란다.

진걸은 암담하기만 하던 자신의 전정에 홀연 한줄기 빛이 뻗어오는 것 같았다. 하지만 그 빛은 아직도 인색했다.

―제발 그 한줄기 빛이나마 우선 나에게부터 내려지이다.

진걸은 마치 그 빛을 혼자 독차지하려는 듯 기사가 실린 신문을 탐욕스럽게 꽉 움켜쥐었다. 그리고는 김의원 영감을 내팽개친 채 혼자 산을 오르기 시작했다.

"원, 사람두 조급하게 서둘긴. 내가 일러주지 않았다면 어쩔 참이었던구. 그래 문이 넓어지면 앞서 달려오는 놈부터 넣어주기라도 한다는 겐가."

진걸의 거동만 살피고 있던 김의원도 자리를 털고 일어섰다.
그러나 이젠 그의 목소리가 아까처럼 들떠 있는 기척이 아니었다. 어딘지 쓸쓸한 체념기 같은 것이 어린 목소리였다.
"제길, 그래도 허 형은 젊으니까 이런 기회라도 기다려볼 수가 있지."
진걸은 소리를 듣고 나서야 흥분이 조금 가라앉은 얼굴로 김의원을 돌아보았다.
"그럼 김의원께선 이제 아주 기다려볼 여지도 없게 되어버렸나요?"
"정치란 게 원래 그런 거지. 한번 발을 헛디뎌버리면 다시 어디다 힘을 태워볼 수조차 없게 되어버린단 말야. 하긴 요즘은 칠전팔기 되살아나는 사람도 있긴 하지만, 내야 어디 이 나이를 해가지고…… 천상 죽는 날이나 기다릴밖에."
김의원은 겨우 기회를 얻어냈구나 싶은 듯 느닷없이 신세 한탄을 늘어놓으려 했다.
―겨우 정신이 좀 들게 된 모양이군.
낭패를 보아도 이만저만 당한 게 아닌 모양이었다. 그러나 진걸은 아직 김의원을 동정하려 하진 않았다.
"그럼 여래암엔 뭐 하러 또 오시는 겁니까? 정치를 단념하셨으면 자서전도 필요가 없어졌을 텐데요."
잔인하게 아픈 곳만 들추고 들었다. 가령 김의원이 그 나름으로는 다시 헤어날 수 없는 정치적 실의를 안고 돌아왔다고 하자. 그러나 그 정도의 일로 쉽사리 자신을 비판하거나 생에 대한 여유마저 잃어버릴 김의원은 아니었다. 진걸은 그 김의원에게서 가끔 잡초처럼 강인한 육신의 투지를 느끼곤 했었다. 그것은 이를테면 그의 생존 의지 같은 것이었다. 하지만 김의원은 그것을 터무니없이 꼿꼿하게만 지니려 하지도 않았다.

그는 애초부터 굴신이 좋은 탄력성을 타고난 인물이었다. 어떤 세찬 충격에도 꺾이지 않을 만큼 그는 늘 여유가 만만했고, 오히려 그 충격마저 제풀에 무력하게 분해되어버리도록 하는 느물느물한 웃음이 있었다. 얼마든지 잔인해져도 결코 그에게는 지나칠 수가 없는 위인이었다.

과연 김의원은 진걸의 예상을 벗어나지 않았다. 진걸이 일부러 발톱을 세우는 기미를 느끼자 김의원에게서는 대뜸 그 기분 나쁘도록 느물느물한 웃음이 되살아나버렸다.

"허허, 허 형이 아주 이 김삼웅일 발밑에다 깔아 부벼버리려 하는구려. 그래 자서전까지 단념을 하란 말이요?"

"정칠 단념하셨으면 자선전은 뭐에 쓰겠습니까."

"진정한 정치가란 그런 게 아니에요. 조국과 동포에게 온통 일생을 걸고 나선 사람이 정치인이란 것이거든. 그래 그런 사람이 정치 싸움에서 좀 힘을 잃었기로 자기의 오랜 경륜까지 버릴 수가 있겠소? 도리어 그러니까 자서전이라도 남겨서 실제 정치의 마당에 나서 사람들이 지표로 삼을 수 있도록 할 뿐 아니라 조국과 동포에게 보다 잘 미래를 도모케 하자는 게요."

—조국과 동포라.

"결국 자서전을 계속해서 쓰시겠다는 거로군요."

"쓰구말구. 하지만 이거 여간 실망이 아닌걸."

"뭐가 또 실망입니까."

"허 형이 날 아는 거 말이요. 허 형은 아까부터 자꾸 날 괴롭히고 싶어 하는데…… 사람이 너무 그러지 않는 게요. 나중에 보면 다 그립고 후회스러운 게 사람 지난 자국 아니요. 게다가 언제 인연이 다할 줄도 모르는 처지들인데."

김의원은 갑자기 다시 쓸쓸한 표정을 지었다.

이상한 일이었다.

김의원은 이날 암자까지 길을 오르는 동안 몇 차례나 그렇게 표정이 변했다. 금세 광기를 뿜듯 호기로워졌다가도 다시 쓸쓸한 수심 같은 것이 어리고, 그런가 싶으면 어느새 또 김의원 특유의 그 여유만만한 미소가 얼굴에서 아메바처럼 실룩거리고 있었다. 이야기마저 한가지로 종을 잡을 수가 없었다. 처음에는 자서전이라도 완성하여 조국과 동포에게 정치인다운 일생을 바치겠노라 기염이더니, 나중에는 또 뭐 그까짓 자서전 따위를 쓰기 위해 여래암을 다시 찾아온 건 아니라고 금세 자신의 말을 번복해버렸다.

확실히 영감에겐 달라진 데가 있어 보였다. 어떻게 보면 김의원 자신도 아직 뭐가 뭔지 생각을 정리하지 못하고 있는 것 같기도 했다.

그러나 김의원은 암자가 가까워지자 마지막으로 다시 진걸을 붙들고 섰다.

"내 여기서 꼭 한 가지 할 일이 있지. 그동안 허물없이 지내온 허 형 같은 친구들이 있는 데서 말요. 하긴, 아무 데서나 좋은 일이긴 하지만 주책없이 자꾸 여기 생각이 나서……"

산을 다시 찾아온 것도 실은 그 때문이란다. 진걸도 이번만은 김의원이 썩 마음속 깊은 곳에 품고 있던 소리를 하고 있는 것 같았다.

"자서전 집필을 빼놓고 김의원께서 꼭 하고 싶으신 일이라면요?"

그러나 김의원은 그 하고 싶은 일이라는 것을 당장 털어놓으려고 하진 않았다.

"아, 그건 아직 말할 시기가 아니구. 그걸 말할 때는 아마 내가 허 형에게 썩 어려운 부탁을 한 가지 하게 될게요. 이렇게 미리 귀띔을 하는 건 그때 가서 허 형이 내 부탁을 물리치지 말아달라는 이야길 해두려구……"

김의원은 물론 그 부탁이 어떤 것인지도 밝히기를 사양했다.

김의원은 그런 수수께끼 같은 소릴 하고 나서도 일단 별채로 돌아온 다음에는 일체 수상쩍은 내색을 보이지 않았다. 그는 별채 사람들과 어울리게 되자마자 금세 옛날의 그 김삼웅 영감으로 되돌아가버렸다. 무엇보다 윤희의 소식이 궁금하면서도 은근히 진걸의 눈치만 살피고 돌아가는 꼴 하며, 자서전을 집필한답시고 제법 방을 지키고 앉아 있거나 아침마다 거행하는 약수터 바위 위의 명상 따위, 적어도 외모로 보인 거동이나 말씨는 전날과 조금도 다름이 없었다.

처음부터 무슨 걱정을 한 것은 아니었지만, 그래서 진걸도 그 김의원으로부터 곧 관심이 멀어져버렸다. 영감이 돌아오던 날의 수상쩍은 언동이며, 그에게 무슨 부탁을 하게 되리라던 말까지도

인물 없는 자서전 349

완전히 망각을 해버렸다. 덕분에 그는 이제 윤희가 제 발로 다시 암자를 찾아들 때까지는 당분간 책에만 열중할 수가 있으리라 싶었다.

더욱이 이번엔 1차부터 시험을 다시 치러나가야 할 판. 모처럼 발에 땀이 나는 듯한 기분이었다.

한데 진걸이 막 그런 며칠을 지나고 났을 때였다. 하룻밤은 김의원이 느닷없이 그의 방을 찾아왔다.

"아무래도 미적미적하고만 있을 수가 없어요. 전에 허 형에게 부탁하겠다던 일 말이오."

어디서 구해왔는지 그는 네 홉짜리 소주병에다 오징어까지 손에 들고 있었다.

그러고 보니 진걸은 입술에 술잔을 대본 것이 꽤 오래전 일인 듯 싶기도 했다. 지난가을 고향 마을에서 경식과 자리를 마주한 것이 마지막이었던가.

어쨌든 진걸은 김의원의 손에 들린 소주병을 보자 입안에 신물부터 돌았다.

"어느 틈에 그런 걸 다 구해다 놓으셨어요."

그러나 김의원은 술에만 정신이 팔리는 진걸이 여간 섭섭하지 않은 모양.

"내 허 형에게 이런 것까지 들고 올 땐 그럴 만한 뜻이 있는 게요. 지금도 말했지만 일전에 내가 부탁을 한 가지 하겠다던 거 말이오."

그리고 나서 김의원은 마치 귀찮은 물건이라도 다루듯 다짜고짜 병마개부터 딴다. 진걸은 전부터 책상 서랍에 간직해오던 술잔을 꺼내다 재빨리 술을 채웠다.

"부탁이란 건 우선 술부터 한잔씩 들고 나서 듣기로 하지요."

그는 어느새 첫 잔을 목구멍에다 깊이 털어놓고 나서 질겅질겅 오징어를 씹기 시작한다. 하지만 김의원은 웬일인지 술잔을 반쯤 들어 올리다 말고 멀거니 진걸을 건너다보고만 있었다.

"허 형은 도대체 내 얘기엔 주의를 기울이지 않는군. 전번에도 내 그만큼 귀띔을 해주었는데."

진걸의 잔이 건너오자 김의원도 마지못해 술잔을 비워냈다. 그러나 그는 여전히 시무룩한 표정이었다. 그때 무슨 부탁을 하겠다던 걸 진걸이 모른 체해버린 게 섭섭해진 것일까. 그럼 영감은 그런 소리를 던져놓고 여태껏 진걸의 반응을 살피고 있었단 말인가. 어쨌든 김의원이 지금 진걸의 주의가 자신에게 집중되지 않는 것 때문에 화가 나 있는 것은 확실했다. 아니 진걸뿐 아니라 요즘 별채에서는 모두들 김의원 영감에 대해 너무 관심을 가져주지 않았는지도 모른다.

정치가란 아무리 미미한 올챙이 지망생들까지도 만인의 관심 속에서 살기를 원하는 법이었다. 아니, 자신에게 그 만인의 주의를 끌어모아야 정치의 제일 요건이랄 수도 있었다. 한데 김의원은 요즘 몇 안 되는 여래암 사람들에게서조차 관심 밖으로 밀려난 것이다. 진걸이며 안 선생이며 심지어는 무불 스님까지도, 아무도 그의 자서전에 대해선 더 이상 호기심을 가질 수가 없었던 것이다.

―영감의 부탁이란 건 도대체 뭔가.

"그럼 어디 이제 그 김의원 님의 부탁이라는 걸 들려주시겠습니까. 주의를 가지려도 내용이나 좀 알아야지요."

진걸은 어린애를 달래듯 은근히 영감을 어르고 들었다. 그러나 김의원은 아직도 뭔가 망설여지는 것이 있는 듯 곧 대답을 하지 않을 기미였다. 진걸을 좀더 궁금하게 하여 깜짝 놀라게 해주려는 속셈 같기도 했다. 말없이 술잔만 입으로 가져갔다.

김의원이 비로소 입을 열기 시작한 것은 그렇게 말없이 오르내린 술잔들이 반 이상이나 병을 비워버린 다음이었다.

"허 형……"

김의원은 벌겋게 술기가 오른 눈으로 가만히 진걸을 지켜보고 있더니 느닷없이 손을 덥석 끌어 쥐는 것이었다. 그러고는 뭔가 스스로 감동한 목소리로 간곡히 애원해오는 것이었다.

"내 뒷일을 부탁하오. 내 뒷일을 말이오."

"뭐라구요? 김의원님의 뒷일을요?"

진걸은 김의원의 말을 얼핏 알아들을 수가 없었다.

―뒷일을 부탁한다? 그럼 영감이 이제 자결이라도 하겠단 말인가.

김의원은 더욱 굳게 진걸의 손을 쥐었다.

"그렇소. 내 사후가 아니면 이 지경에 이르러 누굴 걱정하겠소?"

진걸은 비로소 가슴이 조금 섬찟해왔다.

―그럼 영감이 꼭 여래암에서 결행하리라던 일이 바로 그것?

사후의 일이라는 것까지 부탁하고 드는 걸 보면 김의원의 거동은 제법 앞뒤가 맞아들어가고 있는 느낌이었다. 느닷없이 진지해진 김의원의 표정이 진걸의 예감을 더욱 불길한 쪽으로 부채질해 갔다. 그러나 진걸은 좀더 시치밀 떼보는 수밖에 없었다.

"김의원께서 지금 어떻단 말씀입니까?"

"몰라서 묻는 게요? 다 틀렸어요. 이젠."

"정치 말씀입니까?"

"정치구, 망치구 모두 다."

김의원은 그제서야 진걸의 손을 놓고 힘없이 뒤로 물러났다.

"하지만 김의원께서 현실 정치를 단념하시더라도 자서전으로 구국제민의 뜻만은 후세에 전할 각오라셨지 않았습니까?"

"글쎄, 그게 오늘낼 새엔 끝이 날 것 같으니까 말이오."

"그게 끝나신다면……"

"내 할 일은 다한 게지. 그래 허 형께 이런 부탁을 하는 게 아니냔 말요."

그래 놓고 나서 김의원은 또 반응을 살피려는 듯 묵묵히 진걸의 기색을 살핀다. 진걸은 빈 술잔에 다시 한 잔씩 술을 채웠다. 그리고는 마지막 남은 오징어 다리 하나를 두 동강으로 떼어냈다.

한데 웬일이었을까. 김의원의 시선을 느끼며 오징어 다리를 떼어내고 있던 진걸은 그 순간 갑자기 당치도 않은 장난기 같은 것이 가슴속에서 스물스물 기어오르기 시작했다.

장난기뿐 아니라 슬그머니 어떤 심술기마저 솟아오르는 것이었다.

그렇다면 김의원은 왜 다시 여기까지 온 것인가. 그런 일이라면 굳이 이 절 구석까지 찾아올 것도 없이 고향이든 여관방이든 아무

인물 없는 자서전 353

데서나 남모르게 해치울 수도 있었지 않았는가. 허물없이 정이 든 사람들 곁에서라야 죽음도 마음이 놓이는 것? 아니면 고향에선 이웃 이목이 부끄러워서? 이목이 부끄러울 건 여기서도 매한가지가 아닌가.

도대체 진걸은 영감의 말이 터무니없는 허풍 같기만 했다. 그게 허풍이 아니라면 진걸에게까지 미리 그런 일을 귀띔할 건 또 뭔가. 정 뒷일이 걱정이라면 이런 졸갑질보다도 유서를 남기는 쪽이 백배 간단하다.

—죽음이란 한 번뿐이야. 그 나이를 해가지고도 그래 아직 그게 무슨 투전놀이처럼 연습 삼아 해볼 수 있는 장난쯤으로 알아? 실없이 농담은……

그쯤 생각해버리고 나니 진걸은 제법 여유가 생겼다. 그는 천천히 술잔을 더 비우고 나서 김의원에게 물었다.

"알겠습니다. 정치가다운 결의시군요. 한데 뜻을 결행하시기 전에 제게 부탁을 남기시겠다는 일은 뭡니까."

그의 어조는 김의원의 뜻을 감히 거역할 수 없는 깊은 감동에 젖어 있는 듯했다.

김의원의 속셈이 무엇이든 진걸은 우선 영감에게서 김을 뽑아놓기부터 해야겠다고 생각했다. 그러자면 영감의 말을 모두 긍정해주고 등덜미를 더욱 그쪽으로 밀어붙이는 것이 방법이었다. 영감을 말리기라도 했다간 없는 고집을 새로 만들어줄 판이었다.

진걸의 방법은 과연 빗나가지 않은 듯했다.

"정치가다운 결의라니?"

진걸의 천연스런 물음에 김의원은 뭔가 기대가 어긋나는 듯 별안간 딴전을 부리고 나섰다. 자기의 대답은 제쳐두고 거꾸로 진걸에게 되물은 것이다. 그러나 진걸 역시 그런 땐 화술이 보통을 넘는 터였다.

"아, 그렇지 않습니까. 김의원께선 자서전이라도 남기시지만, 싸움터를 잃고 난 정치가란 그것으로 사실상의 생애가 끝나버린다는 게 제 생각이거든요. 김의원께서도 같은 의견이시겠지만 정치가 끝난 정치인의 생애란 무슨 뜻이 있겠어요. 한데 대부분의 정치가들은 그 마지막이 영 지저분하거든요. 종말이 정치가답지 못하다는 말씀입니다. 거기 비하면 김의원님 경우는 얼마나 깨끗합니까. 아무 미련도 남기지 않고 자서전이나 쓰시다가 깨끗하게……"

"깨끗하게?"

"결의만이라도 그토록 정치가다우시니 역시 김의원 님께선 앞을 내다보실 줄 아는 분이란 말씀이죠."

차마 맞대놓고 죽으랄 수는 없었다.

그러나 김의원은 그 말이 또 마음에 걸리는 모양이었다. 사형선고라도 기다리는 피고처럼 초조하게 진걸의 입을 지키고 있더니,

"허 형은 아무래도 곧이를 듣지 않으려는구먼."

불쑥 볼멘소리를 하고는 눈살을 찌푸린다. 진걸은 점점 더 장난기가 심해졌다.

"어쨌든 마지막 결단의 장소를 이 여래암으로 택하신 건 잘하셨어요. 전 정치가란 사람들이 죽음마저도 만인의 관심 속에 외로워지지 않기를 바란다는 것을 알고 있어요. 세상이 떠들썩하게 죽고

싶어들 하지요. 어리석은 생각이죠. 김의원께선 그 점까지도 미리
다 염두에 두신 걸 알고선 정말 탄복했습니다. 하지만 너무 외로
워하실 건 없어요. 제가 있고, 안 선생이 있고, 그리고 무불 스님
이랑 명식 군도 있지 않습니까. 모두들 깜짝 놀라 슬퍼하겠지요."

진걸은 술기운을 핑계 삼아 마구 지껄여댔다. 그리고 마침내는
김의원이 여태 피하고만 있는 소리를 짓궂게 추궁하고 들었다.

"그런데 참, 잊을 뻔했군요. 김의원께서 사후의 일을 제게 부탁
하시겠다는 건 무슨 일이지요? 구체적으로 말씀입니다."

"그건……"

그러나 김의원은 아직도 차마 그 말까지는 해버리고 싶지가 않
은 모양이었다. 난처한 표정으로 진걸을 건너다보며 말을 더듬거
렸다. 그러나 술취한 진걸을 끝내 당해낼 수는 없다고 생각한 듯,

"그건 일이 있은 후에 허 형이 꼭 내 집에 연락을 좀 해달라는
게요."

마지못해 한마디를 뱉고 나서는 이제 정말 자신이 그렇게 될 수
밖에 없어진 듯 힘없이 고개를 떨구어버렸다.

"그것뿐입니까?"

"아마 여편넨 날 집에까지 끌고 가려 하질 않을 게요. 그것도 허
형이 잘 말을 해서 수구초심이라구, 뼈만은 고향에 묻고 싶은 게
인지상정 아니겠소. 그러자면 날 화장터까지 끌어가는 데도 허 형
이……"

영감의 눈시울에 터무니없이 눈물까지 맺히고 있었다.

거짓말도 열심히 지껄이다 보면 자기최면에 걸려 정말처럼 착각

되기 쉬운 법, 김의원은 지금 마음에도 없이 유언 같은 소릴 남기다가 문득 자신의 초라한 처지가 서러워진 게 분명했다. 더욱이 김의원으로서는 생판 임기응변으로 주워댄 소리만도 아니었을 처지였다. 어쨌든 진걸은 영감이 눈물까지 비쭉이는 것을 보자 자신이 좀 지나쳤나 싶어졌다.

"설마 사모님께서 그토록 비정하신 분일라구요?"

그는 김의원을 좀 위로할 셈으로 음성을 낮췄다.

"그리고 김의원께서도 어디 정작 그러실 작정인가요."

그러나 김의원은 이제 진걸의 낮은 목소리가 더욱 견딜 수 없는 모양이었다.

"내 여편넨 족히 그럴게요. 내게 원망이 많은 사람이요."

눈물을 닦을 생각도 않고 비장한 시선으로 천장만 응시하고 있었다.

"김의원께서 워낙 정치에만 몰념하시다 보니 생활도 고달프고 원망이 많으셨겠지요. 하지만 남자의 뜻이 어디 그런 사사로운 원망쯤으로 꺾일 수가 있었겠습니까. 그 점은 사모님께서도……"

진걸은 바로 김의원 자신의 말을 빌려가면서 계속 영감을 달래려 했다. 그러나 김의원은 진걸에게 그런 소리조차 늘어놓지 못하게 했다.

"내 여편네 얘긴 이제 그만둬주오."

시선을 여전히 천장에 비끄러맨 채였다. 진걸은 이제 마지막 처방을 내려야 할 때라고 생각했다.

"어쨌든 전 오늘 밤 김의원 말씀을 듣지 않은 걸로 하겠습니다.

설마 김의원께서 말씀하신 대로 불행한 일이 생길 염려는 없을 줄 믿습니다만 혹시 그게 정말 김의원님의 뜻이라고 해도 저로선 어찌할 수가 없는 일이 아니겠습니까."

매정하게 잘라 말해버렸다. 아닌 게 아니라 진걸의 이 마지막 처방은 김의원에게서 금세 효험을 나타내는 듯했다. 진걸의 말에는 묵묵부답, 계속 천장만 지키고 앉아 있던 영감이 마침내 자리를 일어서버리는 것이었다. 게다가 진걸을 한 번 말없이 스쳐보는 그의 눈길에는 알 수 없는 원망기마저 깃들어 있었다.

그러나 진걸이 김의원의 눈길에 서려 있던 그 원망기 같은 것이 무엇이었는지 연유를 깨달은 것은 그로부터 며칠이 지난 다음이었다.

어쨌든 이날 밤 김의원으로부터 뜻밖에 그런 상서롭지 못한 결의를 전해 듣고 진걸은 미상불 기분이 좋을 수가 없었다. 뭔가 머릿속이 찜찜하고 마음 한구석에 석연치 않은 것이 남아 있었다.

그러나 김의원 앞에서 모든 걸 듣지 않은 걸로 하겠노라 다짐을 하고 난 터라 다음 날부터 그는 정말 모든 것을 잊어버린 듯 천연스럽게 김의원을 대했다. 하긴 김의원이 정말 그런 짓을 저지르랴 싶기도 했다.

맨 나중에 그가 사정없이 김의원의 등을 밀어붙이며 일부러 이야기를 못 들은 체해두겠노라고 한 것도 그런 확신에서였던 것. 오히려 그런 말로 그를 안심시켜주고, 행여 이상한 마음을 먹고 있더라도 거꾸로 자신을 반발하고 나서게 하려던 생각에서였던 것이다.

김의원 역시 그런 진걸을 별로 염두에 두고 있는 것 같지는 않았다.

특별히 수상쩍은 거동도 엿보이지 않았다.

한데 그런 며칠이 지난 다음이었다.

하루는 안 선생이 느닷없이 겁에 질린 얼굴을 하고 진걸을 찾아들었다.

"허 선생께선 요즘 혹시 김의원에게 이상한 걸 느끼지 못했습니까?"

방을 들어서는 안 선생은 곧 긴장한 얼굴로 물어왔다.

"이상한 거라니요?"

진걸은 언뜻 머리를 스치고 지나가는 것이 있었으나 모르는 척, 안 선생에게 되물었다.

"고향에서 크게 실망한 일이 있었다든가, 무슨 그런 기색 말입니다."

― 역시 그렇군.

진걸에겐 오히려 더 등만 떠밀리고 만 게 싱거웠기 때문이었을까. 영감쟁이가 안 선생에게까지 다시 엄살을 떨어댄 게 분명했다.

"왜, 자결이라도 할 것 같은 눈칩디까……"

진걸은 잔뜩 긴장을 하고 있는 안 선생의 표정이 되레 우스워졌다. 그것도 모르고 안 선생은,

"그럼 역시 허 선생께서?"

목소리가 더욱 진지해진다.

"도대체 고향에선 무슨 일이 있었답니까?"

"그 얘긴 저도 자세히 듣지 못했어요. 하지만 이번 일이 영감님에겐 막다른 생각까지 들게 한 모양이더군요. 안 선생께서도 아마 그런 눈치를 채신 게지요?"

"눈치가 아니라 직접 얘길 들었어요. 정치인의 생애란 무엇보다 종말이 지저분해선 안 된다던가요. 그래서 자긴……"

"그 얘긴 아마 안 선생에게뿐이라고 다짐했을 텐데 함부로 털어놓으시는군요."

"……?"

"또 다른 부탁은 받지 않았습니까. 결행 후에 무슨 연락을 해달라든가, 부인을 설득시켜서……"

"자기를 향리에 묻히게 해달라는 거 말씀이죠. 그러고 보니 허 선생께도 이미 같은 부탁을 해놓았었군요."

그제야 안 선생은 좀 어이가 없어지는 표정이었다.

"물론이죠. 정치인의 종말이 깨끗해야 한다는 말도 실은 제가 김의원의 결의를 듣고 나서 영감님을 찬양한 말이었으니까요."

그러나 안 선생은 무엇보다 김의원의 그 결의라는 것부터 번복시켜놓는 게 중요하다고 생각한 모양이었다. 인간 생명의 여탈권은 오로지 하느님에게만 있는 것, 그의 자의로운 행사는 어느 경우에도 하느님의 뜻을 거역하는 행동인 것이다. 오랜 신앙생활에 젖어온 안 선생의 양심은 우선 김의원의 그 방자한 결의부터 용납할 수가 없었으리라. 더욱이 진걸이 그 김의원을 찬양까지 하고 나섰다는 데는 안 선생으로선 전혀 납득이 갈 리 없었다.

"안 됩니다. 어쩌자고 허 선생은 그런 소릴 했지요? 김의원을 그냥 내버려둬선 안 돼요. 이건 장난 삼아 구경이나 하고 있을 일이 아니란 말입니다."

그러나 진걸의 입가에선 여전히 웃음기가 사라지지 않았다.

"저도 물론 장난으로 그런 소리를 했던 건 아닙니다. 하지만 김 의원은 역시 그냥 모른 체 내버려두는 게 나아요. 우리도 늘 한가롭기만 한 처지는 아닌데."

"잔인하시군요."

안 선생은 드디어 화를 내기 시작했다.

―순진한 양반, 아직도 저리 자신이 만만하다니. 하지만 사람이 어디 그리 간단한 논리로만 설명될 수 있는 동물인가.

"그러나 너무 염려하실 건 없어요. 염려를 해주시다간 오히려 영감님의 엄살만 돋아줄 테니까요."

"엄살이라니요? 그럼 허 선생께서는 김의원의 이야기가 모두 엄살이란 말입니까?"

안 선생은 진걸의 태도가 더더욱 못마땅한 모양이었다.

"엄살이니까 걱정을 해주면 더 기세를 돋워준다는 거지요. 엄살이란 원래 그런 거 아닙니까."

너무 자신만만한 진걸의 태도에 안 선생은 그만 입을 다물어버리고 말았다. 그리고 나서 한참이나 혼자 생각에 잠기고 있던 안 선생은 그러나 미심쩍은 것이 조금도 풀리지 않은 듯 다시 진걸에게 묻기 시작한다.

"그럼 무엇 때문에 김의원은 그런 터무니없는 엄살을 부리는 것입니까. 그럴 이유라도 있나요?"

"두고 보면 알겠지요. 하지만 우선 이런 생각을 해볼 순 있지요."
"어떤 생각입니까?"
"정치 한다는 사람들의 과대망상 말입니다. 정치 하는 사람들은 늘 사람들의 떠들썩한 시선을 바라거든요."
"정치라는 건 원래 그런 식으로 해나가는 거 아닙니까."
"그렇지요. 한데 제가 지금 터무니없는 과대망상이라고 한 것은 그 사람들이 자신을 이해하는 방법입니다. 말하자면, 일종의 엘리트 의식이라고 할 수 있겠는데, 그건 좋아요. 어차피 정치란 그런 엘리트 의식이 필요한 것이니까요. 선량 아닙니까.
그러나 이 사람들은 그것을 묘한 일에까지 곧잘 구실을 삼고 나서거든요. 언필칭 조국과 동포지요. 말끝마다 조국과 동포. 자기들은 밥을 먹고 걸음을 걸어 다니는 것도 모두 조국과 동포를 위해서라는 식이란 말입니다. 그러니까 저희들은 오로지 나의 일거일동에 주의를 기울이고 나를 우러러 경배함이 마땅하다, 사소한 잘못쯤은 이 조국과 동포라는 대의 앞에 당연히 용서되어야 한다─원래 정치라는 게 국민생활을 가장 직접적으로, 그리고 넓게 포괄하는 기본 질서이긴 하지요. 하지만 그런 식으로 말한다면 누가 어느 분야에서 일을 하든 그 사람들만큼 조국과 동포를 위하지 않는 사람이 있습니까? 한데 유독 그 사람들만 자꾸 그걸 간판처럼 내세운단 말입니다. 정치도 하나의 직업인데 그 사람들은 정치인이라는 자기 개인의 직업의식까지도 몽땅 조국과 동포 뒤에 숨겨놓고 모든 걸 그것으로만 변명하려 하지 않아요.
그들에게 조국과 동포가 아니었다면 변명될 수 없는 일이 얼마나 많습니까. 자꾸 조국과 동포를 내세우지 말고 정치인이라는 직업이 원래 그런 것이니까 투철한 직업의식을 가지고 일에만 충실해달라는 거예요. 그럼 조국과 동포는 저절로 용서해줄 거니까."

진걸은 이야기를 엉뚱한 방향으로 비약하고 있었다. 안 선생은 느닷없는 진걸의 열변에 어리둥절해 있다가 이야기가 대충 끝난 다음에야,

"그게 김의원의 엄살하고 무슨 상관이라도 있습니까."

슬그머니 힐난을 하고 든다. 진걸은 그제야 자신의 이야기가 빗나가고 있는 것을 깨달은 듯 씩 겸연쩍은 미소를 지었다.

"있지요. 영감님은 우선 자신을 정말 정치인이라고 믿고 있거든요. 지금 말한 정치인의 속성들이 영감에게 제법 익숙하게 배어 있어요. 그러니까 모든 사람은 마땅히 나를 우러러 경배해야 한다, 한데 고향을 다녀온 후로 영감님은 이 여래암에서조차 너무 관심밖에 나 있었단 말입니다."

"그래서 주의를 끌어모으기 위해 일부러 그런 연극을 꾸몄다는 것입니까."

"죽음이란 협박은 긴장한 사람들의 주의를 끌어모으는 데 가장 효과적인 방법이니까요. 하지만 제가 연극이라곤 말하지 않았지요. 그런 생각을 한 건 김의원 자신도 무의식중이었는지 모르거든요. 엄살이지요."

진걸은 기어코 안 선생을 설득해내고 말 기세였다.

"보십시오. 벌써 저에게도 같은 이야기, 같은 부탁을 하지 않았습니까. 물론 김의원이 안 선생께 또 그런 부탁을 드린 건 제가 김

의원의 말을 모른 체해버린 때문이지요. 그렇다고 그게 부탁을 들어주지 않을 것 같아, 절 못 믿어서였겠습니까. 천만의 말씀입니다. 그래서라기라도 했다면 김의원은 정말 낭만적인 정치가지요."

"낭만적인 정치가? 그런 말도 있습니까?"

"그렇지요. 그런 정치란 옛날 얘기에나 있는 거지만, 조국과 동포라는 대의에 목숨까지 내바치겠노라니 제법 낭만적인 데가 있지 않습니까. 숨은 동기야 어떻든 곧이들을 법도 하고 말예요."

"하여튼 철저하십니다. 허 선생은 못 당하겠어요."

드디어 안 선생은 항복을 하고 나서는 눈치였다.

"하지만 허 선생 판단이 옳을는지는 두고 기다려봐야지요."

"하하, 결과가 불행한 쪽이라도 그땐 벌써 때가 늦어버린 다음일 텐데요."

그러나 진걸은 이때 그런 실없는 농지거리를 하면서도 마음속에 문득 엉뚱한 계교가 떠오르고 있었다. 김의원의 결의가 진짠지 가짠지는 뭐 오래 두고 기다릴 것도 없었다.

안 선생에게 그걸 곧이듣지 말라는 것보다 직접 눈으로 보고 깨닫게 해줄 방법이 있었다. 안 선생 말마따나 방법치곤 좀 잔인해 보일 수도 있었다. 하지만 김의원 스스로 그런 장난을 자초하고 나서는 데야 자업자득이라고 할 수밖에 없었다.

어쨌든 김의원의 말을 그 정도로 실없이 들어온 진걸은 안 선생이 방을 나가기 전에 기어코 자신의 계교를 귀띔해주고 싶어졌다.

"제가 오늘 저녁 직접 보여드리지요. 김의원의 각오가 정말인지 아닌지를 말입니다."

"어떻게 말입니까."

"술도 좀 마실 겸 별채 사람들을 모아놓고 제가 오늘 밤 간단한 잔치를 열겠습니다. 물론 김의원을 위해서라는 명목이지요."

"잔치를 열어서요?"

"안 선생께서는 특히 이 점을 미리 명념해주셔야 합니다. 그 자리가 이를테면 김의원과의 최후의 만찬의 자리가 된다는 점을 말입니다. 그런 척 하자는 겁니다. 안타깝지만 우리로서는 김의원의 뜻을 어쩔 수 없노라, 김의원님의 비장한 각오에 마지막 위로를 드리고자 우리들이 마음을 모았노라, 그런 식으로 말입니다."

듣고 있던 안 선생도 뭔가 생각이 떠오르는 듯 슬그머니 짓궂은 미소를 머금었다.

"전 꽤 오랫동안 교회에 몸을 담고 지내면서도 악마의 얼굴이라는 게 어떤 것이어야 할지 상상해볼 수가 없었는데, 오늘 허 선생을 보니 겨우 생각이 날 것 같군요. 하하……"

안 선생은 요즘 와서 제법 농담을 지껄일 줄 알았다.

진걸도 그 안 선생을 따라 쾌활하게 웃었다. 그리고는,

"하지만 설마 대놓고 그런 소리를 다 할 수야 있나요. 은근히 그런 눈치가 느껴지도록만 해주는 거죠. 하여튼 모든 걸 제게 맡겨둬요."

안 선생을 한 번 더 안심시켰다.

그리고 진걸은 이윽고 안 선생이 돌아가고 나자 정말 잔치 준비를 서두르기 시작했다. 준비라야 뭐, 아랫마을 가게에서 술이나 몇 병하고 과일이며 안줏감을 조금 올려오는 정도였지만 그나마도

일을 끝내고 나니 어느덧 해가 저물었다.

　진걸은 저녁을 서둘러 끝내고 나서 곧 별채 사람들을 자기 방으로 불러들였다. 그래도 역시 제일 먼저 방을 건너온 것은 김의원 영감이었고, 멋도 모르는 명식이 녀석이 그다음, 이미 속셈을 알고 있는 안 선생은 맨 나중에야 주춤주춤 꺼림칙한 발길을 들여놓았다. 무불 스님은 번거로움을 피해 자리에서 제외해버렸다.

　한데 그사이 김의원 영감마저 또 무슨 기미를 알아차린 것이었을까. 김의원은 이날 밤 도대체 처음부터 꿀 먹은 벙어리였다.

　진걸이 입을 열기도 전부터 죄인처럼 시무룩한 얼굴을 하고 앉아서는 슬금슬금 눈치만 살피고 있었다.

　진걸이 술병이며 안주를 벌여놓아도 영 반응이 없었다.

　그러나 덮어놓고 술잔부터 들이댈 수는 없는 처지, 진걸은 안 선생에게 슬쩍 눈신호를 한번 보내고 나서 갑자기 생각이 떠올랐다는 듯,

　"참, 제가 오늘 밤 이런 자리를 마련하게 된 동기를 말씀드려야겠군요."

　능청스런 얼굴로 좌중을 둘러보았다.

　그러자 방 안은 물속에라도 가라앉은 듯 더욱 무거운 침묵 속에 싸여버렸다. 진걸은 일부러 눈길을 명식 쪽으로 고정시키며 말을 계속했다.

　"우연이라면 우연이랄 수도 있지만, 어떻든 이름도 성도 몰랐던 우리들이 이렇게 짧지 않은 세월을 한지붕 밑에서 지내고 있다는 건 그리 쉽지 않은 인연일 겁니다. 그러나 사람의 일이란 우리들

이 전혀 우연한 인연으로 여기 이렇게 모인 것처럼 또 언제 그 인연이 다해 섭섭한 일을 당하게 될지 모르는 게 아니겠습니까. 안 선생님과는 미리 의견을 나누었습니다마는, 그래서 뒤늦게나마 오늘 밤 이런 자리를 만들어본 것입니다. 그렇다고 뭐 별로 다른 대단한 뜻은 없습니다. 그저 술이나 한 잔씩 나누면서 얼마가 될진 모르지만 남은 인연을 아껴보자는 거지요."

진걸은 우선 그쯤 해두고 나서 일일이 술잔을 채우기 시작했다. 방 안은 여전히 깊은 침묵뿐 모두들 멀뚱멀뚱 앉아서 진걸의 거동만 바라보고 있었다. 그렇게 보아서 그런지 김의원은 더더욱 마음속이 무거워지는 얼굴이었다. 그러나 진걸은 그 김의원에게 시선 한번 돌리지 않은 채 마지막으로 명식 앞의 술잔을 채웠다.

"오늘 밤은 특별한 뜻이 있으니까 자네도 한잔해보지."

김의원이 그다운 호기를 되찾은 것은 안 선생과 진걸 셋 사이에 술이 몇 순배나 돌고 난 다음이었다.

명식은 처음부터 영문을 모른 채 멀찌감치 자리를 물러나 앉아 진걸이 따라준 술잔만 들여다보고 있었다.

안 선생은 그런대로 부지런히 잔을 비워내고 있었다. 김의원도 물론 술잔만은 두 사람을 뒤지지 않았다. 시무룩한 표정을 하고 앉아서도 자기 앞에 돌아오는 잔은 개파리 나꾸듯 냉큼냉큼 비워냈다.

그렇게 시합이라도 하듯 셋이서 한창 취기를 돋우고 난 다음이었다. 얼굴이 잔뜩 붉어오른 김의원이 이젠 정말 더 입을 다물고 있을 수가 없는 듯 별안간 너털웃음을 터뜨렸다.

"허허허, 그러고 보니 아무래도 섭섭한 일이 한 가지 있구먼."

미리부터 공연히 자신이 죄인스러워질 필요는 없다고 생각한 모양이었다.

취기에 젖은 목소리가 여간 느물거리지 않았다.

"섭섭한 일이라니요?"

진걸은 갑작스런 김의원의 말에 안 선생을 한번 의미있게 돌아다보았다.

그러나 김의원의 대답은 진걸의 기대와는 너무 엉뚱한 쪽이었다.

"이렇게 모처럼 집안 식구가 다 모였는데 빠진 사람이 하나 있지 않소? 미스 지 말이외다."

역시 김의원다운 관심이었다. 영감은 자리에도 없는 윤희를 아쉬워하고 있었다.

"하긴 그렇군요. 하지만 윤희 씨야 어디 이제 우리 식구라고 할 수 있나요. 우리와는 벌써 인연이 다한 사람이지요."

진걸은 오늘 밤 인연이니, 인연이 다했느니 하는 소리를 특히 자주 뇌까리고 있었다. 그것은 어느 날 산을 올라오면서 김의원이 먼저 진걸에게 한 말이었다.

오늘 밤은 그 소리가 김의원에게 여간 상서롭지 않은 뜻으로 들리고 있을 게 분명했다. 진걸이 일부러 그 소리를 뇌까린 것은 바로 그런 이유에서였다.

그러나 한번 힘을 얻은 김의원의 기분이 그 정도의 암시로 쉽사리 흐려질 리는 없었다.

"아니, 그럼 미스 지가 아주 산을 내려가버린 거란 말요? 아직 방도 그냥 그대로 있는데."
 하지만 그건 실상 김의원보다도 오히려 진걸 쪽에서 더 궁금해지고 있는 터였다. 윤희가 정말 산을 내려가버린 것이라면, 섭섭하기로도 김의원이 진걸을 넘어설 수 없는 일이었다. 진걸은 입을 다물어버릴 수가 없었다.
 "윤희 씨 때문에 자리가 맘에 드시지 않는다면 김의원을 위해서라도 좀 일찍 이런 기회를 가질걸 그랬군요."
 그러자 김의원은,
 "아니 뭐 그럴 것까진 없었구…… 그저 함께 지내던 사람이 소식도 없이 사라지고 나니 좀 섭섭하다는 것뿐이지. 그렇지 않소, 안 선생께서도?"
 황황히 사양을 하고 나서는 말끝을 터무니없이 안 선생에게로 돌려버린다.
 안 선생은 그저 마지못해 미소를 지어 보일 뿐이었다. 그러자 진걸은 이제 정말 김의원의 죽지를 눌러 안 선생에게 보여줄 것을 보여줄 때가 왔다고 생각했다.
 "그런데 참, 자서전 말씀입니다. 이젠 다 끝을 내셨겠지요?"
 그는 새삼스레 정색을 한 어조로 김의원의 자서전을 들춰냈다.
 자서전이 끝난다는 것은 김의원에게 곧 모든 일이 끝난다는 뜻이었다. 그것은 김의원 자신이 진걸에게 한 말이었다. 자서전이 끝나고 나면 그가 이 세상에서 할 일이란 마지막 결의를 단행하는 것뿐이며, 그 자서전마저 이젠 거의 결말이 가까워졌노라고, 시퍼런 장담을 늘어놓은 것이 벌써 며칠 전 일이었다.

그러나 김의원 역시 쉽사리 진걸에게 말려들 인물은 아니었다. 그것도 김의원은 자신이 한 말을 전혀 괘념하는 눈치가 아니었다. 가끔가다 이상하게 외로운 그림자가 영감의 모습에 스며드는 때도 있었으나 김의원은 그런대로 늘 천연스럽고 여유 있는 거동을 보여온 터이었다.
아닌 게 아니라 이날 밤도 영감은 자서전 소리가 나오자,
"자서전이랄게?"
얼핏 시치밀 떼려 들었다.
그러나 진걸도 이젠 내친걸음, 영감이 시치밀 떼거나 말거나 혼잣말을 이어나갔다.
"그 김의원의 자서전을 가만히 생각해보니 참 재미있는 데가 많더군요. 자서전이란 원래 일생을 거의 다 살고 난 사람이 지난날의 처세 경륜과 그 생애의 희비를 돌아보며 쓰게 되는 것 아닙니까. 한데 김의원께서도 집필을 다 끝내고 나신 요즘 그런 생각이 드셨겠지만, 거긴 김의원 자신이 살아오신 생의 여정이나 희비는 담기지 않았을 거란 말입니다. 이를테면 실제의 인물이 없는 자서전이죠. 인물이 있다면 그렇게 한번 세상을 살아보고자 했던 김의원의 그림자가 가상으로 존재할 뿐이라고 할까요."
김의원은 진걸의 말을 알아듣는지 못 알아듣는지 아직 얼굴색 하나 변하지 않고 있었다. 진걸은 여전히 혼자 이야기를 계속했다.
"그야 정치인은 처음부터 자기 자서전이 있어야 하고, 정치라는 것도 그 자서전을 현실에서 실현해나가는 것이라던 김의원의 말씀은 저도 충분히 이해할 수가 있어요. 하지만 그런 정치인의 경우

도 자서전을 쓸 때는 그것이 현실에서 얼마쯤 실현되고 난 다음이 아니겠습니까. 한데 김의원의 경우는 전혀 그렇지 못하단 말씀입니다. 지금까지 김의원께서 불행히도 자신의 자서전을 실현해볼 기회가 없으셨던 셈인데, 앞으로도 그런 기회는 미처 기다려볼 수가 없을 거 아닙니까?"

바로 그때였다. 듣고만 있던 김의원이 느닷없이 볼멘소리로 진걸의 말을 가로막고 나섰다.

"왜 못 기다려! 그래 내가 오늘낼 사이에 금방 죽어 없어지기라도 할 사람이란 말인가. 왜 기회가 없으라는 거야."

화가 난 김에 자신도 모르게 내뱉은 소리가 분명했다. 그러나 김의원의 이 몇 마디로 진걸의 목적은 충분히 달성된 셈이었다. 그는 안 선생을 돌아보며 슬그머니 미소를 지어 보였다. 안 선생 역시 알 듯한 눈길로 진걸의 미소에 응답을 보내고 있었다.

그러나 진걸은 아직 그 정도로 만족해버릴 수는 없었다. 김의원을 더욱 난처하게 몰아세우기 시작했다.

"기다릴 각오만 계시다면야 기회도 오지 말라는 법이 있겠습니까."

그러나 김의원은 아직도 자신의 실수를 깨닫지 못한 듯 기세가 더욱 등등해지고 있었다.

"그럼 뭐야. 기회가 나설 때까지 내게 자서전을 쓰지 말라는 겐가?"

그럴수록 진걸도 어조가 자꾸 짓궂어갔다.

"웬걸요. 자서전마저 갖지 못한 정치가는 애초 정치가가 될 자격이 없다는 말씀엔 저도 동감이라니까요. 물론 전 요즘 정치가들이 게나 고등이나 걸핏 하면 자서전이랍시고 알량한 책들을 써내는 풍조엔 찬성을 하고 있지 않아요. 하지만 어디 김의원까지 그렇게 생각할 수가 있습니까."

"그렇게 생각해선 안 되지."

"하지만 바로 그 점이 또 이상하단 말씀입니다. 김의원의 자서전을 함부로 생각해선 안 된다는 건 그만큼 그 자서전에 자신이 있으시다는 거 아닙니까. 그래서 후세에까지 굳이 그 뜻을 남기시려고 말이죠."

"그렇지, 자신이 있지. 그런데 그게 어쨌다는 거야."

"그럼 자기 자서전에 너무 자신을 가져도 독단이 앞설 위험 때문에 찬성할 수가 없다던 말씀은 어떻게 되지요?"

김의원은 여기 와서 결국 대답이 막히고 말았다. 그럴 수밖에 없었다. 방금 진걸이 김의원에게 추궁하고 든 말은 언젠가 영감이 자신의 자서전론을 펴다가 특히 진걸의 주의를 환기시켜준 소리였으니 말이다.

김의원은 한참이나 입을 다물고 있다가 겨우,

"그야 정도 문제겠지. 그리고 어쨌든 자서전을 갖는 편이 안 갖는 거보다는 나은 게구."

옹색스런 변명을 늘어놓았다.

그러나 진걸은 이제 김의원의 변명엔 귀도 기울이려 하지 않았다.

"아니지요. 김의원께서 그처럼 자신의 주장까지 기억하시면서 자서전을 남기시려는 건 김의원께서 요즘 그만큼 초조한 생각을 하고 계시기 때문일 겁니다."
 단정적인 어조로 영감의 대답을 대신해버렸다.
 "초조한 생각이라니?"
 "실은 아까 제가 기회를 미처 기다릴 수 없으실 게 아니냐고 한 것도 그런 뜻이었습니다만 요즘 김의원님의 결의가……"
 "예끼 못된 사람 같으니라구. 듣자 하니 하나같이 미리 짜놓은 소리들을 가지구."
 그제서야 김의원은 진걸의 속셈을 알아차린 듯 발칵 화를 내고 나섰다.
 그런데 영감은 정말 처음부터 진걸의 속셈을 눈치채고도 모른 체 그냥 들어넘기려 했던 것일까.
 "그래 내가 몰라서 그냥 듣고 앉아 있었는 줄 아나? 나이 든 사람을 부득부득 골려대고 싶어 하는 심보들이라니……"
 괘씸해서 더 참을 수가 없다는 듯 자리를 박차고 일어서버렸다.
 잔치는 끝이 났다. 그러나 그런 식으로 영감이 방을 나가버리자 진걸과 안 선생은 다시 한 번 뜻있는 웃음을 교환했다. 처음부터 끝까지 영문을 몰라 눈만 뒤룩거리고 앉아 있는 것은 명식이 녀석뿐, 물론 영감의 태도로는 마지막까지도 어느 것이 진짤지 확실한 분간을 해낼 수 있는 것이 아니었다. 그러나 두 사람의 미소는 그것으로 분명 모든 해답을 얻어낸 듯 만족스런 것이었다.
 한데 웬 곡절이었을까. 어느 쪽이 틀리고 있었을까.
 뜻밖에도 다음 날 김의원은 그 두 사람의 미소를 무참하게 부인해버렸던 것이다.

김의원은 다음 날 실없이 뇌까려댄 그의 장담처럼 정말 싱겁게 자신의 결의를 실행해내고 말았던 것이다. 더욱이 김의원이 그처럼 자신의 예언을 결행한 방법은 진걸로서는 상상도 못할 만큼 기이한 것이었다.

약수터의 바위 위에서, 그것도 전에는 아침 시간에만 오르내리던 약수터의 바위 위에서 한낮의 태양을 향해 몸을 내던져버린 것이었다.

하고 보면, 김의원에겐 아닌 게 아니라 진걸에게 처음 그런 낌새를 내보였을 때부터 진짜 작심이 되어 있었던 건지도 모를 일이었다. 그래 그는 진걸이나 안 선생에게서 자기 신념을 굽힐 용기를 구하고 있었는지도 알 수 없는 일이었다. 혹은 그 자기 결의에 대한 공포 때문에 김의원은 진걸이나 안 선생에게서 어떤 자기 배반의 구실을 찾고 있었을 수도 있었다. 그러던 것이 진걸에게서 오히려 더 등을 떠밀리게 되자 안 선생에게서까지 그것을 다시 구하고 싶어 했을 수도 있었다.

그러나 김의원이 정말 어떤 생각으로 어떻게 그 바위 위에서 몸을 던져버렸는지 자세한 것을 아는 사람은 아무도 없었다.

그가 즐겨 기도를 아끼지 않던 태양을 향해 몸을 내던졌으리라는 것은 바위 밑에 떨어진 그의 처참한 죽음을 위해 동정적인 상상을 해본 것일 뿐, 제일 먼저 그 김의원을 발견하고 그의 죽음을 별채에 알려온 윤희마저 겁에만 질려 자초지종은 좀처럼 말을 하지 못했다.

그러니까 윤희는 이날따라 하필 그 따뜻한 날씨 탓이었던지 슬그머니 다시 여래암을 찾아왔다. 그녀가 방 손질을 끝내고 손발을 씻으러 약수터를 찾아 올라간 것이 오정을 조금 지났을 무렵. 그 윤희가 산을 올라간 지 반시간 남짓 되어 허겁지겁 약수터를 달려 내려와 전한 것이 김의원의 죽음이었다. 미처 진걸과는 전날 일에 대한 변명이나 은밀한 말 한마디 나눠보기도 전이었다.

"뭐가 뭔지 정신을 차릴 수가 없어요. 바위에서 사람이 뛰어내린 듯했고, 그래서 얼핏 눈을 돌리는 순간 그는 벌써 바위 아래 숲으로 곤두박질을 쳐들어가버렸어요. 쫓아가보니 김의원이 벌써 숨이 끊어져 있더군요. 도대체 어떻게 된 거지요."

윤희는 그 이상 아무것도 말을 못했다. 진걸 역시 더 물으려 하지도 않았다. 더 말을 시켜봐야 소용이 없었다.

그러나 김의원이 죽음에 가장 당황할 수밖에 없는 것은 역시 그 진걸이었다. 사태를 납득할 수 없는 것도 윤희보다 진걸 쪽이 더했다.

─도대체 어떻게 된 것인가.

윤희는 처음부터 아무것도 모른 여자였다. 그러나 김의원의 장담을 미리 듣고 있던 진걸은, 그리고 그것을 한낱 실없는 엄살이라고 자신있게 꾸짖었던 진걸은 그 때문에 혼란이 더욱 심했다.

─혹시 엄살이 지나치다 그렇게 된 건 아닐까. 아니면 그의 장담은 처음부터 엄살일 수가 없었던 것이었을까?

안 선생들과 함께 김의원을 별채로 운반해놓고 나서도 진걸은 이 기묘한 수수께끼를 좀처럼 풀어낼 수가 없었다. 김의원에겐 마지막까지 얻어맞기만 한 기분이었다.

그러나 어쨌든 이제 김의원이 자신의 예언처럼 되어간 것만은 사실이었다. 그리고 이젠 그것만이 가장 엄숙한 사실로 느껴지기 시작했다. 진걸은 비로소 김의원 앞에 옷깃을 여몄다.
—당신은 결국 인물 없는 자서전을 쓰고 말았구료. 한데 난 어째서 그처럼 사사건건 당신을 골려주려고만 했는지. 너무 섭섭해하진 마십시오. 아마 그것은 김의원 당신이 아니라 제게 그런 취미를 길러준 다른 누구들이었을 게니 말입니다.

진걸은 이제 김의원의 모든 것을 인정해줄 수밖에 없었다. 사후를 부탁하노라던 김의원의 말도 이젠 정말 유언으로 신용해야 했다.
그는 명식을 시내로 보내 김의원의 고향으로 전보를 치게 했다. 그리고 자신은 안 선생과 함께 김의원의 검시 절차를 치른 다음 그의 방을 정리하기 시작했다. 한데 진걸은 김의원의 방을 정리하다 말고 다시 수상쩍은 생각이 들기 시작했다. 진걸에게 유언을 대신했다고는 하지만 김의원은 정말 가족에게조차 글 한 자 남겨놓은 게 없었다. 그뿐 아니라 김의원이 거의 끝을 내가고 있노라던 자서전은 아직 뼈도 추려놓지 않은 채였다. 커다란 노트에다 구호나 만담 비슷한 소리를 여기저기 지껄여놓고 있을 뿐이었다.
—정말 죽음을 눈앞에 두고서도 이토록 남기고 싶은 말이 없었을까. 그리고 끝을 맺어가고 있노라던 자서전은? 죽음 뒤에 굳이 그런 거짓말을 남겨야 할 이유는?
진걸의 핀잔 때문에 진짜 자서전을 없애고 말았다기엔 사건이 너무 갑작스러웠다.

그러나 진걸이 김의원을 두고 더욱 수상쩍어진 것은 이날 밤 남은 별채 사람들이 한데 모인 자리에서였다.

물론 이날 안으로는 김의원의 고향으로부터도 아무 소식이 없었다. 전보를 받고 곧 길을 나선 사람이 있었더라도 아직 여래암까지는 당도할 수가 없었을 터였다.

그래서 진걸은 별채 사람들끼리라도 밤을 새워 김의원을 지키기로 했다.

안 선생과 진걸 그리고 명식은 별채 뜰에다 조그만 모닥불을 만들고 초저녁부터 그 불가로 모여 앉아 있었다. 자리에는 윤희까지 끼어 있었다. 날이 아직 밝았을 때 다시 시내로 내려가라는 진걸의 권유를 뿌리치고 웬일인지 그녀는 굳이 여래암에 함께 남기를 원했었다.

자리를 한데 하지 않고 있는 것은 무불 스님뿐.

스님 역시 김의원의 죽음엔 몹시 어이가 없는 표정이었다. 간간이 김의원의 영구 앞에 경문을 외워주고 나서도 도대체 실감이 가지 않는 듯,

"허허, 참으로 허무한 인생이로고……"

허망한 감회를 감추지 못하곤 했다. 그리고는 가족이 당도할 때까지 김의원을 옛날대로 자기 방에 안치하는 데도 자상한 배려를 아끼지 않았다.

다만 스님은 쌀쌀한 밤 날씨를 젊은 사람들과 함께 견디기가 어려운지 저녁에만은 잠시 자리만 둘러보고 곧 별채로 떠나버렸던 것이다. 게다가 요즘 스님에겐 김의원의 사고 말고도 사찰 점유권

문제로 대처승 쪽과 무슨 골치 아픈 일이 생겼다던가.

어쨌든 스님이 돌아가고 나서도 진걸은 계속 모닥불을 피우며 김의원을 지키고 있었다. 마침 어젯밤에 마시다 만 술이 한 병 남아 있어 추위를 이기는 데는 별 힘이 들지 않았다.

한데 그 술기운이 웬만큼 몸을 덥혀왔을 때 안 선생이 별안간 윤희를 향해 뇌까렸다.

"허어! 어제와 오늘이 하루 사인데 같은 술자리에 김의원은 가시고 오늘은 윤희 씨가 그 자리를 대신하고 있군요."

그리고 안 선생은 더욱 감개가 깊어지는 듯 이번에는 진걸을 향해 물었다.

"그러니까 김의원께선 결국 윤희 씰 만나보지 못하고 만 게지요?"

진걸은 물론 안 선생이 감회 깊은 목소리로 묻고 있는 뜻을 짐작할 수 있었다. 어젯밤 김의원은 술을 마시다 말고 유독 윤희가 자리에 없는 것을 아쉬워했었다. 그리고 오늘 윤희가 여래암으로 돌아왔을 때도 김의원은 이미 별채를 나간 다음이었던지 얼굴을 내밀지 않았던 것이다. 그러니까 김의원은 벌써 그때부터 약수터 바위로 올라가 있다 끝끝내 윤희를 만나보지 못하고 말았던 것. 그러나 진걸은 안 선생 아닌 윤희 쪽에다 대답을 대신했다.

"어젯밤 모처럼 우리끼리 술자리를 가졌지요. 김의원께서 그 자리에 윤희 씨가 없다고 여간 섭섭해하지 않았어요. 그러던 분이 오늘로 그만……"

한데 진걸이 그렇게 지껄이고 있을 때였다. 진걸은 그 미심쩍은 생각들이 불쑥 다시 머리를 들기 시작했다. 그는 안 선생의 말처럼 윤희가 정말 김의원의 생전에 모습을 보지 못한 거라고 생각했다. 그래서 조금만 일찍 윤희가 산을 올라와줬으면 좋았을 뻔했다고 말하려 했다. 한데 그게 바로 이상스러웠다. 윤희는 정말 김의원의 마지막 모습을 보지 못한 것일까. 아니, 김의원 쪽에서도 약수터를 올라오는 윤희를 발견할 수 없었다고 할 수 있을까. 그럴 리는 없었다. 누구든 적어도 한쪽에서는 다른 쪽을 발견할 수가 있었으리라. 그렇다면 사정은 좀더 확실해질 수 있었다. 진걸은 지껄이던 소리를 멈추고 새삼스럽게 윤희에게 묻기 시작했다.

"하지만 아마 윤희 씨가 약수터로 가셨을 때는 벌써 김의원이 바위에 올라가 있었을 텐데, 윤희 씬 김의원을 발견하지 못했었나요?"

그러나 그때는 아직 김의원이 바위 위까지는 올라가 있질 않았던 것일까. 아니면 윤희의 주의력이 너무 모자랐을는지도 모른다. 진걸의 물음에 윤희는 가만히 고개를 가로젓고 마는 것이다. 하더라도 바위를 올라간 다음에는 김의원 쪽에서 윤희를 발견할 수도 있는 일. 진걸은 계속해서 윤희에게 물었다.

"김의원이 바위에서 떨어져내린 순간 윤희 씨는 무엇을 하고 있었는지 기억이 나십니까?"

"기억하지요."

그러나 윤희는 진걸이 묻는 뜻을 알 수 없는 듯 싱거운 얼굴로 대답했다.

"겨울이지만 물이 여간 맑고 시원해 보이지 않았어요. 날씨가 따뜻한 탓이었겠죠."

"그래서요?"

"그래서 전 그 물에 몸을 담그고 싶어졌어요."

"옷을 입은 채루요?"

"세면까지 하다 보니까…… 윗도리는 벗어도 별로 춥지가 않더군요."

진걸의 속을 알 리 없는 윤희는 그런대로 대답을 숨기려 하지 않았다. 게다가 그런 윤희의 대답은 진걸의 어떤 예감을 못 견디게 부채질하고 있었다.

"하지만 김의원이 추락한 것은 제가 몸을 씻고 있을 때가 아니었어요."

"그럼 언제?"

"날씨가 따스한 날 호젓한 들길이나 산골짜기에 혼자 있어보면 누구나 몰래 생각나는 게 있지 않아요. 한데다 우리 화장실은 너무 어둡고 냄새가 사납지요…… 그러니 제가 얼마나 놀랐겠어요."

말을 해놓고 나서 윤희는 쑥스러운 듯 얼굴을 돌렸다. 그러자 진걸은 이제 마지막으로 윤희에게 묻고 싶은 것이 생각났다.

자서전을 끝내놓기는커녕 유서 한 장 남겨놓지 않은 김의원이었다. 이를테면 김의원은 자신의 죽음에 대해 어떤 준비도 끝내놓은 게 없었고, 그렇다고 그것을 서둘렀던 흔적 또한 찾아볼 수 없었다. 게다가 바로 그 김의원이 내려다볼 수 있는 바위 아래서 윤희가 망측스런 일을 벌이고 있었다면?

진걸의 추리는 비약을 거듭하고 있었다. 그리고 마지막으로 자기 추리의 결과를 확인하고 싶어졌다.

─김의원이 바위를 떨어져내렸을 때 그는 혹시 비명을 지른 게

아니었을까.

윤희에게 묻고 싶은 것은 바로 그것이었다. 만약 김의원이 그때 비명을 지르기라도 했다면 그것은 정말 자신의 뜻에 따른 행동이라고 단정해버릴 수가 없었다. 하기야 인간이라면 아무리 굳은 결의를 다짐한 다음이라도 마지막 비명까지 끝내 악물어버릴 수는 없으리라. 그러나 가령 김의원이 비명을 질러댔다고 해도 그것을 들은 윤희는 어떤 느낌이었을 게 아닌가. 김의원의 비명이 순전한 공포감에서였는지 자기 실수에 대한 절박한 원망에서였는지. 어느 쪽이든 그것은 김의원의 마지막 절규였던 만큼 듣는 사람에게 그 느낌만은 확실했으리란 생각이었다.

진걸은 우선 윤희가 그 비명을 들었는지 못 들었는지부터 묻고 싶었다.

그러나 진걸은 처음 충동처럼 그것만은 쉽사리 입을 열어 물을 수가 없었다. 그는 별안간 자신이 두려워지기 시작했다. 아니 입을 열기도 전에 그는 벌써 김의원의 비명 소리가 귀에 들려오고 있는 것 같았다. 그는 윤희에게 김의원의 비명 소리를 묻는 것이 곧 자기 자신이 김의원을 그 바위에서 밀어뜨리려 하고 있는 것만큼이나 끔찍한 생각이 들었다.

진걸은 결국 입을 다물어버리고 말았다.

—아무것도 모른 체해두자. 모두들 정말 아무것도 모르고 있는 것이다.

그는 입을 다물어버린 채 묵묵히 좌중의 표정을 살피기 시작했다. 안 선생은 변이 생기고 나서는 다시 처음부터 김의원의 말을 신용하기 시작했다. 지금도 그는 진걸의 말 같은 건 전혀 대수롭지 않게 들어넘기고 있었다. 윤희 역시 대답을 꺼리지 않는 걸 보면 사고 직후 김의원의 동태에 관한 진걸의 설명을 믿어버리고 있는 눈치였다. 하기야 진걸 자신도 오늘 낮 검시관 앞에서는 누구보다 김의원의 자살 의도가 뚜렷했던 것으로 증언을 했던 터였다. 진걸과 안 선생의 증언에는 도대체 검시관까지도 자살을 인정해주는 데 인색할 수가 없었던 것이다.

그러나 이젠 진걸 쪽에서도 그 자살을 깊이 믿어주고 싶은 심경이었다.

―남의 죽음을 심판하려 들지 말자. 모두들 그렇게 믿고 있는 대로 그의 죽음을 자살로만 믿어주자. 그리하여 죽음이라도 그의 것이 되도록. 그는 혼자 속으로 뇌까리고 있었다.

하지만 진걸은 이날 밤 그 김의원 덕분에 윤희와는 더욱더 많은 이야기를 나눌 수가 있었다.

이날 밤, 진걸이 윤희와 깊은 이야기를 나눈 것은 자정이 훨씬 지난 다음이었다. 아니 그렇다고 뭐 두 사람이 정말 이야기를 주고받은 것은 아니었다. 하지만 그것은 어떤 대화보다 가장 깊은, 그리고 한꺼번에 많은 이야기를 해버리는 방법이었다.

자정이 지나면서부터 명식이 녀석은 졸음을 견디지 못했다. 안 선생도 술기운이 떨어지기 시작하면서부터는 몸을 잘 가누지 못했다. 모닥불마저 밤기운에 젖어 조그맣게 꺼져가고 있었다. 그런 중에서도 제법 간간하게 추위를 이겨내고 있는 것은 진걸과 윤희뿐. 윤희는 대화가 끊어진 다음부터는 이상하게 긴장한 얼굴로 꼿

꽂이 자리를 지키고 있었다.

진걸은 안 선생과 명식을 먼저 자기 방으로 들여보냈다.

"먼저 쉬었다가 새벽녘에나 교대 합시다. 괜히 함께 밤을 새울 필요는 없으니까."

일부러 윤희를 남긴 것은 이제서나마 그녀와 둘만의 자리를 갖고 싶었기 때문이었다. 진걸이 그렇게 안 선생들을 쫓아 들여보내고 나니 이번엔 윤희가 또 차례를 얻은 듯 기진맥진이 되었다. 이야기는커녕 그녀는 갑자기 자기 사지 하나 제대로 움직일 수 없는 꼴이 되어버리는 것이었다.

진걸은 그 윤희마저 방으로 들여보내기로 작정을 했다. 그러나 다음 순간 진걸은 자신도 곧 윤희를 따라 들어가줘야 하리라고 생각했다.

김의원을 이웃 방에 두고서는 혼자 편한 잠을 이룰 수가 없는 사정이었다.

그는 모닥불을 단속하고 나서 윤희를 일으켜 세웠다.

"그만 들어가 쉬어요. 혼자선 좀 이상할 테니 내가 곁에서 지켜주기로 하고……"

"그럼 아무도 없지 않아요."

윤희는 꺼져가는 모닥불을 돌아보며 잠시 바깥 걱정을 하는 눈치였다. 진걸을 걱정해주는 눈치는 없었다.

"그만둬요. 내가 가끔 내다보지."

진걸도 별로 윤희의 눈치는 살피지 않았다. 그는 당연스런 거동으로 윤희의 방으로 그녀를 이끌고 들어갔다.

그러나 한 번 방문을 닫고 들어간 진걸은 그의 말대로 다시 바깥은 내다보지 않았다. 윤희를 잠이 들게 하지도 않았다.

죽음이란 그것이 누구의 것이든 사람을 긴장시키는 것이었다.

그리고 그것은 곧 살아 있는 사람끼리의 새로운 사랑을 탄생시키는 길이기도 하였다.

윤희는 바로 한지붕 밑에 김의원의 죽음을 이웃하고 있었다. 진걸은 그런 윤희의 긴장을 알고 있었다.

이날 밤 진걸은 윤희의 그런 긴장을 빌려 어떤 대화보다 뜻이 깊고 그리고 한꺼번에 많은 이야기를 나눠버릴 수 있는 그런 교환을 다시 가질 수가 있었던 것이다.

다음 날 아침, 김의원의 개인 비서 겸 처남이라는 청년이 부인을 이끌고 여래암으로 나타난 것은 한낮이 거의 기울어갈 무렵이었다. 두 사람은 전번 김의원을 찾으러 왔을 때보다도 행색이 훨씬 초라했고 얼굴들도 말할 수 없이 초췌했다.

특히 반 넋이 나가버린 듯한 부인의 표정은 비명에 간 남편의 죽음을 슬퍼하는 빛이라곤 전혀 없었다. 경위를 자세히 캐물으려 하지도 않고 진걸의 설명만으로 쉽사리 남편의 자살을 믿어버리는 눈치였다. 남편의 죽음을 정말 자살이라고 믿는다면 유서 같은 것이라도 한 조각 남아 있지 않은지 궁금해지련만 그런 것은 기대조차 가져보지 않은 눈치였다.

자기 남편의 죽음은 으레 그런 것이어야 한다는 듯, 그리고 자기는 마땅히 당할 일을 당한 것뿐이라는 듯, 그저 덤덤히 뒤치다

꺼리를 서두를 뿐이었다. 유서에 대해서는 꼭 한 번 청년이 지나가는 말처럼 진걸에게 물어왔으나 그 역시 경망 중이라 오래 괘념할 수는 없는 모양, 그런 것이 있었던 것 같지 않더라는 한마디로 금세 모든 것을 믿어버리고 마는 것이었다.

—이 사람들은 마치 김의원의 죽음을 기다리고 있었기라도 한 것 같군. 김의원은 이들에게 그처럼이나 짐스럽고 귀찮은 존재였던 것일까. 아니 언젠가 영감 자신이 걱정스럽게 말했던 것처럼 김의원은 이들에게 정말 그처럼 깊은 원망을 심어왔던 것일까. 그리고 이들은 이제 그 원망의 대상이 멀리 사라져준 것이 그토록 안심스럽기만 한 것일까.

부인이나 청년은 그 김의원의 죽음에 대해 자신들이 아무것도 진걸에게 묻지 않은 것처럼 진걸의 궁금증에 대해서도 똑같이 입을 열려고 하지 않았다.

—도대체 영감에 대한 이들의 원망이란 얼마나 깊은 것일까. 그리고 이들마저 영감의 자살을 쉽사리 수긍하고 나설 만큼 김의원에게 상처가 심했다면 지난번 그의 고향에서 낭패한 것은 어느 정도였을구.

진걸의 그런 궁금증에 대해 두 사람은 말로나 표정으로나 침묵을 굳게 지켜버렸다.

진걸이 어슴푸레하게나마 끝내 그런 궁금증을 풀 수 있었던 것은 이날 오후 산에서 마을로 짊어져 내린 김의원을 화장터로 싣고 가던 장의차 속에서였다.

무불 스님의 배려로 간략한 제례까지 치르고 난 김의원의 영구는 이날 안으로 화장을 끝내기 위해 급히 산을 내려갔다. 관이며 장의차 같은 것은 부인이 도착한 즉시부터 준비를 서둘렀던 터였고 산에서 영구를 짊어져 내린 것도 마을 인부를 사왔으므로 별 힘이 들지 않았다.

그렇게 김의원을 장의차에 옮겨 싣고 화장터로 향하고 있을 때였다. 차에는 무불 스님을 제외한 별채 사람들이 모두 함께 타고 있었다. 옛날에야 어떤 사이였든 영감의 마지막을 바래다주겠노라고 윤희까지도 굳이 길을 따라나서고 있었다.

그런데 그런 별채 사람들의 인정이 갑자기 고마워졌던 것일까. 휑한 차 안에 부인하고 둘이서만 따로 앞자리에 떨어져 앉아 있던 청년이 어느 순간 슬그머니 뒤쪽 진걸에게로 건너왔다. 그리고는 뭔가 고마움을 표하고 싶은 얼굴로 말을 꺼내는 것이었다.

"사람 일이란 참 알 수가 없군요."

청년은 우선 그 한마디로 말문을 열어놓고는 다시 일행의 표정을 둘러보았다. 진걸은 도대체 이 청년이 무슨 말을 하고 싶어 하는 것인지 가만히 기다리고만 있었다.

그러자 청년 혼자서 다시 말을 계속했다.

"저기 앞에 앉아 계신 제 늙은 누님 말씀입니다. 실상 요 얼마 전만 해도 전 오늘 먼저 가신 영감님께서 누님의 장례를 치르게 될 줄 알았거든요. 그런데 이렇게 순서가 바뀌어버렸어요. 이미 땅속에 묻혀 계셔야 할 분이 거꾸로 살아나서 영감님 뒤치다꺼리를 하게 되었으니 말입니다."

"왜, 전에도 무슨 일이 있었습니까?"

그제서야 진걸은 겨우 호기심이 돋는 듯 말을 받고 나섰다. 그러자 청년도 이젠 제법 말재미가 붙는 듯 목소리에 생기를 띠기 시작했다.

"그럼요. 지난번 영감께서 고향엘 오셨을 때 벌써 소동이 한번 있었지요. 그땐 이런 변까지는 나지 않았지만요."

"그렇다면 김의원께서 고향에서도 자살을?"

"아니지요. 그땐 매형이 아니라 제 누님이었다니까요. 누님이 약을 먹고 매형은 누님을 살리려고 펄펄 뛰어다녔어요. 그러던 분이 이렇게 갑자기……"

"그러고 보니 두 분은 애초부터 보통 생각을 지닌 분들이 아니셨군요."

안 선생이 감탄한 얼굴로, 그러나 정중하게 청년을 위로했다. 질문의 꼬리를 이어 댄 것은 역시 진걸 쪽이었다.

"하지만 사모님께선 왜 그런 짓을? 뭐 그럴 만한 사정이라도 있었나요?"

"사정이야 그때만이 아니라 늘 누님 곁에 있었던 셈이지요. 누님은 걸핏 하면 이제 세상살이가 다 귀찮으니 하루빨리 눈을 감아 버리고 싶다셨으니까요."

"왜 영감님 때문에요?"

"글쎄요. 그렇달 수도 있겠지요. 저 양반 성미 탓도 있겠지만, 매형은 젊었을 때부터도 누님에게 워낙 고생만 시켜왔으니까요. 여자들 고생이라는 게 돈도 돈이지만 남자가 잘 돌봐주지 않으면 으레 겪는 일이 있지 않습니까. 게다가 매형은 누님이나 집안일이 양쪽 다 평생 염두에 없었던 분이니까요."

"그야 그분의 관심이 보다 대인적이었던 탓이 아니겠습니까. 그렇다고 여태까지 그런 처지를 서로 견디어오신 분들이……"

"하지만 지난번엔 충격이 너무 컸어요. 그리고 그때만은 완전히 허물이 매형에게 있었지요. 아무리 매형이 원망스러웠다 해도 자기 남편이 온통 바깥세상의 웃음거리가 되는 데야 참을 수가 있었겠습니까. 매형이 당한 일이 누님께는 너무 분했던 것이지요. 너무 분해하다 보니 종내는 당신의 팔자까지도 한스러워지셨던 게고……"

"도대체 김의원께선 지난번에 어떤 낭패를 보신 겁니까?"

그제서야 청년은 쓸데없이 너무 지껄여대고 있는 자신이 멋쩍어진 듯 잠시 말을 쉬었다. 그리고는 곧 이야기를 끝내고 싶은 어조로,

"매형이 돌아왔을 때는 이미 우리 조직이 깡그리 상대방 쪽으로 휩쓸려 들어가버린 다음이었으니까요. 매형께선 발조차 들이밀 틈이 없었거든요."

간단히 말을 줄여버렸다.

진걸의 궁금증은 그처럼 간단한 몇 마디로 청년을 용서하려 하지 않았다. 그 정도는 진걸 자신도 이미 짐작을 하고 있던 터였다. 김의원까지도 그쯤은 굳이 숨기려고 하질 않던 소리였다. 알고 싶은 것은 좀더 구체적이고 별달라 보일 만한 곡절이었다.

그 정도의 실망으로 김의원이 자살까지 결의하고 나설 인물이었던가. 그리고 여태까지 그런 식으로만 세상을 살아온 부인에게 그것이 무슨 새삼스런 충격을 줄 수가 있었을까. 분명히 다른 곡절

이 있을 법했다. 다른 곡절이 있어야 했다.

그러나 청년은 그런 짓궂은 진걸의 호기심에도 끝내 시원한 소리를 털어놓지 않았다.

"알고 계시겠지만 이번에 우리 당에 합당 절차가 한 번 있었지요. 매형께선 거기서부터 발을 헛딛기 시작했어요. 옛날 기반을 새로 지구 책을 맡은 사람에게 몽땅 빼앗겨버렸거든요. 하지만 그뿐이었다면 또 모르지요. 그 정도의 일진일퇴는 매형에게 언제나 있었던 일이었으니까요. 문제는 그다음에 매형이 어떻게 해서 옛날 조직을 되찾아보려고 한 데 있었어요. 그러다가 매형은 어느 날 상대방 사람들과 말싸움 끝에 몹시 매를 얻어맞았지요. 나이깨나 잡수신 분이 새파란 젊은 놈들에게 매를 맞았으니 그보다 더 분할 데가 있었겠습니까. 직접 변을 당한 당신이나 곁에 사람이나, 세상일이 모두 비관스러워지고 말았지요."

진걸의 추궁에 마지못해 몇 마디 더 지껄이고 나서는 아주 입을 다물어버렸다.

진걸도 이젠 더 물으려 하지 않았다. 청년의 이야기로는 아직 김의원이 얼마나 무도한 매를 맞았는지, 또 그 수모를 얼마나 깊이 견디고 있었는지 잘 알 수가 없었다. 그러나 그 정도로도 진걸은 이미 김의원을 충분히 이해할 수가 있을 것 같았다.

—무도한 놈들!

그는 터무니없이 속이 화끈 달아오르며 누구에겐 줄도 모르는 저주를 짓씹었다.

—모조리 똥물에나 튀겨 죽일 놈들!

그러면서도 한편으로는 또 죽음만이라도 김의원 자신의 것으로 돌려주기로 한 자기 생각이 천만번 잘한 일이었다고 여겨지기도 했다.

청년은 이제 그렇게 입을 다물어버린 진걸을 보자 겨우 안심이 된다는 듯, 다시 부인 곁으로 자리를 옮겨 가버렸다.

"하지만 저 사람들, 김 선생님의 죽음을 어떻게 저리 쉽게 자살이라고 믿어버릴 수가 있지요?"

곁에서 이야기를 듣고 있던 윤희가 그제서야 가만히 한마디 중얼거렸다.

그녀의 생각에도 갑자기 뭐가 좀 이상해진 듯한 어조였다.

"저 사람들이 영감님의 자살을 쉽게 믿어버린 것은, 윤희 씨 경우도 마찬가지 아니었어요?"

진걸은 느닷없이 수상쩍은 소리를 중얼거리고 있는 윤희가 못마땅스러운 듯 말했다.

— 그럼 윤희도 아직 김의원의 자살이 믿어지지 않고 있었던 것일까. 무슨 그럴 만한 일이라도?

그녀가 청년의 태도를 미심쩍어한 것은 바로 김의원의 자살을 미심쩍게 여기고 있는 증거였다. 그는 문득 윤희에게 그녀가 미심쩍어진 동기를 묻고 싶은 새로운 호기심이 솟으려 했다. 그러나 순간 허공을 째는 듯한 김의원의 비명 소리가 먼저 그의 귀를 때리고 지나갔다. 그러자 그는 윤희 쪽에서 무슨 소리를 더 지껄이지나 않을까 오히려 겁이 나고 말았다.

— 어차피 죽음이라도 영감 자신의 것으로 해주려던 참이 아니

었던가.

한데 윤희는 이제 그런 진걸의 핀잔까지도 되레 수상쩍어지는 눈치였다.

"저야 뭐 어떻게 믿어버리든지 상관있어요? 진걸 씨가 그런 걸 거라고 하시니까 그러나 보다 여겼을 뿐이지요. 하긴 그러면서도 진걸 씨의 태도가 좀 이상하다 싶긴 했지만요."

"내 태도가 어때서?"

"무슨 영문인지는 모르지만 이번 일을 꼭 자살로만 믿고 싶어 하는 눈치였거든요. 적어도 제겐 그렇게 느껴졌어요. 그래서 저도 그렇게 믿어두기로 했던 거지요. 왜 그러셨지요?"

―내 눈치가 그리 보였기 때문에 자신도 그렇게 믿고 있었노라고? 그렇다면 이 여잔 정말로 다른 느낌을 감추고 있는 것일까. 그러나 진걸은 이제 그 이상 윤희에겐 말을 시키려 하지 않았다.

"내가 일부러 자살 쪽을 믿고 싶은 눈치였다니 알 수 없는 일이군. 글쎄 내가 무슨 그래야 할 이유가 있었을까……"

혼잣말처럼 시치밀 떼고 나서는 충고하듯 말을 맺어버렸다.

"어쨌든 이제 그 얘긴 그만두기로 합시다. 남의 죽음을 구설거리로 삼는 건 예의가 아니니까요. 죽음이란 어느 쪽이든 그것으로 모든 것이 끝나야 하는 것 아닙니까."

안 선생까지도 이 말엔 머리를 끄덕였기 때문에 윤희는 정말 입을 다물지 않을 수 없었다. 그러나 그렇게 말을 끝낸 진걸에겐 아직도 김의원의 망령이 사라져주질 않았다. 뜻밖에도 이날 밤 진걸은 그 혼자서 다시 한 번 김의원의 괴이한 죽음을 만나야 했으니 말이다.

 진걸 들은 이날 김의원을 화장터까지 바래다주고 나서는 부인과 청년만 남겨두고 한발 먼저 길을 되돌아왔었다. 남은 일은 이제 시간을 기다렸다가 유골을 거둬오면 그뿐, 번거롭게 여럿이 함께 기다릴 필요가 없었기 때문이었다.

 게다가 모처럼 함께 시내까지 내려온 김이니 찜찜한 기분도 달랠 겸 늦기 전에 주점이라도 잠시 들러 가자는 진걸의 의견을 나무랄 수가 없었던 것이다.

 한데 일행이 주점을 들렀다 어지간히 늦은 밤길을 올라왔을 때였다.

 일은 벌써 이때부터 심상치 않았다.

 벌써 여래암으로 돌아와 있어야 할 부인 일행이 아직도 올라오지 않고 있었다. 그렇다고 그냥 고향으로 떠나버릴 수 있는 사람들은 아니었다. 날이 이미 늦어버린 다음이기도 했지만, 그보다도 별채엔 아직 부인의 손으로 챙겨가야 할 김의원의 물건들이 남아 있었다. 그래서 진걸 들은 화장터를 먼저 나오면서도 오늘 밤은 늦더라도 산으로 와서 지내고, 내일쯤 떠나라는 부탁까지 남겼던 터였다. 한데 으레 그럴 작정인 듯싶던 부인과 청년이 아직 돌아와 있질 않았던 것이다.

 "아마 밤이 늦어 여관에라도 든 게지요. 고향으로야 그냥 떠나겠습니까?"

 안 선생 말마따나 정말 여관에라도 들고 만 것일까. 유골까지 둘러메고 밤길이 사납기는 했을 것이다. 그렇다고 여관을?

그것은 진걸이 아직 영감과의 인연을 다해버리지 않은 징조였는지도 모른다. 꼬집어 말할 수는 없어도 진걸은 부인이 돌아오지 않고 있는데 아무래도 예감이 심상치 않았다. 부득부득 여관을 들었다고 생각하기도 싫었다.

한데 더욱 괴이한 것은 진걸의 그런 터무니없는 예감이 이상하게 적중해오고 만 것이었다. 아닌 게 아니라 부인 일행은 이날 밤 자정이 다 될 무렵에야 산으로 올라왔다.

그러나 진걸의 예감을 적중한 것은 그것만이 아니었다. 부인 일행은 어찌 된 일인지 산을 올라오면서도 김의원의 유골을 지니지 않고 있었다.

"누님의 뜻이 고향으로 유골을 모시기가 부끄럽다는군요. 마땅히 모실 장소도 없지만, 어차피 이런 식으로 객혼이 되신 어른이니 차라리 강물에라도 멀리 띄워드리자구 해서……"

진걸이 아직 잠자리로 들지 않고 있는 것을 보자 청년은 이상하게 당황한 빛으로 제물에 밤이 늦은 사연을 늘어놓았다.

그래서 두 사람이 한강까지 나가 유골을 띄우고 돌아오느라 밤이 늦었다는 것이었다.

"제 사내의 몸을…… 그나마 불에 태운 뼈까지 갈아 부수는 일이라, 차마 못할 짓이기는 합니다만……"

좀처럼 입을 열 줄 모르던 부인까지 변명을 하고 싶어 했다.

하지만 그것도 아직 진걸의 예감과는 거리가 있었다. 무엇인지 찌뿌듯하게 맺혀 있던 진걸의 예감을 마지막으로 꿰뚫어 맞혀준 것은 이날 밤 별채 사람들이 모두 잠자리에 들고 난 다음이었다.

물론 진걸이나 부인 남매도 각기 방으로 문을 닫고 사라진 후였다. 그렇게 모두 잠자리를 찾아든 지 몇 참이나 지난 다음이었을까.

이제 막 눈을 붙일까 말까 하고 있던 진걸은 이상하게 바깥 기척에 번쩍 다시 정신이 들고 말았다.

이상한 기척이란 누가 방문을 열고 나서는 소리 같은 것이었다. 그 소리는 여느 때 누가 밤 용변이라도 보러 나가는 그런 소리가 아니라 무척이나 조심스런 주의를 담고 있는 것이었다. 밤 기척이란 그런 범상치 않은 주의가 깃든 것일수록 더욱 귀에 잡히기 쉬운 법이었다. 가만히 귀를 기울여보니 그것은 분명 누군가가 방을 몰래 빠져나가고 있는 소리였다. 그 소리는 한 사람만의 것도 아니었다. 하나가 먼저 방문을 나와 조심조심 발소리를 죽이며 뜰 밖으로 사라지자, 이윽고 다른 하나가 또 먼젓번 뒤를 따라 역시 조심조심 뜰을 건너 사립 밖으로 사라져가는 것이었다.

진걸은 아직 사정도 확실히 모르면서 조심조심 몸을 일으켜 창문 앞으로 다가앉았다.

밖에서는 이제 아무 기척도 더 들려오지 않았다. 텅 빈 뜰에는 으스스한 바람 소리뿐 발자국 소리는 종적조차 찾을 수 없었다.

진걸은 행여나 발자국 소리가 되돌아오지 않나 기다려보았으나 한번 멀어져버린 발자국 소리는 영 감감무소식이었다. 좀이 쑤셔와서 더 앉아 있을 수가 없었다. 그는 벌떡 자리를 차고 일어나 대강 옷을 주워 걸친 다음 문을 열고 나섰다.

예상대로 김의원의 방이 비어 있었다. 문은 그냥 조심스럽게 닫혀 있었지만 안에 사람이 없었다.

―밤중에 산을 내려가버리기라도 한 것일까.

그러나 도대체 그럴 이유가 없었다. 김의원의 식대가 아직 얼마쯤 밀려 있을지는 모르지만, 그만 사정쯤 스님께 이해를 구하는 쪽이 훨씬 점잖았으리라. 역시 산을 도망쳐 내려갔다고 할 수는 없었다.

한데도 두 사람은 영 종적을 알 수가 없으니 무슨 도깨비 장난이라도 된단 말인가. 용변소 쪽에도 뜰 바깥에도, 도대체 별채 근방에서는 수상쩍은 그림자 하나 얼씬하지 않았다.

진걸은 자신이 무슨 불길한 계교에 빠져들고 있는 듯 갑자기 기분이 으스스해왔다.

그냥 방으로 들어가 안에 숨어서 사정을 기다려볼까, 그답지 않게 행동이 망설여지기도 했다.

한데 그때―우우 산등성이를 넘어오는 밤바람 소리 속에 이상한 소리가 귀를 스치고 지나갔다.

쨍―

꼭 그 한 번뿐으로 다시 깊은 어둠 속에 묻혀버리고 만 소리는 분명 예사소리가 아니었다. 그것은 무슨 연장과 땅속 깊은 바위가 맞부딪치는 것 같은 날카롭고도 울림이 깊은 소리였다.

진걸은 다시 귀가 번쩍 트였다. 예감이 커다랗게 일렁이기 시작했다. 그는 조심스럽게 귀를 세우고 한 번 더 소리가 들려오기를 기다렸다.

아닌 게 아니라 소리는 오래지 않아 다시 산등성이를 넘어왔다. 아까보다 좀더 확실한 금속음이 거푸 두 번이나 울렸다.

자세히 들어보니 골짜기에 가는 메아리까지 흐르고 있었다. 아무래도 분명치가 않은 것은 소리가 너무 멀어서 어느 쪽에서 들려오는 것인지 방향을 잡을 수 없는 것뿐이었다. 그러나 진걸은 이제 짐작이 갔다.

땅을 파고 있는 것이다. 지금 두 사람은 아무도 모르게 멀리 등성이를 넘어가서 땅을 파고 있는 것이다. 어디서 연장을 마련해왔는지, 또 무엇 때문에 밤중에 그런 해괴한 짓을 벌이고 있는지 그런 것은 이미 진걸의 의심 바깥이었다.

그는 무작정 별채를 나서 가까운 등성이로 발길을 재촉했다.

소리는 아무래도 뒷산 약수터 너머 어느 쪽인 듯했다. 진걸은 기분이 썩 좋질 않았지만, 그 약수터 근처를 지나 지대가 좀 높은 산등성이로 기어올라갔다. 거기까지만 와도 소리가 완연히 가까워지고 있었다. 아까처럼 바윗돌과 연장이 부딪치는 소리는 가끔씩뿐이었지만, 그보다도 이젠 턱턱 땅을 내려 파는 소리가 계속해서 어둠을 울려댔다.

진걸은 소리를 따라 좀더 숲을 헤치고 나갔다. 이젠 소리 나는 곳이 아주 지척으로 느껴졌다. 말소리 같은 것은 들리지 않았지만 흙을 떠내는 삽질 하나까지 자세히 분별할 수 있었다.

그는 발을 멈추고 다시 귀를 모아 방향을 재어보았다.

그때였다. 나뭇가지 사이로 무슨 불빛 같은 것이 얼핏 그의 눈을 스치는 것이었다. 그는 반사적으로 재빨리 몸을 낮추며 불빛 쪽을 응시했다. 숨소리를 죽이고 자세히 살펴보니 그것은 분명 조그맣게 숲 사이를 밝히고 있는 한 자루의 촛불이었다.

모든 것은 처음 소리를 들었을 때부터 진걸이 짐작해온 대로였
다. 촛불 곁에선 지금 부인과 청년이 한창 정신없이 흙구덩이를
만들고 있는 중이었다. 뿐만 아니라 촛불이 올려 놓여진 상자 같
은 것은 희미한 윤곽으로나마 금세 김의원의 유골 상자라는 것을
알 수 있었다.
 ─이곳에다 암장을 해버리고 달아날 참이로군. 하기야 그 편이
강물에 유골을 띄우는 것보다는 마음이 덜 아플는지도 모르지. 딱
한 영감……
 진걸은 영감의 처지에 새삼스럽게 동정이 일었다. 그러나 이제
와서 그런 동정에만 젖어 있을 수는 없는 일이었다. 그는 곧 자신
의 거동을 어떻게 취해야 할지 그것부터 망설여졌다. 생각 같아서
는 어차피 일이 이렇게 되어버린 김에 선선히 나서서 힘을 합해주
고 싶기도 했다. 그러나 연장이며 유골 상자까지 어디에다 감춰두
고 와서 강물에다 재를 띄웠느니 어쨌느니 거짓말을 해댄 것을 생
각하면 자기들끼리 은밀히 일을 끝내도록 내버려두는 편이 나을
것 같기도 했다.
 그런 식으로 마음을 정하지 못한 채 진걸이 한동안 망설이고 있
을 때였다. 흙구덩이가 웬만큼 깊어진 듯, 두 사람은 이윽고 일손
을 멈췄다. 그리고 이번에는 뭔가 도란도란 이야기를 주고받기 시
작했다. 그러더니 이게 또 무슨 영문일까. 청년이 손을 툭툭 털고
나더니 부인만 불빛 속에다 혼자 남겨둔 채 어디론지 자취를 감춰
버리는 것이 아닌가. 필시 별채에다 무엇을 빠뜨려놓고 와서 그걸
찾으러 가는 모양이었다. 산을 헤맨 바람에 그가 숨어 있는 곳과

는 방향이 좀 달랐지만 이윽고 진걸은 그 청년의 발자국 소리가 희미하게 별채 쪽으로 사라져가는 것을 분별해낼 수 있었다.

—하지만 무엇을 빠뜨린 것일까. 김의원의 유골 말고 또 무엇을?

알 수가 없었다. 이젠 그가 다시 돌아올 때까지 숨어 기다려보는 수밖에 없었다.

청년이 사라지고 난 다음에도 부인은 전혀 무서운 줄을 모르는 듯 다시 구덩이의 흙을 파 올리고 있었다.

아, 그런데 한참 만에 청년이 다시 그 불빛 속으로 나타났을 때, 그의 손에는 무엇이 들려 있었던가.

불빛이 멀어서 진걸은 청년의 손에 들려온 것을 한눈에 얼른 알아낼 수는 없었다. 그러나 눈을 씻고 자세히 보니 그것은 김의원이 그처럼 오랫동안 벼르고 벼르던 자서전의 예비 메모지가 분명했다.

영감이 늘상 그 낙서집 비슷한 메모 노트를 놓고 자서전이 완성되었노라 장담이 시퍼렇던 것 말이다.

—김의원은 그토록 자기의 흔적을 뒷날까지 남기고 싶어 했던 것인데 저 사람들은 그것까지 함께 장사 지내버릴 모양이군. 하긴, 모든 원망과 화근덩어리가 바로 저것에서부터 비롯되었달 수도 있으니까.

진걸의 생각대로였다.

청년이 돌아오고 나자 부인은 다시 일손을 멈추고 청년과 몇 마디 이야기를 주고받았다. 그리고는 이제 준비가 거의 다 끝나간 듯 구덩이를 나와 곁에 말아놓은 백지를 펴 들었다. 청년이 그 백지의 한쪽을 마주 펴 잡았다. 그래도 차마 맨상자째로는 흙을 끼얹어 덮을 수가 없었던 것일까. 두 사람은 조심스럽게 그 백짓장을 구덩이 밑바닥에다 깔아주는 모양이었다. 그리고 나서 청년은 촛불을 부인에게 옮겨 들린 다음 자신이 상자를 구덩이 아래로 안아 내렸다.

이젠 두 사람 다 말이 없었다. 묵묵히 말이 없는 가운데서도 두 사람의 동작은 미리 약속이나 해놓은 듯 척척 걸리는 데가 없었다.

상자를 안아 내리고 나서 청년은 나중 그가 별채에서 가지고 온 김의원의 자서전 노트를 상자 위로 들쳐넣고 그리고는 마지막으로 백지를 또 한 장 그 위에 깔아 덮고 그 모든 동작에는 도대체 무슨 망설임 같은 것이나 마음 무거워 보이는 대목이 없었다.

곁에서 촛불을 비추고 서 있던 부인만이 상자가 마지막 구덩이 아래로 사라지는 순간에 잠시 고개를 돌리는 기미였다.

하지만 그런 식으로 시간을 다퉈 서두른 두 사람의 일은 새벽녘이 다 되어서야 겨우 끝이 난 모양이었다.

진걸은 이날 밤 그 기이한 장례 과정을 끝까지 숨어 살피고 있지는 않았었다. 그는 상자가 구덩이 아래로 사라지고 나자 한발 앞서 산을 내려와버렸었다.

그리고 두 사람이 일을 끝내고 돌아올 무렵 그는 윤희의 방에서 아직도 잠이 들지 않은 채 그녀의 체온을 즐기고 있었다. 느닷없이 새벽잠을 깼다가 피곤해진 윤희는 기척이 다가오기도 전에 다시 잠속으로 잦아들어버렸다. 어쨌든 그런 식으로 그럭저럭 밤을 지새운 진걸은 아침이 다 된 다음에야 자기 방으로 건너와서 늘어지게 늦잠을 청하고 들었다.

한데 어느 때쯤 되어서였을까. 별로 아침이 늦은 것 같지도 않은데 누군가가 방문을 두드려대는 소리에 그는 그만 부족한 잠에서 다시 눈을 뜨고 말았다.

문을 열어보니 부인 남매였다.

"그간 여러 가지로 신세를 져서 인사나 여쭙고 떠나려구요."

눈을 붙일 사이도 없이 출발을 서둘러댔는지 두 사람은 어느새 행장을 다 챙기고 난 모습으로 그를 기다리고 있었다.

별채 사람들도 모두 두 사람을 배웅할 참인 듯 뜰로 나와 있었다.

"왜, 벌써 떠나시려구요?"

진걸은 옷을 걸치고 나서며 눈이 벌겋게 충혈된 두 사람을 차례로 건너다보았다.

"네, 찻길이 워낙 더딘 곳이라 좀 일찍 나서려구요."

청년이 어름어름 인사를 끝내고 돌아서려 했다. 진걸도 그 청년을 말리려 하진 않았다.

"어려운 일을 치르셨으니 하루쯤 쉬었다 떠나시지 않구서⋯⋯ 그래 아침들이나 하셨나요?"

일행의 뒤를 따르며 인사치레를 닦고 있었다. 그 이상은 어떤 소리도 이 사람들을 괴롭힐 소리뿐이었다.

—아마 아침 일찍 산을 다시 돌아보고 왔겠지. 그리고 아무도 눈치채기 전에 여길 떠나버리고 싶은 것이리라.

"아침은 뭐 아무 데서나 가다가 때우지요. 지금 인사를 여쭈러가 뵈었더니 스님께서도 굳이 아침을 하고 떠나라십니다만……"

그러나 청년은 진걸의 치렛말에서마저 자꾸 거동이 송구스러워지는 모양이었다.

"그보다도 이번 일에 선생님들 신세를 너무 많이 지게 되어서 그 은혜를 어떻게 다 보답해야 할지…… 고향엘 가게 되면 소식이나 종종 전해올리겠습니다."

사립께에서 다시 한바탕 치하를 하고 나서야 겨우 발길을 돌렸다.

늘 반 넋이 나가 있는 듯하던 부인은 남편의 거처와 동료들을 마지막 하직하는 순간까지도 끝내 그 가난한 눈물을 아껴버린 채 벌써 멀찌감치 길을 앞서고 있었다.

"……"

"……"

변변스런 작별인사도 건네보지 못하고 제물에 수수로워져버린 것은 오히려 별채 쪽 사람들. 안 선생과 윤희와 명식 들은 산을 내려가는 사람들이 원망스럽기라도 한 듯 한동안 그 자리에 말없이 서 있기만 했다. 그렇게 멀어져가는 두 사람을 내려보고 서 있던 진걸 역시도 뭔가 마지막 하고 싶은 말을 빠뜨려버린 듯한 기분은 다른 사람들과 마찬가지였다.

—언제까지 남아 있게 될진 모르지만 내가 여기 있는 동안이라도 김의원의 무덤은 안심을 해도 좋소. 나는 당신들의 비밀을, 김의원의 진짜 무덤을 알고 있단 말이오.

그러나 진걸은 역시 그 말만은 아껴두는 편이 낫다고 생각했다. 정 귀띔을 해주고 싶으면 나중에 편지로라도 늦지 않을 일이었다.

그는 드디어 두 사람에게서 시선을 거두고 방을 향해 돌아서버렸다.

진걸이 다시 별채를 빠져나온 것은 아침을 끝낸 안 선생 등이 모두 자기 방으로 자취를 감추고 난 다음이었다. 그는 아무도 모르게 슬그머니 별채를 빠져나와 혼자 약수터 쪽을 향했다. 어젯밤 김의원의 무덤을 확인해두기 위해서였다. 돌아오는 길에 눈어림을 대어보니 그곳은 약수터에서 봉우리를 오르다가 오른쪽으로 능선을 하나 넘은 곳으로 짐작되었다.

한데 그렇게 별채를 나선 진걸은 김의원의 무덤 쪽으로 산을 오르기도 전에 약수터 근처에서 먼저 발을 멈춰 서고 말았다.

진걸이 발길을 멈춰 선 곳은 약수터에서부터 흘러내리기 시작한 조그만 개울 앞이었다. 그곳은 김의원이 변을 당하던 날 윤희가 웃통을 벗어젖힌 채 목욕을 즐기고 있었노라는 바로 그 장소였다.

진걸은 발길이 그곳에 미치자 문득 잊어버리고 있던 일이 한 가지 떠올랐다.

그는 걸음을 멈추고 서서는 그것을 금방 숲 속 어디에서라도 찾아내려는 듯 조심스럽게 사방을 두리번거리기 시작했다. 그러나 진걸이 개울가에다 잊어두고 있었던 것은 실상 그런 식으로 눈에 드러날 수 있는 것은 아니었다. 그것은 거기서 바위를 쳐다보는 시선, 아니 바위 위에서 거꾸로 이 개울가를 내려다보는 어떤 시선이었다.

개울가에 이르자마자 진걸은 문득 자신의 등줄기에 그 시선이 느껴졌다.

그러나 진걸로선 차마 그 시선을 되받을 수가 없었다.

바위 쪽을 쳐다보지 않아도 개울은 넉넉히 그 조망각 안에 있었다.

그리고 진걸은 바위와 개울이 이어지는 조망각 끝에 서 있는 자신을 의식하는 순간 그 삼각형의 수직변을 떨어져 내려오는 김의원의 처참한 비명 소리가 환청되어오기 시작했다.

진걸은 결국 바위 쪽으로는 끝끝내 시선을 사양해버린 채 개울을 벗어져 나오고 말았다.

─이젠 어차피 끝나버린 일, 김의원을 위해 윤희에게까지 비밀로 삼으려던 일이 아니던가.

천천히 다시 산을 오르기 시작했다.

한데 그렇게 산을 올라가 김의원의 무덤을 찾아내고 난 진걸은 새삼스럽게 아연하지 않을 수 없었다.

그가 김의원의 무덤 비슷한 것을 찾아낸 것은 엉뚱한 쪽으로 한참이나 산을 헤매고 난 다음이었다. 밤길이라 눈어림이 빗나갔던지 꽤 멀리만 느껴지던 김의원의 무덤을 찾아낸 것은 바로 약수터에서 뒷산을 올라가는 길목 근처의 숲 속에서였다. 그 숲 속의 한 바위 아래 김의원의 무덤은 평장으로 감쪽같이 숨겨져 있었다. 주위의 흙 한 줌 흘리지 않고 자연스럽게 마무려놓은 지표 위에다 커다란 바윗돌까지 새로 굴려다 얹어놓았으니 누가 봐도 무심히 지나칠 수밖에 없었다.

한데 김의원이 그처럼 혼자 몰래 잠들어 있는 곳은 도대체 어떤 곳이었던가.

진걸은 정말 어이가 없었다. 아직도 김의원에겐 어떤 장난스런 기연이 계속되고 있는 것 같기도 했다. 첫눈이 내리던 초겨울 어느 날, 김의원은 산을 오르다 말고 어떤 바위 아래서 경숙과 기이한 춤을 연출한 일이 있었다. 김의원이 지금 잠들어 있는 곳은 바로 그때의 그 바위 밑이었다.

진걸은 마침내 웃음이 피식 솟아올랐다.

―죽음까지 그리 익살스러운 게라니. 기분이 어떤지 한번 물어보고 싶군.

그러나 진걸의 기분은 역시 가볍지가 않았다. 김의원의 무덤이 너무 초라해 보였다. 무덤이 화려하거나 말거나 죽음이 말이 없기는 누구나 마찬가지겠지만 그래도 번듯한 묘봉 하나 갖지 못한 김의원의 무덤은 그지없이 쓸쓸하기만 했다.

―여기 누구보다 분망한 생애를 살고 간 한 정치인의 영혼이 쉬고 있노라. 돌비석 하나 없이 무덤이 가난한 것은 그 뜻이 모자라서가 아니라 다만 운이 나쁜 정치인이었기 때문. 그러나 운이 좋은 자들도 세월이 가면 땅 밑에 그와 함께 입을 다물게 될 것을……

그래도 김의원이 그 조그만 땅을 만족하고 편히 잠들어 있을 수 있는 것은, 덩그렇게 그의 무덤을 덮고 있는 바윗돌에 진걸이 마음속으로나마 그런 묘비명을 새겨주고 있었기 때문이었을지도 모른다.

장마철의 꽃나무

 김의원 한 사람이 없는데도 별채는 방들이 모두 텅텅 비어 나간 듯 분위기가 썰렁했다.
 하긴 전부터도 이 사람 저 사람 산을 오르내리는 바람에 별채 방들이 꼭꼭 차 있었던 적은 없지만 이번엔 그때 하고는 사정이 달랐다. 김의원의 방은 이제 돌아오기를 기다릴 주인이 없는 것이다. 새 주인이 정해지지도 않고 흉흉하게 비어 있기만 했다.
 한데다가 아직 별채에 남은 친구들마저 김의원이 가고 난 다음부터는 좀처럼 마음을 가라앉히지 못한 채 이젠 마치 자신들도 곧 별채를 떠나야 할 것처럼 속을 술렁대고 있었다.
 진걸은 우선 자신에게서부터 그런 분위기를 다듬어나가리라 생각했다. 그러나 별채에서 아직 그쯤이나마 마음을 주저앉히고 있는 것은 진걸 한 사람뿐이었다. 하루는 우연히 그와 얼굴을 마주친 안 선생이,

"허 선생, 아무래도 우린 친구를 또 한 사람 잃게 될 모양이오."

기어코 심상찮은 소리를 끄집어냈다. 순간 진걸은 올 것이 왔구나 싶었다.

"친구를 잃다니요? 이 별채에서 말이오?"

"그렇지요. 이 별채에서가 아니면 우리에게 또 무슨 친구가 있습니까?"

"그게 누굽니까? 말씀을 들으니 안 선생은 아니신 거 같고⋯⋯ 그럼 명식 군이?"

바로 맞힌 모양이었다. 안 선생은 진걸이 명식이라는 말에 고개를 두어 번 끄덕이고 나더니,

"그동안 김의원님 일이 번거로워 말씀드릴 기회가 없었습니다만, 노 군은 사실 얼마 전서부터 이미 산을 내려갈 작정을 하고 있었지요."

눈치로만은 아닌 듯 자신 있는 어조로 말했다.

"안 선생께서 충고를 하신 게로군요?"

진걸은 명식이 산을 내려가는 것이 정말 확실해지자 이젠 섭섭한 느낌보다 이것저것 궁금한 일들이 먼저 머리에 떠올랐다. 그 후에 안 선생은 녀석의 참회서라는 것을 어떻게 처리하고 말았을까.

그리고 녀석은 어떻게 해서 갑자기 산을 내려간다는 것인가.

그러나 안 선생은 그처럼 자신 있게 말을 꺼내놓고도 웬일인지 곧 시원한 소리는 해주려 하지 않았다.

"글쎄요, 저야 뭐 충고할 자격이 있는 사람이래야지요. 노 군이 어떻게 했으면 좋을까 싶은 일들에 생각을 좀 거들었을 뿐이지요."

"도대체 산을 내려가선 무얼 하겠답니까?"

"대학 진학을 하고 싶다더군요."

"대학 진학을요? 그럼 예비고사를 벌써 치러놨어야 할 텐데 때가 늦었지 않아요? 놈은 예비시험도 치르지 않고 대학에 갈 재주가 있답니까?"

"다행히 노 군은 처음부터 예비시험을 치르지 않고도 진학이 가능한 학교를 생각하고 있었으니까요."

진걸은 좀 어이가 없었다.

"딴은 그런 학교가 있기는 하죠. 하지만 그중에서 명식이 갈 만한 학교가 어딘데요?"

진걸은 마치 그 안 선생이 명식이라도 되는 양 힐난기 어린 질문을 계속했다. 그러나 안 선생은 왠지 이번에도 확실한 대답을 하고 싶지 않은 눈치였다.

"그것까지 말씀드리긴 때가 아직 일러요. 아마 말씀을 드리면 허 선생은 공연히 열이 나실 테니까요. 그 얘긴 노 군이 산을 내려가고 난 다음에나······"

자신 없는 미소를 지으며 머리를 가로젓고 만다.

명식이 산을 내려가기로 한 일에 대하여 안 선생은 녀석과 사전에 무슨 약속한 일이 있는 모양이었다.

진걸에겐 그 일을 어쩌다 그날 한번 귀띔을 해주고 나서, 영 다시는 입을 열려고 하지 않았다.

명식이 어떤 학교를 지망하고 있는지, 또 안 선생이 명식에게 어떤 식으로 생각을 보냈는지, 모든 사정 이야기를 명식이 떠나고

장마철의 꽃나무 407

난 다음으로만 미루자고 했다.

한데 또 명식이 놈은 그 안 선생보다도 한술을 더 떠서 숫제 산을 내려가겠노라는 의사조차 진걸에겐 내색을 하지 않았다. 언제나와 마찬가지로 녀석은 줄곧 굴 너구리처럼 그 컴컴한 방 안에만 틀어박혀 있거나, 가끔가다 진걸과 얼굴이 마주치고도 눈동자 하나 제대로 돌아가지 않는 멍멍한 폼이 도대체 하산 같은 것은 염두에도 두고 있지 않을 것 같았다.

그러나 안 선생이 공연히 싱거운 소리를 지껄인 것은 물론 아니었다.

어느 날 아침. 노명식은 문밖에서 진걸을 불러내어 정말 하산 인사를 고했다. 이번에도 명식은 미리 다 짐을 챙겨 들고 나선 다음이었다.

"싱거운 녀석. 왜 어젯밤이라도 산을 내려가겠다고 미리 좀 말해줄 수 없었니? 이거 너무 섭섭하지 않아."

벌써부터 귀띔을 받고 있던 일이라 녀석의 하산 인사가 썩 놀라울 것은 없었다. 하지만 그도 한솥밥 인연을 나눈 친구라고 막상 채비를 차리고 나선 것을 보니 진걸은 문득 섭섭한 마음이 앞장을 섰다.

그는 한바탕 호령조로 인사를 대신하고 나서 성큼 마루를 내려섰다. 그러나 사립짝에서 명식이 다시 남은 일동에게 허리를 굽혀 보인 다음 미적미적 길을 내려가버릴 때까지 그가 녀석에게 한 말은 그 몇 마디뿐이었다. 진걸은 더 이상 넉살 좋게 녀석을 추궁하고 싶진 않았다. 어찌 생각하면 녀석의 행동이 좀 괘씸하게 여겨지기도 했으나 어차피 놈이 그런 식으로 떠나가야 하는 사연은 그 비밀이 안 선생에게 맡겨져 있을 터였다. 진걸은 기분 좋게 녀석을 떠나보내주기로 거친 입을 다물어버렸다.

안 선생도 녀석과는 미리 모든 일을 약속해놓은 듯 놈을 떠나보내는 자리에서는 긴 말을 늘어놓으려 하지 않았다.

"부탁한 대로 일이 어떻게 되어가는지 잊지 말고 소식 전해요. 그리고 가서라도 혹시 내가 도움 될 일이 있으면 서슴지 말고 얘기해주고……"

몇 마디 당부만으로 간단히 녀석을 놓아주었다. 명식 역시 안 선생의 말에는 고개를 깊이 떨어뜨릴 뿐 새삼스럽게 무슨 다짐 같은 것을 얻어내려고 하진 않았다. 그러다가 녀석은 그냥 미적미적 길을 내려가버렸다.

어쨌든 이제 명식까지 그런 식으로 산을 내려가버리고 나니 별채는 정말 분위기가 말이 아니었다.

김의원 일가를 떠나보냈을 때보다도 집안이 더 텅텅 비어 나는 듯했다. 풋머루 신 줄도 모를 듯싶은 덤덤한 안 선생 성미에도 이때만은 그 별채 분위기가 갑자기 쓸쓸하게 느껴진 모양이었다.

"그러고 보니 이젠 정말 우리 세 사람뿐이군요."

명식을 배웅하고 돌아서려던 안 선생이 문득 진걸과 윤희를 둘러보며 감개 어린 한마디를 뇌까리는 것이었다.

―별채에 이제 정말 세 사람뿐이군요. 하지만 이 세 사람 가운데서도 오래지 않아 또 누가 산을 내려가게 되지나 않을는지. 그렇다면 그다음 차례는 누구?

안 선생의 어조는 방금 명식을 떠나보낸 섭섭함뿐만 아니라 다분히 앞으로 다가올 석별까지도 미리 예상한 그런 아쉬움 같은 것이 깃들어 있었다.

그러나 이담에 또 누가 산을 내려가게 되든 지금 진걸에겐 그깟 일이 문제될 것은 없었다. 명식도 이젠 산을 내려가버린 터, 그보다도 진걸은 우선 그 명식과 안 선생 사이에 얽혀 있는 궁금증부터 풀어버리고 싶었다.

"그래도 의좋게 헤어지는 걸 보니 안 선생께선 노 군의 참회서라는 걸 썩 잘 처리해주신 모양이더군요."

마루로 걸터앉으며 진걸은 차분히 본론을 꺼내 물었다. 안 선생도 이젠 세 사람 간의 오붓한 분위기가 제법 맘에 드는지 전번처럼 말을 아끼려 하지 않았다.

"잘 처릴 해주다니오. 그렇지요. 하긴 그렇게 되었달 수도 있겠군요. 이제부터 노 군은 자기 죗값으로 평생 동안 그 참회서라는 걸 등에 짊어지고 다니게 될지 모르니까요."

자신도 마루로 몸을 걸치며 선선히 대답을 해왔다. 윤희도 영문을 모른 채 두 사람 곁으로 자리를 끼어 앉는다.

"그럼 녀석은 끝내 안 선생의 용서를 얻어내지 못한 셈입니까."

안 선생은 윤희가 곁에 있는 것을 알고는 슬그머니 말끝을 흐리는 눈치였다.

"그야 뭐 어느 쪽이나 어차피 마찬가지 아니겠습니까. 제가 노 군을 용서해주었거나 말았거나 머지않아 노 군도 그걸 스스로 깨닫게 될 테니까요."

"안 선생께서 스스로 깨달을 길을 가르쳐주시기라도 했나요."

"노 군은 신학교 진학을 희망하고 내려갔으니까요."

"신학굘요?"

진걸은 어이가 없었다.

명식이 하필 신학대학을? 그렇다면 안 선생이 명식에게 생각을 보탰다는 것도 바로 그가 신학교를 택하게 하는 데서였던 말인가? 자신은 사제복을 벗고 스스로 교단을 물러나온 사람이? 그거야말로 인연치고는 정말 기연에 속할 만한 것이었다.

그러나 안 선생은 진걸의 놀라움엔 관심이 없는 듯 천연스럽게 말을 이어나갔다.

"네, 신학교였어요. 그 학교를 나오면 목사가 되는 곳이지요. 그리고 바로 그곳이 1차시험을 치르지 않고도 추천서만 얻으면 진학이 가능한 곳이구요. 그러니까 노 군 스스로가 그처럼 하느님을 가까이 모실 결심이라면 굳이 제게서 용서를 구할 필요가 있겠어요? 어떤 식으로 죄 닦음을 하든 참회서는 그 자신의 하느님 앞에 가져가야지요."

명식이 신학대학을 지망한 사실이 확실해지고 나니 진걸은 점점더 어이가 없어졌다.

"하지만 녀석의 결심은 역시 안 선생의 충고를 따랐던 게 아닙니까."

한데도 안 선생은 여전히 태연스러웠다.

"아니에요. 노 군의 결심이 먼저였지요. 제가 생각을 보탠 것은 그다음 구체적인 방법에서뿐이었지요."

명식이 하필 신학교 진학을 결정하고 나서 산을 내려가게 되기까지의 자초지종을 안 선생은 이렇게 설명했다.
　"지난번 허 선생께서 산을 내려가 계실 때였어요."
　하루는 명식이 전에 없이 정색을 한 얼굴로 안 선생을 찾아왔더란다. 그리고는 불쑥 한다는 소리가, 이제 자기의 참회는 받아들여주지 않아도 좋으니 대신 다른 부탁을 하나 들어달라더라고.
　"그게 신학교 진학을 하고 싶으니 절차를 좀 주선해달라는 것이었어요. 전 처음엔 무슨 소린가 싶었지요."
　안 선생은 아직도 그때의 명식이 신기로운 듯 목소리가 나직나직 부드러워지고 있었다.
　차근차근 이야기를 시켜보니 명식은 고집인지 뭔지 벌써 오래전부터 그런 생각을 품어온 듯 결심이 여간 단단하게 굳어져 있지 않더라는 것이었다.
　"말하자면 자기 스스로 노 군은 하느님을 찾아 나선 셈이었지요. 하지만 노 군이 결심을 하고 있는 것은 학교를 그곳으로 정한 것뿐 아무것도 다른 준비는 되어 있는 게 없었어요. 누구의 주선을 얻는다든가 1차시험을 치르지 않은 대신 그곳 입학도 까다로운 절차와 조건들이 있거든요. 심지어 노 군은 입학 후에 학비나 생활비를 조달할 방법도 막연했으니까요."
　그래서 안 선생은 그런 일들에 자기의 생각을 보탰다는 것이었다.
　진걸은 이제 기지개를 켜며 자리를 일어서고 말았다. 들을 소리는 다 들어버린 셈이었다. 좀 터무니없게 느껴지기는 했지만, 명식이 어떤 생각으로 그런 작정을 내렸는지, 또 안 선생은 무슨 배짱으로 그런 명식의 결심을 용납했는지 그런 것까지는 물론 이해해야 할 의무가 없었다. 녀석의 뒤를 돌봐줘야 한다는 것도 안 선생이 친구 중에서 그럴 만한 인사를 소개해줄 수 있는 일이었다.

"그런 얘길 제겐 왜 명식이 꼭 산을 내려간 다음이라야 한다고 생각하셨지요?"

마지막으로 안 선생을 한마디 힐난하고는 문설주를 거머쥐었다. 대답 같은 것은 듣지 않아도 알 수 있는 것이었다.

어느 틈에 안 선생은 진걸을 그처럼 위험한 다혈질로 여기고 있는 눈치였던 것이다. 하기야 안 선생에겐 애초부터 녀석을 용서해 버리라고 쉬운 소리를 해댄 진걸이었지만, 뭐 명식이 신학교를 지망하는 줄 알면 공연히 열이 오르리라고?

어쨌든 안 선생 역시도 진걸의 힐난엔 대꾸를 하려 하지 않았다. 오히려 자신의 이야기를 듣고도 흥분하지 않은 것이 이상해진 듯 싱거운 미소만 짓고 있었다.

그러나 진걸이 정작 기분을 망가뜨린 것은 그 안 선생이 아니라 바로 그 순간 뒤에서 이야기를 듣고 있던 윤희의 터무니없는 참견 때문이었다.

"그러니까 명식인 나이에 비해 퍽 일찍 씨가 먹은 아이였군요? 어쩐지 거동이 좀 내숭스럽다 했지요."

윤희는 이야기를 듣고 나서 자기도 대강 짐작이 간다는 투였다. 진걸이 무심히 흘려버릴 수 없었던 것은 윤희의, 그다음 말이었다.

"한데 웬일이지요? 이 별채 사람들은 모두가 그렇게 일찍 씨를 맺어버리려 드니 말예요."

느닷없이 말을 비약하며 목소리에 힐난기를 담았다. 윤희의 그 말이 진걸에겐 이상하게 바로 자기를 두고 이죽거리는 소리로만 들려온 것이다.

그는 문득 문설주를 놓아버리며 다시 윤희를 향해 돌아섰다.

"거참 묘한 발견을 해냈군. 별채 사람들이 모두 씨를 일찍 맺으려 한다구? 누가 어떻게 했다는 거지요?"

그의 목소리는 마치 항의라도 하고 있는 듯 서슬이 일어서 있었다. 그러나 윤희는 그리고 나서는 진걸 자신이 벌써 스스로를 시인하는 게 아니냐는 듯 짓궂은 미소를 머금었다.

"글쎄요. 제 느낌이 틀리고 있는 것인지는 모르지만, 반세상도 못 살고 세상살이란 으레 다 그렇고 그렇다는 식으로 거드름을 피우고 계신 진걸 씨부터 그런 분이 아니세요. 그리고 여기 계신 안 선생님이나 돌아가신 김 선생님도 그렇구요."

도대체 김의원이나 안 선생은 또 어째서 씨가 일찍 먹었다는 것인가.

이야기가 처음 시작된 명식에 대해서만은 진걸도 생각되는 바가 있었다. 한데 윤희는 그 명식이 녀석을 빌려다 별채 사람들까지도 모두 한꺼번에 매도하려 드는 것이다.

어쨌든 진걸은 이제 자기를 겨누어댄 그 윤희의 화살부터 피해 둬야 할 형편이었다.

"점점 더 모를 소리만 하구 있군. 글쎄 내가 세상일을 가지고 거드름을 피운 게 언제였던구……"

정말 몰라서 하는 소리는 아니었다. 일찍 씨가 먹었다느니 세상

일에 거드름을 피운다느니 하는 윤희의 말이 진걸은 자기의 어떤 점을 두고 하는 소린지 벌써부터 짐작이 가고 있었다. 하지만 만사 그런 식으로만 규정한다면, 타인의 생활 의미까지도 서슴없이 자기 정의 속에다 강제하려 드는 윤희 쪽이 더 건방지게 씨가 먹힌 여자였다.

그 윤희야말로 정말 여자로선 너무 일찍 인생의 씨가 박혀먹은 듯 표정이나 거동이 늘 자신만만하고 경색스런 느낌까지 주어왔던 것. 한데도 윤희는 별채 사람들 가운데서도 자기는 또 천연스럽게 뽑아 내놓고 있는 것이 아닌가.

그러나 안 선생만은 그런 윤희의 말을 처음부터 모두 시인해버리고 있는 식이었다. 그는 두 사람의 대화가 끊어져버리자 그제야 겨우 차례를 얻은 듯,

"사람들이 너무 일찍 씨를 맺어버리는 것은 아마 장마철이 되어서 그렇겠지요."

얼토당토않은 소리로 윤희 쪽에 동의를 표하고 나섰다. 그리고 나서 그는 지금 정말로 그 장마를 겪고 있기라도 한 듯 시선을 찌푸리며 하늘만 한번 스쳐보는 것이었다.

"장마철이라뇨?"

안 선생이 갑작스레 장마철 운운한 소리는 윤희마저 언뜻 이해가 가지 않은 모양이었다.

하지만 안 선생이 별안간 장마철을 들먹이고 나선 데는 그 나름대로 어떤 분명한 뜻이 있기 때문이었다.

쉬운 얘기로 그 안 선생의 장마철이라는 것은 현실 인간의 의식

환경 같은 것을 가리키는 말이었다.

"그렇지요. 확실히 장마철 때문이지요. 장마철엔 아무리 예쁜 꽃잎을 가진 꽃나무라도 오랫동안 꽃을 피우고 있을 수가 없으니까요."

윤희의 물음에 대해 안 선생은 자신 있게 말을 이어나갔다.

"하긴 제가 이 시대를 장마철이란 말로 비유한 것은 좀 지나친 과장이었는지도 모르지요. 하지만 어느 시대나 그 시대를 사는 사람들은 자기들이야말로 가장 옹색하고 절박한 시대에 태어났으며, 자기들이야말로 어느 누구도 감히 경험한 일이 없는, 사상 초유의 위기의식을 감내하노라 믿고 살아가게 마련 아닙니까. 그렇다고 그걸 엄살이나 과장이라고 나무랄 수는 없지요. 사람들은 어차피 자기 시대에 가장 민감할 수밖에 없으니까요."

안 선생은 결국 자신의 장마철이라는 시대 규정에 덧붙여 그 시대를 살고 있는 우리는 장마철에 움이 돋는 꽃나무들이라고 결론지었다.

그래서 이 장마철에는 아무리 고운 꽃잎을 지닌 꽃나무라도 햇빛을 얻지 못해 그 꽃잎을 한번 자랑스럽게 펴보지도 못하고 일찍 씨를 맺어버리거나, 아니면 숫제 씨조차 맺을 틈이 없이 빗줄기에 꺾여버리는 것이라고.

"언제 꽃잎 따위를 자랑하고 있을 틈이 있겠어요. 어쩌다 한나절 햇빛이라도 얻어 쪼이면 재빨리 씨를 맺어야지요."

말을 맺는 안 선생의 표정은 제법 심각하기까지 했다. 윤희도 안 선생의 말엔 여간 공감을 느끼고 있지 않은 얼굴이었다.

그러나 진걸은 아직도 안 선생이나 윤희의 공감처럼 이야기를 깊이 받아들이고 있지는 않았다.

— 거참 괴상한 일이로군. 안 선생 같은 사람이 어째 하필 이 시대를 장마철에 다 비유하고 나서게 되었을까.

신기하기만 했다. 아니 그보다도 안 선생의 그 말이 이젠 바로 진걸 자신을 두고 하는 소리 같아서 속이 불편해지기까지 했다.

아마 안 선생은, 그러니까 산을 내려간 명식에게 씨가 일찍 박힌 것은 당연하다고, 그리고 이런 곳에서나마 그의 인생에 의미를 붙잡을 기회가 생긴 것은 장마철의 꽃나무가 한나절 햇빛을 만난 것처럼 다행스런 일이라 말하고 싶었던 것이리라. 그러나 그 안 선생의 장마철에는 이미 명식이 어렸을 때 겪은 우울한 기억이나, 특별히 녀석만을 지칭하려는 기미가 전혀 없었다.

이야기를 할 때도 안 선생은 애초에 말을 꺼낸 윤희보다는 진걸 쪽에 더 많은 시선을 보내고 있었다.

"하지만 안 선생의 그 장마철을 살고 있는 것은 노 군 한 사람만은 아니지 않겠어요? 구름이 하늘을 덮고 나면 햇빛은 어느 한 꽃나무에만 그늘을 덮는 것은 아니지 않느냔 말입니다."

진걸은 일부러 심통스런 반발을 하고 나섰다.

안 선생은 얼른 진걸의 말을 알아듣지 못한 듯 잠시 어리둥절한 얼굴로 진걸을 건너다보고 있더니 한참 만에야 겨우 진걸의 얼굴에서 어떤 비난기 같은 것을 읽고 나서,

"오 참! 허 선생은 아직도 노 군이 못마땅하신 게로군요. 전에도 허 선생은 늘 노 군이 건방진 녀석이라고 답답해하셨으니까요."

진걸이 반발하는 뜻을 이해하겠다는 듯 목소리에 웃음을 섞는다.

"하지만 허 선생께서도 어차피 같은 말씀을 해주셨어요. 물론 노 군 혼자서 장마철을 살고 있는 것은 아니지요."

"한데 어째서 녀석은 골에 털도 덜 돋은 녀석이 씨만 일찍 박혀 먹었냐 말입니다. 다른 사람은 뭐 그렇지도 않은데 유독 녀석 혼자서만 온통 세상 장마를 살고 있노란 듯이 말예요."

정말로 명식이 그런 걸 의식하고 있었을까. 그래서 정말 한조각 조그만 볕에나마 자신이 품기 시작한 씨를 익히기 위해 산을 내려간 것일까.

그렇지는 않았을 것이다. 아니 그랬을 수도 있었다. 하지만 어느 쪽이든 그런 건 별로 진걸에게 상관이 없었다. 그보다도 안 선생의 이야기가 이미 명식에 대한 변명이나 주장만은 아니라는 느낌이 진걸에겐 더욱 깊게 짚여 들어왔다. 안 선생의 이야기는 이제 바로 진걸 자신을 향해 겨누어진 어떤 힐난으로만 들려오고 있었다.

그러나 안 선생은 오늘따라 한 발짝도 물러서려고 하질 않았다.

"어찌 씨가 일찍 박혀먹은 게 노 군뿐입니까. 멋쩍은 소리 같지만 윤희 씨 말마따나 우리 모두가 다 그렇다는 것인데. 허 선생이나 저나, 그리고 바로 그런 말씀을 꺼내주신 여기 윤희 씨까지도 말씀이에요."

"하지만 유감스럽게도 전 아직 씨가 전혀 먹히지 않고 있는 놈인걸요. 솔직히 말씀드려서 전 장마철이니 뭐니 그런 느낌조차 경험해본 일이 없으니까요."

진걸도 안 선생을 정면으로 부인하고 나섰다.

"글쎄요. 장마철엔 모든 꽃나무가 씨를 맺는다고 할 순 없으니까요. 더러는 씨를 맺어볼 엄두조차 내보지 못한 채 빗물에 문드러져버리는 수도 있구요. 하지만 제가 보기에 허 선생은 그렇지 않은 거 같아요. 사람이 씨를 먹고 안 먹고는 으레 남의 눈으로 살펴지게 마련인데 제 눈으로는 허 선생도 벌써 대단한 씨가 박혀든 것 같단 말씀입니다. 아까 윤희 씨도 그런 말씀을 하시지 않았어요?"

"아마 안 선생께서 제게 정말로 하고 싶은 말씀은 씨를 맺어볼 엄두도 못 내보고 비에 문드러진 가엾은 꽃나무라고 욕하고 싶으신 게지요?"

"그럴 리가, 지금 말씀드린 대로 전……"

"하지만 전 장마고 뭐고 도대체, 그런 세상을 산 경험부터가 없다니까요. 지금도 물론 마찬가지구요."

"하긴 그러실 겝니다. 허 선생은 아직 장마가 뭔질 알지 못하실 테니까요. 하하."

안 선생은 드디어 껄껄 웃어버렸다. 그러나 그 웃음은 진걸에 대해 뭔가 더욱 자신만만한 것을 감추고 있는 듯한 그런 웃음이었다.

"장마가 뭔질 모른다구요?"

"그러실 거라니까요. 허 선생은 지금까지 줄곧 그 장마 속에서만 살아오셨으니까요. 도대체 장마가 들지 않은 날을 본 일이 있어야 장마가 뭔지 알 수가 있을 게 아닙니까."

줄곧 장마만 살아왔기 때문에 그 장마가 뭔지 잘 모르리라는 안 선생의 말은 진걸에게도 제법 그럴듯하게 들렸다.
　안 선생은 말했다.
　"가령 생존 시간이 며칠밖에 되지 않은 조그만 벌레가 있다고 합시다. 그런데 이 벌레는 태어난 날로부터 내내 구름 낀 하늘만 쳐다보다 죽어간단 말입니다. 하필 그 며칠 동안 날씨가 흐렸던 것이지요. 그렇다면 그 벌레에겐 하늘이라는 것이 어떤 것이었을까요. 그것은 물론 구름이 걷히고 난 진짜 푸른 하늘이 아니라 언제나 회색 구름이 잔뜩 뒤덮여 있는 그런 우울하고 답답한 공간, 그것이 그 벌레의 하늘이 아니었겠습니까. 하지만 이 벌레에겐 그런 자기의 하늘이 답답한 줄조차도 알 턱이 없겠지요. 도대체 구름이 걷힌 진짜 하늘을 본 일이 없으니까 말입니다. 그저 그런 하늘이 이 벌레에겐 절대유일의 자기 하늘이며 거기에 익숙해져 살다가 생명을 끝내곤 할 게 아닙니까. 하지만 그렇다고 이 벌레가 하늘을 안다고 할 수는 없지요. 진짜 하늘뿐 아니라 자기의 하늘이 어떤 것이라는 것까지도 말예요. 꽃나무에 대해서도 같은 이야기를 할 수 있지 않겠습니까?"
　이야기를 꽃나무로 옮겨온 안 선생은 좀더 말을 계속했다.
　그러니까 꽃나무들은, 어느새 하늘이라는 것을 으레 그런 것으로 믿어버리고 나서, 그 하늘 아래서 자기들이 일찍 씨를 맺을 방법을 배워버린다. 그런 꽃나무들은 이제 자기들의 하늘에 대해 이미 불평을 갖지 않게 되며, 일찍 씨를 맺고 나서도 그것이 얼마나 비정상 속에서 이루어진 것인지를 모를 수밖에 없는 것이라고.
　"심지어 이 꽃나무들은 무의식중에 맺어버린 씨앗이 자신 속에 어떻게 자리 잡고 있는지조차 모르는 수가 있겠지요.

아까 허 선생께서 자신은 장마 같은 걸 산 일이 없다고 장담하셨지만 그런 뜻에서라면 허 선생은 이미 자신 속에 맺힌 씨앗을 의식하지 못하고 계신 셈이지요."

기어코 진걸 쪽에 결론을 안기고 나서야 안 선생은 말을 끝냈다.

"결국 제게도 장마철 덕분에 씨가 일찍 박혀먹은 거라는 말씀이군요.?"

진걸도 이젠 더 부인하고 나설 말이 없었다.

"적어도 제 생각으로는요. 그것이 싫든 좋든, 그리고 어떤 식으로 익어진 씨앗이든, 객관적 논리로는 가능한 추리가 아닙니까."

"하지만 안 선생께서는 어떻게 이 하늘이 진짜가 아니라고 부인할 수 있습니까. 다른 하늘을 보신 일이 있나요?"

"저 역시 진짜 하늘을 본 일은 없어요. 하지만 체질이 좀 달랐던 모양예요. 아무래도 날씨가 편하질 않았거든요. 영 익숙해질 수가 없었어요. 그래서 의심을 품기 시작했던 거지요."

말을 마치자 안 선생은 이제 더 대꾸할 말이 없다는 듯 휘휘 손을 내저으며 자리를 일어서버렸다.

장마철이니 꽃나무니 하는 안 선생의 설교가 있은 다음부터 진걸은 한동안 속이 영 편하질 않았다.

안 선생이 명식을 두고 정말 평소부터 그런 생각을 해왔을 수는 있었다. 그리고 안 선생 자신을 포함한 모든 사람들이 햇빛 한 조각 얻기 힘든 장마철 속에 살고 있노라는 말도 설마 진걸을 비난하기 위해 즉흥적으로 꾸며댄 소리라고는 생각할 수 없었다.

한데도 진걸은 역시 기분이 개운칠 않았다. 무엇보다 우선 안 선생은 이미 산을 내려가버린 명식에 대해 이야기가 너무 열심이었다. 그것은 명식의 이야기가 아니었다. 그 모든 이야기를 안 선생은 차라리 별채에 남은 사람들, 그중에서도 특히 진걸을 위해 들려주고 싶었던 것 같았다. 적어도 진걸에겐 안 선생의 말뜻이 그렇게 읽혀지고 있었다. 속이 편할 수 없었다.

—그렇다면 나는 도대체 어느 쪽이란 말인가. 자신도 모르게 벌써 씨를 맺고 있는 꽃나무? 아니면 꽃잎조차 내밀어보지 못한 채 빗물에 줄기가 문드러져버린 쪽이라는 건가.

안 선생의 말을 되씹으며 제법 차분하게 자신을 추궁해보았다. 그러나 아무리 자신을 추궁해보아도 그는 자꾸 속만 더 불편해올 뿐 좀처럼 결론을 얻어낼 수가 없었다.

가령 안 선생 말대로 그가 어떤 식으로 벌써 씨를 맺어버리고 있는 사람이라고 하자. 그러나 그 경우에도 진걸은 그것이 도대체 어떤 것이라고 말해져야 할지 자신의 상상 속에서는 정의를 해낼 수가 없었다. 그렇다고 또 자신을 꽃잎조차 내밀어보지 못한 채 장맛비에 꺾여버린 꽃나무라고는 더더욱 생각하기가 싫었다. 아니 진걸로서는 아직도 그 안 선생의 장마철이라는 것을 신용하고 싶지 않은 형편이고 보니 그런 우울한 운명론으로는 처음부터 자신을 설명할 수가 없는 것이었다.

—글쎄 장마 속에서만 살아왔기 때문에 장마를 모른다는 말을 믿어버릴 수가 있을까. 게다가 그런 말을 한 안 선생 자신도 그 장

마를 벗어나본 일이 없다고 하지 않았는가 말이다. 그렇다면 안 선생의 장마란 그 스스로 정의해놓고 스스로 그것을 느끼며 살아가려는 안 선생 혼자만의 장마가 아닌가.

진걸은 결국 그런 식으로 논리를 뒤집으며 안 선생의 이야기를 잊어버리려 했다.

하기야 진걸로서도 물론 세상살이가 매양 답답하지 않은 것은 아니었다. 보기 싫은 것, 듣기 싫은 것, 피곤한 것, 울컥 화가 치밀어 오르거나 웃음을 참기 힘든 일들이 지척으로 주변을 맴돌고 있었다. 그래서 안 선생이 처음 장마철 소리를 꺼내어 그럴듯한 비유를 폈을 때는 잠시 그 말에 승복을 하고 들 수도 있었던 것이다.

그러나 그것으로 끝끝내 자신을 설명할 방도가 없고 보면 언제까지 기분만 흐려놓을 수는 없었다. 더구나 진걸에겐 그 터무니없이 우습고 어수룩한 구석이 많은 세상일수록 그것을 요리해나가기가 쉽다는 점을 익히 알고 있는 터였다. 어떻게 생각하면 바로 그런 구석이 지금까지 진걸을 지탱할 기회를 마련해오고, 아직도 그 세상에 대해 얼마쯤은 용기를 가져볼 수 있는 근거가 되어주지 않았던가.

―안 선생이나 혼자 장마를 살라지.

그는 적어도 자기에게서만은 그 안 선생의 장마를 용납할 수 없다고 생각했다.

그러나 일단 그런 식으로 안 선생을 잊어버리고 나서도 진걸은 여전히 속이 편하질 않았다. 안팎이 이상하게 허전해오는가 하면 느닷없는 초조감이 몸을 휩싸오기도 했다. 그것은 마치 무작정 날짜만 끌며 이긴 것도 진 것도 아닌 싸움을 계속하고 있는 윤희와의 관계 때문인 것 같기도 했고, 이제 또다시 날짜가 하루하루 다가오고 있는 시험 쪽에 허물이 있는 것 같기도 했다.

어느 쪽이든 안 선생의 설교가 있은 다음부터 시작된 느낌이었다. 그리고 진걸이 무리하게 그 안 선생의 논리를 부인하고 나서부터 두드러지게 시작된 증세였다.

순서를 따지자면 물론 윤희와의 싸움보다는 이미 한 달 안으로 날짜가 정해진 시험 쪽에 앞선 이유가 있었다.

이번에야말로 정말 마지막 결판을 내고 말리라. 벌써부터 이번 시험에 대해서만은 그런 단단한 각오를 다짐해온 그였다. 이번마저 또 낭패를 보고 나면 진걸로서도 이젠 자신이 어찌할 도리가 없는 막다른 골목까지 몰리고 말리라는 것을 누구보다도 잘 알고 있었다.

아버지나 명순 같은 고향 쪽 기대는 차치하고 그때는 우선 자신부터도 감당해낼 길이 없을 것 같았다.

—어떻게든 결판을 내고 말리라.

한데 그 시험이 벌써 한 달 안까지 다가온 것이다. 물론 이번에는 1차시험뿐이니까 그리 크게 문제를 삼을 바는 아니었다. 하지만 이번만은 그 1차시험부터도 좀 자신을 가지고 산을 내려갈 작정이었는데 막상 날짜가 부득부득 닥쳐들고 보니 그것마저 마음먹은 대로 되기가 힘들 징조였다. 초조해지지 않을 수 없었다. 하지만 그건 곰곰 따지고 보면 모두가 윤희 때문이었다. 윤희와의 싸움이 미적지근해 있는 채 얼른 결판이 나주지 않은 때문이었다.

정신을 좀 모두어가지고 책을 들여다보자면 윤희부터 우선 산을 내려보내야 했다. 그리고 윤희를 내려보내자면 그녀와의 싸움에서 시원스런 승패가 내려져야 했다. 진걸은 김의원이 떠나고 난 후부터, 그리고 명식이 녀석이 산을 내려가고 안 선생의 설교가 있은 다음부터는 전보다도 초조하게 그녀와의 승패를 서둘러댔다.

그러나 하루빨리 결판을 내고 산을 내려보내고 싶은 것은 진걸의 사정일 뿐, 윤희 쪽은 그따위 속셈에 관심이 있을 리 없었다.

아무리 밤을 같이하고 날이 더해가도 그녀는 진걸에게 한 발짝도 더 가까워지는 기색이 없었다. 그렇다고 그 윤희가 이미 진걸에게 어떤 혐오감을 품고 그를 경원하기 시작한 것은 더욱 아니었다. 승부에 초조한 진걸에게 아무리 난폭한 밤을 겪고 나서도 그녀는 뒷걸음질을 치는 일 또한 없었다. 언제나 같은 거리에서 아직도 그 바다의 그림자가 뽀얀 눈망울로 무심결인 듯 진걸을 바라보고만 있는 것이다. 진걸로 해서는 더한 것도 덜한 것도 없는 언제나 그 윤희 그대로라는 듯이. 그녀에게서 도대체 바다를 빼앗을 수가 없었다.

진걸은 그럴수록 안타까웠다.

시험에 앞서 그녀를 내려보내야겠다는 생각 따위는 오히려 까맣게 잊히고 없었다.

윤희——진걸이 가끔 이상하게 허해지기도 하고, 그러다간 또 갑자기 초조해져버리기도 하는 것은, 이제 허공처럼 무연한 윤희의 존재, 그것이 그 이유의 전부가 되어가고 있었다.

말이 나온 김에 이 이상한 여자에 대해 마저 이야기를 해버리고 말자.

 한마디로 윤희는 진걸과의 싸움에서 난공불락의 철옹성이었다. 진걸에겐 애초 그 윤희의 성벽이 허공이었다. 아니 밑바닥이 없는 수렁 같은 것이었다. 아무리 후려쳐도 부서지는 것이 없었고, 아무리 깊이 휘저어도 닿는 것이 없었다. 그는 언제나 싱거운 허공만 후려치고 나서 제풀에 몸을 뒤뚱거리고 있는 꼴이었다.

 결국 윤희로 하여금 마지막으로 자신의 여인 그래프를 완성시키려 했던 것이 잘못이었을까. 진걸은 그러고만 있다가 어느 땐가는 제풀에 몸이 지쳐나서 스스로 그 윤희의 성을 물러나고 말 것 같은 생각이 들었다. 아니 그래프의 열번째 눈금을 채워넣음으로써, 이제 자신은 모든 여인들로부터 자유로워질 수 있으리라던 생각이 처음부터 잘못된 것 같기도 했다. 윤희와의 싸움이 싱거우면 싱거울수록 진걸은 그녀가 쉽사리 시들해져버리기는커녕, 강한 좌절감 속에서 또다시 새로운 전의가 움돋아오르곤 하는 형편이니 말이다. 그래서 그는 매번 새로운 기분으로 그녀와의 싸움을 처음부터 다시 시작해야 하곤 했던 것이다.

 그것은 윤희가 진걸을 끌어 잡는 한 가지 독특한 매력이라고 할 수도 있었다.

 그러나 진걸은 아직 윤희의 그런 점을 매력으로 느끼고 있지는 않았다.

 윤희가 일부러 그런 방법을 택하고 있는 것도 아니었겠지만, 그건 너무 화가 나는 상상이기 때문이었다.

 그는 다만 아직도 자신은 지쳐버리지 않고 있으며, 자기의 주먹에 힘이 남아 있는 한 어느 땐가는 그 주먹에 윤희의 성벽이 부서져나가리라는 기대 속에서 계속 허공을 후려박고 있었다. 새삼스럽게 확인해둘 희망이 있다면 그는 하루라도 일찍 그 싸움이 끝나주기를 바라는 것뿐. 그러니까 진걸은 아직 그 여인 그래프에 대해서도 마지막 기대까지는 버리질 않고 있는 셈이었다.

그러나 어느 날, 진걸에게 기어코 주먹의 힘이 다할 일이 다가오고 말았다.

자신의 여인 그래프와 그 마지막을 맡아주기로 한 윤희에게서도 모든 기대를 거둬들여야 할 사건이 벌어지고 만 것이었다.

그 일이 있을 무렵 진걸은 윤희에 대해서 거의 자포자기에 가까울 만큼 행동이 난폭해지고 있었다. 밤마다 윤희를 찾아가서는 거칠고 모진 학대를 계속하다 날이 밝을 무렵에야 겨우 제풀에 지쳐난 사지를 거둬 돌아오곤 했다.

이젠 굳이 안 선생을 속이려 하지도 않았다. 안 선생 쪽에서도 그만 일쯤은 벌써 짐작하고 있었으련만 진걸이 뭐라고 해도 그는 처음부터 일이 으레 그러리라고 믿어버린 듯 두 사람의 거동에 대해서는 도대체 관심을 가지려 하지 않았다.

재미있는 것은 이 무렵 윤희의 거동 또한 진걸 못지않게 난폭해진 점이었다.

아니 윤희에 대해서만은 그것을 난폭하다고 말하는 것이 적합지 않은 표현일는지도 모른다. 무엇보다 그것은 진걸이 맘껏 난폭해지는 시간인 밤의 이야기만은 아니니까 말이다.

사나워진다고 하는 편이 옳겠다. 그리고 이 말 역시도 그녀가 진걸과 같은 시간에 그의 난폭성에 맞서기 위해 사납게 손톱을 세우거나 듣기 싫은 소리를 으르렁댄다는 뜻만이 아님은 물론이다.

그것은 그녀의 모든 시간—밤시간뿐만이 아니라 진걸이 그녀를 괴롭힐 수 없는 다른 모든 시간에도 해당되는 말인 것이다.

—제발 혼자 좀 내버려둬줘요.

—정말로 제게 악마의 저주를 가르쳐줄 셈이세요?

걸핏 하면 앙상하게 신경질을 내고 덤비는가 하면 어떤 때는 마구 눈물까지 글썽대며 진걸을 저주하려 들기도 했다.

참으로 이상한 일이었다.

그것은 바다의 그림자 때문에 늘 얼마간 우울한 구석을 지니고 있기는 했지만, 그러나 어느 여자보다 차분히 가라앉아 있던 평소의 윤희, 그 윤희의 성미와 거동이 밑바닥에서부터 깊이 흔들리고 있는 흔적 같았다.

그녀는 아마 무작정 몸을 내맡겨버리고 있는 진걸에 대해서, 그리고 하루하루 난폭해져가기만 하는 그 진걸로부터 내일에 대한 보증은 아무것도 얻어놓지 못하고 있는 자신에 대해서 차츰 어떤 두려움을 지니기 시작한 것이었을까. 그래서 그런 식으로 진걸에게 어떤 대답을 요구하고 있었던 것일까. 하지만 그것도 두 사람이 살을 나눈 밤의 수에 상관없이 서로 한 발자국도 더 가까이나 멀어지려고 하지 않은 것은 진걸이 아닌 윤희 쪽이었다. 그 윤희가 무슨 보증을 묻고 나설 리가 없었다.

—그렇다면 이 여자는 싸움을 채 끝내기도 전에 어물어물 이런

식으로 산을 내려가버리는 게 아닐까.

진걸은 부쩍 더 초조해지고 있었다. 밤이 되면 더욱더 난폭해졌다. 진걸이 난폭해진 만큼 윤희도 날이 갈수록 사나워졌다.

하지만 진걸이 염려한 대로 윤희는 끝내 산을 내려가지는 않았다. 아니 그녀는 정말 산을 내려갈 작정을 하고 있었을는지도 모를 일이기는 했다. 하지만 그런 건 상관할 바가 아니다. 윤희에게 그런 요량이 있었건 말았건 어차피 그녀가 산을 내려가기 전에 그 일이 먼저 벌어지고 말았으니까.

다름이 아니라 어느 날 윤희는 느닷없이 헛구역질을 시작했던 것이다. 참으로 뜻밖의 일이었다. 진걸로서는 상상조차 해보지 않은 일이었다.

여인과 밤을 지내는 일이 그 여인에게 구역질을 심어주리라는 생각 따위는 도대체 가질 필요도 가져본 일도 없었다. 지금까지의 모든 여자들을 그는 그렇게 맞고 또 떠나보냈던 것이다. 그것은 물론 윤희에 대해서도 마찬가지였다. 한데 그 윤희만이 유독 남이 하지 않은 구역질을 물고 나선 것이었다.

진걸은 정신이 얼떨떨했다. 정신이 얼떨떨해서 처음에는 그 구역질이 무엇을 의미하는지조차 얼핏 분별이 가지 않았다.

그날 윤희는 하루 종일 끼니를 거른 채 기분이 상해 있었다. 그러다가 오후 해가 설핏해질 무렵 방문을 나서다가 느닷없이 그 구역질을 일으켰던 것이다. 배를 움켜쥐어야 했을 만큼 심한 헛구역질이었다. 윤희는 벌써부터 그런 증세를 느끼고 그것을 견디기 위해 끼니까지 거른 모양이었지만 진걸로서는 갑자기 거기까지 짐작이 갈 리 없었다. 우연히 뜰을 나왔다가 그런 윤희를 발견하고는 실없는 웃음부터 나왔다.

그러나 사람들은 자기가 저지른 일에 대해서는 그 공범자의 조그만 행동에서도 금세 어떤 암시를 받게 마련이었다.

진걸 역시 처음에는 실없는 웃음만 흘리고 있었으나 금세 수상쩍은 예감이 머리를 덮쳐오기 시작했다. 억지로 구역질을 참으려 애쓰는, 그리고 진걸 때문에 그것을 더욱 감추고 싶어 하는 듯한 윤희의 거동이 진걸에게 그런 예감의 속도를 더해오고 있었다.

한데 방문 앞 기둥에 기대 서서 간신히 구역질을 참아낸 윤희가 진걸의 그런 희미한 예감을 사실로 확인해주고 말았다.

"제발 저리 가요. 저리 좀 가달란 말예요. 당신이 도대체 제 구역질을 어떻게 하겠단 말예요."

자기 예감에 이끌려 슬금슬금 윤희에게로 다가가고 있던 진걸은, 어느 순간 윤희의 이 느닷없는 신경질에 얼마나 놀라고 말았던가. 그리고 아아, 그녀 자신이 이미 자기의 구역질을 커다랗게 소리 지르고 있는 이유는? 진걸을 두고 그녀가 처음으로 입에 올린 그 당신의 의미는? 이제 모든 것은 확실했다.

그러나 진걸에게서는 아직도 모든 것이 확실해지질 못하고 있었다. 그것은 물론 진걸이 윤희의 구역질을 이해하지 못했다는 말은 아니다. 구역질의 의미쯤은 이제 진걸에게도 분명했다.

다만 무심결인 듯 혼자 뇌까리고 있는 진걸의 중얼거림 속에는 아직도 그 자신의 존재가 끼어들어 있지 않았던 것이다.

―여인들은 어찌하여 그런 괴로운 구역질을 몰래 감추고 있는

가. 그리고 그 구역질을 토해내기 위해서는 어찌하여 하필 사내들을 기다려 만나야 하는가.

그의 머릿속에서는 진걸이라는 가장 익숙한 인물과 윤희의 구역질이 아직도 확실한 관련을 짓지 않고 있는 상태였다.

진걸의 혼란은 그녀가 방으로 들어가버리고 난 다음까지도 한동안 더 계속되고 있었다.

―안 선생 말이 윤희에겐 뜻밖에 그럴듯하게 맞아들어가고 있었군. 장마철엔 꽃나무들이 모두 일찍 씨를 먹고 만다고 했겠다? 글쎄 여자가 일찍 씨를 품는다면 애를 갖는 것보다 어떻게 더 적합한 방법이 있을까.

그는 윤희의 구역질이 정말 장마 속에서 일찍 씨를 맺고 만 꽃나무처럼 생각되었다.

그러나 진걸에게서라고 끝내 그런 여유 있는 사념만 계속될 수는 없었다. 어떤 사념이나 자기기만의 술책보다도 사실은 언제나 훨씬 가까이에 있는 법이었다. 하기야 진걸이 한동안 그런 식으로 윤희의 구역질에 자신을 관련시키고 있지 않았던 것도, 굳이 거기서 눈을 돌리는 자기 속임수에서라기보다는 졸지에 일을 당한 사람이 잠시 자신을 진정시키기 위해 시간을 벌고 있는 것 같은 그런 몸짓이었을지도 모른다.

어쨌든 진걸도 이날 밤 어둠이 깃들기 시작하면서부터는 차츰 정직하게 사실을 받아들이기 시작했다. 그는 저녁을 끝내자마자 일찍부터 자기 속으로 틀어박히고 말았다. 그리고는 불을 끈 채 곰곰이 사태를 정리해보기 시작했다.

뭐 곰곰이 정리해보고 말 것도 없었다. 이제 윤희와의 싸움은 끝이 나버린 것이었다. 이겼다고도 졌다고도 할 수 없는 어정쩡한 상태로, 아니 굳이 승패를 가린다면 오히려 진걸 쪽에서 패배를 짊어질 수밖에 없는 어이없는 상태로 말이다. 따라서 이젠 그의 여인 그래프마저도 영영 완성될 길이 없어져버린 셈이었다.

그러나 그런 것들보다도 진걸의 머리를 더욱 아프게 치고 들어오는 것은 역시 윤희의 구역질에 대한 귀찮은 부채감이었다.

이상한 일이지만 진걸은 이제 윤희의 구역질로 인해 자신마저도 어떤 식으로 벌써 씨를 맺어버리고 있는 느낌이 들기 시작했다. 안 선생에게는 끝내 부인을 하고 말았지만 정말 그가 '안 선생의 씨'를 맺고 있는 꽃나무던지, 아닌지, 그리고 만약 안 선생의 말대로 벌써 씨를 맺어버리고 있는 것이라면 그것이 어떤 모양의 씨인지를 그로서는 도저히 생각해낼 수가 없었던 것이다.

그것들이 윤희의 구역질을 보고 나서는 갑자기 확실해지기 시작한 것이었다.

―내가 이런 식으로 벌써 씨를 맺어버리고 있으리라고는 상상조차 해보지 못했는걸. 자신이 맺고 있는 씨를 스스로 탓할 수는 없다지만, 글쎄 그런 일이 정말 이토록 은밀히 이루어지고 있었다니.

그러나 아직도 그는 자신의 장마를, 그 장마 속에서의 씨맺음을 어떻게든 다시 부인해보고 싶기도 했다.

그는 자정이 넘도록 혼자 이런저런 생각을 굴리다 결국 자리를 다시 빠져나왔다. 윤희에게로 가서 좀더 확실한 사정도 들을 겸 그녀의 속셈을 탐지해볼 작정이었다.

─도대체 윤희는 이제 어떻게 할 작정인가. 무슨 속셈으로 여태 혼자서만 구역질을 숨겨온 것인가. 그리고 어째서 지금도 내게는 확실한 말을 해주려고 하지 않는가.

진걸은 윤희의 속셈이 불안해 견딜 수 없었다.

이날 밤 안으로 당장 이야기를 들어놓지 않고는 잠을 이룰 수가 없었다.

그러나 윤희를 찾아간 진걸은 그녀의 방문 앞에서 혼자 실랑이만 한참 벌이다 다시 자기 방으로 돌아오고 말았다.

이날 밤만은 윤희가 한사코 문고리를 따주지 않았기 때문이었다. 문고리를 따주기는커녕 윤희는 숫제 진걸의 호소를 들은 체도 하지 않았다.

"오늘 밤 안으로 할 얘기가 있어. 문을 열란 말야."

좋은 말로 달래보기도 하고, 안 선생에겐 눈치를 보이거나 말거나 커다란 소리로 협박을 하기도 했으나 도대체 그녀는 반응이 없었다.

"돌아가세요. 아무리 큰 소리로 떠들고 협박을 해봐도 오늘은 소용없어요."

낮고 침착한 한마디를 내보내고 나서 다시는 대꾸조차 해올 기척이 없었다.

밝은 날을 기다리는 수밖에 없었다.

한데 이건 또 웬일인가.

다음 날 아침이 되자 윤희는 무슨 생각이 들었는지 간밤의 신경질과는 또 180도로 태도가 달라져 있었다.

진걸의 이야기를 기피하려는 눈치가 조금도 보이지 않았다. 구역질에 대해서도 벌써 까만 옛날 일로 망각해버린 듯 안색이 밝았다.

진걸은 이제 그런 윤희마저도 몹시 조심스러웠다. 눈물이나 우울증이 신경질의 한 증세인 것처럼 요즘의 윤희에겐 갑자기 기분이 명랑해지는 것 역시 위험했다.

과연 진걸의 판단은 빗나가지 않은 것이었다. 아침이 끝난 다음 윤희는 오랜만에 약수터 산책이나 나가보자는 데까지는 쉽사리 진걸의 제의를 응낙해왔다. 그러나 산책 길에서 이야기가 시작되자마자 윤희는 첫마디에서부터 대뜸 서슬이 앙상하게 일어서버렸다.

"장마철엔 꽃나무들이 씨라도 일찍 맺어두려고 너나없이 서둘러댄다지요?"

진걸은 그런 식으로 조심스럽게 말문을 열기 시작했다. 윤희는 그 첫마디에 벌써,

"무슨 말씀을 하시려는 거죠?"

대뜸 얼굴색을 변하여 목소리에 심한 적의를 품고 나섰다. 다시 뺨을 갈기고 들지 않은 것만도 다행스런 형세였다.

— 그러면 그렇지.

진걸은 슬그머니 웃음이 솟아나왔다.

그러나 이제 이야기는 이미 문이 열려버린 터였다. 그는 일부러 윤희의 도전적인 추궁을 피하여 어세를 좀더 조심스럽게 가다듬었다.

"윤희 씨의 구역질 말입니다. 하지만 장마를 믿고 싶지 않은 꽃나무가 자신도 모르는 사이에 벌써 어떤 모양으로 씨를 맺어버리

고 있다는 것을 알고 나니 여간 어리둥절해지질 않는군요."

"뭐라구요? 진걸 씨가 어떤 식으로 벌써 씨를 맺어버린 꽃나무라구요?"

윤희의 어조는 진걸과 반대로 점점 더 신경질이 되어갔다.

윤희의 추궁은 물론 그녀가 정말로 진걸의 말을 이해하지 못해서는 아니었다.

그녀는 어젯밤부터 벌써 진걸이 무엇을 자기에게 묻고 싶어 하는가를, 그리고 진걸 자신은 무슨 말을 하고 싶은가를 뻔히 알고 있었을 터였다.

한데도 윤희는 진걸이 그런 말로 묻고 싶은 것, 말하고 싶은 것에 대해서는 매정스럽게 시치밀 떼어버렸다.

할 수 없었다. 윤희가 신경질을 쏟아내든 말든 이젠 좀더 대담해지는 수밖에 없었다.

"솔직히 말해서 난 윤희의 구역질이 별로 마음에 들질 않았다는 거지 뭐."

단도직입적으로 자신의 입장부터 밝히고 나서는,

"도대체 어떡할 셈으로 내겐 사실을 자꾸 숨기려고만 하지? 구역질이구 뭐구 나하곤 애초에 상관이 없다는 것인가? 글쎄 정직하게 얘길 해보자구. 어째서 내겐 아직까지도 이야기를 기피하려고만 하는지 말야."

궁금한 것들을 모조리 털어놓아버렸다.

그러나 윤희는 여전히 시치미만 떼고 있었다.

"참 이상하시군요. 어째서 갑자기 흥분을 하시죠? 흥분을 하시니까 그런지 전 통 무슨 말씀을 하고 계신지 알아들을 수가 없군요."

이젠 숫제 진걸을 농락하려는 기미까지 섞고 있었다.

"아깐 무슨 꽃씨가 기분이 나쁘다고 하시더니 이젠 또 구역질까지 들먹이시고 말예요. 설마 제 구역질을 가지고 그러시는 건 아니실 테구, 그럼 진걸 씨도 무슨 구역질이 있으시다는 거예요?"

"몰라서 묻고 있는 건 아니겠지."

"점점 더 이상하군요. 그렇담 제 구역질 말씀이신가 본데 그게 진걸 씨와 무슨 상관이라는 거죠? 그건 제 혼자 구역질일 텐데 말예요."

"왜 그게 나하구 상관이 없어?"

"어떻게 상관이 있어요?"

"……"

드디어 진걸은 입을 다물어버리고 말았다. 정말로 어이가 없는 여자였다. 그리고 터무니없는 언쟁이었다.

─도대체 무슨 바보 같은 소리들을 하고 있는가. 게다가 이 여잔 정말로 내게 그런 소리까지 시켜야 할 이유가 있단 말인가.

그는 슬그머니 화가 치밀어 오르기 시작했다. 그러나 화를 내봐야 뾰족한 수가 생길 일도 아닌 터, 그는 다시 속을 가라앉히고 나서 한 번 더 윤희를 달래보았다.

"제발 좀 정직한 이야기를 해봅시다. 도대체 지금 와서 이런 따위 언쟁이 무슨 소용이 있겠어요. 철부지 어린애들끼리도 아니고…… 사실을 사실대로 정직하게 알고 나서, 그리고 나서 필요하다면 양쪽의 의견을 합해봐야 할 게 아니냔 말예요."

그러자 윤희는 그러는 진걸이 더욱더 경멸스러운 듯 입꼬리에다가는 미소까지 머금었다.

"정직, 정직, 무척도 정직은 좋아하시는군요. 그처럼 정직 좋아하시는 진걸 씨부터나 좀 정직해보세요. 정말 정직한 소리를 제가 한마디만 해드릴까요?"

윤희는 여전히 그 입꼬리의 미소를 지워버리지 않은 채 말을 계속했다.

"도대체 진걸 씨는 지금까지 그게 뭐예요. 갑자기 당한 일이 되어서 정신이 어리둥절하다구요? 왜 그 말부터 좀 정직하게 말씀하시지 못하세요? 솔직히 맘에 드는 일이 아니라고 말예요. 책임을 지고 싶지 않은 일이라고 말예요."

말이 계속되어나갈수록 윤희의 신경질도 함께 쏟아져 나왔다.

진걸은 그러는 윤희를 가만히 내버려두고 있었다.

아닌 게 아니라 윤희는 지금 그가 듣고 싶었던 소리, 그녀의 말대로 비로소 정직한 소리들을 한꺼번에 모두 털어놓고 있었던 것이다.

진걸이 잠잠해 있으니까 윤희는 여전히 혼자서만 말을 계속했다.

"하지만 너무 신경 쓰실 건 없어요. 처음부터 전 이런 따위로 진걸 씨를 옭아맬 생각은 아니었으니까요. 그리고 아까 말씀드린 대로 그 구역질 역시 누가 뭐래도 저 혼자의 것이라고 믿고 있으니까요. 진걸 씨와 책임을 나누고 싶은 생각은 조금도 없어요."

역시 윤희는 이상하달 수밖에 없는 여자였다. 자기의 애를 가졌든 말든 진걸더러는 신경조차 쓰지 말란다. 게다가 요양소 마을을 갔을 때 이미 그 비슷한 일이 확인된 적이 있긴 하지만 윤희는 이번 일로도 진걸을 옭아맬 작정은 아니란다.

귀찮은 부채감——그렇다면 이제 진걸은 윤희의 구역질에 대해 그런 느낌마저 가질 필요가 없어져버린 것인가. 그리고 그것으로 진걸 자신은 아직까지 장마를 산 일이 없으며, 그러므로 그토록 일찍 씨를 맺어버릴 수 없다는 생각도 용납될 수가 있을까. 이미 윤희의 구역질 속에 여물기 시작한 자신의 씨앗을 정말 부인해버릴 수가 있을까.

"신경도 쓰지 마라, 책임을 나눌 필요도 없다. 그럼 도대체 혼자서 어떻게 하겠다는 거요."

진걸은 이번에야말로 한마디 묻지 않을 수 없었다. 그러나 윤희는 기다렸다는 듯 그 말꼬리를 물고 다시 진걸을 몰아세우기 시작했다.

"거보세요. 진걸 씬 아직도 정직해지질 못하고 있단 말예요. 혼자서 어떻게 할 작정이냐구요? 제가 진걸 씨 대신 한번만 더 정직해볼까요? 처녀가 애를 낳아 기를 셈이냐구, 왜 좀더 솔직하게 묻지 못하세요. 날짜가 오래 가기 전에 수술을 해버리라고 왜 좀더 대담하게 주장하지 못하세요?"

"……"

"하기야 진걸 씨가 그처럼 정직한 말씀을 해주셨다 해도 제가 그 주장대로 되고 안 되고는 상관이 없는 일이지만 말예요. 아니 진걸 씨가 그렇게 나오셨다면 전 아마 더욱더 철저히 그 반대쪽을 택하게 되었을 테지만 말예요."

윤희는 혼자서 진걸의 말까지 대신해버리고 나서는, 그 말에 다시 화를 내곤 했다. 하기야 윤희의 흥분은 처음부터 그런 자기 상상과 신경질에서부터 비롯된 것이었는지도 모를 일이기는 했다. 도대체 진걸 쪽에서는 한 번도 자기 생각을 똑바로 말할 기회가 주어진 일이 없으니 말이다.

그러나 이제 와서 생각하니 진걸도 윤희의 임신에 대한 맨 처음 자기의 말이 다소 가혹하지 않았나 싶어지기는 했다.

장마를 믿고 싶지 않은 꽃나무가 자신도 모르게 씨를 맺어버린 걸 알고 나니 어리둥절해지노라고 조심스런 표현이긴 했지만 그것은 분명 윤희의 임신을 반기는 소리는 아니었다(도대체 어떻게 그것을 반길 수가 있단 말인가).

신경질투성이의 윤희가 그것을 놓치고 지났을 리가 없었다. 그래서 윤희는 재빨리 진걸의 마음을 읽어버리고 나서 진걸과 그처럼 정반대쪽으로만 마음을 도사리게 된 것이 아니었을까.

그렇다고 진걸은 또 자기의 그 한마디 때문에 윤희의 생각이 온통 그런 식으로 굳어져버린 것이라고 단정할 수도 없었다. 윤희는 진걸의 그런 말이 있기 전인 간밤에도 이미 그의 이야기를 신경질적으로 기피하고만 있지 않았던가. 아니 그보다도 윤희는 그녀의 임신 사실 자체를 진걸에겐 여태까지 숨겨오고 있었던 것이 아닌가. 그때부터 벌써 윤희의 생각 속에서는 그녀 나름의 어떤 작정이 자리를 잡고 있었던 게 틀림없었다.

그러나 진걸은 오늘따라 윤희가 그처럼 극심한 반발을 하고 나선 데는 역시 그의 첫마디에 허물이 없지 않은 듯했다.

거기까지 생각하고 나자 진걸은 이제 윤희의 신경질에 대해 오히려 어떤 여유 같은 게 생기는 듯했다.

"그래 윤희의 구역질이 정말 나하곤 상관이 없다는 건가? 정말 관심을 갖지 않아도 좋은가 말야."

그는 이제 정말 관심을 갖지 않을 수도 있다는 듯 여유 있게 물었다.

그러나 윤희는 여전히 고집스런 대답뿐이다.

"글쎄, 같은 말을 몇 번씩이나 되풀이시킬 작정이에요? 관심 같은 거 가질 일도 필요도 없다니까요."

"거 참 이상하군. 그럼 그 구역질은 윤희 속에서 혼자 저절로 생긴 것인가? 그 구역질이 자라기 위해 만난 남자가 너무 맘이 허망스러워지겠는걸."

"제겐 그 남자가 처음부터 별 뜻이 없었으니까요. 여자에게 그런 구역질이 숨어 있다는 걸 기억하고 있지 않은 남자와는 나중 그 구역질이 자라기 시작했을 때도 그것에 대한 관심이나 책임을 나눌 수가 없거든요. 도대체 그런 남자에겐 그럴 자격부터 없는 거죠."

끝끝내 관심을 가질 필요가 없다는 투였다.

"세상을 나왔다가 햇빛이라곤 정말 한 번밖에 보지 않으려는 여자 같군. 그래, 애는 정말로 낳아 기를 작정인가?"

"아직 그렇게는 말하지 않았어요. 어느 쪽이든 제 자유니까. 다만 진걸 씨더러는 관심을 갖는 체하지 말아달라는 것뿐이죠."

"하지만 난 윤희 씨가 일부러 날 다시 만나기 위해 여래암까지 찾아온 사람인 줄 아는데?"

이젠 이야기가 어린애들 말싸움처럼 변해가고 있었다.
"그것도 진걸 씨와는 특별한 관련이 없어요."
"관련이 없다니, 어째서?"
"내가 여래암을 다시 찾아오게 된 것은 선희 때문이거든요. 요양소를 다녀왔을 때, 선희 년이 집에다 아무 얘기도 해놓지 않은 때문이었단 말예요. 나 역시 여행 중에 생각이 달라지고 말긴 했지만 처음엔 우리 둘이 함께 산을 내려가기만 하면 곧장 그년이 부모님께 그런 사실을 고해바치리라 생각했거든요. 그런 기대를 가지고 일부러 진걸 씨완 괴상한 행동을 해 보였는데 나중에 돌아가보니 선희 년도 집엔 전혀 말을 해놓지 않았더란 말이에요."
느닷없이 옛날이야기를 한참 늘어놓고 있더니 윤희는 비로소 이야기가 그런 식으로 풀리게 된 실마리를 거슬러 올라가려는 듯 잠시 말을 끊고 있었다.
두 사람은 어느새 약수터를 지나 뒷산 봉우리로 올라가는 바윗길로 접어들고 있었다. 굳이 어디까지 가겠다는 것도 아니면서 진걸은 약수터를 선뜻 지나치고 말았던 것이다. 윤희 역시 자기 이야기에 취해 그랬던지(어쩌면 그녀는 또 바다가 보고 싶어졌는지도 모르지만) 무심히 그 진걸의 뒤만 따르고 있었다.
그런 식으로 한참 길을 오르고 있던 진걸이 문득 발길이 휘어 접어든 곳은 뜻밖에도 윤희의 바다가 보이는 봉우리 쪽이 아니라 김의원의 유골이 암장되어 있는 숲 속 바위 쪽이었다. 그러나 진걸은 그쪽으로 길을 잡아들면서도 자신의 발길이 지금 어느 곳을 향하고 있는지를 미처 의식하지 못한 듯 계속 윤희의 이야기에만 주의를 기울이고 있었다.

이야기의 줄기를 선희로부터 자신에게로 끌어오기 위해 잠시 입을 다물고 있던 윤희는 비로소 그 실마리를 찾아낸 듯 다시 말을 잇고 있었다.

"하긴, 저 역시도 그땐 진걸 씨 몰래 집으로 돌아왔던 참인데 선희 년이 아무 말도 안 해놓았으니 그땐 그게 외려 잘된 편이었죠. 전 아무 일도 없었던 척했어요. 그리고 아무 일도 없으니 당연히 또 집을 나설 수밖에 없었구요. 집에선 그런 식이래야 제가 정상적인 걸로 되어 있지 뭐예요. 그래서 전 아는 길을 따라 다시 여래암을 올라왔고 그때까지에는 일단 계산에 들어 있지 않던 진걸 씨를 또 만나게 된 것이지요. 그것뿐예요. 제가 여래암을 다시 찾아온 것과 진걸 씨를 만나게 된 것은 전혀 따로따로예요."

윤희의 애긴즉, 그러니까 그녀가 다시 여래암을 찾아온 것은 진걸을 못 잊어서가 아니라 오히려 그와의 관계가 노출되는 것을 꺼려서라는, 아니 그 두 가지는 그나마도 무슨 관련을 지어서는 안 될 따로따로의 일이라는 것이었다.

그녀가 다시 여래암을 올라왔다가 진걸을 만나게 된 것은 그저 진걸이 우연히 그곳에 되돌아와 있었기 때문이라는 것. 그러니까 만약 그녀가 여래암이 아닌 다른 은신처를 알고 있었더라면 윤희는 애초에 여래암을 다시 찾아오는 일조차 없었으리라는 것이었다.

―정말일까? 정말로 그랬을까?

진걸은 여전히 입을 다문 채 반신반의로 귀를 기울이고 있었다.

도대체 윤희의 말은 모두 믿어버릴 수가 없었다.

하기야 그녀가 진걸과 산을 함께 내려갔던 일이 사실은 선희로 하여금 집에다 고자질을 시키려는 목적에서였다는 말이나, 여행 중에 그녀의 생각이 변한 데는 선희마저 처음 계산대로 되어주지 않은 것을 보고는, 아무 일도 없었던 양 다시 집을 떠날 수밖에 없었다는 고백은 사실일 수도 있었다. 그것은 진걸이 혼자 여행에서 돌아오던 차 안에서나, 또 별채로 오자마자 안 선생의 귀띔을 받고 추리해낸 해답 그대로였다.

―허나 정말 여래암을 찾아오면서도 윤희는 나를 다시 만나게 될 가능성을 염두에 두지 않을 수가 있었을까. 아니 그보다도 윤희는 정말로 다른 은신처가 없었기 때문에 여래암을 다시 찾을 수밖에 없었던 것일까.

아무래도 믿기지가 않았다. 게다가 윤희는 처음부터 온통 거짓말과 역설과 수수께끼 같은 암시로만 이야기의 방식을 익혀온 여자가 아니던가.

그러나 진걸은 이제 그런 윤희와 무한정 더 피곤한 입씨름만 벌이고 있을 수는 없었다.

"그러니까 윤희 씬 내가 아니었더라면 이 여래암으로 와서 다른 사람을 만날 수도 있었다는 것이겠군. 그리고 그의 아이를 갖게 되고 말야."

진걸은 이제 이야기를 끝내버릴 작정으로 한껏 잔인하게 쏘아붙였다.

"결국 나는 윤희가 만날 수 있었던 여러 가능성 중의 하나로서 우연히 윤희를 만난 것뿐이니까, 배 속의 구역질에 대해서도 아무 상관을 말라?"

이만저만한 모욕이 아니었다. 한데 윤희는 그것이야말로 진짜 진걸의 모습이라고 체념을 해버린 것 같았다. 그녀는 그런 진걸의 모욕을 당하면서도 어찌 된 일인지 이젠 통 대꾸를 하려 하지 않았다. 잠잠히 입을 다문 채 신기한 듯 진걸을 바라보고만 있었다.

그러는 윤희를 보자 진걸은 더욱 용기가 솟는 듯했다.

"하지만 난 상관을 하겠어. 내 생각을 말하고 책임도 나눠야겠단 말야. 우연이었든 아니든 난 윤희에게 실제로 구역질을 심어준 장본인이거든."

두 사람은 벌써 김의원의 무덤까지 와 있었다. 그러나 진걸은 아직도 자신이 어디에 와 있는지를 깨닫지 못한 듯 이야기에만 정신이 팔려 있었다. 윤희에겐 애초에 김의원의 암장을 귀띔해줄 생각조차 해본 일이 없었지만, 아닌 게 아니라 윤희를 거기까지 끌어다놓고 나서도 그는 계속 그녀를 다그치고만 있었다. 하기야 묘석으로 굴려다놓은 바위에까지 턱하니 걸터앉아 있는 진걸이고 보면, 김의원에 대한 추모의 정이 가슴을 두드리거나 암장의 비밀을 털어놓고 싶어진다 해도 그가 그런 것을 미리부터 내색할 위인은 아니었다.

"그럼 도대체 진걸 씨가 제게 상관을 하겠다면 그건 어떤 식으로지요? 저도 한번 그 진걸 씨의 방법을 들어보고 싶긴 하군요."

한동안 입을 다물고 있던 윤희가 이젠 정말 더 견딜 수가 없어진 듯 갑자기 항복을 해왔다. 하지만 그렇게 항복을 하고 만 윤희의 목소리는 진걸에 대한 승복이라기보다 차라리 자기 자신에 대한 자포자기나 깊은 체념으로 느껴지는 그런 것이었다.
 그러나 진걸의 대꾸는 그런 윤희를 조금도 염두에 두지 않고 있는 것이었다.
 "수술을 해버리라는 거지 뭐. 안 선생이라도 들으면 질겁을 하고 뒤로 나자빠질 소리지만 그쯤은 생각이 합리적이어야지 않아. 도대체 우습고 불편한 짓이거든. 지금 윤희가 아이를 갖는다는 것이 말야."
 여전히 난폭하고 잔인하게만 말했다. 그러나 윤희는 이번에도 진걸을 나무라려 들질 않았다. 그녀는 이상하게 목소리만 더욱 낮아지고 있었다. 그리고 어딘지 모르게 허리의 힘이 풀려나간 듯 자세가 점점 낮아지고 있었다.
 "그럴 줄 알았어요. 그래서 전 처음부터 들을 필요가 없었던 거예요. 하지만……"
 "하지만……"
 "……"
 "처음부터 내 얘기를 들을 필요가 없었다면, 그럼 정말 수술을 하지 않겠단 말인가?"
 하고 싶은 말을 다 해버리고 난 다음이라 진걸은 이제 거칠 것이 없었다.
 "진걸 씨의 생각이 어떤 것이든 제 결심과는 상관이 없다고 벌써 말씀드리지 않았어요? 그리고 지금 말씀처럼 진걸 씨의 생각은 듣지 않아도 빤히 짐작할 수가 있었다는 거죠."
 여전히 기가 조금 죽어 있는 듯한, 그러면서도 이젠 아무것도 더 숨기고 싶질 않은 듯한 윤희의 대답이었다.

"얘길 듣기도 전에 짐작을 하고 있었다니…… 그럼 처음부터 난 수술을 하자고 할 줄 알았단 말인가? 그래서 수술을 하잘까 봐 내겐 여태 얘길 숨겨온 건가?"

"그래요. 이런 경우 진걸 씨처럼 씨가 먹은 분이 생각할 수 있는 일이란 으레 그런 식이 아니겠어요? 수술을 하고 안 하고보다 전 바로 진걸 씨의 그런 생각이 두려웠던 거예요."

"결국 윤희도 날 벌써 씨가 먹어버린 놈으로 치는군. 하기야 윤희의 배 속에선 정말 나의 씨가 자라고 있는 중이니까."

진걸은 난폭해지다 못해 이젠 얼굴까지 마구 뻔뻔스러워지고 있었다. 그러나 윤희는 여전히 태연했다.

"진걸 씨가 씨를 맺고 있는 건 저에게서가 아니라 진걸 씨 자신에게서였을걸요. 어느 것 하나 세상일이 심각해 보이는 게 없고, 무슨 일이나 그저 그렇고 그렇다는 식으로 어설픈 달관을 뽐내고 싶어 하는 진걸 씨 자신의 성격 속에서 말예요."

"하지만 난 아무리 그 달관을 뽐내고 싶어도 윤희에게 대해서만은 끝끝내 손을 들어야 했는걸. 도대체 난 지금도 윤희에 대해서만은 아무것도 진짜를 알 수가 없단 말야. 정말 알 수가 없는 여자거든."

"왜 저를 알 수가 없어요? 저에 관해 모르고 계신 것이 무엇이에요?"

"아무것도 모르고 있어."

그러나 윤희는 새삼스러운 듯 진걸을 건너다보았다. 그리고 나

서는 그 시선을 진걸로부터 먼 허공으로 비켜버리며,

"이상한 일이군요. 그처럼 간단한 것을 진걸 씨가 아직 모르고 계시다니……"

혼잣말처럼 중얼거리고 있었다. 그러더니 윤희는 뭔가 갑자기 머릿속으로 떠오르는 것이 있는 듯 다시 진걸을 응시하기 시작했다.

"그렇담 제가 말씀을 드릴까요? 그러기 위해선 먼저 제가 산을 내려가게 되리라는 것부터 말씀드려야겠군요. 왜 산을 내려가느냐구요. 그야 이 산에선 수술을 받을 수가 없기 때문이죠. 일찍 수술을 받아놔야 저도 다시 처녀가 될 수 있는 거 아녜요. 그리고 언젠가는 결혼이라는 것도 하게 될 수 있을 테고…… 이제 좀 아시겠어요. 진걸 씨가 제게서 알고 싶었던 것도 바로 그것이었을 테니까 말예요."

눈 하나 깜짝하지 않은 채 윤희는 계속 말을 잇고 있었다.

"그래도 모르실 게 있다면 한 가지만 더 말씀드리죠. 그랬든 저랬든 이젠 아무 상관도 없는 소리지만, 언제부턴가 전 진걸 씨를 얼마쯤 좋아한 일도 있었다는 걸 말예요."

진걸을 커다랗게 응시하고 있는 그녀의 눈동자가 전혀 흐려지는 것 같지는 않았는데, 그리고 조용한 그녀의 목소리는 조금도 젖어드는 기색이 아니었는데 말을 끝내고 난 윤희의 눈시울엔 어느덧 까만 눈물이 끈적이고 있었다.

저마다의 잔(盞) 앞에서

  윤희는 다음 날로 정말 산을 내려가버리고 말았다.
  어느새 그런 준비를 갖춰놓았던지 그녀는 아침을 끝내자마자 별안간 채비를 차리고 나타나서 여기저기 하산 인사를 나누고 다녔다.
  진걸은 그 윤희를 떠나보내기 위해 안 선생과 함께 또 한 번 여래암의 별채 마당 끝에 서야 했다. 그리고 이제 그 윤희마저 별채에서 내려보내버리고 나니 진걸은 기분이 여간 허전하지 않았다. 한마디로 시원섭섭했다.
  윤희는 산을 내려가면서도 언젠가 다시 여래암을 찾아오겠다든가, 산을 내려가서는 정말 수술을 받을 작정이라는 따위의 이야기는 한마디도 진걸에게 남기지 않았다. 진걸 역시 굳이 그런 윤희의 속셈을 살피려 하거나 다짐 같은 걸 얻어두려고 하지는 않았다.
  "내키지 않더라도 한번쯤은 소식을 주겠지. 아마 한동안 윤희의 소식이 궁금해질 테니까."

간단한 한마디로 그녀를 떠나보내고 말았다. 그때는 뭐 별로 섭섭한 생각이 들지도 않았었다. 섭섭하기는커녕, 윤희가 그처럼 선뜻 산을 내려가준 건 오히려 당연한 결심이라고, 제법 기분이 홀가분해지기까지 했었다. 그리고 말은 그렇게 하면서도 이제 자신의 시험만 끝나고 나면 그는 곧 그녀를 다시 만나게 될 것이라고 생각해버렸었다.

한데 막상 윤희의 모습이 산기슭 솔밭 사이로 사라져버리고 나자 진걸은 갑자기 이상하게 기분이 허전해지기 시작했다. 윤희를 다시는 영영 만나게 되지 못할 것만 같았다. 윤희를 다시 만나지 못한대서 무슨 큰일이 일어날 리는 없지만, 하여튼 진걸은 너무 싱겁게 그녀를 떠나보내고 만 것이 다시는 돌이킬 수 없는 어떤 아쉬움 같은 것을 남겨버린 것처럼 꺼림칙하기만 했다. 그리고 허전했다.

한데 안 선생 역시도 그 윤희를 떠나보내고 난 기분이 별로 가볍지가 않은 모양이었다.

"이젠 정말 우리 두 사람뿐이군요."

마당 끝에서 발길을 돌려서려다 말고 안 선생은 여간 섭섭하지 않은 얼굴로 그렇게 중얼거린 것이다. 그러고는 새삼스럽게 진걸을 바라보며,

"이렇게 한 사람 한 사람 이웃이 떠나버리고 나니 우리도 이제 뭔가 곧 어떻게 되어야 할 것만 같은 기분인걸요."

마치 자기도 이제부터는 천천히 산을 내려갈 궁리나 해봐야겠다는 듯 씁쓸한 미소를 머금었다.

그러나 진걸은 안 선생의 이 말에 대꾸를 하지 않았다. 그것은 진걸이 그 말을 잘 이해하지 못했거나, 동의할 수가 없어서가 아니었다.

그런 예감은 실상 안 선생보다 진걸 쪽에서 훨씬 더 가깝게 느껴지고 있는지도 모를 일이었다. 옛날부터도 진걸은 별채의 방들이 하나하나 비어 나갈 때마다 그것이 곧 자기의 하산 차례를 재촉해오는 것처럼 이상하게 꺼림칙한 예감을 경험해오던 터였다. 아까만 해도 안 선생이 거의 무심스런 목소리로 그런 말을 하는 것을 들었을 때 그는 가슴까지 철렁 내려앉지 않았던가. 진걸이 안 선생의 말에 대꾸를 하지 않은 것은 오히려 그 안 선생의 말이 너무나 자기의 느낌과 비슷했기 때문이었다.

그러나 별채 방들이 하나하나 비어 나감에 따라 진걸도 머지않아 곧 산을 내려가게 될 것처럼 느껴지는 것은 그것이 곧 그가 정말 산을 내려가야 한다는 것하고는 물론 달랐다. 진걸도 언젠가는 결국 산을 내려가야 하기는 하리라. 그러나 그것은 시험이 끝나고 난 다음 일이었다. 그에게는 아직 시험이 남아 있었다. 벌써부터 공연히 시원찮은 예감에만 쫓기고 있을 필요가 없었다. 무엇보다 우선 그 시험의 결과부터 좋아놓고 보아야 하는 것이다. 그게 좋아야 산을 내려가든 말든 그런 기분 나쁜 예감에 상관없이 잠시 동안이라도 제 마음대로일 수가 있지, 만약 이번마저 그게 틀려버리고 나면 그때는 정말 할 수 없이 억지로라도 산을 내려가야만 할 판이었다. 그렇게 되면 진걸로선 이제 잠시도 더 별채에는 남아 있어야 할 구실이 없어져버릴 것은 물론, 산을 내려가서도 어디 돌아갈 만한 데조차 없게 되고 마는 것이다.

어쨌거나 진걸에겐 산을 내려갈 생각을 하기 전에 아직 그런 시험이 남아 있었다. 그리고 이젠 그 시험의 1차고시 날짜가 불과 10여 일 안팎으로 다가들고 있었다. 예감이고 뭐고 진걸은 이제 잡념을 씻어야 했다.

한데 말은 그렇게 하면서도 정작 하산 같은 것은 염두에조차 두고 있지 않은 것은 오히려 그 안 선생 자신이었다. 아니 안 선생이 이젠 '우리도 곧 어떻게 되어야' 할 것 같다고 한 말은 처음부터 진걸의 예감하고는 상관이 전혀 없는 소리였는지도 모른다.

뒷날 안 선생은 그에 대한 진걸의 기대와는 모든 거동이 너무도 동떨어지기만 했던 것이다. 하산을 서두르기는커녕 이때부터 안 선생은 오히려 그 산에서 다시는 영영 세상으로 내려가지 않을 결심이라도 해버린 듯, 곧잘 엉뚱한 짓을 해대고 있었으니 말이다.

전부터도 안 선생은 한동안 법당 쪽 출입이 잦아지고 있는 듯싶기도 했다. 그리고 무불 스님을 만나 뭔가 한 식경씩 이야기를 주고받기도 했고, 어떤 때는 그 이야기 끝에 제법 얼굴까지 상기되어가지고 돌아오는 때도 있었다.

그러나 그런 일이 있었다고 해서 안 선생이 벌써 어디가 달라져 보일 리는 없었다. 안 선생은 여전히 조용하고, 사념이 깊고, 그리고 비교적 말이 적은 안 선생 그대로였다. 무불 스님을 만나고 온 이야기도 별로 입에 올리고 싶어 하질 않았다.

"무슨 음모들을 꾸미느라고 스님과는 그렇게 오랫동안 뒷공론을 하고 계셨습니까?"

진걸도 물론 그런 안 선생에게 특별한 주의를 기울이고 있지는 않았다. 관심을 가질 일도, 그럴 필요도 없었다. 그래서 무심결에 어쩌다 그런 식으로 묻기라도 하면,
　"그 뭐 종단 분규라 하는 것 때문에 이 여래암까지도 사찰 소유권 문제가 여간 복잡하게 되지 않았다던가요. 내용은 잘 모르지만 스님이 그런 걱정을 하시더군요."
　안 선생은 그런 엉뚱한 소리로 대답을 피해버리곤 했다. 스님을 찾아가 이야기를 한 것이 자기하고는 아무 상관도 없다는 듯한, 늘 그런 식이었다.
　한데 어느 날은 그 안 선생이 느닷없이 머리를 박박 깎아버린 모습을 하고 나타났던 것이다.
　안 선생이 그렇게 갑자기 민둥머리가 되어 나타난 것은 따지고 보면 그리 터무니없는 생각에서는 아니었으리라. 거기에는 아마 안 선생 나름의 깊은 자기 성찰과 결단의 과정이 따르고 있었으리라는 것쯤 누구나 마땅히 인정을 해야 할 것이다. 그리고 그간에 일어난 다른 몇 가지 징조로 보아도 안 선생의 그런 행동은 너무 갑작스럽다고만 말할 수는 없는 것이었다.
　실상 안 선생은 법당 쪽 출입이 잦아지면서부터 또 다른 몇 가지 이상한 거동이 시작되고 있었는데 그것은 이때부터 안 선생이 늘 몸에다 염주를 지니고 다니기 시작한 것이 우선 그 하나였고, 그리고 그 무렵부터 안 선생의 방에선 가끔 중얼중얼 염불 소리 같은 것이 들려 나오기 시작한 것이 그 다른 하나였다. 그러나 이때까지도 진걸은 아직 안 선생의 그런 거동에는 신경을 쓰지 않고 있

었다.

안 선생은 아직도 자신이 마음속으로부터는 파계를 선언하지 않은 신부라고 말한 일이 있었다. 그리고 그 안 선생의 교회에도 묵주라는 것이 있고 기도라는 것이 있었다. 게다가 절간에 오래 있다 보면 중이 아니라도 곧잘 염불 소리를 흉내내고 염주를 몸에 지녀보기도 하는 것이 누구에게나 흔히 있는 일이었다. 진걸이 안 선생의 염주와 염불 소리 같은 것에 신경을 쓰려 하지 않은 것은 오히려 당연한 일이었다.

하지만 안 선생이 별안간 머리까지 훌떡 깎아버리고 나니 진걸은 그 안 선생의 염주를, 염불 소리 같은 것을 이제 더 그런 식으로만 생각할 수가 없었다. 그것은 안 선생이 이날 비로소 머리를 깎고 나타나려는 여러 가지 사전 징조들의 하나였음이 분명했다. 무불 스님을 찾아가 긴 이야기를 나누곤 했던 것도 물론 마찬가지였다.

종단 분규로 여래암의 사찰 관리권이 문제가 되어 있는 것이 사실이었다. 전부터도 이 여래암은 본찰 관리권 문제와 함께 여러 차례 송사거리가 된 일이 있었다. 폭력으로 원주승이 바뀐 일도 있었다고 했다. 그리고 그때마다 발을 벗고 나서서 모든 소송 절차와 법률 상식을 제공하느라(그래서 더욱 자주 소송이 시작되곤 했는지도 모르지만) 정작 자기 시험엔 낭패를 보고 낙향해간 다혈질 고시파도 많았다고 했다. 그런 우여곡절 끝에 간신히 옛날 원주승이었던 무불 스님이 다시 여래암을 찾아들게 된 것은 진걸이이 암자로 오기보다 불과 몇 달 전 일이었다고.

그러나 아직까지도 그때의 분규는 뿌리가 깨끗이 뽑히질 않아 계속 말썽의 씨가 되어오고 있는 것이었다.

그러니까 무불 스님이 안 선생에게 그런 고민을 이야기했다는 것은 물론 사실일 수 있었다. 그러나 이제 와서 진걸은 두 사람의 이야기가 단지 그것뿐이었다고는 생각할 수 없었다. 그것은 아마 곁가지로 끼어든 잡담에 불과한 것이었으리라. 진짜 이야기는 결국 안 선생이 이날 머리를 깎게 된 일과 상관되고 있는 어떤 것이었음이 틀림없었다.

그러나 아무리 안 선생에게 스님과의 그런 오랜 이야기와 자기 생활의 시간이 있었다고 해도 진걸은 그 안 선생의 푸르스름한 머리통을 대하자마자 먼저 어이부터 없어졌다.

"하하하, 이거 신부님이 못 올 절엘 한동안 와 계시더니, 이젠 진짜 중이 되어버리려는 게 아닙니까?"

그는 터져 나오는 웃음을 참지 못하면서 짓궂은 눈초리로 안 선생의 머리통을 바라보았다.

"왜, 나 같은 사람도 중이 좀 되어보면 어떻소? 중 될 사람이 어디 따로 있는 겁니까?"

서늘하게 벗겨져나간 자기 머리통에는 안 선생도 좀 쑥스러운 데가 없지 않은 모양이었다. 진걸의 눈길이 거북스러운 듯 자꾸만 그 민둥머리 위로 손을 가져가곤 했다. 진걸은 그러는 안 선생이 더욱 우습고 희한스러웠다.

"그래, 무불 스님께선 안 선생이 중이 되어도 좋다고 하십니까?"

"그래서 제 머리를 깎아주신 게 아니겠습니까?"

역시 안 선생은 벌써부터 스님과 그런 이야기가 되어오고 있었던 모양이었다. 이제 안 선생은 굳이 그런 것까지 숨기려 들지 않으려는 눈치였다.

"하지만 머리쯤 깎았다고 해서 벌써 중이 되어버린 건 아니지요. 허 선생께서도 아직은 그렇게 생각하시길래 제 머리를 우스운 눈초리로만 바라보시는 거 아닙니까?"

"그럼 앞으로는 정말 중이 되어보실 작정입니까? 민둥머리가 스스로 어울릴 진짜 말입니다."

그러나 안 선생은 여기서 대답을 피해버렸다.

"글쎄요, 그건 저로서도 아직 장담할 수가 없군요. 섣부른 소리를 했다가 허 선생께서 핀잔이라도 하시게 되면 전 자신 있게 대꾸해드릴 말을 준비해놓고 있지 못하거든요."

아직도 진걸은 마음속을 다 털어놓기가 실은 어색했다. 역시 안 선생다운 조심성 때문이었으리라.

"하지만 스님께서 머리를 깎아주시려고 했을 때는 스님대로의 무슨 생각이 계셨을 게 아닙니까? 물론 안 선생께서도 미리 말씀을 드린 게 있으실 테지만……"

진걸은 스님 쪽으로 말꼬리를 대었다. 그러나 거기서도 안 선생은 자기 의사와는 별로 상관이 없는 소리만 늘어놓고 있었다.

"아마 스님께서도 무슨 작정이 있으신 건 아니셨을 겁니다. 스님은 원체 변두리가 없는 성미더군요. 머릴 깎아보고 싶으면 중이 되든, 말이 되든 상관 말고 한번 깎아보라고요. 그래서 전 우선 머리부터 벗겨냈는데, 스님께서 제 머리통을 보시고는 '이 사람 중이 되려고만 하면 진짜 중이 되겠다'고 그런 농담을 하시긴 하더군요."

"그건 또 어째서요?"

"사람의 두상 색깔은 황골하고, 백골, 청골, 세 가지가 있는데, 머리통이 푸르스름한 청골이라야 진짜 중 구실을 하게 된다던가요. 한데 스님 자신은 머리통이 누런 황골이라서 아예 태어날 때부터 부엌데기 될 중 팔자밖에 얻어 태어나오지 못했노라고 껄껄대시더군요."

자신도 슬그머니 미소를 지어 보이고 나서 안 선생은 이제 자리를 비키려고 했다.

결국 그는 머리를 깎고 나서도 아직 진짜 중이 되어버리겠다는 생각까지는 하지 않고 있다는 투였다.

물론 그렇게 간단히 믿어버릴 수는 없는 말이었다. 그러나 어차피 안 선생이 속을 다 털어놓으려 하지 않을 게 분명한 이상 진걸로서는 더 이상 깊이 캐어묻고 싶은 흥미가 없었다. 무엇보다 그는 우선 잡념을 줄여야 했다. 시험 날짜가 하루하루 다가오고 있었다.

안 선생은 그런 일이 있고 난 다음부터는 전보다도 더 입이 뜸해져버렸다.

아닌 게 아니라 그는 무슨 큰 핀잔거리라도 사놓은 듯 진걸 앞에서는 언제나 쭈뼛쭈뼛 머리통을 움츠리며 무슨 이야기든 말이 시작되는 것을 꺼렸다.

그리고 진걸은 그런 안 선생 덕분에 1차시험까지는 제법 잡념 없이 책을 들여다볼 수 있었다.

그러나 안 선생이 뭐라고 자신 없는 소리를 했든, 그리고 무슨 이유로 진걸에게 그처럼 이야기를 털어놓기가 싫어졌든, 그는 머리를 깎고 나서부터는 정말 마음속으로 조금씩조금씩 중이 되어가고 있었다.

진걸이 1차시험을 끝내고 돌아왔을 때 안 선생은 거동이나 주변이 좀더 중의 그것에 가까워져 있었다. 그새 안 선생은 검은색 양복 차림을 몽땅 벗어버리고 우중충한 흑회색 장삼으로 몸을 감싸고 있었다. 그리고 이젠 처소마저 별채로부터 법당 옆 진짜 중들의 요사 쪽으로 옮겨가버리고 없었다.

"사람의 운명이란 참 이상하군요. 진짜 염불을 외게 될 수 있을지 어떨지는 아직도 장담할 수가 없지만, 교회에서 하나님께 기도를 올리던 사람이 하필 이런 절간을 지키게 되었으니 말입니다. 하지만 사람마다 자기의 하나님을 만나러 가는 길은 조금씩 다를 수가 있어도 그 하나님은 어느 길로 가서 만나게 되거나 결국 같은 하나님이 아니겠습니까?

전 무불 스님께 그걸 배웠어요. 그분의 부처님은 절대로 저의 하나님을 시기하지 않았어요. 그리고 당신의 부처님을 만나러 가는 데 소용해온 복식이며 제사 방법을 기꺼이 제게 베풀어주셨지요. 똑같은 하나님을 만나러 가면서 사람에 따라 조금씩 달라질 수도 있는 방법과 길은 어느 쪽을 택하든 허물을 하려고 하지 않은 탓 아니겠습니까? 생각해보면 제가 이곳까지 와서 그런 분을 만나게 된 것도 모두가 제 생애에 미리 점지되고 있던 어떤 기연이겠습니다마는……"

무심히 염주를 만지작거리고 있는 안 선생은 이제 말씨에서까지 제법 불가의 냄새를 풍기고 있었다.

그러나 안 선생은 아직도 자신이 진짜 중이 될 수 있다고는 생각하지 않고 있는 것 같았다. 안 선생의 고백은 이제 제법 의미가 명백해지고 있는 것 같기도 했다.

그리고 그의 외모나 주변이 변한 것만큼은 말씨도 솔직해진 편이었다.

그러나 그의 부처님이나 하나님은 아직도 평상적인 인간 양심의 의미를 넘지는 못하고 있었다. 하기야 안 선생의 하나님이란 처음부터 그런 것이었는지도 모르지만, 그는 여전히 그 하나님과 부처님에 대해서는 인간 양심을 넘어선 어떤 절대적인 신앙의 의미도 부여하려고 하지 않고 있는 눈치였다.

"제가 진짜 중이 될 수 있을지 없을지는 알 수 없는 일이지만, 설사 진짜 중이 되지 못한다고 해도 그것만이 가장 중요한 일은 아니겠지요."

안 선생 자신도 솔직하게 그것을 시인했다.

그런데 간신히 1차시험을 끝내고 돌아온 진걸에겐 그 안 선생 말고도 또 하나 놀랄 일이 있었다. 어찌 된 일인지 그사이 무불 스님이 암자를 비운 채 산을 내려가버렸던 것이다.

진걸은 실상 이번에 시내를 다녀오면서도 1차시험만은 마음속에서 그리 대수롭게 여기질 않으려 하고 있었다. 다른 때와 마찬가지로 이번에도 1차시험만은 대개 합격이 무난할 듯싶었다. 하지만 그것은 이제 겨우 진짜 시험의 시작에 불과했다. 아직 본시험이 남아 있었다. 1차시험 따위를 대수로워하거나 그것이 끝났다고 긴장을 풀어버리기에는 아직 시기가 아니었다.

합격 여부를 기다릴 것도 없이 계속 책을 좀 읽어둘 작정이었다. 그래서 멀리서나마 소식을 좀 듣고 싶었던 윤희에게마저 전화 한 번 주지 않은 채 곧장 여래암으로 발길을 돌려버린 그였다.

여래암으로 돌아오고 나서도 그런 진걸의 생각은 별로 흐트러지질 않고 있었다. 흰 고무신에 흑회색 장삼 차림을 하고 나타난 안 선생에게도 그는 별로 오래 관심을 두진 않았었다. 안 선생 말마따나 그건 어차피 어떤 인연이랄 수밖에 없는 일이었다. 인연치고는 좀 해괴한 인연이기는 했다. 그러나 진걸은 이제 그쯤 생각을 덮어두고 시험이 끝난 다음에나 이것저것 뜻을 다시 추려보기로 호기심을 가라앉혀버리고 있었다. 그리고는 혼자서 텅텅 비어버린 별채를 쓸쓸히 지켜가고 있었다.

한데 진걸은 그렇게 별채에만 혼자 깊숙이 틀여박혀 지냈기 때문에 무불 스님이 산을 내려가버린 것도 모르고 있었던 모양이다. 아니 스님은 그가 1차시험을 끝내고 돌아왔을 때부터도 모습을 볼 수가 없었기는 했었다. 그러나 진걸은 그때 스님이 그저 잠시 어디 바람이라도 쐬러 산을 내려간 것이려니 싶어 털끝만큼도 수상쩍은 생각은 가져보질 않았던 것이다. 안 선생까지도 그때는 대개 그런 식으로만 대꾸를 하고 말았으니까.

한데 스님의 모습은 진걸이 산으로 돌아오고 난 후로도 계속 며칠 동안 눈에 띄질 않고 있었다.
 그러던 어느 날 드디어 안 선생이 전에 없이 불만 찬 얼굴을 하고 진걸을 찾아왔다. 그리고 안 선생은 진걸을 보자마자 대뜸 무슨 조언이라도 구하고 싶은 눈치였다.
 "스님께서 여태 소식이 없으니 무슨 일인지 알 수가 없군요."
 진걸은 처음 그 안 선생의 말부터가 무슨 뜻인지 알 수 없는 형편이었다.
 "소식이 없다니요? 그럼 스님께선 여태 이 여래암에 계시질 않았다는 말씀입니까?"
 "그렇습니다. 허 선생은 역시 아직 모르고 계셨군요. 실상인즉 스님께선 허 선생이 산으로 돌아오시기 전에 벌써 절을 떠나셨어요."
 "한데 스님께서는 여태까지 소식이 감감한 모양이죠?"
 안 선생은 자초지종을 털어놓고 나서 마치, 스님이 돌아오지 않고 있는 것을 자신의 허물로 여기고 있기라도 한 듯, 목소리가 형편없이 송구스러워지고 있었다.
 진걸은 그제야 새삼 그가 이번에 산으로 돌아온 다음부터는 스님을 한 번도 직접 만나보지 못하고 있다는 사실이 생각났다.
 "그랬었나요? 하지만 그땐 안 선생께서도 별로 걱정을 하시지 않았잖습니까?"
 그러자 안 선생의 목소리는 더욱 송구스러워지기만 했다.
 "설마 이토록 오래 소식이 없으실 줄은 몰랐지요. 그래서 저도 처음엔 아직 스님께서 늘 곁에 계신 것으로만 생각되지 않았겠습니까?"

"도대체 스님께선 절을 내려가시면서 뭐라고 하셨습니까? 그저 아무 말씀도 없이 산을 내려가시진 않았을 텐데요?"

"글쎄요. 지금 생각해보니 그게 아무래도 좀 이상했던 것 같기는 해요. 당신은 원래부터가 부처를 지니지 못한 중이라나요. 그래서 법명부터가 무불이 아니냐구요."

"부처를 못 지닌 중이라서 오만 번뇌를 절에서만 다스릴 수가 없었다는 것인가요?"

"그래서 가끔은 절을 훌쩍 떠나 세상 구경이라도 하러 돌아다니신다는 게 아니겠습니까. 이번엔 정말 아주 그 세상으로 내려가 중 정치나 한판 벌여볼까 싶다 하시면서 껄껄걸 웃으시더군요. 하지만 그게 어디 곧이 들릴 말씀이어야지요. 그저 전 그때 스님께서 농을 하신 줄로만 알았지요. 한데 이렇게 자꾸 날짜가 지나다 보니 이젠 그게 모두가 심상치가 않게 생각된단 말씀입니다."

적이 근심이 되는 듯, 안 선생은 이제 눈까지 가늘게 뜨고 있었다.

그러나 진걸은 그 안 선생의 이야기에서 이번에야말로 진짜 귀가 번쩍 트이는 듯한 느낌이 들고 있었다.

"중 정치를 벌이겠다니, 그게 뭘 어쩌겠다는 소립니까?"

그는 기묘한 예감에 사로잡히면서 새삼 정색을 한 목소리로 물었다.

안 선생은 아직도 그런 진걸의 내심을 모르는 채 무심히 이야기를 늘어놓고 있었다.

"일전에도 말씀드린 것처럼 스님께선 그간 이런저런 싸움판에 끼어 여간 속이 편칠 않으셨던 모양이에요. 스님 말씀으로는 싸움

하랴 염불하랴 어느 것이 진짜 중질인지 모를 만큼 세상이 어려워졌다는 겁니다. 그래 어차피 부처는 못 지녀볼 돌중 팔자니 이제 아주 발을 벗고 싸움판으로나 뛰어들까 싶다구요. 절을 내려가기만 하면 싸움 하난 제법 그럴듯하게 결판낼 자신이 있노라고 말씀입니다. 스님께서 중 정치라고 하신 건 바로 당신의 그런 심중에서 나온 말씀이 아니었겠습니까?"

이야기를 듣고 있던 진걸은 느낌이 점점 더 기묘해져가고 있었다.

─빌어먹을, 이젠 정말 모두가 정신없이 빙빙 돌아가고 있는 판인가!

어이없는 표정으로 안 선생을 바라보고 있었다. 그러나 마음속으로는 아직도 뇌리에서 자꾸 뚜렷해지려고 하는 어떤 상념을 열심히 눌러 참고 있었다.

그는 이제 자기의 이야기를 다 끝내고 나서, 이번에는 진걸 쪽의 의견을 기다리고 있는 안 선생에게 일부러 엉뚱한 소리를 묻고 나섰다.

"그런데 안 선생은 어째서 하필 그런 집안 옷을 갈아입었습니까? 스님이야 언제 돌아오시든 결국은 오실 날이 있겠지만, 안 선생은 왜 하필 그런 복잡한 집 옷을 덥석 끼어 입으려고 했느냔 말입니다. 게다가 다른 사람들은 스님의 행방을 별로 궁금해하지도 않는 모양인데 안 선생은 거기까지 혼자서 안달이 나가지고······"

안 선생이 돌아가버리고 나자 진걸은 그간 한동안 말끔하던 머릿속이 다시 뿌옇게 흐려지고 말았다. 그의 상념 속에서 뱅뱅 맴을 돌고 있던 어떤 느낌이 기어코 모습을 드러내버리고 만 것이었다.

물론 안 선생은 진걸의 마지막 말에 대해선 시원한 대꾸를 해주지 않았다. 그는 진걸의 추궁에 제법 여유 있는 암시가 깃든 미소로 대답을 대신 해버리고 말았다. 진걸 역시도 그 무불 스님의 기행에 대해서는 끝내 신통한 생각을 보태주지 못한 채였다.

한데 막상 그 안 선생이 돌아가고 나자 진걸은 이제 모든 것이 자신 속에서 확연해지기 시작한 것이다. 시험이고 뭐고 당분간은 아무것도 머리에 없었다.

정말 이젠 모든 것이 빙빙 돌아가기 시작한 것이다. 명식이 녀석이 신학교를 지원해 가는가 하면, 안 선생은 장삼을 입게 되고 그 장삼의 진짜 주인이었던 무불 스님은 또 옛날 김의원을 닮으러 산을 내려가버리고 아무렇지 않게들 그렇게 자리를 바꿔 돌아가고 있는 것이다.

진걸은 거기서 어떤 현란한 무질서, 흐느적거리는 윤리의 흔들림 같은 것이 느껴지기 시작했다. 아니 그런 무질서, 그런 윤리의 흔들림은 벌써 오래전부터 그를 지배해오던 의식의 한 파편 같기도 했다. 그러나 가령 그의 생활이 지금까지는 아무리 그런 무질서한 윤리의식의 흔들림 속에 지배당해왔다고 해도, 그는 자기 바깥세계의 그 확고부동한 정신질서, 또는 그 윤리에 대해서만은 늘 감사를 아껴오지 않은 터였다.

그의 무책임, 무질서와 자유분방한 향락은 오히려 그의 주위의 확고한 질서와 책임을 전제로 해서만 가능했던 것이다. 의식적이었든 무의식적이었든, 그는 늘 그것에 대해 감사를 해오고 있었던 셈이다.

한데 이젠 그의 주위마저도 모두가 한꺼번에 흔들리기 시작하고 있는 것이다. 그 흔들림은 오히려 진걸의 움직임까지도 거꾸로 정지시켜버리려 하고 있는 것이다.

그는 불안했다. 그리고 이젠 그 자신도 어떻게든 되어가야 할 것 같았다. 누구의 자리를 대신하든 그쪽의 질서를 새로 자기 것으로 얻어들여야 할 것 같았다. 여래암 사람들은, 이 여래암의 별채와 인연을 맺어온 사람들은 모두가 그래 왔고 이젠 진걸에게도 정말 그 차례가 다가온 것 같았다.

그러나 진걸은 아직도 머리를 가로젓고 있었다. 그에게는 역시 시험이 남아 있었다. 초조해질 필요가 없었다. 당장은 그와 자리를 바꿔 서줄 사람이 생겨나지도 않았다.

그는 다시 시험에다 정신을 몰두하기 시작했다. 그리고 또 며칠이 지났다.

이젠 제법 따스한 햇살이 별채의 섬돌 위에 졸고 있는 그런 봄날이 되어가고 있었다.

무불 스님으로부터는 여전히 소식이 없었다. 그런 어느 날 진걸에겐 또 뜻밖의 손님이 한 사람 찾아들었다.

소식이 없이 경식이 불쑥 여래암을 찾아온 것이다.

경식이 별안간 여래암을 찾아온 것은 그 목적이 무엇이었든지 진걸로서는 선뜻 반길 수가 없는 일이었다.

경식이 여래암을 찾아온 이유인즉, 진걸과는 실상 아무 상관도 없는 일이라 했다.

"시골구석에서 농사만 짓다 보니 사람이 영 시득시득 날 넘어지는 것 같아서……"

그래서 이젠 자기도 좀 머리를 멍청하게 가질 겸, 공부나 다시 시작해볼까고 절간을 찾아왔다는 것이었다. 하고많은 절간 가운데서 하필 여래암을 찾게 된 것도 무슨 특별한 이유에서가 아니라, 그곳에 마침 진걸이 먼저 와 있고, 그 진걸에게 어느 정도는 쉽게 절간 생활의 풍습을 익힐 수 있으리라 생각했기 때문이라며 자기 때문에 마음 무거워할 일은 아무것도 없다고 미리 안심까지 먹이고 나서는 경식이었다.

그러는 경식은 아닌 게 아니라 진걸에게 따로 무슨 볼일이 있어 여래암을 찾아온 것은 아닌 것 같기도 했다. 우선 그는 진걸에 대한 고향으로부터의 전갈을 아무것도 지니지 않고 있었다. 전갈은커녕 집안 소식 하나 시원하게 전해주질 못했다.

"우리 집 형편이 좀 옹색해진 눈치는 아니던가? 요즘은 용돈 소식이 영 감감하단 말일세."

넌지시 기대를 띄워보는 진걸에게 경식은,

"글쎄 형편이 좀 어려워진 것 같기는 하네만, 그렇다고 바깥 사람들 눈에까지 드러날 지경이 되어서야 쓰겠나? 그런 줄 알았다면 내 말씀을 좀 들어보구 올걸 그랬군."

진걸의 노친네에겐 소식조차 알리지 않고 떠나온 듯싶은 대답이었다.

명순의 동정에 대해서도 경식은,

"별일 있겠나? 시골 생활이 늘 그렇고 그렇지 뭐."

명순과 진걸 사이의 혼약 따위는 염두에도 두고 있지 않은 듯, 또는 기억을 하고 있더라도 그것과 자기하고는 애초 아무 상관도 없는 일이라는 듯 무심스런 대답이었다.
　다만 그 경식이 다소나마 확실한 어조로 말을 한 것은 금년 봄으로 예정했던 자기 집 이사를 내년쯤으로 다시 연기하고 말았다는 그 한 가지 사실뿐이었다. 그래서 자기도 이번엔 마음 놓고 집을 떠나올 수가 있었노라고……
　그 밖의 마을 이야기는 도대체 입에조차 올리기가 귀찮은 듯한 경식이었다.
　그러나 진걸은 그 경식의 출현으로 역시 마음이 편할 수가 없었다. 어떤 식으로 경식이 진걸을 안심시키려 하든, 그리고 어떤 식으로 그가 진걸의 일을 모른 체해주려 하든 경식은 역시 명순의 오라비였다.
　지난가을 고향 마을을 다녀오고 나서 꼭 한 번 편지를 보냈던 일 말고는, 그녀의 존재를 마음속에서조차 까맣게 잊어버리고 있던 약혼녀 명숙의 오라비였다. 그리고 그는 이 세상 누구보다도 정확히 이런저런 진걸의 속셈을 짚어볼 수 있는 적당한 우정과 적당한 상상력을 가지고 있는 친구였다.
　진걸로서는 그 앞에서 마음이 편해질 리 없었다.
　그러나 진걸이 경식의 출현으로 인해 마음이 불편해진 것은 명숙에 대한 죄책감이나 그 죄책감 때문에 경식에게서 무슨 압박감 같은 것을 느끼고 있기 때문만은 아니었다. 경식이 모처럼 긴장을 얻고 있는 진걸에게 방해거리가 되어서도 아니었다.

경식은 진걸에게 시험이 임박해 있는 것을 처음부터 미리 알고 온 듯했다. 진걸의 시간을 축내게 하거나 쓸데없이 시험이야기 같은 것을 꺼내어 신경을 자극하는 짓 따위는 더욱 조심스럽게 피하고 있었다. 방까지도 별채에서 진걸과 정반대쪽이 되는 곳(전에 윤희가 쓰던)을 택해 한껏 거리를 멀리하고 있었다.

경식으로 인해 진걸의 속이 편치 않은 이유는 그런 데보다도, 그가 이 여래암을 찾아 나타난 사실 바로 그 자체에 있었다. 경식은 어떤 목적, 어떤 모습으로든 그가 이 여래암을 찾아 나타났다는 사실, 그것만으로도 벌써 진걸을 충분히 불안하게 만들고 있었다. 그것은 주머니가 궁색한 판에 당분간 용돈을 함께 나눠 쓸 수 있다든가, 입이 구려지면 가끔 말벗을 삼을 수 있다는 이점 따위로는 도저히 바꿔질 수가 없는 그런 기분 나쁜 예감이었다.

경식은 시골에만 틀어박히다 보니 사람이 영 시득시득 날 넘어진다고 했다. 그래서 이번 기회에 머리를 좀 멍청하게 가져볼 작정이라 했다. 그것부터가 진걸에겐 개운찮은 여운을 남기고 있는 소리였다. 시골에 살다 보니 생각이 시득시득 날 넘어지다니, 그것은 여태까지 시골 사람들하곤 아무 상관도 없는 빤들빤들한 도회지 사람들을 두고 하던 소리가 아니던가. 그리고 경식 자신도 지난번엔 마을까지 그런 빤들빤들한 도회지 물이 넘쳐 들어오고 있다고 화를 냈던 일이 있지 않았던가! 한데 이젠 그 경식이 거꾸로 머리가 멍청해지기 위해 서울 쪽을 찾아오다니, 진걸은 아무래도 경식의 말 속에서 어떤 심상치 않은 가시 같은 것을 느끼고 있었다. 뭔가 자기를 비아냥거리고 있는 것만 같았다. 게다가 그 경식이 이젠 여래암에서 말단 공무원 임용고시라도 준비해봐야겠다는 데 이르러서는 울컥 역겨움마저 솟아오를 지경이었다.

그러나 뭐니 뭐니 해도 역시 진걸의 마음이 그토록 편치 못한 것은 경식의 태도나 분위기에서보다는 진걸 자신이 지니고 있는 어떤 불안한 예감 때문이었다.

그는 경식이 나타난 순간부터 줄곧 같은 예감 속에만 사로잡혀 있었다. 그것은 지금까지 김의원과 무불 스님과 그리고 안 선생과 명식 들이 차례차례 자리를 바꿔 나갔듯이, 진걸에게도 이젠 그 자리를 바꿔 서줄 상대가 나타나버린 것 같은 달갑잖은 예감이었다. 경식의 출현은 결국 진걸이 그와 자리를 바꿔 산을 쫓겨 내려가게 될 징조처럼 보였다. 그리고 경식은 그런 진걸의 뒤에서 머지않아 곧 결판이 나게 될 진걸의 시험 날짜만을 묵묵히 기다리고 있는 것 같았다. 게다가 경식은 이미 그 결판의 결과가 어느 쪽이리라는 것까지도 미리 점을 쳐두고 있는 듯 여유만만한 태도였다.

한데 진걸에겐 아마도 경식에 대한 그런 자신의 예감을 끝끝내 견뎌낼 힘이 없었던 것일까? 아니 진걸에겐 그런 불길한 예감과 맞설 만한 힘이 처음부터 마련되어 있지 못했다는 편이 옳겠다.

어느 날 진걸은 기어코 자신의 그 불길스런 예감 앞에 무릎을 꿇고 만 것이다.

진걸이 자신의 달갑지 않은 예감 앞에 무릎을 꿇고 만 것은 그 예감이 너무도 정확하게, 그리고 너무도 일찍 그의 현실로 눈앞에 다가와버렸기 때문이었다.

그의 시험이 어이없게도 1차에서 벌써 낙방을 보고 만 것이었다. 마지막 결판이고 뭐고 이젠 진짜 싸움이 시작되기도 전에 끝이 나버리고 만 꼴이었다. 아니 진걸로선 마음먹고 한판 싸움을 벌여보고 싶었던 참인데 진짜 싸움판에 끼어들기도 전에 벌써 패를 빼앗기고 만 꼴이었다.

어이없는 일이었다.

실상인즉 진걸은 그 1차시험 결과가 발표되던 날, 아침만 해도, 자신의 예감이 그처럼 엉뚱한 곳에서 적중하게 되리라고는 상상조차 못하고 있었다. 오히려 그는 이날 아침 그 시험 결과를 알아보러 가느냐 마느냐로 마음속에서 혼자 실랑이까지 벌이고 있었을 정도였다. 적어도 1차시험에서만은 진걸도 그만큼 자신이 넉넉했던 것이다. 1차쯤이야 결과를 보나 마날 텐데, 그걸 보러 일부러 산을 내려갈까 보냐고, 그럴 시간이면 책장이나 한두 장 착실히 넘겨두는 것이 오히려 나을 듯했던 것이다.

한데 아무래도 속이 좀 개운치 않아 오후가 다 된 다음에야 마을 가게로 내려가 신문을 뒤져보니 그의 번호가 없었다.

만사휴의(萬事休矣)였다. 그의 불길한 예감을 정말 현실로써 증명받은 것이었다. 이젠 무릎을 꿇어야 했다. 그리고 김의원이며, 안 선생이며 그의 별채 동료들이 모두 그랬던 것처럼 진걸도 이젠 산을 내려가든 어쨌든 '어떻게 되어야' 할 차례를 맞은 것이었다. 아니 진걸은 그것으로도 이미 그가 어떻게든 되어버리고 만 꼴이었다.

그러나 모든 것이 너무도 갑작스럽게 끝나버리고 만 탓이었을까? 이날 진걸은 신문에 자기의 번호가 빠진 것을 알고 나서도,

그것이 무슨 의미를 지니는 것인지를 아직 잘 실감할 수가 없는 듯 한동안 덤덤해 있기만 했다. 암자로 다시 돌아오고 난 다음에도 진걸의 얼굴에는 그가 오늘 낮에 산을 내려갔던 일을 까맣게 잊어버린 듯 평소 때와 별로 다른 표정이 드러나 있지 않았다. 책상 앞에 다가앉아서는 습관처럼 읽다 둔 책장을 넘겨보기까지 했다. 경식 역시 그 진걸에게 아무 눈치도 채지 못하고 있는 듯했다.

"오늘 마을엘 내려갔다 온 모양이더구먼. 오랜만에 산을 내려갔으면 술이라도 한잔하고 오지 않구."

실없이 한마디를 건네고 나서는 여느 때와 마찬가지로 다시 진걸의 근처에조차 얼씬하려 하지 않았다.

진걸의 그런 덤덤한 태도는 다음 날 아침까지도 여전했다. 그의 표정은 이제 덤덤하다기보다 숫제 바보의 그것처럼 멍해 보였다.

그런 멍한 표정과 거동으로 진걸은 이날 아침도 평소와 다름없이 세수를 하고, 밥을 먹고, 그리고는 이날따라 무슨 새삼스런 볼일이라도 있는 듯 흐느적흐느적 내리막 산길을 걷고 있었다.

산을 내려가면서도 마음속에 무슨 볼일을 정해놓고 있는 것은 물론 아니었다. 그는 그저 막연히 산을 내려가고 있을 뿐이었다. 아직도 눈치를 채지 못하고 있는 경식을 그런 식으로나마 잠시 비켜서고 싶었는지도 모른다.

그러나 어느덧 시내까지 발을 들여놓고 만 진걸은 그제서야 자신이 산을 내려온 이유를 조금씩 깨닫기 시작했다. 그는 윤희를 한번 만나보고 싶었다. 이유 같은 건 없었다. 만나서 무얼 어떻게 하겠다는 생각도 없었다. 아직도 윤희에게서 뭔가 확인해둬야 할 것이 남아 있는 듯싶었을 뿐이었다. 무턱대고 그녀를 한번 만나봐야 할 것 같은 생각이 들고 있는 것뿐이었다. 진실로 그녀를 정말 한번 보고 싶었다.

산을 내려온 것은 그 윤희 때문이었다. 그녀로부터 은근히 어떤 위로 같은 것을 기대하고 있는 것 같기도 했고, 또는 아직도 잘 실감이 가지 않고 있는 자신의 낙방을 윤희의 경멸 어린 눈초리 속에서 다시 확인받고 싶은 짓궂은 자학감에서인 것 같기도 했다.

그러나 진걸이 무슨 이유로 그녀를 만나고 싶어 했든, 그것은 윤희하고는 별로 상관이 없는 일이었다.

진걸의 기대가 어떤 것이었든 윤희는 이미 그런 진걸하고는 너무나 먼 곳에 있는 여자였다. 진걸이 아직도 반무의식 상태에서 윤희에게 전화번호를 돌렸을 때 그녀가 마침 집에 있어준 것은 진걸로서도 무척 다행스런 일이었다.

그러나 바로 그다음부터가 문제였다.

"허진걸 씨? 제게 왜 또 전화를 하신 거죠?"

전화를 바꿔 나온 윤희의 목소리는 첫마디부터가 여간 짜증스럽지 않았다. 그렇다고 그 짜증기 속에 무슨 원망기라든가 긴장감 같은 것이 느껴지는 것도 아니었다. 그것은 다만 진걸에 대한 무관심에서 그의 전화를 귀찮아하는 그런 목소리였다.

"……"

진걸은 한동안 말을 잊고 있었다.

"도대체 제게 무슨 말을 하고 싶은 거지요? 제게서 무슨 말을 듣고 싶은 거지요?"

윤희는 계속 짜증스런 질문을 던져오고 있었다. 그러나 사정이 막다른 골목까지 이르고 나면 쉽게 뱃심을 얻곤 하는 것이 진걸의 특징이었다.

"왜 그사이 소식이 없었지? 편지라도 한 장 띄워주지 않구……"
진걸은 비로소 비위 좋은 첫 마디로 인사를 대신하고 나섰다.
그러자 윤희는 대뜸 속셈을 알아차렸다는 듯,

"호호, 그러니까 허진걸 씬 아직도 마음이 놓이지 않으시더란 말씀이군요. 하지만 제가 그런 진걸 씨를 안심시켜드리기 위해 편지까지 써야 할 의무가 있나요?"
한껏 진걸을 비양거렸다. 그러나 진걸은 여전히 태연했다.

"내가 윤희를 궁금해하고 있는 한 윤희를 한번 만나봐야겠어. 윤희를 만나러 산을 내려온 거니까……"
윤희는 그녀를 한번 만나보고 싶다는 진걸의 말에는 뜻밖에도 선선히 응낙을 해왔다. 진걸의 말이 떨어지자 그녀는 한동안 조용히 입을 다물고 있더니 무슨 생각을 했는지 갑자기,

"좋아요, 그렇담 만나서 말씀을 드리죠. 진걸 씨가 마음을 놓지 못하고 계시다면 저로서도 이런 식으론 좀 귀찮은 일이니까요."
서슴지 않고 시간과 장소를 약속했다. 진걸 쪽에서 오히려 당황스러울 지경이었다.

아닌 게 아니라 진걸은 윤희가 그처럼 쉽게 대면을 응낙해오자 마음 한구석에서 불안한 그림자가 움직이기 시작했다. 그사이 한 달 남짓한 시간이 어떤 식으로든 윤희를 엄청나게 변모시켜버리고 있는 것만 같았다. 그리고 자신의 궁금증에 대해 윤희가 너무나

자신이 만만해 있는 데는 어떤 실망까지 앞서고 있었다.

한데 막상 약속한 장소에 나타난 윤희의 변화는 그런 불안한 예감보다도 진걸에겐 더욱 혹독한 것이었다.

"아무 말씀도 하지 마세요. 전 진걸 씨의 얘길 들으려고 온 건 아니니까요."

자리에 앉기가 무섭게 다짐부터 주고 나서는 혼자서만 마구 지껄여대기 시작했다. 그녀는 자기가 진걸을 성큼 만나러 나와준 것은 진걸을 안심시켜줄 수 있는 말들을 모두 전화로만 이야기하기가 어려웠기 때문일 뿐이라고 했다.

"아마 제가 약혼을 했다면 그것으로 진걸 씬 모든 걸 안심할 수 있겠지요? 수술은 물론 약혼식 다음 날로 깨끗이 끝내버렸으니 진걸 씨가 더 염려를 하지 않아도 되겠구요. 그럼 인제 되지 않았나요?"

"……"

진걸은 입을 다물고 있으라는 윤희의 다짐이 아니더라도 벌써 할 말이 없었다. 보다 못해 집에서 일을 서둘러버리고 만 것이리라. 그리고 윤희는 그 재촉에 못 이겨 수술도 채 받지 못한 채 어름어름 약혼식을 치러버리고 만 것이리라.

뭐 비난을 하고 싶은 생각은 없었다. 그는 다만 어이가 없어 입이 떨어지지 않고 있었다. 이젠 정말 수술까지 받아버리고 난 윤희가 그녀의 눈에 어린 바다 그림자를 초조해하던 때보다도 더 멀어져버린 느낌이었다. 가슴속이 먼 수평선보다도 더 허망스러웠다.

그러나 역시 할 말은 없었다. 그렇게 멍청하게 앉아 있기만 하는 진걸이 필경은 견딜 수가 없어지고 말았는지, 윤희가 다시 입을 열었다.

"사람이 가엾어진다는 것은 퍽 편리한 데가 있군요. 진걸 씨의 가엾은 얼굴을 보니 전 모든 걸 용서해드리고 싶어지는걸요."

"?"

"미안해요. 자존심을 상해드렸다면 그 말은 취소하겠어요. 진걸 씬 지금 가엾어진 게 아니라 오히려 축하를 받아야 할 형편인지도 모르니까요."

"무슨 말을 하고 싶은 거요?"

진걸은 간신히 한마디를 던져놓고는 다시 멍한 시선을 짓고 있었다.

"신문을 보니까 1차고시 발표가 있더군요."

"한데 왜 축하를?"

"오늘 진걸 씨 얼굴을 보니까 진걸 씨도 이젠 더 산에 계실 필요가 없게 된 게 아니에요? 산을 내려오시게 된다는 것은 어쨌든 축하를 받아야죠."

이날 저녁 여래암 산길은 철 이른 봄비가 구질구질 내리고 있었다. 숲 그늘에 숨어 있던 저녁 어둠이 그 빗물에 젖어 서서히 길섶으로 풀려 나오고 있었다.

그러나 총상 입은 멧돼지처럼 식식거리며 길을 치오르고 있는 진걸에겐 빗물이고 어둠이고 아무것도 의식을 할 수가 없었다. 그는 엉망으로 술에 취해 있었다. 질퍽한 길바닥에다 아무렇게나 몸을 던져 누워버리는가 하면, 목이 타는 듯 빗방울이 떨어지는 하늘을 향해 커다랗게 입을 벌리며 숨을 헉헉거리기도 했다. 엉뚱한 쪽으로 발이 빗나가 한참씩 숲 속을 헤매다 나오기도 했고, 욱욱 짐승처럼 괴상한 소리로 골짜기를 짖어대기도 했다.

그는 정말 총상을 입은 멧돼지 꼴이었다. 보이지 않는 상처를 통해 검고 무거운 피를 낭자하게 쏟아내며 산을 헤매고 있는 짐승이었다. 마치 자신의 육신 속에 가득한 그 검고 무거운 것을 마지막 한 방울까지 흘러내버리지 않고는 한순간도 더 자신의 육신을 견뎌낼 수 없는 발작이 시작되고 있었다.

그러나 진걸은 그런 발작 속에서도 모든 의식이 한꺼번에 사라져버린 것은 아니었다.

그는 정신없이 산을 헤매면서도 아까부터 계속 그의 고막을 울려대고 있는 소리에 한 가닥 가느다란 의식이 매달려 있었다. 그것이 어떤 소린지, 어디서부터 들려오는 소린지는 구분이 잘 가지 않았다. 자신의 육신 속 어느 구석에서부터 시작된 소리 같기도 했고, 또는 바로 자신이 쌓아 올린 여인 그래프가 윤희의 발길 아래 무참히 찢겨나가는 소리가 그런 것일 것 같기도 했다.

소리는 아무것도 확실하지 않았다. 그러나 진걸이 계속해서 그 비슷한 소리를 듣고 있다는 것은 사실이었다. 그리고 또 하나 확실한 것이 있다면 그 소리가 가까워지면 가까워질수록 진걸은 점점 더 오늘 일을 깊이 후회하게 되는 것이었다.

"떠나간 다음에는 모두가 그렇게 되고 마는걸, 빌어먹을 윤희는 왜 또 만나려고 했지? 왜 그걸 만나서 모든 걸 이 꼴로 만들고 말

왔느냔 말야."

 재빠른 윤희의 결심을 나무랄 이유는 아무것도 없었다. 그녀를 원망할 수도 원망하고 싶지도 않았다. 다만 후회스러운 것은 윤희가 자기를 떠나갔을 때 자신도 함께 그 윤희를 모두 떠나보내버리지 못하고 있었다는 점이었다. 그리고 이미 자기를 떠나가버린 윤희를 다시 뒤쫓아가 만나려 했다는 것이었다.

 그를 떠나간 여인들의 후일은 그처럼이나 재빨리 자신의 기억에서 자유로워져버렸던 것을, 진걸은 여태껏 자기를 지나간 여인들의 후일을 본 일이 없었다. 생각해본 일도 없었다. 그래서 그 여인들은 언제까지나 모두 자기의 그래프 속에 남아 있을 수 있었던 것이다. 한데 오늘 윤희를 만남으로써 진걸은 그 모든 여인들의 후일을 함께 만나버린 것이었다. 아니 아직도 뒷날의 모습이 보이지 않은 여자가 한 사람은 있었다. 그것은 오히려 그의 그래프와는 끝내 상관을 지을 수가 없었던 배경숙 그녀였다. 여자로서는 가장 절망적인 부끄러움을 지녔던 여자―육신의 결함 때문에 누구보다 많은 부끄러움을 견뎌야 하는 그녀의 굴욕과 슬픔 속에서 그 마지막 부끄러움만이라도 자기의 것으로 지키는 여자가 되겠노라며 산을 내려간 배경숙―진걸은 아직도 그녀의 후일만은 쉽게 떠올려볼 수가 없었다.

 그리고 그만큼 그녀의 후일이 궁금했다.

 배경숙―그녀는 아직도 자신의 부끄러움을 견디면서 그것을 그녀의 마지막 진실로 지니고 살아가는 여자일 수 있을까! 그리고 그 어둡고 아픈 삶을 아직도 어디서 부끄럽고 겸허하게 살아내고 있는 것일까!

하지만 진걸은 이내 머리를 세차게 흔들었다.

경숙의 아픔이나 부끄러움을 부인하려는 것이 아니라, 자신의 불결스런 상상으로 하여 그녀의 순결한 삶(진걸에겐 그녀의 삶이 막연히 그렇게만 생각되고 있었다)을 욕보이게 하고 싶지가 않았기 때문이었다.

배경숙의 아픔과 부끄러움에 비하여 자신의 그것은 오히려 당당하고 뻔뻔스러워지고 있을 듯싶었기 때문이었다. 그에겐 그 경숙에게서와 같이 부끄러움다운 부끄러움조차도 없을 듯싶어졌기 때문이었다. 그래 그 경숙 한 사람을 제외한 그래프의 모든 여자들은 이제 진걸에겐 그 후일이 너무도 간단하고 역연해지고 있는 것이었다. 마치도 그녀가 여자일 수가 없다면 자신을 포함한 이 세상 모든 남자가 남자일 수가 없는 것처럼.

진걸이 여래암에 닿은 것은 어둠이 완전히 골짜기를 메운 다음이었다.

경식이 진걸을 기다리고 있었다. 말 한마디 없이 불쑥 산을 내려갔다가 날이 저물도록 돌아오지 않은 진걸이 걱정스러워진 모양이었다. 낙숫물 소리만 조용한 별채의 어둠 속에 그는 방문을 열어놓은 채 한 점 담뱃불처럼 사립을 지키고 앉아 있었다.

그러나 경식이 어떻게 자기를 기다리고 있었든 사립을 들어서던 진걸은 그 경식을 보자 대뜸 비위부터 뒤틀려 올라왔다.

"이제 오나, 비가 와서 밤길이 좀 어려웠을 텐데 일찍 돌아오지 않구."
 경식의 알은체에는 대꾸도 않고 젖은 몸을 불쑥 그의 코앞으로 디밀어댔다.
 "뭐라? 왜 나보고 일찍 돌아오지 않았느냐구? 그래 내가 일찍 돌아왔으면 뭘 어쩌겠다는 거야?"
 경식에게 엉뚱한 시비까지 걸고 나섰다. 낮게 가라앉은 목소리가 오히려 위협적이었다.
 그제야 경식은 진걸의 모습을 자세히 살필 수 있었다. 진걸은 방금 물구덩이에서라도 빠져나온 듯 온몸이 흠뻑 젖어 있었다.
 머리고 옷이고 할 것 없이 사방에서 빗물이 줄줄 흐르고 있었다. 목구멍에서는 술 타는 냄새가 이만저만 고약스럽지 않았다.
 경식은 한참 동안이나 물끄러미 그 진걸을 들여다보고만 있었다. 기분을 짐작할 만한 듯 눈길에 어떤 연민 같은 것이 서리기 시작했다.
 경식은 마침내 그 진걸을 조심스럽게 달래기 시작했다.
 "술을 마셨군. 일찍 몸을 씻고 자도록 하게."
 가만가만 등을 밀어댔다. 그러나 진걸은 여전히 몸을 움직이지 않은 채 고집스럽게 경식을 쏘아보고만 있었다. 그의 눈빛이 어떤 증오감 같은 것으로 무섭게 빛나고 있었다.
 "흥, 나더러 술을 마셨다구? 그래 술에 취해 정신이 없을 거란 말이지? 하지만 넌 뭐야? 술이 취하지 않은 넌 뭐냔 말야? 뭐 공부를 시작하겠노라구? 시험 준비를 하러 왔다구?"
 그의 입꼬리에선 잔인한 미소까지 실룩거리고 있었다.

그러나 그의 어조는 목에다 칼이라도 대고 있는 듯 여전히 낮고 조용조용했다.

"하지만 소용없는 짓일걸…… 네놈이 여길 찾아오게 된 진짜 이유는 네놈 자신도 모르고 있을 테니까. 알아? 네가 왜 여길 찾아오게 된 것인지를 말야?"

기어코 발작이 터지고 만 듯 이번에는 그가 경식의 멱살을 번쩍 잡아 일으켜버렸다. 그리고는 느닷없이 소리를 고래고래 질러대기 시작했다.

"네 이놈 날…… 응? 네놈이 나타나지 않았다면 난 이렇게 되질 않았을 거란 말야. 왜 왔지? 응? 왜 하필 네놈이 내 자리를 바꾸러 왔느냔 말이야."

소리가 계속될수록 멱살을 틀어쥔 손도 점점 힘을 더해갔다.

그러나 경식은 진걸이 왜 그렇게 갑자기 흥분을 하는지, 그리고 그가 지껄이고 있는 소리들이 도대체 무슨 뜻인지를 모두 이해하고 있기라도 한 듯 미친개처럼 날뛰는 진걸에게 가만히 자신을 내맡겨두고 있었다.

한데 경식의 숨통을 끊어놓을 듯싶던 그 진걸의 손길이 어느 순간 뜻밖에도 쉽게 그의 목에서 풀려나가버렸다.

바락바락 용을 쓰던 진걸이 제풀에 정신을 잃고 마룻바닥 위로 풀썩 쓰러져버린 것이다.

다음 날 아침, 진걸은 창문을 기웃거리던 햇살이 멀리 마루 아래로 기어내려가버릴 때까지도 자리에서 일어날 생각을 하지 않고 있었다.

경식이 문을 밀치고 들어갔을 때 그는 사지를 반듯하게 하고 누워서 퀭한 눈으로 멀뚱멀뚱 천장을 응시하고 있었다.

하지만 그러고 있는 진걸은 아직도 잠을 깨고 있지 않은 거나 마찬가지였다. 그는 경식이 방을 들어서는 기척조차 잘 의식을 하지 못하고 있는 것 같았다. 퀭한 눈도 그것이 천장을 응시하고 있다기보다 벌써 혼백이 다 빠져나가 버린 빈 눈껍데기에 천장이 비쳐 들고 있다는 편이 옳을 지경이었다.

깜박임이 있는지 없는지도 알 수 없었다. 경식은 그러고 있는 진걸을 한동안 말없이 내려다보고만 있었다.

그러다가 그는 문득 자신도 그 진걸의 존재를 잊어버린 듯 시선을 비끼며 혼자 생각에 잠겨버리고 말았다. 그러나 경식은 끝내 진걸을 그런 식으로 기다리고만 있을 수는 없는 모양이었다.

그는 이윽고 먼 곳으로 흘려두고 있던 시선을 다시 진걸에게로 서서히 모아들였다. 그리고는 무슨 새삼스러운 작정이라도 선 듯 단호한 어조로 첫 마디를 내뱉었다.

"이젠 집으로 돌아가지."

진걸이 자기를 의식하고 있건 말건, 그리고 그가 지금 자기의 말을 귀에 담으려 하건 말건 도시 아랑곳을 하지 않는 어조였다. 진걸이 어떤 모양을 하고 있건, 이젠 하고 싶은 말을 모두 털어놓고 말 기세였다.

"내가 왜 갑자기 이런 말을 하고 나서는지 자넨 좀 이상스러워질는지도 모르지. 하지만 화를 내진 말게. 어제 난 자네가 산을 내려간 다음에 잠깐 마을을 다녀왔거든. 신문을 보았단 말일세."

으레히 진걸이 자기의 말을 모두 듣고 있으리라는 투였다.

진걸은 여전히 반응이 없었다. 눈빛 하나 움직이는 기색이 없었다. 어쩌면 그는 정말로 경식의 말이 귀에 들어오고 있지 않은 것 같기도 했다. 혹은 어제까지 그의 주변에서 일어난 일들을 까맣게 잊어버린 채, 어째서 지금 경식이 자기 곁에서 그런 소리를 지껄이고 있는지 그쪽에서 오히려 이상스러워지고 있는 것도 같았다. 경식은 진걸의 반응이 엿보이건 말건 여전히 혼자서만 말을 계속했다.

"하기야 지금의 자네 처지로서는 집으로 돌아가기도 발길이 가벼울 수 없는 일이겠지. 모두들 자네에겐 기대가 컸으니까. 그리고 이젠 집으로 돌아가더라도 자넬 반길 일보다는 괴롭고 난처하게 만들 일이 많은 것도 사실이야. 이번 시험까지만이라도 자네 맘을 편하게 해주려고 그간은 말을 하지 않고 있었네만, 실상은 자네가 대서사 녀석에게 해결을 부탁했던 빚 5만 원도 아직 끝장이 나지 않고 있는 형편이니까. 골치가 아프더라도 자네가 가서 해결해야 할 문제지. 하지만 이제 집에선 그 돈 때문에 자넬 기다리지도 않으시는 눈치였네. 자네에겐 벌써 그만큼 실망을 하고 계신 거지. 그러니 집으로 돌아가더라도 이젠 옛날처럼 덮어놓고 온 마을이 자넬 반겨주지는 않을 거란 말일세."

진걸의 반응이 없으니까 경식은 어조가 점점 더 신랄해졌다.

"하지만 자네를 반겨 맞아줄 사람이 있든 없든, 그리고 어떤 난처한 일이 자네를 기다리고 있든, 어차피 자넨 이제 그곳으로 돌아가야 할 사람이지. 자네 자신도 언제까지나 이곳에만 머물러 있을 작정은 아니겠지만, 설사 그런 생각이 있었다 해도 이젠 여기다 몸을 숨기고 있는 것으로는 자네 처지가 조금도 변명 될 수 없게 되어버렸으니 말일세."

경식은 숫제 정면으로 진걸을 매도하고 있었다.

"하기야 지금까지 자네가 고향을 속이고, 고향 식구들을 속여온 것에 비하면 그 고향이 어떤 식으로 자네를 맞아들이든 자네로선 별로 할 말이 없을 걸세. 자네의 처지를 오늘 이처럼 난처하게 만들어놓은 것도 따지고 보면 모두가 자네 자신의 허물이 아니던가. 얼른 고향으로 돌아갈 엄두가 날 수는 없겠지. 하지만 어쨌거나 이제 자네가 돌아갈 데라곤 그 고향밖에 다른 데가 없지 않은가. 그리고 그나마도 자네에게 아직 돌아갈 곳이 남아 있어준다는 것은 오히려 감사를 해야 할 일이구 말야."

경식은 그제야 대충 하고 싶은 말을 다 끝내고 난 듯 입을 다물었다.

그러나 진걸은 아직도 반응이 없었다.

경식이 뭐라고 충고를 해오든, 그리고 무슨 비난을 퍼부어오든 그로서는 도대체 상관을 하지 않으려는 기색이었다.

아니 경식의 말은 처음부터 진걸의 귀를 스쳐보지도 못했거나, 진걸 자신이 이미 그런 소리를 분별해 들을 의식이 남아 있지 않은 것 같았다.

하지만 경식 역시도 그런 진걸의 태도에는 별로 괘념을 하지 않는 눈치였다. 그는 말을 끝내고 나자 진걸의 반응 같은 건 기다려보지도 않고 자리부터 불쑥 일어서버렸다.

일단 자리를 일어서고 난 경식은 그러나 어찌 된 일인지 곧 방을 나가버리려고 하질 않았다. 얼굴엔 아직도 뭔가 미적지근한 것이 남아 있었다.

하지만 경식 자신도 실상은 그가 아직 털어놓지 못하고 있는 말이 무엇인지가 잘 생각나지 않고 있는 모양이었다. 그는 한동안 그 미적지근한 얼굴로 혼자 방 안을 맴돌고 있었다. 돈을 꾸러 간 사람이 정작 주인과 마주 앉았을 때는 쓸데없는 소리만 하다가 집을 나설 참에서야 겨우 생각이 났다는 듯이 용건을 불쑥 꺼내듯 방 안만 뱅뱅 맴돌고 있던 경식은 문설주를 잡아 밀어놓고 나서야 문득 그 미적지근한 것이 생각난 듯했다. 그는 새삼스럽게 다시 진걸을 내려다보았다.

"참 잊어버릴 뻔했군."

목소리도 아까보다는 여간 부드러워지지 않고 있었다.

"자네가 정말 고향으로 돌아가기만 한다면 자넬 반갑게 맞아줄 사람이 아주 없지도 않다는 걸 말일세. 설마 그게 누군지를 모르고 있을 리는 없겠지. 명순이 진심으로 자넬 기다리고 있어. 명순 하나라도 정말 진심으로 자넬 맞아준다면 누가 뭐래도 자넨 아직 돌아갈 곳이 있는 사람이 아닌가."

이번에는 유심히 진걸의 표정까지 살펴보고 있었다.

그런데 경식이 이 마지막 말에는 진걸도 비로소 의식이 조금 움직이기 시작한 모양이었다. 명순의 이름이 튀어나온 순간 진걸의 얼굴엔 처음으로 어떤 희미한 표정 같은 것이 스치는 듯싶더니 이내 조용한 한마디가 입술을 들추고 나왔다.

"나가."

억양도 감정도 없는 목소리였다. 그래서 무슨 뜻인지조차 언뜻 알아듣기가 힘든 소리였다. 그러나 진걸의 말은 그 짧은 한마디가 전부였다. 중얼거리듯 한마디를 내뱉고 나서 진걸의 입술은 다시 무겁게 닫혀버렸다. 살아날 듯하던 그의 가는 얼굴 표정도 어느새 다시 깊은 망각 속으로 잦아들어버리고 있었다.

도리가 없는 일이었다.

경식은 말없이 문을 나오고 말았다.

그런데 이날부터 거동을 잃어버린 진걸은 물 한 모금 마시지 않고 꼬박 사흘 동안을 그 모습 그대로 방구석에만 드러누워 있었다. 다시는 말도 없고 문밖출입도 없었다. 안 선생이 몇 차례 별채를 다녀갔으나 진걸은 그 안 선생조차 눈에 들어오는 일이 없는 듯싶었다. 누가 와서 무슨 소리를 하건 눈동자 하나 까닥하는 일이 없었다. 마치 그 자리에서 그냥 방바닥 밑으로 잦아들어버리기라도 한 것 같았다.

경식은 슬슬 겁이 나기 시작했다. 처음엔 진걸이 그쯤이나마 괴로움을 느끼지 않는다면 사람이 아니라 했다. 웬만하면 진걸을 그냥 모른 체 내버려둘 참이었다. 하지만 이젠 진걸이 너무 야위어 가고 있었다. 그리고 너무 아무 말도 없다 보니 혹시 무슨 엉뚱한 생각이라도 하고 있지 않은지 의심이 가기도 했다.

그러나 경식으로서는 갑자기 그런 진걸을 말려낼 방법이 생각날 리 없었다.

도대체 사람을 알은체라도 해줘야 무슨 방법을 써보겠는데 귀와

눈이 모두 안으로 굳게 닫혀버린 형편이고 보니 당장은 어떤 뾰족한 수가 생각날 수 없었다. 만약의 경우에 대비하여 진걸의 기색을 세심하게 지켜보고 있는 수밖에는 다른 도리가 없었다.

한데 경식은 결국 진걸을 위해서는 그 이상 신경을 곤두세울 필요도 없어지고 말았다. 밤낮 사흘 동안을 꼬박 그런 식으로 지내고 나더니 진걸은 또 갑자기 무슨 생각이 들었는지 제풀에 자리를 뚝뚝 털고 일어난 것이다. 경식으로선 미처 예상조차 해보지 못한 일이었다. 그만큼 진걸은 갑작스럽게 그리고 지금까지는 아무 일도 없었던 양 천연스런 얼굴로 제풀에 방문을 열고 나온 것이다.

하지만 진걸은 그처럼 선뜻 자리를 일어나버리고 나서도 여전히 말이 없는 것만은 누워서 밥을 굶을 때와 매한가지였다. 그는 이제 뜰을 거닐기도 하고 뒷산으로 가 가끔 얼굴을 씻고 돌아오기도 했다. 그러나 혼잣말로라도 입을 떼는 일은 전혀 없었다. 지금까지 그가 경험해온 세상일들은 그 며칠간의 고통 속에서 깨끗이 증발해버리고 만 듯 도대체 이젠 생각할 일도, 하고 싶은 말도 없는 사람만 같았다. 거동도 표정도 모두가 그림자처럼 가볍고 투명해 보였다.

그러나 그 진걸이 아주 말을 잊어버린 것은 물론 아니었다. 어느 날 진걸은 드디어 그 무거운 입을 다시 열기 시작했다.

진걸이 모처럼 입을 연 것은 그러니까 그가 산을 내려가기 바로 하루 전 일이었다. 그러나 이때도 그는 뭐 그리 긴 말을 지껄여댔던 것은 아니었다.

"금방 산을 내려가지 않은 걸 보니, 자넨 역시 공부를 하러 온 모양이군."
 앞도 뒤도 없이 불쑥 경식에게 한마디를 던져왔을 뿐이었다. 그래 놓고는 경식의 대꾸를 기다려보지도 않고 꼬박 한나절이나 가까운 시간을 흘려보낸 다음에야 다시,
 "내 자네에게 일러둘 일이 한 가지 있는데……"
 혼잣말처럼 언뜻 중얼거려놓고는 경식에게 뒤를 따라오라는 듯 혼자 성큼성큼 별채 뒷문을 나서고 있었다.
 아닌 게 아니라 경식도 그 진걸을 쫓아 곧 별채를 나섰다. 그리고 뒷산 약수터 근처까지 쫓아가서야 겨우 진걸의 다음 말을 들을 수 있었다.
 "얼마 전에 한 사내가 저 바위를 뛰어내린 일이 있었지. 물론 자살을 하려고 말야."
 한데 진걸은 이번에도 꼭 그 한마디를 경식에게 던져주고 나서는 냅다 다시 길을 헤쳐 나가기 시작하는 것이었다. 이번에는 자갈과 바윗돌이 널린 계곡을 타고 오르는 길이었다. 경식은 다시 그 진걸의 뒤를 쫓았다. 바위를 뛰어내린 사람이 누구였든, 그리고 그가 어째서 그런 짓을 저질렀든 경식으로서는 상관할 바가 아니었다. 그는 다만 진걸이 지금 자기를 어디로 데려가고 있는지, 그리고 그가 자기에게 일러주겠다는 말이 무엇인지가 궁금해지고 있을 뿐이었다.
 한데 진걸은 한참 그렇게 골짜기를 숨 가쁘게 기어오르고 있더니 어느 곳에선가 문득 길도 없는 숲 속으로 발길을 꺾어 들어갔다. 그리고는 기어코 김의원이 암장되어 있는 바위 밑을 찾아내고

나서야 후, 한숨과 함께 그 자리에 몸을 털썩 주저앉았다. 그러나 경식으로서는 물론 어떤 곳인지를 알 리가 없었다. 자기도 무심히 바윗돌을 하나 타고 앉으며 진걸의 다음 거동을 기다렸다.
 그때 진걸이 다시 입을 열기 시작했다.
 "아까 그 바위에서 뛰어내렸다는 사람 말일세. 사실은 내 이웃 방에서 퍽 오랫동안 나와 함께 지냈던 사람인데 그만 이상하게 그런 식으로 끝장을 내고 말았거든. 한데 지금 그 친구가 바로 이곳에 암장이 되어 있다네. 바로 거기 지금 자네가 타고 앉은 바윗돌 밑에 말일세."
 경식은 내심 가슴이 선뜩해오지 않을 수 없었다. 그러나 진걸은 경식이 입을 떼기도 전에 좀더 말을 계속해나갔다.
 "물론 암장을 한 건 화장을 잘 시킨 유골뿐이긴 하지. 하지만 그 친구 부인, 그나마도 고향으론 유골을 가져가기가 귀찮았던 모양이야. 아마 무슨 그럴 만한 사정이 있었을 테지만 아무도 모른 밤중에 여기다 남편의 유골을 묻고 있질 않았겠어."
 "그래 나를 여기까지 데리고 온 건 그걸 일러주기 위해선가?"
 경식이 비로소 첫 마디를 물었다. 도대체 그게 무슨 상관이기에 그런 소리를 지금 열심히 지껄이고 있느냐는 힐난기가 역력했다.
 그러나 진걸은 경식의 추궁을 조금도 괘념하려는 눈치가 아니었다. 오히려 자기의 의도를 재빨리 이해해준 경식이 제법 가상스럽기까지 하다는 투였다.
 "그렇지. 그러니까 이 무덤은 결국 암장을 엿본 내게 어떤 은연중의 책임을 남겨놓지 않았겠나? 난 자네에게 그걸 일러주려던 참이었지."

"하지만 이상하군. 누가 어떤 사연으로 이곳에 암장이 되었든, 그리고 어떻게 해서 자네가 그걸 엿보게 되었든, 하필 그런 일이 자네에게 그처럼 대단한 관심거리가 될 수 있었다니 이해할 수가 없단 말야. 도대체 자네답지가 않은 일이란 말일세."

그러자 진걸은 자신도 좀 어이가 없어진 듯 피식 싱거운 웃음을 지어 보였다.

"사실 우리 별채엔 그동안 여러 가지로 별난 사람들이 함께 지내고 있었지. 재미있는 일도 많았어. 하지만 그런 여러 가지 일들 가운데서도 나중까지 신용할 수 있는 일이란 어쨌든 그 친구의 죽음 한 가지뿐이었단 말야. 한데 이제 와서 내게 그 친구의 죽음마저도 신용할 수 없는 기억이 되어버린다면 난 어떻게 감히 산을 내려갈 수가 있겠나. 그의 죽음과 무덤을 굳이 마음속에 남겨두려고 하는 것은 바로 그런 나 자신 때문이지. 하지만 자네에게 이런 소리를 일러두는 것은 역시 나의 어떤 감상 같은 것이라고나 해두는 편이 좋겠지. 가엾은 무덤이라도 기억을 해주는 사람이 있으면 외로운 혼백이 무척 고마워할 것만 같으니 말야……"

"……"

경식은 다시 입을 다물어버리고 말았다. 진걸의 말은 도대체 갈피를 잡을 수 없을 만큼 횡설수설이었다. 대꾸를 할 수가 없었다. 모처럼 입이 열린 그 진걸의 기분을 방해하고 나설 수도 물론 없었다. 경식으로서는 그저 진걸이 그처럼 뭔가 열심히 지껄여대고 싶어 하는 기분을 어렴풋이 짐작할 수 있었을 뿐이었다.

한데 그런 일이 있은 다음 날 아침 진걸은 과연 산을 내려가버리고 말았다. 진걸이 그처럼 별안간에 산을 내려가버린 것은 경식으로서는 약간 뜻밖이긴 했다. 그러나 진걸은 원래가 그런 사람이었다. 산을 내려가면서도 그의 손에는 조그만 손가방 하나밖엔 들려 있는 것이 없었다. 책이며 노트 나부랭이는 밤새 모조리 불에 태워 없애버렸고, 다른 쓸 만한 물건들은 방째로 모두 경식에게 떠넘겨버렸기 때문이었다.

  산을 내려갈 때—진걸이 여래암 산길을 내려갈 때, 그가 늘 다른 사람들을 떠나보내기 위해 나와 서 있곤 하던 그 대원토굴 별채 마당 끝에는, 이날따라 안 선생의 모습이 더욱 쓸쓸해 보였다.

  "……무불 스님은 결국 뵙지도 못하고 떠나는군요. 좀 싱겁긴 하지만 우리들이 인연이 아마 처음부터 이런 식으로 끝나게 되어 있었던 게지요."

  그것이, 산을 내려가기 전 진걸이 비실비실 웃으면서 그 안 선생에게 남긴 마지막 인사말이었다. 그리고 산을 내려가는 대로 곧 집으로 돌아가겠느냐는 경식의 다짐 어린 물음에 대해서도 진걸은 그저, '글쎄, 산을 내려가보면 알겠지. 어쨌든 이젠 나도 내 잔(盞)을 들어야 할 때가 온 듯싶으니까.' 희미한 표정으로 지껄이고 나서는, '하지만 산을 내려가면 우선 어떤 여자의 소식을 좀 알아보고 싶군…… 그 여자 지금은 아마 소식을 만나기가 어렵겠지만, 못하게 부끄러움을 잘 타는 여자였거든, 이렇게 말하면 안 선생도 아마 짐작이 가시겠지만, 그 여자가 만약 여자가 아니라면

이 세상 남자들도 모두 남자가 될 수 없는 그런 여자다운 여자가 있었어……' 결국은 이도 저도 자신 없는 얼굴로 발길을 문득 돌이켜 세워버리고 말았던 것이다.

에필로그

 진걸이 산을 내려간 지도 어언 한 달 가까운 시간이 흐르고 있었다.
 여래암 뒤뜰은 그사이 한 사람 한 사람 모여들기 시작한 새 하숙생들로 다시 옛날처럼 활기를 되찾아가고 있었다. 다섯이나 되는 별채 방들이 모두 새 주인을 맞고 있었다. 시험철이 지나기도 전에 모여든 사람들이니 벼슬길하고는 애초 인연이 없는 처지들인 듯했다. 정양 삼아 산을 찾아왔다는 친구도 있었고, 조용히 인생을 사색하기 위해 절간을 찾아왔노라는 사내도 있었다. 개중에는 그저 취미로 여기저기 절간을 찾아다닌다는 가출 소녀까지 한 사람 끼어 있었다. 명색이나마 책을 가까이해보겠다는 것은 역시 경식 한 사람뿐이었다.
 그렇게 모두 각각이었다. 나이도 각각이었고 생각들도 각각이었다.
 그런데 나이가 생각이 모두 그렇게 각각이면서도 이 별채 친구들간에는 제법 마음이 서로 잘 합쳐지는 일이 딱 한 가지가 있었다.
　주인 없는 편지를 뜯어보는 점잖지 못한 취미가 그것이었다.
　이 별채로는 가끔 수취인이 이미 산을 내려가버리고 없는 편지가 날아드는 일이 있었는데, 별채 친구들은 그 편지를 되돌려 보내거나 연고자를 찾아주려고 하지 않고 냉큼냉큼 자기들이 알맹이를 꺼내 읽곤 했던 것이다.
　도대체 한 번은 어느 신학교 주소가 쓰인 노명식이란 학생의 글을 뜯어보았다가 뒤미처 엉뚱한 사람이 그 편지의 주인으로 나타나는 바람에 별채 친구들이 온통 난처한 꼴을 당한 일까지 있었다. (글쎄 이런저런 거동이 모두 서툴기만 하던 그 싱겁쟁이 스님이 안 아무개 선생이라는 걸 이들로서는 짐작조차 할 수가 있었던가 말이다.)
　어쨌거나 그런 때늦은 사연들이 가끔 별채까지 날아들어와 이 짓궂은 친구들에게 적잖은 심심풀이가 되어주고 있다는 것은 여래암 뒤뜰에선 공인된 비밀이었다.
　그런 편지들 가운데는 물론 거꾸로 그 노명식에게 보내진 '애숙 올림'도 있었고, 가끔 가다가는 '金三應 先生 殿'이나 '허진걸 귀하'도 있었다. '金三應 先生 殿'이나 '허진걸 귀하'는 벌써 두 장째나 되었다. 허진걸 앞으로 보내온 편지를 말하면 한 장은 배경숙인가 하는 여자로부터 진걸이 아직 여래암에 머물고 있는지를 물어온 것이었고, 다른 한 장은 발송인 이름이 씌어져 있지 않았으나, 알맹이가 청첩장 한 장뿐인 것으로 보아, 그 청첩장에 이름이 박힌 신랑이나 지윤희라는 신부 중의 한 사람이 보낸 것임에 틀림없는 것이었다.

한데 그 진걸은 아마 명순으로 하여 마지막 갈 곳이 남아 있으리라던 그녀의 오라비 경식의 말을 끝내 곧이듣지 못하고 있었던 것일까.

 아니면 그는 아직도 그 경숙을 핑계로 낙향길을 하루하루 미루다가 영영 잃어버리고 말았을지도 모를 일이었다.

 그 무렵 어느 날부턴가 여래암 별채로는 뜻밖에 또 '허진걸 씨 앞'으로 그의 안부와 소식을 묻는 '명순 올림'이 연거푸 날아든 것이다.

 하고 보면 그 세번째 '허진걸 씨 앞'부터라도 뒤늦게 별채 사람들이 못된 취미를 알아차린 경식이 번번이 자기 누이의 봉투를 뜯게 된 게 다행이라 할는지. 그리고 그 정확한 수취인도 모르는 누이의 성화 앞에 경식은 끝내 자기 행적을 드러내 보일 수밖에 없긴 했지만, 그로부터 수취인을 오라비로 바꿈으로써 명순이라도 더 이상 별채 사람들의 웃음거리가 되지 않은 게 다행이라 할는지. 그러나저러나 한 번 산을 내려간 뒤로는 소식조차 감감해져버리고 있는 위인에게는 아무런 상관도 없을 일이지만, 그리고 여래암 산골은 이래저래 또 한 차례 그 지루한 봄이 무르익어가고 있었지만 말이다.

해설

내러티브들의 원무(圓舞)

손정수
(문학평론가)

1. 유예된 글쓰기 상황 속에서 소설 쓰기

『이제 우리들의 잔을』이라는 이 소설이 처음 신문에 연재(『조선일보』, 1969. 11. 15~1970. 8. 14)되었을 때의 제목은 '원무(圓舞)'였다. 이『원무』(잠정적으로『이제 우리들의 잔을』이라는 제목 대신『원무』라는 원래 제목으로 이 소설을 지칭한다. 그 불가피한 이유는 이 글의 4장에서 밝혀질 것이다)에 앞서 이청준은 두 차례 장편 발표를 시도한 바 있었는데, 첫번째 장편『조율사』는 편집자의 책상 속에서 4년 동안이나 빛을 보지 못했고, 두번째 시도였던 『선고유예』(『문화비평』1969년 봄호~1970년 봄호)는 완성에 이르지 못한 채 연재가 중단되었다.『조율사』는 씌어진 지 4, 5년이 지난 1972년에야『문학과지성』에 봄호부터 가을호까지 세 번에 나뉘어 실렸고,『선고유예』는『씌어지지 않은 자서전』이라는 새로운 제목으로 역시 1972년에야 완성된 형태로 발표(『소문의 벽』, 민음사 간행)된다. 이 두 번의 실패에 대한 작가의 자의식은 단편 「소문의 벽」(『문학과지성』 1971년 여름호)에서 소설가 박준과 그의 소설 속 인물 G를 통해 간접적으로 드러나 있다.

　그런데 이 두 편의 작품들은 결국 양쪽 다 빛을 보지 못하고 만 것이다. 하나는 '시대 양심'이라는 것에 바탕을 둔 편집자의 문학 이념과 어긋난다는 이유에서, 그리고 다른 하나는 소위 그 '말썽의 소문'을 두려워하는 용기 없는 편집자의 조심성(글쎄 안 형은 그것을 다만 박준의 입을 막아버리려는 협박일 뿐인지 모른다고 했지만 말이다)에 의해서. (「소문의 벽」, 『문학과지성』 1971년 여름호, p. 445)

물론 박준이 처한 입장은 소설 속의 상황이고 그렇기 때문에 작가의 현실적 상황과 직접 동일시하기는 어렵다고 할 수도 있다. 그럼에도 자기 글쓰기에 대한 자의식이 빈번하게 (한 소설 내에서의 경우) 격자소설의 형식으로 혹은 (소설들 사이에서는) 상호 텍스트성의 형태로 동반되었던 이청준 글쓰기의 맥락에서 본다면, 위의 대목에 발표가 유예되고 있는, 혹은 연재가 중단된 자신의 소설에 대한 자의식이 투영되어 있다는 사실을 그냥 지나치기도 어렵다.

　소설 속의 전짓불빛이 박준의 것일 수 있다는 것은, 그리고 소설 속의 주인공 G가 바로 박준 자신이리라는 사실은, 그가 소설 속에서 '진술'이라는 말을 유독 자주 사용하고 있는 것으로도 더욱 분명해질 수 있다. 물론 진술이라는 말은 박준뿐 아니라 김 박사도 즐겨 쓰는 말이었고, 나 자신도 잡지 일을 일종의 간접적인 자기 진술행위라고 고백한 일이 있지만(어쩌면 우리들은 모두가 그 진술과 관련하여 그것을 요구하고 요구받으며 살아가고 있는 것인지도 모른다), 박준은 소설을 쓰는 사람인 만큼 무엇보다 자기의 소설 작업을 그 자신의 진술행위로 이해하고 있었음이 틀림없는 것이다. 그러므로 G는 박준 그 자신일 수가 있으며, G로 하여금 정직한 진술을 방해하고 있는 요인들은 바로 박준 자신이 소설을 쓰면서 당하고 있는 모든 방해 요인들을 상징하고 있을 수가 있는 것이다. 그리하여 박준은 그 정직하려고 하면 할수록 오히려 실패만 거듭하게 될 수밖에 없는 한 작가의 슬픈 파멸을 G의 이야기를 통해 말하고 싶어 했던 것이다. (「소문의 벽」, 위의 책, p. 463)

「소문의 벽」에서 소설가 박준과 그의 소설 속 인물 G의 관계에 대한 '나'의 생각이 서술된 부분이다. 박준의 소설 속에서 G가 환상 속에 나타난 신문관을 앞에 두고 자신의 과거를 고백한다는 설정 자체가 『선고유예』(『씌어지지 않은 자서전』)를 떠올리지 않을 수 없게 만들기도 하거니와, 그 구조상 소설 속의 소설가 박준과 그의 소설 속 인물 G의 관계는 소설 밖의 소설가 이청준과 그의 소설 속 인물 박준의 관계를 자연스럽게 지시하고 있기도 하다. 그와 같은 유비 관계를 통해 이청준은 결국 "정직하려고 하면 할수록 오히려 실패만 거듭하게 될 수밖에 없는 한 작가의 슬픈 파멸"을 박준의 이야기를 통해 말하고 싶어 했던 것이라 추측해볼 수 있다. 그 체험은 이청준으로 하여금 창작 행위와 그것을 수용하는 현실 사이에 제도와 이념이라는 이중의 벽이 가로놓여 있다는 것을 느끼지 않을 수 없도록 만들었을 것이고, 그로 인해 발생한 억압이 다른 소설에서 우회적으로 표출되고 있었다고 할 수 있을 것 같다. 이 경우 이청준이 소설 속에 자신의 소설을 반영하는 방식은 상호 텍스트성이라는 기법 차원 이전에 그와 같은 경험에 대한 작가의 민감한 반응이 만들어낸 자생적 형식이었으리라 생각된다.

그런데 이번에는 그런 이념과 제도의 검열을 거치지 않고 상대적으로 독자들과 직접 대면할 수 있는 신문소설 연재라는 기회를 얻은 것이다. 한편으로는 장편 창작에 대한 부담감과 위기감을 갖지 않을 수 없었을 상황이지만, 또 다른 한편으로는 독자들과의 직접적인 소통을 통해 앞서의 낭패를 만회할 수 있는 기회로 여겨졌을 것이다. 그는 신문 연재를 시작하기에 앞서 다음과 같은 포부를 드러내고 있다.

재미있는 소설을 쓰고 싶다. 그래서 모처럼 만난 독자들이 잔뜩 즐거워지고 말았으면 좋겠다.
그러나 재미있는 소설이 다 좋은 소설일 수는 없다. 반대로 좋은 소설은 반드시 재미있는 소설이다.
재미뿐인 소설에서는 그 재미가 많을수록 허무하고 위해롭기 쉬운 데 반하여 좋은 소설에서는 그것이 좋은 소설일수록 더욱 재미가 넘치되 결코 지나치는 법이 없다. 그 재미는 작품을 더욱 빛내줄 뿐이다.

재미의 질이 문제다. 우선 좋은 소설을 쓰고 싶다. 그래야 독자들이 아무리 즐거워도 결코 지나침이 없을 테니까. 이 일을 위해서 나의 젊고 성실한 모든 노력을 기울일 작정이다.

잘 해낼지 미리 장담할 수는 없지만, 내 딴에는 이번 기회에 신문소설의 새로운 영토를 열고 싶은 마음 또한 간절하다. (『조선일보』, 1969. 10. 30)

'재미의 질'을 추구하겠다는, 그래서 '신문소설의 새로운 영토를 열고 싶다'는 작가의 포부를 위의 인용에서 확인할 수 있다. 포부의 내용 자체는 그리 새롭거나 대단한 것이 아니지만, 그 의욕과 패기는 글의 표면으로부터 바로 읽힌다. 이미 앞서 연거푸 두 번의 좌절을 겪은 이청준에게 신문소설 연재라는 새로운 도전은 그리 만만한 것이 아니었을 것이다. 게다가 신문소설이라는 장르의 속성을 감안하면 이 도전에 상당한 제약이 따르리라는 것 또한 충분히 예상할 수 있다. 그럼에도 서른 무렵의 이청준에게 지나간 실패에 대한 기억은 다가올 성공에 대한 예감보다 강할 수는 없었던 것 같다. 위에 드러난 의욕과 자신감이 그것을 말해주고 있다.

그렇다면 그 도전의 결과는 어떠했을까. '신문소설의 새로운 영토를 열고 싶다'는 그의 바람은 과연 실현되었을까. 이 물음에 대한 대답은 지금까지 그다지 긍정적이지 못했던 듯하다. 편집자의 책상 서랍 속에서 세상의 빛을 보지 못했던 『조율사』나 연재 도중 중단되는 사태를 겪었던 『선고유예』(『썩어지지 않은 자서전』)가 이청준의 초기 소설을 대표하는 장편으로 받아들여지고 있는 상황 속에서도, 이 『원무』에 대한 비평가나 연구자, 독자의 관심은 극히 제한적이었고, 그나마도 부정적인 편이었다. "작중인물들 사이의 일견 사적이고 다분히 통속적인 이 작품의 갈등구조 안에서 역사와 권력이 인간의 삶을 억압하고 훼손하는 지점들을 정교하게 포착해냄으로써 개인과 집단 사이의 조화로운 공존과 화해의 가능성을 집요하게 탐색해나가는 작가 특유의 문제의식은 그다지 힘을 발휘하지 못하고 있는 것으로 보이는 것이다"(박혜경, 「생의 어두운 미궁을 향해 던지는 또 하나의 물음」, 『이제 우리들의 잔을』, 열림원, 2002, p. 444)라는 평가는 아마도 이청준 소설 세계의 가장 높은 지점에서 내려다본 『원무』의 풍경인 것 같다. 하지만 그 봉우리 역시 『원무』 위에 솟아 있는 것으로 먼 시야에서 보면 하나의 몸체를 이루고 있다. 『원무』에서 대중적, 통속적 속성과 함께 신문소설에 대한 작가의 비판의식을 동시에 읽어내고 있는 또 다른 연구(김지혜, 「이청준의 『이제 우리들의 잔을』 연구 — 신문 연재소설의 서사 문법과 작가의 비판 의식을 중심으로」, 한국현대소설학회 제38회 학술연구발표대회 자료집, 2011년 5월 28일)는 신문소설에 대한 작가의 양가적 의식으로부터 이 소설의 의미를 부분적으로나마 밝혀보려는 시도를 보여주고 있으나 역시 이청준의 전체 작품 세계 속에서 이 소설을 바라보지는 못하고 있기에 이야기의 표면에 드러난 특징에만 시선이 국한되어 있다.

작가가 처음 시도한 신문소설의 완성도는 그 당시의 독자에게는 의미 있는 일이었을 것이다. 하지만 지금의 상황에서라면, 작가의 소설 세계 초기에 나타난 시도에서 그 미숙함에도 불구하고 이후 본격적으로 전개될 세계를 예비하고 있는 밑그림으로서의 의미를 읽어내는 일이 하나의 작품 자체로서의 의미를 평가하는 일 못지 않게 중요할지 모른다. 매번 다를 수밖에 없는 조건과 처지에서 그 상황을 헤쳐 나가려는 적응과 지양의 노력 없이 처음부터 한 사람의 작가가 있었던 것은 아니기 때문이다. 작가의 죽음으로 인해 종료된, 그러나 그럼에도 새로운 접근과 해석을 통해 여전히 생성, 변화 중인 그의 소설 세계 전체 속에서 『원무』가 갖는 의미를 폭넓게 살펴보는 것이 이 글의 목적이다.

2. 내러티브들의 경합

『원무』는 무불 스님이 주지로 있는 여래암이라는 한 암자의 별채를 배경으로, 저마다의 이유로 그곳에 흘러들어온 군상들이 펼쳐 보이는 이야기이다. 고시생 허진걸, 시골 면장 출신으로 국회의원에 출마했다가 두 번이나 낙선한 김의원(김삼웅), 파계한 신부 안 선생, 사촌누이를 범하고 고향에서 쫓겨난 노 군(노명식) 등이 기숙하고 있던 그곳에 지윤희라는 젊은 여성이 요양차 찾아오면서 이야기는 본격적으로 시작된다.

3인칭 시점으로 된 이 이야기의 주된 서술 초점은 허진걸과 지윤희의 연애 관계에 맞춰져 있다. 그리고 여기에 허진걸이 시험을 치러 하산하여 서울에서 우연히 만난 여인 배경숙, 그리고 고향의 약혼녀 명순 등의 관계가 겹쳐지면서 허진걸과 그를 둘러싼 여성들과의 관계가 이야기의 중심을 이룬다. 이런 관계가 이 소설에 통속적인 이미지를 부여한 것이 아닌가 싶은데, 그렇지만 이 연애는 현실 속의 연애를 모방한 이야기로 보기에는 납득하기 어려운 점이 많다. 이 이야기에서 연애는 감정이나 육체의 문제와는 다른 차원에서 발생, 전개되고 있기 때문이다.

(1) 신문소설과의 경합

이 소설에서 지윤희를 비롯한 여성 인물들을 상대로 한 허진걸의 연애가 육체를 앞세우는 통속적인 그것과 구분되는 이유는 기본적으로 그것이 신문 연재소설에 대한 대타의식 속에서 이루어지고 있다는 사실에서 찾을 수 있다.

그런 정도였다.
자신이 상상한 정도에도 미치지 못한 것이었다. 별로 흥이 나지 않았다. 언제나 자기가 정한 날에 어김없이 여자의 옷이 벗겨지고 마는 것도 이제는 싫증이 났다. 무엇보다 긴장감이 없었다. 작가도 물론 사건의 전개를 늘 쉽게 암시하지만은 않았다. 진걸의 예상에 골탕을 먹일 작정이라도 한 듯 한껏 이야기에 변화를 주기도 했다. 그러나 진걸의 예상은 늘 작가를 앞질러버렸다. 결국은 작가가 굴복하게 마련이었다. 그 승리감은 진걸에게 소설의 흥미를 배가시켜주었다. 그런데 그것도 늘 이기기만 하다 보니 이젠 통 긴장감이 없었다. 그만큼 승리감도 줄어들었다. 소설을 읽는 일이 이제는 자기 추리와 상상의 결과를 확인하는 뜻밖에는 없는 듯했다. 작가와 맞서서 그를 이기려는 긴장과 스릴이 없었다. (p. 15)

허진걸은 며칠에 한 번씩 아래 마을에 내려가는데, 그 주된 목적은 C일보에 연재되고 있는 소설을 읽기 위해서이다. 그런데 진걸이 신문소설을 읽는 이유는 더 이상 그 이야기에 담긴 통속적 흥미 때문이 아니다. 그에게 신문소설 읽기는 그 통속적 이야기의 패턴을 앞질러 맞히는 게임이고, 그 게임에서 이긴 승리감이 지금껏 그의 신문소설 읽기를 지속시켜온 것이었다. 신문소설도 매번 전형적인 통속성만을 구사하는 것은 아니고 때로 변화를 도입하는 경우도 있지만, 그럼에도 그것 또한 한계가 있는 법이어서 신문소설에 대한 허진걸의 게임은 얼마 지나지 않아 싱거워져버렸다. 이 소설은 윤희와의 연애가 바로 그 신문소설에서의 연애와 경합하는 내러티브라는 사실을 서두에서 다음처럼 의식적으로 전제하고 있다.

이제 당분간 신문에서는 그나마의 기대조차 걸어볼 일이 없었다. 무엇보다 앞으로 한동안은 새로 옷을 벗게 될 여자가 등장하지 않을 터였다.
그러나 암자에선 이제 바야흐로 진짜 여자의 이야기가 시작되려는 참이었다. 여인이 그 이야기를 위해 있어줄 것이었다.
—암, 이야기가 시작되구말구.
진걸은 그것을 분명히 예감할 수 있었다. 여래암, 특히 진걸네 별채가 그런 곳이었고, 그곳 사람들이 그런 사람들이었다. 어떤 이야기가 되든 그들은 거기서 자기 몫을 감당할 만한 충분히 기이한 성벽과 내력들을 가지고 있었다. (p. 16)

위에서 확인할 수 있듯이 허구로서의 소설과 실제의 삶이라는 두 차원의 대비, 그러니까 신문소설과 '여래암 별채 사람들의 이야기'의 대비가 이 이야기 전체의 구도를 이루고 있다. 그 가운데에서도 가장 중심에 놓인 것이 지윤희에 대한 허진걸의 연애, 그러니까 '진짜 여자의 이야기'이다. 그것은 신문소설의 가장 중심적인 내러티브가 연애라는 사실에 대응되는 전략적인 것이기도 하다.

이처럼 이 소설에서 신문소설이라는 내러티브는 등장인물들이 엮어내는 그들 삶의 이야기에 대한 강력한 대항 내러티브로서 자주 의식되고 있다. 가령 이 소설에서 C일보의 연재소설은 독특한 방식으로 반복해서 부각되고 있다. 신문소설에 대한 남다른 승부욕을 보이는 허진걸의 경우는 말할 것도 없고, 허진걸이 시험을 치러 서울에 왔을 때 우연히 만난 배경숙 역시 C일보의 연재소설을 읽고 있으며, 심지어 허진걸이 찾아간 창녀촌의 여인까지도 최음제 대용으로 C일보의 연재소설을 활용하고 있다. 이후 허진걸은 C일보 연재소설의 작가를 직접 찾아가 만나서 그가 연재하고 있는 소설을 비판하기까지 한다. 소설적 리얼리티라는 관습을 염두에 둔다면, 신문소설과 연관된 에피소드가 자주 반복되는 것은 작위적인 인상을 주기 쉽고 신문소설에 대한 자의식이 과도하게 표현되는 것 또한 서사의 불균형을 초래할 우려가 있다. 그럼에도 불구하고 이처럼 소설적 관습의 범위를 넘어서는 신문소설에 대한 관심과 서술의 비중은 신문소설에 대한, 그 자체가 신문소설이기도 한 이 소설의 자의식이 그만큼 강하다는 사실을 드러내고 있는 것이기도 하다.

그런데, 아니 그렇기 때문에 허진걸의, 더 확장해서 생각하면 이 소설의 신문 연재소설에 대한 태도는 단순하지 않다.

"단행본 소설, 대개 고전 같은 게 아녜요? 그런 건 제게 필요 없어요. 갖출 것 다 갖추고 정상적인 생각을 하는 사람들의 이야긴, 저같이 한 가지 모자란 사람 살아가는 방법이 없어요."
"그럼 신문소설에서는?"
진걸은 그녀의 말에 관심을 보이며 물었다.
그녀가 C일보의 소설을 읽고 있는 것도 그가 관심을 갖는 한 가지 이유였다.
"신문소설이야, 다 이상한 사람들의 이야기지 않아요? 저와 똑같은 경운 없지만 방법이야 배울 게 많지요. 어제 선생님을 갑자기 납치해온 거나 잠자리 이야기 같은 거 비슷하지 않아요? 어차피 어느 한 가지가 모자란 터무니없고 이상한 사람들의 이야기."(pp. 83~84)

이 부분에서는 배경숙의 발화를 통해 오히려 신문소설에 대한 긍정적인 태도가 드러나 있다. 그에 반해 '단행본 소설' '고전소설'의 규범성은 신문소설과의 비교를 통해 비판의 대상이 되고 있다. 이처럼 이 소설에서의 신문소설에 대한 태도는 양면적이고 그렇기 때문에 결국 매우 불분명한데, 그것은 신문소설에 대한 과잉된 자의식이 초래한 귀결이라고 할 수 있다. 이렇듯 신문소설이면서 신문소설에 대한 자의식을 드러내는 것이야말로『원무』의 문제적인 특징 가운데 하나인데, 더 문제적인 것은 이 소설에서 통속적인 신문소설의 레퍼토리인 연애에 맞세우는 이 이야기 또한 허진걸과 지윤희 사이의 연애라는 사실이다. 그러니까 신문소설로서 신문소설의 내러티브를 넘어선다는, 그런데 그 수단으로 신문소설의 가장 전형적인 속성인 연애를 선택해버린 이 이중으로 겹쳐진 역설을 어떻게 극복하느냐 하는 문제가 이 소설의 핵심에 놓여 있는 셈이다. 그렇기 때문에 이 소설에서 허진걸과 지윤희의 연애는 상호적인 로맨스가 아니다. 그것은 지윤희라는 여성을 대상으로 놓고, 허진걸이 추구하는 일종의 내기로서의 성격이 강한 것이고, 궁극적으로는 현실 속의 다른 이야기들과는 구분되는 새로운 이야기, 더 정확히 말하면 새로운 신문소설을 만드는 일이라고 할 수 있다. 그렇기 때문에 이 소설은 신문소설을 통속적인 것으로 비판하면서 그에 대비되는 고급하고 고상한 이야기의 규범성을 내세우는 방향으로는 나가지 않는다.

가끔 그가 읽던 신문소설의 작가들은 독자의 관심을 붙잡아두기 위해 줄거리에 닿지도 않는 여자를 불쑥 등장시키곤 했다.
아가씨는 그런 여인들보다 더 엉터리없이 진걸 앞에 나타난 셈이었다. (p. 75)

이 소설 속에서 배경숙이 등장하는 방식은 개연성이나 리얼리티의 차원에 입각하고 있지 않다. 신문소설이 비판받는 이유 가운데 하나는 개연성이나 리얼리티가 부족하기 때문인데, 이 소설에서 여성 인물의 등장은 그보다 '더 엉터리없이' 일어나고 있다. 그러나 다시 생각해보면, 실제의 현실 속에서 연애는 이 소설에서처럼 개연성이나 리얼리티와는 다른 차원에서 발생하는 우연적이고 단독적인 사건에 더 가깝다. 그렇기 때문에 진정한 의미에서 연애는 필연적인 원인이나 과정을 요구하지 않는다. 연애는 이유로 환원될 수 없고, 그런 의미에서 그것은 대상의 성질에 대한 기술로 치환할 수 없는 고유명과도 같은 성격을 갖는다[연애와 고유명의 구조적 상동성에 대해서는 오사와 마사치(大澤眞幸)의 『연애의 불가능성에 대하여』, 송태욱 옮김, 그린비, 2005 참조]. 이 소설의 방향은 개연성이라는 소설적 관습 대신 오히려 현실의 우연성, 단독성을 따르고 있다. 신문소설에 대한 자의식을 드러내면서, 또 동시에 그 대척점에 놓인 근대소설의 장르적 관습과는 오히려 더 거리를 두면서 신문소설을 써나가는 위태로운 선택이 이 이야기를 이끌어가고 있는 것이다.

(2) 세 가지 형태의 자서전들과의 경합

이 소설에서 허진걸을 주인공으로 한 연애라는 내러티브가 그 경합의 대상으로 선택한 첫번째 내러티브가 신문소설이었다면, 그리고 그것이 신문소설을 쓰고 있는 상황에 대한 작가의 자의식을 드러내고 있었다면, 그다음 두번째로 등장하는 경쟁 내러티브는 바로 자서전이다. 이 소설의 주요 공간인 여래암에는 몇 명의 특이한 인물들이 허진걸과 함께 지내고 있는데, 차례로 살펴보겠지만, 이 인물들은 하나의 소설적 캐릭터이면서 동시에 특정 내러티브의 의인화라고 볼 수 있는 면이 있다. 두번째 대항 내러티브인 자서전의 첫번째 주체는 김의원이다.

김의원은 자서전광이었다. 그는 한 정치가가 위대한 치적을 쌓고, 후세에 이름을 남기느냐 못 남기느냐 하는 것은 전혀 그 정치가의 자서전에 달린 것이라면서 묘한 자서전 벽을 가지고 있었다.
정치가라는 사람들은 썩어졌거나 썩어지지 않았거나 반드시 자기의 자서전을 한 권씩 가지고 있다. 시저나 링컨 같은, 또는 김춘추나 세종대왕 같은 인물들 중의 하나를 정치가들은 마음속에 지니고 흔히 자기와 비교하기를 게을리하지 않는데, 그게 곧 그 사람의 자서전이다. 정치가란 미리 그렇게 자기의 자서전을 마음속에 써놓고 그것을 실현하고자 노력하는 사람들이다. 그리고 그 실현 과정이 곧 정치라는 것이다. 폭정이니 독재니 하는 것도 실은 그 자서전의 실현 과정에서 무리가 생기거나 옳지 않은 자서전에 신념이 지나친 데서 결과되는 현상이다. 우선 그 자서전부터 올발라야 한다. 김의원의 생각은 대개 그런 식이었다. (p. 31)

시골 면장 출신으로 국회의원에 출마했다가 두 번의 낙선 경력을 갖고 있는 김의원(김삼웅)이 여래암에 머물고 있는 이유는 자서전을 쓰기 위해서이다. 이 자서전은 위에서 보듯 실제 기록으로서의 자서전 이전 단계, 그러니까 정치적 프로그램 혹은 아젠다에 해당되는 일종의 이념적인 성격의 것이다. 신문소설이 사적 영역 속에서의 욕망의 문제를 벗어나기 어려운 것임에 비해, 이 이념으로서의 자서전은 공적 영역을 향한 계몽의 의지에 근거를 두고 있다. 하지만 이 자서전 역시 삶의 진실을 기록하는 것과는 거리가 멀다.

"그 김의원의 자서전을 가만히 생각해보니 참 재미있는 데가 많더군요. 자서전이란 원래 일생을 거의 다 살고 난 사람이 지난날의 처세 경륜과 그 생애의 희비를 돌아보며 쓰게 되는 것 아닙니까. 한데 김의원께서도 집필을 다 끝내고 나신 요즘 그런 생각이 드셨겠지만, 거긴 김의원 자신이 살아오신 생의 여정이나 희비는 담기지 않았을 거란 말입니다. 이를테면 실제의 인물이 없는 자서전이죠. 인물이 있다면 그렇게 한번 세상을 살아보고자 했던 김의원의 그림자가 가상으로 존재할 뿐이라고 할까요." (p. 370)

생의 욕망이 아직 가득한 지점에서 이념을 표현하기 위한 방편으로 선택된 자서전은 본래적 의미에서의 자서전이라 보기 어렵다. 거기에 한 인간의 실제 삶은 담겨 있지 않기 때문이다. 다만 그 인간의 그림자에 지나지 않는 욕망만이 드러나 있을 따름이다. 실제로 소설의 후반에서 김의원이 약수터 바위 아래에서 의문의 주검으로 발견된 이후 진걸은 김의원의 방을 정리하다가 그의 자서전이 아직 뼈도 추려지지 않은 채로 남겨져 있는 것을 본다. 그것은 그저 "커다란 노트에다 구호나 만담 비슷한 소리를 여기저기 지껄여 놓고 있을 뿐"(p. 376)인 것이다.

우리는 이런 종류의 '인물 없는 자서전'의 구체적인 판본을 『선고유예』(『씌어지지 않은 자서전』)에서 다방 마담의 '주인 없는 꽃'이라는 '기구한 반생의 기록'에서도 볼 수 있다. 이런 성격의 자서전은 실상 신문소설의 내러티브와 구별되지 않는다. 우리는 그와 같은 자서전의 문제를 좀더 나중에 '언어사회학서설'이라는 이름으로 묶여 발표된 일련의 소설들에서 더욱 분명하게 확인할 수 있다. 거기에서 대필작가 윤지욱은 세속적인 성공의 발판으로 삼기 위한 용도로 자서전을 필요로 하는 코미디언 피문오의 자서전을 대신 쓰기로 했지만, 위에서와 같은 회의로 인해 결국 쓰지 못하고 만다. 피문오가 김의원에 대응된다면, 윤지욱의 자리에 바로 허진걸이 서 있다고 볼 수 있다.

실제로 대부분의 자서전들이 역경을 딛고 성공한 인물의 드라마를 담고 있고, 그와 같은 연대기가 강력한 대중적 영향력을 발휘하고 있기도 하다. 자서전 양식의 대표적인 내러티브라고 할 수 있는 아우구스티누스의 고백록이나 벤저민 프랭클린의 자서전 역시 그 안에 등장하는 고난과 역경, 그리고 그 극복의 에피소드들은 그들의 종교적, 혹은 정치적인 위대함을 증거하는 보충적인 사건들이라고 할 수 있다. 그렇지 않은 예외적인 경우를 우리는 저 루소가 만년에 쓴 일련의 고백록들에서 볼 수 있다. 아우구스티누스의 고백록이 신에게의 귀의라는 이념의 확인이었던 것에 반해,

루소의 고백록은 그런 목적과는 거리가 먼 절도와 무고, 노출증과 성벽들로 채워져 있고 그것들은 (물론 그처럼 한 인간을 자연 그대로의 모습으로 보여준다는 그와 같은 방식 자체 역시 어떤 이념의 표출이겠으나 표면적으로는) 이념화되지 않은 채 남아 있다. 루소의 고백록에 대한 평가는 크게 엇갈리지만, 한 연구자의 표현대로 "아우구스티누스가 신에게 말을 걸었다면 루소는 그와 달리 독자 대중에게 말을 걸면서 현대적 고백의 양식을 시작했"(리오 담로시, 『루소』, 이용철 옮김, 교양인, 2011, p. 617)다는 것은 충분히 인정될 수 있을 것 같다. 이 소설 속에도 루소의 고백록에 대응되는 성격의 참회록을 발견할 수 있는데, 사촌누이를 범한 죄를 고해하기 위해 안 선생에게 매달리는 노 군(명식)의 일기장이 바로 그것이다.

"허 선생…… 이걸 좀 읽어줄 수 있겠습니까?"
기회만 있으면 노 군의 일기장을 꺼내놓고 진걸을 졸라댔다.
"이건 노 군의 일기장이 아니오? 노 군 이야기라면 벌써 안 선생이 다 듣고 결말을 지었을 게 아니오?"
"하지만 그게 쉽지 않아요. 이 참회설 읽어보면 아시겠지만 노 군은 자기의 죄악을 여간 즐겁게 추억하고 있지 않아요. 아직도 노 군은 마음으로 누이를 범하고 있는 거지요. 게다가 자기 자신 앞에서마저 가장 솔직해지질 못하고 있어요." (p. 167)

여래암에는 허진걸과 지윤희 그리고 김의원 이외에 파계한 신부 안 선생과 사촌누이를 범하고 고향에서 쫓겨온 노 군(명식)이 더 머물고 있다. 노 군은 밤마다 안 선생을 찾아와 자신의 고해성사를 받아줄 것을 청하지만 이미 성직에서 떠난 안 선생은 그럴 수 없다고 거절한다. 노 군의 부탁은 점점 도를 더해 위협의 지경에 이르고, 안 선생은 끝까지 그 위협을 감내하며 버틴다.

김의원의 자서전 반대편에 노 군의 일기장(참회록)이 있다. 김의원의 자서전이 자기 외부의 이념에 종속된 허구의 산물이라면, 노 군의 참회록은 그에 비해 상대적으로 자기 내부의 진실을 향해 있다. 하지만 문제는 그 표현의 욕망에 내재된 나르시시즘적 쾌락이다. 그 욕망에 의해 굴절된 고백은 사실과의 일치 여부와 관계없이 진실이기 어렵다. 그것은 타자를 대상으로 한 고백이라기보다 자기 자신의 쾌락을 위한 독백에 가깝기 때문이다. 작가가 명식의 참회록을 옮겨 적고 있는 부분에 '즐거운 참회록'이라는 소제목을 붙인 이유도 거기에 있으리라 짐작해볼 수 있다.

그래서 나는 처음 자네의 고민을 듣고 자넨 이제 하느님의 위로와 용기가 내릴 차례라고 생각했었지. 한데 알고 보니 그게 아닌 것 같더구만. 먼저 하느님께 자신의 죄부터 부려주고 싶어 한단 말일세. 사실 얼마나 많은 사람이 자신의 죄를 생채로 짊어지고 가서 하느님께 부려버리려고 하는가. 하지만 그것은 소용없는 짓이지. 기도에서 얻을 수 있는 것은 실상 자기 죄를 깨달은 자가 절망 가운데서 얻는 위로와 용기뿐이거든. 한데도 거기서 정말 용서를 얻었노라고 착각하는 사람들이 가끔 있지. 하지만 그 사람들은 정말 얻을 것을 얻지 못한 구원의 약속이 스스로의 죄 닦음을 조건으로 한다는 것을 모르기 때문에 그 죄 닦음을 위해 주신 위로와 용기를 놓쳐버리거든. 결국 그 구원의 약속까지도 잃고 마는 거지. (pp. 171~72)

진정한 고백을 통해 위로와 용기를 얻는 대신 자신의 죄를 손쉽게 부려놓고 용서와 구원을 얻었다고 착각하는 거짓 참회에 대한 비판이 안 선생의 진술을 통해 제시되어 있다. 안 선생이 신부를 그만둔 이유도 바로 그 신자들의 뻔뻔스러운 고해에 진력이 난 때문이었다. 거기에는 자신의 고해 행위를 바라보는 타자의 시선이 결여되어 있다.

그런데 『원무』는 이 두 가지 형태의 자서전 혹은 참회록의 문제점을 가볍게 부정하는 데 머무르지 않는다. 더 중요한 것은 고백의 내용이나 방식이라기보다 고백에 대한 태도라고 할 수 있기 때문인데, 그런 맥락에서는 명식의 참회록을 비판하고 있는 안 선생의 태도 역시 문제가 없는 것은 아니다.

하지만 진걸은 아직도 그 명식의 고백록 따위엔 흥미가 없었다.
감정이 뻗치는 건 오히려 안 선생 쪽이었다.
안 선생은 그 명식에 대한 자기 고백의 형식을 빌려 진걸에 대해서도 또한 그의 삶과 양식에 대한 자기 신념을 확인하고 있었다.
진걸은 그런 안 선생이 마땅칠 않았다. 한마디로 그는 그 자신과 인간 일반의 삶에 대하여 너무도 엄격하고 자신만만하였다.
안 선생은 애초 명식을 용서할 생각이 없는 사람이었다.
자신이 지은 죄는 자신이 닦아야 한다든가 자기가 꼭 하나님의 권

능을 대신해야 한다면 그건 책벌 쪽이라고만 말하고 있었다. (pp. 183~84)

이청준의 소설은 여러 형태의 이원적 대립을 전제하고, 궁극적으로는 그 대립을 초월하는 방향을 추구하는 경향이 있다. 이런 방향에서는 그 대립 가운데 한쪽을 절대화하는 태도는 늘 경계의 대상이 되기 마련인데, 안 선생의 '그런 자신만만한 태도와 지나친 결벽성의 자기 신뢰감'(p. 184) 역시 용서와 처벌이라는 대립 구도에서 처벌만을 일방적으로 강조하는 무반성적인 태도로 비판되고 있다. 지나친 자신감을 가진 인물에 대한 거부감은 이청준 소설의 곳곳에서 산견되는 생리적인 성향이라고도 할 수 있겠는데, 그런 맥락에서 안 선생의 그와 같은 면모는 이후 '언어사회학서설' 연작에 등장하는 이념형 인물 최상윤을 예비하고 있다. 거기에서 윤지욱은 코미디언 피문오의 자서전 집필을 어렵게 거절하면서 봉변을 겪은 바 있었는데, 그는 그 과정에서 훼손된 글쓰기에 대한 자존심을 자수성가형 사회사업가 최상윤의 자서전 대필을 통해 회복할 수 있게 되기를 기대한다. 하지만 최상윤의 농장을 찾은 윤지욱은 이 자서전 또한 포기하고 마는데, 그것은 다음과 같은 이유 때문이다.

선생에게선 도대체 갈등이라는 걸 느낄 수가 없었다. 선생의 일생은 참으로 신념의 일생이었다. 하지만 갈등이 없는 곳에선 진정한 자기 생활이나 고발에의 용기가 보여질 수 없었고, 그 참담스런 애정과 용기를 통한 과거로부터의 자기 해방이라는 것도 필요가 없는 생애였다. 그것은 오직 만인의 찬양을 받으면서 그 만인의 삶을 지배할 수 있는 거인의 동상이 될 수 있을 뿐이었다. (「자서전들 쓰십시다」, 『문학과지성』 1976년 여름호, p. 321)

표면상으로 존경할 만한 최상윤의 태도 이면에서 윤지욱은 신념에 가득 차 있기에 갈등이 없는, 그렇기 때문에 자기 성찰의 여지가 없고 또 자기의 한계를 반성적으로 확인할 용기도 없는 '거인의 동상' 같은 면모를 발견한다. 안 선생에서 보이기 시작한 이 캐릭터의 싹은 「소문의 벽」의 김 박사를 거쳐, '언어사회학서설' 연작에서의 최상윤에서 좀더 구체적인 형태로 드러나게 되면서 「당신들의 천국」(『신동아』 1974년 4월호~12월호)의 조백헌 대령을 예고하고 있다. 그리고 한참 더 이후에는 이 성격이 집단적 이데올로기와 연결되면서 초래되는 맹목성과 폭력성의 양상을 「자유의 문」(『신동아』 1989년 7월호~10월호)의 백상도 노인에게서 확인하게 된다. 이 인물형의 계보를 따라 개인적 차원의 진실을 추구하는 자서전 쓰기의 불가능성의 문제는 이념의 불가능성이라는 사회적 지평으로 이행한다.

이렇게 보면, 안 선생의 신념 역시 김의원의 자서전 및 노 군의 참회록과 구분되는 자서전의 또 다른 한 형식이라고 할 수 있다. 거기에는 자기 현시의 욕망이나 고백의 나르시시즘적 쾌락이라는 동기는 발견되지 않는다. 하지만 그 신념에는 자기반성과 '용서'가 결여되어 있다. 그렇다면 현실 속에 존재하는 여러 자서전(고백록)과는 다른 진짜 자서전은 어떻게 씌어질 수 있는가? 이청준 소설은 그것이 어떻게 가능한지 그 결과를 보여준다기보다 그 불가능성의 임계를 추구하는 쪽에 가깝다. 그런 의미에서라면 근본적으로 자서전은 불가능할 수밖에 없는데, 이청준은 이 주제에 관해 집요한 관심과 실천을 보여주고 있다. 사실 넓게 보면, 『조율사』나 『선고유예』(『씌어지지 않은 자서전』), 그리고 『원무』까지 포함하여 이 주제는 이청준의 초기 소설을 지배하고 있는 것처럼 보인다. 물론 신문관 앞에서 자신의 과거 속 진실을 진술해야 하는 『선고유예』의 이준이 가장 분명하게 그 주제에 접근하고 있는 것이 사실이지만, 넓게 보면 『조율사』의 은경과 영인, 『원무』의 윤희와 경숙, 명순 등의 여성들 또한 소설 속의 '나'로 하여금 자신이 누구인지 돌아보게 만들고 고백하게 만드는 신문관들이라고 할 수 있다.

(3) 여성이라는 내러티브와의 경합

이처럼 『원무』에서는 여러 내러티브들이 경합을 벌이고 있고, 그들 사이에는 일종의 먹이사슬이 형성되어 있는 것처럼 보인다. 신문소설, 자서전, 참회록, 맹목적인 신념 들을 차례로 섭렵, 비판해왔던 허진걸이 새롭게 맞닥뜨린 의외의 강력한 대상이 바로 지윤희를 비롯한 여성이라는 내러티브이다. 이 내러티브는 앞서의 다른 내러티브들에 비해 훨씬 극복하기 어렵다. 아니, 극복에 앞서 이해조차가 매우 난해한 내러티브이다.

한마디로 윤희는 진걸과의 싸움에서 난공불락의 철옹성이었다. 진걸에겐 애초 그 윤희의 성벽이 허공이었다. 아니 밑바닥이 없는 수렁 같은 것이었다. 아무리 후려쳐도 부서지는 것이 없었고, 아무리 깊이 휘저어도 닿는 것이 없었다. 그는 언제나 싱거운 허공만 후려치고 나서 제풀에 몸을 뒤뚱거리고 있는 꼴이었다.

결국 윤희로 하여금 마지막으로 자신의 여인 그래프를 완성시키려 했던 것이 잘못이었을까. 진걸은 그러고만 있다가 어느 땐가는 제풀에 몸이 지쳐나서 스스로 그 윤희의 성을 물러나고 말 것 같은 생각이 들었다. 아니 그래프의 열번째 눈금을 채워넣음으로써, 이제 자신은 모든 여인들로부터 자유로워질 수 있으리라던 생각이 처음부터 잘못된 것 같기도 했다. (p. 426)

진걸은 자신이 관계를 맺은 여성들의 순서와 그 횟수를 그래프로 그리고 있었다. 애초에 윤희는 그 그래프의 열번째 눈금을 채울 대상으로 선택된 여성이었다. 하지만 윤희는 그런 진걸의 관념(그래프)이 도달할 수 없는 타자로서의 면모를 여실하게 보여준다. 진걸에게 윤희는 "처음부터 온통 거짓말과 역설과 수수께끼 같은 암시로만 이야기의 방식을 익혀온 여자"(p. 443)로 인식될 정도이다. 윤희에 의해 여성에 대한 진걸의 남성 중심적 관념, 그러니까 남성의 내러티브는 여지없이 무너지고 만다. 그런 의미에서 진걸은 윤희를 통해 비로소 처음으로 진정한 연애를 경험하고 있는 셈이다.

배경숙 역시 남성들의 내러티브를 전면적으로 반성하게 만드는 또 다른 여성적 내러티브이다. 다음에서 경숙의 역할이 분명하게 드러나 있다.

하여튼 다행이었다. 게다가 그녀가 산으로 온 후로도 여자로서의 부끄러움을 끝내 버리지 못하고 있었다는 사실과 지금까지 굴욕적으로 참고 견뎌온 여인의 수치심을 되찾고 싶노라는 데에는 경숙이 누이처럼이나 고마웠다.
그러나 경숙에 대한 그런 진걸의 고마움은 이내 별채 사람들을 향한 무서운 분노와 혐오감으로 돌변해버렸다.
─ 한데 네놈들은 뭐냐? 네놈들은 아직도 그럴듯한 소리로 변명을 하고 적당히 고민도 하면서 자신들이 만만할 테지. 하지만 네깐 놈들이 그 여자에게 무슨 짓을 하고 있었는 줄이나 아느냐? 네놈들이야말로 진짜 수치심까지 내팽개치고 나선 그 허물을 경숙에게 돌리고 말 작자들일 게다. 그러고서도 건방지게 자신들이 만만해?
경숙이 고마워지자, 그리고 그녀가 정말로 가여운 여자로 생각되자 진걸은 느닷없이 별채 사람들이 역겨워지면서 욕지거리가 마구 튀어나왔다. (pp. 191~92)

허진걸은 자신을 찾아 암자로 온 배경숙을 의도적으로 김의원, 안 선생, 노 군 등과 차례로 마주하게 만든다. 하지만 허진걸이 그랬던 것처럼, 배경숙을 대상으로 한 그들의 욕망은 성취되지 못한다. 구체적으로는 기술되어 있지 않지만, 배경숙은 여성으로서의 성적인 기능을 수행할 수 없는 신체적 결함을 갖고 있기 때문이다

(사실 이 소설은 통속적인 흥미를 불러모을 수도 있을 이 과정을 자세히 서술하고 있지 않다). 그로 인해 그들이 추구하고 있던 자서전, 참회록, 신념 등의 남성적 내러티브들은 경숙과의 관계를 통해 무참하게 무너져버리고 만다.

  소설의 후반부에서 진걸은 윤희의 육체를 강박적으로 점유하려 하고, 끝내 윤희를 임신시키기에 이른다. 그러나 그런 과정을 거치고 나서도 윤희는 여전히 타자로서 남아 있다. 이렇듯 『원무』에서의 연애는 신문소설의 그것처럼 로맨스를 지향하는 것이 아니라, 애초부터 그 불가능성을 향해 있었던 것이다.

  진걸은 난폭해지다 못해 이젠 얼굴까지 마구 뻔뻔스러워지고 있었다. 그러나 윤희는 여전히 태연했다.
  "진걸 씨가 씨를 맺고 있는 건 저에게서가 아니라 진걸 씨 자신에게서였을걸요. 어느 것 하나 세상일이 심각해 보이는 게 없고, 무슨 일이나 그저 그렇고 그렇다는 식으로 어설픈 달관을 뽐내고 싶어 하는 진걸 씨 자신의 성격 속에서 말예요."
  "하지만 난 아무리 그 달관을 뽐내고 싶어도 윤희에게 대해서만은 끝끝내 손을 들어야 했는걸. 도대체 난 지금도 윤희에 대해서만은 아무것도 진짜를 알 수가 없단 말야. 정말 알 수가 없는 여자거든."
  "왜 저를 알 수가 없어요? 저에 관해 모르고 계신 것이 무엇이에요?"
  "아무것도 모르고 있어." (p. 446)

연애는 추구하면 할수록 마침내는 그 불가능성에 접근하게 되는 역설을 내포하고 있다. 그것은 자신의 삶에 대한 진술이 대략적인 차원에서는 문제없이 성립하지만, 그 본질에 가닿으려고 할 때 항상 그 진술 불가능성에 접근하게 되는 것과 동일한 구조이다. 이런 점에서『원무』의 '연애'와『선고유예』(『씌어지지 않은 자서전』)의 '진술'은 하나의 맥락을 공유하고 있다.『선고유예』가 진술 불가능성에 대한 이야기라면『원무』는 연애 불가능성에 대한 이야기인 것이다.『선고유예』에서 이준의 진술이 과거의 기억을 향한 내적 차원이라면,『원무』에서 윤희와의 연애는 외부와의 관계에 초점을 맞춘 현재의 내러티브라고 할 수 있다.

3. 내러티브들의 원무

허진걸에게 윤희는 도달할 수 없는 타자이며, 그렇기 때문에 윤희와의 연애는 결국 그 불가능성에 이르렀다는 사실을 앞에서 확인했다. 이 소설의 전략은 그런 불가능한 추구의 퍼포먼스를 통해 기존의 내러티브들에 맞서면서 그들과는 구분되는 새로운 내러티브를 구성하는 것이라고 할 수 있다. 신문소설과 여러 형태의 자서전들과 거리를 두고 그들을 비판할 수 있는 근거 역시 바로 실제 삶에서 이루어지는 바로 그 연애의 우연성, 단독성에 놓여 있었다.

그렇다면 허진걸을 통해 추구했던 그와 같은 전략은 과연 성공적으로 수행되었던가. 앞서 살펴보았듯이 이 소설에서 무엇보다

강하게 의식되고 있었던 것은 기존의 신문소설과는 다른 새로운 신문소설의 영토를 여는 일이었는데, 신문소설은 처음의 생각처럼 간단히 물리칠 수 있는 싱거운 게임의 대상이었던가. 소설 후반부의 다음 구절을 보면 그렇다고 답하기는 어려울 것 같다.

> 연재소설은 이미 작가가 바뀌어 있었다. 그러나 진걸은 이번 연재에 대해서도 그리 흥미를 느낄 수가 없었다. 신문을 부지런히 넘겨대며 소제목과 삽화만 대충 훑어 내려갔다.
> ─어차피 또 마찬가지겠지. 여자가 나오고 아슬아슬하게 그 속옷을 벗기고……
> 그러나 진걸은 신문을 뒤적이다 말고 피식 실소를 머금고 말았다.
> ─빌어먹을, 맨날 이런 것만 들여다보고 있으니까 그렇게 되고 말았지 뭔가.
> 기묘한 낭패감이 가슴을 쳐왔다.
> 그는 방금 윤희에 대한 자신의 실패가 떠올랐던 것이다. 그건 뭐라고 해도 분명 실패로 끝난 게임이었다. 자신의 방법이라는 것도 그가 늘 핀잔을 해온 신문소설의 그것보다 조금도 나을 게 없었다. (p. 339)

연재소설의 작가가 바뀌어도 연재소설에는 큰 변화가 없다. 내러티브의 주체보다 더 본질적인 것은 내러티브 그 자체이기 때문이다. 그런 맥락에서 본다면 '새로운 신문소설'이라고 하는 것 자체가 불가능한 기획일 수도 있다.

윤희와의 연애가 실패했다는 사실을 인식하는 시점에서 자신이 지속해온 삶의 내러티브가 신문소설의 그것보다 조금도 나을 것이 없다는 자각이 이루어진다. 어느 경우에나 여성이라는 타자를 내러티브 내에 기술하는 데 실패하고 있기 때문이다. 타자의 자리에서 바라보면 신문소설과 경합한다는 것 자체가 신문소설에서 그리 멀리 있지 않은 것이다(이 소설의 성격상 이 점은 소설 안과 밖에서 동시적으로 일어날 수밖에 없는 자각일 것이다). 이미 허진걸의 연애라는 내러티브는 그것이 경쟁하는 내러티브를 모방하기도 했던 터였다.

그리고 나서 녀석은 그날 밤 일이 애당초 처음부터 끝까지 애숙의 철쭉 탓이었다고만 고집하고 있었다.
그것은 윤희의 눈빛을 빼앗아버리고자 기회를 엿보고 있는 진걸에게 무엇보다 귀중한 암시였다. 그는 명식 따위 조무래기에게 그런 암시를 얻고 있는 것이 우스웠지만 하여튼 윤희에겐 그 방법을 한번 써봄 직하다고 생각했다. 윤희의 눈빛을 특히 멋있게 빼앗아내야 한다는 점에서도 그것은 가히 나무랄 데가 없는 방법이었다. (p. 281)

허진걸은 노 군의 참회록을 경멸하면서도 그 모티프 가운데 하나를 자신의 연애에 차용한다. 그리하여 윤희와 함께 그녀의 상처('눈빛')가 처음 발생한 장소인 바닷가의 요양소를 찾아가기로 작정한다. 이처럼 이 소설에서 독특한 것은 허진걸이 추구하는 내러티브가 기존의 내러티브 외부에 있지 않다는 점이다. 그 내러티브를 가볍게 거부하는 것은 쉽지만, 그 거부는 관념적인 것에 지나지 않는다. 그 내러티브들에 담긴 인간적 욕망은 쉽게 부정될 수 있는 것이 아니기 때문이다.

그리고 적당히 부풀어오른 젖가슴과 둔부는 탐스럽다기보다 그 굴곡이 귀엽다. 차라리 양감이 풍부한 것은 바지 폭을 팽팽히 잡아당기고 있는 허벅지 쪽……
그러나 한참 윤희의 몸뚱이 위로 시선을 달리고 있던 진걸은 문득 쓰디쓴 미소를 짓고 말았다.
―하지만 이건 명식이 녀석과 너무 비슷한걸.
마음 편히 잠든 윤희를 곁에 하게 된 것도 실상 그것이 처음이었다. 진걸은 불쑥 기분이 거슬렸다.
―여기까지 녀석과 같아질 순 없지. (p. 298)

이 소설에서 내러티브들은 서로 경합하면서 독자성을 추구하지만, 그럼에도 그들은 불가피하게 서로 연루되어 있기도 하다. 허진걸의 내러티브 또한 다른 내러티브에 의존하여 자신의 욕망을 발견하는데 그 점에서 그것은 현실성을 갖고 있다고 할 수 있다. 그러나 그 과정에서 자신의 내러티브와 명식의 내러티브는 서로 얽혀 구분할 수 없게 되어버린다. 그것은 진걸 자신의 내러티브에 대한 자의식을 발동시킨다. 그렇게 해서 다시 차이를 추구하지만 어느새 원점으로 다시 돌아오고 만다.

"망했어요……"

한마디를 중얼거리고 나서야 김의원은 겨우 생기를 조금 되찾은 듯 진걸을 쳐다본다. 그리고는 뭐가 우스운지 픽 힘없는 실소만 머금었다.

영락없이 아까 진걸이 윤희의 일로 혼자 자신을 일소하고 만 그런 웃음이었다.

—빌어먹을!

진걸은 기분이 나빴다. (pp. 342~43)

김의원은 이 소설의 인물들 가운데에서 상대적으로 피상적인 성격의 소유자로 그려지고 있다. 그가 쓰고 있는 자서전을 비롯하여 대부분의 경우에서 그는 진걸을 비롯한 다른 인물들에 의해 냉소적인 시선으로 관찰된다. 그러나 위의 대목에서 보듯, 김의원과 진걸은 때로 같은 표정을 드러내는, 크게 다르지 않은 본성을 지닌 존재로 그려져 있기도 하다.

그러니까 신문소설의, 자서전의, 참회록의, 신념의, 연애의 주체는 고정되어 있는 것이 아니다. 한 인간은 특정 시기 상황에 따라 그들 내러티브 가운데 한 가지 형식에 잠시 머물 수 있을 따름이다. 그러면서 하나의 캐릭터에 할당된 것처럼 보였던 여러 내러티브들 사이에는 새로운 관계가 성립된다.

정말 이젠 모든 것이 빙빙 돌아가기 시작한 것이다. 명식이 녀석이 신학교를 지원해 가는가 하면, 안 선생은 장삼을 입게 되고 그 장삼의 진짜 주인이었던 무불 스님은 또 옛날 김의원을 닮으러 산을 내려가버리고 아무렇지 않게들 그렇게 자리를 바꿔 돌아가고 있는 것이다.

 진걸은 거기서 어떤 현란한 무질서, 흐느적거리는 유리의 흔들림 같은 것이 느껴지기 시작했다. 아니 그런 무질서, 그런 유리의 흔들림은 벌써 오래전부터 그를 지배해오던 의식의 한 파편 같기도 했다. (pp. 463~64)

소설의 후반부에서 여래암의 인물들에게 변화가 찾아온다. 노군(명식)은 신학교를 지원하여 암자를 떠나고, 신부였던 안 선생은 무불 스님으로부터 수계를 받고 승려가 되어 여래암의 새로운 주지가 된다. 그런가 하면 무불 스님은 불교계의 정치적 문제를 해결하기 위해 산을 내려가는데 그 길은 앞서 김의원이 갔던 길이다. 그리고 명순의 오빠이자 진걸의 친구인 경식이 여래암에 등장했을 때 우리는 이미 진걸의 퇴장을 예감하게 된다.

 그는 경식이 나타난 순간부터 줄곧 같은 예감 속에만 사로잡혀 있었다. 그것은 지금까지 김의원과 무불 스님과 그리고 안 선생과 명식 들이 차례차례 자리를 바꿔 나갔듯이, 진걸에게도 이젠 그 자리를 바꿔 서줄 상대가 나타나버린 것 같은 달갑잖은 예감이었다. 경식의 출현은 결국 진걸이 그와 자리를 바꿔 산을 쫓겨 내려가게 될 징조처럼 보였다. (p. 468)

진걸이 하산하고 여래암에는 다시 다섯 명의 구성원이 새로운 생활 공동체를 이루었다. 이야기의 한 주기가 끝나면서 새로운 주기가 반복되는 일종의 원환적인 구성인 셈이다. 이런 식으로 이 이야기는 돌고 돌아 언제까지나 반복되어나갈 것이다. 이 소설의 원래 제목이 '원무'라는 사실을 다시 떠올릴 수밖에 없는 대목이다.

4. 두 개의 『이제 우리들의 잔을』

그런데 이청준은 1978년 이 소설을 단행본으로 출간하면서 제목을 '이제, 우리들의 잔을'로 바꾸었다. 물론 제목을 바꾸는 일은 일반적이라고까지 말할 수 없을지는 몰라도 그렇게 드문 일도 아닙니다. 이청준의 경우 특히 제목을 변경하는 일이 잦았다. 그러나 이 경우는 그보다 훨씬 복잡하고 중요한 문제를 안고 있다.

『원무』를 신문에 연재하는 동안 이청준은 또 하나의 소설을 여성지에 연재하기 시작한다. 그런데 그 소설의 제목이 바로 『이제 우리들의 잔을』(『여성동아』, 1970. 1~1971. 2)이다. 『이제 우리들의 잔을』은 지상민이라는 소설가가 잡지사에 근무하는 민 형의 도움으로 T시 근교 석은영 모녀가 기거하는 별장에서 지내게 되면서 이야기가 시작된다. 여기에서도 연애와 글쓰기가 소설의 중심적인 모티프라고 할 수 있겠는데, 그렇게 보면 "한 여자와 소설을 두 교각으로 진실이란 다리를 걸어놓고 있는 나의 장난"(『조율사』,

『문학과지성』 1972년 봄호, p. 69)은 『조율사』에만 해당되는 것이 아니다. 그 규정은 『원무』에도 그리고 이 『이제 우리들의 잔을』에도 공통적으로 적용될 수 있다. 이처럼 연애와 소설의 연루는 초기 이청준 장편에서 필연적인 듯 나타나고 있다.

내용만으로 본다면 이 소설은 석은영 모녀와 정숙 등 세 여성과 지상민의 관계를 둘러싼 이런저런 사건들을 그린 풍속소설로 볼 수도 있겠으나 거기에만 그쳐 있는 것은 아니다. 이 소설에는 도예를 전공하는 은영을 통해 예술의 불가능성의 문제에 대한 인식의 편린이 드러나 있어 이후 「사랑을 앓는 철새들」(『서울신문』, 1973. 4. 2~12. 1)을 거쳐 '남도 소리' 연작에서 본격화되는 궤도의 출발점이 이 부근이라는 사실을 짐작해볼 수 있으며, 또 그와 같은 인식에 토마스 만의 『부덴브로크 가의 사람들』이 영향을 미치고 있다는 사실도 더불어 확인할 수 있다. 그러나 이 소설의 더 큰 문제성은 내용보다 소설의 구성과 형식에 있다.

이 소설은 전체적으로 상민이 민 형에게 보내는 편지 형식의 이야기와 상민, 석은영 모녀와 정숙 등의 인물이 등장하는 3인칭 서술의 이야기가 교차되는 구조를 취하고 있다. 중간에는 은영의 일기가 길게 삽입되어 있기도 하다. 말하자면 여기에서는 편지, 일기 등의 내러티브가 소설과 실제 삶 사이에 놓여 있다. 그런데 뒤로 가면서 이 구조가 단순히 여러 형식의 이야기들이 교차되는 평면적인 성격의 것이 아니라는 사실이 드러난다. 왜냐하면 상민과 석은영 모자, 그리고 정숙 사이에서 일어난 일들은 결국 상민이 민 형이 주관하는 잡지에 연재하는 그의 소설의 내용이 되기 때문이다. 그리고 나중에는 석은영 모자를 비롯한 이야기 속의 인물들도 자신들의 사건이 소설로 씌어지고 있다는 사실을 알게 된다. 그렇다면 이 소설이야말로 내러티브의 안과 밖이 넘나드는, 삶과 이야기가 서로 얽혀 있는 '원무'를 서사구조로 취하고 있는 셈이다〔이청준은 이와 같은 독특한 서사구조를 한참 후에 「축제」(1996)에서 다시 차용한다〕.

그런데 이청준은 여성지에 연재했던 『이제 우리들의 잔을』이라는 제목의 이 소설을 단행본으로 출간하지도 않았고 생전에 간행된 전집에도 포함시키지 않았다. 대신 앞서 이야기한 것처럼 1978년 『원무』를 단행본으로 간행할 때 그 제목('이제 우리들의 잔을')을 가져와 사용했다. 『이제 우리들의 잔을』은 사라졌고 『원무』가 『이제 우리들의 잔을』이 된 셈이다. 그러나 지금의 상황에서는 『원무』가 사라지고 두 개의 『이제 우리들의 잔을』이 우리에게 남아 있는 것처럼 보인다.

우리는 이 대목에서 이청준의 단편 「가수(假睡)」(『월간문학』 1969년 8월호)에 등장하는 특이한 에피소드를 떠올려볼 수 있다. 정확히 1년 간격을 두고 같은 자리에서 두 사내가 기차에 몸을 던져 사망하는 사건이 발생한다. 먼저 죽은 사람은 주영훈이라는 사내였는데, 문제는 뒤에 죽은 남자가 자신이 사실 진짜 주영훈이라고 주장했던 것이다. 기자 유상균, 검사 한치윤의 시각을 통해, 그리고 사고 열차의 기관사, 소설가 허순, 주영훈의 아내 등의 진술을 통해 사건에 대한 탐구가 진행된다. 한 사내가 주영훈이라는 자신의 이름을 다른 사내에게 빌려주었는데 그 사내가 기차에 몸을 던져 사망하자 그는 자신의 이름으로는 죽을 수도 없는 처지에 놓이게 되었고, 결국 자신의 이름을 빌려간 사내의 삶에 자신을 대입시킴으로써 자신의 이름을 마침내 회복한다. 두 명 모두 주영훈이지만, 둘 중 누구도 온전히 주영훈일 수 없다(이 주영훈이라는 이름은 한참 후에 「자유의 문」(1989)에서 한 소설가의 필명으로 다시 등장한다).

『원무』와 『이제 우리들의 잔을』 사이의 관계에서도 우리는 「가수」 속에 등장했던 두 명의 주영훈과 동일한 운명을 바라보고 있다. 자신의 제목을 내어주고 난 뒤 『이제 우리들의 잔을』은 유령과도 같은 소설이 되어버렸다. 그리고 두 소설 중 어느 쪽도 『이제 우리들의 잔을』이라는 제목을 온전하게 소유할 수 없게 된 것이다.

한편 사라진 것처럼 보였던 '원무'는 앞에서 살펴본 것처럼 사실 '이제 우리들의 잔을'이라는 제목의 두 소설 안에서, 그리고 두 소설 사이에서 계속 진행되고 있다. 『원무』가 『이제 우리들의 잔을』로부터 제목을 취했다면, 『이제 우리들의 잔을』은 『원무』의 구조를 내재화하고 있다. 말하자면 두 개의 『원무』, 그리고 두 개의 『이제 우리들의 잔을』이 생긴 셈이다. 그리고 『이제 우리들의 잔을』과 『축제』의 서사구조적 상동성을 떠올려보면, 그리고 두 편의 『이제 우리들의 잔을』과 「가수」 속의 두 명의 주영훈의 관계와 「자유의 문」에서 다시 등장하는 주영훈을 생각해보면, 이 '원무'는 두 편의 『이제 우리들의 잔을』과 이청준의 다른 소설들 사이에서도 계속 이어지고 있다고 할 수 있다. 이 상호 텍스트성의 원리에 의해 이청준의 소설들은 서로 중첩되고 연결되면서 하나의 커다란 세계를 형성하고 있다(이에 대해서는 부분적으로 논의들이 있어왔다. 그러나 미출간 작품들과 이청준 소설에서 배제되었던 작품들, 그리고 만년의 작품들까지 포함하면, 상호 텍스트성을 그보다 더 전면적이라고 말할 수 있다).

두 편의 『이제 우리들의 잔을』은 이후 본격적으로 전개될 이 상호 텍스트의 세계에 두 가지 방식으로 기여하고 있다고 생각된다. 그 하나가 이후의 텍스트들에서 확장, 진화될 모티프의 싹을 앞서 보여준 것이라 할 수 있다면, 그 다른 하나는 반복의 원리를 통해 텍스트들 사이의 수평적, 순환적 차원을 마련하고 있는 것이다.

우선 두 편의 『이제 우리들의 잔을』을 포함한 초기 이청준 소설의 요소들은 이후 점차 진화하고 확장되는 양상을 보여준다. 『원무』『선고유예』(『씌어지지 않은 자서전』)에서의 자서전 쓰기의 불가능성의 문제는 '언어사회학서설' 연작에서 더욱 심화되고, 또 소설 쓰기, 글쓰기의 일반적 차원으로 확장되는 양상을 볼 수 있다. 『백조의 춤』(『여학생』, 1971. 2~1972. 3, 『젊은 날의 이별』로 개제), 『사랑을 앓는 철새들』에서 연애의 불가능성의 문제는 좀더 분명한 서사적 윤곽 속에서 변주되고, 『이제 우리들의 잔을』에 씨앗처럼 뿌려져 있던 예술의 불가능성의 문제는 더 진전되어 '남도소리' 연작으로 이어진다. 그리고 『원무』에서 안 선생을 통해 제시되었던 '신념의 우상'의 문제는 「소문의 벽」의 김 박사, 「자서전들 쓰십시다」의 최상윤을 거쳐 『당신들의 천국』의 조백헌 대령에서 전면적이고 구체적인 성격을 얻게 된다. 이 과정에서 자기 구제로서의 소설 쓰기의 문제는 사회적 지평과 만나 균형 있고 완성도 높은 근대소설의 면모를 획득해나갔던 것이다. 김현의 언급대로 어느 시점 이후 이청준 소설에서는 초기 소설에서의 모티프들이 소멸되는 현상을 확인할 수 있는데("1967, 8년을 경계로 그는 사실상 연애소설을 팽개치고 있는 것이다. 또한 「소문의 벽」에 이르면 환상적인 면, 『선고유예』에서의 심문, 『조율사』에서의 단식과 같은 것은 완전히 제거되고, 삭막하고 우울한 현실만이 남는다." 김현, 「생활과 예술의 갈등」, 『한국작가작품해설집』, 한국문학전집 별권 1, 삼성출판사, 1972, p. 438), 되돌아보면 그 모티프들은 작가 자신의 체험에 밀착되었기에 주관적인 면모를 상당히 갖고 있는 것이 사실이지만 그렇기 때문에 더 절실하고 진정할 수 있는 '조율'의 계기들이었다고 할 수 있을 것이다. 그리고 그런 의미에서 문예지가 아닌 신문이나 여성지에 발표된 두 편의 『이제 우리들의 잔을』이 그 조건에 대응하는 방식 역시 '조율'이라는 각도에서 살펴볼 수 있다.

"섹스가 선생님에게 드릴 마지막 패를 스스로 갖지 못하고 있는 것이 치명적이라고 하셨는데, 그렇다면 어째서 선생님은 하필 그 치명적인 것을 이야깃거리로 삼고 있습니까? 결국 선생님께서도 그 소음에 한몫 끼어들고 싶어진 것입니까?"

"그건……"

선생은 잠시 망설였다.

"그건…… 이야기를 선택할 수 없기 때문입니다. 마지막에 가서 훌륭한 패를 내놓을 수 있는, 그런 패가 준비될 수 있는 이야기들이 있지요. 하지만 아직 그런 이야기를 택할 용기가 없습니다." (p. 102)

왜 신문소설을 쓰느냐는 진걸의 물음에 신문소설 작가는 자신의 용기가 부족하기 때문이라고 대답한다. 마지막에 훌륭한 패를 내놓을 수 있는 이야기가 있는 줄 알지만, 아직 그런 이야기를 택할 용기가 없다고, 망설임 끝에 고백한다. 이와 같은 소설 속에서의 신문소설 작가의 발언에는 자신 역시 신문소설을 쓰고 있는 작가의 자의식이 투영되어 있다고 보아도 큰 무리는 아닐 것 같다. 물론 이런 자의식이 이청준으로 하여금 신문소설다운 신문소설을 쓰지 못하게 만든 원인으로 작용했을 테지만, 반면에 그로 인해 관습적인 내러티브에서 벗어나 새로운 소설적 궤도로 진입하는 중요한 계기가 된 것도 사실일 것이다. 말하자면 신문소설을 쓰지 않을 수도, 그렇다고 쓸 수도 없는 상황을 이청준은 '조율'의 계기로 삼았던 셈이다. 그 결과 우리에게는 이청준에 의해 씌어진 독특한 한 편의 신문소설이 남았다.

여성지에 발표했던 『이제 우리들의 잔을』에서도, 그리고 여학생들을 대상으로 한 잡지에 연재되었던 『백조의 춤』(『젊은 날의 이별』)에서도 우리는 작가의 일관된 태도를 확인할 수 있다. 이청준은 안일하게 그 조건에 맞는 소설을 제공하는 방식으로 타협하지 않았고, 항상 그 조건의 범위에서 벗어나지 않되 그 글쓰기의 조건에 대한 자의식을 버리지 않았던 것이다.

그리고 이제 마지막 문제 하나가 남았다. 그렇다면 과연 이청준의 초기 소설들은 이후에 본격화된 과정의 예비적 단계로서의 의미만을 갖는 것일까. 그렇지 않다는 사실을 밝히면서 이 글을 마무리하고자 한다.

김현이 "그의 기술양식의 기본 패턴은 격자소설적 방법이다"(「장인의 고뇌」, 『별을 보여드립니다』, 일지사, 1971, p. 371)라고 규정한 이래 이청준 연구의 한 방향은 그와 같은 구성적 방식에서 이청준 소설의 기본 구조를 확인하고 그 성격을 분석, 해명하는 흐름을 이루어왔다. 그런 흐름에 입각해서 바라본다면, 이청준 소설의 격자소설적 방법은 대상 현실의 표면과 심층을 동시에 문제 삼는 시선을 확보하기 위한 구성적 전략으로 설명될 수 있다. 한편으로는 사태의 실상을 제공하면서, 동시에 그 실상과 연루되어 있는 보다 근본적인 차원의 문제로 시야를 여는 이중적인 시선이 거기에 겹쳐져 있는데, 이 두 차원에는 위계가 설정되어 있다. 이 경우 궁극적인 초점은 현실의 표면 아래에서 작동하고 있는 근원적이고 심층적인 차원에 맞춰지기 때문이다. 표면과 심층 사이의 어긋남, 그 아이러니를 추구한다는 점에서 이청준 소설은 근대소설로서의 정통적인 면모를 갖추고 있다. 초기의 충분히 사회화되지 않은 문제 영역에서 발생한 모티프가 진화하여 이후 사회적 지평으로 확대된 서사 속에서 다시 본격화된 양상으로 등장하는 발전적 도식 역시 근대소설의 맥락에 부합한다. 그 역시 하나의 이야기가 더 큰 이야기 속에 수렴되는 격자소설 구조라고 할 수 있기 때문이다.

그런데 『원무』와 『이제 우리들의 잔을』은 이청준 소설의 주류적 방식과는 조금 다른 태도를 보여주고 있다. 여기에서는 표면과 심층 사이의 위계가 사라지고 없다. 여러 내러티브들이 병립되어 있고, 그 내러티브들 사이의 교차가 있다. 그 이야기들은 서로 물고 물리는 관계 속에 있기에 특정 이야기가 다른 이야기에 비해 우월하다고 주장하기 어려운 구도 속에 놓여 있다. 여기에서 이야기와 현실은 서로 넘나들고 있고, 이야기의 시작과 마지막 역시 원환처럼 서로 맞물려 뫼비우스의 띠를 이루고 있다.

이 이야기 세계에서는 통시적으로도 격자적인 방식과는 다른 성격을 보여준다. 가령 『이제 우리들의 잔을』의 구도는 『축제』에서 다시 반복된다. 『원무』라는 제목은 『이제 우리들의 잔을』로 바뀌어 두 개의 『이제 우리들의 잔을』이 생겨버렸다. 이러한 반복적, 순환적 차원을 이청준의 정통적인 근대소설의 세계 안에 잠재되어 있던 탈근대적 계기라고 볼 수 있지 않을까. 이 소설들이 근대소설의 시선에서 낯설어 보였던 이유도 바로 거기에 있지 않았을까. 그런 까닭으로, 이 계기는 이후의 과정에서 근대소설의 계기에 의해 은폐되어왔던 것이다.

하지만 시간이 지나면서 그 잠복되었던 계기가 다시 솟아오르게 된다. 근대소설의 시간성을 벗어나는 우화, 설화, 신화 등의 새로운 내러티브가 소설 속에서 자라나는 한편, 에세이와 소설 등 장르 사이의 경계도 희미해진다. 『인문주의자 무소작 씨의 종생기』(열림원, 2000)에서 떠돌이였던 무소작 씨는 고향을 찾았지만 '이야기 장수'인 그는 끝내 고향에 머물지 못하고 방랑의 길에 오른다. 종적도 없이 사라진 그의 행적을 좇아 어느 '이야기 공부꾼'이 지방의 마을들을 더듬어나간다. 그래서 드러난 사실은, 꽃 전설을 이야기하던 노인인 무소작 씨가 어느새 꽃씨 할머니가 되어 마침내 이야기 속으로 사라졌다는 것이다. 이처럼 어느 시점 이후, 글쓰기의 최종 지점에 가까이 다가갈수록 이청준의 소설은 점점 근대적 양식에서 벗어나 그보다 더 넓은 범주의 이야기가 되어가고 있었다. 그러면서 설화, 신화, 우화 등 전근대적 이야기 양식들이 점점 더 표면으로 솟아오른다. 「태평양 항로의 문주란 설화」(『현대문학』 2005년 8월호)에는 20세기 초 미주 이민의 '역사'가 한 층위를 이루고 있지만, 그보다 더 심층에는 16세기 일본에 노예로 팔려 전 세계로 흩어진 조선인들이 있었다는 '설화'가 자리 잡고 있다. 『신화를 삼킨 섬』(열림원, 2003)에서처럼 역사가 신화와 설화의 세계와 만나고, 「천년의 돛배」(『현대문학』 2006년 3월호)나 「신화의 시대」(『본질과 현상』 2006년 겨울호~2007년 가을호)에서처럼 유년의 기억이 설화 혹은 신화의 세계와 하나가 되는 장면 역시 그와 같은 마지막 국면에서 일어난 사건들이다. 그는 두려움을 간직한 채 그의 이야기 속 인물인 무소작 씨가 되어, 꽃씨 할머니가 되어 소설의 영토 넘어 그 아득히 넓고 깊은 이야기들의 세계 속으로 사라져갔던 것이다.

[2011]

자료

텍스트의 변모와 상호 관계

이윤옥
(문학평론가)

> ### 『이제 우리들의 잔을』
> | **발표** | 『조선일보』 1969년 11월 15일~1970년 8월 14일
> | **최초의 단행본 수록** | 『이제, 우리들의 잔을』, 예림출판사, 1978.

1. 실증적 정보

1) 텍스트의 발표 과정

『이제 우리들의 잔(盞)을』의 원제는 '원무(圓舞)'다. 『원무』는 『조선일보』에 1969년 11월 15일부터 1970년 8월 14일까지 총 230회 연재된 신문연재소설이다. 문제는 '이제, 우리들의 잔을'을 원제로 하는 다른 소설이 있다는 점이다. 이청준은 『여성동아』에 1970년 1월부터 1971년 2월까지 14회에 걸쳐 『이제 우리들의 잔을』이라는 장편소설을 연재한다. 『원무』와 『이제 우리들의 잔을』은 연재 시기가 대부분 겹친다. 두 소설의 연재가 끝난 후, 이청준은 『원무』를 『이제, 우리들의 잔을』로 개제해 단행본으로 출간했다. 『여성동아』에 연재됐던 『이제 우리들의 잔을』은 이름을

---

* 텍스트의 변모를 밝힘에 있어 원전의 띄어쓰기 및 맞춤법을 그대로 살렸음을 밝혀둔다.

잃었을 뿐 아니라 이후 단행본으로 출간되지 않았다. 두 소설은 완성도에서 특별히 우열을 가려야 할 만큼 차이가 나지 않고, 주제와 소재에서도 겹치는 부분이 없다. 그런 만큼 이청준이 비슷한 시기에 쓴 장편소설 중 하나만 선택한 이유가 무엇인지 분명하지 않다. 단지 『원무』를 『이제, 우리들의 잔을』로 개제해 출간할 때 붙인 작가의 말을 참고할 수 있을 뿐이다.

— 책제(冊題) 『이제, 우리들의 잔을』은 원래 『여성동아』에 연재한 필자의 다른 작품의 제목이었으나 그 뜻이 이 소설의 내용에 보다 잘 부합될 듯싶어, 『조선일보』에 연재 당시의 본고원제(本稿原題) 『원무(圓舞)』에 대신해 취하였음을 밝혀 둡니다(「책끝에」, 『이제, 우리들의 잔을』, 예림출판사, 1978, p. 458).

『여성동아』에 연재된 『이제 우리들의 잔을』 역시 문학과지성사 '이청준 전집'의 한 권으로 출간될 예정이다.

2) 신문연재본과 단행본의 차이

① 신문연재본의 총 16장이 1978년 단행본에서는 10장으로 나뉜다.

신문연재본: 여래암 사람들-여성도시-늠름한 귀향(103쪽 7행~127쪽)-안 선생의 고해-재주는 곰이 넘고-눈먼 요정(「텍스트의 변모」 참조)-여인과 수평선(204쪽~218쪽 9행)-미운 동행(218쪽 11행~241쪽)-즐거운 참회록-여행(281쪽~303쪽 20행)-여자의 벽(303쪽 21행~340쪽)-인물 없는 자서전(341쪽~376쪽 6행)-우정(376쪽 8행~404쪽)-장마철의 꽃나무-원무-후기.

단행본(괄호 안은 신문연재본의 장) : 여래암 사람들-여성도시(여성도시, 늠름한 귀향)-눈먼 요정들(안 선생의 고해, 재주는 곰이 넘고, 눈먼 요정)-미운 동행(여인과 수평선, 미운 동행)-즐거운 참회록-여자의 벽(여행, 여자의 벽)-인물 없는 자서전(인물 없는 자서전, 우정)-장마철의 꽃나무-저마다의 잔 앞에서(원무)-에필로그(후기).

② 노명식은 신문연재본에서 배경숙을 범하는 남자들 가운데 하나였지만 단행본에서 제외된다. 노명식의 제외로 단행본에서는 이야기 전개가 대폭 수정된다.

③ 신문연재본의 결말 부분에는 배경숙에 대한 언급이 없다. 하지만 단행본에서는 진걸이 산에서 내려가 만날 인물로 배경숙이 부각되며 그 의미가 강화된다.

2. 텍스트의 변모

① 1978년 단행본 『이제, 우리들의 잔을』에는 작가의 말인 「책끝에」가 수록된다. 거기에 따르면 이청준은 이 작품에서 우리 시대의 풍속과 삶의 모습들을 찾으려 했다. 그런데 이청준은 『원무』 3년 뒤, 다시 신문에 소설을 연재한다. 『서울신문』에 1973년 4월 2일부터 12월 2일까지 209회에 걸쳐 연재된 『사랑을 앓는 철새들』이 그것이다. 『사랑을 앓는 철새들』은 연재본만 있을 뿐 단행본으로 출간된 적이 없다. 연재를 앞두고 밝힌 '작가의 말'을 보면, 이청준은 『사랑을 앓는 철새들』에서도 우리 시대의 풍속과 삶의 모습들을 보여주려 했음을 알 수 있다. 『원무』와 『사랑을 앓는 철새들』 모두 신문연재소설이어서 그런지 지향하는 바가 같다.

- 우리의 삶 앞엔 스스로 감당해야 할 잔(盞)들이 많습니다./우리의 생애가 우리 앞에 끊임없이 마련해내놓는 나이의 잔, 이 사회가 우리에게 어쩔 수없이 권해오는 시대의 잔, 권리의 잔, 의무의 잔, 기쁨의 잔, 고난의 잔…./싫거나 좋거나 우리는 끊임없이 그 잔들과 마주하면서 한세상을 살아가게 마련입니다. 그리고 우리는 누구나 자신의 이름으로 그 자기 몫의 잔들을 부끄럽지 않게 감당해나가야 합니다./그렇다면 지금 우리 앞엔 어떤 잔들이 점지되고 있는가. 그리고 우리는 지금까지 그 자신의 잔들 앞에 어떤 모습을 지어 왔으며, 그것을 어떻게 감당하려 해왔는가./이 책에서 나는 그런 것들을 묻고 싶었읍니다. 그리고 그 속에서 우리 시대의 풍속과 삶의

모습들을 찾아보려 했읍니다(「책끝에」, 『이제, 우리들의 잔을』, 예림출판사, 1978, p.457).
— 여인들이 특히 그렇지만 사람들은 시대마다 자기 시대에 알맞은 사랑의 풍속(風俗)을 만들어낸다. 우리는 지금 참을 수 있을 만큼 유쾌한 사랑의 풍속을 누리고 있는 것인지 모르겠다. 그것은 좀 의심스런 일이다./훈훈한 사랑의 풍속을 갖고 싶다. 방방곡곡 흘러 다니면서 세상을 살아가야하는 한 후조 같은 여인이 우리 시대가 마련한 갖가지 풍속과 인간유형들을 경험하고, 그러한 경험 끝에 이 여자는 어떤 사랑의 풍속을 마련해 가지게 될 것인가를 알아볼 작정이다(『서울신문』, 1973년 3월 31일자).

② 2002년 간행된 텍스트에는 새 작가노트 「사랑의 통로」가 더해진다. 「사랑의 통로」는 수필 「사랑의 감대(感帶)」(1989)를 조금 수정하고 보완한 글이다. 이청준은 이 작가노트에서 1978년 「책끝에」에서 말했던 우리 시대의 풍속과 삶의 모습 대신, 아픔을 함께하는 사랑을 얘기한다.

— 다소간 비약이 될는지 모르지만, 사랑이란 그런 뜻에서 부드럽고 고운 곳보다 거칠고 고통스러운 곳을 감싸고 위로해주는 일에서 더욱 큰 값이 실현되는 것이 아닌가 생각된다. 나아가 사랑을 행하고 나눔은 다름 아닌 우리의 이웃들의 아픈 상처, 거칠고 어둡고 어려운 곳들의 아픔과 슬픔을 함께 나누어 나감이 아닌가도 생각된다. 그로 하여 이웃과 세상의 아픔의 자리들이 우리들의 가장 소중한 사랑의 통로가 될 수 있지 않을는지./이 책의 인물들도 거의 다 나름대로의 아픈 환부를 하나씩 지니고 살아가는 사람들이다. 그래 그만큼 서로 간에 그 아픔을 함께하는 사랑 속에 누구보다 그 상처의 괴로움이 가시기를 깊이 간구하고 있는 사람들인 것이다(「사랑의 통로」, 『이제, 우리들의 잔을』, 열림원, 2002, p. 440).

* 『조선일보』(1969. 11. 15~1970. 8. 14)에서 『이제, 우리들의 잔을』(예림출판사, 1978)로

- 9쪽 19행: 고시 → 벼슬시험
- 12쪽 12행: 동료 때문에 → 동료들의 성급한 눈동냥질 때문에
- 13쪽 9행: 양옥집간이나 지니고 사는 두툼한 여자만 골라서 → 번듯한 집칸이나 지니고 사는 여자만 골라서
- 42쪽 8행: 그의 상상이 그랬다. 〔삭제〕
- 59쪽 8행: 하지만 그건 또 우연이었는지도 모른다. 윤희에게서는 그보다 벌써부터 그런 변화가 일어나고 있었을 수도 있지. 우울해지기까지 했거든. 거절을 하고. 그렇다면 역시 내가 지나쳤는가. 지나쳤대도 할 수 없지. 그쯤은 처음부터 생각했던 거니까. 〔삭제〕
- 61쪽 3행: 그렇다면 괴롭히려 덤빈 건 노군쪽이었던가. 〔삭제〕
- 61쪽 8행: 그러나 안 선생은 우선 진걸의 그런 기세부터 꺾어 두려는 듯 〔삭제〕
- 61쪽 15행: 사죄하고 싶은 목소리로 말했다. 〔삭제〕
- 71쪽 16행: 무식은 법도 무서워할 줄 모르더구나. 〔삭제〕
- 80쪽 11행: 이상하게 자신 없는 〔삽입〕
- 81쪽 21행: "불가능하대요. 뼈의 구조가…" → "지금으로서는 거의 불가능이래요. 치골의 구조가…"
- 81쪽 4행: 마지막으로 그녀는 진걸에게 다음날 따로 조용한 장소로 한번 가주지 않겠느냐고 했다. → 그녀는 아직도 차마 자신의 소망을 꺼버릴 수가 없는 듯 은근히 말했다.
- 83쪽 3행: 하지만 만약 원한다면 그녀는 진걸을 다른 방법으로 잠이 들게 해주마고 했다. 〔삭제〕
- 87쪽 3행: 일과도 일과지만 그가 굳이 만나야 한다고 한 것은 전화의 상대가 아가씨라는 데도 이유가 있었던 것이다. 〔삭제〕
- 91쪽 20행: 그걸 읽어낼 수 있는 침착성만 있으면 성공한 거예요. 〔삽입〕
- 93쪽 20행: 어림없는 소리 말라는 표정이었다. 〔삭제〕

- 94쪽 3행: 맘대로 소리를 한번 질러보고 싶다고 했지요? 실컷 소리를 지르며〔삭제〕
- 94쪽 21행: 그리고 그런 여자 덕분에 진걸도 이날 밤엔 그에게 그 과정만을 누리고 싶다던 여자의 소망을 못하게 눈물겨운 자기 감동 속에 성취시켜 줄 수가 있었던 셈이었다.〔삽입〕
- 96쪽 3행: 반갑고 고맙다는 말만으로는 대접하기 어려운 방법으로 말이요.〔삭제〕
- 104쪽 12행: 오죽이나 못났으면 나의 조상은 이런 구석까지 쫓겨 와 살게 되었을까./그래서 진걸은 고향길을 나설 때마다 같은 생각으로 고소를 머금곤 했다.〔삭제〕
- 128쪽 11행: 돌아오기를 기다리고 있는 사람이 하나 있었다. → 다시 산으로 돌아오기를 기다리고들 있었다.
- 128쪽 23행: 그런데 그들 중에서 진걸이 돌아오기를 특히 기다리는 사람이 있는 것이다./윤희는 아니었다. 무슨 생각에서였든 편지까지 보낸 걸 보면 윤희 역시 진걸을 기다리고 있는 것인지는 모른다. 그러나 또 한사람 진걸을 기다리고 있는 사람은 윤희가 그런 편지를 보낸 사실 같은 건 알고 있지도 못했고, 자기와 상관이 되지 않는 일에는 아예 관심도 없는 사람이었다. 안 선생이었다. 안 선생이 진걸을 기다리고 있었다. → 그리고 제각기 그가 다시 산으로 돌아오기를 기다리고 있었다./무슨 생각에서였든 고향 동네로 편지까지 써 보내온 윤희는 물론이고, 그간 명식이 놈에게 끈질기게 놀림질을 당해온 안 선생 역시 그러했다. 적어도 여래암으로 돌아온 진걸의 느낌은 그런 것 같았다.
- 본래 순서는 129쪽 5행 "같았다" 이후 168쪽 6행부터 183쪽 18행이 이어지고, 그다음에 129쪽 5행 "한데"부터 다시 이어진다.
- 130쪽 3행: 그 때문에 → 그 때문에 그 자기 일과 상관이 되지 않는 일에는 어떤 관심도 가지려지 않는

- 144쪽 4행: 젊은 놈이 왜 나서는 게냐. → 나이께나 한 내가 딸애 같은 계집아이에게 산책 한번 나가쟀기로 망신스럽게 젊은 놈이 나서기는 왜 나서는 게야.
- 145쪽 11행: 그 딸 같은 〔삭제〕
- 145쪽 14행: 내 계집이니까 네놈이 못 나서도록 아주 결판을 내자는 게 아니냐. → 내 계집이라면 네 놈이 어쩔 테냐. 그래 나도 미스 질 아주 내 계집으로 만들고 싶어 이렇게 네놈이 못 나서도록 결판을 내자는 게 아니냐.
- 146쪽 14행: 별로 오래 간직할 생각도 없으면서 무턱대고 꺾어버리고 마는 그런 저돌성으로 윤희를 꺾었으리라. 아니 김의원에게는 윤희란 여자가 처음부터 알몸으로만 보였으리라. 〔삭제〕
- 147쪽 19행: 다시 한 번 맥이 풀렸다./명륜동 근처 택시 안에서 만나 며칠 밤 그의 잠자리를 실망시켰던 그 여자였다. 〔삭제〕
- 148쪽 3행: 소리를 마음껏 질러보고 싶은 → 마음 놓고 여자노릇을 해보고 싶은
- 149쪽 5행: 웃으실 말을 한 가지 적겠어요. 저의 어머님께서 점을 치셨다나 봐요. 섭섭하지만 이번에는 아무래도 어렵고, 내년에 가서야 진걸씨의 관운이 트이겠더라구요. 계집이 방정맞은 소릴 한다고 꾸짖지 마세요. 하지만 그런 식으로 걱정을 해주시는 어머님이 고맙지 않아요? 용기를 잃지 마시라는 말씀예요. 〔삭제〕
- 150쪽 8행: 그리고 그 모든 것은 바로 거짓 없는 진걸의 각오였다. 〔삭제〕
- 150쪽 18행: 하긴 책을 보기 싫을 땐 언제나 그런 핑계가 생기게 마련이지만, 이번에는 모처럼 결심이 있었는데도 여간 방해가 되지 않는 일이었다. 〔삭제〕
- 151쪽 11행: 차마 진걸의 방을 함께 쓰자고는 할 수 없었던 모양이다. 〔삭제〕
- 151쪽 15행: 그는 경숙의 명랑한 기분이 얼마나 쉽사리 무너져 버리리라

는 것을 알고 있었다. → 그는 경숙의 그 명랑해 보이는 듯한 기분 뒤에 얼마나 굳은 각오와 자신에 대한 인내가 숨어있는가를 알고 있었다.

- 152쪽 10행: 벌써 그녀를 같은 별채에 머무르게 하면서 한 가지 기묘한 계교를 맡겨 볼 생각을 하고 있었던 것이다. → 벌써 한 가지 기묘한 예감이 떠올랐던 것이다.

- 153쪽 6행: 그러나 그는 다른 계교가 있었다. 우선 경숙에게 방을 따로 쓰게 하고 그걸 핑계로 꼭 한방에다 몰아넣고 싶은 사람들이 있었다. 김의원과 안 선생을, 또는 안 선생과 명식이놈을, 어느 쪽이든 방을 합해 놓으면 재미있는 일이 일어날 게 틀림없었다./그러자면 우선 경숙에게 방을 하나 따로 쓰게 해야 했다./그리고 자신은 방을 옮기지 않고 있어야 했다. 공부를 계속하자는 속셈도 있었다./그래서 무불스님의 힘을 빌려 했던 것이다./한데 스님은 바로 그 경숙을 윤희와 합해주라는 것이다. 안될 말이다. 윤희가 쉽사리 응락할 리도 없고 그렇게 된다 해도 우선 진걸이 환영할 수가 없다./여자 둘이 만나 무슨 소릴 할지 모른다. 진걸의 이야기가 나오는 날이면 그에겐 하나도 이로울 것이 없었다. 그는 윤희에게(아니 별채의 누구에게도) 경숙을 소개조차 하지 않을 참이었다./그러나 경숙을 윤희에게 합해 줄 수 없는 이유가 그런 두려움 때문만은 아니었다./그의 진짜 계교를 망가뜨리지 않기 위해서였다./진짜 계교란 경숙을 통해 김삼응 영감을 한번 통쾌하게 골려주자는 것이었다. 그렇게 해서 영감의 덜미를 단단히 붙잡아 둘 작정이었다./윤희가 방해가 되어서는 안 된다. → 하지만 윤희하고 경숙이 방을 합해드는 일도 자신이 낭패를 당할 위험이 있었다./윤희가 그걸 쉽사리 응락해 줄지도 의문이었고, 그녀가 그걸 응락한다 하여도 여자들이 만나 진걸의 이야기가 나오는 날이면 그에겐 하나도 이로울 것이 없었다. 그는 윤희에게(아니 별채의 누구에게도) 경숙을 소개조차 하지 않을 참이었다.

- 153쪽 13행: 잔수작은 단념을 하고 말았다. 〔삭제〕

- 154쪽 14행: 계략 → 예감
- 154쪽 16행: 경숙에게도 그 점은 이미 일러놓고 있었다./너무 초조하게 굴진 마라. 그리고 내 체면 같은 건 염두에 두지 말고 접근해오는 친구가 있거든 그 친구를 이용해서 소리를 한번 맘껏 질러봐라. 아마 먼저 나서지 않아도 접근해오는 친구가 있을 것이다. 그런 눈치가 보이거든 어디 바다가 보이는 곳이 있다던데 구경시켜 주지 않겠느냐고——그 바다를 한번 구경하고 싶노라고만 하면 더 흥잡힐 짓을 하지 않아도 만사 난처하지 않게 뜻대로 될 것이다./진걸 자신은 언제고 마음 내킬 때를 기다리겠노라고 했다.〔삭제〕
- 154쪽 22행: 하여튼 작자가 나서기를 기다리기로 했다./한데 그녀가 나서지 않아도 먼저 접근해올 친구가 있으리라고 한 진걸의 속셈은 바로 김의원을 두고 한 말이었다. → 하여튼 그런 식으로 별채에 머물렀다./한데 진걸의 예감은 적중하고 있었다.
- 155쪽 17행: "뒷산을 오르면 바다가 보이지요. 기회가 있다면 언제 한번 바다구경이나 올라가 보세요. 내가 아니라도 길안내를 해줄 사람은 많으니까." 경숙에게는 그런 식으로 은근히 기회를 암시해주었을 뿐이었다.〔삽입〕
- 156쪽 19행: 더욱이 진걸은 그런 윤희의 지나친 무관심이 어느 순간엔 거꾸로 굉장한 폭발력을 지니게 될 가능성을 느끼고 있었다. 그러니까 진걸은 윤희에게서 은근히 그 순간을 기다리고 있었는지도 모른다./그가 꾸민 계략이라는 것도 알고 보면 그 윤희를 어느 정도는 염두에 두고 진행시켜 왔던 게 사실이니까 말이다. 어떻게 하든 윤희에게 김의원의 인면수심을 보여줄 작정이었다. 그렇게 해서 윤희의 관심을 자신에게 돌리고 싶어서가 아니었다. 그러고 싶을 뿐이었다. 생각만 해도 통쾌했다.〔삭제〕
- 157쪽 14행: 그는 좀 점잖지 못한 느낌이 들었지만, 두 사람 뒤를 따르기로 작정했다. 윤희에게 그 김의원 영감의 인면수심을 보여줄 수 있는 가

장 좋은 기회였다. 그렇게 해서 윤희의 관심을 자신에게 돌리고 싶어서가 아니었다. 그것은 오히려 윤희 자신이 소망해온 것이었고, 그는 그저 그러고 싶어진 것뿐이었다. 〔삽입〕

- 157쪽 21행: 너무 급히 쫓아갔다간 모든 게 허사가 될 염려가 있었다. 〔삭제〕

- 158쪽 5행: 뒤쫓는 기척을 내지 않고 두 사람 근처까지 은밀히 다가가기 위해서였다. 내심을 서로 숨기려고는 했겠지만, 어차피 양쪽이 같은 꿍심을 지니고 나선 길, 아직도 산길만 점잖게 오르고 있을 리는 없었다. → 경숙에게 지금 어떤 일이 일어나고 있는지 알 수 없었다.

- 158쪽 8행: 그러나 윤희는 설마 아직은 싶은 모양이었다. 혼자서는 몸도 잘 가누지 못하면서 앞서 달아나는 진걸을 붙잡으려고 하진 않았다. 진걸만이라도 부지런히 뒤를 쫓아주는 것이 다행스런 모양이었다. 〔삭제〕

- 159쪽 2행: 그러다가 문득 그는 빙그레 미소를 지었다./──흥! 그러면 그렇지! 〔삭제〕

- 159쪽 7행: 물론 눈을 피하러 바위를 찾아간 것은 아니었겠지만./그러나 두 사람의 거동을 눈밭 사이로 지켜보고 있던 진걸은 잠시 기이한 생각이 들었다./희한한 일이었다. → 경숙에게 지금 무슨 일이 일어나고 있든지 진걸은 적어도 윤희 쪽에서 먼저 그걸 보게 하고 싶지는 않았다.

- 159쪽 13행: ──이제 겨우 시작인가? 그러나 진걸은 이내 사정을 깨달았다. 바나나 벗김이었다. 바나나는 껍질을 다 벗기고 나서도 꼭지를 떼기 전에는, 여전히 껍질을 입고 있는 모양이다. 껍질을 벗기고도 알맹이가 홀랑 빠져 나오지 않도록 꼭지를 떼지 않는 것이 바나나를 먹는 요령이다. 김의원은 이를테면 그 바나나 벗김을 해놓고 있었던 것이다./──흠! 영감장이가 제법이군. 날씨가 춥더란 말이렸다./중얼거리고 나서 진걸은 천천히 바위 위로 주저앉았다. 윤희가 올라오기를 기다렸다./경숙이 말을 순순히 들어주는 이상 김의원 역시 서두를 필요는 없었으리라./뜸을 들이고

있는 꼴이 제법 여유만만 했다. 이쪽 기척도 전혀 눈치를 채지 못한 모양이었다./──그럴 여유까지 있을 리 없지./진걸은 자세를 낮춘 채 윤희가 올라오기만을 기다렸다. 꼭지만 떼지 않고 껍질을 다 벗겨놓은 바나나는 알맹이를 한입에 삼켜버릴 수가 있다. 김의원이 언제 경숙을 삼키려들지 모른다. 그전에 윤희가 올라와야 한다./그러나 다행스러운 것은 경숙이 당장 한입에 삼킬 수 있는 바나나가 아니라는 점이었다. 껍질은 쉽게 벗겨질지 모르지만 알맹이가 더 단단한 바나나였다./그 바나나의 껍질 속에서는 달고 말랑말랑한 것이 아니라 껍질보다도 더 단단한 것이 나타나리라. 아니 그것은 바나나가 아니라 차라리 대합조개라는 편이 옳다. 입을 열지 않는 대합──다시 껍데기를 열어야 알을 만날 텐데, 그 껍데기가 아무래도 입을 열지 않는 대합이었다./과연 김의원의 거동은 오래지 않아 그 대합을 앞에 놓고 안타까와하는 바둑이 꼴로 변했다. 냄새는 나는데 껍데기를 열 재간이 없어 이리 당기고 저리 퉁기며 침만 흘리는 바둑이처럼 안달복달이었다. 하지만 바둑이는 대합의 입을 열지 못해도 쉽사리 그 곳을 떠나려고 하진 않는다. 주변을 빙빙 돌다가 마침내는 장난질을 시작하게 마련이다.〔삭제〕

- 159쪽 18행: 그리고는 곧 기묘한 놀이를 시작했다./그것은 좀 잔인한 표현을 빌리자면 앉은뱅이 남녀의 춤 같은 것이었다. 화려한 무대경력을 가진 어떤 무용수 부부가 갑자기 앉은뱅이가 되고나서 아직도 무대의 꿈을 버리지 못해 앉은뱅이채로 춤을 계속해 보려고 한다면 아마 틀림없이 그런 기묘한 동작을 자아내게 되리라./진걸은 넋이 나간 듯 그 사람의 춤을 한참이나 바라보고 있었다. 어떤 치열한 느낌이 차츰 그의 가슴을 젖어들어오고 있었다. 그러나 진걸은 그 춤을 오래 지켜보고 있을 수는 없었다./"뭘 그렇게 멍하니 바라보고 앉아 계세요?"/어느 새 윤희가 등 뒤에서 가쁜 숨소리를 죽이고 있었다. 진걸은 천천히 일어서 윤희 쪽으로 고개를 돌렸다. 그의 입가에 야릇한 웃음이 번지고 있었다./"이상한 춤을

추는 사람들이 있군요."/"춤을 추는 사람이요?"/윤희는 영문을 몰라 진걸을 쳐다본다./"네, 윤희씨도 한번 구경을 하시겠습니까. 눈보라 속으로 보여 그런지 퍽 아름다운 것 같군요."/그는 천연스럽게 대답하고는 눈길을 거침없이 그쪽으로 돌린다./윤희는 멋도 모르고 그 진걸의 시선을 쫓는다./그러나 바로 그 다음 순간이었다. 윤희의 시선이 어느 한 점에서 머무는가 했더니 진걸의 뺨다귀서 느닷없이 야무진 소리가 터졌다. → 진걸은 갑자기 가슴 속에서 황량스럽고 처참한 느낌이 들기 시작했다./더 이상은 차마 그쪽을 지켜보고 있을 수가 없었다./경숙이 너무 가엾었다. 「바다구경」을 핑계 삼은 윤희의 충동이 있었긴 했지만, 산을 올라온 자신이 후회스러웠다./윤희에게 그 김의원의 수심을 보여주겠다던 것도 너무나 옹졸하고 이기적인 생각이었다./윤희에게 그 김의원 영감의 수심을 증명해 보이려는 노릇이 경숙에겐 너무 잔인하고 참혹스런 연극이 될 수 있었다./무엇보다도 진걸은 윤희에게 그 경숙을 보게 할 수가 없었다./생각이 거기까지 미치자 진걸은 곧 발길을 되돌려 산을 내려가기 시작했다./이내 윤희가 숨을 헐떡이며 그를 뒤쫓아 올라오고 있었다./윤희는 그 새 벌써 길을 되돌아 내려오고 있는 진걸을 보자 그 자리에 그만 발길을 멈춰서 버리며 갑자기 긴장을 한 얼굴로 물어왔다./"웬일이세요? 왜 다시 산을 내려오세요?"/하지만 진걸은 그 윤희의 긴장한 얼굴로 그녀도 이미 사정을 대강 짐작하고 있음이 분명한 것 같았다./하지만 진걸은 시치밀 떼었다./"이상한 사람들이 있어서요."/김의원과 배경숙의 일엔 두 사람 모두 처음부터 염두에 없는 척 위장을 해 온 터였기 때문이었다./"이상한 사람들이라뇨. 어떤 사람들 말예요?"/하니까 윤희도 아직은 좀 더 시치밀 떼고 싶은 말투였다./진걸은 그 윤희가 터무니없이 밉살스러워 지고 있었다./그는 갑자기 다시 그녀를 골려주고 싶은 충동이 일었다./어차피 이번 산길은 그 윤희를 골려주고 싶어 나선 참이었다. 경숙을 직접 다치는 일이 없이 그녀를 골려줄 기회가 온 것 같았다./"내가 본 사람들이 어떤 사람들인지는 말하지 않아도 짐작할 수 있겠지요. 남자와 여자 두 사람이라면. 한데 그 두 사람은 바위 밑에 붙어 앉아서 이상한 춤을 추고 있었어요. 그걸 무슨 앉은뱅이 춤이라 할까…"/진걸은 계속 지껄이려 하였다. 윤희는 그 기묘한 앉은뱅이 춤에 호기심이 통한다면 산을 올라가 한번 끼어들어 보라고 말할 참이었다. 한데 윤희는 거기까지만 해서도 이미 진걸의 말을 모두 알아듣고 있었다./그는 더 이상 말을 할 수가 없었다. 그의 말이 더 이어지기 전에 윤희의 손바닥이 그의 뺨 위에 야무진 소리를 발라 붙였기 때문이었다./진걸로선 참으로 예기치 못했던 행동이었다. 너무도 순간적이고 정확한 기습이었다./하지만 진걸은 기이하게도 별로 수모감 같은 걸 느낄 수 없었다.

- 161쪽 23행: 설마 뺨까지 갈기리라고는 상상도 하지 못하고 있었다. 〔삭제〕
- 163쪽 13행: "하지만 허선생님은 일부러 여기서 절 기다리고 있었어요. 제게 그걸 보게 하려는 것이었지요." → 하지만 진걸씨는 일부러 이곳으로 데리러 온 거예요.
- 166쪽 9행: 그런데 문제는 윤희가 그 김의원에 대한 경멸감을 남자 일반에 대한 통념으로 발전시킨 듯, 진걸에게 마저 그런 시원찮은 시선을 보내곤 하는 것이었다. → 그런데 그런 윤희의 태도는 진걸에게도 물론 마찬가지였다.
- 168쪽 1행: 어느 날 밤 안 선생은 다시 진걸을 찾아와, 그 명식이놈의 일을 빌어 안 선생 자신의 삶의 내력과 그 삶에 대한 자기 신념을 털어놓은 일이 있었다./그날 밤 안 선생이 진걸에게 들려준 이야기는 이러했다. 〔삽입〕
- 168쪽 6행: 노명식군 때문이었다. → 진걸이 산을 내려가 있던 동안의 일이라고 했다./명식은 그 무렵도 밤마다 틈만 나면 안 선생을 찾아와 그를 자주 괴롭혀대고 있었다 하였다.
- 169쪽 11행: 그는 진걸을 기다렸다./그러나 안 선생이 진걸을 기다리는

것은 그가 와서 노군의 문제를 자신에게서 떠맡아 가거나 어떻게 해결해 주리라는 기대가 있어서가 아니었다./그는 아직 노군의 이야기를 다른 사람과 깊이 의논해본 일이 없었다. 그런 이야기를 함으로써 노군의 일을 더욱 번거롭게 하고 그래서 다른 상처를 주고 싶지 않아서였다. 그런데 진걸에게는 어느 날 저녁엔가 조금 귀띔을 해놓은 일이 있었다. 그리고 무엇보다 그가 노군의 일에 대해서 자신 갖고 있지 못한 부분을 의논할 수 있는 상대로 진걸이 가장 적합하리라는 생각이 들고 있었던 것이다. 〔삭제〕

- 172쪽 2행: 물어서 알 수 있는 일도 아니었다./안 선생은 진걸이 돌아오기만을 기다렸다. 그러나 진걸이 나타나기도 전에 일은 또 의외의 방향으로 이끌려 버렸다./명식의 성화는 안 선생이 진걸을 기다릴 여유조차 주지 않았던 것이다. → 안 선생은 망설이고 있었다. 그러나 일은 또 의외의 방향으로 이끌려 버렸다. 명식의 성화는 안 선생이 망설이고 있을 여유조차 주질 않았던 것이다.
- 174쪽 7행: 그러나 친구는 곧 알 수 있었다. → 그러나 안 선생은 믿고 있었다.
- 174쪽 15행: 아직도 그가 알 수 없는 것은 다만 그가 왜 그토록 피곤해지고 말았는지, → 친구는 그의 말을 이해하는 듯 했다. 하지만 그는 아직도 그 안 선생이 왜 그토록 피곤해지고 말았는지,
- 174쪽 19행: 친구가 그것을 알게 된 것은 훨씬 나중 일이었다. → 하지만 친구는 더 이상 묻지 않았다.
- 175쪽 7행: 그리고 정말로 차를 마시게 되었을 경우——그때는 훌쩍 먼저 자리를 일어나 카운터로 달려가서 찻값쯤 먼저 치러버리는 것이 좋지만, 혹시 점심이라도 함께 하러갈 양이면 더욱 그렇게 하는 것이 좋다. 〔삭제〕
- 177쪽 14행: 기대하고는 조금 달랐다. 힘이 들 것도 같았다. 〔삭제〕
- 180쪽 7행: 저주가 없는 두려움 — 〔삭제〕

- 183쪽 19행: 그러자 진걸은 문득 한 가지 새로운 계교가 생각났다./이번에는 그 안 선생을 좀 골려주자는 생각이었다./진걸이 안 선생의 말에서 늘 역한 기분을 느끼게 되는 것은 바로 그 안 선생의 너무 자신만만한 태도 때문이었다./진걸은 아직 노군의 참회서라는 것을 읽지 않고 있었다. 그러나 그는 노군이 고향에서 그의 사촌누이를 범한 일이며 바로 그 일로 안 선생을 날마다 괴롭히고 있다는 사실은 그 안 선생의 입을 통해 대충 알고 있었다./한데 안 선생은 노군을 좀처럼 용서하려고 하질 않았다. → 진걸이 산을 내려가 있던 어느 날 밤, 안 선생과 명식 사이에 있었던 일은 대강 그런 줄거리였다. 그리고 그 안 선생이 틈 있을 때마다 자주 진걸에게 읽게 하고 싶어 한 것도 그날 밤 명식이 마지막으로 안 선생에게 건네주고 간 녀석의 고백록이었다./하지만 진걸은 아직도 그 명식의 고백록 따위엔 흥미가 없었다./감정이 뻗히는 건 오히려 안 선생 쪽이었다./안 선생은 그 명식에 대한 자기 고백의 형식을 빌어 진걸에 대해서도 또한 그의 삶과 양식에 대한 자기 신념을 확인하고 있었다./진걸은 그런 안 선생이 마땅칠 않았다. 한 마디로 그는 그 자신과 인간 일반의 삶에 대하여 너무도 엄격하고 자신만만하였다./안 선생은 애초 명식을 용서할 생각이 없는 사람이었다.
- 184쪽 19행: 그리고 그 안 선생이 자꾸 그의 기분을 역하게 해오고 있는 것도 그의 그런 자신만만한 태도와 지나친 결벽성의 자기 신뢰감 때문이었다.〔삽입〕
- 185쪽 13행: 그래서 우선 진걸은 그 안 선생의 자신부터 꺾어주자고 작정을 한 것이다. 부끄럼 때문에 정말로 고백할 수 없는 비밀을 하나 만들어주어 그 결백성을 꺾어주자는 것이었다./——이건 안 선생이 내게 구한 충고에서 과히 빗나간 것도 아니야. 그에게 내가 대답해줄 수 있는 인간 이해방법이란 그길 밖엔 없으니까./작정을 하고 난 진걸은 혼자 슬며시 미소를 지었다./이번에도 그는 경숙의 도움을 빌려는 것이었다./그러나

이번에는 경숙에게 도움을 청할 필요가 없었다./경숙은 자기의 일을 알고 있었다. 그녀는 자신의 가능성을 시험해볼 마지막 기회를 이 별채의 며칠로 작정한듯 대단한 각오로 자신의 일을 처리해 나가고 있었다. 진걸은 그 경숙을 모른체해주고 있기만 하면 되었다./하지만 그런 경숙의 치열한 각오를 알고 있는 것도 진걸 한 사람 뿐이었다./"뒷산에 바다가 보이데요. 구경시켜주지 않으시겠어요?"/경숙이 안 선생에게 그렇게 말한 것을 알고 있는 것도 진걸뿐이었다./"이야기는 듣고 있었읍니다만… 오늘은 저도 한번 구경을 해둘까요?"/대꾸하고 나선 안 선생까지도 경숙의 가련한 각오는 알 턱이 없었다./어떻든 결국 그렇게 하여 두 사람은 진걸의 도움없이 산길을 나선 것이다. 한사람은 육신을 구하러, 또 한사람은 영혼의 양식을 구하러./한데 경숙의 그 각오는 드디어 진걸의 예상까지도 넘어서고 말았다./어느 날 경숙이 그녀의 바다구경에 노군을 동반하고 나선 것이다./일이 그 지경에 이르자 진걸은 가슴이 섬찟해지지 않을 수 없었다. 경숙이 너무 가련했다. 경숙을 불러들인 자신이 그녀를 그토록 가련하게 만들고 있는 것 같아 은근히 괴로워지기까지 했다./그러나 이번에도 진걸은 경숙을 방해하진 않았다. 노군까지야 설마 싶었기 때문이다./노군 녀석 또한 안 선생 못지않게 못마땅한 놈이기는 했다. 제가 무슨 성인군자라고 그까짓 지나간 일쯤 쉽게 잊어 치우지 못하고 고햅네, 뭐네 옆 사람까지 번거롭게 하는 게 여간 건방진 녀석이 아니었다./하지만 거죽으로나마 놈이 제법 괴로움을 겪고 있는 것은 사실이었다. 한 가지 괴로움도 변변히 감당해내지 못한 주제에 또 같은 후회거릴 지고 나설 리가 있으랴 싶었다./만약 이번에도 그 후회거릴 사양하지 못한다면 그땐 진걸로서도 할 말이 없는 것이다./한데 결과는 예상과 반대였다./산을 갔다 오더니 녀석까지 꿀 먹은 벙어리가 되어버렸다. 그날만은 안 선생을 괴롭히지도 않은 것 같았다. 산에서 내려오자마자 잔뜩 겁을 먹은 얼굴로 제 방으로 기어들어가서는 한동안 코빼기도 내밀지 않았다./하지만 진걸의 예상을 뒤집어놓은 것이 그 명식이놈만은 아니었다. 벙어리가 되어버린 것은 산을 며칠 먼저 다녀온 안 선생도 마찬가지였다. 아니 벙어리가 아니라 안 선생은 숫제 절망을 하고 있는 형편이었다. 주위를 두려워하고 경계하는 정도가 아니었다. 심한 공포에 짓눌린 얼굴로 멍하니 천정만 바라보고 있는 그의 표정은 바로 절망 그것이었다./미처 괴로움을 느끼거나 죄책감에 쫓길 여유마저 잃어버리고 있는 몰골이었다./진걸은 비로소 안 선생에 대해 한 가지 중요한 계산을 빠뜨린 생각이 났다./안 선생은 여자를 경험한 일이 없는 게 분명했다. 진걸은 그 안 선생에게 여자와의 비밀을 만들어두려고만 했던 것이다. 안 선생이 낭패를 보았을 것은 뻔한 사실이었다. 게다가 안 선생은 그 낭패의 원인이 경숙쪽이라는 사실을 알 리가 없었다. 자신의 육신에 공포를 느끼고 있음에 틀림없었다./무리가 아니었다. 진걸이 미처 계산하지 못한 결과일 뿐이었다./그러나 진걸에겐 그것도 반가운 반응이었다. 이중의 효과였다. → 거기까지 생각이 미치자 진걸은 느닷없이 그 안 선생의 자신감을 한번 무참스럽게 꺾어주고 싶은 충동이 생겼다./안 선생의 가슴속에도 명식이놈처럼 어떤 치명적인 인간의 과실을 지니게 하여 그 마음속의 비밀을 누구에게라도 호소하고 싶어질 인간적인 약점을 경험하게 해주고 싶었다. 그래서 그의 오연스런 엄격성과 자기 신뢰감을 꺾어주고 싶었다./하지만 진걸은 적당한 방법이 떠오르질 않았다. 무슨 함정 같은 거라도 마련해야겠는데, 그럴듯한 묘안이 떠오르질 않았다./진걸은 며칠 동안 내내 끙끙거리고만 있었다./한데 뜻밖에 경숙이 그 일을 돕고 나섰다. 아니 경숙이 일부러 진걸을 도우러 나선 것은 아니었다./그 경숙으로 하여 일이 용케도 그렇게 되어진 것뿐이었다./경숙의 여자에 대한 소망은 눈물겨울 정도로 간절한 것이었다. 그리고 그녀는 그런 자신의 소망에 감동스럴 정도로 투철하고 충실했다./그녀는 어느날 어떻게 해선지 그 안 선생을 다시 그녀의 바닷구경길 안내자로 동행해 나간 것이었다./그리고 그날부터 안 선생은 그 별채 사람들 앞에 느닷없이 벙어리가 되고만 것이었다./일이 그 지경에 이르자 진걸은 우선 가슴속부터 섬찟해왔다. 경숙이 너무 가련했다./경숙을 불러들인 자신이 그녀를 그토록 가련하게 만들고 있는 것 같아 마음이 은근히 괴롭기도 하였다./하지만 진걸은 마침내 그 안 선생이 스스로 자신의 함정으로 빠져들어 준 것이 무엇보다 고소했다./안 선생은 그저 벙어리가 되어버린 것만이 아니었다. 공연히 주위를 두려워하고 경계하는 눈빛이 미처 무슨 괴로움이나 죄책감에 쫓기고 있을 여유마저 잃고 있는 행색이었다. 심한 공포감에 짓눌리고 있는 얼굴로 멍하니 천정만 바라보고 있는 그의 표정은 절망 바로 그것일 따름이었다./더욱이 안 선생은 여자를 경험해본 적이 있을리 없었다./그래 안 선생은 경숙과의 낭패를 자기 육신의 괴물로 여기고 있을 게 분명했다. 자기 육신에 대한 공포가 그의 죄의식을 더해가고 있을 터이었다.

- 188쪽 5행: 진걸은 → 진걸은 이제 그 경숙에게 자신의 패덕도 사죄할 겸 이번에는 자신이
- 188쪽 8행: 신부노릇을 → 눈물겹고 성스러운 신부노릇을
- 191쪽 8행: 다행이었다. → 글을 다 읽고 나자 진걸은 우선 안도의 한숨부터 나왔다.
- 192쪽 15행: 경숙이 그렇게 산을 내려가 버린 이상 화풀이 겸 기왕 꾸며 놓은 계략에 끝장을 보자는 생각에서였다. → 경숙이 그렇게 산을 내려가 버린 이상 이젠 그 경숙의 가해자들에 대해서도 본때 있게 일을 끝장내주기 위해서였다. 경숙의 일과는 별 관계가 없는 명식을 함께 불러온 것도 녀석 나름의 비슷한 허물은 있었기 때문이었다.
- 193쪽 10행: "에, 오늘 이렇게 여러분을 함께 오시라고 한 것은 다름이 아니라 아시다시피 이방 여자가 오늘 갑자기 산을 내려가 버렸어요. 한데 마침 여자가 제게 남긴 편지가 있더군요. 그 편지가 여러분을 좀 따져둬야 할 사연이었어요." → "아시는지 모르지만, 오늘 배경숙이란 아가씨가

산을 내려갔읍니다."
- 193쪽 23행: 그 불상사가 뒷산 바다구경을 가는 길목에서였다는 것도 아울러 말해두지요. 제 짐작으로는 여러분이 다 한 번씩은 그 여자와 뒷산을 올라간 걸로 알고 있으니까요. 물론 그것이 허물이 될 수는 없지요. 하지만 거기서 불상사가 일어났단 말이요. 그래서 오늘밤 저는 불가피하게 이렇게 여러분을 함께 오시랄 수밖에 없었고, 이런 식으로 이야기를 하게 된 것이요. 〔삭제〕
- 194쪽 1행: 진걸이 가해자를 한사람으로 알고 있는 것처럼 말한 것은 또 하나의 계략이었다. 그렇게 말해도 효과는 마찬가지다. 세 사람은 마음속으로 똑같이 그 한사람을 자기로 받아들일 게 틀림없다. 그런데 이 경우엔 또 하나 다른 반응을 볼 수 있었다. 적어도 외면상으로는 서로 다른 두 사람을 내세워 시치밀 떼보일 수고 있으니까. 진걸은 그걸 보고 싶었던 것이다./그리고 무엇보다 세 사람이 다 같은 입장이라는 것이 밝혀지는 날엔 일이 웃음거리로 끝나버릴 염려가 있었다./셋이 제각기 자기 허물을 짊어지고, 그러면서도 서로 두렵고 거북한 사이로 만들어 놔야 했다./말하자면 서로 속이고 서로 불편하게 해주자는 속셈이었다./과연 반응이 각양이었다. → 한데 진걸이 거기까지 말을 하고 났을 때였다./그는 이날 밤 일이 갑자기 후회가 되기 시작했다./아무래도 자리를 잘못 마련하고 있는 것 같았다./알고 있는 사실들도 일부러 내용을 훨씬 왜곡시키거나 불확실한 일처럼 꾸며대고 있었으나 어쨌든 그는 일을 너무도 서두르고 있는 느낌이었다./이야기를 듣고 있는 세 사람의 반응이 뻔뻔스럽도록 민감했기 때문이었다.
- 194쪽 11행: 그러나 진걸은 김의원이 정말 떳떳하고 보면 파낼 것도 없는 손톱 밑이나 후비면서 진걸의 이야기를 무관심하게 듣고 앉아 있을 위인이 아니라는 것을 잘 알고 있었다. 〔삭제〕
- 194쪽 18행: 불시에 말을 가로막고 나서서 스스로 비밀을 토해낼 기색은

조금도 보이지 않았다./진걸은 이제 말에다 좀 더 열을 올리며 마지막 고문을 가하기 시작했다./"전 지금까지 여러분의 인격을 신뢰해왔읍니다. 원칙을 따져 이야기하자면 명색 저를 찾아온 여자를 한마디 양해도 없이 산길로 끌어낸 것부터가 상식 밖의 행동들이었지요. 하지만 전 이해를 하려고 했어요. 누굴 찾아온 여자든 말동무가 적은 우리들로선 이야기를 나누며 함께 산길이라도 걷고 싶어질 테니까요./하지만 무엇보다 제가 그런 것을 이해할 수 있었던 것은 여러분의 인격을 신뢰했기 때문이었읍니다. 고명하신 김의원이나 안 선생의 깊고 조심스런 인품에 대해서, 또는 노군만한 나이의 순진성에 대해서 전 추호라도 불결한 상상을 해볼 수가 없었읍니다. 하지만 편지를 받고 난 지금, 전 유감스럽게도 그런 저의 신뢰감이 큰 불찰이었다는 것을 뼈속 깊이 깨닫지 않을 수 없었읍니다."/"도대체 그렇게 흥분을 하고 있는 허형은 그 여자와 어떤 사이요?"/느닷없이 김의원이 말을 가로막고 나선다. 그래도 그 김의원이 그중 정직한 편이라고나 할까. 작자는 이제 진걸의 수모를 더 참지 못해 금방 실토를 하고 말 것 같은 얼굴이었다./얼굴엔 제법 짓궂은 미소까지 머금고 있었다. 윤희가 네 계집이냐, 네놈 계집이냐?/성난 원숭이처럼 그의 멱살을 붙들고 날뛰던 영감을 생각하니 진걸도 슬그머니 웃음이 나왔다./그러나 진걸은 아직 영감이 입을 열게 해서는 안 된다고 생각했다./"아, 아시다시피 저 역시 그 여자와 무슨 특별한 관계가 있는 것은 아닙니다. 일전에 산을 내려갔을 때 잠깐 만난 여자니까요. 하지만 이 말은 이번 불상사에 대해 전혀 저의 책임이 없다는 것하곤 다릅니다. 아마 김의원께선 지금 그 점을 묻고 싶으신 모양인데 그 여잔 어떻든 저를 찾아 이 절엘 왔던 것이니까요. 그랬다가 뜻하지 않은 봉변을 했어요. 편지를 남긴 것도 그런 뜻에서가 아니었겠습니까."/특히 안 선생을 위해서 그녀가 불구라는 점은 조금도 내색하지 않았다./"하지만 이 이야기는 역시 흥분해서 떠들 일이 아닌 것 같아요. 듣자하니 과실은 한사람에게 밖에 없는 모양인데, 그렇다면…"/

김의원이 다시 나선다./여러 사람 망신 줄 것 없이 자기가 나중에 조용히 이야기하겠노라는 눈치였다. 그러나 진걸은 김의원의 마음속이 그런 식으로 쉽게 편해지는 것을 용납할 수는 없었다./"아, 물론 김의원께는 애매한 허물일 수도 있읍니다. 그러나 그것은 여기 계신 안 선생과 명식군도 마찬가지 사정입니다. 처음에도 말씀드렸지만 이번 불상사가 세분 중에 한분의 소행인 것만은 틀림없는 사실이니까요. 나머지 두 분에겐 애매한 추궁인줄 알지만 저로선 이런 식으로밖에 말씀을 드릴 수가 없는 사정입니다. 게다가 제가 여기서 그 사람을 찾아내자는 것도 아니고 보니 말씀입니다."/김의원만을 의심하지는 않는다는, 오히려 김의원에겐 애매한 곤욕이기가 쉽겠지만 진짜 당사자의 입장을 위해 함께 참아달라는 식으로 입을 막아버렸다./그런데 김의원에 이어 두 번째로 정직한 것이 노명식이었다. /진걸은 가지가지 모욕적인 언사로 세 사람을 골리고 난 다음, 그러나 자기가 그런 말을 한 것은 당사자에게 무슨 보상을 하라거나, 경숙 대신 화풀이를 하려는 데서가 아니라 한 여자의 일생을 그르쳐놓을지도 모르는 과오에 대해서 심심한 자기반성을 촉구하는 의미에서라고 점잖게 말을 끝냈다. 그것 또한 은근한 모욕이었다. 그러나 그런 수모에도 불구하고 세 사람은 누구하나 감히 불쾌한 기색을 보이지 못했다./그런데 그렇게 말을 끝낸 진걸이 이젠 세 사람에게 각기 자기 방으로 돌아가 보라고 했을 때였다./처음에는 셋이 다 언뜻 자리에서 일어서려고 하질 않았다. 아직도 진걸의 모욕이 계속되기를 바라는 듯, 또는 이야기를 털어놓고 싶어 자기만 좀 더 남아 기다리려는 듯 세 사람은 똑같이 서로 눈치만 살피고 있었다. 그러다 진걸의 성화에 못 이겨 세 사람은 결국 함께 자리를 일어서고 말았다./한데 그 세 사람 중에 끝내 마루를 건너가지 않고 문앞에서 어물어물 처져 남는 자가 있었다. 명식이놈이었다./김의원은 일단 자리를 일어선 다음에는 제법 홀가분한 얼굴로 방을 나가버렸고, 안 선생 역시도 진걸을 한두 번 돌아보고 나서는 마지못해 마루를 건너가 버렸다. 그러나 명식이놈은 끝내 진걸의 방문을 나가지 못했다. 비실비실 방을 나서는 체하더니 먼저 두 사람이 각기 방으로 사라지고 나자 녀석은 다시 진걸에게로 돌아서는 것이었다./"넌 뭐야? 왜 그러구 어물거리고 있어?"/진걸은 짐짓 퉁명스럽게 굴었다./"사실은 저…용서를 빌려구요…"/진걸의 계산대로였다. 명식은 머리를 푹 수그린 채 목소리를 떨고 있었다./——흠, 건방진 자식——그러잖아도 네놈 입술엔 그 용서라는 소리가 찰싹 붙어있는 놈인줄 알고 있었다./하지만 진걸은 아직도 시치밀 뗐다./"용설 빌다니? 무슨 소리야?"/"실은 제가…아까 말씀하신…"/명식은 차마 말을 하지 못하고 머리를 더 깊이 숙여버린다./"뭐야! 그럼 그 여자에게 욕을 보인 게 네놈이었단 말야?"/"네…하지만 그러고 싶어서가 아니라…"/"그러고 싶어서가 아니라?"/아는 이야기였다. 그러나 진걸은 일부러 명식을 추궁하고 들었다./"그 여자분이 먼저 산엘 가자고 해서…그리고 숲속에서도…"/"숲속에서도?"/"그분이 먼저…"/"이 새끼, 변명부터 하러 들어!"/진걸은 눈알을 부라렸다. 그러나 명식은 그점만은 확실히 해두고 싶다는듯 분명한 목소리로 대꾸했다./"아닙니다. 그건 정말입니다."/진걸은 이제 웃을 수밖에 없었다./——괘씸하지만 이녀석에겐 고문을 중단해 버려?/이번 일마저 안 선생에게 입을 열어 놓으면 그가 계획한 순서대로 일이 되어가지 않을 염려가 있었다. 놈의 입을 막아놓기 위해선 일단 용서를 하는 수밖에 없었다./그러나 진걸은 아직 녀석을 좀 더 곯려주고 싶었다./"어이가 없어 말이 안 나오는군. 도대체 숲속에선 여자가 어떻게 먼저였단 말야. 입이라도 틀어막고 덤벼들었다는 거냐?"/그러나 명식은 진걸의 이번 물음까지는 대답을 하지 않았다. 머리만 잔뜩 떨어뜨린 채 입을 꾹 다물고 있었다. 할 수 없었다./"그럼 네가 먼저 산엘 가자고하지 않았다는 건 뭐지? 그랬으니까 그게 어쨌다는 거지?"/"용서해주십시오."/"용서? 내가 어떻게 용설하라는 건가."/"용서해주십시오."/——정말 용서가 입에 오른 녀석이군. 안 선생에게처럼 고해라도 하겠다는 건가?/진걸도 이젠 더 말을 듣고 싶지는 않았다. 김의원이나 안 선생에게 눈치를 채게 할 염려도 있었다./——그래, 그럼 용서를 해주지./그러나 진걸의 용서는 명식이 전혀 예상하지도 못한 뜻밖의 방법이었다./"그래 맞았어. 이런 식이면 되겠군. 방법이 막 생각났는데 말야."/말이 끝나기가 무섭게 진걸의 주먹이 번개처럼 명식이에게로 날아들었다. 명식은 순간 소리하나 지르지 못하고 방바닥으로 푹 고꾸라졌다. 순식간에 날아든 편치이긴 했지만 명식은 꼭 그 한 대에 나가떨어지고 만 것이다./그렇다고 명식이 정신을 잃었거나 상처를 입은 것은 아니었다. 그런 실수를 저지를 만큼 진걸이 서툴지는 않았다./"일어서…"/나지막하면서도 위협적인 진걸의 소리에 명식은 곧 다시 일어섰다. 그리고는 또 주먹이 날아들지 않나 겁을 먹은 눈으로 진걸을 바라보고 있다. 두 손으로는 아직도 볼을 잔뜩 싸쥐고 있었다./그러나 진걸은 이제 일이 다 끝난 다음이었다./"네 방으로 건너가 봐. 이젠 끝났으니까. 좀 서투른 방법이었는지 모르지만 난 어떤 식으로든지 한번 용서를 해버린 일은 다시 생각에 남겨놓지 않는 성미니까 그런 줄 알구."/그러나 명식은 진걸의 말이 끝난 다음에도 선뜻 방을 나가지 못했다. 아직도 진걸이 두려운 듯 주저하고만 있었다./"대신 이번 일을 가지고 다시 용서니 뭐니 구걸을 하고 다니다간 그땐 정말 아가리가 부서져나갈 줄 각오하고."/명식은 한번 더 진걸의 다짐을 받고나서야 비로소 조금 마음이 놓인 듯, 그러나 아직도 좀 찌부듯한 표정으로 방을 나갔다./그런데 명식이 그렇게 막 방을 나가고 났을 때였다. 밖에서 누군가 그 명식을 붙들고 몇 마디 이야기를 주고받는 듯 하다 이내 발소리가 다시 진걸의 방문 앞으로 다가왔다. → 하지만 진걸은 느끼고 있었다./그들은 이제 그들 나름대로의 고백의 표정을 지어버리고 있었다. 그리고 그것으로 자기 죄닦음의 형식을 취하고 있었다. 진걸이 스스로 그것을 돕고 있는 꼴이었다./진걸의 추궁은 그들을 괴롭혀대고 있는 게 아니었다. 그것은 작자들을 그 거북살스러운 비밀의, 사슬에서 벗어나게 해주는 일에 다름 아닌 것이었다./그들을 그렇게 일찍 자기 비밀의 사슬에서 벗어져나게 해주어서는 안 된다. 괴로운 비밀을 좀 더 오랫동안 견디도록 해야 했다./너무 성급한 진걸의 공박은 작자들이 아예 맘 편히 입을 열어버리게 할 수도 있었다./진걸도 거기서 그만 말을 거두어 버렸다./한데 아니나 다를까./진걸이 한동안 그렇게 입을 다물고 앉아있자, 이번엔 손톱 손질에만 몰두해 있던 김의원 영감이 이제 차라리 자기쪽에서 먼저 실토를 하고 마는 것이 마음 편하겠다는 듯 겸연스런 빛으로 나서기 시작했다./"듣자하니 이 일은 뭐 그리 흥분을 해서 떠들어댈 일이 아닌 듯싶소만, 도대체 허형은 그 아가씨하곤 전에 어떤 사이였오? 허허…이건 내 공연히 몰라도 좋은 걸 묻고 있는 것 같소만 말이오…"/진걸과 경숙간의 관계에 따라선 여러 사람 곤욕 치르게 할 것 없이 자기하고 나중에 따로 이야기를 해보자는 눈치였다./그리고 그런 일로 뭐 그리 심각해질 게 있느냐는 듯 은근히 진걸을 구슬르고 들었다./"그리구…그 아가씨가 허형한테 무슨 소릴하고 갔는진 모르겠소만, 나한테도 그 편질 한번 구경시켜줄 수 없겠소? 허허…"/진걸과 경숙의 관계뿐 아니라 그녀가 진걸에게 말하고 간 사실의 내용을 엿보고자 그녀의 편지를 보자는 것이었다./뻔뻔스럽고 어림없는 수작이었다./하지만 그 김삼응 영감의 헛웃음소리에 이젠 안 선생까지도 마침내 어떤 결단이 선 모양이었다./"뭐 남의 편진 읽어서 뭐합니까. 그 편지에 무슨 이야기가 써있건 진실은 다만 한가지인 겝니다…"/서로의 허물을 모르고 있었기 때문일 터였다./그 안 선생까지도 이젠 제법 겸연스런 어조로 김의원의 차례를 가로막고 나섰다./진걸은 이제 더 이상 침묵만 지키고 있을 수가 없었다./바야흐로 이제 작자들의 입이 열리려는 참이었다./사정이 무척 다급하게 되어가고 있었다./하지만 진걸은 아직 어림없다고 생각했다./작자들의 입이 열려서는 안 되었다./작자들에겐 훨씬 더 오랜 시일을 혼자서 견디게 해야 했다. 할 수만 있다면 그 비밀의 괴로움 때문에 그들의 입에서 신음소리가 튀어

나올 때까지, 아니면 그 안 선생에게 그것을 혼자서 견디는 일이 얼마나 힘들고 고통스런 노릇인가를 스스로 깨닫게 될 때까지 만이라도./한동안 가슴속 밑바닥으로 깊이 가라앉아 들어가 있던 역겨움이 새로운 분노로 서서히 진걸의 심장을 덥혀왔다./"일어서!"/그는 느닷없이 소리를 지르며 아까부터 계속 머리를 수그리고 앉아있는 명식이놈의 멱살을 번쩍 들어올렸다./그리고는 영문을 몰라 어리둥절해진 녀석의 귓부리를 다짜고짜 주먹으로 내갈겨버렸다. 순식간의 일이라 옆에서 누가 말리고 나설 틈도 없었다./"넌 이 새끼야 뭐가 그리 대단한 자랑거리가 있다고 고백이니 속죄니 떠벌리고 다니는 게야! 네깐 놈이 무슨 하느님이야 예수야. 네가 무슨 부처님이나 공자님이냔 말야. 건방진 새끼가 데데하게 굴기는…"/한데 참으로 어이없는 일이었다./명식은 사실 애매한 매를 맞고 있었다. 하지만 그때 진걸의 기세가 너무도 살벌했기 때문이었을까, 그리고 그 김의원이나 안 선생들마저도 이젠 아예 체념을 해버린 듯 지극히 딱하고 거북살스런 표정들을 짓고 있을 뿐 더 이상 진걸을 말리려드는 기색들이 없었기 때문이었을까./명식은 그 진걸의 매질을 공매로 여기는 것 같지가 않았다./명식은 진걸에게 무얼 좀 따지고 덤비려들기는커녕 의당 맞아야 할 매를 맞고 있는 양 태도가 양순했다./주먹 한방에 방바닥으로 벌떡 나동그라졌던 녀석이 오뚜기처럼 다시 머리를 숙이고 진걸 앞으로 다가서고 있었다./"용서해 주십시요."/그러는 녀석은 마치 전생에서부터 그 용서를 구하기 위해 세상을 태어난 놈 같았다./진걸은 차라리 어이가 없어졌다./"그래도 이 새끼가 또 용서는… 도대체 용선 뭘 용서란 말야 이 새끼야."/"용서하십시오."/진걸은 이제 그만 맥이 풀리고 말았다./"꺼져! 이 새끼야."/그는 마침내 다시 놈의 멱살을 비틀어 쥐고는 문 쪽을 향해 사정없이 밀어붙여 버렸다. 그리고는 그 서슬에 문을 박차고 밖으로 나동그러진 녀석을 향해 독살스럽게 씹어뱉았다./"이 새끼 내 앞에서 다시 용서소릴 입에 올려봐라. 그땐 정말 아가릴 아주 짓부셔버릴테다."/하고 나니 이젠 그 자신도 심신이 온통 지치고 있었다. 김의원이나 안 선생이 아직도 엉거주춤 그의 눈치를 살피고 있었지만, 이날은 누구도 더 이상 상대하기가 싫었다./"가세요. 이젠 저도 예서 더 할 말이 없으니까요."/그는 두 사람도 마저 방에서 내보냈다./그리고 이젠 제풀에 지쳐 허탈해진 심신을 좀 쉬어두고 싶어졌다./하지만 이날 밤 진걸에겐 아직도 소동이 다 끝났던 게 아니었다./안 선생들이 모두 자기 방으로 건너가고 나서 진걸이 그 어수선한 방바닥 위로 아무렇게나 몸을 눕힌 채 자신의 기력을 되찾고 있을 때였다./밖에서 누군가가 두런두런 잠시 말을 주고받는 소리가 들리더니 이내 말소리가 진걸의 방문 쪽으로 다가들고 있었다.

- 200쪽 1행: "그랬어요. 그리고 그 명식학생은 방금 이 허선생 방에서 나왔어요."/——그래서 어쨌다는 거야. 이 여자가 왜 그 일을 가지고 시끄럽게 시비지? → "울고 있었어요. 뒷곁에서 내내 잠도 안 자고…"
- 200쪽 10행: 진걸은 딴전만 부렸다. → 말을 하다 보니 진걸은 느닷없이 그 윤희를 향한 어떤 세찬 투지 같은 것이 불타오르는 자신을 느꼈다.
- 201쪽 23행: ——그렇다면 이젠 슬슬 때가 된 것인가. 〔삭제〕
- 202쪽 4행: 그러고 나서 좀 차분한 마음으로 시험준비에나 몰두하리라 생각했다. 〔삭제〕
- 203쪽 3행: 아니 진걸은 이제 그의 세찬 투지 앞에 그런저런 자잘구레한 사정 따위는 도대체 더 이상 따지고 싶지가 않았다. 그래야 할 필요도 없었고, 여유도 없었다. 〔삽입〕
- 203쪽 10행: 그렇게 생각되었다./그러나 기회는 진걸의 예상보다 일찍 다가오고 있었다. 〔삭제〕
- 214쪽 23행: 인천 근처의 해변 → 어느 바닷가 마을
- 218쪽 15행: 그녀의 옷을 벗기는 방법 말이다. 〔삭제〕
- 218쪽 23행: 경숙사건에 대한 혐의가 김의원에게만 있는 것이 아니라 했는데도 영감은 꺼림칙해서 견딜 수가 없는 모양이었다. → 게다가 툭 터

놓고 허물을 고백해버릴 기회조차 얻지 못하고 있는 것이 영감은 매우 꺼림칙스러워 견딜 수가 없는 것 같았다.

- 219쪽 4행: 눈치를 살피며 고백하러 들곤 했다./"저 명식이라는 놈 요새 왜 기가 죽어 있소? 무슨 죄를 저지른 게 아니오?"/그날 밤 녀석이 뒤에 남았던 일을 알고 있는지 은근히 노군을 빗대어 보기도 했다. 진걸의 속을 떠보려는 수작이었다. → 틈만 나면 진걸의 속을 떠보려는 수작을 걸어왔다.
- 228쪽 16행: 소년은 다만 심부름을 부탁받고 왔을 뿐, 그 심부름을 부탁한 사람이 누군지 또 어디 사는 사람인지는 모른다고 했다. 〔삭제〕
- 238쪽 18행: 그리고 나서도 녀석이 또 뻔뻔스럽게 안 선생님을 괴롭히려고 들진 못하겠지요. → 그 여잘 괴롭힌 사람이 벌써 제게 실토를 해왔으니까요.
- 239쪽 3행: 하지만 안 선생은 역시 안 선생다왔다. 그는 자기보다 먼저 다른 사람이 실수를 고백한 것으로 자신의 괴로움이 덜어질 수 없다는 것을 알고 있는 사람이었다. 〔삭제〕
- 239쪽 10행: 명식의 이야기를 듣고 나니 안 선생은 더욱 견딜 수가 없어진 모양이었다. 〔삭제〕
- 242쪽 11행: 명식의 고백은 대강 이런 서두로 시작되었다. 〔삭제〕
- 244쪽 6행: 그러면서 그 시중을 들어주는 일로 사내아이들은 애숙과 정말로 조금씩 친해져가기도 했다. 〔삭제〕
- 244쪽 22행: 또 애숙의 편으로 보면 그녀가 내게 자기의 책보자기를 대신 들어다줄 기회를 어쩌다 한 번씩밖에 주지 않은 것도 그랬다./아니 나의 느낌대로 말한다면 내게 그런 기회가 돌아오는 것은 다른 아이들에게 보다도 더 띄엄띄엄한 편이었다./나는 그것이 견딜 수 없는 불만이었다. 애숙이 원망스러웠다. 애숙은 나의 친척 누이동생이었다. 애숙의 시중은 누구보다 내가 많이 차지해야 한다. 그리고 나야말로 애숙과는 처음부터

친한 사이어야 한다. 그런데 애숙은 조금도 그런 걸 생각해주지 않는 것 같았다. 나를 오빠라고 생각하거나, 그러니까 다른 아이들보다는 좀 더 친한 사이로 여겨주는 빛이 전혀 없었다. → 한데 애숙에겐 나와 그녀가 그 어줍잖은 사촌 오누이 사이라는 관계가 그녀를 창피하게 했기 때문이었을까. 애숙은 이상스럽게도 하필 나에게만은 그 책보자기를 맡기는 일이 드물었던 것이다.

- 245쪽 6행: 나는 애초의 생각과는 달리 그 애숙이 점점 멀리 느껴지기 시작했다. 마음속이야 어쨌든 애숙 앞에서는 늘 무관심한 얼굴을 지으려고 했고, 나의 그런 괴로운 무관심마저도 모른 척해버리는 애숙이 미워서 견딜 수가 없었다. 〔삭제〕
- 246쪽 18행: 바위틈에서 빠져나가 애숙이 숨은 밭언덕을 멀리 돌아나가야겠다고 생각했다. 그러나 그것은 마음뿐, 나의 눈은 좀처럼 애숙의 그 희고 조그만 엉덩이에서 떨어지려하질 않았다. 〔삭제〕
- 246쪽 22행: 다음번엔 애숙이 술래였다. 나는 또다시 처음 숨었던 바위틈으로 달려갔다. 일부러 애숙이 숨었던 밭언덕 밑을 지나면서 그녀가 앉아있던 자리를 살폈다. 부드런 흙 위에 좁고 오목한 물자국이 말라있었다. 그것을 보자 나는 행여나 애숙이 그런 나의 기미를 눈치챌까 두려워 번개같이 몸을 날렸다./형언할 수 없이 가슴이 설레며 나는 처음 숨었던 바위틈마저 지나쳐 멀리멀리 달아나버렸다. 그리고는 반대쪽 산비탈로 기어올라간 다음 일부러 몸을 드러내어 애숙 대신 술래가 되어주었다. 〔삭제〕
- 251쪽 18행: 한 놈 붙들어 혼을 내주면 모두 기가 죽고 말테지만 나는 그럴 마음도 내키지 않았다. 녀석을 마음대로 내버려두었다./문제는 애숙이었다. 그런데 그 애숙은 다른 녀석들보다 더 매정했다. 학교 같은데서 어쩌다 얼굴이 마주치기라도 하면 애숙은 더러운 것을 피하듯 쌀쌀하게 눈길을 돌려버리곤 했다. 그리고는 보아란듯이 건이 녀석과만 친하게 굴었

다. 요즘 와서는 그 책보자기 시중도 거의 건이 녀석에게만 맡기는 눈치였다./나는 그런 애숙의 태도가 무엇보다 슬펐다. 모욕을 당한 듯 분해하기도 했고, 원망 끝에 스스로 처량해져 버리기도 했다. 〔삭제〕
- 252쪽 9행: 나는 그런 아버지가 늘 못마땅했다. 〔삭제〕
- 253쪽 19행: 녀석들에게 겁을 먹은 기색을 보이지 않기 위해서였다./길을 내려와서도 나는 당당하게 몸을 세운 채 천천히 집을 향해 걷기 시작했다. 〔삭제〕
- 261쪽 10행: 애숙을 누이로 받아들이려 하지 않은 것이 사실은 그 애숙을 누이로서보다 더 가까운 여자로 지니려는 음흉스런 계교 때문이라는 것 → 사실
- 262쪽 10행: 그 무렵 일을 생각하면 나는 아직도 온몸이 짜릿짜릿해오는 흥분과 묘한 질투를 느끼게 되곤 했다./그러나 그 흥분과 질투는 이젠 오히려 기분이 좋은 것이었다. 〔삭제〕
- 265쪽 3행: 명식의 진술은 아직도 줄기차게 계속되어 나갔다. 〔삽입〕
- 265쪽 6행: "흠 제법인걸." → "흠, 녀석의 복수심이 묘하게 변하는군."
- 266쪽 1행: 그는 애숙에게서 무엇인가를 열심히 요구하고 있었다. 그는 애숙에게서 여자로서의 순종 같은 것을 바라고 있었고 시험의 실패를 위로받고 싶어 하기도 했다./애숙도 명식의 그런 눈치에 별로 인색하게 굴진 않았다. 누이로서의 순종과 은근한 위로를 아끼지 않았다./한데도 명식은 그 애숙이 언제나 불만이었다. 애숙이 고분고분 그의 요구에 순응해 오는 눈치가 보이면 명식은 그럴수록 더 많은 것을 그녀에게 요구하게 되어버리곤 했다. 그리고 애숙도 그럴수록 더 빠른 속도로 한 여인의 깊고 성숙한 분위기를 지녀버리곤 했다. 〔삭제〕
- 266쪽 6행: 그러나 이번의 질투는 옛날 국민학교 시절의 그것처럼 달콤한 것이 아니었다. 그녀를 이기려는 고등학교시절의 그것처럼 참을만한 것도 아니었다. 〔삭제〕

- 266쪽 18행: 진걸은 계속 녀석의 노트장을 들춰나갔다. 〔삽입〕
- 267쪽 3행: 그러나 한편으로는 골방에만 처박혀 이제나 저제나 애숙을 기다리고 있는 내가 함정을 파놓고 그 속으로 먹이가 빠져 들어오기를 기다리고 있는 개미귀신 같은 생각이 들기도 했다. 물론 이것은 옳은 비유가 아니다. 자신도 모르게 늘 애숙이 기다려지고, 그러다 혼자 초조해져서 그녀를 저주하곤 한 것은 사실이다. 그러나 그것은 다만 잠시라도 애숙과 함께 있고 싶은 생각에서 뿐이었다. 〔삭제〕
- 267쪽 8행: 어두컴컴하고 외딴 끝방은 그런 충동을 더욱 깊게 했다. 〔삭제〕
- 267쪽 10행: 애숙과 단둘이라면 나는 그처럼 하고 싶은 이야기도 많을 것 같았다. 〔삭제〕
- 267쪽 18행: 슬그머니 사라져버린 애숙에 대한 알 수 없는 아쉬움과, 그리고 그것에서부터 시작된 어떤 참을 수 없는 질투를 잠재우곤 하는. 〔삭제〕
- 268쪽 3행: 아까 내가 잠이 들 때까지도 그 화병은 먼지를 잔뜩 뒤집어쓴 채 쓸모없이 책상위에 버려져 있었던 것이다. 〔삭제〕
- 272쪽 5행: 나의 말에는 이미 날마다 그녀의 볼기짝을 건너다보고 있었다는 뜻이 포함되어 있었다. 〔삭제〕
- 272쪽 13행: 그리고는 더 이상 내게 말을 시키고 싶지 않은 듯 "하지만 제가 철쭉꽃을 좋아한다는 건 그렇다고 해두죠. 그렇다고 뭐 철쭉꽃이 나쁠 건 없으니까 말예요." 〔삽입〕
- 272쪽 14행: 애숙이 얼굴을 붉히자 나는 자꾸만 더 짓궂어져 갔다./"그런데 애숙이 늘 그 언덕 밑으로만 숨는 걸 본 사람이 나 말고 또 한 녀석이 있었던 모양이야. 건이 놈이었지. 어느 날 녀석이 밭언덕 위에서 애숙을 엿보다 마구 흙을 뿌려댔지 않아. 그러다 나하고 개싸움을 하고 말야."/시시콜콜 기억을 더듬어냈다. "이제 그런 이야긴 그만둬요. 오빤 참 이상한 일을 다 기억하고 있군요."/부끄러워선지, 언짢아선지 애숙은 응석처럼 머리를 마구 흔들어댔다. 그러나 나는 이제 조금도 말을 참으려 하

지 않았다./"이상하긴. 난 오늘 "철쭉을 보자마자 그때 일이 어젯일처럼 선명하게 떠오르는 걸."/"왜 철쭉 때문이에요?"/"그때부터도 애숙인 철 쭉을 몹시 좋아했으니까. 지금 그 증거를 얘기해주려는 거 아냐."/애숙은 정말 기억이 나지 않은 표정이었다./"그러니까 나와 건이 녀석이 싸운 뒤 로는 그 숨바꼭질 놀이도 하지 않게 되었지만, 그때까진 애숙이 날마다 그 밭언덕 밑을 찾아갔고, 게다가 언덕 밑에서도 애숙인 언제나 같은 장 소였어. 애숙은 늘 그 같은 장소에 쭈그리고 앉아 무엇엔가 열심히 취해 버리곤 했지. 그렇게 애숙을 홀려대는 것이 있었거든. 바로 애숙의 코앞 에 말야. 그게 무엇이었는지 알아?"/"철쭉이었겠지요."/애숙은 아직도 잘 생각이 나지 않은 듯 어림 대답이었다. 그러나 어쨌든 그것은 사실이었 다./"맞았어. 그해 봄 애숙의 코앞엔 탐스런 철쭉꽃이 한 무더기 곱게 피 어 있었어."/"그러니까 전 오줌을 누면서 그 철쭉꽃에 취해 앉아 있었겠 군요."/애숙이 갑자기 그런 식으로 시인해 버렸다. 그 바람에 나는 오히 려 좀 당황해지고 말았다./"어찌나 그 철쭉에 열심이었는지 난 미리부터 그 꽃이 시들어 애숙을 슬프게 할 일이 안타까울 지경이었다니까."/변명 비슷이 말했다. 그러자 애숙은 이제 나올 소리는 다 나와 버린 다음이라 여겨지는 듯 여간 대담해지지 않았다./"그래요. 그럼 전 그렇다 치고 이 번엔 제가 오빠의 취미를 일러줘야겠군요. 모르고 있는 것 같으니까요."/ "내 취미? 어떤 건데?"/"언덕 밑에 숨어 앉은 아가씨를 몰래 엿보는 점 잖지 못한 취미죠 뭐. 오빤 날마다 절 엿보았던 게 아녜요?"/말을 하고 나선 역시 귀뿌리가 빨개졌다./"하하. 내가 당했는걸. 하긴 그걸 취미랄 순 없지. 그간 전혀 우연이었으니까."/"우연히 며칠씩 계속될 수 있어 요?"/"그럼 지금은 취밀 바꿨다고 해둘까? 하지만 애숙은 오늘도 그 철 쭉을 꺾어왔거든."/"저야말로 우연이었어요. 하지만 그렇다고 해두죠 뭐. 철쭉꽃이 나쁠 건 없으니까요." 〔삭제〕

- 274쪽 14행: 애숙은 모처럼 방에까지 나를 찾아왔다가 그만 잠이 들고만

것이었으리라. 그러나 나는 그런 것을 생각하고 있을 여유가 없었다. → 나는 도대체 여유를 찾을 수가 없었다.
- 275쪽 12행: 아니 전에도 나는 애숙에 대해 실제로 어떤 생각을 해본일은 없었다. 그때도 마찬가지였다. 〔삭제〕
- 279쪽 13행: 애숙은 그날 밤의 비밀과 허물을 온통 나에게만 떠맡기고 있는 듯했다. 그리고 자신은 나를 두려워하고 미워하고만 있었다. 〔삭제〕
- 281쪽 11행: 녀석이 → 어렸을 적 철쭉꽃이 단서가 되어있는 녀석의 그 철저한 자기 복수심도 복수심이었지만 그보다는 그가
- 332쪽 3행: 이번일은 다만 윤회 한 여자하고만 상관되는 게 아니었다. 윤회는 진걸이 오랫동안 가다듬어온 그의 여인 그래프에 대미를 장식해줄 여자였다. 〔삭제〕
- 359쪽 16행: 진걸에겐 오히려 더 등만 떠밀리고 만 게 싱거웠기 때문이었을까. 〔삽입〕
- 364쪽 19행: 안 선생에게까지 그런 소리를 하고 다니는 걸 보면 이제 김의원의 결의라는 것은 장난 이상으로 생각해줄 수가 없었다./도대체 그런 식으로 미리 자신의 죽음을 호언하는 친구치고 정말 그런 생각을 품고 있을 철부지는 없을 테니까. 오히려 그런 소리를 쉽게 지껄여대는 작자들일수록 제 몸에선 털끝 하나 다치길 무서워하는 측이 아닐는지. → 자업자득이라고 할 수밖에 없었다.
- 367쪽 16행: 술잔을 들여다보는 녀석의 눈엔 호기심이 잔뜩 끼어있었지만 진걸은 단 한번 녀석에게 잔을 입에 대보게 한 다음 다시는 손을 내밀지 못하게 해놓았다. 〔삭제〕
- 370쪽 2행: 진걸이 먼저 김의원의 말을 안들은 체 해버린 때문이기도 하리라. 어쨌거나 김의원은 그후론 다시 수상쩍은 수작을 벌이려는 기색이 없었다. 〔삭제〕
- 374쪽 8행: 하고보면, 김의원에겐 아닌게아니라 진걸에게 처음 그런 낌

새를 내보였을 때부터 진짜 작심이 되어있었던 건지도 모를 일이었다. 그래 그는 진걸이나 안 선생에게서 자기 신념을 굽힐 용기를 구하고 있었는지도 알 수 없는 일이었다. 혹은 그 자기 결의에 대한 공포 때문에 김의원은 진걸이나 안 선생에게서 어떤 자기 배반의 구실을 찾고 있었을 수도 있었다. 그러던 것이 진걸에게서 오히려 더 등을 떠밀리게 되자 안 선생에게서까지 그것을 다시 구하고 싶어 했을 수도 있었다. 〔삽입〕

- 380쪽 15행: 윤희가 거북해하든 말든 진걸은 곧 그 마지막 질문을 뱉어낼 참이었다./윤희의 이야기를 들으면서도 그는 김의원의 죽음이 자의가 아니라는 심증만 더욱 굳어져가고 있었다. 〔삭제〕
- 383쪽 1행: 그러나 안 선생이나 명식 역시 곧 자리를 뜰 눈치는 보이지 않았다. 명식이 녀석, 김의원이 누워있는 별채로는 어느 방이나 혼자 들어가 눕기가 꺼림칙했으리라. 안 선생도 먼저 자리를 뜨겠노랄 수는 없는 처지, 그러나 진걸은 끝끝내 두 사람을 모른 체해 버릴 수가 없었다. 〔삭제〕
- 384쪽 4행: 그리고 그 죽음이 가까운 곳에 있을수록 긴장감 또한 비례적으로 커지게 마련. → 그리고 그것은 곧 살아있는 사람끼리의 새로운 사랑을 탄생시키는 길이기도 하였다.
- 384쪽 7행: 사람이 무엇에 죽도록 긴장을 하고 보면 그것을 제외한 어떤 일도 사사롭고 쉽사리 용서할 수 있게 되는 것. 아니 그런 경우 사람들은 자신을 긴장시키는 것에서 눈을 돌리기 위해 스스로 다른 충격을 구하기까지도 한다. 〔삭제〕
- 389쪽 1행: 게다가 청년은 자신의 입으로도 김의원이 곁의 사람까지 참을 수 없는 웃음거리가 되었다지 않았는가. 하다못해 김의원이 새삼스럽게 그런 웃음거리가 되고만 사연이라도 있어야 했다. 〔삭제〕
- 395쪽 17행: ―이 별채에서 두 사람이 함께라면 보나마나 부인하고 청년이겠지. 하지만 이 밤중에 두 사람이 무엇하러? 〔삭제〕
- 395쪽 4행: 그보다도 김의원의 방엔 아직도 챙겨 가야할 물건들이 남아

있는 형편.〔삭제〕
- 410쪽 18행: "언젠가 허선생께서 말씀하신 걸 듣고는 차마 그럴 수가 없었지요. 노군이 여기서 또 실수가 있었다는…"/경숙의 사건을 말하고 싶은 모양이었다.〔삭제〕
- 413쪽 3행: 하지만 바로 그 안 선생은 성당과 수도원밖에 인연이 없었던 사람이 아닌가./그러나 안 선생은 진걸의 그 마지막 의문에도 싱거운 미소를 짓고 말았다./"허허…신부는 어디 목사님하고 담쌓고 살아야 하는 사람이랍니까. 성당이고 예배당이고 다 같이 하느님을 예배드리는 곳 아니겠습니까. 전 실상 목사님들 중에서도 존경을 드려온 분이 여러분 계셨지요. 이번에 마침 노군을 소개할 수 있었던 것도 그분들이었구요."/아무 것도 수상쩍을 게 없다는 투였다.〔삭제〕
- 425쪽 15행: 그녀에게서 도대체 바다를 빼앗을 수가 없었다.〔삽입〕
- 426쪽 11행: 하긴 어떤 인간에게서도, 그리고 어떤 수의 여자들로부터도 그런 식의 그래프란 도대체 완성되어질 수가 없는 성질의 것인지도 모르리라. 윤희라는 여자와의 마지막 싸움이 당초의 예정처럼 간단히 끝나주지 않는 것을 보면, 지금까지 아홉이란 숫자를 쌓아온 그래프의 효과도 모두가 헛것이었다.〔삭제〕
- 426쪽 17행: 방법이야 어쨌든 한 여자가 자기의 남자에게 쉽사리 정복당하지도 않고, 그렇다고 그 남자로 하여금 싱겁게 발길을 돌려 떠나버릴 수도 없게 만들어놓고 있다면 그것처럼 효과적인 여자의 매력이 있을 수 있을까.〔삭제〕
- 430쪽 1행: ──공연한 고집으로 밥을 굶더니 이젠 구역질이 나는 모양이군.〔삭제〕
- 431쪽 11행: ──하지만 무던히 씨를 맺고 싶기는 했던 모양이지? 장마철엔 꽃잎조차 내밀어보지 못한 채 꺾어 문들어지는 꽃나무가 많다는데 말야./남의 일처럼 여전히 유유자적했다.〔삭제〕

- 432쪽 19행: 윤희의 구역질에 부채감이 느껴지지 않을 수 없었다. 〔삭제〕
- 434쪽 14행: 다시 뺨을 갈기고 들지 않은 것만도 다행스런 형세였다. 〔삽입〕
- 435쪽 8행: 자신도 모르는 사이에 일찍 씨를 맺어버리고 있다는 사실이 진걸로서는 어리둥절해지지 않을 수 없노라는 말씀 알아듣기 〔삭제〕
- 439쪽 22행: ──처녀든 과부든 여자들이란 애만 갖게 되면 그 순간부터 자기 뱃속에 굉장한 애정을 가져버리게 된다니까. 윤희에게 어떤 뚜렷한 작정이 없었다 해도 내 기미가 신통치 않은 걸 보고는 화를 낼 법하거든. 〔삭제〕
- 460쪽 1행: 그러나 진걸은 아직도 자기가 늘 별채에만 틀어박혀 지내기 때문이거니 싶어 굳이 이상스런 생각까진 품으려하지 않고 있었다. 〔삭제〕
- 476쪽 13행: 아니 아직도 뒷날의 모습이 보이지 않은 여자가 한 사람은 있었다. 그것은 오히려 그의 그래프와는 끝내 상관을 지을 수가 없었던 배경숙 그녀였다. 여자로서는 가장 절망적인 부끄러움을 지녔던 여자──육신의 결함 때문에 누구보다 많은 부끄러움을 견뎌야하는 그녀의 굴욕과 슬픔 속에서 그 마지막 부끄러움만이라도 자기의 것으로 지키는 여자가 되겠노라며 산을 내려간 배경숙──진걸은 아직도 그녀의 후일만은 쉽게 떠올려 볼 수가 없었다./그리고 그만큼 그녀의 후일이 궁금했다./배경숙──그녀는 아직도 자신의 부끄러움을 견디면서 그것을 그녀의 마지막 진실로 지니고 살아가는 여자일 수 있었을까! 그리고 그 어둡고 아픈 삶을 아직도 어디서 부끄럽고 겸허하게 살아내고 있는 것일까!/하지만 진걸은 이내 머리를 세차게 흔들었다./경숙의 아픔이나 부끄러움을 부인하려는 것이 아니라, 자신의 불결스런 상상으로 하여 그녀의 순결한 삶(진걸에겐 그녀의 삶이 막연히 그렇게만 생각되고 있었다)을 욕보이게 하고 싶지가 않았기 때문이었다./배경숙의 아픔과 부끄러움에 비하여 자신의 그것은 오히려 당당하고 뻔뻔스러워지고 있을 듯싶었기 때문이었다. 그에겐 그

경숙에게서와 같이 부끄러움다운 부끄러움조차도 없을 듯싶어졌기 때문이었다. 그래 그 경숙 한 사람을 제외한 그래프의 모든 여자들은 이제 진걸에게 그 후일이 너무도 간단하고 역연해지고 있는 것이었다. 마치도 그녀가 여자일 수가 없다면 자신을 포함한 이 세상 모든 남자가 남자일 수가 없는 것처럼. 〔삽입〕

- 489쪽 11행: ──이 별채 이름이 대원토굴일세. 아무쪼록 여기서 큰 소원이 이뤄지도록 하게. 〔삭제〕
- 489쪽 16행: 그리고 산을 내려가는 대로 곧 집으로 돌아가겠느냐는 경식의 다짐어린 물음에 대해서도 진걸은 그저, 「글쎄, 산을 내려가 보면 알겠지. 어쨌든 이젠 나도 내 잔(盞)을 들어야할 때가 온 듯싶으니까」 희미한 표정으로 지껄이고 나서는, 「하지만 산을 내려가려면 우선 어떤 여자의 소식을 좀 알아보고 싶군…. 그 여자 지금은 아마 소식을 만나기가 어렵겠지만. 못하게 부끄러움을 잘 타는 여자였거든. 이렇게 말하면 안 선생도 아마 짐작이 가시겠지만. 그 여자가 만약 여자가 아니라면 이 세상 남자들도 모두 남자가 될 수 없는 그런 여자다운 여자가 있었어…」 결국은 이도 저도 자신 없는 얼굴로 발길을 문득 돌이켜 세워버리고 말았던 것이다. 〔삽입〕
- 493쪽 1행: 하지만 이 두 장의 편지는 다른 사람의 손으로 들어가기 전에 경식이 먼저 찢어 없애주었으니 진걸까지 이들의 장난거리가 되지 않은 것만이라도 다행스런 일이라 할까./그러나 저러나 한번 산을 내려간 뒤로는 소식조차 감감해져버린 진걸로서는 아무 것도 알 턱이 없는 일이지만./그리고 여래암 산골은 그런 식으로 다시 봄이 무르익어가고 있었지만. → 한데 그 진걸은 아마 명순으로하여 마지막 갈 곳이 남아 있으리라던 그녀의 오라비 경식의 말을 끝내 곧이듣지 못하고 있었던 것일까./아니면 그는 아직도 그 경숙을 핑계로 낙향길을 하루하루 미루다가 영영 잃어버리고 말았을지도 모를 일이었다./그 무렵 어느 날부턴가 여래암 별채

로는 뜻밖에 또 「허진걸씨 앞」으로 그의 안부와 소식을 묻는 「명순 올림」이 몇 장씩 연거푸 날아든 것이다./하고보면 그 세 번째 「허진걸씨 앞」부터라도 뒤늦게 별채 사람들의 못된 취미를 알아차린 경식이 번번히 자기 누이의 봉투를 뜯게 되거나 다행이라 할는지. 그리고 그 정확한 수취인도 모르는 누이의 성화 앞에 경식은 끝내 자기 행적을 드러내 보일 수밖에 없긴 했지만, 그로부터 수취인을 오라비로 바꿈으로써 명순이라도 더 이상 별채 사람들의 웃음거리가 되지 않은 게 다행이라 할는지. 그러나 저러나 한번 산을 내려간 뒤로는 소식조차 감감해져 버리고 있는 위인에게는 아무런 상관도 없을 일이지만, 그리고 여래암 산골은 이래저래 또 한 차례 그 지루한 봄이 무르익어가고 있었지만 말이다.

3. 인물형

1) 지윤희: 눈에 바다를 간직한 여자. 이청준은 이런 여자의 눈빛을 '현장부재의 눈빛'이라 했다. 그런 여자의 전형인 지윤희에게 바다는 잃어버린 사랑과 그리움의 대상물이다.

2) 지선희: 「가학성 훈련」에서 현수의 딸, 「다시 태어나는 말」에서 유선여관 머리공주의 이름도 선희다.

3) 무불: 무불은 장편 『인간인』에서 매우 큰 역할을 하는 스님의 법명이다.

4. 소재 및 주제

1) 바다를 간직한 여자의 눈: 「침몰선」을 시초로 「귀향연습」, 『이제 우리들의 잔을』, 「해공의 질주」, 『백조의 춤』 등 여러 작품에 반복해서 나타난다(90쪽 13행, 205쪽 18행).

　-「침몰선」: i) 그가 바다 이야기를 시작하면, 소녀도 그 커다랗고 맑은 눈동자 속에 바다를 그리기 시작했다(『매잡이』 152쪽 15행). ii) 바다——.

수진은 그 소녀의 눈에서 자신의 바다를 볼 수 있었다. 아니 그 눈 속의 바다는 실제보다도 더 아름답고 신비스러워 보였다(『매잡이』 153쪽 7행).
- 「귀향연습」: 그녀(정은영)는 나를 쳐다보면서 나를 보지 않는 식으로 잠깐 동안 시선만 스쳐갈 뿐 이내 눈빛이 뿌옇게 멀어져가 버렸다. 눈빛은 맑지만 시선이 몽롱하다는 말이 가능할지. 상대방을 보면서도 시선은 오히려 그 상대의 후방으로 멀리 흘러가버리는 그런 눈빛. 눈앞의 상대보다 그 너머의 잡히지 않는 무엇을 좇고 있듯 이상스레 방심스런 현장 부재의 눈빛―
- 「해공의 질주」: 여인의 눈에 어리는 수평선./사내가 사랑을 말할 때마다 먼 수평선만 바라보던 여인은, 붙잡을 수 없는 수평선을 담은 눈길이 그렇게도 사내를 안타깝게 절망시키던 여인은 마침내 그녀의 그 수평선처럼 아득한 세월의 물굽이를 넘어가버리고….

2) 소설가와 독자의 대결의식: 소설가는 현실에서 이야깃거리를 선택한다. 그가 선택한 어떤 현실은, 독자와 긴장된 대결을 통해 마지막에 결정적인 패를 내놓을 수 있는 가치 있는 것이어야 한다. 그런데 소설가가 이야기를 선택할 수조차 없게 된 상황이라면? 그 상황에 대한 책임은 대부분 독자들에게 있다. 허진걸이 찾아간 신문연재 소설가의 입을 통해 토로되는 이 상황은 '소매치기, 글쟁이, 다시 소매치기' 연작에서 더 깊이 다루어진다.

3) 마음속에 간직한 인물과 자서전: 김삼웅 영감은, 자서전이란 닮고 싶어서 늘 마음속에 간직한 인물이라고 말한다. 하지만 대필한 자서전이 가짜인 것처럼 닮고 싶은 인물의 삶도 자서전이 될 수 없다. 이런 인물은 자서전이 되기는커녕 자칫하면 이청준이 여러 작품에서 언급하는 동상에 가까워질 수 있다. 「문단속 좀 해주세요」에도 마음속에 간직한 인물이 곧 자서전이라고 생각하는 인물이 나온다(31쪽 5행).
- 「문단속 좀 해주세요」: 나는 일찍부터 나름대로 한 권의 자서전을 가지고

있었다. 물론 글로 씌어졌거나 서점에서 팔리는 실제의 책은 아니다. 마음속에 씌어져 있는 것이다. 하기야 그런 식으로 씌어지지도 않은 자서전을 마음속에 지니고 사는 사람이 비단 나 하나만은 아닐 것이다. 누구나 마음속엔 자신의 그런 자서전을 한 권씩 지니고 살아가게 마련이다. 나 같은 주제에 건방진 소리가 될지 모르지만, 사람이 세상을 살아간다는 건 결국 그 마음속의 자서전을 현실 가운데에서 실현시켜가는 과정이 아닐까도 생각된다. 어떤 사람은 구국 성웅 이순신 장군 같은 위인을 자기 자서전으로 삼고 살아가는가 하면, 또 다른 사람들은 그보다 좀 뭣하기는 하지만 오나시스 같은 거부나 카사노바 같은 바람둥이를 그 자서전의 모델로 삼아 살아갈 수도 있다.

4) 여자의 육체에 대한 관심:
① 머리칼 냄새(41쪽 1행, 43쪽 10행)
- 「퇴원」: 나의 팔에다 고무줄을 잡아매고 있는 그녀의 머리냄새가 갑자기 가슴 깊숙이 빨려 들어왔다. 그 냄새는 옛날 어느 때, 아니 내가 태어나기도 전에 벌써 맡아본 경험을 가지고 있었던 것처럼 그립게 가슴속으로 젖어 들어왔다. 지금까지 나는 분명히 미스 윤을 기다리고 있었던 것 같은데, 갑자기 머리가 몽롱해져서 생각이 나질 않았다. 나는 숨을 될수록 깊이 들이마시며 그녀를 쳐다보았다(『병신과 머저리』 29쪽 16행).

② 유방(313쪽 6행)
- 「퇴원」: 나는 문득 이 여자의 유방을 만져주고 싶은 생각이 들었다. 팽팽한 탄력과 부드러운 촉감을 적당히 섞어놓은 유방을 여인들이 한 사람도 빠짐없이 갖고 있다는 것은 신기한 일이었다(『병신과 머저리』 16쪽 11행).

5) 여성화된 도시: 『이제 우리들의 잔을』 2장 「여성 도시」가 보여주는 여성화된 도시는 성(性)이 넘쳐나는 더러워진 도시다. 그 여성-도시는 보여주면 안 되는 곳, 보여줄 수 없는 곳을 거침없이 드러낸다. 그곳이 국부다. 국부의 변형인 겨드랑이 나오는 『씌어지지 않은 자서전』에는 여성

화된 도시의 축소판인 『새여성』사가 있다. 여성화된 도시의 결정판을 그린 작품이 원제가 「불알 깐 마을의 밤」인 「거룩한 밤」이다(101쪽 8행).

6) **피곤**: 여성화된 도시로 대변되는 견디기 어려운 것, 그것을 견디며 살아가야 하는 삶에 대한 회의가 피곤으로 나타난다. 이런 피곤을 씻을 곳은 도시의 대척점에 있는 시골, 고향이다. 서울 사람들은 그런 시골, 고향을 갖지 못한 사람들이다(104쪽 14행).

- 「그림자」: 그러고 보니 자넨 아마 진짜 고향 같은 것을 가지고 있는 시골 내긴 모양이군그래.
- 「귀향연습」: 아닌 게 아니라 서울에서 태어나고 서울에서만 자라나고 그리고 아직도 그 서울에서만 살고 있는 사람들이 고향이라는 걸 가질 수 없다는 것은 옳은 말이었다. 고향이란 게 자기가 나고 어린 시절을 보낸 곳이라는 사전적인 의미를 넘어서 그곳을 지키고 살거나 떠났거나 간에, 어떤 사람의 생활 속에 늘 위로를 받으며 젖줄처럼 의식의 끈을 대고 있는 우리들의 어떤 정신의 요람으로까지 뜻이 깊어진다면 지금의 서울 사람들에겐 진정 고향이란 게 있을 턱이 없었다.

7) **용서와 구원의 문제**: 안 선생은 사람들이 신부인 자신에게 와서 죄를 부리고 끝없이 용서와 구원을 요구할 뿐아니라, 실제 용서와 구원을 얻었다고 착각하는 것을 견딜 수 없어한다. 안 선생의 고통은 「행복원의 예수」에서 예수를 짓누르는 고통이기도 하다. 노명식은 안 선생에게 집요할 만큼 용서를 강요하지만, 그에 대한 진정한 용서는 애숙의 단죄와 그에 따른 명식의 참회가 있어야 가능하다. 신부였던 안 선생은 당사자를 제쳐두고 타인이, 그것도 신의 이름을 빌려 행한 용서는 허위라는 것을 안다(170쪽 3행, 180쪽 10행). 한편 『이제 우리들의 잔을』에는 '하느님/하나님'이 혼재되어 나온다. 이 부분은 작가 생존 당시 의문이 제기된 바 있으나, 이렇다 할 의견을 얻지 못한 터라 그대로 표기하였음을 밝힌다.

- 「행복원의 예수」: 인간들은 그 예수의 아픔을 눈치채고 나자 더욱더 그것

을 이용하려고 들었다. 용서와 구원을 끝없이 요구했다. 인간들은 예수를 효험 있는 귀신이 되도록 요구했다. 원래 효험이 대단한 그들의 귀신은 손만 모으면 언제나 그들의 편이 되어주는 존재였다./가엾은 예수는 이제 인간들의 요구대로 그들의 귀신처럼 오로지 '용서'와 '구원'을 줄 수밖에 없는 신세가 되었다./예수가 언제나 인간을 사하기만 하고 무한정하게 구원만을 나누어주는 것이 그 가장 좋은 증거였다. 그러나 그것은 이미 구원도 용서도 아니었다(『병신과 머저리』 325쪽 11행).

8) **고릴라와 사람**: 고릴라와 사람, 호랑이와 고양이처럼 닮은 존재들끼리 싫어하는 경향에 대한 언급은 다른 작품에도 있다(235쪽 1행).

- 『인간인 2』: 헌데 네놈은 무엇이관대 그 어른의 일을 그리 못 봐 하고 조급해하느냐. 승냥이가 개짐승을 미워하듯, 사람이 잔내비 노는 꼴을 기휘하듯, 그 어른이 네놈의 얼굴이라도 닮아 지니셨더냐.
- 수필 「호랑이와 고양이」: 호랑이가 제일 싫어하는 동물은 고양이라는 말이 있다. 늑대가 제일 싫어하는 동물은 개이며 고릴라가 제일 싫어하는 것은 사람이라는 말도 있다. 자기를 닮은 것은 싫어하고 반발하는 경향 때문이라 한다.

9) **참회록과 자서전**: 『이제 우리들의 잔을』에는 노명식이 쓴 「즐거운 참회록」과 김삼응이 미처 쓰지 못한, 씌어지지 않은 「인물 없는 자서전」이 들어 있다. 이청준에 따르면, 자서전 집필의 본뜻은 자기의 지난날을 뼈를 깎는 듯한 참회의 아픔으로 다시 들춰내 보일 수 있는 정직성이나 그 부끄러움을 박차고 나설 용기, 또는 자신의 과오를 폭넓은 이해와 사랑으로 어루만질 수 있는 성실한 자기 애정에 있다. 그래서 자서전은 무엇보다 참회록이어야 한다. 참회록은 개인의 차원에서 사실의 확인과 기록, 그에 따른 반성이어서 주인공을 자기 해방에 이르게 한다. 거짓 자서전, 대필된 자서전의 주인공은 자신의 어두운 과거로부터 해방될 수 없다. 해방되기는커녕 주인공의 삶과 무관한 거짓 자서전에 씌어진 말들이 오히

려 주인공을 지배하게 된다. 거짓 자서전은 일단 써지고 나면 살아 있는 주인공을 지배한다. 그것은 과거 시제를 빌려 쓴 미래의 자기 암시다. 거짓 자서전은 어두운 과거와 과오도 미덕으로 미화시켜서 살아 있는 주인공으로 하여금 자신의 새로운 미래상을 보고 그 실현을 꿈꾸게 한다. 김삼웅에게서 보듯이 거짓 자서전의 주인공들은 그 '화려한 동상', 삶의 내력을 간직하지 않은 말로 된 동상, 새로운 미래상을 가슴에 품고 그것을 구체적인 현실로 만들고자 애쓴다. 하지만 동상은 원해서 만드는 것이 아니라 저절로 만들어져야 한다.

10) 철쭉꽃, 오줌누기, 훔쳐보기(246쪽 9행).

- 「해공의 질주」: 시골 초등학교 계집아이들의 오줌터./하학길을 돌아가는 산길가. 보리밭 언덕밑은 철쭉꽃이 만발하고 그 함성처럼 낭자한 철쭉꽃 무더기 사이로는 꽃 꿀을 탐내고 숨어있는 봉첩의 그것처럼, 또는 봄 아지랑이처럼 언제나 그 적막스럽도록 하얗게 어른거리는 계집아이들의 궁둥이들. 버릇처럼 꽃더미 속에서만 오줌을 누고 간 뒷자리는 봄볕에 따스하게 흙이 젖고, 꽃이 젖고, 꽃잎이 젖어 있고···. 숨을 헐떡이며 숨어 쫓아가는 개구쟁이 녀석들의 귀엔 그 화창한 계집아이들의 웃음소리가 까마득히 산모퉁이를 돌아가고···.

11) 멀리 있는 것과 그리움: 이청준은 수필 「여인의 청순미」에서 가까이 있는 것은 그립지 않다고 말한다. 그런데 멀리 있어서 그립고, 그리워서 아름다운 것은 여자만이 아니다. 명식에게 애숙이 그렇듯 윤희에게는 진걸이 멀리 있어야 그립고 아름답다(308쪽 22행).

- 수필 「여인의 청순미」: 여인의 청순미는 또 그리움이다. 가까이 있는 것은 그립지 않다. 멀리 있는 것이 그리운 것이다. 우리들의 손이 그것을 갖기를 오히려 주저하고 부끄러워할 때 여인들은 우리들의 손이 닿을 수 없는 먼 곳에 있다. 「트리스탄」의 남자처럼 먼 곳에서 왕관을 바라보며 우리들을 그리워하게만 한다. 그리움은 아름다움이다.

─「해공의 질주」: 멀리 있는 것은 그리움. 귀하고 소중스러운 것들은 항상 멀리만 있게 하고 멀리 있는 것들은 나를 그리워하게 한다. 가을은 또한 모든 여인들을 내게서 멀리 있게 한다. 그리하여 살아있는 젊은 여인들마저 지나간 세월 속의 꽃이 되게 한다. 추억이 별이 되게 한다….

12) 명분: 정치지망생인 김삼웅은 자신의 삶을 '조국과 동포'에게 바쳤다고 즐겨 말한다. 하지만 진걸은 '조국과 동포'라는 대의를 아무 때나 함부로 내세우는 정치인의 행태를 신랄하게 비판한다. 이청준은 수필 「명분에 대하여」에서, 옳은 일은 그 스스로 밝은 명분을 지니고 있으며, 그 일의 실현 과정이 바로 명분을 보여주기 때문에 따로 거창한 명분이 필요 없다고 말한다(347쪽 16행, 362쪽 11행).

─ 수필 「명분에 대하여」: 조국이니 민족이니 역사니 하는 것들처럼 우리들 누구나의 삶에 총체적으로 상관하고 있는 큰 명분거리들에 대해서는 누군가가 굳이 한두 사람만이 그것을 주장하고 나설 바도 아니고 또 그럴 필요도 없는 일인 것이다./조국과 민족을 위해서라고 말하지 않아도 농부는 농사를 잘 지어주고, 바둑 두는 기사는 부지런히 기도와 기리를 익혀 존경받는 기사가 되어주고, 운동선수는 운동선수답게 싸워서 떳떳한 승부를 결정지어주기만 하면 될 듯싶다. 그리고 정치인은 굳이 조국과 민족을 위해서라고 말하지 않고도 자기 직업으로서의 양심적인 정치 행위를 수행해주기만 하면 그만일 듯싶다. […] 값지고 귀한 명분일수록 함부로 앞에 내세우고 나서는 일이 없어졌으면 좋겠다. 거창한 명분을 앞세움으로써 온갖 개인적 욕망을 미화, 위장하면서도 세상일은 또 온통 자기 혼자 도맡고 나선 것처럼 다른 사람의 주장과 명분을 배타적으로 구속하고 지배하려는 일은 없어졌으면 좋겠다. 되풀이되는 말이지만, 크고 분명한 명분거리는 누가 그것을 굳이 말하고 주장하지 않더라도 그 명분 자체로서 이미 우리의 사고와 행동에 깊이 관계 지어져서 일정한 양식화의 과정을 거치고 있는 터이기 때문이다.